河北省哲学社会科学规划研究重点项目
非物质文化遗产研究系列

燕赵文化研究系列丛书

河北文学通史

第四卷 下

【王长华 主编】

【陈超 本卷主编】

科学出版社
www.sciencep.com

内 容 简 介

　　中国幅员辽阔，每一地区有每一地区的风俗和文化，也同样有每一地区的个性鲜明的文学。本书作为一部区域文学史著作，用200多万字的篇幅深入浅出地记述和描绘了中国大地上的一个重要区域——河北文学近三千年的发生和发展，第一次细致全面地展示了拥有光荣文学传统的古燕赵区域内自上古神话产生到今天文学蓬勃发展的整个历程。书中既有对文学史发展轨迹的分类和具体描绘，又有对重要作家作品的深入分析与评介。

　　本书既适合作为区域文学研究的参考教材，也适于中等文化水平以上的文学爱好者阅读、自学。

图书在版编目（CIP）数据

河北文学通史第四卷（下）/王长华主编.—北京:科学出版社,2010
（燕赵文化研究系列丛书）
ISBN　978-7-03-026052-9

Ⅰ. 河… Ⅱ. 王… Ⅲ. 文学史-河北省 Ⅳ. Ⅰ209.922

中国版本图书馆 CIP 数据核字（2009）第 211168 号

责任编辑：王贻社　王剑虹　王昌凤/责任校对：张小霞
责任印制：钱玉芬/封面设计：鑫联必升

科学出版社 出版
北京东黄城根北街 16 号
邮政编码：100717
http://www.sciencep.com
双青印刷厂 印刷
科学出版社发行　各地新华书店经销

＊

2010年1月第 一 版　　开本：B5(720×1000)
2010年1月第一次印刷　　印张：33 1/4
印数：1—1 500　　　　　字数：653 000

定价：400.00 元（全 7 册）
（如有印装质量问题，我社负责调换）

河北省哲学社会科学规划研究重点项目

河北文学通史

第四卷（下）

主　　编　王长华

本卷主编　陈　超

撰　稿　人　第一编　郑连保

　　　　　　第二编　郭宝亮

　　　　　　（其中第三章　郑连保，第四章　司敬雪）

　　　　　　第三编　陈　超　苗雨时

　　　　　　第四编　刘卫东

　　　　　　第五编　胡景敏　崔志远

　　　　　　第六编　杨红莉

目　录

第三编

河北当代诗歌

第一章　河北当代诗歌概述

河北当代诗歌是河北现代诗歌在新的历史条件下的承继和发展。它的产生有一个历史孕育的过程，存在着文学的历史前提。在中国现代诗歌发展过程中，与河北当代诗歌关系最直接、时间上最临近的，应该是晋察冀诗歌运动。这一文学运动在中国新诗史上，留下了具有独特的历史内涵和艺术风貌的时代战歌。

抗日战争是持久战争，根据地的建立就成了支持持久战的根基。中国共产党和人民子弟兵在华北地区开辟了晋察冀边区，建立了民主抗日根据地。从此，这里既是一块抗战的热土，也是一片文艺蓬勃生长的园地。1938年以后，很多诗人陆续聚集到这片土地，如田间、邵子南、方冰、曼晴、魏巍、陈辉、徐明等。晋察冀诗歌中大量的、影响深远的还是战斗抒情诗。在严酷而悲壮的斗争中，人民所显示出来的伟大力量震撼了诗人的心灵，诗人在战斗中走向人民、走向土地，诗人与人民结合，于是在"赤子之心"与民族之魂、个人情感与时代精神的交织和融汇中，绽放出一束束铁与火锤炼出的诗歌之花。

晋察冀诗歌，反映了那个战争的年代，为我们描绘了动人的人民战争风俗画。对人民的爱，对土地的爱，饱满昂奋的战斗热情，是这些诗歌的基调。浓厚的生活气息，鲜明的战斗风采，构成了它们的共同特色。而其表现形式，也多是明朗、朴实、自然的。晋察冀诗歌有不少长处，也有明显局限，主要是强调战斗性而在艺术本体上不够精审，但这主要是由时代条件决定的。

总之，晋察冀诗歌在继承中国古代诗歌传统的基础上，结合特定的历史条件作了某种发展和创造。不管是它所积累的深入人民、服务人民的艺术经验，还是它所具有的现实感、泥土味和战斗性特点，都直接影响了河北当代诗歌的生长形态。

中华人民共和国的诞生，标志着新民主主义时代的结束和社会主义时代的开始。作为中国当代文学组成部分的河北当代诗歌，也与中国当代诗歌一样，既取得了很大成就，也有很明显的缺失。河北当代诗歌的历史，如果我们根据时代特点、思想内涵以及审美方式与艺术气象的差异来划分，那么可以大致分为两个时期：开创-发展期；转型-涌流期。20 世纪 50 年代至 70 年代中期为开创-发展期；70 年代后期至 90 年代，为转型-涌流期。

新中国成立初期，由于时代的巨大转折，由战争年代而进入和平建设时期，诗歌的题材、主题出现了重大转移，艺术方式也出现了相应的嬗变。虽然最初几年，河北诗歌创作与其他文学样式相比，相对比较薄弱，但到 50 年代中期，就呈现了第一次比较繁荣的局面。其原因，一方面是一些从战争中走过来的诗人在新时代面前经过过渡和适应而重新歌唱，更主要的是一批从新社会的土壤里成长起来的青年诗人，支撑起河北诗坛。当时的诗歌，主要是歌唱工人的劳动与创造，歌唱农村的巨变与新生。其主题基调是歌颂党、领袖和人民，歌颂社会主义建设；其思维框架多为今昔对比，而审美取向在于生活自身，艺术方式则为描述与抒情的融合，并且形成了两种诗歌范式：一为"战歌"，一为"颂歌"。且以新中国成立之初的两首诗为例。一首是长正的《拉开生产大战线》：

> 生产队伍上前线，
> 北山阵地去作战——
> 当嘟嘟……
> 铁锤击石火花飞，
> 噗噜噜……
> 风钻钻山冒白烟！

......

抗美援朝突击周，

拉开生产大战线，

红旗插在北山上，

胜利捷报四下传！

另一首是何理的《野菜》：

大姐身穿蓝布衫，

弯着身子将菜剜。

前两年：

你让我们度荒年。

现如今：

你让我们将口淡。

野菜呀！

我口中吃你心中念。

第一首写的是工业建设，由于与抗美援朝联系在一起，工地即战场，表现了工人阶级的英雄主义和主人公的豪迈气概。其格调是战斗的风韵。第二首以农民生活中常见的野菜为抒写对象，在新旧社会的对比中写出了农民与野菜关系的变迁，表达了农民对党、对新生活的感念。它的情调是幸福中赞颂。

1949～1956年是河北当代诗歌的初创阶段。这一阶段的河北诗歌，由于时代处于前进上升的阶段，政治与生活比较协调，历史脉搏与人民情绪比较一致，诗人个人感情又真诚地融入人民的命运中，因此，同步服务于政治的文学观念，表现为诗歌走向时代、走向人民的进步性。围绕着《河北文艺》，初步形成了一个有地方特色的诗歌氛围，何理、张庆田、叶蓬、长正、任彦芳等的反映农村生活的诗歌在当时有一定的代表性。这些诗歌呈现出一种积极、乐观、朴实、明朗的艺术气象。不是没有矛盾和问题，但在这种光明的赞歌声中，矛盾和问题都被暂时遮掩了。这一阶段诗歌的重要性，主要不在于作品本身的艺术质地，而在于它为河北当代诗歌的肇始确立了新的美学规范，并决定了它此后艺术的基本走向。

1958 年随着"大跃进"运动的兴起，全国掀起了群众性的民歌运动。河北诗歌刚刚出现一些深人现实、干预生活的苗头，但由于 1957 年"反右"斗争扩大化的冲击，马上被卷入了新民歌创作的热潮。1958 年，《河北文艺》改刊为《蜜蜂》后，对推动"新民歌"起了很大作用。"大跃进"民歌运动对河北诗歌的影响是很大的：一方面它割断了河北新诗的现实主义传统，使它的发展出现了断裂；但另一方面，它也为河北新诗增添了一种形式，并在一定程度上促进了河北诗人自觉地向民歌汲取养分。特别是新民歌运动中涌现出了一些新的工农诗人，如刘章、李永鸿、杨畅、宋作人等。其中，刘章成就最大，1959 年出版了诗集《燕山歌》。但从总体上来看，由于诗歌与政治关系被空前强调，而政治又违背了社会生活的客观规律，这就造成了诗歌真实性的极大减弱。加之政治所煽起的人民群众脱离实际的迷幻的狂热，诗人的艺术个性又完全淹没其中，这就使诗歌，包括后期民歌，成了虚假、浮夸的无根的花朵。在这一阶段，河北诗歌表面上轰轰烈烈，但实际上却真正处于低迷状态。

到了 60 年代前期，田间不仅早已调入河北工作，而且完整出版了他的堪称"红色经典"的史诗性作品《赶车传》七部。在田间、远千里、曼晴、刘艺亭等老诗人，以及身在外省的河北籍诗人郭小川、李瑛、张志民、雁翼等的带动、培养和激发下，河北诗坛形成了在全国有一定影响的新的诗人群，他们是刘章、尧山壁、浪波、聪聪、任彦芳、王洪涛、戴砚田、申身、韦野、何理、叶蓬、韩放、村野、旭宇、田歌等。他们的创作，掀起了当代河北诗歌创作的第二次高潮。这一阶段，我国正处于三年暂时困难时期，党的经济政策和文艺政策都作了适当的调整，诗歌与政治的关系相对较为宽松。一些诗人在现实的困境中歌颂人民的顽强和坚韧，这种歌颂常从旧社会和战争年代的回忆中寻找精神的支持。这类诗歌可以说是"战歌加颂歌"流脉的传递，如叶蓬的《耿长锁歌传》即是这类诗作的典型代表。不少诗人回到了各自熟悉的题材领域，歌唱政策调整后的生活的新面貌，或抚今追昔感念时代。例如，刘章的《葵花集》、浪波的《太行春歌》、尧山壁的《水火》、王洪涛的《莉莉》、田歌的《赵老好》等，在诗坛都有较大影响。这一阶段的诗歌仍留有"左"的思潮的痕迹，但毕竟从空洞的"浪漫"而逐步地走向"写实"，诗人的个性也从浮泛、抽象的所谓人民之情中解脱出来，而获得了相对自由的发展。艺术形式也进行多方面的借鉴，除了民歌之外，还有古典诗词，以及"五四"以来的某些新诗。诗人们在创作中注意诗歌构思的精巧和艺术手法的多样变幻，讲究诗歌的形象性和音乐感。诗人们各自的风格也逐渐显现雏形。

但是，由于时代局限，这一时期的诗歌在这些外在的成熟的表象背后，却仍然包含着一个诗歌观念没有得到根本转变的苦涩的内核，因此，缺乏有历史深度和美学力度的作品。

及至随着"千万不要忘记阶级斗争"口号的提出和国际形势的变化，诗歌又开始疏离生活，被迅速地纳入服务当前政治斗争的轨道。诗歌的题材和主题，从建设而转向"斗争"。除了一些带有一定时代意味的粗犷豪迈的战歌之外，大多数诗人都被抛入超离现实的一致的政治观念的宣扬和空喊。诗歌越来越成为政治的工具与附庸，而它的艺术话语也强加式地使一切事物，包括自然景物，都带上浓重的政治色彩。诗歌的真实性和诗人的艺术个性都成为政治的无足轻重的牺牲品。诗歌的多种形式、多种风格开始让位于一种模式而渐次凋零。

而到了"文化大革命"期间，这一切都发展到了极端，为政治服务成了为"四人帮"的阴谋服务，而且在批判封、资、修的口号下，除了"假大空"的东西，河北几乎没有真正的诗歌，几乎所有的诗人都被剥夺了歌唱的权利。但诗歌的沉寂是暂时的，地火仍在运行，正是这沉寂的地火，在历史反思与文学反思中，预示着当代河北诗歌转型期的到来。

70年代后期，"文化大革命"结束，历史跨入了新的时期，由于社会转型和时代巨大变革的催发和掀荡，河北诗坛恢复和显示了前所未有的生机和活力。这样，河北当代诗歌就进入了转型-涌流期。

1976年10月粉碎"四人帮"，标志着历史掀开了崭新的一页；1978年党的十一届三中全会召开，中国社会生活步入了历史新时期。从此，河北诗歌也迎来了自己的春天。此后两年，诗歌主要表现为大喜大悲的社会抒情。由于唐山大地震与历史的大转折同年发生，所以，河北诗人的这类创作，往往把对"四人帮"的批判和对领袖的怀念与抗震救灾联系在一起，以表达人民在灾难中的那种不屈的意志和对党的无限信赖。因此，这种历史的悲喜之情就有了更为具体的现实依托，因而显得颇为浓重。当然，这些诗歌也同全国各地当时的诗歌一样，其艺术性仍是在政治诗的旧有的轨道上滑行，只不过政治的含义和内容发生了性质的转变罢了。但是它们所体现出来的诗歌的人民性和真实性的素质，则昭示了河北当代诗歌历史性转机的来临。

1979～1983年，新时期的河北诗歌由过渡而进入真正的转型阶段。随着一个以"实事求是"为灵魂的思想解放潮流的兴起，一个受孕于这种社会思潮的艺术解放的春风也吹拂和冲击着河北诗坛。诗人们在重新全面审视历史和广泛深入思考现实的过程中，不仅极大地解放了自己的思考力和创造力，自己的主体意识也开始觉醒。正是这种人的解放，推进和促成了诗歌的自觉。思想解放的潮流对河北诗坛创造力的解放起到了巨大作用。1981年中国作家协会主办的全国中青年诗人"1979～1980"优秀新诗评奖中，就有四位河北诗人获奖，即张学梦的《现代化和我们自己》、边国政的《对一座大山的询问》、刘章的《北山恋》、萧振荣的《回乡纪事》。1983年由诗刊社举办的"1981～1982"优秀诗歌作品评奖中，刘小放的《我乡间的妻子》获一等奖。河北诗歌走上了新的宽阔之路，首先体现在诗人们调整了诗与政治的关系，变为政治服务为为人民服务，确立了人在诗歌中的中心地位。诗歌不能完全排除政治，但政治只是观照作为一切社会关系总和的人的一种角度，即使有时这个侧面极为重要，但也不是人的全部；其次，调整了诗歌与现实的关系，诗歌无疑应该忠实于现实，但不单纯是尾随现实，被动地描摹现实，而是要历史地穿透现实、超越现实，而且现实不仅是客观现实，也包括心理现实。

从诗歌创作队伍上说，置身于如上诗歌观念变更潮流中的河北诗人主要有两部分。

一部分是新涌现的并不年轻的青年诗人，如张学梦、边国政、姚振函、刘小放、萧振荣等。在"文化大革命"中，他们的思想受到压抑，胸中郁结着历史的忧患，因此，当时代的变革来临之际，他们生命的内在要求正好与思想和艺术解放合拍，所以他们的创作率先体现了这种诗的自觉。早在1979年，张学梦就在《现代化和我们自己》一诗中提出"人的现代化"问题，在全国引起极大反响。之后，他就一直抓住这一"当代性"主题，并从更广阔和纵深的时空上，在现代化的进程中，关注新人的成长，以此来深化这一主题。他的《前进，二万万》、《人之歌》、《普通一天备忘录》等诗作，就从最初的对社会问题的敏锐捕捉而转入凝聚着浓郁思辨色彩的情思的抒写，从而产生了宏大深邃的哲学意味和历史感。《对一座大山的询问》是边国政的成名作，从这里开始，他立足民族的振兴而思考世界和人类的命运。他的以"风流世界"为总题的一系列诗作，表现了他审美空间的极大拓展。姚振函的第一首诗是《清明，献上我的祭诗》，如果说这还只是沉痛但一般的历史反思的话，那么他的系列诗歌《我和土地》则在农村题材中通过农民与土地关系的几经波折，揭示了农民心头所潜藏的痛苦与欢欣相交织的历史感情，为农村的变革找到了一个深层的脉动。刘小放的"村之魂－大地之子"系列，将具体的故乡情境描述最终猛然扩展至巨大的历史视屏中，仿佛诗中的细枝末节也都焕发出了顽健而锋利的生存意志的光芒。这个"还乡者"，给我们带来的不是安恬，而是大地漩流着的元气、人在生死考验面前迸涌出的活力。它在拷问并启示我们：强大的生命力的欢乐，是敢于和生存的痛苦、灾难相抗衡的结果。他们这种带有燕赵地缘文化气质的新诗，在随后走上诗坛的逢阳、徐淙泉、刘晓滨、刘向东、刘松林、韩文戈、余畅、祁胜勇、赵贵辰等新乡土诗人那里得到延续和发展。而这一切都是建立在诗人主体意识不断强化的基础之上的。

另一部分是前述五六十年代成长起来，此时已步入中年的诗人。他们是连接两个时期的诗人。他们肩负着两种使命：承前和启后；他们面临着两种困惑：旧的已去，新的未来。他们只能在这种极为痛苦的矛盾冲突中，经受诗歌变更浪潮的洗礼，更新诗歌观念，调整和改变自己的艺术生存方式。1983年河北作协召开了中年诗人讨论会。对诗与政治的关系的重新理解，对自己创作历程的反省，使他们曾经被剥夺和压制的主体意识得到复苏和觉醒。从此，他们开始了艰难的各不相同的艺术探索。例如，浪波改变了原来农村赞歌委婉清丽的格调，而致力于对民族精神的探源，在盛衰更替的历史风云中，思考民族命运，以历史联结现实，使他在一种文化层次上开拓了自己的诗歌视野；尧山壁的诗，从注重外在的客观描摹转向对内心感受的捕捉，于日常生活中发现美和诗意；王洪涛的诗，从清浅走向深沉，于质朴的抒写中倾心于哲思的发现；申身遵从"现实—人—美"的艺术指向，在生活诗化中，追光逐彩，在逐步趋向超逸的境界中不乏哲思；戴砚田从对生活的直叙，转到对现实象征式的观照，开辟了一种新的艺术思维方式；旭宇以"醒来的歌声"表达了他对过往的苦涩反思，对时代新生力量的歌赞，同时在诗歌技艺上也体现了对现代意识的自觉。但就总体而言，与张学梦、姚振函等诗人相比，这些诗人的诗歌在思想与技艺上还显得陈旧一些。

80年代中期至90年代，随着诗人主体意识的日益增强和文学"向内转"的趋势，诗歌更多地表现为对艺术个性和生命体验独特性的追求。诗人对自身反思的进一步深入，迅速催发了一种全面的艺术革新的潮流。不仅是前边提到的两类诗人，他们的探索在题材、主题方面进一步拓展和深化，在审美思维方式、艺术技巧方面，各自的风格日臻成熟。更可喜的是有一批更年轻的诗人崛起，我们称他们为河北青年现代诗群。他们以反叛的姿态，对传统的诗歌观念、思维方式及诗的技巧和手法，发起了强有力的冲击。

当时全国的大气候是：在此之前就有了关于朦胧诗的大讨论，诸如诗是否应"自我表现"的讨论、如何协调"对传统纵的继承，与对西方现代诗横的移植"的关系、某些诗主题的多义性和情绪的朦胧性而引发的关于现代诗的"懂"与"不懂"的争论，等等，对河北青年诗人有很大的触动和启发。受此触动，河北某些青年诗人的探索和实验也悄然而强劲地进行着——生命体验意义上的"个人化"写作，变诗的线性平面结构为时空错位、内外交织的立体建构，意象、象征、暗示、反讽、隐喻技巧的大量运用，语言的新奇拼接，以及语境的超现实的神奇感等，使河北诗歌焕发出迥异于传统的奇特艺术风采。在这种不可遏止的艺术革新潮流中，弄潮的河北青年诗人为数不少，在80年代中后期就有伊蕾、郁葱、白德成、何香久、张洪波、曹增书、靳亚利、大解、杨松霖、简明、李南、徐国强、杨如雪、赵云江、王建旗、韩文戈、醉舟等，进入90年代又有一批带有"先锋性"的青年诗人走上诗坛，如殷常青、陈德胜、曹继强、宋峻梁、赵丽华、李寒、胡茗茗等。

以上河北青年现代诗群的出现，是河北当代诗歌史上重要的一环。它的贡献是：第一，个体的主体性在诗中明显确立；第二，对诗歌本体"肌质"的进一步强调；第三，对跨文化语境中外国现代诗歌的倾心关注，视野更为开阔。伊蕾，是80年代已全国闻名的"女性诗歌"最重要的代表诗人之一，她为自己灵魂和身体的自由而噬心又快乐地吟唱。《火焰》、《黄皮肤的旗帜》、《野芭蕉》等，以令人战栗的真情和个人化的隐喻，深刻地传达出对青春爱情带有悲剧意味的执著和痴迷。而她震动诗坛的力作《独身女人的卧室》，则以毫无遮拦的大胆与坦白，在向伪善的世风和陈腐的"道德"规训的挑战中，表达了她对自身生命体验的真诚。白德成从80年代初就开始现代性写作，把灵感的触角对准自己青春的生命，他的《青春的浮雕》通过意象的并置与串联，运用虚实相间的复杂结构，在现代意识中为青春重新塑像，道出现代青年忧欣并存的复杂感受。郁葱的诗是主智的，大多具有理性的穿透力和启智的思辨色彩，他徜徉于由现实生活蒸腾起来的形而上的王国。他的《生存者的背影》，实际上是对生存者处境的观照，诗中相歧的意象和矛盾性词语，正揭示了人生命的二元对立结构。

大解的长诗《悲歌》，并非通常意义上的史诗叙述话语的历时性文本，而是共时性的。正是这种共时性，使诗人做到了真力弥满，万象归怀，百感横集，既概括了一个民族的精神历史，又突入了生命体验的未知领域。这首诗有着强烈的"现代性"，它是精神型构和话语型式的现代性，而不是物质主义和科技暴力的表面化的现代性。何香久从大海狂暴的人生走来，在天、地、人、神四维空间中"守望"，呼吸和领悟着神性。杨松霖创作于1984年的《关于门的四首诗》，以四种门为象征，把四种现实在相互作用、冲突、否定中，连成一个整体，展示了现代人寻找精神家园的种种困惑、尴尬和荒诞。此后，他的《尘埃》、《宿命》更深入地显示出对人类命运的认识深度。在这些诗中，诗人将与人类的生存困境密切相关的噬心经验和悖论，经由思辨提炼出来，然后不留余地地展开犀利的分析。这样的诗歌写作所具有的不容忽视的意义是，它使得我们的存在更少遮蔽，更多敞开；更少卑屈和蒙昧，更多尊严和自觉。

河北当代诗歌，从开创-发展期到转型-涌流期发生的嬗变，体现出较大幅度的历史性演进。它经历了两个时期，中间有大的转折，尽管转折中出现了对诗歌观念和规范的重新审视和鼎革，前后期有了很大变化，但这种变化都是诗歌发展的客观规律使然。它的总的趋势是：从幼稚走向成熟，从封闭走向开放，从传统走向现代，从单调、单一走向多样、多元。这种历史的走势，既衔接了现代诗歌的传统，也预示了河北诗歌的未来。

虽然河北诗歌取得了一定成就，但站在全国诗坛的角度观照河北当代诗歌，它的缺失也是比较明显的。我们以为最值得河北诗人自我省察的地方在于：首先，他们在主要的精神向度上执著于对生活和土地的歌唱，但对自己所歌唱的东西，还缺乏锐利的反思、批判精神。对生活和土地的歌唱当然是诗人的使命和光荣，但许多诗人往往在此体现出一种简单化的即景抒情的"生活牧歌"状态，而牺牲了另一种必要的社会批判、文化批判的思考深度。虽然我们反对那种简单化的"批判精神"，那种以惊人之论和偏激之辞使诗歌"深刻"起来的偏执者，但我们认为，一个优秀的现代诗人，能够也应该在其写作中整体包容歌颂与批判这个复杂的应力模式，使诗歌变得更为深入、坚实，成为复杂的生存和生命经验的聚合。其次，河北诗人普遍理论修养不够足，无论是在哲学意义上还是在诗学意义上的修养都不够足，而且这至今并未引起他们主观上的重视，从而造成老中青三代中许多诗人过度倚重"生活"素材而即兴写作的风气，且艺术手法较为陈旧，"诗与思"的原创性均不足。我们期待着这些缺失能够在河北"70后"、"80后"青年诗人那里得到补足。

第二章　跨越时代的诗人

第一节　田　间

田间（1916～1985年），原名童天鉴。安徽省无为县人。1934年加入"左联"，1939年投身晋察冀抗日根据地工作。他的创作跨越两个时代：苦难、战争年代；社会主义革命和建设历史时期。他是具有世界影响的中国现当代著名诗人。

1949年新中国成立后，田间从解放区调往北京工作，任中国作家协会党组成员、创作部副部长、文学讲习所主任、《诗刊》编委等。1957年底，他重新回到河北，任河北省文联主席、《蜜蜂》主编等。"文化大革命"期间受到批判，粉碎"四人帮"后恢复名誉。1985年因病逝世。

在新的时代面前，诗人对未来的创作充满了信心。他曾说："伟大的时代开端，人民正渴望着好的诗歌，正在要求诗歌唱他们的心和希望，歌唱他们的斗争，并且希望诗歌成为他们心上的阳光。"他不满足新中国成立前的创作所取得的成就，迫切地要适应新时代、新生活，在1954年出版的《给战斗者》的"小引"中曾这样表示：

> 我也向一些同志说过，我觉得我自己是在开始写诗。这倒不是故作谦虚，是自己经常觉得，有很多要写的东西，还没有能写出来；在创作上，有一些理想，还没有能实现……因此……更要紧的是前进，和人民、和生活一同前进。

这种紧跟时代的信念和艺术变构的决心，使诗人在新中国成立后的创作中付出了极大的努力，进行了不懈的探索和追求。

中华人民共和国的诞生犹如东方升起的太阳照耀大地，一切都发生了历史性的变革，往昔的奴隶成了时代的主人，过去为之奋斗的理想变成今天活生生的现实，祖国的新生、人民的胜利，荡涤污泥浊水，创造美好的生活……这一切为诗人提供了不尽的灵感和诗情。田间以极大的热情和真诚扑向新的生活，拥抱一个新的世界。除两次到朝鲜战场和多次出国访问之外，他在祖国大地上漫游，几乎走遍了大半个中国。从内蒙古草原到云南边境，从天山南北到东南沿海，到处都留下诗人"行吟"的足迹。后来，在长城脚下南水泉村，他还建立了自己长期深入生活的基地。他的诗，对国内外的重大事件、社会生活的波动变革，乃至新闻媒体上的重要消息，都予以密切的关注，并作出及时而敏捷的反应。新中国成立后的30多年间，他先后出版了《天安门赞歌》、《马头琴歌集》、《芒市见闻》、《汽笛》、《英雄歌》、《东风歌》、《火颂》、《1958年歌》、《向日葵》、《太阳和花》、《清明》、《离宫及其他》等十几部短诗集，另外有长篇叙事诗《长诗三首》（包括《龙门》、《丽江行》、《佧佤人》）、《英雄赞歌》和规模宏大的史诗《赶车传》等问世。田间在新中国成立后的创作数量是相当丰富的，在当代诗歌园地中，还没有哪一位老诗人能像田间这样严肃而辛勤地耕耘。诗人的这种创作精神是十分可贵的。

然而，田间的创作道路也并不十分平坦。新中国成立初期，他的作品不少，但真正像1949年前那样在读者中产生影响的却并不多。这种现象引起了评论界的关注。1957年他在《中国青年》第七期发表了一组短诗《唱吧，青年人》，这组短诗并不成功，由此引发了关于田间的创作是否出现危机的讨论。当时发表文章的人很多，茅盾也撰写了文章《关于田间的诗》。他不同意那种笼统的、简单化，甚至教条主义的批评——说它是"诗人脱离实际生活、实际斗争，政治热情减弱的结果"，而是作了具体分析。他说："就田间而言，我以为他近年来经历着一种创作上的'危机'：没有找到（或者是正在苦心地求索）得心应手的表现方式，因而常若格格不能畅吐，有时又有点像是直着脖子拼命地叫。"①这种批评是精到的，因为它揭示了从过去时代走过来的诗人在新时代所共同面临的诗学课题。即使像田间这样从解放区过来的诗人，也同样存在着一个转移、过渡和适应的问题。新中国刚成立，田间在《关于诗的问题》中就说："我们现在所要考虑的是：诗如何表现新的群众，和如何掌握群众新的思想情绪、语言？……新时代的诗歌的责任，不但要求歌颂新的主题，而且要求诗歌的语言、比喻、韵律、节奏也要带有集体主义的气息，群众斗争的声色。"这一昭告表明了诗人新的艺术探索方向，但是艺术的历史惰性和传统的思维习惯，则禁锢着诗人。因此，艺术上的变革，就是打破这种束缚，使诗人获得拥抱新生活的自由，从而进行新形式的创造。然而，这一过程是充满矛盾、冲突和艺术个性的蜕变与心灵上的痛苦。所以，在新的艺术探索中出现一些不尽如人意的作品，是可以理解的，不能简单地将其归因于脱离生活和政治热情减退。

况且田间的艺术探索也有其成功的方面。田间50年代先后出版的诗集《汽笛》、《马头琴歌集》、《芒市见闻》中，有不少好的作品。这些作品大致分为两类。

一类是反映抗美援朝战争的诗作。这类诗作既承继了战争年代的艺术个性和传统，致力于把悲慨的战争体验与歌唱对象的情感融为一体，又注重把它凝注在具体的情节和画面之中，构思更为精巧、完整，而表现形式则为民歌风味，基本是六言体的格律诗。代表作有《雷之歌》、《给一位女郎》、《北京—平壤》等。以《雷之歌》为例，在这首诗中，诗人的情感与战士的情感是一致的，那就是对帝国主义的仇恨和对朝鲜人民的同情，而这种国际主义情愫都凝聚在一幅朝鲜战时生活的景象之中：母亲被飞机炸死，孩子还活着，这件事发生在战士去往前线的路上，头上又倾泻着一场暴风雨。这首诗，以跳荡、简洁、有力的民歌节

_____

① 转引自苗雨时：《河北当代诗歌史》，中国戏剧出版社，2003年，第48页。

奏与旋律，把暴雨中的雷声、孩子哭叫的雷声和战士心中的雷声，交响在一起，交汇为诗的雷声，显得十分集中、强烈，因而产生了一种动人心魄的震撼力量。应该说，这是一批难得的优秀之作。

另一类是表现内蒙古、云南等少数民族生活的诗作。这类诗歌，虽然多为走访式的"行吟"之作，但少数民族的生活巨变、新生的景象以及独特的风情，强烈地吸引着诗人，使他在新鲜的感受和想象中也能不同程度地深入生活的某些本质，因而产生一定的艺术魅力。像《写在马头琴上》、《鹿》、《喷泉》、《嘎拉玛朝》、《芒市》、《芭蕉与甘蔗》、《自由》等，都曾受到读者的好评。以《鹿》为例，这首诗把历史传说与现实生活巧妙地编织在一起，先写历史传说：一只牡鹿到一座山崖下的"三股泉"边来喝水，一个皇帝看见这只鹿，向它射出了两支响箭，皇帝站过的地方就取名为"包克图"（即鹿），也就是后来的包头；然后写现实生活，鹿群离开草原，建设者扎下营盘，草原变成了钢城；最后把现实与传说联系起来，以皇帝的射箭来映衬人民的气魄和力量：

> 我们的兄弟会知道，
>
> 大青山下黄河岸上，
>
> 谁是真正的射手？
>
> 他的名字是：人民！

这首诗，以牧歌的调子抒写草原的色彩，表现歌颂的主题，在独特的想象和构思中，内容与形式是一致的，情感和语言也达到了和谐统一。

诗人这种艺术探索，主要侧重于对现实社会现象的历史开掘和思想升华。但这里有限度，如果具体生活与更高的概括、生动的形象与深刻的思想之间存在着内在联系，达到某种平衡，就可以创作出某些好诗；反之，两者断裂或向一面倾斜，则产生一些失败的作品。诗人这一时期的诗作，既有优秀的作品，也有不成功的作品。特别是1958年"大跃进"期间的诗作，如收在《东风歌》、《1958年歌》、《太阳与花》等诗集中的作品，由于诗人急于配合政治，对现实社会的深切体察被一时的政治情势所淹没，又由于强调学习民歌，诗中大量引用民歌的象征、比喻、夸张等手法，社会的真实影像被淡化，诗被纳入虚幻的想象加现成政治观念的公式，虽然表面上还热烈，甚至奇特，但实质上则是浮泛和空洞，尤其是某些诗又回到街头诗的写作，显得直白有余，含蓄不足。由于时代的变迁，对社会体验深浅的差异，现在的街头诗，远没有了当年的那种精神力量。这不能不说是诗人探索中的一种倒退。这一类诗歌，往往是一系列多次重复的意象，如金鸟、仙女、火树、太阳、月亮、星球、彩霞、红旗、宝塔……围绕着特定政治观念的中轴作迷幻的旋舞，把人带入一种悬空，而不食人间烟火。如《山之歌》：

> 高山好比宝塔，
> 要进乐园先上山。
>
> 牵来一匹金马驹，
> 奔上星球唱山歌。

这里除了一些不着边际的比喻和玄想，没有一点现实的影子和真切的感受。在虚张声势的背后，掩藏的是诗人创造力的薄弱和艺术个性的泯灭。

1958年以后，田间的艺术探索主要突出表现在两个方面：一是创作的史诗性追求；二是进一步广泛地借鉴民歌的技巧和形式。这两点都集中体现在他的长篇叙事诗《赶车传》的写作中。《赶车传》是诗人经过长期酝酿，潜心创作的大作品。全诗共分7部：《赶车传》、《蓝妮》、《石不烂》、《毛主席》、《金娃》、《金不换》、《乐园歌》。第一部《赶车传》属于新中国成立前的创作，曾在1949年单独出版，其他6部是作者1958年以后续写的。上卷4部1960年出版，下卷3部1961年出版，均由作家出版社出版。为了前后连贯，形成一个有机整体，诗人对第一部作了必要的修改。

上卷主要以抗日战争、解放战争为背景，写贫农石不烂父女与反动地主朱桂棠尖锐、复杂的斗争，通过逼婚、反抗、找党、宁死不屈、斗智斗勇等情节，展开波澜壮阔的历史画卷，表现了农民只有在中国共产党领导下，才能走上翻身之路获得解放。第四部《毛主席》专门写毛主席在解放战争中的伟大战略部署和《土地法大纲》的颁布与实施。然而这些并没有游离于故事情节之外，而是在更为广阔的视野中，增强了它的历史概括性，同时也强化了毛泽东思想的重要作用，提高了作品的思想境界。

下卷主要写新中国成立以后的抗美援朝、农业合作化、"大跃进"和人民公社化运动。主要人物除了石不烂之外，又凸显了金不换父子。金娃去了朝鲜前线，金不换由农村基层干部提升为县长。前方打仗，后方建设，前方反击侵略者，后方修水库、建电站。中国的社会主义就是这样在战胜国内外敌人和改变贫困落后的面貌中胜利地前进。这一历史进程，表明了新中国成立后当家做主的劳动人民所焕发出来的极大的历史主动性和创造精神。

追寻理想的乐园，是古今中外文学的共同主题。陶渊明的《桃花源记》、但丁的《神曲》、托马斯·莫尔的《乌托邦》……这些都带有虚幻的色彩，而中国劳动人民对社会主义的追求，则是一场真实的故事。田间在《赶车传》上卷的《后记》中曾这样谈到自己的这部长诗：

> 石不烂等人寻找和建设人间乐园的故事，中心的部分，是我们革命历史上惊天动地的阶级斗争。……我以为这是人类历史上最重要的斗争之一。中国几千年封建势力最后的崩溃过程，我愿意就我的所见所闻，就我自己参加这一斗争的直接感受，来做一次简要的记录。这里，我以贫农又是山歌手的石不烂作为长诗的主角之一，以石不烂、蓝妮、史明伟、金不换、金娃等人的革命斗争作为长诗的主要线索，来记录我们时代的变化，社会的变革，和党的伟大力量。

诗人认为，中国农民的这种历史命运具有重大的世界性的意义。他说："我觉得有义务来歌颂中国历史的一个大事变；把斗争的历史告诉全世界的人们，把革命的歌唱给我们的子孙。"因此，他试图把《赶车传》写成中国革命——劳动人民寻找乐园的史诗。正像诗人在长诗中反复咏唱的：

> 天下受苦人，
> 请走翻身路！
> 这好比
> 都来搭一挂车。
>
> 同过山，同过水。
> 同走一条大路，
> 跟着咱们毛主席，
> 往那乐园走去！

为了造成史诗效果，他以象征与写实相结合的手法和灵活多样的形式，构筑起全诗的宏大结构。既然是史诗，自然要记述史实，但如何把史实串联起来，不同的诗人有不同的构思。而田间则是以石不烂赶车为中心线索，并赋予车子以象征意义。他在《赶车传上卷·后记》中说，"这车子，就是这个时代的象征"，"赶车的人是工人阶级，共产党员，是广大的劳动人民，是石不烂等人"，"它曾经穿过炮火，它曾经穿过高山峡谷，它曾经穿过狂风暴雨"，"现在车子已经赶到乐园"。这样把一系列的历史事件放在一个整体的象征框架里展开，不仅使全诗的构成完整统一，也造就了它历史意蕴的深远。整部诗中，除第一部《赶车传》和第七部《乐园歌》之外，其他5部都以人物的名字为题目，每部以写一个人物为主。部与部之间相对独立，跳跃性较大，故事情节不那么环环紧扣，但也不是没有内在联系，自始至终有内在的线索贯穿。如此灵活自由的结构，"便于解决叙事诗的抒情问题，便于对故事中的人物进行内心世界的探索"（《赶车传上卷·后记》）。所以，这部长诗在叙事与抒情上做到了较好的结合。

田间钟情于民歌，是由来已久的。新中国成立前，他的创作就有强烈的民族化、大众化的愿望，并试着用群众口语和民歌的形式写诗。《赶车传》的第一部就是这样的作品。新中国成立后，他到过很多少数民族的地区，那里的民歌使他惊喜，他说："我们祖国伟大的边疆，就是一个歌海。它的每一粒浪花，就是一首歌。"他从云南除了带回《芒市见闻》中的几十首短诗外，还带回来了《长诗三首》。这些诗都把神话传说与绮丽的现实结合起来，表现兄弟民族生活的巨变与新生，并带有云南少数民族民歌的韵味。1958年"大跃进"时期民歌更给他以极大的鼓舞，他在河北一次诗歌座谈会上曾说："民歌犹如大海。……不懂得民歌，不学习民歌，怎么能写新诗呢？"他甚至认为"民歌是许多文学大师的老师"。《赶车传》对民歌的借鉴是广泛的。民歌的比喻、民歌的象征、民歌的想象与夸张、民歌的多种多样的韵律和形式，都对他有直接影响。

在艺术表现上，这部长诗有很浓郁的民间文学的神奇色彩，这不仅因为他把车子作为时代的象征，不仅因为他引用了神话传说，也不仅因为他以奇景瑰丽的诗句把意象、意境渲染得虚幻超绝，即使是一些现实情景他也能升华出一种奇异的想象，创造出一种神奇的情节。例如，在《金鸟歌》中，区委书记史明伟在战斗中牺牲了，人们在他的身旁悼念，诗人这样写道：

夕阳挂上山头，

村上飞起金鸟，

金鸟绕树三周，

树上绕了三绕。

数千男女老少，

欢呼这只金鸟，

这是光明之鸟，

这是希望之鸟，

带来一种预告，

预告光明已经来到！

人死而化为金鸟，这正是民歌的审美思维和想象方式。在这看似奇巧的变换中，却蕴涵着人生的哲理：英雄的精神是不死的！这就是人民的浪漫主义。

至于《赶车传》的形式和风格，茅盾在《反映社会主义跃进的时代，推动社会主义时代的跃进》一文中，曾作过精到的评述：

> 为了表现这样伟大壮丽的内容，诗人在努力采用不拘一格的艺术形式。章法就有好几种，有两句一组的"信天游"式，也有四句一组，二三十句为一组的；诗句的构造基本上是六言和七言（字数多于六言七言的句子实际是六言七言句加衬字，所以也应当作六言七言看），押韵没有定规，有时隔句押韵，也时隔数句。可以看出，《赶车传》……主要是采用民歌歌谣的表现方式（比兴和反复、重叠），而且形成了诗人的个人风格。①

综上所述，在《赶车传》这部长诗的创作中，诗人进行了艰苦的探索和尝试，并取得了相当的成就。但由于历史的局限和诗人创作思想的矛盾，它也存在着一些缺憾和不足。追求史诗，这固然是一种崇高的意愿，但史诗必须建立在对生活的真实性有独特的认识和深切的体验的基础之上。《赶车传》的有些部分是做得较好的，有些部分则显得不够，这主要是由于诗人对社会主义过于乐观，并且在一定程度上形成了先验的、固定的、绝对化的观念，从而不易看到现实的潜流和人民真正的历史情绪，只是执迷于生活的表面现象而虚构成新的"世外桃源"式的境界，就多少失去了某些现实的依据。其表现是：上卷多为写实，下卷较为虚幻。上卷有具体的情节和生活细节，人物个性也较鲜明；下卷则时

---

① 转引自苗雨时：《河北当代诗歌史》，中国戏剧出版社，2003 年，第 48 页。

常把情节和细节淹没在大量浮泛的抒情之中，人物也逐渐成了类型化的符号。作品中相当一部分存在着明显的矛盾：革命精神的强调超过了对生活真实的揭示，这就造成了观念与现实的错位，历史概括与具体形象的失衡。尽管为了弥补这种缺陷，诗人大量借用现成的民歌的比喻、象征、夸张等手法，但手法如果不结合真实内容，也会显得飘忽，并造成意象的重复和雷同。由此可见，诗与生活的关系是诗歌创作的根本问题。诗人的诗歌观念是为政治服务，也强调深入生活，并致力于正确掌握诗歌表现生活的特点，但这里的关键环节，是对生活真实性的思考。离开了这一点，哪怕是以政治的名义疏离了这一点，也会损害诗的艺术生命，以致牺牲诗人的艺术个性。当然，这不是这部长诗的全部，它的大部分章节，对现实生活的规律还是有较深入的把握的。尽管存在不足和缺陷，但在当代文学中，像《赶车传》这样直接反映现实斗争的鸿篇巨制却并不多见。所以，《赶车传》作为一部新时代的史诗，在中国当代文学史上，有其独特的地位和价值。

第二节　远千里　曼晴　刘艺亭

一、远千里

远千里（1915～1968年），原名远保坤，又名秀昆、秀峰。河北省任丘县人。1930年入保定第二师范学校，接触进步刊物，同时开始写诗，并加入"左联"。"九·一八"事变后参加学生抗日救亡运动。1938年投身抗日战争，担任过冀中《自卫》报记者、新世纪剧社创作组长，并做编辑工作。其间发表了大量诗作。新中国成立后，先后任《河北文艺》编辑部主任、河北文联副主席等职。"文化大革命"中受迫害而死。诗集主要有《三唱集》、《远千里诗文选》等。

新中国成立初期，远千里的诗作并不多，其原因是：一方面，他从事文艺的领导工作，忙于办刊物，培育文艺新人，这些花去了他大部分时间；另一方面，他对诗歌如何契合时代进行了严肃认真的思考，正像何其芳的《回答》所表达的一样，因为诗对他们来说，是崇高而神圣的，如何更换恰当的方式以适应新的时代还是一个陌生的课题。但是，诗人有信心为祖国的社会主义建设歌唱。

我们看到，诗人以满腔的热情，全身心地投入生活，投入时代，在社会主义的急剧变革中，获取自己的独特的感受和体验，以此作为诗歌创作的根源和基础。面对时代与生活的大海，他发出了这样的感兴：

> 海！我坐在你的身边，
> 看你拥来浪花滚滚；
> 激荡着岸边的岩石，
> 激荡着游人的心。
> 我喜欢你呵——海！
> 看我投进你的怀抱，
> 随着你的波涛浮沉。
>
> ——《海边絮语》

这种絮语，是深沉的，静悄悄的，但却表达了诗人真诚的心迹。也正是从这里出发，诗人走向广阔的人生，去亲近祖国的每一寸土地，不断从人民的生活中获取灵感和诗情："初到新港"，在大海边，他为工人们建成的宏伟堤岸而感奋，"我愿此刻成为海燕，在你的上空盘旋一周"（《初到新港》）；"夜闻雨声"，他梦中惊起，想到地里的庄稼拔节生长，那雨声就幻化为"无数大米小米"（《夜闻雨声》）；他访问盐场，看那"晶莹的盐堆，像一座座雪山"，回想起战争年代在敌人封锁下盐的可贵——盐就是生命，而今天盐要送给"争取自由的朋友们"，支援他们的斗争，他深情赞美了盐工劳动的伟大与光荣（《盐》）；他路过保定古城，遥想古代"燕赵歌慷慨"，追忆"二师学潮起，星火焚日光"，思接古今，感慨万千（《过保定》）；即使在列车上听广播西河大鼓，这种具有地方特色的优美情韵，也使他感到格外亲切，而他的心与曲调一起流转：

> 一曲新歌满车厢，
> 四座皆惊音绕梁；
> 路过小站车不停，
> 却教银声出纱窗。

诗人的足迹曾到过祖国的广阔的山河。登凤凰山，他想象祖国像一只展翅的凤凰，正腾空而起，他与昌黎人一起歌唱：

> 凤凰山、凤凰山，
> 我像昌黎人一样
> 将你赞美。
>
> 你巍然秀丽，
> 恰似一只巨大的凤凰，
> 站在我面前。

> ——《春到昌黎》

夜宿黄河，他不仅为那狂暴的涛声所震撼，更为那"为救六十一个民工"，"在漆黑之夜"，敢于"与狂涛搏斗"的黄河老艄公的惊人行为所深深感动。"黄河夜渡"的故事，使他真切地感受到，作为中华民族文化摇篮的黄河，在新时代的滋育下，生长出怎样的一种民族意志和高尚的精神。黄河平日是不夜渡的，但听了叩门人的说明之后，老艄公"睡魔顿驱散，一跃身即起"，他毅然决定打破惯例，实行夜渡。诗中这样写道：

> 临行时，
> 嘱咐后生：
> "要盯紧浪里红灯！
>
> 要是红灯熄灭，

第二只船，

就立刻划行！"

诗集《三唱集》中的第三辑为"朝霞颂"，系诗人新中国成立后的创作，虽然其数量并不很多，但却是从生活的海洋里提炼出的光灿灿的晶体；虽有明显的政治倾向，然而能将之寄寓在生活细节当中。他把自己的感受、体验与生活形象相融汇，并正确处理经历与想象的关系，使诗在虚实之间创造出新鲜的意境。而诗人的自我抒情形象，也在意境中呈现出来。归根结底，诗是诗人生命经验的鲜明表现。在一首题为《生命》的诗中，远千里这样写道：

生命和人交朋友，

不过几十年，

岂能将它轻轻虚掷？

碌碌无为是一生，

卑躬屈膝是一生，

而磊落光辉，

照耀千古，

也是一生！

诗人追求诗化的人生，所以他的诗也像他的生命之流那样，迎着祖国灿烂的朝霞，歌唱新的时代、新的生活；所以他的诗也像他的人格一样，情志崇高，真诚质朴，绝无做作雕饰之痕。风格即人，如果打一个比喻，他的艺术风格诚如田间在《千里诗抄·题记》中所说的："他的诗，红的花并不多，这是一棵白杨树，有结实的树干，有青青的枝叶。白杨高耸在蓝天和平原之间，很像是时间和空间的一座碑。"这正是他诗意生命的写照。

远千里的一生，是革命的一生，也是热爱生活的一生。他为人民的壮丽事业，鞠躬尽瘁，死而后已；他对同志和朋友，光明磊落，宽容大度……他最后的死，是对生命尊严的执著，也是对艺术的忠贞。他的人格是与他的诗同在的。

二、曼晴

曼晴（1909～1989年），原名栗金襄。河北省广宗县人。1932年流落平津，开始接触革命文艺，从事诗歌创作，并加入中国诗歌会。1938年赴延安，参加了西北战地服务团，后转到晋察冀边区。1939年参与诗歌刊物《诗建设》的编辑和撰稿。他是晋察冀诗歌运动的骨干之一。新中国成立后，负责编辑《石家庄日报》副刊，后调任石家庄广播电台台长。1956年又到石家庄文化局工作。粉碎"四人帮"后，任石家庄地区文联主任。其主要诗集有《曼晴诗选》。

曼晴新中国成立以后的诗，数量不多，题材却很丰富，有怀念志愿军的，如《悼志愿军烈士》；有揭露地主罪恶的，如《恶狗坟》；有歌颂农村干部的，如《老支书的算盘》；有访问子弟兵的母亲戎冠秀的，如《不老松》；还有抒发自己重返故乡的心情的，如《回乡曲》，等等。虽然诗人依然是真诚、热情的，也有一些可读之作，但总的来看，由于历史原因和艺术教条主义的影响，其作品不可避免地带有某种局限性，其成就远逊于他在晋察冀时期的作品。诗人走近生活，也获取了一些生活场景，却缺乏独特的艺术升华，而是把它们都纳入狭隘的政治指代系统，从而形成了"生活场景＋一致性政治表态"的创作模式。倒是当时诗人偶尔写下的二三首乡景小诗，今天看来仍有味道：

> 蛙声如潮，
> 月从苇塘里涌出来了。
>
> 田野里，
> 飘散着馥郁的禾香，
> 高粱拔节叭叭的响。

禾场上，

谁在那里吹笛？

那悠扬圆润的调子，

诉说着人心的欢喜。

大地，

远远地有人呼唤你哩！

——《夏夜》

可惜，这样的诗作在当时是不合时宜的，受到了粗暴的批评，诗人本人也迅速放弃了这一可贵的方式。应该说，新中国成立以后，曼晴诗歌的局限主要不是个人的，更是特定时代的政治风潮使然。就诗歌艺术而言，新中国成立以来，诗坛几次关于诗歌的讨论，多是着眼于节奏韵律等形式方面，而忽略了诗歌的真实性和创作个性，对诗人的创作也产生了不利的影响。对于1958年关于诗歌问题的争论，曼晴曾发表文章，同意在民歌和古典诗词的基础上发展新诗的主张，在实践上致力于模仿民歌和古典诗词。但由于对所表现的生活缺乏抗战时期那种感同身受的体验，尽管诗人在技巧、格律上下工夫，还是不易把握住诗歌那种生动鲜活的艺术命脉，因此，很难超过过去已经达到的水平。如《恶狗坟》等，形式很整饬，但从真正诗的意味上来说，不能算是成功之作。

粉碎"四人帮"之后，老诗人重新焕发了艺术青春，在思想和艺术解放中，写出了一些很好的作品，如《真正的人》、《给大海》、《长城行》等。一方面，历史的波折使他获得了更为深刻的人生体验；另一方面，诗歌观念的转变，也催发了他写作的激情。于是，他的诗歌就呈现了一种崭新的艺术景观。

《真正的人》，是悼念张志新烈士的。他没有一般地列举烈士的事迹，而是以集中凝聚的笔力，突出她对信仰的执著的高贵品格，即便是"钢刀"、"火山"，也毫不退缩，并把她放在生与死的高度，作为一个

"真正的人"来加以歌颂。诗中对烈士的人格形象这样写道：

> 你生如海燕，
> 永远战斗在暴风雨的海洋，
> 你死若陨星
> 也要把长空划出一道亮光。
>
> 你的鲜血，
> 红得像火一样的玫瑰，
> 你的眼睛，
> 亮得像灿烂的晨星一样。

没有太多的具体的描写，但在概括而凝练的比喻中，却展示了她崇高的灵魂和美丽的神采。

《给大海》是一首整体象征的抒情诗。他写大海，大海已不单纯是自然景物，其中寄寓着浑厚的时代与人生的体验。大海冲腾，思绪冲腾，思绪与大海融为一体。大海的胸怀"宽阔"，它书写"历史"，描绘"画卷"，星宿绕它不过，风云围着它变幻，它有时怒吼，有时又哀怨……大海般的时代，大海般的人生。大海哟，"我爱你壮阔而又深远，我爱你纯洁而又蔚蓝"，"我爱你一浪推着一浪，——不断向前。我爱你汹涌澎湃，——变化多端"。诗人对大海的深情，是对人民和祖国命运的思考和挚爱。

《长城行》更是站在群峰之上，回眸中华民族的历史，前瞻国家的未来，具有巨大的时空感。全诗纵横驰荡，思绪纷繁，从秦皇汉武到明宗清祖，从山海关到嘉峪关，诗人探寻着民族的魂魄和命脉："谁才是国家长城，民族的国殇？"不是那些王公贵族，而是人民——"中华无名的健儿，蚩蚩的群氓"，这才是"中华民族的脊梁"。也正因此，古长城啊，我才把你比为"不朽的伟大的诗行"，我才把你比为"一个海港"：

我们的船舶将从这里起碇，

——乘长风，扬帆远航。

这些诗境界宏阔，立意高远，在沉实的历史纵深感和时代的穿透力中，闪着理性的光辉；在贴近和超越现实的转换中，激扬着一种高迈的浩然正气。的确，像大海一样，风涛激荡，如长城一般，鸟瞰于群山之上，这种创作态势，汇入了当时开放与深化的现实主义文学潮流，表现了鲜明的时代特点。

曼晴作为一位诗人结束了他的一生，当我们总括评价他的文学道路的时候，不能不公正地肯定他在中国现当代文学史上的地位和价值。正如孙犁在《曼晴诗选》序中所说，曼晴是"一位曾经在这个新诗运动中，出过大汗大力的人，一位孜孜不倦，壮心不已的文艺战士……我敢断言，我们经历的时代，不会忘记他，这个新诗歌的历史，不会忘记他的"①。

三、刘艺亭

刘艺亭（1917～ ），河北省威县人。1938年参加抗日战争，其间在《抗战知识》、《人山报》上发表诗作，并编辑过《草芽》诗刊。新中国成立以后主持过《河北文艺》、《蜜蜂》文学月刊，曾任河北省文联创作部长，副主任。1957年被打成"右派"，1977年平反，任河北省文联副主席。主要诗集有《滏阳河的女儿》、《苦尽甜来》、《八月家书》、《我的乡土》、《回春曲》等。

新中国成立以后，刘艺亭一面从事文艺的领导工作，一面编辑刊物。在培养和扶植新人的同时，他自己也进行了大量的创作，这就是《回春曲》中所收入的作品。

新中国成立初期诗人继承了战争年代诗歌贴近现实的传统，热情地

---

① 孙犁：《曼晴诗选·序》，河北人民出版社，1986年。

投入新的现实，以诗歌拥抱新的生活。他主要是写经济建设，写工人当家做主后所焕发出来的劳动热情，如组诗《唐山诗草》中的大部分作品就是如此。他写"老车工"，为什么干活那么精细、注重质量？回答是："奴隶变成主人了，生产为人民也是为自己"；他写"庆祝钢厂解放一周年"，"欢喜里回想起解放前的苦难"，更感动于今天生活的甘甜，工人们要"讨论下生产新计划，更多出些钢条和钢锭"；他写纺织女工，"每个人的劳动紧张又欢喜"，"机器的歌声亢奋而动听"，她们"要日日夜夜纱不断"，"要创作出春花灿烂的明天"；他写美丽的"工人新村"，写男工、女工上班下班的繁忙，歌唱"因为他们向祖国贡献了智慧和劳动，幸福也降临到他们身上"……这些诗大都客观地摹写生活现实，有的甚至直接写生产流程，因为这一切在诗人心目中都是十分新鲜的，所以他把美定位于生活本身。这也是当时艺术的共同特征，虽然它们反映了那个时代，但诗人的主体意识是相对薄弱的。

此后不久，一场历史的错误把他推向生活的另一极地。这使诗人没有按照既定的诗路走下去，没有紧跟一次又一次的政治运动，而是把诗笔伸向对历史的回忆，这就是他的组诗《五里岗纪事》中的那些作品。五里岗是一块革命的圣地，1934年8月，韩永禄在这里曾组织了有名的五里岗暴动，成立了红二十二军，后来暴动失败，这位共产党人被捕，在北平遭杀害，但五里岗却留下了不少关于这次暴动的故事。在诗人深沉的回忆中，人物栩栩如生，往事历历在目。这里有当年暴动走过的"红军街"，有如今"布满弹痕"记载着和敌人拼死战斗的小屋，这里的"烈士祠"，就是"当年这里大聚义"后来被敌人放火焚烧过的韩永禄"旧宅"；在那留下的历史图画中，有"最后倒下的是敌人，你在群峰里立着"的老人，有老奶奶在庙会上撒传单的故事，有刻在"槐树的记忆"里被绑在树上严刑拷打而不屈的革命青年……诗人沉浸在对历史的追念中，在这里，他感觉到了人民的意志和大地的力量。

《回春曲》的另一部分重要诗作，大多写于"文化大革命"期间和

"文化大革命"以后，但诗人于 1965 年 5 月写的一首短诗则可以看做其创作的转折和过渡。这首短诗题为《无花果》：

> 没有艳美的目光投来，
> 没有蜂蝶绕着飞舞，
> 安静地生长在那里，
> 甘于寂寞，也无所嫉妒。
>
> 须臾不离的只是泥土，
> 风吹雨打得以壮身骨，
> 霜天却不空去，
> 给人托出颗颗甘美的紫珠。

这无疑是诗人自我境遇的写照和人格的象征，从这里，我们可以看出诗人主体意识的顽强萌动。特别是新时期开始后，诗人面对世事风云，以真理和正义为尺度来判断是非，固守自己的节操。在《时传祥的歌》中，他为时传祥被诬为"工贼"的冤案鸣不平，而对时传祥珍视与领袖握手的情况，则表达了崇高的敬意；在《冲破严寒一枝春》中，他赞扬"为了人民不改观点，为了祖国甘以身殉"的张志新为"冲破严寒一枝春"；在《关于董秀芝的诗》中，对当权者对待这位为真理而斗争的女性，虽然释放但文件仍留尾巴的做法，表示了极大的不满和愤慨，他沉痛地喊出：

> 人民流的血泪够多的了，
> 怎能容许制造新的伤痛？
> 祖国付出的代价够惨重的了，
> 怎能容许摧残幸存的精英？

由于诗人把自己的人生体验融入诗中，所以当时这些诗句就有一种特别震撼人心的力量。

而更为感人的还是诗人写自己和自己家人的诗。在这些诗中，他直陈遭际，传达心曲，别有一番情真意切的生命深层的律动。他的《写给自己》，是"逆境中来来去去，有时还哼一支小曲"，表现了襟怀的博大和灵魂的从容，因为他把自己看成是一块坚实的"泥土"，滋枝养叶，"内心里从不空虚"；他的《赠妻》，写夫妻二人几十年相濡以沫，"在那一串悲剧的日子里，又忍受了多少冷漠、多少恶语、多少不公正，但也考验了我们的坚贞"，"虽然我们没有可骄傲的，心境却像水一样平静"；在《儿子》一诗中，他这样教导儿子："人生有扬起风帆时，更多的是逆水行舟"，要儿子"抱着执著的追求"；在《女儿夜读赞》中，他这样鼓励女儿："那是搅乱了的岁月呀，'神圣'包含着荒唐"，"一分勤奋一分收获"，"风雨无阻，经冬历夏"……从这些诗中，我们看到了一个共产党人的坚贞信念和人格魅力。

即使是一些游历山水的诗作，也寄寓着他对历史的思考和保持自我纯洁的心志。在《山石歌》中，诗人先写到自然："谷那边卧着蛤蟆石，谷这边磬锤峰插云霄"，"同属东山石，隔谷伴随到今朝，低而不谄，高而不傲"，转而写到人世："有人自居是奇峰，转瞬却如粪土抛；有人曾把怪石笑，笑声未落不见了"，并发出感慨："品质高卑难貌相，人生在世重节操"；在抒写桂林山水的诗中，面对着榕湖和杉湖之间的"桥"，诗人寄托这样的思绪："那增添色彩的曲桥，不期而成了世路的象征，人生自古多风浪，难得安静似湖平"；诗人"登临蓬莱阁"，抚今忆昔，壮怀激烈，天上人间，感慨万千，他这样唱道：

> 仙人曲不归，
>
> 何方是净界？
>
> 蜃楼或可住，
>
> 转瞬不复在。
>
> 真情在人间，
>
> 悲欢七十载。

天地幸长久，

劫生存壮怀。

　　在新中国成立后的诗歌道路上，由于生活道路的影响，刘艺亭从写现实，到忆念历史，再到抒发自己的怀抱。这里有诗歌观念的转变，也有诗人主体意识的逐渐苏醒。所以，他后期的诗作，就表现了较为鲜明的创作个性和独特的艺术风采。杜甫说"老来渐于诗律细"，而他在深入艺术的本质上则有了长足的进步，虽然他的诗形式和韵律比较自由。高标人格意识，以豁达磊落的胸怀、质朴自然的生命语言，吟唱几十年人间悲欢离合的情愫，这一切成就了诗人晚期诗作的创作风格。应该说，这是他生命成熟也是艺术成熟的重要表现。

第三章　承上启下的河北诗人

第一节　刘章　何理　叶蓬　田歌

一、刘章

刘章（1939~　），原名刘玺。河北省兴隆县人。他出生在贫苦农家，从小喜欢传统歌谣。1956年上中学，在课本和课外阅读中，又接触了一些现代新诗和古典诗歌作品。1958年回乡务农，做过村里的干部。当时正是"大跃进"民歌运动汹涌澎湃的时期，于是他采用民歌的形式，反映家乡的生活，抒发家乡人的情志，创作了大量新民歌和民歌体新诗。1975年任县文化馆副馆长，第二年调《诗刊》编辑部工作，1977年到河北省歌舞团从事创作，1982年调石家庄文联工作。曾担任河北文联委员，石家庄市作协主席。主要诗集有《燕山歌》、《葵花集》、《映山红》、《燕山春》、《南国行》、《枫林曲》、《北山恋》、《长相思》、《刘章乡情诗选》、《刘章诗选》、《刘章新诗》、《刘章自选诗》等20余部。1981年获中国作家协会全国中青年诗人"1979~1980"优秀新诗奖。

刘章的创作道路较为漫长，近50年来几乎从未中止。其创作道路大致可以划分为三个时期。

第一个时期是20世纪50年代至70年代中期。这一时期的诗作主要收在《燕山歌》、《葵花集》、《映山红》、《燕山春》等诗集中。特别是五六十年代，是他的创作开始爆发的时期，也是相当辉煌的时期。正是在这一时期，他显示了作为一个诗人的敏感、才华和禀赋，为今后的创作打下了坚实的基础。

　　刘章出生在燕山深处的农村。燕山有着光荣的斗争史和革命传统，是英雄的故乡，50年代又经历了巨大的社会变革，掀起建设山乡的高潮。诗人就是在这种深远的时空坐标中开始写作，并成长起来的。诚如田间在《燕山歌》"小引"中所说，读他的诗，"我们似乎看到，在群山里升起一棵年青的树。这棵树的名字，可以叫做能唱歌的树"。革命乳汁的营养，温厚乡土的滋育，使诗人成为燕山忠贞的儿子。他的诗都是献给燕山和家乡人民的从心底发出的情歌。这里且不说50年代末，他初出诗坛的时候在艺术上难免幼稚，以及内容上由于时代原因而不可避免地留有的浮夸的痕迹，单是他那些从生活中提炼出来的诗，所表现的质朴、真切的感情，透发的浓烈的泥土气息，以及他所采用的婉转明快的民歌语言，就打动过当时许多读者的心灵。他的诗确如一朵缀满露珠的结实的花蕾，在燕山的怀抱中，迎着朝阳，吐放出阵阵清香。

　　诗人在劳动中写诗，又在诗中歌唱劳动，"诗劳动化了，劳动也诗化了"。有这样的两句诗，正是诗人自我抒情形象的写照：

> 歌儿飞自心窝窝，
>
> 果子采在手里头。

　　他的诗大都来自生活的实际。他善于在劳动中观察、感受和体验，然后情景交融，在心中酿造出美妙的诗句。请看这首诗：

> 燕山山峰高又高，
>
> 层层梯田入云霄，
>
> 种子撒在云彩里，
>
> 银河两岸收金稻。
>
> ——《燕山谣》

这首有名的短歌，既体现了诗人精细的观察，也显示了他的想象力，然而这个奇特的形象却是真切、实在的。诗人曾谈到这首诗的形成过程："我们那儿都是高山，高山上是一层层的梯田，有时云雾缠在山半腰，看着这景色，我想出了'燕山山峰高又高，层层梯田入云霄'的句子；
到种地的时候，我见种子撒在云雾缠绕的梯田里，我又想出了'种子种
在白云里'；夜晚收工回来，回身一望，山峰顶着银河，梯田就好像在
银河两岸，'银河两岸收金稻'的句子，在我脑中自然就涌现出来了。
后来把四句联在一起，又反复琢磨……最后写成了《燕山谣》这首诗。"
可见，这首诗完全是从生活中来的。又如：

> 哥哥笑脸水里飘，
> 捕鱼姑娘心儿跳，
> 低头笑脸想摇船，
> 又恐笑脸摇乱了……

——《湖边》

这里，将劳动与爱情结合，对姑娘微妙心理的感受是非常精微的，正是
此种感受的捕捉，使这首诗灿然生辉。再如：

> 三月春雨落纷纷，
> 队长取种赶回村，
> 两道眉梢水珠滚。
>
> 胸膛跳动火热心，
> 草帽盖着一片春，
> 掌上良种欲生根。

——《雨中》

此诗只用速写式的几笔勾勒，就刻画出队长的精神面貌。这里有观察、
感受，但"掌上良种欲生根"这样的句子，如果没有深切的生活体验，
是无论如何也写不出来的。诗人在反映劳动人民的生活、抒发劳动人民
的感情时，常通过独特、新颖的构思，把它们表现出来，从而显示了他
高超的艺术结撰能力。再看《水库赞》这首诗：

> 留住天水不下山，
>
> 给山挂幅水晶帘，
>
> 咱让它变它就变，
>
> 变成珍珠万万千。

这是一首反映山区人民在高山修建水库的短歌。高高的山顶上泻下一道清泉，"给山挂幅水晶帘"，这是多么赏心悦目的景色。但是，此诗如果到这里为止，那也不过是一幅美丽的风景画，没有多大意义。然而，诗人却接着一转："咱让它变它就变"，顿时把山区人民治山治水的雄心壮志托现出来。"变成珍珠万万千"——到这里，我们再回想那幅"水晶帘"意义就不同了，它不单纯是一幅可有可无的风景画：有珠光闪烁的"水晶帘"，才有万万千的"珍珠"，而这万万千由"水晶帘"变成的"珍珠"，由于是"咱让它变它就变"，又很自然地凝聚着山区人民万万千的神奇的创造和理想。诗人抓住了"珍珠"这一鲜活而有概括力的形象，完成了诗的构思，出色地歌唱了山区人民修筑水库的劳动。应该说，这类诗都有一个编织巧妙而又完整的结构。诗人不仅唱出了家乡人民的心里话，而且用他们所习惯、所喜闻乐见的方式歌唱。他五六十年代的诗歌，绝大部分都是七言四句的民歌体。这种诗体，短小精悍，琅琅上口，易于记诵，是农民熟悉和喜爱的形式。虽然不无局限，但这种起步，确实坚持了诗歌民族化、群众化的方向，为以后的发展至少提供了移植根基。这也是诗人当时引起诗坛关注的一个重要原因。

综上所述，我们认为，人们，包括诗人自己，对这一时期的创作不能简单地轻视或予以否定，虽然这种情绪包含着强烈的进取意向，但还应有"历史同情"的胸怀。因为这一阶段，对诗人的创作历程来说，是一种客观的存在，而且毋宁说还是一个极为关键的起点，没有这个起点，就不会有他后来的宽广征程。

70年代中期至80年代中期是诗人创作的第二个时期。这一时期的诗作大都收在《南国行》、《枫林曲》、《北山恋》等诗集中。《南国行》，是诗人 1976 年借调《诗刊》工作后，出差去南方时带回来的一篇追寻革命足迹、缅怀革命先烈、吟咏革命文物的诗作。《枫林曲》则仍然是以家乡燕山为背景，写"四五"运动前后的现实形势和历史变动，传达了人民爱憎分明的情绪。当时人民的心境，正如他在"序诗"中所唱的那片北国枫林：

> 雨洗枝条艳，
> 霜浸色更鲜。
> ——染千里，
> 紫霞天。

经受了时代的洗礼，经历了历史的转折，燕山发生了新的巨大的变化。作为诗集《北山恋》核心的组诗《北山恋》，是诗人在新时期写给家乡的一曲梦绕情牵的恋歌。"母行千里儿挂心，儿行千里念母亲"，仍然是对家乡和家乡人民的热诚情怀，但经过历史的挫折和磨难之后，已经脱尽了当年的稚气与天真，在渗透着痛苦回忆和历史反思的现实抒写中，感情更加深挚，更可以见出一颗拳拳的"赤子之心"。把对党的歌颂寄寓在对故乡的眷念中，两者在更高的思想水平和审美层次上结合，使这组诗产生了较为深厚的思想内容和动人的艺术魅力。仅举一首《湖光》，这首诗借助自然景色，表现人民重获解放之后，一扫过去愁眉苦锁的温馨的心情。它对湖水不作照相式的再现，而是把缕缕情思渗入清新明丽的画面之中，即景生情，因情绘景，景境即情境：

> 蒙蒙雨，淡淡风，
> 岸横，杨柳依依草色青。
>
> 小溪满，水库平，
> 溶溶，银瀑落珠下桃峰。

这与其说是对景物的描绘，不如说是诗人心态的表达，情感浸透在景物之中，以景物为依托和展现。接下去两句：

> 云中鱼，水中鹰，
>
> 多情，都在青山倒影中。

云水相映、鱼鹰换位，青山倒影，都融在豪迈的情感里，已经不是情的渗透，而是情的直接加入。最后两节写新船女娃、笑声网声，由景及人，景人合一，犹如画龙点睛，点染出一幅风情画：

> 新船下水如白鹭，
>
> 西东，女娃头巾一点红。
>
> 笑一层，网一层，
>
> 重重，诗情画意浓。

这种自由、轻松而又豪迈的情态，只有经历了历史的动乱与忧患之后，人们从噩梦中醒来，才会感到格外的慰藉和宝贵。此诗对时代的表现，不是径直切入，而是间接折射，以人们平和欣悦的心境反映时代的清明。

这一时期的创作与上一时期比，情感趋于深沉，更有一定的历史感。尤其是在艺术上，诗人进行了大力探索。刘章本来是写民歌起家的，后来也逐渐写新诗，并致力于在古典诗词和民歌的基础上发展自己的创作。但在一段时间内，民歌、古典诗词和新诗三者在他的诗中并没有有机融合，他的自由诗缺乏特色，一些诗古味又太浓。《北山恋》出现后，人们发现，他以民歌为根基，适当地吸取古典诗词和新诗的长处，这样，他在艺术上才逐渐臻于浑成与圆熟。组诗《北山恋》中，错综变化的长短句式，间以整齐的对仗；明快有力的节奏，又融口语入诗。语势节制而自由，音韵活泼而规律，既不太像古诗，也不完全像民歌，而是形成了一种全新的格调和风致。但是，尽管如此，我们对这一阶段的评价也不宜过高，因为从诗人整个创作历程来看，它还只是转型期，带有一定的过渡性质。诗人的诗歌仍然主要旋转在政治指代系统，没有从中真正解放出来。他的诗越写越熟练，但思维趋于定式，语言、意象、手法多有雷同和重复，独特的发现并不丰富。这对创作未必是好的征兆。因为重复意味着贫乏，乃至倒退。这也许应该归咎于他的在特定历史条件下曾经是进步的，但时过境迁已变得陈旧了的诗歌观念——简单地直接为政治服务。正因如此，他这一时期的某些诗会给人一种转瞬即逝的漂浮感和短暂感。

第三个时期是从 80 年代后期开始，一直到 90 年代。这一时期的诗作主要收在《刘章新诗》中。

新时期诗歌在思想解放中冲破旧的艺术禁锢，实现了根本的转变，新诗潮波涛涌起，诗人受到这种气氛感染，其主体意识也开始觉醒。然而，他的艺术探索并不盲从，只是在他原有的基础上，进一步深化和拓展，在渐进中实现质的变化。他为自己定的追求目标是"用多副笔墨；讲意格，寻声律；求简约，崇平淡"。而他艺术的具体走势，则分两个方向：一是借助古代诗歌的母题和原型意象，通过生发和转化，表现现代人的意识，从而造成历史与现实的双重建构，继承与创新的有机衔接，这主要表现在《刘章新诗》的第一辑《古句新题》中；二是从外在世界返回内心，揭示自己生命的奥秘，把内在思考与自己的人生命运结合起来，在一种自白的形式中展示生命的人格力量，这主要指《刘章新诗》的第四辑《遐思录》、第五辑《新绝句》中的诗作。

诗人于 1987 年 10 月以《小桥·流水·人家》为题，写了一首小诗，运用现代白话，拓展诗意，表现现代农家的新生活，从此开始了"古句新题"的写作，竟一发而不可收，写了近百首。中国古诗是博大精深的，它的诗句中包含着很多"原型意象"，即"一种典型的、反复出现的意象"（弗莱语）。在诗歌创作中，有意地使用"原型意象"，不仅可以增强诗歌蕴涵的深广度，而且可以丰富它的审美意味。在这方面，诗人作了十分有益的尝试。例如，《月是故乡明》这首诗，起用了一个非常古老的原型意象：明月。这在古代诗作中较早出现的有《古诗十九首》中的"明月何皎皎"、曹植《七哀》中的"明月照高楼"，在唐代诗歌中也多有所见，如张九龄的"思君如满月"、张若虚的"海上明月共潮升"、王维的"清风明月苦相思",特别是李白的"举头望明月,低头思故乡"等。可见,明月自古同思情、忆念联系在一起,从而形成了一个"原型意象"。这个意象出现在刘章诗中,就带有了现代色彩,表达了他个人的现实情怀:

> 月是故乡明,
> 月是故乡大,
> 故乡的明月,
> 总在故乡南山挂。

"故乡的风物,铺在月光下",在这样的月光中,活跃着故乡的各种人物,是他们把故乡的月夜打扮得"有声"、"有色"、"有影"、"有味",最后,化外景为内验:

> 故乡的明月,
> 在我心头挂。

这首诗,我们不能只从现实层面来理解,如果我们熟悉古诗,就会有更多的感触。"月是故乡明"这句诗,是负载着我们民族某种共同的心理体验的,因而有很强的典型性和极大的包容力。在《鸟鸣山更幽》中,诗人表达了对传统与今天的"共时性"感悟:

> 悠悠地,悠悠地,
> 无拘也无束,无边也无际,
> 我在鸟声中神游八极,
> 听有人轻轻唤我的名字,
> 我从何处来?我将何处去?……

　　1990年秋,诗人因病住进医院,他躺在病榻上,一边接受治疗一边漫无边际地遐想,回顾一生,感悟命运,时有诗句迸发。十几首以《人生》为总题的诗就这样产生了。这时,他似乎又找到了自己蕴蓄已久的诗情的喷火口，掀动了他创作的一个潮汛，写下了数十首思索人生的诗。在这一时期，他的诗歌观念发生了根本性的转变，把诗的聚焦点集中到自我生命的表现上。正如他在《自白篇·耕作》中所说的：

> 我是诗人，
> 耕作灵魂的土地，
> 用笔作犁尖，
> 不停地耕作自己。

这与他前边的"歌儿飞自心窝窝，果子采在手里头"的抒情形象相比，形成了巨大的变异。这是一个全新的诗人，全新的刘章，也因此出现全新的诗歌，如《再致友人》：

> 明知人生是悲剧，
> 也要有声有色的扮演。
> 朋友，在你厌世的时候，
> 请默诵尼采的名言。

尼采在此诗中出现，说明他对个体生命的人生思考已进入哲学层面，又如《无题》：

> 有人种的幸福，
> 收获的是痛苦。
> 有人埋下土豆，
> 却挖出珍珠。

这是现实世界的矛盾，也是人生存状态的悖论。再如《且莫说……》：

> 且莫说："死是容易的，
> 活着却更难。"
> ……
> 大悲之后才认识活的价值，
> 大哭之后笑得才自然。

这是"向死而生"，从死的角度领悟生的意义。这样的"生"才是真正的"生"，才"生"得自觉而有价值，才"活着是美丽的"。此外，诗人还写了不少自己从未写过的情诗，不管是否源于"本事"，但那种潜意识中滋生出来的感情却是真实的，也透露了他生命的返青现象。

总之，诗人这一时期的创作，一方面把血脉伸向古代，一方面把触角深入生命。两者都以人为核心，纳入现代意识的观照，从而造就了他诗歌的真正高峰。刘章的创作，从50年代发轫，经70年代的转型，到了90年代，才完全走向成熟，其标志就是风格的最终形成，内容形式的完美统一：其意蕴，融古今于一炉，汇内外于一体，在人生的交点上，高标生命意识和人格风范；其风致，则是具体和宏阔与共，委婉与豪迈相生，质朴刚健，明丽自然。如果用诗人自己的诗句来昭示他的诗歌的整体艺术气象和境界，那就是：

迢迢万里征途，

只靠一双翅膀，

长天写一个端正的"人"字，

雨急风劲，奋力飞翔！

来也辉煌，

去也辉煌！

——《我们如大雁飞翔》

二、何理

何理（1937～　），河北省兴隆县人。中学时代开始写诗，1955年出版了第一本诗集，1956年参加了全国第一届青年文学创作者会议。1963年于河北师范学院中文系毕业后被分配到《河北文学》做编辑。1971年调回承德，先在地区文化局任创作组长，后调地区文联工作，任承德作家协会主席。主要诗集有《唱一唱农村》、《喜报》、《天涯风雪》、《春的馈赠》。

诗人出生在燕山深处的农村，从小喜爱民歌。解放初期家乡的变化深印在他幼小的心灵中，使他对生养自己的土地有一种朴素的爱。于是他试着用自己熟悉的民间曲调，歌唱农村，赞美新生活。还是在中学时代，他把一首首民歌体的短诗，写在花花绿绿的本子上，当积攒了百十来首的时候，他寄给了中国作家协会。没想到，这就成了作家出版社出版的他的处女诗集《唱一唱农村》（1955年）。此后于1958年他又出版一部诗集《喜报》。两部诗集多为短诗，他以质朴的感情、清新的笔调、民歌的风韵，歌颂党、歌唱家乡的人民，表现新社会带来的各种新的生活气象。

何理这一时期的诗题材广泛，概括地反映了新中国成立后农村的现实生活。从中我们可以看到农民获得土地的幸福，如《土地的主人》："风吹麦浪刷刷响，农夫破口笑一旁：'真正的主人，用真正的力量。'心中开花露面上"；可以看到农民对毛主席的热爱和感激，如《笑》："小镰刀，磨得快，单等秋风送信来！秋风到，农民笑，毛主席也在笑"；也可以看到翻身后农民的劳动热情，如《全家劳动》：

> 大哥挑柴下了山，
> 挑在肩膀两头颤，
> 过了小山拐山弯，
> 日压山头到场院。
>
> 大哥弯腰放下担，
> 大嫂黄昏纺棉线。
> 老奶将猪赶进圈，
> 老爷哄孙笑一边。

他的诗还从更大范围内，反映了抗美援朝、全民普选、宪法颁布等重大政治事件在农村引起的热烈反应，以及农民如何在党的指引下走向合作化的道路，走向美好的生活。这类诗有《慰问袋》、《中国与朝鲜》、《选民证》、《当代表》、《大哥灯下念宪法》、《张大妈》、《幸福之家》、《互助组员高声喊》、《太阳出来照红窗》、《打井歌》、《河之歌》等。社会主义新农村在党的正确政策的阳光照耀下，一派欣欣向荣、蒸蒸日上的景象，这一切可以用一首诗来概括，那就是《好时候》：

> 太阳出来照窗花，
> "哇，哇，哇……"
> 孩子刚落地，
> 叫声震窗花。
>
> 爷爷出门笑哈哈，
> "好时候，赶上了新国家。"
> 耳听叫声心开花。

这里新生儿的啼声，正是祖国新生的象征。诗人这一时期的诗作，是单纯的，甚至是稚气的，但感情却是真挚的。正是这种生活态度的真诚，使诗人在以后较长的创作历程中，虽然难免受到政治运动的影响，存在着某种时代的局限，但他热爱家乡的诗心不改，并且把它扩大到整个祖国。

新时期以来，何理的诗歌明显增加了文化内涵。他的家乡承德是古迹文物众多的游览胜地，山庄外的普陀宗乘之庙中就立有镌刻着《土尔扈特全部归顺记》的御刻石碑，这是诗人常到之处。某一天，他仔细辨认了这座碑刻，那惊天动地的史实触动了他的爱国情怀，于是他在多年停笔之后决定创作一部史诗，这就是1983年由花山文艺出版社出版的叙事长诗《天涯风雪》。这部长诗再现了清乾隆年间土尔扈特人回归祖国的艰苦卓绝而悲壮的历程，塑造了部族首领渥巴锡的英雄形象。明朝末年，土尔扈特由于和准噶尔不和，西迁到伏尔加河下游，但保持着对沙俄的独立，并不断派使者同祖国联系。1770年，土尔扈特不堪俄国政府的掠夺和奴役，26岁的渥巴锡决心率部众回国，在东进的途程中，冲破了俄国军队的围追拦截和疾病、饥饿等困扰，一步步前进，虽然经常处于十分艰难和困苦的境地，但他们一直没有失去回到祖国的信心："俄国是奴隶的国土，中国是希望的乐土，因此，让我们前进，向东，再向东！"最后经历千难万险，以胜利地回到祖国告终。全诗规模宏大，情节曲折，颇带有传奇色彩，诗中所写的各种人物，也大多栩栩如生。在当时中国诗坛，这部长诗的出版无疑是一个重要收获。

　　1988年，百花文艺出版社出版了何理的第三本短诗集《春的馈赠》，诗集中所收录的都是他"文化大革命"以后的作品。在《后记》中，他这样总结自己的诗歌道路："五十年代，我是以写民歌体新诗走上诗途的。……然而，随着时代的发展，诗也要不断创新。我早有感触，民歌体对思想感情束缚较大，我要像小雏那样啄破蛋壳跳出来。这本诗集，有相当一部分诗属于这一类。"其实，诗人创作的这种转变和发展，不单纯是形式上的，形式背后还有诗歌观念的进步，正如他自己所说："我要埋葬的首先是在内容上言不由衷，没有真情实感，赶浪头图解政策的虚假诗。"所以，这本诗集是诗人真情地献给故乡、献给祖国、献给时代的新歌。诗集分两辑：第一辑《三春柳》，展现了祖国大西北的瑰丽风光、风俗人情和生活情趣，抒发了诗人对祖国对生活的挚爱之情；第二辑《栗花梦》，以燕山山乡为背景，深情地讴歌了新历史时期北方农村的新面貌、新向往和新追求，具有强烈的时代感和深沉的历史感。这些诗，大都淡雅清丽，蕴藉含蓄，既注重了民族传统，又刻意探索创新，昭示了诗人在艺术上的不懈追求。

　　组诗《山音》显示出了诗人艺术上某种成熟的特色。其中有代表性的是两首：《故乡的山》和《真诚》。"故乡的山"是坚强的，同时也是十分独特的。尽管它"历尽沧桑/有多少坎坷多少不平/有多少创伤多少隐痛"，但是它始终"沉默"，即使灾难过后，"欢乐"来临，它也"依然/在沉默"。在这里，大山的沉默是历史在"痛定思痛"中集聚着力量，因而这"无声的沉默"，"胜过春雷般的轰鸣"。"故乡的山"在此被人格化了。看那一个个山头，"不管高的矮的大的小的"都紧"挽着臂膀"，"结为命运与共的弟兄"，他们团结一心，"凝聚起臂力"，"巍然不动"地在大地上高高挺立。这正是故乡人民坚强不屈、肩担历史风云的真实写照，也是故乡崛起的"最好象征"。生活在这样的大山怀抱中的诗人，自然会有石头的性格，这就是"真诚"。他虽然不是"火焰"，不是"金子"，但他却是"女娲补天/遗留下来的后辈"。既然是石头，石头自有石头的情怀：不做"通灵宝玉"，甘愿以身补天；石头自有石头的胆魄：不怕"世俗们鄙弃"，不惧"世俗们讥讽"，洁身自好，矢志不渝；石头自有石头的抱负：不计名利，不求贪欲，全心全意，奉献自己：

> 为多彩的生活辉煌的历史
> 为诚挚的爱情美好的友谊
> 我要去铺路
> 我要去搭桥
> 为共和国的大厦
> 我要搅拌成
> 混凝土

这里，石头的自白是诗人的心声，石头的性格也是诗人的性格。诗中的石头，正是诗人独特的个性和人格的艺术再现。这两首诗相辅相成，都涉及客观世界与人的关系，自然人化，人化自然，在意蕴上交叉互补。这种时代与人的契合，不仅造成了诗意的巨大张力，而且具有重大的美学价值和意义。也正是这一点，标志着诗人艺术上的成熟。

三、叶蓬

叶蓬（1929～　），河北省曲周县人。1946年参加革命工作，曾在冀南文工团和冀南文委从事编辑和创作。1947年调河北省文联筹委会，筹备《河北文艺》出刊，1949年创刊后，担任诗歌编辑。此后，一直从事文艺期刊和文艺书刊的编辑工作。1983年任艺术刊物《大舞台》主编。1986年调任《中国歌谣集成·河北卷》主编。主要诗集有《杜鹃声声》。

　　50年代初诗人开始创作，诗人是热情而真诚的，他满怀真挚的热情扑向"满眼新鲜的生活场景"，从矿山到工地，从水库到果园，从海滨到塞外……到处都留下他的足迹。在他笔下，有矿山"明珠缀满"的"灯节之夜"，有"枝头江南二月春"的塞上果乡，有水库工地上"扁担弯，筐儿尖，小碎步子迈得欢"的女社员，有"身在大海志在云天"的渤海人……而他的家乡更是他的诗的发源之地，他回到故乡，歌唱《我的家》：

> 滏河滚滚裹金沙，
> 向阳岸上是我家。
> 青青杨柳随风舞，
> 平房高树矮篱笆。
> 墙里种豆，
> 墙外种瓜，
> 瓜也开花，
> 豆也开花。

这是一片春光明媚的景象，正可以作为诗人50年代诗歌的整体写照：格调清新，色彩明丽，在字句简单的类似词曲的形式中激荡着诗人赞美生活的情怀。

　　然而，生活是严峻的，并不总是"繁花盛开"。在前进的征途中，不可避免地会遇到困难和矛盾。因此，到了60年代，随着生活的历史性变化，诗人的创作也发生了相应的改变，即从颂歌到战歌。这一时期，诗人所面临的是世界风云莫测的变幻，是"大跃进"之后又经受自然灾害所造成的经济困难。整个中国正经历着历史的考验。然而，中国人民的信念不倒，团结奋斗、战胜困难，成了时代的呼唤。诗人以自己的创作对此作出思考和回答：《废宫无碍四山青》，虽然写的是今天山水景色的变化，但也看到了作为封建统治象征的"废宫"的"阻碍"；《又一曲慷慨悲歌》，写的是历史上的一桩反帝壮举，但振奋的却是现实的民族意志；鲁迅先生诞辰八十周年之际，他写下了《旗手》一诗，在时代风云激荡中，昭示鲁迅精神来教育青年一代：

> 革命旗手有遗风，
> 一代青年教养成。
> 预言奔星迎红日，
> 文史长存呐喊声。

60 年代前期，体现诗人艺术高峰的代表作是《耿长锁歌传》，发表在《诗刊》1963 年 9 月号上。这是由序诗和 11 首短诗构成的一组叙事诗，每一首是一个故事。前 4 个故事，是写耿长锁在新中国成立前的悲苦命运和反抗斗争；后 7 个故事，是写新中国成立后他在辛勤办社过程中艰苦朴素、一心为公的先进事迹。

耿长锁过去是贫农，家境寒苦。他出生在饶阳五公村。这个村子，多以"纺经子"、"打麻绳"为业，打了麻绳到集市上去卖，也常受人欺负。一次，一个财主平白无故地折断了他的秤，他忍无可忍，招呼穷弟兄们和狗财主理论，进行针锋相对的斗争，逼着财主赔了一杆秤。诗中这样写道：

> 任他地主的臭威风，
> 压不住定盘星；
> 让他看贫农的硬骨头，
> 千斤沉！万吨重！

正是凭着这种硬气，他外出做工，不对财东阿谀逢迎，保持着"自己的品性"；在日寇的铡刀面前，他宁死不屈……

《犁的命运》是农民的一部悲惨的创业史。耿长锁"锅边上省，碗边上省"，"瓮底里刮，瓢底里刮"，省吃俭用，千聚万攒，企图置备一张犁杖，然而当希望将要实现的时候，突然而来的"天灾敌祸"，使这一切都成了泡影。"犁的命运"，也就是旧中国农民的命运。要改变这种命运，必须依靠党的领导：

> 红旗啊就是一团扑不灭的火，
>
> 火啊点燃起新生活的希望！
>
> 火光中闪现出一部火红的犁杖，
>
> 耕起你心田上渴望翻松的土壤！

随着这种历史性的醒悟，耿长锁加入了中国共产党。从此，他在党的指引下，从战火硝烟中走来，走上了崭新的社会主义之路，开始重新谱写一部艰苦卓绝的创业史。新中国成立以后，他办"合伙组"，"向阳枝上花先开"：

> 合伙组啊合伙纺经，
>
> 合伙组啊合伙打绳。
>
> "老四户"拧成一根四股绳，
>
> 十来亩薄地也合伙耕种。
>
> 别看合伙组小又穷，
>
> 它却是一个伟大的生命！

合伙组发展壮大，后来转为初级社、人民公社。集体事业的发展，必然扩展人们的胸怀，并带来新的人与人的关系。《孤儿行》是写耿长锁收养四个孤儿入社的故事。两户孤儿都是姐弟俩，两个六七岁的男孩，两个十来岁的姑娘。他们父母双亡，无依无靠。老社长这样说服社员们："社把这几个苦孩子抚养，才显出集体的力量！"社收养了他们，15年后，两个男孩都长大了，一个参了军，一个留社劳动，两个姐姐也都出嫁了，她们的孩子也已经会走路了，也会叫爹，也会叫娘：

叫一声爹来还好些，

一声娘叫得动心肠！

孩子有亲娘，

娘啊，也有亲娘！

娘的亲娘是哪个？

是公社，是祖国！

是我们亲爱的党！

在合作化不断扩展中，耿长锁的责任越来越重大了。然而他一心为公的品德和艰苦朴素的作风却一直没有变：在诱惑面前，他不动摇；在赞扬声中，他更虚心；为了社的扩大，他苦口婆心做工作；为了调解家务，他一趟又一趟为人家挑水；社里照顾他年纪大了，决定给他买头小毛驴，让他骑着，他的态度很坚决："不行，不行，可使不得！从前地主要账净骑驴，我弄个这玩艺像干什么？"小毛驴失了业，他还是迈开两条腿，为工作四处奔波：

你看！那不是他——

走在乡村的大道上，

有时还哼段小曲唱个歌。

这就是受人尊敬的耿长锁，

他永远是一个普通的劳动者！

耿长锁的事迹、耿长锁的精神，是那时中国人民形象的典型概括。他们从新旧社会的对比中，坚定了信念，获得了战胜困难的精神支撑！虽然今天历史发生了必然的变化，但我们认为，当时劳动人民艰苦创业、大公无私的精神本身是值得纪念的。

这一时期，诗人的诗风由明朗轻快转为凝重深沉，不是在生活的表面摄取影像，而是有了一种历史的纵深感。尽管有一定的历史局限，但不能忽视它为我们所揭示的特定时代的历史内涵，以及它在当时所能企及的艺术高度。

在"文化大革命"那场历史性灾难中，诗人被推出生活的轨道。一曲《易水河的母亲》的颂歌，只因引用了一句"风萧萧兮易水寒"的诗句，竟被扣上"儒家"的帽子。诗人与诗同遭厄运。粉碎"四人帮"后，面对时代的巨变，诗人回顾人与诗共遭劫难的那场噩梦，不仅对历史，而且对诗歌本身都进行了深入思考。《在烈士陈辉墓前》，他倾吐了求索中的苦闷心情：

> 此刻我来拜谒年轻的诗魂，
> 是想借一点灵感和激情。
> 带着习作的草稿当面求教——
> 诗究竟怎样才能引起生活的回声？

他的诗曾经引起过"生活的回声"，但在新的时代风潮中，由于历史的变革，诗歌观念也发生了改变，因此，诗歌如何才能引起新时代生活的回声，就成了诗人重新创作必须解决的问题。为此，诗人开始全方位正视历史和现实的一切：针对"四人帮"对周总理的诬蔑，他写《甘泉》，歌颂老一辈革命家的业绩和品格；面对中国的落后，他写《啊，长城》，张扬人民的意气；从大运河"时而澄清，时而浑浊，变幻莫测"，他展示了历史的变迁；从传统的"自转磨"，他联想到的是"一个勤劳勇敢的民族围着它转啊转了几千年"……最后，一支雁翎引动了他无限纷繁的思绪，在《雁翎思情》中，诗人这样慨叹：

> 你这根小小的雁翎，
> 真将一个美好的信息——
> 一个"人"字的远影，
> 轻悄悄
> 送进我心的底层……

应该说，这是诗人的一种幸运。从此，他不仅找到了历史的基点，也找到了诗的基点。把人作为诗歌创作的根本，表明诗人的诗歌观念出现了突破性的进步。诗当然可以反映政治，但政治是人的政治，人作为社会关系总和的生命体，具有极为丰富的内涵。所以，写人和人的命运，政治也可以蕴含其中。然而，无论如何不能把人和人的生活降低为对政治观念的附庸和图解。确立了人在诗歌中的主体地位，标志着诗人的创作开始步入一个新的阶段。

四、田歌

田歌（1930～　），河北省南宫县人。中学时代开始发表作品。参加工作后，曾任新闻记者、编辑。1960年调唐山市文联，曾任市作协副主席。30多年来，在全国各报刊发表了大量诗作。出版诗集《在寻梦的小路上》、《南国红豆》等。

1953年5月，他发表了处女作《傍晚》，诗的前两节是这样的：

> 新抹上泥的屋顶绕着青烟，
> 晚霞把桃色铺进麦田，
> 老头儿赶着双轮双铧犁回到社里，
> 愉快地依靠在白棂窗前。
>
> 鸡鸭在院子里散步，
> 七匹牲口在槽头微笑，
> 红膘马嘶嘶竖着耳朵，
> 像期待着主人快添一把发香的草料。

这略带文气的诗句，有浓郁真切的田园生活气息，也明显带着稚气。然而这并不成熟的背后，透发出来的却是成就诗的基本条件：深挚的感情和敏锐的诗的感觉。正是这一点，预示了他成功的可能。

50年代中期，和当时河北大多数诗人一样，他也致力于向民歌学习，写下了很多生气勃勃的民歌味很浓的抒情诗。尽管任何人都难以超越时代的影响，但他无论写什么，新生活、合作化、山川景色，却都表现出多少有些独特的锦心绣口。请看这样热切灵动的诗句：

> 日落收工不回家，
> 串着道儿望庄稼，
> 银锄肩上扛，
> 清风拂白发，
> 望谷，望豆，望棉花，
> 望山，望水，望云霞。
>
> ——《串着道儿望庄稼》

情调的单纯、意象的鲜亮、节奏的摇曳有致，很好地展示了他初期的诗不无清新俊逸的风格。

然而，诗人的创作道路不可能一成不变。因为它不仅要受到特定历史条件的制约，也要受流行的诗歌观念的左右。诗人自己的活动空间是有限的，特别是在主体意识不强的情况下，难免不汇入某种统一的诗歌潮流。田歌的诗走的就是这样一条路。诗人对此的态度，正如后来他在一首诗中所说：

> 你拥有不羁的热情
> 即使错了也珍惜自己走过的路程

应该看到，由于真挚的热情，在60年代，诗人也写了不少就当时的历史条件而言较好的作品。发表于1961年的《赵老好》是他这一时期的代表作。这篇小叙事诗曾在中央人民广播电台配乐朗诵，产生了一定影响。它的情节围绕着赵老好为牛接生的中心前后展开。先写盼望的急切心情："心也跳，山也跳"，"夜深人静不睡觉"，"山啊为什么跳？心啊为什么笑？"，"掰手指算过九个月，墙上道道画了二百七十条"，"今夜哟！……赵老好要有牛'宝宝'"。那么赵老好为什么这样激动呢？作品接着回述了他半生的经历："十二岁给地主当牛倌"，"前山的泉洞滴过泪，后山的荆棘刺过脸"，放牧中打盹"梦见有了自己的牛"，但地主的一阵皮鞭，打得他"血泪斑斑昏在山前"……如今"有了牛群有了山"，"公社的牛呀我的牛，公社的山啊我的山"，他怎能不把牛视为珍宝呢？为接生小牛，他准备得很充分：

> 一把剪刀沙锅里煮，
> 一团银棉药水里泡……

小牛生得很顺利，"四更天，人未眠"，赵老好十分兴奋，"刚添的牛犊怀里抱，摸摸嘴巴亲亲脸"，他仿佛抱着自己的儿子，仿佛抱着满腔热望：

> 赵老好，
> 窗前站，
> 抱着牛，
> 望着山，
> 好比望着咱大公社，
> 好比抱起咱十里山。
> …………

最后是故事的必然延伸："门儿吱儿一声响"，书记进门来，"一来是为看母牛添喜"，"二来是为给赵老好报告好消息"。由于他的先进事迹，他被评为劳动模范，被通知到北京去开"群英会"，"去见咱亲人毛主席"！这首诗的情节并不复杂，但由于诗人以人物情感的波动为线索，把细节渲染与心理刻画有机结合，做到了抒情与叙事的统一，收到了颇为感人的艺术效果。当然，诗人五六十年代的作品是偏重于反映的，反映外在的社会变动。他真诚地投身于客观的现实生活，但在这种投入中，多少泯灭了自己的个性，而由外在的物象、特定的政治潮流、一致的艺术规范，来决定他的诗的内容和形式。一切都那么正确、现成，富有意义。然而，在今天看来，它虽然留下时代演进的足迹，但不可避免地带有政治图解的印痕。

新的历史时期到来以后，诗人在反思历史的同时，也思考自己诗歌的得失成败。他所积累起来的艺术经验，使他一时难以摆脱既成的模式，但新时代人文意识的演进和诗歌观念的变更，却也开始促使他思考自己的主观世界和自身的生命价值。于是，他的诗歌探索开始进入了一个新的里程：从单纯走向复杂，从外在走向内心，从传统走向现代，而这一切变革，最终实现的是诗人自我的觉醒和生命人格的高标。诗人在《蓝土地》一诗中这样歌唱道：

> 我原本就是我
>
> 我是耕耘者
>
> 又是思想者
>
> 我在播种和收获之间幻想
>
> 我在幻想与现实之间行动
>
> 每一个早晨，每一个傍晚
>
> 都有预期到达的彼岸
>
> …………
>
> 我在小海的淡蓝里放身
>
> 身躯充满大海的血液
>
> 我是大海的自由元素

这种意识，这种心态，这种境界，昭示着诗人正在走向新生和成熟。

第二节　浪波　尧山壁　王洪涛

一、浪波

浪波（1937～　），原名潘培铭。河北省平乡县人。1963年于河北大学中文系毕业后在邢台地区文化局从事专业创作。1975年后，调河北省河北梆子剧团担任编剧。1982 年后，先后任邢台地区文联主席、《百泉》主编、河北省宣传部文艺处长等。1986 年调河北省文联工作，先后任文联党组书记、文联主席。主要诗集有《花与山泉》、《乡情》、《爱之河》、《自由之神的雕像》、《花非花》、《浪波抒情诗选》、《故土》等。

　　浪波的诗歌创作，早在 50 年代就已经开始，但到 60 年代才进入第一个繁盛期，尽管当时艺术个性受到时代的某种束缚，但他仍能坚持自己对诗歌艺术的追求。而"文化大革命"以后，在思想解放的冲击中，抒情个性的凸现与深化和时代脉搏的撞击，使他的诗歌突破了已有的美学规范而呈现重新腾飞之势，形成了创作的第二次高潮。他的诗歌道路及其转变，在他们这一代诗人中是具有典型性的。

　　太行山区是一片革命的热土，抗日战争年代，这里曾是根据地的中心，上演过无数英雄的故事。新中国成立以后，时代的春风吹绿了太行山，人民的生活发生了巨大变化。诗人出生在太行山区的农村，从小受到历史的熏陶，热爱生养自己的这块乡土，还在中学时代，他就爱好文学，并试着用诗歌的形式歌唱自己的家乡。家乡的现实变化在他的诗中流淌成一条《瀑布》：

　　　　　　像飞驰的骏马跃下万丈高峰，
　　　　　　瀑布呵，咆哮声震撼得群山抖动！
　　　　　　水沫四溅，洒满了云天，
　　　　　　阳光下幻变出一千道彩虹……

　　　　　　要拉住这匹骏马呀！让它去带动涡轮！
　　　　　　连营百里，建设者山前山后扎下重兵；
　　　　　　哦！我要看野马挂上时代鞍辔缰绳，
　　　　　　我要看山坡上铁塔高耸站成阵！

诗人心灵中的"瀑布"虽然激荡，但由于生活体验不够深厚，他把握的只是生活的影像；这里所传达的生活理想虽然十分美好，但也因缺乏坚实的内容而显得清浅、空泛。然而，我们从中却也可以看出诗人可贵的热情和与此相应的初现的艺术才华。

1959年，诗人考入大学，学的是汉语言文学专业，有机会研读大量古今中外的诗歌作品，同时，他也积蓄了一定的理论素养。上学期间和毕业以后的大量诗作，显示了他较为深厚的艺术功力。这一时期的作品有很大一部分收入《花与山泉》和《乡情》两部诗集中。诗人这一时期的创作，题材广泛，灵感活跃。他不忘祖辈的苦难："多少春天他播下惶恐的希望，多少秋天他欠租惨遭毒打。"（《耧铃曲》）他也深知幸福来之不易："啼血杜鹃浴血开，英雄碑下思当年。"（《无字碑》）然而他更着眼于现在和未来，在蓬勃奋发的时代中，他广泛采撷生活的花，酿成诗歌的蜜："三月太行，花的海洋，一朵花上有一双闪光的翅膀。"（《蜂房》）这"闪光的翅膀"，正是诗人的抒情形象。他写草原，写沙漠，也写勘探的帐篷，也写调皮的小鹿，也写白洋淀的姑娘，也写黄河的艄公……然而，他最钟情的还是他的家乡太行山：

> 当年太行穷山窝，
>
> 秃岭荒坡干沙河；
>
> 如今太行似锦绣，
>
> 山光水影展画册。

在组诗《太行春歌》等作品中，他歌唱山区的早晨："霜花还凝着路边的枯草，垄眼里麦苗已悄悄伸腰"（《迎春花早》）；他吟诵山乡的秋夜："苹果熟了，正当中秋，晚月和果子并蒂挂在枝头"（《苹果熟了》）；在他笔下，太行"十八盘"："登上一山又一山，飞越一盘又一盘"，"十八盘顶回头看"，"恰似一座大花园"（《十八盘》）；在他的诗中，太行水库："自从水库修成后，山谷里碧波悠悠；唱一支山歌，划一只小船，前响打鱼，后响种藕"（《太行渔家》）；而太行人民的劳动，都充满诗情画意："一层层梯田连天绿，一丛丛果林泛春霞，云中叮叮响耧铃，坡上隆隆走铁马"（《桃源行》）；而太行的姑娘则是："十七十八爱唱歌，太行女儿赛花朵；一曲曲歌儿响满山，一朵朵花儿开满坡"（《十七十八爱唱歌》）……太行山的风物在诗人的心目中，是那么美丽而又神奇，正如他在《柿子咏》一诗中所咏唱的：

> 九月柿子香，
>
> 入口回味长，
>
> 吃口红柿子，
>
> 终生爱太行！

这一时期，诗人的诗歌表现了对"诗美境界"的探寻：一是注重审美感觉的运用，不论是写景、写人、写事，都能在生活中捕捉精微的细节，通过色彩明丽的点染，使其放射光华；二是讲究诗歌构思的独特、巧妙与完美，追求意脉贯通，气韵生动，以艺术的整体性来与生活交流和对话；三是致力于诗的意境的营造，景与情融，人与事偕，以典型的生活画面，传导出普遍的意义；而这一切，纳入语言符号的创造，就最终走向诗美的完成。而诗人是相当注意语言的提炼和推敲的，不论是色彩、音律，还是手法、修辞，都力求精巧、恰切。试以诗人写的《蓝蓝的豆花》为例：

> 蓝蓝的豆花，
>
> 蓝得像火；
>
> 蓝蓝的豆花上，
>
> 一只叫蝈蝈。

诗的开头是农田景色的点染，也是环境氛围的铺垫，"蓝得像火"一句，本来火是红的，但豆花像火这种感觉挪移，不仅意象奇特，而且传神地写出了豆花的生长旺势，在这如火的豆花上有一只蝈蝈在鸣叫。故事就在这样的背景下展开。诗中只有两个人物，情节也很简单，但这两个人物演出的故事却充满浓郁的生活情趣：正当山区庄稼需要灌水、追肥的时节，一个小伙儿不干活，却上街去赶集，被一个扬水站的姑娘拦在路上。两人开始了风趣而幽默的对话。听着蝈蝈的叫声，姑娘说："请你猜一猜，它唱的是什么？"小伙别有用意地回答："不知道它在唱什么，只听见它在叫哥哥！"姑娘笑着摇摇头，态度大方又磊落："满山庄稼等追肥，它在催你去工作！"面对姑娘的委婉批评，小伙儿忽地脸红了，两只大手没处搁："我……哪是去赶集，上工路上学骑车……"此诗构思的巧妙之处在于，它以蝈蝈的叫声为因由，通过两个人不同的领会和对话中的各有所指，编织和推进情节，在情节演进的过程中，托出了人物微妙的心理变化——从矛盾达到和谐。蝈蝈的叫声，作为情节结构的扭结，而蝈蝈也成了全诗的核心意象。结尾，把开头诗句略有变化地重复，照应开头，不仅使全诗首尾圆合，而且深化了故事的意蕴，给人一种余味无穷的感觉：

　　　　一只叫蝈蝈，

　　　　落在大豆棵；

　　　　蓝蓝的豆花，

　　　　蓝得像火。

到这里，那蓝得如火的豆花不是象征着青春的热情吗？那落入大豆棵的叫蝈蝈不是也在宣告：两个人的爱情在碰撞中已经萌生，并有可能走向成熟吗？构思的完整，创造了这首诗的优美意境。背景与故事，行动与内心，生活场景与诗人的感情，彼此交汇，融为一体，构成了富有张力的诗意空间——清新，浓烈，悠远……而诗的语言，则为口语入诗，质朴自然，并且韵律流畅，节奏轻快，很好地切合了生活的情调。

　　诗人这一时期的艺术风格，如果打比喻，就犹如太行深处一泓清泉，澄澈见底，在红花碧草的掩映下蜿蜒曲折，潺潺流动，映着日光云影，波涌歌曲，浪溅珍珠……虽然清新、鲜美、秀润，但也缺乏涛飞浪涌的气势，对严峻的现实也缺少表现。

　　新时期以来，随着历史反思的深入和哲学意识的强化，诗人更多地选取历史题材，结合现实，在广远的时空坐标中，以探索民族的灵魂为主线，来架构自己的诗篇，因而，诗中贯穿着一种民族意识和历史使命感，并在它们的烛照下，拓展出一种宏阔的艺术景观。

在诗集《故土》中，特别是其第一辑"故土"、第二辑"神游"，诗人关于民族精神的探源是从"创世纪"的神话开始的，以现代意识观照原始意象，发现了作为集体无意识而积淀于民族文化心理结构的遗传基因。这就是"劈开宇宙洪荒"的开创精神，探索"大自然"奥秘的深邃智慧，"矢志不移"的对光明的追求，以及为了生存和发展而脚踏实地、百折不回的奋斗意志……这些文化母题作为基本线索贯穿于新时期以来诗人的大部分诗作中。"神游篇"是赢得诗坛好评的系列诗作，诗人访古迹，览名胜，追风情，无时不在叩问历史，无时不在思考民族命运。在寻访历史陈迹的过程中，诗人发酵民族的光辉。在《长安访古》中，他这样低吟：

　　——东方古老的文明几度把世界照亮？
　　我问李白的诗篇，司马迁的文章……

在《丝路彩笺》中，他这样咏叹：

　　　　汉代青铜，铸就我民族的胆魄，
　　　　踏飞燕，驭长风，挟惊雷……

诗人遍览京华，写《京华古意》，并非发思古之幽情，而是于感慨万端中，以历史的明镜折射现实的思考：拂去封建主义尘垢，才更显出民族精神的本色；他重返太行，探访革命遗迹，在《太行巡礼》中，把"长留苍莽群山"的"英雄气"，同优秀的民族传统相联系，揭示它们的承继和发展，使他的歌声更放射出历史精神的光华：

　　　　炮火硝烟，枪林刀丛，血雨腥风，
　　　　山作证，水作证，当识谁为龙种！
　　　　龙的传人，龙的精神，一脉相承，
　　　　看今日龙泉山上，仍有云气翻腾……

　　浪波的这些诗在结构上大都有三个层面：历史层面、现实层面和在两者转换中开掘出来的纵深层面——对民族灵魂的思考。他的诗，由于时间意识和空间意识的加入，其思维方式不仅有横的扫描，而且有纵的透视，不仅有平面的感触，而且有深层的探求，并且在过去、现在与未来的运动中，让历史的积淀化作对生活更高层次的感悟和向往，让诗的灵魂在广阔的天地间自由飞翔，如《愚公》：

> 太行王屋万仞险，巍峨笋峥门前，
> 开辟千里通途，你毅然扛起扁担。
> 担山担水担日月，自知任重道远，
> 代代相传，从你的肩，到我的肩……
>
> 中华民族在负重前进，历尽艰难，
> 不屈的肩膀是昨天和今天的支点，
> 担起希望和未来，放眼前程无限，
> 幸有它撑脊梁，我们才立地顶天！

开头两句是一个阔大的空间形象：人与自然的对峙。接着诗思急转直下，从远古直到如今，"从你的肩，到我的肩"，个人空间融入历史空间。然后进一步生发，在历史长河的流程中又叠印上了中华民族艰难奋进的身影，个人幻化为群体。这样，愚公形象就成了整个民族的象征。正是在这种时空交错和古今转换中，诗人深入开掘了民族灵魂的主脉——愚公精神，揭示了它作为历史杠杆的巨大作用，歌颂了古往今来无数"顶天立地"的民族脊梁。

　　在这里，诗人的"自我"完全融汇到民族意识和历史意识之中。民族生存的空间就是个人生存的空间，个人的人生追求切合民族历史的客观走向，在这种相互对应中，诗人追求生命与世界的交流和统一。他把有限的"自我"放在无限的时空中思考，从而确定自己的人生价值和意义。因此，即使是抒写个人情感的诗篇，也表现出了"天下兴亡，匹夫有责"的历史使命感和责任感，如《赠友人》：

> 岁月几多？磨难几多？不必问它！
>
> 心血汗水，全都在祖国大地泼洒；
>
> 老也值得！病也值得！岂惜代价？
>
> 此生相许，为中华崛起四海为家。

时间固然是历史的流脉，而空间同样也是历史的形象，在广阔的时空中，诗人获得了极大的心灵自由和创作自由。从根本上说，诗本身就是开阔和自由。这里有两个空间：宇宙空间和心灵空间。诗人的幸福是对这二度空间的高度体验和自由发展。也只有在开阔、自由的空间进行创造性的思索，诗人的一切才智和情思才能全面地发展起来。浪波诗的宏阔的艺术境界，不仅是外宇宙的张扬，更是内宇宙的开放，饮吸深广的时空于心灵，由心灵的感应来吐纳世界万象，从而感悟到人生的真谛和历史的奥秘。例如，《又见长安》完全以心灵驱遣外物，纳外物于诗人思绪之中，从"……又见长安！又见长安"开始，中经"……似是长安！不是长安！""……昨日长安？今日长安？"到最后"……又是长安！又是长安！"回环往复，思绪纷繁，恰如刘勰在《文心雕龙·神思》中所说："寂然凝虑，思接千载；悄焉动容，视通万里。吟咏之间，吐纳珠玉之声；眉睫之前，卷舒风云之色。"古今映照，新旧交替，层层叠印，似梦似醒，于一派缅邈深邃的情境中透发出一股浩然之气。这是个人的心声，也是历史的回响。

诗人追求崇高的美学境界，因为他认为，没有艺术上的崇高，诗歌就无法寻找民族的心脉，不能更好地把握时代的声音和历史前进的动因。浪波诗中的崇高感，是由于长期的忧患意识所形成的民族向上的力量和意志的高昂，它不仅表现为外在物象的伟大，更主要的表现为物我统一中"自我"的提升和所体会到的巨大力量。"长城"固然是一个宏伟的构筑，但它体现的崇高感，则主要是由于它象征了民族精神。"长城之魂"是民族之魂，是诗人的襟怀与民族意志的交汇。诗人在《长城之魂》中这样写道：

> 哦，长城！天之骄子，地之骄子
> 解不完的方程式，读不完的史诗
> 我引以自豪：我诞生在你的怀抱
> 你的形象和气魄是我生命的基石

这时的长城已经是人格化的自然，长城的崇高就是人的崇高，民族的崇高。

诗的现实作为有生命的实体，它的变更和诗人整个艺术追求是同步结伴而行的。民族形式的创造和民族灵魂的歌唱应该是一致的。诗歌是一种语言艺术，它的民族形式与民族语言有密切关系。诗歌界普遍认为，民族化就是用经过加工的现代口语表达当代中国人的思想感情。这是就一般情况而言的。由于诗歌语言毕竟受一定艺术规范的约束和一定美学传统的影响，因此，在诗的民族形式的创新中，还必然会有多种多样的路数。浪波有感于诗与散文的混同而致力于"新格律诗"的探索，自然也是他的一种路数。他较多地借鉴古典诗词，也受了"五四"时期闻一多倡导的新格律诗的启示，为了更好地抒发壮阔深沉的思想感情，一改过去那种句式简短、节奏轻快、舒卷自如的格式，而借鉴、变通了一种类似郭小川"新辞赋体"的形式。它的特点是：联词结采，短句长排，诗行相当整齐，节与节匀称。和郭小川不同的是，它的体制大多短小。这种整饬的诗体，在诗人笔下规矩而不板滞，严谨而无斧凿之痕，于约束中显自由，节制中见功力，有效地增强了诗歌抒情的沉凝和语言的力度，如《故都望月》：

> 汉长安，唐长安，古老的长安，
> 何处寻巍峨汉宫，锦绣唐苑——
> 茂陵树老，昭陵草衰，杜甫离散……
> 抬头问月："君知否，今夕何年？"

明月不语——应笑我书生痴颠！

悠悠岁月，悠悠渭水，几曾回返？

汉武唐宗，赫赫功业，昙花一现，

中华崛起，今天才是真正的起点！

这种形式同他的诗情、他的个性、他的修养是洽合的，相得益彰的。可以说浪波是河北诗人中最具形式感的人，他找到了适合自己的诗的形式。

与上一时期相比，诗人在新时期的创作中艺术风格发生了很大的变异，或说发展，它已不再是溪流，而是波澜壮阔、飞涛激荡的浩浩黄河，汇百川而直奔大海……浪波的诗这种突破性的转变，是他孜孜不倦进行艺术追求的结果，也是河北当代诗歌在社会变革中发展的历史必然。

二、尧山壁

尧山壁（1939～　），原名秦陶彬。河北省隆尧县人。1962年于河北大学中文系毕业后，被分配到邢台县工作。1965年调河北文联，为专职作家，任《河北文学》编辑、河北作家协会副主席、主席等职。主要诗集有《山水新歌》、《渡江曲》、《金翅歌》、《青山·烽烟》、《我的北方》、《绿荫花红》、《尧山壁抒情诗选》等多部。后期主要创作散文，出版散文集《母亲的河》、《逍遥游》、《域外游记》、《天地父母心》。

诗人是烈士遗孤，从小深受父亲的影响和革命传统的滋育，革命、人民事业在他的人生中一直占据着重要位置。他五六十年代的创作多以山区农村的生活为题材，歌唱山乡的变化和农民的精神面貌。他的诗，泥土气息浓厚，淳朴自然，语言机智俏皮，诙谐风趣。《这棵槐》、《水火》、《机手出嫁》、《胡家楼纪事》等篇什，都给读者留下了深刻印象。如《水火》：

咱俩结婚时

有过多少波折——

你娘嫌我憨，

我爹怪你泼，

算命先生说八字克，

你是水，我是火。

偏巧今天全应着，

你在排水站管水，

我在修造厂看火。

你因那泼性格

驯服了一条龙；

我有这憨力气，

打出来好家伙。

你娘我爹到处说：

俺一家出了俩劳模……

算命先生见你我，

一个劲儿绕口舌：

好猛的水！

好烈的火！

都是公社福气大，

什么灾星都冲破！

过去结婚讲究批八字、看命相，命相不对，八字相克，水火不容，不能结婚。但新社会不讲迷信，劳动中建立起来的猛烈烈、火辣辣的爱情是任何封建迷信的观念都无法阻隔的，新的社会风尚必将战胜旧的习俗。这就是此诗讲的劳动与爱情的故事。水与火的结合，显示出了一种新的社会制度的威力。故事以火对水的述说来展开，构思颇为巧妙，比喻自然而诙谐，不仅烘托了两人的鲜明性格，而且表达了一代农村青年带有时代色彩的精神风貌。

当然，应该看到，诗人这时期的作品还是不够成熟的。由于时代的原因，肤浅、幼稚在所难免，特别是那些配合政治运动的应时之作，也不在少数。诗人在《翻旧作》中曾不无感慨地说："作者要塑造人物，时代也塑造作者的面目。"当然，对诗人的这些诗作，我们不能作超越历史的苛求。

新的历史时期到来以后，时代处于"两种生活的锻接处"，而诗歌也处于两种艺术的连接点。承前启后、推陈出新，是他们这一代诗人不可推卸的历史责任。是积极进取，还是止步不前，成了对他们的严峻考验。在思想解放和艺术解放的浪潮中，尧山壁是激流勇进的。他不仅反思历史，而且对诗歌进行历史反思。创作中致力于诗歌观念的更新，使他的诗歌发生了根本的转变，呈现出一派生机勃勃的艺术景象。

这段时间，诗人的创作发生了巨大的跃进和变化。1979 年以前的诗虽然也写于"文化大革命"后，但是紧跟形势的做法难免落入旧的模式。而《我的北方》中的大部分诗作，则已焕发出了崭新的艺术风采。前后比较，可看出明显的差异。试比照这样两首诗：

> 方田是一块块展牌，
> 林带贴上一条绿色花边，
> 插秧机正做苏州刺绣，
> 移苗机正织天津地毯。
>
> ——《美展》

> 望见你就眉开眼笑，
> 我家小小的空中花园，
> 五颜六色的花开了，

最美的一朵是小女儿的脸。

——《阳台，小小的空中花园》

两者都是美的，但差异是很明显的：前者的美是理想化的，多少显得僵硬；后者的美是源于心灵的，活生生的，在具体物象中蒸腾着一种主体的情感色调。而且，前者的形象片断同现成的社会观念是一种拼接关系，带有一定的图解性质；而后者总括的诗句"永远生活在花的中间"，则是从人化的景物中自然而然地生发出来的，是一种和谐的升华。这种差异，反映了诗人诗歌观念的前后的不同：前者以政治概念为指归；后者以人的审美情感为核心。正是这种诗歌观念的根本转变，导致了尧山壁诗歌艺术的一系列重要变更。

首先，是诗人"自我形象"的凸显和主体意识的浓重。过去诗人主要是写"他们"，写外在的生活场景，写与自己的切身体验关系不大的客观事物，自我的形象是隐没的，主体意识处于沉睡状态，例如，《工地人物》，写"大车王"就是"大车王"，写"宣传员"就是"宣传员"。而现在诗人沉入生活之中，写自己的感受和体验，即使写别人，也有"自我"的介入，有主体意识的渗透。他生长在太行农村，作为烈士子弟，经历过坎坷的生活道路，既有革命的硬气，又有农民的淳朴，他的诗风应该从这里找到依据。"风格即人"，布封的这句话道出了诗的真谛和本质，如《狼牙山，我心中的瀑布》：

前临深涧，后有围堵，
正义被邪恶逼上绝路，
五壮士没有踌躇，
信念的洪流冲破一切拦阻，
用生命在绝壁铺出坦途。

民族响当当拍着胸脯，
棋盘坨像一个拇指高竖，

惊天地啊泣鬼神，

那呼喊如惊雷回响在山谷，

啊，这才是真正的人字瀑！

作为一个烈士的后代，站在英雄山前，眼前的实景唤起胸中的激情。读着这份革命的遗书，想着当年的历史风云，惨烈的战斗、英雄的事迹在狼牙山奇险的山景前浮现，撞击着诗人的心灵，于是五壮士跳崖的情景就幻化为一道倾泻而下的壮丽的"人字瀑"。到过狼牙山的人都知道，狼牙山并没有瀑布，这瀑布显然是诗人主观意愿的隐喻。但这却深刻地揭示了英雄们崇高的精神境界。一曲壮士的颂歌，由于灌注了诗人的主体意识和主观情思，不仅使人们看到了诗人壮怀激烈的风貌，而且也产生了特别强烈的震撼人心的艺术力量。这样的诗，在升华英雄的形象中，也提升着人们的灵魂。

其次，主体意识的强化，必然带来诗人自由的思想和开阔的视野。因此，他能从各个方位进入多彩的生活，把诗的触角伸向生活的各个侧面、各个角落，对生活有诸多的开掘和发现。这样，无疑会扩大诗的题材领域。过去，诗人的题材主要是农村和革命传统，而现在则不仅限于这些，又有了历史古迹的探访、名山大川的览胜、草原戈壁的追踪，甚至身边琐屑的日常生活也都绽放出斑斓鲜丽的艺术花朵。这些反映日常生活的短诗别具风采和情趣。它们活泼、自然、清妙、隽永，因小见大，寄寓遥深，写的是对家庭生活和爱情生活的感触，折射的却是时代的光影。从"儿子的脚"，他想到的是"中华民族的身高"；从祖孙两代不同的生活态度，他思考的是"在两种生活的锻接处，自然要多挨几锤"；从一台"洗衣机"的购买，他发现的是手的解放："它们会弹琴，也会弄筝"……即使在一堆"破烂"中，诗人也看到旧时代的流逝与新生活的降临：

货郎鼓给了我启示，

我的房间应该清理一次，

那穿了多年的运动服，

那戴破了的旧帽子，

还有墙山样高，

装潢漂亮的废纸。

收购员眉开眼笑，

一秤，一秤，一秤，

小小的秤砣，

打不起我沉重的往事，

难道它就是黄金的青春

留下来的价值。

在这首《卖破烂》里，"破烂"暗示一个旧的时代，一个旧的"自我"；"卖破烂"，表明送旧迎新，葬送旧的时代，催生新的自我。一个小小的生活镜头，透视了历史的变迁与更替、人生的转机与开拓。其题也小，其旨也大。

最后，以复杂深沉的情感去拥抱风采多姿的生活，审美思维方式由平面、线性而趋于立体，必然造成诗歌形式的丰富性，产生多种多样的构思和五色纷呈的艺术色调。诗歌也因而突破单一、单调的模式而走向舒放和开阔。过去，尧山壁的诗多是抓住某一客观事物，反复设喻，层层类比，铺排扬厉，有时虽然也觉得巧妙，但它多归结为现成的政治观念，也就冲淡了比喻的色彩。而且，如果每首诗都比喻，也显得重复、雷同，缺乏新意。现在他打破了这种单一的手法，而运用多种表现技巧和艺术方式，例如，有的直抒胸臆，有的即景生情，有的托物咏志，有的虚实相间，有的动静结合，也有的意象结构，也有的整体象征。试看短诗《珍妃墓上的小黄花》：

一朵纤弱的小黄花，
笑开了一张历史的愁容。

长夜朦胧的憧憬，
曾挨过了多少个黎明？

心也变成了冷宫，
眼也哭成了枯井。

今日，这园寝再不是冷宫，
引来多少探视同情……

这朵纤弱的小黄花，
美过那参天的青松！

这首诗的中心意象是"一朵纤弱的小黄花"，诗人把它写得出神入化，空灵淡远：先写它"笑开了一张历史的愁容"，"花"与"愁容"叠印，引发了思古之幽情；接着写"憧憬"，写期待、写孤寂、写悲凉，是写花，也是写人；然后落墨眼前，写人心向背——这历史的天平；最后在与青松的对比中烘托出"小黄花"的高洁和美丽。此处，"小黄花"是小黄花，又不是小黄花，在"小黄花"对自身富有象征意义的超越中寄托了诗人无限深远的历史情思和思绪。从这首诗，我们也看到了诗人对意象技巧和象征手法的巧妙运用。同时，诗人的风格也更加多样化了。

尧山壁在一首诗里这样称道："我是太行石一方。"这太行之石，正是诗人人生、性格和诗风的写照——浑厚而刚健，质朴而风华，机锋藏于凝重，静寞蕴有火种，处于谷底，有谷之胸襟，立于山巅，有"一览众山小"的气魄。

三、王洪涛

王洪涛（1937～2000 年），原名王玉岭。山东省冠县人，长期在河北省工作。1959 年入邢台师院中文科学习。1961 年后先后在沙河县文化局、文化馆，《俱乐部》杂志社、河北省文化局创作组、《河北文学》等处工作，曾任《河北文学》主编。主要诗集有《北国春汛》、《山情水韵》、《苏醒的情思》、《回山行》、《海魂》、《王洪涛诗选》等。

诗人的创作，从50年代起步，60年代进入旺季，"文化大革命"后跨入新的历史时期，他的诗歌又掀起一个新的波峰。前后两个时期，其诗歌的艺术风格有一脉相承的方面，但也有较大的变异部分。在一次诗歌创作会议上他曾说："在诗歌的跑道上，如果不甘落伍，就要在创新突破上狠下工夫。"诗人横跨两个时期的创作道路，有力地印证了这一点。

诗人前期的诗歌主要以太行山区的自然风光和山乡人民的生活为题材，歌唱山川的美丽、民情的淳厚和人民的奋斗精神。那时他风华正茂，才情勃发，当他由于工作需要而进入太行山区的时候，一切都那么新鲜，几乎每一片绿叶、每一朵红花、每一条山路、每一道小溪、每一声鸟啼……都能唤起他的灵感和诗情。他深切地感受到太行之美。他抒写进山的感受："山青青，绿层层，水声伴我进山中"（《山中印象》）；"蜜蜂把路引，越走果越香"（《进太行》）；他描绘白云深处的人家："沟沟树木腾云雾，层层梯田飘彩霞"（《太行小景》）；他歌唱山乡的丰饶："羊是云来云是羊"，"羊群赶到云彩上"（《太行牧歌》）；他更以极大的热情赞颂山区人民治山治水的伟大创造：

> 西上太行越千山，
>
> 俯看水库落脚边，
>
> 恰似明珠镶碧海，
>
> 是谁留下一滴汗？
>
> ——《水库》

太行的风物人情与诗人蓬勃、热烈的情感在碰撞中交汇，经过审美的熔铸，凝结为优美生动的民歌形式和语言，在内质与外形的有机统一中，传导出一定的审美意味，形成了其作品的风格。这一时期，诗人诗歌的特点是质朴、清新、明朗、葱俊。他的诗集《北国春汛》中的大部分诗作就是这种艺术风格的具体、完美的体现。其中刻画人物的抒情诗，也是如此。

《莉莉》是诗人这一时期的代表作，最初发表在 1963 年的《诗刊》上。这是一首带有浓郁抒情色彩的小叙事诗，写的是一个父亲寻找女儿墓地的故事。它以第一人称展开："莉莉"是"我"的小女儿，在抗日战争中她牺牲在太行山上，"我""遵照母亲的嘱咐"，去找"移灵的地址"。这无疑是真实的生活，但要如实写下去，即使有曲折，也会是平淡无奇。诗人并没有这样写，为了更好地表现女儿的英雄事迹，他在激情的鼓荡中张开想象的翅膀，把人们从真实生活带入一个山水林木有情有意的拟人化的浪漫主义世界。在这个世界里，"我""叩问每一块岩石"，岩石沉痛不语，却示意了女儿发动群众的业绩；"我"探问丛林，树枝深情摇动，讲述了女儿生产劳动的情景；"我"询问江河，浪花激动地跳起，回忆女儿映入河水中的战斗的风姿。石静、树摇、水跳，不仅展现了广大太行山区的自然景观，而且它的人格化处理，也暗示了诗人从静到动起伏跳荡的思情意绪。最后归结起来，凸现女儿的英雄形象，"我"深情呼唤：

> 莉莉啊，莉莉，
> 我的好宝贝！
> 高山是你的形象，
> 树干是你的身躯，
> 花草是你的衣裙，
> 涛声是你的笑语。
> 太行在你的脚下，
> 你在太行的怀里！

巍巍太行，英雄姿影，山与人同在，人共山不朽！这首诗在当时产生了不小的反响，它的成功，表现在它从生活中发现了"寻找"这个线索，并以"叩问"为内容展开巧妙构思：对烈士生活的回忆，酝酿了诗人的感情，经过大胆而奇丽的想象的蒸腾，而升华为审美思致，在审美思致的推动下，情感与想象交互为用，生活形象就转化为艺术意象，最后经过语言与形式的凝定，从而完成了烈士形象的艺术造型。反复阅读这首诗，给人们的感觉和印象是：感情是激荡的，人物是鲜活的，景象是葱俊的，语言是质朴的，气韵是生动的……而这一切正表现了诗人独特的艺术风格。

毋庸讳言，60年代，诗人不尽如人意之作也有，并且不在少数，那些概念化的图解式的诗，有其时代的原因。但他热爱人生、执著艺术的主脉，则延伸至新时期的创作。而由于历史的转折、时代的激荡、诗人眼界的开阔、诗歌概念的更新，他的诗的艺术风格也发生了相应的变异：从清浅走向深沉，从秀美走向雄浑。

新时期诗人的创作，《山情水韵》中的作品是一个过渡，自《苏醒的情思》起才真正呈现出全新的面貌。这一阶段诗歌的主题走向，是从反省历史进而深入到反省人生，并在人生反省中映照时代。这里的一个精神内核，就是"情思的苏醒"。正是诗人这种主体意识的高昂，使他搅动了自己的生活之海和艺术之海，为他的诗歌带来了一派深沉、雄浑的气象。

在粉碎"四人帮"后的历史转折中，诗人敢于正视历史、直面人生，不作表面的悲喜，而进行深沉思考，表现了强烈的忧患意识和历史责任感。"张志新事件"被披露后，"面对烈士的血痕"，他这样警示："不须遮掩呵，何必躲避，让伤疤将耻辱和教训铭记"（《面对烈士的血痕》）；游览北戴河，走进林彪住过的别墅，他这样联想："这是历史的展览，让人观看——染着霉气的昨天，伴着特权的死亡"（《北戴河别墅》）；鲁迅先生逝世四十三周年，诗人来到鲁迅墓前，思绪万千："我想呵，想呵……"有时兴奋，有时苦恼，有时清楚，有时糊涂，有时甚至说不清是什么味道，"我"曾想——"你要是活着，那该多好！""《故乡》的巨变，你会看到"；"我"也想过——"你要是活着，未必就好！""因为你'没有丝毫的奴颜和媚骨'……白骨精们定会把你打死或者打倒"；"我"又想呵——"死了，比活着更糟！""四人帮""把你杂文的匕首，改成了'批邓'的大刀"……诗人在历史的时空里往返驰荡，最后他把自己的思绪凝聚起来，升华到一个新的历史高度：

> 此刻，我站在你塑像前，
>
> 向你汇报，也向你请教，
>
> 说吧，怎样防止历史的悲剧重演？
>
> 呵，你在思考，也教我思考……

诗人在鲁迅墓前的这种感受是真切的，这里的思考也是深刻的，不仅洋溢着历史的情绪，也包含着对自我的反思，对伟大人格的赞美。

随着历史探问的深入，思想的解剖刀也必然要伸向自己的人生领域，因为人生是历史的人生。1986年，诗人作为扶贫工作队员，重返太行山，所见所闻都令他十分震惊。这里哪有往日的青山秀水，树绿花红，"狼牙山撕得我胆肝俱裂，紫荆关扎得我耳目溅血"（《回太行》）。"进山第一夜"，是那么黑、那么冷，"窗外的天空，偏偏又划过人造卫星。我不敢看它，这屋里没一盏油灯"！为房东大伯，他"背水归来"，不仅感到肩上的沉重，更感到心灵的负担，面对大伯的感激，他无地自容："我跪下了，向着大伯，向着太行，背着沉重的负债、滴血的希望……"现实的观感催发着诗人的自我反省。这种反省，既有关于责任的，也有关于自己诗歌的。在《汗》这首诗中，诗人这样写道：

> 在我的诗里，
>
> 曾唱过汗的力量。
>
> 说它——
>
> 　　能漂起山头，

能染绿坡梁。

来到这里，
我感到迷惘：
老乡的汗，
流得还少吗？
为什么——
还有这么多
秃头的山，
光屁股的梁？

对比诗歌与现实，他感到艺术良心的愧疚；对比现实与未来，他更感到
肩头的责任。"文化大革命"十年，山区人民咽下的是苦果，但嚼出来
一个苦涩的醒悟；重返太行，诗人失落的是背离人民的"非我"，但找
回来的却是对人民的真诚的历史承诺。

诗人的"情思的苏醒"，不仅使他在时代的风云中明确了自己的人
生坐标，而且也在真善美与假恶丑的对峙中确立了诗的方位。在《中
年》一诗中，他回顾、总结了自己的前半生："作诗难啊，做人更难，
我苦苦寻找着我的中年"，他的"中年"是什么样的呢？过早的支出，
已把他的中年挤完，顽强的延伸，又使他的中年突破时间。这样，他的
中年是"特殊的中年"——这里有得，也有失，有经验，也有教训。然
而他无愧无悔。面对未来，他要加紧工作，挑起家庭重担，继续在人生
"矛盾的漩涡中学习游泳"，他的愿望是——"多些骄傲，少些遗憾！"

总览诗人新时期的诗歌，我们可以看出，一个宏观的显著的艺术特
征，就是其对生活的理性透视，不论是写森林、写草原、写大海、写江
河，还是吟咏文物古迹、现代油田；不论是抒乡情，还是道心声……无
不在"苏醒的情思"的照耀下闪射着一种哲理的光芒。例如，《致神
女》，长江三峡的神女峰历来是诗人所吟诵的对象，诗人1985年乘船路
过此处，写下了这首诗，但他不蹈常规，而是另辟蹊径，从神女深深开

掘出一个新的富于哲理的主题。神女站在高山上，脚下香烟缭绕，君临万物，神秘而又神气，"远远地望着你，我真想作揖"，等到诗人接近了神女，却发现"原来是一块冰凉的石头"！于是诗人醒悟了，发出深沉的慨叹：

> 怨谁呢？过去我离你太远，
>
> 站得太低，
>
> 我是非我，
>
> 怎能看清你就是你！

诗人的感受和体验是深刻的，感慨中蕴含着较为深厚的历史人生哲理：人的异化，神的虚幻，自我的失落与回归，历史的扭曲与还原……诗人那些短小的咏物诗，如《林中沉思》、《树的自白》、《根》、《蒲公英》、《蝉》、《帆对风说》、《火柴之歌》、《镜子》等，也都能在比附、拟人与象征中，以小见大，托物咏志，寄寓深广，在尺幅之内完成对生活的理性透视。

第三节　戴砚田　申身　村野

一、戴砚田

戴砚田（1932～　　），河北省昌黎县人。1945年考入昌黎汇文中学。1948年参加中国人民解放军，后入中国医科大学四分校学习。1951年毕业分配到河北省《卫生战线》任编辑。1956年调河北人民广播电台文学组任编辑。1972年后先后在河北人民出版社、花山文艺出版社任编辑室主任，编辑出版了许多诗集。1985年《诗神》创办，为第一任主编。1989年调任河北省文化厅群艺馆副馆长，兼《河北故事》主编。主要诗集有《春的女儿》、《渴慕》、《戴砚田诗文选》等。

诗人是20世纪50年代开始写诗的，那时他满怀激情和理想，走向人生，走向时代。他随着历史跃动的脚步，把诗献给前进的祖国。他的诗，为祖国记录下了一个个足迹。他真诚地歌颂党和人民的"伟大的功绩"，歌唱象征飞跃时代的"红旗列车"；在他的诗中，有春回大地播种的耧铃悦耳的叮咚，有人民公社"养猪姑娘"那银铃般的笑声；在他的笔下，有大雪天高举红灯把山路照得通明的老模范，有把帐篷架上当年将军战斗过的山峰的年轻的勘探队员，也有记着耻辱、记着责任的海防战士，更有那拧着恨、拧着爱、拧着集体力量和信心的"五公绳车"……即使是和朋友离别时的握手，也是火热的情怀："啊，朋友，伸出你的手来／让我们享受这最后一刻／未来给我们摆好了位置／让我们高歌着走向光荣的劳动。"

诗人五六十年代的诗是青春的歌。虽然人生路上并不总是鲜花，晴空有时也布满阴云，他的诗也并不总能传达人民的心声，但他对祖国有一片"赤子之心"，这成就了他的诗的基本条件，也使他的创作能够超越历史的时空，而在新的历史时期重新焕发出生机和活力。

经历 10 年沉默，当祖国复兴的第二个春天来临之际，虽然还有些春寒料峭，但大地已是万物苏生，面对着这巨大的历史变革，诗人已并不年青的诗心被深深震动，时代使他重新焕发了艺术青春。于是，他用有些生涩的笔、用有些沙哑的喉咙，为重生的祖国送上了一曲曲深情的赞歌。1982 年 11 月出版的诗集《春的女儿》，记录了他几年的心路历程。从诗集中，我们看到诗人不禁的惊喜和欢愉。他的诗，带给了我们一派残冬过后万象更新的跃动的情景：从华北平原"带着人民的希望辛勤耕耘"的银犁，到草原彩霞似的"奔驰的马群"；从"得意洋洋"哼着小曲的燕北"赶驴人"，到守卫着祖国山川的战士；从夜晚光华璀璨的"不落的星斗"，到早晨晶莹闪烁的露珠……一切都是春的色彩，春的情韵。读春天的诗，想冬天的事，不能不使人在欢欣之余，感到一份沉重。诗人在《呼吸着春天的风》这首诗中，传达了人们的这种历史情绪：

走在故乡路上，

呼吸着春天的风。

母亲的呼吸一般温煦的春风呵，

又一次抚育我归来的灵魂。

看你历尽忧患又现繁荣，

我心头怎能平静！

久为理想驱策，

曾被焦急灼痛，

舒展吧，在春风里，

一切窝憋着的美好的心灵！

　　这里有历史的反思，有未来的期望，但更多的是现实的责任。诗人的这些诗是思想解放的产物，也是某种程度上诗歌观念更新的结果。由于诗人思想的时代性的觉悟，他的感情由清浅转为深沉，由单纯而趋于复杂，这就要求诗歌的写法和形式有相应的变化。过去的那种重外在描摹的模式不适用了，它必然让位给更多的抒情，艺术上的单一也必然逐渐被形式的多样化所取代。因此，新时期以来，诗人的创作既注意开拓和更新自己的感受领域，写多种多样的感情状态，开掘心灵的深层奥秘，又不断地丰富和创造表现技巧和手法、语言和形式。在这部诗集中，诗人明显追求多种角度、多种方式的构思和表现。例如，《春的女儿》，赋予草木以灵魂，以简洁的语言写深湛的情思，即目即灵，以小见大，清隽秀逸；而《路灯的话》和《生长》，一则借路灯的发言表现工人的胸怀与品德，一则借自然的生命力揭示人生需奋斗的真谛，物象与情怀感应，空灵而具体，耐人寻味；至于《奇异的水库》，其构思更为独到和巧妙：山峡崖口，树木葱茏，哪里有水库？然而诗人却把它设想为水库，并通过"敲山"、"探谷"、与绿叶问答，从防旱和水土保持的意义上，使人们最后确认了这种"水库"，真是想落天外，而又近在眼前：

水在松树根须中玩耍，

水在杨树枝干上学爬，

水在槐叶纹里变化。

环山树海，奇异的水库，

溅了我一身彩色的浪花……

可以看出，大与小、虚与实、情与景、思与境等在诗人的凝思与结想中，进行复杂的艺术处理，是能够幻化出丰富多彩的诗的浪花的。

与构思多样化相适应，诗的表现技巧、语言和形式也必然产生一些新的变化。如果说，诗人过去主要是采用正面直对、单线铺叙的白描手法，那么现在为了表达某种深沉的感情和复杂的意绪，则有意避免平直而讲究蕴藉含蓄，或隐喻，或象征，或意余言外，或善作曲折……而语言，则在原有的质朴、自然的基础上融进了几分妩媚，增添了更多的骨力。诗的格调与风格，也由平实、浅近而渐趋于刚健和秀逸。

1990年，诗人出版了他的第二部诗集《渴慕》，主要收入新时期特别是80年代以来的诗作。随着主体意识的进一步确立，他的诗歌观念出现根本转变，艺术个性不断强化，诗人这一阶段的创作，不再追求时代影像的反映，而是从对生活的外在观照更多地回到内心，以生命体验来揭示自己的人生状态。这样，他的诗就不再有外在题材的明显标志，而充满蓬勃的生命内容，呈现出了若干精神特征。诗人作为一个中年知识分子，现实中的心态意识是复杂的：既有失落，又有寻求；既有忧患，又有进取；挫折后有无奈，无奈中有醒悟；困顿中有苦恼，苦恼后有追求；压抑连接着自由，希望交织着失望，失败孕育着昂奋……诗人的生命激荡着多种矛盾，多样色彩，多重情调。

诗人不掩饰自己内心的惶惑，他不断地自我对话："我那曾共过患难的一叶孤帆"，如今"要离我而去"，我感到"空落，茫然"。支撑过他的旧的信念失落了，他渴求建立新的信念，但是"还会有像你一样的忠实白帆吗?"(《帆影(三)》);"风暴是可怕的,无风更可怕。我的无风的帆呵,绝望地垂下",他穿越历史的风暴,知道风暴的"可怕",然而真正风平浪息,他又感到无风的悲哀,于是他呼唤新的"风涛"(《呼唤风涛》);诗人仰望浩浩宇宙,从寥廓的星空中寻找自己的位置,发现自己是和太阳遥遥相对的"一颗卫星",虽然大与小相差悬殊,但却都有同样的运行轨迹——西沉东升(《寻找位置》);诗人亲近自然万物,探索人的生命真谛:从海中"礁石",他看到人应具有的生存意志:"一长出来,就永不缩去",甘受海水的冲刷,"不管谁为它苦恼叹息"(《礁石》);从"竹子"的身上,他领悟了做人的磊落放达,被砍倒的竹子,翠绿短暂,枯黄永远,但它不伤情,不流泪,而是"去承担,去支撑",去领略那葱绿时无法领略的境界(《竹子》)……那么,诗人如何确立自己的生命价值呢?请看他的诗《生命》:

> 从哪儿舞过来
>
> 扯扬起劲风之发
>
> 往何处舞去
>
> 挺拔无可阻挡的步伐
>
> 青春热血,风流襟怀
>
> 无须更多言语
>
> 也许有九曲难解之愁
>
> 因相聚而生鼓舞
>
> 也许有步步生莲之妙
>
> 因终要分手而互道珍重
>
> 鼓声嘣嘣
>
> 地影旋腾
>
> 不必刨根问底
>
> 只看奋发精神
>
> 奔跳、旋荡、冲刺

> 欢乐着向岁月舞去
>
> 前面便是新春

这首诗向人们昭示：一个人只有在时代的"舞场"、与人和谐共舞，这样的生命旋舞，才能舞出奋发的精神、人生的价值、生存的意义，才能舞出永远不败的青春。这也正是诗人为"自我"塑造的精神形象。

为了更好地表现变幻多姿的生命形态，在他的诗中，外在的人、事、景、物，都失去其客观性，而被抽象为艺术符号，从而构成他灵魂旋转的"万花筒"。这些艺术符号就是意象。从形象说明到意象运用，是诗歌艺术的巨大进步。他诗中的意象世界是色彩缤纷的，不同类型的意象对应不同的精神内容：诗中的日出、暮色、星空、大地等，传达的是他的时空意识；诗中的大海、风涛、白帆、礁石等，象征着他的人生命运；而那些竹子、向日葵、青松、梅花等，则是他生命人格的写照。随着意象的大量使用，诗的艺术构成方式也发生了很大变化，不再是生活物景加一致性政治表态的线性模式，而是复杂多变的主体建构。这表现在内容上就是多重意念的冲突交流，表现在形式上就是各种意象的错综组合。这样，诗的结构，不是"顺着写"，而是打破时空秩序对内容的重新安排，因此，可能造成主题的多义性和某种情绪的模糊性。它为读者提供的不是一种理解，而是多重感悟。前边列举的《帆影》、《呼唤风涛》、《竹子》、《礁石》、《生命》等作品，都具有这种特征。

对诗人后期作品的艺术风格来说，由于诗人生命情调的演化，宁静放达的心态逐渐整合了情绪的骚动，诗的意象的色彩也趋于淡化。这样，他的诗的整个艺术境界，就不仅传达出一种从容自得的情致，而且表现了"豪华落尽见真淳"的平和、悠远的风韵。总之，我们可以明显看出，与他过去的作品相比，新时期他的诗有很多实质性的变化。这不能不说是诗人艺术探索的某种成功。也正是这种根本性的转变，给诗人带来了创作的更加灿烂的前景。

二、申身

申身（1932～　），河北省盐山县人。1951年毕业于泊头师范学校，先后任小学教师、校长等职。1956年后历任《沧州日报》、河北人民广播电台、河北人民出版社编辑，1982年任花山文艺出版社副总编，1986年任《华人世界》副主编，同时任河北少儿出版社副总编。主要诗集有《战震曲》、《山高水长》、《勿忘集》、《红珍珠》、《露珠集》、《申身抒情诗选》等。

申身是河北成名较早的诗人，大约在20世纪50年代就开始创作。也许正因为成名早，所以其创作长期受非诗的政治因素的困扰。虽然也有不少写生活、抒真情的作品，但由于多纳入政治指代系统，所以特点不明显，留给人的印象也不深。1977年，他出版了第一本诗集《战震曲》，主要是写1976年唐山人民抗震救灾事迹的。在那场世界罕见的大地震中，唐山人顽强的生命意志、相互扶助的崇高精神，以及舍己为人的高贵品德，给诗人以强烈的感染和震动。他和唐山人民一起战斗，救灾之余，他在帐篷里，用他的激情之笔，对所见所闻作了诗的记录。这就是后来的《战震曲》。虽然它为我们留下了一份极为珍贵的唐山人的抗震图，但由于受传统的束缚，并多为急就章，艺术上还比较粗糙。

新时期到来以后，在思想解放春风的吹拂下，面对诗歌变革大潮的猛烈冲击，诗人感到前所未有的振奋，他表现出了一种急于从旧的模式里挣脱出来重获新生、积极进取的姿态。短短几年间，他出版了三部诗集：《山高水长》、《勿忘集》、《追光逐彩》。从这三部诗集中，我们看到诗人不断探索、大胆革新的辛勤耕耘的身影，看到他在自己的脚下踏出了一条适合自己的生活和艺术之路。这对一个中年诗人来说，是十分可贵的。

诗人在《追光逐彩》的"后记"中写道："诗乃一座七彩灿烂的高高的峰影，出现在文学的远山之巅，抬头望去，光彩夺目，但要身临其境，却是路程如铁。"这是诗人的甘苦之言，他是一个望高峰而不畏艰难的攀登者。因时代原因，当时许多河北中老年诗人旧的艺术负累很大，举步维艰，有的人苦于"积习难改"而终止了脚步，而申身则奋力攀登，付出极为艰苦的劳动，踏上了成功之路。几年来，他的诗歌的转变层次和阶段性非常清晰：从政治性诗歌观念进到人的文学，再向美的追求延伸。"现实—人—美"，划出了他创作的基本走向。

1985年出版的《山高水长》，收入的主要是80年代初期的作品。这是诗人诗歌艺术攀登的初始阶段。此阶段创作的主要特点是：第一，诗的领域扩大，平原农村、山川景物、革命圣地、名胜古迹，无不纳入诗人的视野；第二，对生活的思考深入，从现实表层进入历史的深层，并向人的心灵延伸；第三，艺术上，逐渐摆脱切近生活、客观描摹的直接性，而追求诗与生活的间离效果。这些都是难能可贵的成绩。当然，有时也不免拖着一些旧的阴影，但无论如何，诗人已经开始攀登，并带给我们一片崭新的风景。

1988年出版的诗集《追光逐彩》是诗人80年代中期诗作的精选，它标志着诗人的艺术创作已攀上了一个相当的高度。这一时期，由于工作条件的便利，诗人去了全国很多地方：从巍巍五台到秀美漓江，从石头城到古栈道，从边寨竹楼到草原牧场……见景，则写景；生情，则抒情；遇事，则纪事，祖国大地的万千气象同诗人的内在感受和体验相呼应，辗转生发，幻化出无数奇妙的灵感。这就构成了这部诗集的多种色彩、多种意蕴、多种情调：登泰山，在无字碑前浩叹："何必有碑必有字，无字便文章"；游昆明湖，在石舫旁流连："谁不求乘风破浪前进？谁伴你一池清水搁浅？"过古驿站，则联想到历史与现实的承继："历史骑着骏马跑来，换成喇叭驰向遥远"；观峨眉佛光，"留下圆圆的五彩纪念"；涉漓江，"带回北方，做我诗肠"；进蒙古草原，领略"好一派北疆风韵"；在李白故里，想古诗人"浪迹天涯，饮酒一湖"；在包公祠前，思"官不在高，能公则名：权不在大，能正则灵"；在回车巷，响起历史回声："一条短短的回车路程，顺着代代深思无限延长"；从"泼水节"上看到民族的情愫："追求吉祥，追求如意，追求幸福"；从摔跤场上感受到"蒙民有争强好胜的心脏"；从胶林深处，读到了"拓荒者的诗行"；即使是一朵白色的野菊，也"拢着柔媚的月魂，净化想净化的情怀"；即使是一支蒲公英，也是"原野升起的自由太阳，在升落之间衔着憧憬飞翔"；甚至旅途中的一架千斤顶也象征着人格的价值和力量："谁结下沉重的愁，我愿为你解开。请莫要认错了地方，我在冷漠中等待"……

在这个阶段，诗人的主体意识完全觉醒，诗歌"向内转"的倾向全面推进，思想开放，精神自由，因此，不仅能从广阔的生活馈赠中，获得无数奇妙的人生哲理和五彩缤纷的激情，而且在生活向意识转化的过程中，进行了多方面的创造和开拓。为了营造"诗美"，诗人进一步在这样两方面下了很大工夫：一是构思独特，二是意境达成。

一首好诗，永远是一种发现，构思的发现，意象的发现，有没有这种发现，往往决定一首诗的成败。翻开《追光逐彩》这本诗集，可以看到很多这种发现。例如，《太行山上月望我》，古人写诗咏月，多是"我"望月，在月色中寄托自己的情思，而这首诗则写月望"我"，在同样的物我交融中采取了一个全新的角度，另辟了一种新鲜独特的诗美境界：

> 万山沉朦胧，忽有月腾起，
>
> 明月望我好心急——
>
> 不由风做伴，云纱未顾披，
>
> 越来越近，相抱只欠一伸臂

登山望月，独立苍茫，思绪邈邈，凝神静观间，情之所钟，意之所注，于是在诗人幻觉的世界里，一轮明月幻化为一位轻盈的少女，从云净风停的天海而来，急匆匆，仿佛赶赴约会，然而咫尺间突然停住，"相抱只欠一伸臂"，脉脉含情，如痴如醉，正所谓"柔情似水，佳期如梦"。

但相逢有时，离别在即，因而两情依依。真实的月夜景色，在诗人主观情感的浸润下，幻化出一派迷离恍惚似真似梦的境界，给人以绵邈悠长的感受。这种构思的心理机制，得力于"移情作用"，月无情，人有情，人的感情与月交融，月化为人，月也动情了。

可以说，申身后期诗歌的意境大多是很浓郁的。意境的造成，除这种逐渐推移的处理方式外，诗人还有另一种方式，就是从各个方面接近主题，把诗人的思想感情凝聚在一两个核心意象上，在众多伴随意象中，核心意象处于显著的地位，从而在综合中给诗一个结晶，一个生命。例如，《挤奶》这首诗，从牛的等待写到人的到来，从"挤的，被挤的默默无语"深入到奶的生成，"那青草，变为白色香油"，最后把人与牛联系起来，突出这两个鲜明的意象，构成深远的境界：

> 不挤了，
> 牛驮朝霞，走向牧草深处，
> 她提奶桶，迈向门口。
>
> 不时的，
> 牛也回回头，
> 人也回回头。

这首诗当然也涉及过程，但最主要的是中心意象的塑造，一切全都伴随着中心意象，为中心意象服务。这类例子还很多，如《船过赤壁》的最后一节："兵家胜败江流远，赤壁不改当年貌。来往船上客，逆顺各凭吊，笛声烟雾起，又向烟雾消"；又如《运河畔的炊烟》的最后一节："在炊烟里看得真真切切——那位慈善的面容，时隐时现，忙在灶边……"诗人这种以重点意象综合收结的方式，照应全局，总括全篇，往往意在言外，含蓄蕴藉，情韵深长，给人一种身临其境、回味无穷的美好享受。

在诗越写越长、越写越散文化的风气下，诗人致力于短诗创作。90

年代出版的《珍珠集》，就是他多年来短诗的结集。短诗写好并不容易，不仅要求语言少，形式短，而且要求构思集中，意象单纯。诗篇短小，并不等于意义也小，应该做到小中见大，咫尺万里。真正的好诗，须是言简而意境深远，字少而气象万千。如：

> 被绿被紫被黄冷漠
> 在严寒怀抱找到了
> 不熄的火
>
> 于是将丹心许给雪花
> 开，结伴开
> 落，携手落
>
> ——《梅花》
>
> 是书海的风帆
> 也是风帆的箴言
>
> 风顺风逆追求不止
> 有礁没礁初衷不变
>
> 升起来不再落下
> 海无涯痴觅彼岸
>
> ——《书签》

这两者都为哲理性咏物诗。第一首以物喻人，物性即人性：不与百花为伍，偏与雪花做伴，开得迟，然而开得美。写的是梅花，高标的是人格，贴切、蕴藉，意味悠长。第二首以物喻物，把知识比成海，把书签比为帆，帆行海上，不畏风暴，不惧礁石，直抵知识的彼岸。书签的箴言，即人的箴言，以书签表达人的勤奋，巧妙、恰切，引人遐思。一个人格，一种精神，都表达了诗人的人生追求，也可以并在一起说，两者共同塑造了诗人的"自我"形象。这些诗，意象单纯，蕴含丰富，所写者小，所见者大，给人以触发，给人以想象。

诗人曾说："新的收获希望，萌动于拓荒者新的耕耘之中。"我们看到诗人倾心"诗美"的努力终得报偿。他永远以美为诗魂，努力向新的高度攀登，是有希望登上艺术的更高境界的。

三、村野

村野（1931～1985 年），原名徐从芳。河北省清河县人。幼年只上过几年小学。抗美援朝时参军。1957 年复员后成为一名工人，后读两年师范学院中文系，毕业后做了十几年中小学老师。1974 年调本县文化馆，先做创作员，后任馆长。1985 年去世。

村野是唱着旧社会的葬歌和新中国的颂歌走上诗坛的，对旧社会，一腔怒火；对新中国，满怀豪情。参军期间，他写了不少反映军旅生活的诗篇，其中《白塔下的小姑娘》、《星星和哨兵》、《两个苹果》等篇有很大的影响。30 多年来，他共创作 600 多首诗，生前打算结集时，选定的 100 多首中，50 年代后期的诗几乎没有一首，这也许是因为诗人看到了那时创作的历史局限。本来，他也曾和多数诗人一样，也想使自己的诗与政治运动合拍，但政治有时反而不允许。"文化大革命"中诗人被迫罹难，痛苦熬煎着他，他在逆境中吟诗明志：

> 自度毕生最要事，
> 心溶马列堪陶醉。
>
> 邪不随，
> 正则追，
> 皎如日月灵魂美。
>
> 恋壮丽，
> 寄深意，
> 慷慨断辞憔悴。
> 汤汤浪涛流激，

不识艰难字。

——《述志》

村野是正直的，三军可以夺帅，匹夫不可以夺志，志向高远，坚贞不渝。1976年，"四人帮"制造了天安门流血事件。消息传来，诗人义愤填膺，以诗书写悲愤《书愤》：

有朋自京来，

泣血述真相。

洞胸用刺刀，

碎骨抡大棒。

狠毒愧希墨，

凶残羞豺狼。

人心终难欺，

必算血泪账。

写这样的诗，当时是要冒很大风险的，然而诗人却抄寄给《诗刊》，其胆识和魄力着实令人敬佩。

粉碎"四人帮"后，进入新的历史时期，他的思想获得真正的解放，面对中国灾难后的新生，他有欣喜，也有忧虑。他感到，我们民族再也不能沉醉于五千年文明了，五千年的文明可以成为我们振兴的动力，也可能成为我们前进的羁绊。他在《长城》一诗中这样写道：

它是飘在祖国胸前的绶带，

确也值得我们自负、夸耀；

它是挂在祖国胸前的项链，

外国朋友也为之赞叹、倾倒。

但是，我们不能使它变成绳索，

让它紧紧捆住祖国的双脚……

忧患出于挚爱，因而它不是消极悲观，而是一种强大的精神动力。《莫漠视我的存在》、《爱是选择》等诗，也都是把自己的人生和祖国的命运联系在一起的作品。

村野的诗善于从生活中发现真理。请看他的《不平》之鸣：

> 地狱里的鬼，
>
> 不一定都有罪；
>
> 天堂上的神，
>
> 不一定都无愧！

这种对举和对比，这种相反的双重否定，引起我们多少人世感慨和历史沉思。20余字，言简意赅，却有着思想包容量。又如《月与海的思念》：

> 圆月多么纳闷，
>
> 海水明明那么平静
>
> 分明一面理想的梳妆镜
>
> 可是映出自己的影子
>
> 却老是那么凌乱 破碎 晃动
>
> 永远悟不出其中的原因

这里没有"海上升明月"的单纯，而是月对海的质疑，动与静的变换、圆满与破碎的反差，说的是人，是事，是社会，是世界？个中包含着多少令人领悟不尽的哲理。它给人们的只是启示，而不是现成的答案。

诗人为人幽默，为诗也幽默。幽默是诗的一种很高的境界和品位，它表现了诗人的从容大度和诙谐机敏。在诗中，有幽默的形象，如《推土戏作》：

> 双篓半实半空空，
>
> 一路秧歌未轻松。
>
> 寸心跳跃如擂鼓，

虚汗滂沱似雨倾。

车轮有意凭左右，

脚步无主任西东。

平凡劳动何所易，

愧煞素餐为书生。

口语人诗，是一首解放体的七律。它所展现的诗人推土的形象，那种像扭秧歌似的左右摇摆的姿态，着实是可笑的。但笑并不是无聊，笑的背后有严肃的思考。这就是结尾两句："平凡劳动何所易，愧煞素餐为书生。"幽默，有时也表现为想象的机智与巧妙，如《流星》：

流星，在夜空划过，

多么绚丽，似花朵。

咳，它是被宇宙的大海，

扬弃的一个贝壳。

捕捉住一朵流星，

就揪住宇宙的一只耳朵……

从最初的设喻，把宇宙比作大海，把流星比作贝壳，到抓住流星就揪住宇宙的耳朵，中间潜含着贝壳是海的耳朵的比喻的暗转和过渡。创想奇特，曲以尽致，情味无穷。这颗流星是一朵飞翔着的幽默机智之花。村野是河北诗人中有特殊语言才能和幽默"异秉"的诗人，可惜英年早逝，竟未及将自己的才能充分展开。

第四章 新时代精神的歌者

第一节 张 学 梦

张学梦（1940～ ），河北省丰润县人。1975年毕业于唐山市第五中学。后从事过筑路、装卸、木工、铸造等多种工作。1979年开始发表诗作。主要作品有《现代化和我们自己》、《中国的果园正值花期》、《人之歌》、《大地震》、《中国属于朝阳国家》、《普通一天备忘录》、《人生体验》、《诗十六首》等，主要诗集《现代化和我们自己》及《人类诗篇》（与郁葱、大解合著）。1981年获中国作家协会全国中青年诗人"1979～1980"优秀新诗奖，1986年获全国第二届优秀新诗集奖。

1976年唐山发生大地震，也就是在这一年，"四人帮"把中国历史推向危机的边缘。时代的浩劫，自然的灾难，同时压向唐山大地。因此，十月的转折，在万众欢庆中，唐山人更多一份悲喜交集的感慨。

张学梦正是在这历史关头，在地震断裂带的废墟上站起来的诗人。他的生命和体验与时代共脉搏，震荡的时代，也激发了他的灵感和诗情。于是，他在防震棚里，酝酿了他的第一首诗，这就是后来发表在1979年《诗刊》上的《现代化和我们自己》。

唐山重建、祖国复兴都是被纳入四个现代化同一历史进程的。那么什么是现代化，现代化和我们每一个普通人的关系是什么？这就成了当时一个重大的历史课题。在四化宏伟目标目前，诗人感受到了现实生活的巨大差距，人们一时还无法适应，于是大胆地提出了这个尖锐的问题：

> 那么，思考这个问题吧，
> 现代化和我们自己。

我们有胜利的欢乐，更有前进中的苦闷："我突然感到，精神的苍白，肺腑的空虚。仿佛我是腰佩青铜剑的战士，瞅着春笋似的导弹发呆；仿佛我是刚脱掉尾巴的森林古猿，茫然无知地翻看着四化图集。"诗人以此为基点，展开广泛的想象和联想，在理想与现实、科学与无知、时代与个人的反复鲜明对照中，深刻地揭示了现代化首先是人的现代化的命题，真实地反映了一代青年的思想——他们的苦恼与思索、奋发与追求。"为了能担起历史的责任，我——学习"！由于诗句道出了人们的内心和共同呼声，因而在全国引起了强烈的反响和共鸣。

这首诗是一篇思考时代的力作，也标志着诗人创作道路的良好开端。正是这种对时代的敏感和强烈的社会责任感，使诗人时刻关注四化进程中不断翻涌着的层层浪花，无论是洪波，还是细流。他热切地盼望，"在我们现代化建设中/蓦然站起/千百个经济学家"，他们"跨高栏似地/把过去的权威们/一个个超过"（《致经济学家》）；他呼唤"二万万"青年，觉醒起来，振作起来，像"二万万马力的电机"一样，"来牵引生活，用速度追回那失落于荒草的流年"（《前进，二万万》）；他"像欢迎来做嫁娘的异域少女"那样欢迎袖珍电子计算机，因为它"突然闯进我们的生活，带来了新奇的现代化的气息"（《写给袖珍电子计算机》）；他在"铁水闪着光焰奔流出来"的化铁炉中，看到了工人们充满热情的"火山的性格"（《化铁炉》）；从"像一只始祖鸟"那样落后的"小铸造厂"，他也感受到了"这个小小的中国工业的细胞，蕴涵职责活力，也承受着蜕变的愁恼"（《小铸造厂》）……

张学梦思考时代，他的心和四化进程中的任何事物都息息相通。但他不满足于生活的自然状态，而是极力把它升华到诗的高度。然而，他诗歌构思的方式往往从理念出发，在激情的燃烧中，把纷纭复杂的生活加以熔化、冶炼，最后铸造成"白炽的诗篇"——艺术的合金钢。所以，他笔下的艺术形象总带有理性色彩，闪射着一种真知灼见的哲理之光。也就是说，他的形象思维和抽象思维是有机地融合在一起的。同时，写四个现代化，诗歌必然进入科学领域，大量的科学术语入诗，甚至以科学术语表现生活，成为张学梦诗歌的另一个不可忽视的特点。尽管这些术语生涩、新奇、斑驳，破坏了传统诗境的和谐，但它带给我们的科学精神，却拓展了"小生产"的目光所无法企及的美学境界，为我们展现了一种陌生化的现代美。这也是诗人审美理想的一个组成部分。

人们常把张学梦的诗归类为政治抒情诗，我们以为这是不准确的，至少它不是传统意义上的政治抒情诗。他感受时代、思考时代，但这个时代，不单纯是政治层面的，也是社会层面，甚至是文化、精神乃至自然层面的。他对时代的把握是全方位的，因而具有极大的包容性和整合形态。而且，他的创作，总是以人为主体，把人放在过去、现在、未来的时间和空间的坐标上，作历史和宇宙的纵横囊括。所以，他的诗对时代的表现，带有浓烈的人文精神和现代色彩。

既然现代化首先是人的现代化，那么人的成长、人的改造、新人的出现，就必然成为诗人创作关注的焦点。为此，他写了大量关于"人"的诗。即使在有的诗中，写到自己，也以现代意义上的人生标准来要求。例如，在《中国属于朝阳国家》中，他向祖国明确昭告："我欣然接受历史的重任，嬗变的作业，为你铸造一个新鲜的灵魂。"而《人之歌》则是专门歌唱人、歌唱新人、歌唱大写的"人"的一支颂歌。诗人从婴儿的诞生中触发了灵感，全诗以新生儿为主体和抒写对象，在想象和思考中，一步一步展现他的人生历程，赞美了灵与肉的解放和自由，不仅象征了新时代的痛苦而欢欣的分娩，也讴歌了新的人生价值和人生信念。随着意绪和形象的展开，这个初生的婴儿逐渐变成一个大写的新人，站在我们面前了：

> 走来吧，走来吧，用你光辉的人生来否定
> 禽兽们龌龊的道德，
> 用你科学的目光来威慑嚣张的愚昧，
> 用你的智慧来改变，这野蛮的劳作。

> 让你的尊严奠定法制的基础，
>
> 让你的个性突破保守的网络，
>
> 让你的头颅高耸在古老宫廷之上，
>
> 让你的沉思把狭隘认识的疆界开拓……

新人的观念是通过突破陈旧的道德规范而确立起来的，所以新人的成长必然带有冲突和斗争，但因为它是历史的必然，所以有不可压制的生长之势。

后来，诗人又写了赞"李政道博士"的诗，诗中对李政道的科学事业和人生表示了极大的敬佩和赞叹："你徜徉在星座与星座之间/寻找着记载宇宙奥秘的残简"，"你"丢下了鲜活的趣味与世俗，只看重"人类血脉中的神话"，"你面向终极/揣摩未知的力的姿态/或企图以超核能之火/把超感觉的暗物质点燃"。尽管"你的手势/我无法命名/你的文字/我无法解读"，但是：

> 我仰望着你，试图理解
>
> 你那嶙峋险峻的孤单
>
> 你的话语的来历
>
> 你那清清泛泛的眼神中的雷电。

这种莫可名状的赞美，高标了诗人的人格理想，也表现了他对探索宇宙奥秘的神往。

诗人是亲历了大地震的，劫后复生，大地震给他留下了永远不可磨灭的记忆。他写了一系列关于地震的诗，其中，组诗《1976·蓝色纪念》、长诗《大地震》是比较有名的篇章。组诗中有两篇佳作：《蓝色纪实》、《地震遗址》。第一首写他在地震中被埋在瓦砾之下的生命体验。地震时，他距震中仅约500米，地震开始后，他从狂肆的颠簸中惊醒，看到了奇异的地光闪烁，世界在他面前痉挛成一幅野兽派的图画。他感到石头嵌进他的躯体，生命向凄凉的蓝色沉浸，他临到了生的尽头死的边缘。这时他泯灭了生死之虑，超越了恐惧，超越了哭泣。然而，死神竟没有降临，他死而苏生，蓝色由暗而明，蓝色的沉寂又转化为蓝色的希望，于是他强烈地感受到生命的美好，生活的美好："原来存在，就是存在初始和终极的意义"。全诗以"蓝色"状写诗人地震中的生命体验，真切，微妙，而又动人心魄。不用黑色、绿色，而用"蓝色"，这是亲历地震的人才有的独特发现。这一发现，成就了一支灾难中的生命之歌。第二首，写唐山震后，新唐山城迅速重建，但也留下了若干遗址，供人们参观。对唐山人来说，这是不忘的纪念，它使人们不忘那破坏的惨烈，不忘那死亡的触目惊心；但它也映衬着今天那"闪闪发光的蔓草"，烘托着迎面嬉笑着走来的姑娘，她们那被阳光镀亮的鲜艳的脸庞和美丽的衣裙。这里物与人、生与死的强烈对照，包含着深奥的生命真理。那些在碎石间荡漾的"处女们的快乐的眼神"，是一部永远读不尽的生命哲学！

《大地震》，是张学梦为纪念唐山地震十周年写的一部长诗。它表达的仍是生与死的主题。诗人展示了"彻底的毁灭"，但从"彻底的毁灭"中，他也看到了"彻底的生"，发现了人的生命的顽强意志和不可摧毁的精神信念。他这样坚定地告诫和启示人们：

> 你崇拜和歌唱自己吧
> 你的力量，你的奋斗，你的灵气
> 不论平和或乖戾
> 我们才是这星球存在的主题

诗人相信生命，相信人民，相信人类，他的诗永远与生命同在。他这样向人们昭告："我的歌呀，将永远作死的结论，生的序曲！"

诗人对自然灾害的思考并没有囿于唐山，而是放开眼界，从中国联想到整个世界。自然灾害是人类面临的共同难题，所以，他写了《联合国减灾十年偶感》：在浩瀚的宇宙中，小小的地球不过像"蚁卵一粒"，这种孤立无援的处境，使地球成了人类的共同皈依，各种肤色的人都成了"地球村"的村民。"几乎所有灾难都会殃及世界",那么,怎么办?只有全人类从一致的福祉和利益出发,在茫茫宇宙,"休戚与共,风雨同舟",共同应付地球的危机,才会有一片生存下去的希望。

人与自然的关系,既有对峙的一面,也有亲和的一面,因为大自然毕竟是人类之母。人类是从大自然中进化而来的,是大自然的一部分,大自然为人类提供了丰裕的生活资料和优美的生存环境。不仅如此,大自然的伟大和神秘,在天人感应中,为人类启迪了无尽的哲学冥想。自然人化和人的对象化的双向互动,不知孕育了多少五彩缤纷的艺术花朵。诗人也写下了大量的吟咏自然的诗篇。仰望蓝天,他思考着"关于认识论和美学"(《蓝天的话》);看一滴春雨的滴落,他悟出"大自然有机性"的奥秘(《春雨》);从一只翩翩的蝴蝶,他看到"春天的尊严"和时令的不可逆转……虽然,自然有时给人带来灾祸,但也更多地给人类以恩泽。人可以认识自然,甚或在某种程度上改变自然,但从根本上说,人和自然还是亲和一体的关系,对自然的任何破坏,无异于毁灭人类自身。诗人在《绿十字》中指出,人类的"苦酒",必定有"罪错"来酿。而诗人对土地和太阳,则表现了无限的依恋和感激的深情。土地,特别是自己的国土,它是我们的生之根、命之源,它是我们生存和灵魂安息的所在。诗人在《热爱国土》中这样歌唱:

> 热爱国土:不论她肥沃或贫瘠
> 不论她正值旱季或雨季,珍惜这天赋的拥有
> 宇宙茫茫,人生茫茫……
> 好叫我们轻如烟尘的魂灵,有个当然的维系。
>
> 好叫我们安置新生儿的摇篮
> 好叫我们展示生命的瑰丽
> 好叫我们的骨殖,在分解和石化的过程
> 有所托付,一直萦绕熟悉的母语。

这里，把对土地的爱与对国家的爱融合在一起，显得更凝重深沉。《日出》一诗是一曲对整个大自然的礼赞：我们在阳光下生活，在大地上繁衍，这里有绿茸茸的草地，有金灿灿的麦穗，有哗啦啦歌唱着的玉米，野鸽子在晴空中掠过，牵动了人们和平的希冀……太阳每日照临我们，不仅给我们带来光、带来热，使我们体验到生命的脉动和欢愉，而且给了我们源源不断的人生真谛的启示。诗人说："我们懂得热爱/我们满怀感激"，并唱道：

> 我们心中有数，并牢牢铭记
> 为什么小麦由绿变黄，又由黄变绿
> 为什么我们对明天总是着迷
> 为什么我们不向苦难屈服
> 为什么我们屡受挫折从不畏惧

此处，太阳之所以作为人类唯一的崇拜，是因为它是生命的源泉、生存价值和意义的象征，也是人类未来美好的昭示。

自然与社会、科学与人文是紧紧联系在一起的。诗人的有些诗作，往往以自然的物象或景象，象征、隐喻社会历史的变迁和人生的追求。例如，《地平线》，历史的前景是广阔的，而且沿着时间之流不断推移、变幻，这正如眼前的"地平线"，它神秘莫测，而又充满诱惑力和感召力。我们的人生在历史的征途上，就像追逐着不断后移的地平线，我们仿佛追上了，但又有新的景色在前面。这就是人对历史的不可更改的命运。尽管"高云笑我近视，山冈讥我冥顽"，但我还是"背起行囊，继续向前"，我知道历史不会辜负我们，"向着地平线！向着地平线！"

> 我在自己的征途上跋涉，永远相信
> 会有新美的事物在那边出现。

人生就是不懈的追求，人生价值的实现，不在于目的的达到，而在于追求的过程本身，精神家园就在你脚下。此诗以"地平线"为喻，很贴切地传达了这种符合历史规律的人生哲学。

张学梦的诗几乎是包罗万象的，他有极为广博的视界：晨曦、森林、草原、大海、泥土的元气、蓝天的流云、午夜的星空；塔吊、大坝、计算机、电脑、航天的飞机、沉默的导弹、海中的轮船；地震、废墟、纪念碑、女孩、火焰、波斯菊；物质与精神、瞬间与永恒、现代的文明与古老的传统、往日的神话与未来的憧憬；社会、历史、文化、自然……大至宇宙的神秘，小至生活的点滴，无不被诗人纳入思情驰骋的领域，几乎写什么，什么就是诗，真所谓"精鹜八极，心游万仞"，"笼天地于形内，挫万物于笔端"。因此，他的艺术气象博大、恢弘，浩浩渺渺，变幻多姿。

他的诗，常使我们想到海，想到郭沫若《立在地球边上放号》的海：

> 啊啊！我眼前来了的滚滚的洪涛哟，
>
> 啊啊！不断的毁坏，不断的创造，不断的努力哟！

的确，张学梦的诗像大海，变动不居，奔涌不息。然而，不管风云怎样变幻，浪花迭起，其往返回环，不断扩散而又不断凝聚的中心，则是对人的创造和历史跃迁的思考。诗人深入到现实的生活潮流、实践和情感之中，去寻找灵感，从现实和现代的人出发，去发现历史创造的内在动因和深层驱力，从而展现世界的反光和震响时代的回声。这就形成了他诗歌之海的主潮。

诗人的创作在不断发展变化和追求中已逐渐趋于成熟。在他创作之始，《现代化和我们自己》无疑触到了当时人们所面临的重大社会问题，因而引起了很大的反响。但现在看来，他诗中的思考还是较为浅近与单纯的，情感热烈而少宏深的底蕴。稍后，他开始了对现代文明条件下新的人性的发现和对新人成长的关注和思考，写下了不少引起人们注意的篇什。而且以此为聚焦点，包容了较为广博的历史、社会、文化、哲学的蕴涵。诗人的艺术视角不再仅仅局限于现实，其精神境界有了更大的拓展和超越。地震诗是他结合自己的生命体验，对生与死的问题所作的哲学叩问。90年代以来，他的诗转向日常的感触和对大自然的咏唱。从表面上看，这似乎疏离了时代，但是因为他是以壮丽的宇宙意识、宏大的哲学思考和丰腴的文化风神，灌注这些事物，给它们以呼吸和生命，所以，哪怕是一株小草，也就支撑起了永恒的世界。不难看出，这是一种最不平凡的智慧和明睿的表现，也是诗人生命趋于澄明的一种征象。"风格即人"，诗人的生命早已从青年、中年步入老年，他的学识积累和人格涵养都更为丰富和纯粹。这一切投射到创作中，他的诗已不再有早期的浮躁和生涩乃至理胜于情，而走向浑成与稳练，诗的艺术风格，也由单纯的昂扬而变为幽深的沉凝。如果仍把他的诗比作海，那么今天这海是更加缈远、更加壮阔了。虽然由于万里蓝天的高远的映衬，显不出波翻浪涌、飞涛骤起的威势，但在神圣的肃穆与宁静中，却蕴藏着巨大的潜能和伟力。我们期望在21世纪，诗人的诗歌之海，能为中华民族和整个人类，托起辉煌的诗的太阳！

第二节　边国政　旭宇

一、边国政

边国政（1944～　），辽宁省铁岭县人。1969年清华大学水利系毕业，分配到河北工作。曾做过技术员、助理工程师，石家庄地区文联副主任。1979年发表诗作《对一座大山的询问》。出版诗集有《爱的和弦》、《三角帆》等。1981年获中国作家协会全国中青年诗人"1979～1980"优秀新诗奖。

边国政于大学时代开始诗歌写作并发表作品，但他真正的创作生命，开始于新时期。1979年，历史转折后的季节乍暖还寒，天空并不明朗。但诗人已听到冰层解冻的断裂声，预感到时代春潮的来临。这时，诗人逡巡于历史的大山之间，寻觅、思考，目光终于停驻安源山，于是他不再沉默，毅然站起来，向历史的群峰发问：

> 提到安源山，历史的教科书该怎样编写啊，
> 不提安源山，英雄纪念碑该任何镂刻？
> 虽然调色板上可以随意涂抹，
> 历史的风景画却一笔不许描错……

历史的冤案当时还没有纠正、平反，诗人的峻切质问，无疑代表了人民的呼声，时代的要求。这就是边国政发表于 1979 年《诗刊》12 号上的《对一座大山的询问》。此诗是他的成名作，表现了诗人敏锐的政治感觉和高度的预见性，也昭示了他此后诗歌创作的基本走向。

自此以后，诗人以极大的热情投入变革时代的改革大潮，对一系列社会人生问题进行独立思考，传达一代人渴望变革的愿望和心声。在他深沉而壮阔的抒情中，回荡着时代的音响，叠印着人民奋进的身影："脚步像雷声，踢打一路火花"……随后，他的创作已从政治层面深入到社会历史层面，思考的核心是中华民族的灵魂从沉睡到苏醒、从委顿到振奋的历程，其思维方式是过去、现在、未来的纵向框架。例如，《梳妆台放歌》，诗人站在华岳的梳妆台上，天地为之低仰，黄渭二水汇成大写的"人"字，莽莽苍苍，向远方流去。诗人触景生情，感今怀古，壮怀激烈：

> 不变它向前的本能，
> 不改它奔大海的志向，
> 用一个浩浩荡荡的"人"，
> 高标出中华民族的形象。
>
> 啊，我懂了，民族发祥地，
> 华山为何高，黄河为何黄；
> 啊，我懂了，炎黄的子孙，
> 今天，该怎样给中华梳妆……

把历史的久远与现实的流趋融汇在一起，以民族的尊严和光辉的理想激励人心，使这首诗感情沉实，气势奔放。在这里，诗人的自我形象，不是"独步荒原"叹人生之渺茫的陈子昂，而是站在历史的峰峦之上放歌的"时代之子"。

诗人创作的题材是广泛的。到北戴河，他写《东山观日行》："海上也铺锦，天上也铺锦，快看那山——看那山精神！"迎着新生活的早晨，诗人捧着一颗点亮了希冀的心，献给普通劳动者。新生事物《无名之歌》是一曲奋发进取的热情礼赞："如果没有无名的溪流、无名的小河……就没有湖的丰盈、海的壮阔"，"如果没有无名的岩层，无名的石屑……就没有金字塔，没有万里城郭"，无名与有名，先辈与后人，是历史和自然的辩证法，平凡而伟大、质朴而崇高，正是从事现代化建设的人们最可宝贵的品格。诗人走进科学，写《我歌唱数和数的家族》，从古到今、从中到外，历数数学著作、数学家，以及数在人类生活中的功绩和广泛应用，诗与数学结合，讴歌了科学的伟大力量。在诗人笔下，祖国的一山一水、一草一木，都"有光有色"，"有灵有情"。它们不是僵死的自然，而是自然的人化，因此，在奇峰耸峙、层峦叠嶂的山水间，寄托着诗人的怀抱，呼啸着民族的魂魄。在这些诗中，"磬钟石"是一柱天工雕塑的哲理："挺立着万古瞻仰，倒下去就是死！""试剑石"，"试过民族魂"；"莲花石"，绽放着美好追求（《奇石篇》）；而"青松"，则是"木"中之"公"，作为一种高尚品德和人格的象征（《松》）；而铺天盖地的"风"，则暗喻一种思潮在人们精神原野上的泛滥……即使是《山水情》，写家乡的小山、小河，但不限于小山、小河，普通景物蕴含着庄严思想，"不，我不鄙薄"，难道仅仅是家乡贫瘠的小山，而不是我们尚且落后的祖国吗？"你的河身已嫌窄小，我的步幅还可更大"，不也令人想到我们的事业和雄心需要同步前行吗？

这时期，诗人的一篇重要作品是《我的诗写在脚手架上》。其开头是这样写的：

我的诗写在脚手架上

脚手架，我的方格稿纸

在时间和空间的坐标上

写，写着一代人的情思

这首诗从"脚手架……稿纸"的总体隐喻出发，在广泛的联想和想象的艺术概括中，把"写诗"和"建筑"丝丝入扣地编织在一起。虽然他的心中，不时"滑过五千年颤动的历史"，并且在热烈与冷静交织的现实构想里也不免"凝重中塞几缕淡淡的柔丝"，但他的诗情倾向是创作——建设，"应为当代也为后世"。因此，他精心地锤炼、敲打、编织、熔铸同"水泥、砂、砾石和卵石"凝聚在一起的"钢铁的思想、信念、意志"。砖瓦木石和灵感智慧构筑着宏伟建筑，"把风骨激情韵律筑为一体/调色，用补天剩下的五色石/我的诗将出版在大地上/以立体的形象——不用铅字"。这里是"建筑"，又非具体建筑；这里是写诗，又非真正的诗篇。其纵深的主题意旨是：在物质文明和精神文明两个文明中建设起现代化的理想大厦——中国巍然屹立在世界之东方：

我的诗写在脚手架上

脚手架，我的方格稿纸

在地球的经线和纬线上

写，写出新中国的意志

这首诗立意高远，思路开阔而集中，在虚虚实实、虚实交叉的转换中，造成了一种颇具纵深感的艺术时空，产生了"屈伸合度"的巨大的艺术张力。

80 年代中期以后，诗人的创作出现了新的转移，为表明中华民族自立于世界民族之林，他把目光从国内转向国外，面对世界发言。这样，他的思维方式从纵的探索转向横的扫描。他写下了以《风流世界》为总题的一系列作品，纵论战争和平、灾难瘟疫、世界风云、人类远景，表现了对人类命运的关注。这些诗发展了他机智的思想锋芒和幽默的语言特色，气势挥洒，从容大度。

诗人的审美空间是逐渐拓展的：从政治而社会历史，从中国而世界，从人间而宇宙。这种拓展，不仅使审美意蕴越来越丰厚，而且使审美境界越来越阔大，以至最后在天与人的对峙和呼应中越来越强化了哲学思考。超越具体现实的关于宇宙人生的探索，由于不那么执著与拘泥，因而更具有深邃内涵，也更富于艺术生命力。这些诗中，较好的篇什有《流星》、《地平线》、《你别无选择》等，如《流星》开头写道：

> 宇宙是一台傀儡戏
> 舞台朝各个方向敞开
> 每颗星串演一个角色
> 自转公转，缓缓地推出
> 剧情：过去、现在、未来

据天体物理学说，天上的日月星辰都是客观存在，它们在既定的轨道上运行，无始无终。但在诗人的心目中，却变成为"一台傀儡戏"。然后，诗人把宇宙与人间联系起来，星球的自转公转对应着大地上的阴晴冷暖。宇宙成了人间的象征，星辰串演着人间的角色，人间推演着宇宙的剧情。面对天上人间的发展变幻，人们不禁发问：有没有主宰一切的上帝？什么是冥冥执著的必然？在这种沉思中，诗人抬头仰望星空，发现一颗流星飞逝：

> 只有流星
> 流星是一个背叛
> 当剧情正在展开
> 当高潮尚未到来
> 你毅然退出演出
> 默默而闪闪地

抛弃这个舞台

然而

剧情并没有打断

　　流星牵动了诗人的思绪，使他想象升腾：天上的流星，地上的过客，流星似的过客，过客似的流星，永恒是什么？相对于人生，宇宙无限；相对于宇宙，人生为一瞬……如果不是从物本位而是从人的本质思考这一切，那么势必表现为不是对自然的崇拜，而是对人的尊重。人的价值在于在与自然的对抗中高扬的主体精神，以瞬间求永恒，以有限达无限。这也正是诗人赞赏天上虽然短暂却光芒四射的流星，以至激动得"碰断笔尖"的原因。流星在这里已不再是一个物质实体，作为人生信念的象征，它标示的是人对自由的向往和对束缚的抗争。

　　在这组诗中，诗人思绪的表达并不是直线型的明快方式，而是在争取与无奈、希望与失望的回环往复的纠缠和困惑中，曲折地流露出来。因为提供了新的观念，诗人在思考，也需要引导人们同诗人一道思考。而这种传达方式，就扩大了诗的思维空间，也收到了"言有尽而意无穷"的艺术效果。可惜，90年代以来，诗人没有乘势精进，写作数量寥寥。

　　总的来看边国政的诗歌，其艺术风格应该属于"阳刚"一类，"天风浪浪，海山苍苍"，具有粗犷、雄放、豪迈、超拔的特点。这种风格与作品反映的内容有关，也体现了诗人的精神气质、创作个性和审美倾向。他有一副清醒的勤于思考的大脑，喜欢在高远精神世界驰骋，景慕艺术中的崇高气象和品格，因此，能从浅近而看到深远，从平凡而揭示伟大，从日常的感触中展现出对人和世界的终极关怀。他的诗，正像他在《地平线》中所歌唱的地平线：

时刻感到生命的重量

无数晶莹的梦和憧憬

碰撞着向四处飞散

舞蹈舞你成经线纬线

灵魂被拧成龙卷风

要冲出牧场的围栏

二、旭宇

旭宇（1941～　），原名许玉堂。河北省玉田县人。中学期间爱好文学并开始练笔。1964年入河北大学教育系学习，开始诗歌写作。1969年毕业后，当过教师、干部、军人、记者等。1976年由边疆返回河北，在河北文联工作，历任《诗神》主编、河北文联常委、副主席、河北书法家协会主席、中国书法家协会副主席。主要诗集有《军垦新曲》、《醒来的歌声》、《春鼓》等。

旭宇写诗较早。1973年出版的《军垦新曲》，是与他人的合集。当时他正在内蒙古生产建设部队工作。这部诗集写于"文化大革命"期间，难免带着那个年代的痕迹。但也有一些反映生产建设部队战士生活的较好的篇什，如《雨夜激战》、《歌声洒满路》、《柿子树下》、《卫生员》、《四季如春》等。这些诗初步显示了诗人的艺术才华。

1976年调河北省文联后，他潜心于文学，并深入思考现实。当历史的春天从严冬的噩梦中醒来，由于有了一定的酝酿，他的歌声也跟着醒来，虽然带着春寒的料峭，但毕竟是醒来的歌声。诗人于1981年出版《醒来的歌声》，在诗集的后记中这样说：

我是属于春天的。我的诗应当是春日的溪水。

这溪水，应该对拥抱它的土地，对阳光，对变幻的气象做一番微弱的反映……

在这里，诗人昭示了他的情感意向和基本情调。这部诗集中写得最好的，是写给生养他的家乡土地的，家乡的新生酿造了他诗歌的春意。诗歌集中表达的是作者对于家乡、土地、人民的热爱。他的诗，能将轻灵和绮丽、深情和清淡、奇巧和质朴结合起来。在这些诗行里，饱含着作者的深情，使人感到人民生活的脉搏，闻到泥土的芳香，如《家乡的春柳》：

> 七九、八九，
>
> 沿河走走，
>
> 报春，她不用紫衫红袖，
>
> 只向惺忪的原野
>
> 招一招手，
>
> 有人便会抬头：
>
> 啊，第一缕春风
>
> 挂在高高的枝头。

原野是刚醒来的、"惺忪"的，春风是"第一缕"，这是他家乡初春的典型景象——清清的，柔柔的，淡淡的，沁人心脾。又如《冀东行》：

> 轻轻哼一句皮影唱腔，
>
> 便吐出一个可爱的家乡；
>
> 我握着山里人给我的笔，
>
> 在冀东山水间拾取母亲给我的诗行。

这是魂牵梦绕的思念，这是情真意切的依恋。诗人的心、诗人的笔，都是属于家乡土地和家乡人民的。

《醒来的歌声》，歌声是醒来了，但早春时节，冰河乍开，声音还不免有些生涩和颤抖。然而，它毕竟是一支醒人心目的春之赞歌。

此部诗集题材较为广泛，除了写乡土的，还有不少记游诗、怀古诗。《遥远的地方》一辑，除了有些小诗写得清新、隽永外，其他多写得较泛，一般化。《出土的诗稿》一辑，虽然吊古讽今，但写得过于拘谨，且残留着较多旧的构思痕迹。

随着春天脚步的跃进，春雷在天空炸响，大地上一片浩荡春风，空气里一派春意盎然。于是，诗人呼吸着春的气息，追踪生活的足印，感应人民的脉搏，谱下了一曲又一曲充满阳光的激越的时代春歌。《春鼓》于1983年4月出版。的确，诗人是属于春天的。如果仍然把他的诗比作春天的溪水，那么，这时诗之春溪，已经奔流激荡，春潮泛涌。它亲吻着生机蓬勃的大地，映现着天光云影，欢呼"春的历史性大进军"。他歌唱："第一片嫩绿的叶子，啊，第一面升起的/春的旗帜！"（《第一片叶子》）他赞美："土地举起了生命，生命正呼唤理想，未来的季节属于新绿"（《新苗》）；他吟诵："太阳旋转着金轮"，纺织"朝霞的彩锦"（《春的裁剪者》）；他抒写："春风的铜号在长空书写雄韵"（《春鼓》）。在他的笔下，不论是城市的黎明、田野的笑声、新生的草原，还是老人的感慨、火红的青春、童稚的心灵，都昂扬着一种奋发向上的精神。这种精神由于有了历史的深沉感而愈加振奋人心。生活正脱尽"昨天"的灰暗，欣喜激动地掀开一页"明丽春翠的篇章"。诗集的情调是冲腾的、明快的，诗集的色彩是清新的、鲜丽的。这正是社会变革、时代精神在诗人心灵上的独特折光。

他的诗大多短小、洗练，善于以少总多，通过精巧的构思，使具体鲜明的意象凝聚成较为浓重的思想感情，以此来对生活作深入的开掘。例如，《田野的笑》以"笑"为聚焦点，写各种笑声，写笑声"像阳光"、"像露水"，声情并茂，从而集中概括地展示了农村的美好形势："那笑声，如优美的诗章/散发着时代的风韵"。又如《火》，它以"火"为中心意象，把青春和诗情投入火中，化抽象为具象："如果，我是木柴，它将让我燃烧；如果，我是矿石，它将把我冶炼；如果，我是寒冰，它将要我沸腾；……"层层设喻，反复吟哦，犹矿出金，如铅出银，最后熔炼成闪着人生哲理光芒的警句：

因为我要燃烧，

火是我的生命。

诗歌表现生活，需要借助想象，使感情浓聚，使形象空灵，并由此造成优美动人的意境。诗人在这方面的独特性在于：他不是毫无根底地奇思异想，而是从温婉细腻的感受出发，通过自然而美妙的联想，使平凡的生活焕发出炫目的光彩。他有一支善于点石成金的笔。例如，写春晨明丽，是"阳光，正哼着金子似的歌曲"；写月季花开，是"一个绿色的钟表"，月月报告一次"芳香的时间"；至于一座普普通通的"水闸"，在他看来也那么奇妙："是谁一双精巧的手，挤出黄河的奶浆？"而《家乡赋》则更是通过创造性的想象，托出一片他对家乡的挚爱，如其中一节：

天空的云，我的魂，

旅行千里万里，

一声思念的雷，在梦里

总将晶莹的爱，

落在家乡的地上

云与魂的比拟，雷与思念的借喻，于是爱就化为一阵飘飘洒洒的雨，落入家乡的土地，诗意缠绵，深沉而悠远。

总之，诗人浓烈的诗情和独特的概括力与想象力，加之与其相应的自由活泼的表现形式，凝练干净的语言，以及隽永秀丽而又不乏清刚的格调，便构成了旭宇的诗独特而鲜明的艺术风格。

第三节　曹增书　靳亚利　徐国强

一、曹增书

曹增书（1950～2008 年），河北省平山县人。1969 年读高中时入伍参军。1973年开始写诗。复员后到石家庄某建筑公司工作。1986年毕业于河北省作协文学院。曾任石家庄文联创作室主任。主要诗集有《雪霏霏》、《东方柏》。2008年因病去世。

曹增书作为一个诗人，他的才能是多方面的，并且同时向几个方向发展：寄情小札、游历纪感、城市日常写实……但真正代表他的个性和才华的，还是那些感受时代、沉实地弹拨现实脉搏的诗作。他的创作并不单调，但这些诗作是他的主旋律。

1982年，是曹增书创作丰沛、成绩卓著的一年。作为标志的是，这一年《诗刊》10月号上发表了他的力作《中国，正站在脚手架上》。这首准确反映历史转折时期的现实和人民情绪的诗作，发表后产生了广泛影响，也得到了评论界的确认。诗歌评论家杨匡汉在《新时期文学六年》一书中这样提到它："曹增书的《中国，正站在脚手架上》，以一幢特殊的全优工程为典型场面，把握并展现了励精图治、振兴中华的现实。"

这首诗，开头写一个建筑工人在脚手架上挥汗如雨工作的情景。但诗不说工人，而说"中国，正站在脚手架上"。这就使诗进入一个重大题目，它涉及历史，涉及特定历史时期的政治、经济和人民的情绪。我们的建设事业走过曲折的道路，共和国的大厦虽然奠定了基础，但远未竣工。新的历史时期，思想解放，政治清明，成就了适合现代化建设的大的社会背景和人文环境。这就是这首诗把握的时代真实。"这蓝图也许孕育得太久了，每一张图纸都浸透了风霜雨雪"，由于把现实放在历史的反思和映衬中理解，现实就包含了历史的沉重，而沉重的历史又呼唤着未来。于是，"脚手架"成了历史走向的现实方位。过去与未来在这里连接，战歌与恋歌在这里齐唱。"理想啊，正被夯实，生活啊，正在拔节……"

的确，实现现代化是一项艰巨而又伟大的"全优工程"。在惨遭浩劫的地基上建设新的大厦，不仅有清除废墟的繁难，而且有创造和开拓的艰辛：“每一粒沙子都要经过严格筛选，每一袋水泥都要携手通力协作，每一分每一秒都要粉刷和油漆，每一寸每一尺都要艰辛铆合和焊接。”工程浩繁，而标准要求极高。这是一次史无前例的壮举。为了夺回失去的时间，为了把暗夜中的梦想变成春天的现实，这一特定时期呼唤着人民的历史主动性。这是一个需要人才而且造就人才的时代：“每一颗石子都有了发言的机会，每一根钢筋都有了入伍的资格。”这是一个需要激情并且已经激发了人民激情的时代：“十万万颗心就是十万万块耐火砖，将砌起一道雷劈不倒的城垛。”人民作为历史的主人和创造者，他们的使命感和责任感、他们的意志和信心、他们的智慧才能和奋斗精神，代表着历史发展方向的思想情绪，构成了这首诗所要表达的时代精神。

中国，正走在从过去到未来的交接点，面临着巨大的可能性和历史的机遇。“啊，现在正是施工的黄金季节”，这是时代的呼唤，现实的美好，我们应该珍惜它，抓住它，“每一块砖都该忠于职守，每一片瓦都该呕心沥血”。在经过了历史的反思和对现实的深切感受之后，诗人站上了时代的“脚手架”，通过激情与理性、严峻与自豪的融汇，把对时代的歌颂凝成一个中华民族自立于世界民族之林的愿望和心声：“十万万个喧腾的信鸽，正把磅礴的春风传遍整个世界！”

> 中国，正站在脚手架上。
> 柳条帽下浓俊的眉宇间，
> 半是自信，半是执著。
> 太阳，镀亮了古铜色的臂膀，
> 咸涩的汗水一滴滴，一滴滴
> 打湿了脚下懒散的云朵……

这是一个典型的历史场面，它极其形象、准确地象征和概括了80年代中国呼啸跃动的现实。这首诗的主题，也就形成了高层建筑的形式，既有现实的一层，又有象征的一层；既有微观深细的展现，又有宏观纵览的意蕴。全诗的一切描写，都有现实和象征的双重含义：既是"混凝土"，又是"今天和未来"的基座；既是"石子"和"钢筋"，又是获得解放的建设人才；既是"全优工程"，又是历史大业；并且，"十万万颗心就是十万万块耐火砖"，"十万万个雪亮的大铲，就是十万万个喧腾的信鸽"。整首诗，以工人工作在脚手架上为中心意象，把过去与未来、真实与想象，在象征的框架里结合，形成了立体化的诗意结构：集中而又开放。也正因此，这首诗在审美感受上，达到了宏放与深致的统一，高昂而不虚浮，沉实而不滞涩，高昂与沉实相反相成、相济相生，融汇成这首诗独特的艺术格调。

此后，诗人还写了《船歌》、《雪亮的斧子》、《大地的云彩》、《东方柏》等长诗，写了生命、人与自然、人的命运、革命的经验等更广阔的题材和更深远的主题。但无论何种题材，在话语方式上，诗人都寻求使个人的心灵在宏大抒情中赤裸裸地照面，追忆领悟历史文化潜流，流连人生的光景，为当下的社会生活体验注入清润畅朗的生命元气。诗人基本达到了心灵状态和话语方式的合一。他的话语方式是，既不夸张，也不矜持，轻逸与温厚融为一体，犹如风雨之夕围炉谈心，月下林中漫步，口语与书面语化若无痕地连成一气，诚恳深沉而弃绝蛊惑，亲切友善地触动你的心房，遣词造句准确而内在，气韵贯通而入情入理。诗人英年早逝，但他的诗中体现的识、情、理、趣，很值得我们继续分享。

二、靳亚利

靳亚利（1952～　），河北省石家庄市人。中学毕业后成为下乡知青，后进工厂，参军。1986年廊坊师专中文系文学班毕业，曾任《河北文学》编辑，现为河北省企业文联部长、《企业文化博览》主编。主要诗集有《幸福与不幸福的混血》、《多彩河流》、《风中年轮》等。

靳亚利的创作是起步较早的，他70年代就开始写诗。他的诗题材比较广泛，新时期以来，写了较多反映城市生活的诗。早期代表作品是

1987 年发表在《当代诗歌》12 月号上的组诗《幸福与不幸福的混血》，发表后产生了较大影响。这组诗主要是反映底层艰苦人生的。其中的《潜伏的悲剧》，是写一个工人，在工厂做工多年，但妻子和儿女的户口一直无法解决，只等他"被钢水的气浪击倒"、"被愚蠢的指挥击倒"之后，他倒下了，"他倒成了一只美丽的花环"，才成了"妻子和儿女进驻城市的凯旋门"，"他站着/只是一柄炉前的钢钎"，"他倒下了/才作为一个人/唤起了某些人麻木的情感/如今/他只剩下一个名字了/他的妻子和儿女/就住在里面"。这是幸福呢，还是不幸？这悲剧所潜藏的是对人的漠视。另一首《独腿守门人》，写的是过去曾是绿茵场上的守门员，由于被车轧断了腿，成了真的守门人。"他每天读小窗的屏幕/当读没了树/当读倒了墙/当读到那片高远的蓝天/手就不由抚摸残肢"，回想当年那足球场上生龙活虎的情景，他不能不感到强烈的孤独。"独腿守门人"守护的是他难以实现的尊严。人生、命运是怎样把生与死、健康与伤病纠结在一起，而成为幸福与不幸福的混血呀！这组诗写的虽然是城市里的悲惨人生，但其主旨则是具有普遍意义的人的主体性重建的问题，也就是社会对人异化与人抗拒异化、追求人性回归的问题。这个问题，由于有了广阔的时空背景，而更具有深刻的社会现实价值。

　　诗人其他写城市日常生活和自己情感的诗，没有这组诗这么沉重，但表达出的城市人的心态却极为复杂。这主要体现在他 1995 年出版的诗集《风中年轮》中。这部诗集收入了他前五六年的作品。第一卷《城市，十四层楼上》，重点表现城市生活，其他两卷多是心灵泛起的浪花。城市有城市的美好，城市有"阳光大朵大朵"，披在身上，"辉煌而灿烂"的雕像，它作为美的化身，虽然是"从上一个世纪走来"，不也可以引领人们走向"未来的世纪"吗？(《雕像》)城市有城市过去的故事，那些"矗立的高楼/蓬勃的花木"，都是从"扎根淌血倒下的生命里"获取滋养（《太阳斜挂在西边的树梢上》）；城市里有"寻觅"失落爱情的女孩，有"美术馆"里"精美的彩色画册"，有"花花绿绿"的驱赶冬天的"雪地鞋"……但也有不尽如人意的地方：乞丐、停电、隔膜，染着铜臭的"手术刀"，"路边，一束攀折的花"，还有橱窗里没有生命但总是笑着的"模特儿"……斑驳与灰暗同在，进取与失落并存。这就是当今城市生活的脉动与旋律。在这些诗中，诗人多采取隐喻和转喻相结合的写法，从日常生活中择取细节，但又不胶滞于物象本身，而是发掘它们的暗示意味，如《雪地鞋》：

> 冬天来了
> 雪地鞋也来了
>
> 雪地鞋与冬天
> 并肩走进城市
>
> 是嫌冬天太单调么
> 是嫌冬天太清凉么
>
> 雪地鞋花花绿绿
> 走来那么多颜色
>
> 你追我赶，热热闹闹
> 雪地鞋模仿足球鞋
>
> 一碰，轻轻地
> 就将冬天踢出了城市
>
> 冬天败下阵来
> 雪地鞋也没了市场
>
> 夏天，坐在街心公园的长椅上
> 我常常想起雪地鞋
>
> 如果雪地鞋真的走来了
> 夏天，人们会投以怎样的目光

在此，与其说我们读出了诗人对雪地鞋的叙说，不如说我们读出了他对实用主义大行其道年代的世风的反讽。有时，诗人这样描述自己的心境：

> 黄昏
> 楼群与楼群的峡谷带
> 我默默地站着
> 孤寂成一棵无言的树
> ——《黄昏，在楼群之间》

这是一种智慧的孤独。他不满于那些物化的挤压与喧嚣，不满于那金钱至上的世俗的弥漫，而努力探索拒斥异化的现代人的灵魂之路。他的诗走过了这样的历程：先是追求精神返乡，"细雨"天，他走向郊外，"渴望唤回过去的路"，"那条黄牛驮着夕阳归来的路"（《细雨，在郊外》）；他思念他的"保姆"："我哭着找你/左一脚春/右一脚秋/哪一条长街是寻你的路"（《保姆》）；他站在"十四层楼上"，"望见故乡田野"……然而，这并不能使他解脱，精神空间永远无法同物质空间抗衡。于是，他只得在城市里寻找灵魂的栖居之所：他捕捉"瞬间，感情的轨迹"，"隐痛里催生的无奈，挺直意志"，"探索，像蝙蝠/凭着自己灵魂的回声，辨别方向"，企望在瞬间获得永恒（《瞬间，感情的轨迹》）；他守护爱情，"像一枚铁钉般深深衔住一处/守住你。就像守住了/一株，永不凋零，充满活力/晶莹的花树"，以爱情滋育自己的生命（《醒悟》）；他渴望"秋天来到我所居住的城市"，"我多么也想有一次自己的秋天"，请人们来我这儿"收获"（《秋天来到我所居住的城市》）；他从工人们身上，"额头沁出的汗珠/眼睛里闪烁的惊喜"，看到了平凡人的人生价值："逼得世上一切炫耀的桂冠/黯然无声，顿失重量"（《出钢的时候……》）。这一切也是诗歌的源泉，"那天，我离开炼钢炉前的一瞬/我的去向有了选择/我采撷的一朵红钢花/是神奇的火柴/点燃我的智慧，诗歌的花儿/从此，摇曳在它们的门庭"（《燃亮思想》）。

正是这些平凡的人和事物，使诗人悟出了人应有在欲望膨胀的时代保持灵魂的独立和坚强的能力，如《风，吹过以后》：

> 风，
> 吹过以后
> 人们心里，可都
> 留下刀雕般的形状
> 温暖的风
> 可会带来发芽的春日么
> 灼热的风
> 可会带来坐果的夏天么
> 寒冷的风
> 可会带来凝冰的酷冬么
>
> 风
> 吹过以后
> 广场上矗立的
> 石像
> 铜像
> 伟岸，依然
> 他们仍英雄地
> 面对各种风
> 展示着坚强和执著

这里，普通劳动者的心灵和行为点亮了诗人的心，他的灵魂暂时找到了归宿。诗人的心灵轨迹是充满矛盾、冲突、纠葛、盘缠的，他不无感伤，但感伤得美丽；他不无忧愁，但忧愁的甜蜜；他有那么多的失落，然而失落孕育着进取；他有那么多无奈，然而无奈中深藏着挺拔……他的灵魂在世纪风中颤抖。虽然生存的风雨难免在人身上"留下刀雕般的形状"，但是人的灵魂应永远坚韧地站立着。这是一个浸透着现代意识的年轻的诗魂，他的诗，力求在人文精神与物质文明之间、在历史与未来之间，架起一道沟通的彩虹。这是我们这种转折变革的时代，在诗人身上的投影，也是诗人以自己的人生探求，对时代馈赠的回报。

三、徐国强

徐国强（1958～　），河北省玉田县人。1982年毕业于河北师范学院中文系，被分配到唐山警校任教，后调《唐山劳动日报》社工作，现任《唐山晚报》部主任，唐山作家协会副主席。主要诗集有《独自燃烧》、《人生光泽》、《在落叶上行走》、《悲壮》。

徐国强是一位勤奋而又产量较高的诗人。其年龄和诗歌"新生代"相差不多，但又和他们不完全相同。这首先得力于他的生活经历。他的创作植根于那块经历了人类历史罕见的大劫难的土地。在唐山大地震中，他目睹了死亡与毁灭的惊心动魄，也感受到生命那远非自然力可比的顽韧和伟力。他的心被这一切深深震撼了。所以，他的诗一开始就有着深重的灾难感，歌唱人民的痛苦与欢乐、意志与力量，表现了强烈的道德感和公民的责任感。

1984年发表在《青春》上的组诗《祖国，我的名字叫唐山》，是他早期的一篇力作，包括五首各自独立而又有内在联系的短诗。他主要写震时与震后重建中的唐山和唐山人。其中，《唐山人》和《唐山，一个大步前进的硬汉》是整组诗的中心。前一首，抓住唐山"靠近长城"的地理位置，在地震中，把唐山人与长城并举：在灾难总爆发的时刻，"长城没有倒，我们没有倒。废墟上点燃起的炉火辉映着烽火台的狼烟，抗震棚的院墙使长城的投影变得逼真"。长城的历史和灵魂是唐山人顽强不屈的力量源泉："唐山的城乡是长城串联起来的，一种精神联结着长城的子孙。"而另一首，则是写唐山的整体形象。唐山，东临渤海，北靠燕山，新区与老市区由唐丰公路连接，境内有陡河。在这首诗中，诗人宏阔地把唐山比拟成一个大步前进的巨人，于是唐丰路成了他肩上"一根乌光发亮的扁担"，担起了整个市区，"走出灾难走向明天"。而渤海湾成了"一盆清水"，燕山变为"一把长长的靠背椅"，巨人"大步追赶着时代"，"为了早一天跨向新世界"，他来不及在"那盆清水"洗脸，也顾不上在"靠背椅"歇脚，"只把陡河当作一条擦汗的毛巾，搭在自己的胸前"。诗歌非常巧妙而准确地为我们描绘了唐山不屈不挠、奋然前行的高大身影，具体而又真切。在对唐山和唐山人的歌颂中，诗人并没有置身事外，而是作为唐山人的一员，来抒发自己内心的感受和生命体验，例如，"艰苦教我们学会顽强，破坏教我们学会建设，我们都会砌墙，都会安慰失去亲人的别人"……所以，这些诗不仅气势澎湃，而且深挚感人。

诗人在灾难中，充分看到了人的力量、生命的力量。人和生命成了他主体意识的核心内容，他此后的创作紧紧围绕着这个核心进行探索和挖掘。他在自己的写作中体现出这样的意识：新时期的诗具有本质意义的特征，突出地表现为对抒情主体不容置疑的确认。这一认识论的突破对诗创作产生了陌生而巨大的影响，一系列有关"人"的哲学性质的问题，冲破既定的诗的美学规范，要求以一种新的载体形式将这些内容带进诗的王国。但是，这个"人"应是具有社会意识的自觉的现代人，他不排斥"自我"，但要防止进入狭隘的"自我中心主义"。

时代的要求，自身的觉悟，于是他的创作从"诗的自觉"走向了"自觉的诗"。不仅人选择诗，诗也选择人。这是一条艰苦然而有诱惑力的诗歌之路。由于艺术良心的驱使，诗人毅然踏上也许是布满荆棘的"人生之旅"。这时期，他写了《沉重的季节》、《人生状态》、《多情的日子》、《人的力量》等一系列组诗。这些诗不再写一般的"人"，也不再写有些显得空泛的"群体的人"，而是直接写自己，写自己个体生命的骚动，通过自我生命的体验而映现人类，表现对人类的终极关怀。《人生之旅》写人生的悖论：不出门想出门，出了门又想回家，有点类似钱钟书的"围城"。《命运在敲门》，写命运的不可抗和人对命运的责任：
"属于前方的眼睛/总是在不知去向的曲折中/寻找目标"，"别人无法代
替/必须自己一直走完那条路"，"经历/所有的欢乐和苦恼"。《最后的阶
段》，写自我生命的崇高和辉煌：

当匍匐登踏的身影最后凸现出来

我发现自己才是真正的顶峰

使默默生长的高山在瞬间

升高了一米八零

"人生状态"是艰难的，但也毕竟是"多情"的，"美好"的：梦的世
界，诗意的栖居，此岸的爱情，彼岸的向往，没有太阳的烦恼，小草出
生的喜悦，他人的故事，自己的童话……但最为可贵的是"真实"：

真实一次，幸福一辈子

人生多么短暂又多么漫长

——《真实一次》

人的力量，在上帝死了以后，昂扬于世界之上。但人的力量不完全在于
他自身。人是宇宙的一分子，他的力量也来源于宇宙，与宇宙共存：
"我的命运只能是一束光的某个侧面/我的生命只能是太阳丰富表情极细
微的部分"，"日震"震动着"我"的生命，"一个痛苦的灵魂"：

哦，日震

无法拒绝呼唤却又没有力量转过身

无法拒绝那双手的触动

却又没有力量保持平稳

想抖也抖不掉累的感觉

笨笨肩，上面更结实地压着责任

这样，诗人从日震中走来，他本身就是太阳，他是自己的主宰，也是宇

宙的主宰。对太阳崇拜，也就是对自我的崇拜。人的力量已经放射到宇宙中去了。这里的"我"，是个体主体性的觉醒，具有时代的概括力，而非自恋的"我"。

地球绕着太阳旋转，春秋交替，一个千年，又一个千年。他在对人类空间作了叩问之后，又在无始无终的时间流动中，对新的世纪进行探寻，写下了《世纪末尾的雪》、《跨世纪者》、《我处在下一个世纪到来之前》、《属于21世纪》等一系列诗作。超越的诗人又重返大地，站在自己的生存空间，他从自己切身体验到的历史和世界出发，告别过去的百年，思考21世纪。20世纪末的大雪覆盖了大地上的一切，像一张白纸，等待新的描画。站在冬末春初的世纪之交，"跨世纪者"回想"大梦千年"，"亿万年的历史靠我们不足百年的记忆/延续而存在"，展望未来，"将是又一个天地的出现"，新的"曙光"将照临一切。让我们静下心来，想想——自己的思绪，自己的存在：

> 我们的传奇从一粒石子开始
>
> 石子，在被人拣起后开始复活
>
> 石子被抛起后我便发现
>
> 湖面的波纹是从石子内心放出来的
>
> 石子落到湖底
>
> 已空
>
> 这种事情我见得多了，站在岸上
>
> 我只想告诉你
>
> 石子留在空中的那段弧线可以剪下来
>
> 让女人去编织温暖的毛衣
>
> 在石子旁边
>
> 我知道一朵花的安静范围有多大
>
> 我知道手留不住阳光的道理
>
> 我知道，在石子旁边

一滴水的完整

是一个多么浩瀚的奇迹

对于波澜不惊的人来说

石子在湖底能否成为星星并不重要

重要的是已感到平静的巨大

已感到有时坐着

比站着更高

我们已能够自己支撑自己

　　平静是智慧的表现，是力量的象征，只有宁静，才能致远。总括徐国强的创作历程，我们可以看到其思维演变正像他在一首诗中所说："起初是说/我们追逐太阳/之后是说/我们成为太阳/现在应该说/让太阳发现我们。"它的审美空间的转化是：从现实的废墟升到神秘的天国，又从天国回到奋发的人间。然而，他所肩负的历史责任，虽然有形式的变化，但其实质却一直没有变。与这一切演化相适应，随着自我生命的丰富和深化，他个性的抒情方式也进行了更新和调整，其走向是从生活的激情转变为理性的沉凝，再到清醒中的昂扬。这样，他的诗就进入了一个全新的过程，为我们重铸了悠远的精神世界。

第五章　燕赵新乡土诗人

第一节　姚　振　函

姚振函（1940～　），河北省枣强县人。1967年毕业于北京大学中文系。70年代末开始发表诗作。曾在衡水地区文联工作，任衡水市作家协会主席、《农民文学》主编。现为河北作家协会理事。主要诗集有《我唱我的主题歌》、《土地和阳光》、《迷恋》、《感觉的平原》、《时间擦痕》、《一点点》等。

姚振函大器晚成，1979年才开始发表作品，随后引起全国诗歌界的注意，成为新时期开始后较早出现的重要诗人之一。他的创作道路大致分三个阶段，形成了他的诗的三种形态。这些形态在嬗变发展中又有连续性，形成了个性日益鲜明的风格。

1979～1983年为第一阶段。诗人最初是以政治抒情诗走上诗坛的。1979年诗人在《诗刊》连续发表了反思十年"文化大革命"的作品《清明，献上我的祭诗》、《深暗的晶体》等。那时，中国刚从动乱和灾难中走出，正处于拨乱反正、百废待兴的历史转折期，对社会重大问题的思考和对历史的反思就成为姚振函作品的主要内容。但姚振函的诗歌之所以能在众多同类作品中脱颖而出，还因为他不是简单倾诉伤痕，而是执著于"捍卫历史记忆"，警惕民族灾难再度来临的命题。在《清明，献上我的祭诗》中，诗人写道：

　　　　清明，献上我的祭诗：
　　　　记得你最后一瞬含恨的眼神，
　　　　给后人留下一道严峻的试题。

在死亡的恐怖里，

思考结下成熟的籽粒；

历史蘸着殷红的血水，

写下两个永不褪色的字：警惕！

清明，献上我的祭诗：

不是廉价的宽慰，

不是尽人皆知的消息。

披着春天的暖融融的阳光，

温习我带血的记忆——

半是追思长眠的死者，

半是祝福未来的孩子。

这是一首悼念在"文化大革命"期间因反对"极左"专制而牺牲的烈士如张志新、遇罗克等人的诗。它与那些同类诗作不同的是：主要不着眼于对罪恶的批判与控诉，也不着重抒写胜利的巨大喜悦，虽然大悲大喜是当时人们普遍的情绪，而是在历史与未来之间进行深刻的总结与思索——重温"带血的记忆"，目的是回答死者"含恨的眼神"留下的严峻的历史课题，即如何防止悲剧重演。找出历史的教训，提高"警惕"，这才是对死者的最好的纪念，也不至于愧对后代子孙。在当时这种思考是深邃的，它切入了时代转折的关节点，为历史的发展提供了现实的内在思想动力。因此，它给人的启示和感动是巨大而深沉的。

随后的80年代初，诗人紧扣时代脉搏创作出《开创之歌》、《回答生活》、《中国的路》、《我们是对手》等诗，以"严峻的美"这一哲理-美学命题继续吸引读者的眼睛。发现诗歌与时代的连接点、将时代命题变成独异的审美感受，成为他早期创作的明显的美学特征。这些诗带着更多的冲突和心理斗争的特征，使人沉浸在一种严峻格调的激情状态，感染了不少读者的心灵。

1983～1986年是姚振函诗歌创作的第二阶段。这位颇得时代风气之先的诗人，在时代的大悲大喜还未曾谢幕时，已经意识到革命不能在剧院里排演，反思的目的在于生产力的勘探。作为农民的儿子，他不再写作宏观的政治抒情诗，而是迅速地将诗歌的审美观照视角由"深暗的晶体"转向了坦荡辽远的华北平原土地。

代表这种转折的是他1983年发表的长诗《我和土地》。这位自称是平原黄土地儿子的诗人，让自己的诗魂在广袤、明净的平原背景上翩然远举，在独白式深沉的长调咏叹中，展示出平原之子对这片热土的自我剖示和忏悔：

> 正是从这一天开始
> 我不再像一片飘忽的云影
> 只留给你失望和眩晕
> 我要用铿锵有力的镐音
> 惊散你苍老的睡意
> 我要以我的真实和深刻
> 填补你那一颗空虚的心
> 最后，我以我的全部生命
> 和秋天山峦般的收获
> 修筑一座非人工所能修筑的纪念碑
> ………………
> 让我们互相信赖吧！
> 让我们永不分离！

平原之子的歌，沉重而昂奋。这种历史交节点上的思索，显然属于另一个新的范畴。当诗人望着温馨深厚如父亲般凝恒的地貌时，我们体味到了他对过往以革命的名义搞假大空的反思批判，也感到了觉醒的农民对自身力量的确信，看到了他们心田里爆裂着的那颗慷慨悲歌的祖先所赋予的倔强的种子。《北方》也是诗人献给土地的浩歌。诗中一系列奔突而至的意象，动人地表达了平原人面对新的时代挑战，所具有的信心、承担意志、尊严和信念。辽阔的土地，"正经历着/一个伟大的更年期，/不久，你将完全蜕去/那一层古老的躯壳/丢掉从爷爷那一辈继承下来的独轮车和治家格言/以轻盈健美的步履/和二十世纪挽臂前行"。"如同结束一篇章回体小说那样/你多难的身世就要结束了！"平原人对自身使命的领悟，伴随着厚重而错综的生命力量，情思深醇又坚卓有力。这是灵与肉都直接承受了平原温热抚慰的人才唱得出的端凝而舒展的调式。这背面，有着一种深深的痴迷，一种对土地、对祖先、对血缘、对整个生存空间的沉湎。姚振函说："当我写下这两个字：平原/我看到了那连天接地的绿色/我听见了雨中庄稼巨大的响声……""请原谅我/没有能够找到一个/无愧于你的词语/当我说出壮伟、浩远、葱郁/当我把你比做海洋、山脉、潮汐/我觉得我实在没有说出什么"……对平原的虔诚、挚爱，使诗人摈弃铅华，选择了庄重恒久的抒情方式。这里的"平原"，事实上已经淡化了它地理学上的意蕴，暗示出一种充盈土地宏阔深邃的"具象的抽象"——概括着社会上新生力量的总体心境。这是一种心旌荡摇的对未来的向往，一种无拘无碍的生命的热力辐射。

历史的刀斧曾给平原带来坎坷和贫弱，那些缓丘、沙岗、冷冷的冲积锥及各类盐碱洼地遍布平原人的大脑沟回。然而，平原人一往无前的精神和舒展的生命永远不会消歇。诗人不屑于一味滞留在历史的悲慨往事中凄凄惨惨地叹怨，他的目光在追寻着不断后隐的地平线。"平原"在他诗里并不只是纯客观地迹写的对象，众多的平原意象集结为时代的象征。组诗《平原，在上演正剧》就是这样的巨构。人民和历史，"选择了一个无遮无拦的舞台/一出令人拍案叫绝的戏剧/怎能不在这样大容量大跨度的舞台演出"，"舞台是广阔的/没有一座山丘来破坏这种广阔/背景是深邃的/白云和雄鹰更强化了这种深邃"，"这本不是产生悲剧角色的土地啊！/今天，平原用正剧回答得很响亮！"读着这样的诗，我们感到诗人的心音和时代的跫音，在这种独标真悃的迹写中达到了深深的默契和共鸣。这种宽大沉雄的境界，这种荡穿未来的壮逸之风，并不是建立在廉价乐观的基础上的，而是一个忠实的灵魂在经历了冲杀沉浮的悲壮际遇后，对农民的命运所作的足够理智的估计。

　　位于冀西、冀北山地和渤海之间的河北平原，地势平缓而开旷。这是经历了千百代地质沧桑变化后，自然造化而成的灵秀之地。生活在这片土地上的孩子们，深深钟情于自然的馈赠。相对于酷烈边地和贫瘠山区的人们来说，平原人与自然的关系不是冲突的，而是和谐的。在姚振函的诗中，人与平原间醇厚、亲昵的诗意是受惠于平原人民对土地的感情的。他诗歌中安详、坦荡的气韵正是平原的气韵，他的阔大和深邃正是平原的阔大和深邃。从他的诗中，我们看不到阴森悍厉的边地气度，听不到软语呢喃的江南情韵……他的平原没有神秘的幽动，而是宽弘开朗、高远明净的。生活在这片土地上，诗人"理解了此生的幸福/理解了平原浩瀚的恩泽/啊，我生长在这片土地上/这片土地的名字叫：平原"。平原处处飘拂着诗人的意绪。平原的夜，"大骡子吃草的声音很动听"；平原上"农民的日子/也在灌浆"；平原上的《科普大集》，平原上通向遥远的高压线，平原上坦荡宽敞的道路，平原夜簌然飘落的雨声，平原上《新起的门楼》，平原田野上《拾棉花的女人》……都粲然焕发出一脉生动的诗韵。诗人看到了"比责任田更广阔的土地"，他没有对实际生活追摹亟切，而是写它们溶解在审美创造主体心灵中的秘密，以大平原无所不在的灵性，诱发每一枚诗的果实。这些果实在平原上平静地燃烧，显出简隽的性格和沛然的生命力。正是在这些诗里，我们感到人与自然的关系不是对峙的，而是两者的同律、和谐：平原那温厚丰饶的地貌默默地激荡起人们对它的感激之情。

　　从1986年开始，姚振函的诗歌创作进入第三阶段。代表这种转折的是系列组诗《感觉的平原》的发表。姚振函在诗歌之旅中跋涉，一步一个脚印，一步一重天：从政治诗写起，抒社会之情，虽然深沉，但有时难免空泛；扎根乡土，置身变革现实，虽然深入，但似乎缺少超越性，关键是主体生命意识没有彻底觉醒。正如他在诗集《感觉的平原》的《自序》中所说，在写组诗《感觉的平原》的时候，"我依稀觉得它们对于我意味着什么。在这之前我写诗八年，那些诗以外的某种实用性，那并非不正确的道理或概念，一直像阴影一样笼罩着我，我在冥冥之中遵循着它们，在它们划定的圈子里翻各种各样的跟头。为了适应，为了迎合，我必须改变本来的我"①。他在另一同题组诗发表时的《前言》中又说："在追逐了一通大气派之后，我腻烦了。我隐隐感觉到那是一种很可怕的虚假，于是回转身来审视真实的自己。"随着不可阻挡的艺术革新浪潮的涌动，诗人也受到了强烈的冲击。他不满足于已取得的成绩，而开始了全新的艺术探索和追求，致力于新乡土诗的写作。其主要代表作是《感觉在平原上》（组诗）、《感觉的平原》（组诗）、《平原格局》（组诗）等。之所以称为"感觉诗"，是因为它所写多为平原的感觉，如"在平原，吆喝一声很幸福"，"什么鸟在头顶上叫"，"为了那瓜香阵阵"，"蝈蝈把你变成孩子"，"就这样仰卧在地上"，"月光如水"……这些感觉不是日常感性的，而是个体生命体验在回忆的凝定中审美生成的感觉。它具有非功利性，是诗人心驰神往的全身心的通感联觉。在这里，感觉不是思想，但比思想更为浑厚和具有不可捉摸的丰富性，因而更内在于人的根本生存域。逃脱工具的理性禁锢，确立新感性，使诗人"飞入灵性"，获得自由超越的心态，然后进入诗歌创作，在满足而平静的"美的瞬间"的把握中，获致人生的喜悦和人性的升华，使生命的本真从沉沦而达到澄明，从而形成一种独特的敞亮而舒放的生存方式。也因此，这些诗的艺术气象是空灵的、氤氲的，如同平原上荡动的一缕飘逸之气。且让我们分析他的一首诗《平原吆喝一声很幸福》：

> 六月，青纱帐是一种诱惑
> 这时你走在田间小道上

---

① 姚振函：《感觉的平原》，花山文艺出版社，1991年，第2页。

前面没人，后面也没人
你不由得就要吆喝一声

吆喝完了的时候
你才惊异能喊出这么大声音
有生以来头一次
有这样了不起的感觉
那声音很长时间在
玉米棵和高粱棵之间碰来碰去
后来又围绕过来
消逝
这是青纱帐帮助了你

若是赶上九月
青纱帐割倒了
土地翻过来了
鳞状的土浪花反射着阳光
你的喉咙又在跃跃欲试
吆喝一声吧
声音直达远处村庄
这是另一种幸福
更加辽阔

这首诗主要表现平原人的一种生命情调。诗人主要是从听觉——吆喝与回声角度写的。这种听觉无疑是具有审美性质的。六月，是青纱帐诱人的季节，在前后无人的田间小道上，吆喝一声，声音很大，你会产生了不起的感觉，而且声音在玉米棵和高粱棵中回荡，很久才消逝。九月，庄稼收割，土地袒露，大平原展现在你面前，而这时吆喝一声，声音又是那么旷远，辽阔……由于这种听觉发自一个大地之子的原始冲动，且伴随着一系列的视觉形象，这就不仅展示了大平原的自然景观，而且染上了浓郁的生命体验的主观色彩，并因而成为诗人心灵的幻象，折射着诗人内心的体验。正是这一声从心底里发出的吆喝，比固定的"意思"更能表达自己的生存状态，使他在绝对自由的精神领域，恢复了生命真实的自在性，像电的传导一样，那吆喝一声的感觉颤动灵魂，是那么的悠长、旷远、奔放而幸福。这一审美的瞬间，也许唤起记忆深层潜藏的人生经验，诸如耕耘的自豪、丰收的喜悦，甚至大自然给予的哲学启迪。也许什么都没有，只是一种感觉，一种怡然自得、心境澄明的境界。这也就够了，因为这种境界，使心灵获得满足，使生命获得提升。他的《麦子熟了》、《夜晚的唢呐声》、《什么鸟在头顶上叫》、《平原送别》都是在诗坛产生很大反响的佳作。这类诗单纯而丰富，朴素而浓郁，余音绵邈之中又有体味不尽的隽永的情韵。读了它，人们会情不自禁地向往平原，渴望和诗人在一起，站在平原之上，放开喉咙吆喝一声，让世界听到自己的声音。

如果说以上这类"感觉诗"在追求冲淡中依然有其"核心"，诗人还在读者有关"诗意"接受的习惯边缘上进行自己的实验的话，那么不久诗人就开始了更极端的实验，进入真正意义上的"纯诗"境界。因此，"感觉的平原"系列组诗还有一个向度，即追求消解固定"意义"，回避明显的情感指向后，所浮现出的纯粹透明的"元诗"（关于诗本身的诗，使写作行为直接成为写作内容）。试看《平原和孩子》：

> 一个孩子
> 在平原上
>
> 为什么这孩子恰好
> 处在平原中心
>
> 这么大的平原

> 这么小的孩子
>
> 平原上什么也没有
> 平原上只有一个孩子

对这样的诗，我们很难从"深度意义"上总结，甚至很难从俗常的"诗意"上总结。但是，我们却更深切地感到平原的生命乃至脉息，"此中有真义，欲辩已忘言"是也。诗人写了不少类似"客观"的作品，引起同行的一致好评。这些作品有一种全新的品质：诗美由主观性变为"客观性"，诗人摈除铅华，像局外人一样望着世界，表现客观。他是沉默的人，鄙薄对读者进行庸俗的训诲，或卖弄意象的机灵。但这绝不是倒退到再现自然，而是更高意义上的原始生命的还原。物质世界有时比我们狭窄的心灵更能揭示永恒的真相。这种诗歌意识，就体现了一种距离感，一种静观体察的姿态。正如法国新小说作家罗伯·格里耶所言：世界既不是有意义的，也不是荒诞的，它存在着，如此而已。世界更能深刻地说明自身。

这种诗歌的描绘的客观性，使自然景观伸出自身幽动的触角爬向"局外人"的心灵。客观的体察代替了主观的幻化，使读者不受任何外在于诗的力量的驱使，一下子沉浸到诗的语言效应中。在人和自然之间，诗歌像一个集成电路元件，它默默存在着，接通那可能接通的部分。这是一种非主观的"主观"，它使人第一次感到物的世界的陌生和难以得出明确结论，从而获得一种更深刻的印象和渴望。对姚振函的这些"元诗"的试验，笔者曾作过如下概括，今天看来，依然是较为恰当的：

> 姚振函的这些"元诗"从骨子里说是拒绝释义的。它们淡到几乎没有"意义"，甚至几乎没有修辞，也不是为澄淡空净的风度而写作。所谓"言之无物"。
>
> 至玄至妙，非言所及？不，他的诗不玄不妙，反倒过分直

接、透明。你的阅读方式遇到了老实人的挑战。所谓大智若愚。

那么姚振函的诗究竟还剩下什么呢？元诗本身。在淡化了其他功利目的以后，诗歌自身本可以成为一个目的。所谓为诗而诗。

姚振函是冒险家，打从1985年以降，他将自己置放在要么绝对"纯粹"，要么枯淡到令人不能卒读的境地。他一无依傍，却犹如一道清气贯穿了乡土中国诗坛。他的离心实验到今日已经自成体统。所谓无为而无不为。

惟信禅师有言，道是"老僧三十年前来参禅时，见山是山，见水是水；及至后来亲见知识，有个入处，见山不是山，见水不是水；而今得个体歇处，依然见山是山，见水是水"。姚振函是实现了这一点的少数诗人，所谓执其一端。

如此说来，姚振函或为中国新乡土诗"贡献"了一套写作方法，可以到专利局立个户头了：非思辨、非修辞、非诗眼、非易感、非阐释。因此，从某种意义上说，姚振函在诗歌艺术上是革命者，或是造反者。他从"反诗"开始，逼近纯诗。他放弃了诗所言，专注于诗本身。所谓少就是多。

但我更为看重的一面是——面对中国五言诗，他的革命又是不彻底的。恰是这种更高意义上的原始还原，使他的诗成为中国现代诗人企及传统古老磁心的努力方式之一。同时，几乎逾越千年的呼应，使姚振函的诗语境加深加远，类似逝去年代诗人的回声。

姚振函试图涤漱的是魏晋以降乃至中国新诗的繁缛作风。正由于对断脉传统的钩沉，使姚振函的诗内气远出，斤称亦重。这是姚振函不同于斗气式的反传统者之处。传统恰为今天而存在，他很清楚。真正有效的革命者，应该是清楚这一点的人。所谓老谋深算。

说到底，姚振函是对中国新乡土诗有贡献的少数几位诗人之一。他将个人化的形式实验发挥到了极致，以致到了他不会再绝处逢生的境地：这是因为，他率先给出了乡土"感觉诗"的要义，追摹者甚众。他要摆脱这些不交钱的刊授学生，是必择新路而后生的。姚振函已悟出这道机关。但在已经完成的意义上，姚振函的"感觉的平原"又是一次性实验而不可摹仿的。因为他自辟门庭为其诗歌艺术策划了另类法则，包括地缘背景，语调，人称，结构等。所谓自圆其说。

好诗不可说，一说就错？善哉——天机自动。天籁自鸣。空处亦实。实处亦空。[①]

第二节 刘 小 放

刘小放（1944～　），河北省黄骅县人。上学至高中二年级辍学。曾是农民，后参军。1979 年转业到河北省文联工作。曾担任河北省作家协会副主席，《诗神》主编。主要诗集有《我乡间的妻子》、《草民》、《大地之子》、《刘小放诗选》等。

刘小放自 70 年代开始发表诗歌，其创作历程大致可分为两个阶段，1984 年以前为第一阶段。这一阶段，诗人以朴实、亲切的语言，热情地歌颂渤海滩家乡的人民、家乡的一草一木，歌唱淳厚的乡情、乡俗。这一阶段的代表作，是 1982 年发表在《诗刊》第 9 期上的组诗《我乡间的妻子》。这组诗的发表引起了很大的反响，并获得当年诗刊社优秀作品奖。

《我乡间的妻子》包括四题：《庄稼院的女王》、《房梁上，有一窝燕

---

① 陈超：《感觉的平原·序》，花山文艺出版社，1991 年。

子》、《试鞋》、《明天，我要回城里上班》。这组诗从平凡具体的日常生活的几个侧面，深情地抒写了农村劳动妇女质朴、善良、勤劳、贤惠的美德，在新的生活中所焕发出的楚楚动人的光辉。

《庄稼院的女王》，通过几个典型而生动传神的生活画面，写妻子孝敬老人、照料孩子、愉快地劳动的情景。一句"女王"的概括，凝聚了全诗的情思，如其中的一节：

> 回到家，放下耙子抓扫帚
> 鸡围她转，鹅绕她唱
> 大灰兔向她行着注目礼
> 猪圈里，一群小崽前呼后嚷
>
> 她行使着神圣的权力
> 乐滋滋地来回奔忙
> 提着沉甸甸的食桶
> 挥着铁勺当指挥棒
>
> 啊，我能干的妻子
> 庄稼院里的女王

《房梁上，有一窝燕子》，写妻子救活受伤的小燕，但不是就事写事，而是通过此事表现妻子纯正、善良，以及她充满质朴的众生平等之感的生活态度。她爱怜地捧着小燕"放在炕头暖着"，精心地为它们编篓做窝，"高高地吊上梁柁"。而当小燕长大要"远走高飞"的时候，她又"找来红艳艳的丝线/拴在小燕的脚脖"，并殷殷地叮嘱它们"明年春天/还到俺家里坐窝"，于是：

> 小燕子，飞了
> 绕着我家土房转了三圈儿
> 她站在门口，久久地望着……

在诗人温暖多情的笔下，年轻的妻子成了真正的诗人。美好的情思，善良的心地，无尽的遐想，都在这情与景融会的瞬间升华到一个崇高纯净的精神境界。

其他两首诗写的是妻子对丈夫的感情。《试鞋》写每次妻子总是瞅"我"试穿她做的布鞋，"俨然像一个司令官/看我阔步通过她的检阅台/我的足音牵着她的目光/空中流着一条爱的动脉"。《明天，我要回城里上班》写假期之后"我们"的分别："她，早就担心这一天到来/哪一晚，不掰着指头计算？……她总嫌提包容量太小/盛不下家乡生活的温暖/装多了，她怕我路上受累/装少了，心里又觉得不安。"这两首都是深情缅邈、令人心热的篇什。

刘小放前期诗歌的艺术特色在于：诗人把自己的主观情思与人物的美好心灵，置于日常生活细节中，在一种甜蜜与和谐的气氛中交感、汇融，无须任何雕饰便创造了一种优美的诗境，于自然质朴中见真情，在清淡疏朗里显浓郁。刘小放80年代的诗多以渤海滩边的故乡为背景，以农民的生活为素材，创作出一种富有当代意识和乡土气息的诗篇。

诗人这一阶段的诗歌，在现实的关怀中，表达了对故乡的感戴和渴望报答的感情。诗人的感情是深挚的，但他对生活的理解还不够深入，关于农民的历史命运、农民与土地的关系的深层思考还没达到一定的历史与美学的深度。诗人也意识到这一点，开始了自己的"中年变法"。

1985年之后为诗人创作的第二阶段。这一阶段，诗人深入到农民生活的历史底脉，写他们颠踬的命运和他们对命运的抗争，主要作品有组诗《草民》、《村之魂》、《大地块垒》、《大地之子》等。在此我们得以领略他创造的复归大地和生命本源的"还乡者"的道路，得以看到那些被都市化浪潮所忽略和贬低的细小的乡村事物重放光华。他将个人内心生活的激流和具体历史语境的真实性融合为一体，唱出了既"古老"又"现代"的自明的还乡者之歌。

刘小放这一时期的诗作，其语境依然建立在乡土之上，但是它们已经超越了简单化的恋土情结。作为新乡土诗人的代表，刘小放的创作由"自发"进入"自觉"阶段，"土地"、"家园"、"故乡"在他的诗中虽不乏确指性，但同时也成为一种灵魂家园的象征，甚至是一种带有超验感的人类生命意志的图式。

且以诗人创作的"大地块垒"系列为例。这里的"块垒"，含有复义性。一方面它是对块垒峥嵘、葳蕤起伏的土地的歌赞，对大地之子们生命强力的命名；另一方面，"块垒"又有心事郁结、时代忧患的含义。所谓借往昔之"血酒"，浇今日之块垒是也。在这里，我们听到诗人竟让一只粗瓷大碗发出了金声玉振的声音："那是一副铁钳子似的粗手/不知在太阳地里经过多少次淬砺/手指节都磨成榆木疙瘩/两手空空/却缀满金黄的老茧的铜钱//这样的手/才能端起那大碗。"写《端大碗》是为了写人，粗粝的碗具上，浓缩着对农人生命力的隐喻。为了与孱弱的享乐主义时代比照，诗人选择了这个与口腹相关的日常器物的语象，挖掘出它博大的内涵。清贫的年代，一碗红薯稀粥，一碗泥鳅梭鱼，一碗菜汤，一碗井拔凉水，滋养了多少苦难大地的孩子；而今天，在我们的生活境遇获得改变的时候，是否有一些珍贵的生命意志和品质，也随之离去了呢？诗人无意于歌颂清贫，他只是借此表达对当下生命意志阙如的关怀。犹如凡·高从对一只破烂的"农鞋"的审美描绘中揭示了人类生存的"劬劳功烈"一样，诗人也从乡村生活的"端大碗"、"赶大车"、"砸大夯"、"挖大河"、"开大荒"中，发现了人类肉体和灵魂的"大脊梁"应有的载力和韧度。在一切"向钱看"的诗歌语境中，刘小放诗歌文本的溯源甚至"怀旧"，反而使我们获得了历史和现实的双重深度感。他不是以自诩的"精神家园守望者"的形象来启蒙或训诫众人，而是沉静地述说，平等地沟通和对话。他的音质是重浊的，但没有怨痛；他显然已预感到这种回溯的姿态有可能被某些盲视者判为"非现代话语"，但他更知道，不是艺术的题材而是诗人对题材的领悟力、穿透力，决定着作品是否具有现代性。因此，他始终对自己的艺术道路持有足够的信心，这个自明的"还乡者"从古老的题材里发现了人们未曾领教的现代性。

对土地和农耕文明的依恋一直是乡土诗的重要特征，但是，如果深入细辨，我们就会发现乡土诗人之间巨大的差异性。新时期以来，现代乡土诗从文脉上可分为三类：其一是遣兴式的"田园乌托邦"歌者。这种诗人虚构了一种潇洒出尘的田园乌托邦，作为自己精神的静养之地，而对现实的生存和生命状态缺乏起码的介入和敏识。其二是经由对"土地－天空"维度的吟述，体现诗人高蹈的、升华的所谓"终极关怀"，以对抗现代工业霸权和物质放纵主义。这种诗人将超越的动力，建置在虚幻的生命玄学上，诗中频频出现的"圣词"告诉我们，他们缺乏起码的"世俗关怀"。这样，其"终极关怀"就是可疑的了。其三是面对具体生存语境的复杂性，以乡村生活为想象力原型，进而在表象的、细节的描述，和整体历史的、本质的象征之间达成深度平衡，使诗歌承纳揭示生存的力量。而刘小放后期的诗歌就属于第三类。

在刘小放后期代表作组诗《大地之子》中，故乡的一切，已经不仅是外在的背景，不仅是等着诗人描述的对象。虽然全诗涉及了许多具体的事关个人的情境，但它们已经脱离了诗人本身而上升为一种对自然-文化-生存-词语世界的动态把握。在诗中，诗人的歌赞、盘诘、隐情、反思，都不只是单向度的抒发，而是涉及历史记忆与诗人当下沉思之间相互的、能动的选择和发现。正是这种自觉的创作态度，使诗歌脱离了"本事"，而成为一个象征，一个启示，一种抽象的生命意志力的隐喻系统。正是这种在现代精神统摄下的自觉写作，最终将刘小放与那些简单地站在土地上歌唱的"乡土诗人"区别开来。

《大地之子》由10个部分组成。从它的隐喻系统和类比规则中，我们看到了自然泛灵观、抽象的人类生命力、祈雨的巫术仪式、童年质情结、土地崇拜、服役与宿命、传说与现实、怀旧与预言。这些彼此纠葛、冲突而又整一的呈现，使这首诗经得起反复进入和细读。对诗人而言，他越深入对象，越洞见了自己的精神来路；越企及本真体验，越扩大他心中形而上的关怀。因此，诗中的每一个情境，都仿佛在诗人生命过程的展开中充任了"圣职"，他不是指明故土上发生的一切，而是用诗为这一切重新命名。

　　让我们细读这组佳作。一开始，诗人采用了颂歌的调性，《地母呵》写得沉稳而有华彩。大地是赋予一切生命繁衍生长的圣后，是万物之母，它丰富得足以囊括一切死亡，庄重得足以承载全部生命。但刘小放并没有在普遍意义上的感恩母题中滑行，他倾心的是人与土地相互塑造、斗争，同时改变自身精神结构的过程。这里有丰收和希望，也有"雷暴、冰霜、苦难、饥饿"。这一切孕育了渤海滩人啸傲而悲慨的性格。当诗人的双脚深深插在泥土里，他悟到了土地的根脉就是抗争，是对劳作在它之上的人的本质力量的展示。这是一种近乎残酷的"爱情"。诗人在人与土地的亲昵和对峙中，借助歌颂土地来肯定人的力量。于是，土地图腾最终转化为人类生命力的图腾：故乡的姐妹额前翻滚着麦穗的刘海，纯朴刚正的父老用血汗为高粱灌浆！人变得神圣澄澈——"母亲与菩萨同坐在莲花之上"。至此，整组诗歌就在这种博大磅礴的语境中展开。诗人借此脱出向度单一的视角，他上升，超离成"云霞里闪射出的一只小鸟"，在俯视中整体性地把握人与土地的内在精义。这种深层经验在后面一再得到提升与拓展。

　　在这种出而不离、人而不合的创作态度下，刘小放占有了全知视角。于是，在遥远的往昔故乡发生的辉煌故事，他都以一个"亲历者"的身份参与并说出。这种"亲历"，是历史想象力给予他的神秘特权。由于诗人穿越了历史，使它倒流，所以，诗中的事件消逝了其物理时空的给定，变成不断涌现又不断弥散的家族寓言。《当你甩起红缨子长鞭》中的老祖父，是铁血"义和拳"的大师兄，当年他将神鞭戳进香炉，为草民百姓聚来天光地气，大洼里漩流着捐躯的罡风；而三寸金莲的老祖母，则是英武矫健的"红灯照"，剑气流遍全身，骅骝开路，鹰隼出云，写下了一部壮烈的家谱。诗人虚构了这部英雄谱系，却深入扎实地完成了文本的真实。这是因为，爷爷和奶奶至今还"活"着，"每逢庚子年的深秋/还能听到那连天的杀声"，每逢我企求消歇时，就听见他们"厉声喝问/快起来 下地去/你这个不肖的野种"。至此，个人的神话变成"历史寓言"的真实，危险的全知视角获致了读者的认同。而这种忽虚忽实的、现实与魔幻彼此涉入的结构方式，在《蝗祸》中则体现得更为大胆和充分。

《蝗祸》写得颇为奇崛和恐怖，一个乱世之秋，兵匪马贼大行其道，在一个深夜，人们早早闭门睡觉。渐渐地，听到一种低抑而坚定的嚓嚓声逼近，又是土匪马贼？还是沉郁的雷声？人们不敢去看，任凭这种恐怖的声音像"一万只蝎子在窗纸上爬行"。这情形给读者一种悬空、灾难的预感。然而，"天亮了 大门开了/茅屋里涌进一股黑风/那遮天蔽日的蚂蚱浩浩荡荡/啃秃了各家苫草的房檐/吃光了田地里所有的光景！"这种撼人心魄的黑色风暴，充满了毁灭的快意；被蝗灾掠夺的秋天就这样考验着农人。诗人用这种置之死地而后生的情势，在地狱与人间两面拉开的力量中，展示了人生命的坚忍与不屈："擂起大鼓 铜锣/敲响了脸盆 古钟/村民们 在村头塑起一尊蚂蚱神像/又挥起铁锹 扫帚/捕打驱赶那些魔虫。"村民们没有悲告，没有寂灭，他们在报复面前燃烧、咆哮，壮烈地抗拒秋天的灾难。"那真是个奇异的年景/各家屋顶都晒满肥肥的蚂蚱的尸体/各家当院都圈起大大的蚂蚱的席囤/它们吃人们/人们也吃它们！"这种惨烈的互吃，使一个自然的灾变化为人们抗争的永恒，使人与土地之关系的主题再次得到深化、扩展和猛醒。它不单是对《地母呵》的补充，更是发展了它，提示了另一种向度的思考。这种霍然划开的落差，仿佛咒符，暗示了他所栖身的故乡的生存发展史。词语的冷彻，对抗和雄辩的节奏，不但使那尊高擎着的蚂蚱神获具了民俗学的意义，而且体现了诗人由对自然力的崇拜所转喻形成的对人的生命原始力量的崇拜。《酷夏》仍然带有某种程度的宣叙调性。在久旱的伏天，作物被干枯的风拧成了绳子。这是人们沉入"火狱"的时刻。这里的火狱，意味是双重的，它既毁灭生命又熔炼了生命，对火的认识就是对人的认识：在原始的祈雨仪式中，在血牛皮大鼓的吼叫声中，白发老伯凛然扮作龙王。"赴汤蹈火"在这里并不是一种比喻，而直接构成了事实，他不惜以自身焚化的代价来祈雨。生和死在这时共存于一个复义（pluri-siguation）式的隐喻结构中，当挂满火烧云旌表的天空仍然不为所动时，"生灵们的心头滚起了雷声！"在这里，对巫术仪式的理解诗人取的是魔幻现实主义视角。老伯作为父性原型，正是一个民族赖以生存发展的生命象征，他是广义的抗争和捐躯精神，这时，死亡变成了"精神普遍的生还"。

如果我们将前面的部分《当你甩起红缨子长鞭》、《蝗祸》、《铁血色的扁担》等，与《酷夏》连成一种互动、生成的意象系统来考查，我们会发现：这是一个高度具象又高度抽象的智力空间。在这一空间里，有一种类似宗教情绪的主宰。诗人在精神圣殿里供奉的神，是永居不替的人类生命力！诗人的一切情怀都有可能从中诱发。联系到刘小放迄今全部诗歌呈示的复现语象：红荆、苦蒿、墓茔、缰绳、马绊草、老杜树、马莲……这些涵蕴着苦涩的卑微者，我们就会意识到：这些物象其实是诗人为生命找到的"客观对应物"。

在《大地之子》中，与雄性的、呼啸的力相对应的，还有另一种阴柔的、控制的、平衡的力量。这体现在此组诗的第四、第六、第九节。它们是《我不敢凝视那飞扬的芦花》、《就这样我与她走进洞房》和《野性的月亮花》。这几首诗，构成了相对独立又彼此关联纠葛的结构。对于全诗主体那种蛮野的、前倾的阳刚之力起到了稳定、舒徐、溶解的作用。正是这种情感经验的平衡和结构方面的考虑，使我们进一步感受到了诗人形式的自觉。沃伦在谈到诗歌结构时说："一首诗要成功，就必须要赢得自己。它是一种朝着静止点方向前进的运动，但是如果它不是一种受到抵抗的运动，它就成为无关紧要的运动。"①在未经教化的野性、紧绷绷的肌肉向我们压迫过来时，诗人没有忘记涉入阴柔的、纯净的气象。这使诗的效果得到调整。一阳一阴谓之道，它们彼此映衬、凸现，又终归于对生命的歌赞之中。《我不敢凝视那飞扬的芦花》，写了一位朴野深情的"十八岁的堂姐"的遭遇。她由于真挚爱情的驱使与情人野合，被酷厉而刚正的亲族赶出家门。对这种充满悲剧意味的主题的处理，诗人并没有陷入单纯的慨叹欷歔之中。他写得美好，写得明亮，对堂姐自由的意志、健硕的体态进行了极度的礼赞。诗人"不敢凝视那飞扬的芦花"，道出了他沉痛的情感；可他偏偏要凝视那经久不散的芦花，他哭了，因为今夜如此痛苦的美丽。就这样，刘小放悄悄改变了控诉的主题，由对生命的消逝，变为对自由意志的祈祷祝福。为了爱，被弃于荒洼是值得的，死是值得的。那些握住她生命的手经由她的抗争而松开，它不能再一次杀死她！生命变成纯洁的白芦花，太高傲了以至不屑于在地上行走，太脆弱了以至不能放弃初誓。这是诗人对女性的崇拜，更是对人类坚贞爱情的崇拜！如果说这首诗涉及历史，那么，《就这样我与她走进洞房》则谈到了本真的现实。这里，使命和宿命、惶惑与欣悦，都忻合无间地融为一体。"红纸写帖的娃娃亲／像点在一个埚里的两粒玉米。"诗人领受了古老的遗训，这种浸透血脉却又是事先给定的结合，使幼年丧母的诗人将爱恋加入了一种恋母情结的"复调"形式。这是一种不乏古老东方感的体验。而《野性的月亮花》，则是诗人灵魂深处的一个"地址"。作为与前面历史和现实的对称形式，"月亮花"的象征是与诗人精神的广阔放逐和历险连在一起的。"大地之子"歌唱了逝去的、现存的、理想的三位一体的普通劳动女性的美，也使得充满阳刚之气的组诗得到了阴柔、宁静甚至鲜润的补充，使我们体会到诗人刚柔

---

① 沃伦：《纯诗与非纯诗》，见赵毅衡编选：《"新批评"文集》，中国社会科学出版社，1984 年，第182 页。

相济、雄丽并存的结构能力。

刘小放后期的诗作，特别是组诗《大地之子》，不但是诗人也是中国新乡土诗的重要收获，曾被著名诗人公刘先生赞誉为"生命之绝唱，乡土之离骚"。这些诗完整体现了诗人对生命意志、种族精神历史、大地的真义及幻象世界的综合命名能力，也领略了现代乡土诗那"古老"而崭新的话语魅力。刘小放并没有在普遍意义上的"地母－感恩"主题中循行，他倾心的是人与土地彼此塑造、斗争，同时改变自身精神结构的过程。这个"还乡者"，给我们带来的不是安恬，而是大地漩流着的元气、人在生死考验面前迸涌出的活力。它在拷问并启示着我们：强大的生命力的欢乐，是敢于和生存的痛苦、灾难相抗衡的结果。生命的尊严、充实与其说是靠物质的富足，毋宁说更要依赖于活的血性、道义承担、求真意志的持续冲涌。

第三节　萧振荣　刘向东　刘松林

一、萧振荣

萧振荣（1943～　　），河北省行唐县人。1960年初中毕业后参军，后当过工人、干部、编辑。任石家庄市作家协会副主席，河北作协理事。新时期以来，写过大量反映农村生活的诗。主要诗集有《远行》、《秋风集》等。1981年获中国作家协会全国中青年诗人"1979～1980"优秀新诗奖。

萧振荣是河北省诗坛有较大影响的中年诗人。过去，他主要写工业题材，善于从平凡的生产劳动中发现诗意，捕捉形象，并有结构严整、语言平易的优长，但也嫌格局较小，笔力不太雄健，难以充分表达大工业生活的动人心魄的节奏。新的历史时期来临以后，他在集中力量向农村题材的突进中，却像燧石打火一样，令人惊异地迸发出耀眼的火花，照亮了一片新的生活和艺术天地，在这种新的开拓中，作者也仿佛确认了自己才能的特点和方向，逐渐形成了自己作品的艺术特色。

　　"歌从乡野来。"十一届三中全会以来，党的农村政策像一场及时的春雨，滋润了农民的心田，燃起了他们生活的热望。诗人同农民一道深切地感受到了生活的深刻变革，在诗坛上反映农村的诗比较沉寂的情况下，他的诗较早地向人们传达了农民心头的这种喜悦和农村的新气象。虽然这些诗显得清浅一些，但它还是以真实的感受、带着露珠的晶莹和朝霞的亮采，为我们透露了农村新生活的浓郁的气息。

　　1980年8月号《诗刊》发表组诗《回乡纪事》以来，作者陆续发表了农村题材的诗作近百首。有些诗沿用"回乡纪事"为总标题，有些诗另起组诗题目，如"家乡的笑容"、"歌从乡野来"等。诗的根须伸入农村社会的各个角落，从不同侧面烘托出农村新的形势和人们崭新的精神风貌。翻阅这些诗篇，展现在眼前的是一幅幅充满生机的农村生活的图画：阳光铺成的"乡路"，房前屋后的"新绿"，村头刷去旧时标语崭露新的笑容，还有五月的麦浪、八月的瓜园、春节的"年味"，且不用说闲时走亲，窗前看戏，就是常用的"秤杆"如今也抬起了头，就是普通的"算盘"也换了声声新韵。诗中并没有回避旧生活的印记，但写昨天是为了陪衬今天，它着力表现的是新时期以来农村变化了和正在变化的现实生活。

　　萧振荣的诗在表现农村生活上，有着自觉的艺术追求和特色。他在诗中避免了简单地图解概念，或穿插"党的农村政策就是好"一类的直白说教，而是深入到生活中去，以敏锐而细腻的洞察力，着眼于把握自己真切的感受，把选取富有典型特征的生活场景与揭示农民内心深处的愿望和热力结合起来，加以熔铸和提炼，从而深刻地反映农村形势迅速而巨大的变化。因此，它比某些同类题材的诗作，有较为浓烈的生活气息，给人一种自然、亲切的感觉。试看《集日的黄昏》，小小的镜头溢满了多少生活的诗意：

　　　　　　炊烟淹没了落日半轮，
　　　　　　暮霭浮回赶集的人们。

携走早晨的背篓、竹篮
装回一个欢乐的黄昏；

猪娃的叫唤关进西院，
半导体新声溢出东邻；

拉化肥的铁牛归来最晚，
库房前卸下月色如银。

这首诗虽然写得不是如火如荼，热气蒸腾，但却精巧细腻、韵味隽永。它不是从意念出发，而是选择了一个特定的角度，抓住了最迷人的"黄昏"时刻，表现农村新生活的脉搏和欢乐，即景生情，缘情写景，情景交融，不直写"政策"，而"政策"自在其中。在这里，"政策"被生活化了，因而才表现得如此有声、有色、有情。

萧振荣诗歌的另一个特点是：讲究构思的新巧。一首诗的成败，除生活的原因外，构思是一个极为重要的环节。好的构思是一种发现和匠心独运的创造，它体现了诗人的艺术个性和才华。在创作中，萧振荣致力于构思的精巧和意境的创造。他的独创之处是善于从平淡的生活中发现诗情画意，所写虽然多是一枝、一节、点滴事物、瞬间情景，但经过作者精细笔触的开掘和生发，却能以小见大地概括社会生活，给人以含蓄蕴藉的美感。因此，在他委婉秀丽的笔下，一条乡间"小路"，串起儿时记忆、现实感受，从昨天到今天的漫长岁月（《乡路》）；一片房前"新绿"，显示了两种政策、两种结果的鲜明对比，寄托了诗人无限感慨（《新绿》）；而"会计室里热闹的算盘声"，在孩子的梦中是花衣，是鞭炮，在大人听来，却似"檐间春雨"，"一滴滴""溶尽心头十年寒霜"（《夜间算盘声》）……新巧构思的例子，不胜枚举，如《绿化的传单》：

从苇乡来了端午节的信使，
把绿色的传单撒向村巷。

奶奶讲这粽子的来历，

嘴里缓缓流出条汨罗江。

手捧粽叶的孙儿，
像初读一篇悼念文章；

曾有时不知粽子的味道，
终于又闻到那千古芳香。

可以看出，这首诗并没有正面讴歌农村的大好形势，而只是写了一年一度的"端午节"，即便是"端午节"也没有一般地铺开写，却落笔在一片苇叶上。诗的构思则以此为起点，从这片苇叶生发开去，奶奶讲粽子的来历，孙儿品粽子的滋味，即是在传述千古佳话，然而在重温这古老的风习中却也包含着现实生活的酸甜甘苦。于是，一片苇叶化为一张"绿色的传单"，宣告农村幸福生活的降临。

在创作中，诗人较多地吸收了古典诗歌和民歌的营养，对诗歌的形式和语言进行有益的探索和尝试，构成了他诗作的第三个特点。他大部分抒情短诗都是"八行体"。全诗分四节，每节两行，起、承、转、合，层次分明，结构完整。其句式大体整齐匀称，韵律自然和谐，节奏轻快流畅。体制和容量有点类似我国古代绝句，然而有其"咫尺万里"的长处，却没有"五言"、"七言"的拘谨。这种"八行体"，在当前诗歌创作中，萧振荣可以说是运用较多的一个。虽然有时由于选材不严，或提炼不够，一部分作品内容稍嫌单薄一些，但总的说来，这种形式和它所要表达的"小小的感情画面"还是适应的。而且，在当前某些诗歌失之冗长和散漫的情况下，这种对形式短小精悍的追求，也很值得肯定。

在语言运用上，他的诗字斟句酌，颇见锤炼的功夫。例如，"我看她缝沙砣给孩子玩，闲聊的话儿串上针线"（《针线上的哲学》），一个"串"字，把无形的话语变成有形的珍珠，字字句句，闪着璀璨的光芒。"青壮从金海淘座金山，他们把金丝抽在手上"（《麦收小景》），两个比喻"金海"、"金丝"，两个动作一"淘"、一"抽"，不仅写了小麦大丰收的景象，而且点出了不同劳动的特点。"旧酿苦酒斟出陈年旧忆，新添竹筷夹起今岁新话"，酒而陈，筷而新，陈酒新筷的对仗中，概括了多少生活的感慨。

统观萧振荣的诗作，其艺术特色是清新秀润，质朴自然。它植根于生活，又对生活加以提炼和升华，往往以简捷的线条、清淡的笔触，蘸着深挚的情思，点染和勾勒出一幅幅淡墨水彩画，轻柔，明媚，雅致，饱含生活的情趣。这固然不是富丽的牡丹，也不是艳冶的玫瑰，却是诗苑中秀丽的一枝兰花，又像是撒遍田野的星星菊，香色虽然各异，但同样以自己独特的风姿，装点着时代的春天。

二、刘向东

刘向东（1961～　），河北省兴隆县人。中学毕业后参军，后在石家庄钢厂做宣传工作。1987 年毕业于河北师范大学中文系文学班。现在河北省作家协会工作，曾任《文论报》主编。主要诗集有《山民》、《现实与冥想》、《半截儿梦》、《谛听或倾诉》、《母亲的灯》、《落叶·飞鸟》等。

刘向东是河北新生代诗人中突出的代表之一，80 年代中期开始发表诗作。他的诗歌虽然题材较为丰富，但写得最深入、精粹的还是他的新乡土诗。如果说写诗就是给自己的灵魂盖一所房子，那么，刘向东的这所房子，使用的材料可不是现代化的集装板块，他更乐于从他的故乡，那浑莽凝恒的古燕山，开采出一块块粗粝的青石，把它们安放结实。对故乡持久的迷恋，决定了刘向东的诗基本姿势不是前倾的，而是回溯，是追忆。他要歌唱的，不是即将"到来"的东西，而是那些笨重壮硕、憨朴温热的快要"失去"的东西。

但刘向东歌唱的调性又不是挽歌式的。一般来说，诗歌的整体语境构筑于回溯或追忆之上，诗人往往会以失落、怅惘的情致贯穿经络，这几乎是相沿不替的种族审美性格。新时期以来，众多乡土诗人铸形塑模，延续了这路"感伤乡土诗"的语境。众口一声的挽歌合唱，天长日久会渐渐损坏我们的听力。刘向东则在此情势下，不为所动。他坚持笔随心走，水到渠成。对他而言，回溯或追忆是一件美好的、令人迷醉的事，而不是精神分裂或伤害的变格表述形式。这样一来，他的诗反倒显出一份抱朴守真的健康生机。春夏养阳，秋冬养阴，诗人的情愫一如古老燕山的自在疏达，虽不那么灵机四溢，却常常是感人至深的。

这与诗人的创造力形态有关。刘向东的写作原动力，不是源于对幻象的穷索，对象征的把捉。他的才秉或本能，更在于对此在经验上的描述。"故乡"在他笔下，不是被剥夺了的"精神飨宴"，不是终极关怀的"家园"，而是一种活生生的"当下"、"手边"。他并没有失去它。这更切实的本原物象，与其说是刘向东寻找到的"客观对应物"，不如说是他直接面对的、有质量、有温度的现实。这一切都在眼下，不是镜中之像，不是欲望中的卧居之地，以至只要他唤一声，那山门就会开启：

> 我的对面儿
>
> 有个回音壁并不遥远
>
> ——《燕山幽幽》

对故乡的迷恋，使刘向东的诗歌写作历程呈现明确的方向性。特别是90年代以来，他大量的不同的文本又像是永远朝一个总体的大境界归拢，从前些年的《山民》、《现实与冥想》到晚近的《谛听或倾诉》、《母亲的灯》、《落叶·飞鸟》，这些诗集把我们引向对一个精神大势的凝视。他稳妥地左右自己诗歌的进程，不断扩展、加深，但绝不会旁逸斜出。他的诗在某种程度上，已摆脱了那种青春期的即兴写作、灵感写作，而渐渐呈现出自觉的精神修持的"纯于一"的状态。我们认为，这种有方向、有母题的写作，是一个诗人成熟的标志。

刘向东是固持于货真价实的本土写作者之一。一部中国诗歌史，概言之，可分为"诗经语型"和"楚辞语型"。前者拙朴，后者峭拔；前者重于内敛，后者重于抒放。当然这是仅就审美感受而言的。对民族诗歌精神共时体的体悟，使刘向东90年代以来的诗，逐渐形成一种融凝重与浩荡于一体的风神，像《燕山》、《谷子》、《白洋淀》等长诗，就是这种风神的体现。但一般来说，刘向东的诗更接近于诗经传统。倒不是由于他在一些诗中美妙地写了国风式的土风民谣，而是他的大部分诗，从骨子里表现出那种对具体事象的朴素叙述能力。诗歌批评家普遍认为，这是刘向东最见本领的地方，也是他的价值所在。如《母亲的灯》：

> 那灯
> 是在怎样深远的风中
> 微微的光芒
> 豆儿一样
>
> 除了我谁能望见那灯
> 我见它端坐于母亲的手掌
> 一盘大炕，几张小脸儿
> 任目光和灯光反复端详
>
> 夜呵多么富裕
> 寰宇只剩了一盏油灯
> 于是吹灯也成了乐趣
> 而吹灯的乐趣，必须分享
>
> "好孩子，别抢，
> 吹了，妈再点上。"
> ……点上，吹了
> 吹了，点上……
>
> 当我写下这些诗行
> 我看见母亲纤巧的手

小心地护着她的灯苗儿

像是怕有谁再吹一口

她要为她写诗的儿子照亮儿

哦，母亲的灯

豆儿一样，在我模糊的泪眼中

蔓延生长

茫茫大野全是豆儿了

金黄金黄。金黄金黄的

涌动的乳汁呵

我今生今世用不完的口粮

　　歌颂母爱是诗歌的永恒主题之一。但是以直接抒情的方式写母爱，往往容易使作品流于发"飘"，当代诗歌中这样的例子不在少数。而这首诗的成功在于，没有教情感漫溢，而是将抒情与叙述相结合。全诗紧紧围绕童年记忆中的点灯和吹灯的细节展开，在进行一个个真切的细节刻画之后，诗人将诗境导向开阔和深刻，除了对母亲的爱之外，还道出对真正的诗歌"来源"的感悟，由小视点洞开了大视野，颇有"篇终接混茫"的效果。在刘向东的代表作诗集《母亲的灯》中，有不少与此诗特色相类似的堪称佳作的篇章，如《村庄》、《那棵老槐树》、《感谢羊群》、《牧羊人》、《面对祖坟》和《出门在外》、《来临》、《家园》、《山民墓地》等。在这些诗中，最打眼的往往是一系列对乡村生活准确、本真的细节提炼，他勘探、剔抉着生活褶皱中一个个细节的纹理，为它们塑型，使它们发光。读者甚至无须用"内心观照"方式进入，也不必调动你的"二度创造"，它们神完气足、快捷跳脱，不留余地，"呱唧"一下就撞在你心上。事实上，这类不饰险崛的细节提炼，是衡量一个诗人"手艺"的重要尺码之一，因为它难以蹈袭，愈显其功实倍。

　　在本体方式上，刘向东倾心于现实主义方法，而在个人姿态上，他倾向于入世近俗的平民态度。他的诗，缺少尖新和紧张，而焕发着一脉沉稳、自在、温暖的人情味。虽然在他的绝大部分诗中，"我"是一个最基本的形象，但这个"我"不是那种愤世嫉俗的自恋者，而是一个敬重古老道德、勤谨求实的"山民们的后代"。正如人们所认识到的，就社会关系的观点而言，中国人不是个体本位，而是家族社会本位的。刘向东的诗鲜明地体现了这一点。读过刘向东一些诗集的读者会注意到，他的诗歌有着更明显的"本事诗"性质。这里仿佛居住着一个唤作西沟的村落，村落中的一个刘氏宗族，这个宗族的族谱，以及刘向东一家人（诗中出现的牧羊人，就是在"文化大革命"中背运的农民诗人刘章，而那个总是"一阵风似的"日夜操劳的农妇，就是刘向东的母亲）。此外，刘氏先祖和同族叔伯也都仿佛面目清晰。刘向东的诗，就围绕着这一切展开，他强调的不是"我"个人，而是一种关系、一种网络，他默默注视并体悟着这自身之外的世界，并力图探索运行在这一切深处的生存脉搏。应该说正是这种集团意识，使刘向东的诗摆脱了闲适的吟玩性情，而向着融汇和积淀打开着另一种自豪和沉重。这种心理信息的储备，一方面使刘向东的诗成为有切实背景的文本，避免了某种程度的蹒跚之态，另一方面仿佛又使之连缀成一个有机整体——一系列诗构成的一首长诗。如果刘向东在日后确实打算写首长诗的话，这些诗已经为其创造了基本条件，起了铺路作用。

在刘向东的诗歌中，最有特色和价值的部分就是这类回溯或追忆"故乡"的诗。从诗的情感上看是这样，从语言成色上看也是如此。由于刘向东的诗歌不是那种垂直降临的精神幻象，而是一种情有所钟、魂有所系的"坐实"的故乡情感场投射，这就使之更注重完整的境界、内凝的骨力、淳朴的情韵、浑重的气格。对他而言，诗歌之"气"，源于与故乡土地的交感注息、升沉开合。诗之生，气之聚也，聚则为生，散则为死。他很清楚这里的玄机。因此，尽管他写诗已近20年，但大抵始终把握着自己认准的那个要害穴口：坚持"实境逼而神境生"的审美性格。这是刘向东智慧的体现。刘向东近年的诗歌，也试图扩大题材范围，但目下我们发现他真正写得内在成熟的作品，还是新乡土诗。

三、刘松林

刘松林（1952～　），河北省任丘市人。中学毕业后短期务农，后参军。毕业于石家庄高级陆军学校。曾任河北省文联《诗神》月刊副主编，河北省作协《诗选刊》副主编。现任河北省作家协会《大众阅读报》主编。主要诗集有《纯情的羽翼》、《玫瑰的光晕》、《梦里平原》等。

刘松林自80年代开始文学创作，那时其主要成果体现在散文诗方面，他同时也写过一些军旅诗，但影响都不大。90年代以来，诗人找到了自己诗歌创作的"矿脉"，真正进入现代乡土诗创作范畴，诗集《梦里平原》代表了刘松林90年代中期以降的诗作的水准，这些作品大多是诗人追忆华北平原乡村生活的诗作。沿着对乡村的本真记忆的线索，诗人低回徜徉，沉思感悟，为那些在他记忆中打下戳点的事物一一命名，发掘出了平凡事物中的审美意味。这里，追忆首先通向个体生命的经历，同时又具有对整体性的乡土中国的奥秘的揭示。

读着这些诗，我们仿佛随诗人一道回溯了以往那些艰辛而温暖、清贫而不乏美德的乡村岁月。我们看到，在表面上坦荡无砥、寂寥沉稳的平原乡村，竟在其细部纹理中蕴藏着那么多人性的沟沟壑壑，活跃着那么多啸傲的生命景观，容留着那么多日常生活的神奇。在《朝布谷鸟叫的方向眺望》、《大地寂静　村子安详》、《青纱帐　青纱帐》、《雁阵远去》等作品中，诗人由故乡的一方水土，折射出乡亲们顽健的生存意志，他为之感动；有时他又为乡土中国中存在的滞重和落后而发出叹息。请看诗人面对一株土粪堆旁的小杏苗所发出的《惊喜》：

一株杏苗　在地头粪堆旁
昂着比我更稚嫩的下巴颏

有着细齿边的圆圆叶子

像春天睁开的一粒粒眼瞳

五六片摇曳着清风的叶子

轻拢起一团绿莹莹的梦

……

清苦寡淡的时日　一抹

野生小杏树的发现

令童伴的激动　微微地颤抖

漫渎着梦境的甜　使我们

深陷其中

一株杏苗，蕴涵着清苦和甜蜜含混难辨的滋味，可谓以少总多、以小见大。我们看到，诗人还从流萤、草蔓戒指、蛙鼓、露珠、冻云、河灯、油罐儿、野蓼、老磨坊……如此多故乡的物象细节中，同样发现了天地之道的运行。在被遗忘的角隅，在底层人们卑微的生命中，也有着自己纯正的敏感，有着对倔犟的生存意志的惊喜和赞叹。诗人准确地描述了他心中的感动，同时避免着时下乡土诗写作中流行的"文化乡愁"式的"升华"。"文化乡愁"的书写者，其实骨子里对真正的乡村事物采取的是自上而下的俯视，他们是要用乡村题材说自己的那些文化"理念"，乡村事物在此只是装饰性的"语码"。而在刘松林这里，使用的是平等的视角，他沉浸其中，诚朴率真地吟述着自己的经验记忆。显然，地头粪堆旁的一株"野杏苗"与"乡村伊甸园"式的臆想是有天壤之别的。我们在《月亮地儿明晃晃》、《搓玉米的冬夜》、《冻云悬垂》、《一蓬野蓼粲然开放》、《谷草人在风中》、《那时的油罐儿》、《青纱帐　青纱帐》、《朝布谷鸟叫的方向眺望》、《大李庄的月亮》等诗中，同样看到了"原在"意义上的大地和村庄，生存和生命。诗人准确地讲述着他本真的乡村记忆，使人们见惯不奇的生命和大自然的细枝末节，重新焕发出崭新的迷醉的艺术力量。如写一个乡村少年在冬雪的清晨上学，本是平凡的，然而诗人写得颇为动人："背上书包时特意瞧了下雪岚中的/太阳/

曚昽昽的像猫白日眯起的瞳孔/当我踏着没膝的大雪赶向村外/脚下咯吱吱的声响竟那么清晰脆生/这是踩破雪寂的动听之声呵/嘴里大团的热气，还有胸前/火苗子一样鲜艳的红领巾/真像大平原的梦正一点点/向前移伸着的触须。"（《雪寂》）

追忆，并非单向度地钩索往事，在有承载力的诗歌中，它还通向对"当下"源流的寻索和双向激活。刘松林也没有忽略这一点。在他的许多诗中，往事与今天是彼此关联的，加深了诗歌语境的深度。诗人从过时的辘轳井绳中得到启示："从它简单重复的动作中我开始/阅读并思索这纯粹的劳动/它的光芒是自尊直挺的脊骨/这些年我深知自己是凭什么/才得以堂堂正正于红尘里安身立命。"（《辘轳》）过往苦难的乡村岁月，正是"我"今天灵魂中的钙与盐："作为我真实的根或胎记/再锋锐的斧刃也已无法将它伐去了/此刻那些难忘的故事和时光叶子般/就这么簇簇蓬蓬地绿着/这些年撑持我熬过难关的钙质与盐/我知道是它瞧着我从心里疼出的一身身热汗。"（《老宅址》）我们从诗人的抒情长卷《青纱帐青纱帐》中，更为真切动人地看到了过去-当下-未来的扭结一体。

总之，90年代中期以来，刘松林对现代诗艺术的劲道，已有着较深切的体悟。与叙述性文类不同，诗歌的"追忆"，要在如实描叙和"心灵的内视"之间达成恰当的平衡。没有真切细节的诗，会给人以凌空蹈虚之感；而没有主体心灵所浸润的诗，则会显得板滞单薄。但在具体的技艺环节上，要将"如实描叙"与"心灵的内视"化若无痕地融为一体，则有很大难度。我们往往看到，在许多诗中二者生硬的拼接，既伤损了真实性，又伤损了体验性。而在刘松林这里，二者达到了较好的融合：

> 飘飘纱纱的小灯笼
> 晃晃悠悠的小灯笼
> 领着安谧和夜晚的小灯笼
> 朦朦绰绰的光　走过树丛
> 坟茔　河滩

一闪一亮地映着　觅着　寻着
你掉落了什么丢失了什么呢

青蔓草味儿的灯笼
水蓼花味儿的灯笼
土腥汗息烟岚味儿的灯笼
童话味儿的灯笼
那个追着流萤跑的孩子也是盏灯笼么
灯笼即使再小
光亮即使再弱
也能瞧出一个麻麻花花的颜容

——《流萤》

这里，在乡村孩子捕捉萤火虫这一真实场景里也巧妙地融入了诗人"心灵的场景"。萤火，既是它自身，又有着主体体验的隐喻或暗示性（对小小光明的执著追寻），二者不可剥离，在瞬间突入我们的心智。

《村东的苜蓿地》也是这般内/外现实同时打开的诗。诗人以清新而简劲的笔墨，写出了苜蓿地、蓝天、小黑犍牛组成的乡野美景。随后笔锋一转，写牛儿执拗地偷食苜蓿，而"我"拼命拉直了麻花缰绳。乡村生活的趣味至此似乎已经满盈，很难继续落笔了。然而，诗人不满于对事象趣味的描摹，他进一步展现了心灵的体验，那穿越岁月直抵"今天"的感慨：

我擦了把许多年前的细汗
许多年许多年了，这长长的缰绳
都没能把黑犍子拽出来
在开满紫花的苜蓿地擦着额角细汗
我坐在黑犍子圆圆的眼里

像这样饱满沉实又不乏心灵内视魅力的作品，同样在诗人的《蛙鼓》、《民俗深处》、《霰粒儿叩打着窗棂》、《车过柿庄洼》、《铁匠铺》、《夕鸦》、《地里的谷子垂着饱满的头》、《薰风里》、《河灯》、《小夜曲》等近期作品中得到体现。诗人有着自觉的艺术追求，更多地注意了对地域的本土的生活、文化特点的凸现，也逐渐稳固了冀中平原这方水土生养而成的粗犷却不失空灵的语言方式。刘松林对于乡村生活记忆的吟述，无论是宽阔还是细微，大都会使我们真切地感知到地缘意义上的冀中大平原，和平原之魂的拂动。因此，它们是复归大地的"在者"之歌，以其感觉细节生动的还原力量，向存在敞开，使世界发光和鸣响。刘松林的"追忆"，不依赖素材上的洁癖，新旧事物异质混成，因而显得真实可信。它们的出现，是燕赵新乡土诗写作的又一喜人收获。刘松林诗歌的缺点是，有时在语言上显得雕琢。

第六章 河北新潮诗人

第一节 伊蕾 郁葱

一、伊蕾

伊蕾（1951～ ），原名孙桂贞。天津市人。1969 年到河北农村插队落户。1971 年选调到邯郸山区某铁道兵工厂宣传部门工作。1982 年调廊坊地区文联。1986 年毕业于北京大学作家班。后任《天津文学》编辑。1991 年赴莫斯科，从事美术收藏及策展活动。主要诗集有《爱的火焰》、《爱的方式》、《女性年龄》、《独身女人的卧室》、《伊蕾爱情》等。

伊蕾的创作可分为两个阶段。她自 70 年代初开始诗歌创作，70 年代中后期开始发表诗歌，那时她是典型的浪漫主义诗人，诗歌的内容和语言形式先后受到汉译海涅、普希金特别是惠特曼诗歌的影响。80 年代中期，伊蕾诗风大变，以《独身女人的卧室》、《被围困者》、《流浪的恒星》、《叛逆的手》等带有后现代主义"自白派"特点的长诗震动诗歌界，一时间成为中国"女性主义诗歌"最重要的代表之一。如果说她前期诗歌是呼应着新时期诗歌界整体的"人本主义"思潮的话，那么后期则是感应着 20 世纪以降女权主义运动、女性主义文学浪潮的写作。诗人从女性的角度出发，书写女性的命运，自觉体验着女性经验的特殊性，高扬了女性主体意识，成为中国当代最重要的几名女诗人之一。

让我们回溯一下她的创作道路。新时期开始，伊蕾进入了创作觉醒期，80 年代初她逐渐引起诗坛关注。她把自己的创作追求界定为三点："情绪型、未来型、悲剧型"。在一首名为《海》的意象诗里，她写出了自己情绪的"客观对应物"：

> 是被谁捆缚在大地上？
> 每一块肌肉都在翻滚，
> 爆发出自由的歌唱！

这首诗可以作为伊蕾前期诗歌创作的整体象征：在被捆缚的境遇中，生命的意识骄傲地高扬，阻隔与冲决，孤独与强大，希望与无奈，经过"反式观照"，相克相生、相反相成，造成了巨大的意蕴张力，谱写了一曲曲为自由的灵魂而痛苦歌吟的人生乐章。

诗人是属于海的，她的诗也属于海。这倒不是因为她出生在海港城市天津，也不单纯是因为她的诗多次抒写过海，而是说如果把人生和艺术比喻成波澜壮阔的海，那么她正是挣扎奋进、直奔彼岸的泅渡者。在一本诗集的《后记》中，诗人曾摘引惠特曼的诗句表明自己的追求："我不愿歌唱关于部分的诗歌，我愿意使我的诗歌，思想，关涉全体……我作的任何一首诗，或一首诗的最小的一部分都关涉到灵魂。"她的诗歌中，诗人所进行的是生命与灵魂的探险。《蓝色血》，以精神物化的形态，表达了青春的骚动和渴望：

> 你时时刻刻粉碎着自己又重新组合，
> 你为什么这样不自信而又自信呢？
> 在我的心中你永远是一个完美的梦幻，
> 因为你每一秒钟都是全新的啊！

粉碎"自我"，超越"自我"，重组"自我"，在自信与不自信的交织中，探索人生的真理，寻求人格的"完美"与"全新"，表明了青春意志的觉醒与崛起。这种意识，对传统的封建文化和现代迷信无疑是一种强力的冲击。她的诗孕育着生气，虽然不无苦涩和忧郁，但内在强大与外在处境中的弱小，恰好形成反比逆差。这在她为数不少的爱情诗中表现得尤为明显。例如，《黄皮肤的旗帜》、《野芭蕉》、《预感》等，以令人战栗的真情传达了对爱情的带有悲剧色彩的执著与追求。面对诸多困扰，她有解不开的疑团，也有自己不自由毋宁死的信念，完全可以纳入我国文学"爱而不得所爱，但又不能忘其所爱"的原型主题。但这不是哀婉，而是一种野性的炽热的悲壮，并且深深打上了新时代的烙印。

痛苦而崇高，孤独而骄傲，沉寂而又轰轰烈烈，构成了伊蕾早期诗歌艺术的复调与和弦。早期的伊蕾是"纯情型"诗人，她的诗抒情是充分的。她表现生活不侧重外在描摹，而强调主观情感的喷发，不一般地写客观变故，而倾诉生活在心灵深处引起的震颤。她的诗中的境界一般不由单纯的客观物象所构成，而是由主观感情和感情引起的事物的变形融汇而成，有时甚至是以某种情绪为焦点而组成的意象群。《火焰》一诗写一个被自身的热情所烧灼的扭曲而冲动的灵魂，诗中用夸张的琴弦、柳枝、曲巷、长发形容她生活的曲线图。她正是以这纷乱而蓬勃的意象，极大地宣泄了那骚动不安的生命激情。

《黄果树大瀑布》这首诗，不仅表达的意念有前卫性，而且她的写法也带有"未来主义"色彩。请看原诗：

> 白岩石一样砸下来
> 砸
> 下
> 来
> 砸碎大墙下款款的散步
> 砸碎"维也纳别墅"那架小床
> 砸碎死水河那个幽暗的夜晚
> 砸碎那尊白蜡的雕像
> 砸碎那座小岛，茅草的小岛
> 砸碎那段无人的走廊
> 砸碎古陵前躁动不安的欲念
> 砸碎重复了又重复的缠绵的失望

砸碎沙地上那株深秋的苹果树

砸碎旷野里那幅水彩画

砸碎红窗帘下那把流泪的吉他

砸碎海滩上那迷茫中短暂的彷徨

把我砸得粉碎粉碎吧

我灵魂不散

要去寻找那一片永恒的土壤

强盗一样去占领，占领

哪怕像这瀑布

千年万年被钉在

悬

崖

上

黄果树大瀑布是惊心动魄的。不过这诗中的瀑布已不是客观的瀑布，瀑布挂在她的心灵世界，这瀑布激荡、冲刷、洗涤着她内心一系列陈旧的、缠绵的、寂寞的、忧郁的、柔弱的、封闭的理念和情态。她祈望，脱去"旧我"，重获新生，追求永恒，并为此，虽九死而不悔，就像瀑布一样，"千年万年被钉在悬崖上"，也不怨艾。因为流动的纯洁的白色魂，每时每刻都是全新的。这里，人生永恒的思考由于结合了眼前瀑布和心中激情来进行，因而具体而深湛。而其表现形式，则借鉴了未来主义的"象征化"、"速度之美"，字句的"自由不羁"，分行的"立体化"等特点。例如，第一节的"砸下来"，末一节的"悬崖上"，上下相对，竖行排列，有奔下攀上的立体感和具象感；诗中12个"砸碎"，一气贯注，不仅有速度，而且有情绪，冲腾、激烈，声音本身就构成了意义、力量。而从总体上看，诗中的瀑布无疑是一种象征。诗的内容转化为生命的形式，形式就成了诗的生命。

1985年后，伊蕾诗歌进入第二阶段，即深入而自觉的女性主义

"自白"倾诉期。她以女性的生命经验书写女性精神和身体的秘密，观照女性的命运，争取女性言说的权利，批判男权社会对女性的压抑。值得注意的是，伊蕾诗歌也不是公共性的"女权主义"的传声筒，她表达出性别经验中的个人性，而不是个人化体验之外的公共性。

《独身女人的卧室》（1986年）是伊蕾诗歌意识的充分体现。在这首长诗中，诗人不是一般意义上的"表现自我"。这是因为，自我和意识从来不等于一回事，在现代条件下，它们常常构成分裂状态。"独身女人"是"我"审视的准客体，这种一而二的结构，才可能具有现象学式的刺穿经验本质的视力。由于"我"的分身术，"卧室"具备了现代女性整体生存及命运的喻义。那么，"我"的焦虑、绝望、性欲、欣悦，就超出了单一的自恋或自渎的范畴，而进入对生存本身的追问和暗示之中。频繁出现的"你不来与我同居"，也昭示着以非婚姻家庭为圭臬的纯粹爱情神话的虚无，那个"你"，犹如戈多，本身就是一种永无归期的空洞。渴望纯粹之爱的女人深陷于孤独的"卧室"，她所能做的仅仅是无望的吁求而已。如组诗《独身女人的卧室（之三）：窗帘的秘密》：

> 白天我总是拉着窗帘
>
> 以便想象阳光下的罪恶
>
> 或者进入感情王国
>
> 心理空前安全
>
> 心理空前自由
>
> 然后幽灵一样的灵感纷纷出笼
>
> 我结交他们达到快感高潮
>
> 新生儿立即出世
>
> 智力空前良好
>
> 如果需要幸福我就拉上窗帘
>
> 痛苦立即变成享受
>
> 如果我想自杀我就拉上窗帘

生存欲望油然而生

　　这种简单之至的反讽方式，经由整首诗语境的压力透射着女人遁入幽闭的无奈原因。这里，"拉上窗帘"后并不形成一个自足的内在世界，而对灵魂的痛苦和自杀这一劫数，"拉上窗帘"显得多么短暂和孱弱呵。伊蕾意识到生命的无告，信仰精神的耗尽，于是，在"自画像"上，"整个脸部我只画了眉毛"。除了生命体验的真实意义之外，一切都是可以暂时怀疑的，"宇宙漆黑没有道路／每一步都有如万丈深渊"，"因为是全体人的恐惧／所以全体人都不恐惧"。那么，诗人意识到这种深渊和恐惧，就不再是单向度的悲观和怀疑了。悲观和怀疑常常是价值论的产物，它们导源于人类内心对公正和意义的向往；而伊蕾的意识，则是源于自身生命本体的产物。这组诗，既有对单纯爱情的吁求，又有健壮而坦率的身体性冲动贯注其间。身体性表达，在伊蕾这里同时成为对女性的"此在"进行分析的对象，肉体的存在和精神的虚无构成经验之圈的两个半圆，前者追索后者，成为一种功能，在相互矛盾相互排斥的展示中，达到对生命原动力真相的澄明。诗人无意扬此贬彼，她所要做的是揭示生命体验的最高真实。这里没有结论，"我"看到了本源就足够了。"我"有时是一种叙写的戏剧角色的虚影，因此，它只是"我们"之外的另一个话语存在，如此而已。

　　随后发表的长诗《流浪的恒星》、《被围困者》等，在意识背景上也与世界范围内60年代以降"女性意识"的全面觉醒密切相关。这些诗里的"女人"，是包容了"女权意识"、"女性主义"后，以个体生命的体验书写精神奥秘的"女人"。她消解了男权文化对女性的贬低，但又不将自己的话语寄生在消解和控诉姿态上，而是深入地言说了女人独特的命运意识、生命意识和现实经验。诗人由于个体人格的高扬，在精神"流浪"和"被围困"中也终于争得了高层次的自我实现，睥睨、批判、拆解污浊的性别歧视文化，离开这个性别歧视的话语系统。在这些诗里，女性要争得做人的"平等"，但绝不是做人的"相同"。诗人始终没有忘记自身是与"他"（男性）相对而存在的。她要争得的是作为个体的女性能被社会所重视、所尊重，她要确立的是女性本身就是美好的。在当时涉足女性文学的诸诗人中，伊蕾无疑是深刻而成熟的一位。因此，她的作品不仅被文学批评界认为是"个人体验"的代表，同时它们还获得了具有"历史意识"的称赞。

由以上可见，80年代中期以来作为诗人创作的第二阶段，在侧重于女性生命意识和经验表达的同时，诗人并未陷入无足轻重的"非历史化"的中国式的"纯诗"（素材洁癖）写作陷阱。女性个体视点在此也并不意味着狭隘自恋、自怜，而是深入地揭示生存和生命的写作——并很好地保持了对个体体验的原始性忠诚。正如女性文学批评家所言：诗人个体独特的女性意识之所以能"获得普遍性认同"，是由于"女性的历史意识与女性身体经验的不可分割性将这种主题嵌入复杂的时代命题之中"①。我们应该警惕以男权话语界定何为"历史意识"，要看到"女性诗歌中表达的对人类共有的生命本质的思考和关注"②。

伊蕾的诗歌常常涉及"时间"的观念，但她不是研讨传统哲学意义上的永恒与瞬间、有限与无限的关系。因此，在她的诗中，很少有繁复的认识论意义上的感慨。她关心的不是抽象的时间，而是个体体验着的时间，个体的"向死而生"的方式。显然，伊蕾不想做什么拯救众生的先知、劳其筋骨饿其体肤的承担者，更不想做什么女强人，她骨子里是个了无牵挂的流浪者，慵懒的独身女人。她企图在真正的爱情和快乐中倏然飞翔，但是，这种天真的欲念时时受到生存的围困，受到性别压抑、性别歧视和性别污染，这才使她的诗常常体现出一种狠歹歹的怨愤，一种冲破栅栏的无法无天的叛逃。这正是伊蕾不同于某些一厢情愿的"深刻"、"悲剧感"的女诗人之处。在后者那里，"深刻"、"悲剧"表现为有意的制造，为"深刻"而"深刻"，为"悲剧"而"悲剧"；而

---

① 周瓒·《翟永明诗歌的声音与场景》，《诗刊》，2006年，第3期。
② 翟永明：《完成之后又怎样》，《标准》，1996年，创刊号，第121页。

在伊蕾那里，表现为发诸生命本源的寻求真实、快乐、逍遥的天性，受到阻遏之后的自然反弹。她的诗，揭示出两种彼此对抗的力量怎样粉碎了一个享乐主义者的梦想，它们在澄明的光焰深处，透射着苦涩的语言钻石。但伊蕾从不想让痛苦的波涛把诗的纯粹给毁了，她写得高贵、自信而纯正。无疑，伊蕾的许多诗都贯穿着现实经验层面的对异化现实的否定和批判，但正是有了上面所说的对只活一次的个体生命时间的"向死而生"的认识，才使得这些否定和批判更为急迫和动人。正是在这些诗中，我们不但能将伊蕾的诗歌意识与本质主义的哲学区别开来，更重要的是，我们也将她与另外的先锋诗人区别开来了。衡量一个诗人经验之圈的价值，主要的原则正是在他（她）展示个体生命深层实在的独特性上，看他（她）是否能为那些与个人的存在密切相关的基本问题注入异质的冲动。这就使她的诗亲近生命而远离观念，亲近本真生命而远离道学。读她的诗，你会感到她时时在说，"最有价值的逻辑就是生命解放的逻辑，我多么希望不必再痛苦啦！""我放弃了一切苟且的计划/生命放任自流/暴雨使生物钟短暂停止/哦，暂停的快乐深奥无边/请停留一下/我宁愿倒地而死！"无论是在她80年代中期的代表作中，还是稍后的《黝黑的水》、《猪之舞》、《情舞》、《爱的自语》中，以及90年代后的《最后的乐章》、《葡萄园》、《冬天的情歌》中，我们都可以感到在诗人恣情任性的坦率宣泄中，既有生命原始体验的情味猛烈地向我们压迫过来，又有对它们在瞬间被击得溃散的吟述。能写出这样既流畅又不乏纠结的"自我意识"，伊蕾付出了生活和情感的双重代价。她是一个"知行合一"的诗人、"怎么活就怎么写"的诗人。伊蕾诗歌中一贯的罗曼蒂克和被囚感、叛逃欲，乃是源于她生命履历的基本事实，而不是外在观念的移置。

总之，在伊蕾的诗中，生命、爱情的虚无和生命、爱情的神圣，是对抗共生地整一性到来的。在这里，后一项不是核心的、正极的、本源的，前一项也不是。作为她诗歌经验之圈本质的东西，是这两者互为表里、互为因果的整一存在，犹如火焰和灰烬不能分离。诗歌，既在生存之内（情感经验），又在生存之外（形上体验），带着语言的爆发力和柔情，穿越时间的屏障到达神奇和自由。如此说来，伊蕾的诗是那种可以类聚化的超逸空濛的"小资迷梦"诗歌吗？不是，她的个别性在于，她把自我与生存对称在一个平行线上，"我是整个世界除以二/剩下的一个单数/一个自由运动的独立的单子/一个具有创造力的精神实体"（《独身女人的卧室》）。在这种自觉的创作态度支配下，她得以抽身其外地审视生存，或者她得以有一段助跑的路程而狠狠冲击穿越虚无的墙。这就不再是将阴晦的生存拥在怀里以恶抗恶，其亲在的结构也不仅是烦与畏，而是有着比它们更纯粹、更高贵的诗的闪光。只有看到这一点，才可能将伊蕾成熟期诗作与其他的女性诗人区别开来，从而对她作出恰当而有力的评价。

伊蕾不是主要依恃着混沌的感觉写作的人。感觉，只是诗歌最基本的元素，诗中的感觉如果是有意味的，它必须源于诗人对自己情感奥秘的洞悉；否则，它就只是即兴的速写，而不会是坚实的云石雕像。表达感觉是不错的，但感觉并不必然达致"诗的表现"。在出现了瓦雷里之后，诗人毫无必要再将自己降格为幻觉的机器了。伊蕾后来日益意识到这一点，她的诗作为一种深邃的抒情迹写，并不排除智性的成分。与思辨的抽象不同，伊蕾诗歌中的抽象不是那种一正一反式的判断，不是那种直线到达终点的认识，而是在一种"在各个方向突然出现/又瞬间消隐"（《独身女人的卧室》）的彼此吸附和矛盾的力量中，达到的更具有包容力的话语"磁场"。在这里，诗的语境是完整的，情感是本真的，但却成功地容留了单纯中的纠葛和澄明中的凄凉。这就使她的诗在占有现代经验的范围上，超出了所谓"纯情女诗人"的限定。

在流行艺术中，时尚是支配诗人操作的主要动因。我们很容易为某种诗潮归类，这也许表明了理论的幼稚和哗众取宠；但另一个原因是，这些流行诗自身缺乏个性，诗人没有充分的精神准备和艺术信念，难免左右从风低昂随流。伊蕾的诗显然不是这种东西。她的诗从形式上有时还给人以某种古老的感觉，她不故意制造语言的迷幔，不信任稍纵即逝的梦境漂流，而是反复地审视、准确地安排每一个语词和结构。在这些诗里，诗人毫不掩饰她对完整、严饬、准确的抒情诗歌的尊敬，表现出一种真实而稳健的“白银时代”诗似的抒情精神。即使像《妈妈——》这类极为沉痛的悼亡诗，我们同样看到了在真实的情感表达中，诗人精审、缜密的细节提炼和双重的视野。诗人不仅要融合智性与抒情，更重要的是，她同时要控制想象力达到语境的透明，要避免智性的板结以及情感被混乱的语境“蒸发”掉。如果说伊蕾是不信任灵感的诗人，恐怕不太对；但我们知道，灵感在她那里不过是将生命体验化为语言的瞬间冲动，这种冲动出现后，剩下的就全靠诗人认真地掂量并反复地思忖、比较和安排了。正是这种形式和意识的契合无间，使伊蕾的抒情诗具备了鲜明的“个人性”。

二、郁葱

郁葱（1956～　），原名李丛，河北省深县人。当过军人、干部，现任河北作家协会副主席，《诗选刊》主编、编审。主要诗集有《郁葱抒情诗》、《生存者的背影》、《世界的每一个早晨》、《自由之梦》、《人类诗篇》（与张学梦、大解合著）等。2004 年获中国作家协会第三届鲁迅文学奖。

诗人在一组诗的《题记》中谈到自己的创作主张时，曾说：“把所有的诗句献给别人，只有一句留给自己：当世界天真时，愿你成熟；当世界成熟时，愿你天真。”[①]“天真”和“成熟”在这里是互文见义的两个词语：天真中有成熟，成熟中有天真。这两句话，不仅概括了人文知识分子精神的演进，人生的求索，同时也昭示了他创作的艺术追求和嬗变，既体现了生命辩证法，也体现了艺术辩证法。

① 转引自苗雨时：《河北当代诗歌史》，中国戏剧出版社，2003 年，第 323 页。

新时期以来，郁葱的诗歌道路就是按照这种辩证法向前发展的，大致可分为四个阶段。

1985年以前为第一阶段。"文化大革命"后，人们刚刚经历了一场浩劫，面对重升的旭日、重放的鲜花，心中洋溢着新生的喜悦和欢欣，诗歌一下子拥抱了新的现实。诗人还来不及思考，也许生活并不天真，然而在诗人的眼中是天真的，仿佛处处都充满了希望。这样，在表面上，生活的单纯与心灵的单纯取得了同构状态，于是，诗人唱出了一曲曲"轻松稚气的浪漫曲"，如《一栋旧楼，新刷了水刷石》、《公路边，又拆了一栋平房》、《姑娘，挎着一个淡黄的小提包》、《我有五张借书证》等。这些诗清新秀丽，饱含着生活的豪情和挚爱。但不久，诗人发现自己过于天真，于是他调整思维的角度和方向，从生活的表层进入现实的底里，结果发现现实生活并不是通体光明、一切美好，往往是明暗与共，美丑并存，整个社会是一个矛盾冲突的复合体。《这里是住宅区》这首诗，标志着诗人从天真向成熟的转化：

> 每栋楼里都有"小村之恋"
> 每栋楼里都有伦巴舞曲
> 有聚合，有离异
> 有宽容，有猜疑
>
> 有《物种起源》，有古典歌剧
> 炒菜香里夹杂着霉味
> 吉他曲里揉进了哭泣
> 有婴儿的诞生，有老人的葬礼
> 不必选择，有喜剧也有悲剧

诗人摆脱了幼稚，开始获得了历史意识和悲剧意识，他的诗情也从单纯走向繁复，呈现了立体交叉的形态。

1986～1989年为第二个阶段。诗人这一阶段的创作，是上一阶段思维的延伸和进一步深化。其表现是：从社会进入人生，从外在转向心灵。这种把握世界的方式，解放了诗人的思想，拓展了诗歌的无限空间。《名字》，写自我价值的寻求；《蓝色随想》，写灵魂的"骚动与喧哗"；《深巷》，表现人与人之间的冷漠而又渴望被理解的心愿；《三十岁》，则抒写了年龄中的困惑，也表现了个人在历史中位置和责任的抉择：

> 并非所有色块
>
> 都可以选择
>
> 这一瞬间
>
> 荧光屏会显示
>
> 那短暂空间的
>
> 全部构图

这一阶段的创作，生活是渐趋于成熟，但诗人却并没有于成熟中忘却天真。成熟中的天真，一是对人生的执著始终不变（越是困顿越要活着），一是使自己的诗在本体意义上返璞归真。诗人还没有完全做到这一点，这就留给了下一阶段。

90年代是诗人创作的第三阶段。社会人生越来越复杂了，生存困境，精神失落无家可归，甚至人的良知被逼得走投无路。这时，诗人的天真，就表现为对"我是谁？我从什么地方来，到什么地方去？"这一简单的但却历久常新的哲学命题的思考。在现实人生的追求中，你的困惑有多深，对这个问题的思索就有多深。在1990年12月出版的诗集《生存者的背影》中，诗人在沉淀了自己的现实热情之后，对这一问题建构起冷峻、超验的智力空间。于是，诗人从感性世界进入理性世界。

真理是存在的显露和敞亮。生存者，作为短暂的存在，它的价值和意义，不是外加的，而只能存在于自身。"生存者"处境和状态的揭示，就显露了人生价值和意义实现的可能。正如诗中所说：

生存者被称为人

而人深涉苦河时

上帝依旧微闭眼睑

在诗中，诗人暗示出了这样的思想：在茫茫宇宙中，人是唯一的能反思的存在，人就是自己命运的主宰，人只能凭依自己的力量走出困境，人必须坚强，人是无所依傍的，人必须确定自己的方向，上帝是拯救不了人的……

　　诗人在这里的诗歌态度，不是主观的、热烈的渗入，而是客观的、冷静的审视和观照。同时，他关注的题材多不是具体的感性所在，而是带有整体意味的理性领域。他深潜了自己的生活激情，而以一个哲人的超脱和空寂，创造了一个又一个"离现实很远"又"离现实很近"的象征着人类生存的"寓言"：

天之一瞬为世

世之一瞬为人

人之一瞬为诗

——《岁末》

女人为世界承受男人

男人为女人承受世界

——《最后的一场雨》

曾经，我与那些疲惫的身影擦肩而过，

他们的阴郁和灰暗，

使我同样满目沧桑。

许多人脸上，堆积了厚厚的尘垢，

许多人拖着身躯，像一根踉跄的木桩。

——《感动》

如影之随形，"生存者的背影"，就是生存者的意志本身。它代表着人类不息的生命力、激情和不断的追求，展示了人类不断地冲决外在的困扰和内在的固结，而走向诗与哲学的世界的图景。这是生命哲学的诗，也是诗的生命哲学。这一时期，郁葱诗的艺术演化，与他思维的发展和审美意识的强化是相适应的、一致的。他的艺术成熟和他的思想成熟一样，随着思维方式经历了从单纯到复杂、从外到内、从感性到理性的这样一个曲折过程，他的艺术表现方式也从清纯的写实到主体的显现、从情绪的抒发到理性世界的构筑。特别是从热抒情到冷抒情，更体现了现代诗的特点。他的诗从外在的描摹到心灵的自白，使诗思摆脱了物质的局限而显得摇曳多姿，意味丰沛。在艺术符号上，诗人实现了从形象说明到意象化的全面嬗变，这也符合现代人的思情与思考，并且有利于创造诗歌空阔悠远的艺术空间。

郁葱在诗歌中还深入探讨了"作为存在之家的语言"。这显示了他对语言的敏识，他注视生存者，就无法不深度打量那些为生存命名的语言。在《语言》中，诗人写道：

> 语言用自身的水来看待水
> 用自身的火来看待火
> 用自身的神圣来看待神圣
> 语言用自身来评价自身
>
> 语言推动地球和其他星球
> 却使人陷入深深的孤独……
>
> 语言在生存者的领域里
> 放荡不羁
> 而一些时候又捉弄他们
> 声音的组合成为某种旋律
> 语言在掩饰人类揭示人类装饰人类……

面对语言，人类无能为力

面对人类，语言无能为力

郁葱发现了语言的悖论，它在许多时候是一把双刃剑，既是阐明存在的，又可能遮蔽存在。他对语言的理解，抵达了语言-人-生存这个三位一体的循环怪圈的境界。语言的核心、本源、终的、正面，和它的负面、衍生、边缘、偏离等彼此相涉相依和互否的方面，在这首诗中构成一个抽象的经验图式。纠结的生存被诗人看做一个扩大了的纠结"文本"，对语言作出理解就成为对人的存在的基本特性进行命名。

这个阶段，郁葱的诗歌即使是写爱情也是理性的。这些诗写得平静并带有一种自我分析色彩。与此前的写爱情不同，他不再是倾诉衷肠，更像是表述在爱情中心灵是怎样"工作"的。对理性进行具有一定高度的整理、加工和重新组织，是郁葱在这场恋爱中扮演的角色。爱情既不是什么美好的、崇高的，也不是什么低俗的、生物性的，它存在着，如此而已。这些作品似乎可以作为一首长诗来读，除去它们表达了爱情艰辛的一面外，还深入揭示出，在中国，大部分情爱事件真正的主角并不只是情侣双方，还有家庭、舆论乃至社会集团。这些潜在的主角，在制约和给定着老式的结构关系，并随时会对那些纯真的情感捍卫者予以致命的一击。这种揭示是郁葱这类诗歌显示的独特性。常见的爱情诗中的痴语、谵语、狂热不见了，代之以克制、沉淀，甚至是清醒而"冷酷"的揭破。

郁葱将代表自己第三阶段作品的诗集取名为《生存者的背影》是意味深长的。在此，郁葱不仅展示日常经验中具体的个人，而且还以人类即生存者的整体存在为观照视阈而展开写作。他对那种"走在前面"的、惯有的全知全能式的"哲理诗"持一种回避态度。因为，在诗歌写作中，提出疑问比解决疑问艰难和有意义得多。如果说走在人群前面的诗人只能引领人们"升华"的话，那么，那位走在后边的诗人才可能看到并说出人类整体实存的某种真实。因此，郁葱所看到的生存者的"背影"，恰恰成为不可或缺的角度之一。

新世纪以来，诗人进入自己创作的第四阶段。这个阶段，诗人返璞归真，写出大量透明、轻逸，却富含人生经验重量的短诗，在表面单纯甚至有些"天真"的诗句里，表达了耐人寻味的生命体验，如《后三十年》：

> 疼一个人，好好疼她。
>
> 写一首诗，最好让人能够背诵。
>
> 用蹒跚的步子，走尽可能多的路。
>
> 拿一枝铅笔，削出铅来，
>
> 写几个最简单的字，
>
> 然后用橡皮
>
> 轻轻把它们擦掉。

这是一种通达开阔的人生理念，既有生命感慨，又有纯正的自期，诗人对生活和生命更透彻的感悟，使得作品透明、放松而有劲道。他的语言更单纯更直接，只用基本词汇写作却具有直指人心的功效，如《骨骼》：

> 还是让它成为白色，
>
> 还是让它干净，
>
> 还是让它坚韧，有弹性，
>
> 还是让它与思想有一段距离。
>
> 还是让它有声音，清脆的声音，
>
> 还是让它硬一些，但不一定硬得过金属。
>
> 它还应该更简单、更理性、更有知觉，
>
> 有时，还应该能够流动！
>
> 让它冷寂，让它炽热，
>
> 或者就让它
>
> 折断！

总之，在诗人新世纪以来的作品中，他精敏地把握了诗歌中轻与重、小与大、具象与抽象的关系。他的诗歌无疑有质实的精神重量，但又不乏美妙的飞扬感。诗歌毕竟是轻逸的生命灵韵或性情之光的飞翔，在许多时候，如何以轻御重、以小寓大、以具象含抽象，就成为对诗人诗艺和真诚的双重考验。正是在这个意义上，郁葱近作体现出一个成熟的诗人应有的从容和内在魅力。他的诗歌写作，体现了"小就是大、少就是多"的诗艺原则。在此，诗歌之大，不是指题材体积、语境幅度的庞大，而是敏悟力的强大，发散力的广大。郁葱当下仍处于创造力旺盛的状态。我们祝愿他一路精进，将自己创作的第四阶段推向更高境界。

第二节　白德成　何香久　张洪波

一、白德成

白德成（1954～　　），祖籍朝鲜新州义和郡，生于河北省承德市，朝鲜族。中学毕业后做过工人。1978 年考入承德师专中文系学习，毕业后任中学教师，后调至承德地区文联工作。主要诗集有《这个世界》、《白德成短诗选》。

白德成诗作数量不多，但他在河北诗坛有特殊意义。他开始诗歌写作时，正是"朦胧诗"在全国引起巨大争议的 80 年代初。在偏于保守的河北诗坛，他却坚定地站在艺术革新者一边，成为朦胧诗的及时的感应者。新时期以来，"人的自觉"和"诗的本体自觉"几乎是同步发生的，但思想解放和艺术解放的关键还在于个体的主体性的确立。诗人的个体主体性在现代文化背景下重新建构，生命与话语才能双重洞开。各自独特的生命经验和才能素质，才能催发各异其趣的艺术创造，走向读者心灵深处。

这种个人主体的意识，在河北青年诗人中觉醒较早的是白德成。应

该说，白德成是 80 年代初河北诗坛出现的比较稀有的先锋派诗人。白
德成的诗人气质与青春气质彼此激发，在现代审美意识的浸染下，他感
觉新鲜，思维敏捷。他的创作一开始就把灵感的触角对准青春的生命体
验，他写下了一系列"致我们这一代青年"的诗歌。他这样命名一代人
的《形象》：

> 我是被暴风雨敲碎
>
> 又重新组合的形象
>
> 当太阳把第一缕微笑
>
> 认真地交给我
>
> 在野菊花的窃笑中
>
> 我温柔的呼唤

在经历了"文化大革命"的那一代青年的记忆里，他们曾被无情地欺
骗，然后被"敲碎"，他们在绝望中思考着，随着思想解放运动的到来
而"重新组合"。艰辛的岁月，留给一代人的不仅是命运的颠踬，也有
灵魂的渐渐苏醒。"当太阳把第一缕微笑／认真地交给我"，我们开始了
新的追寻：

> 为了寻找回答
>
> 出发到很远的草地
>
> 开着单花瓣的沼泽
>
> 不能掐住我的愿望
>
> 野百灵的歌声
>
> 不能缠绕住我憧憬
>
> 也许
>
> 银白色的蛛网
>
> 可以网住甲虫的疑惑
>
> 但是

希望，不会被捕捉

我不应该是空心的稗谷

怀着空虚的满足

连蜗牛也在湿地上

签下歪歪斜斜的名字

跋涉者的路途

难道不应该

留下两行固执的诗句

当风宣泄它的不满

掀起灼热的砂粒

想揉瞎我的眼睛时

太阳

交给我一根拐杖

说：你继续走吧

　　白德成笔下的"追寻者"形象，不是廉价的乐观主义者形象，他们不但有自明的目标，而且还经受住了各式各样的"掐住"、"缠绕"、"网住"、"捕捉"、"揉瞎"……的严峻考验。这是因为，他们有自己心中的"太阳"，他们不再相信自己在现代迷信的"宗教"星图中的陪衬位置，而坚信自己是广阔生存中并不逊色的各种星体。他们作为一个有独立思考精神，有社会责任感和自我创造力、自我尊严的活生生的主体的形象，在他的诗中复活了。诗人是带着对灾难岁月的深刻的怀疑和新的觉醒走上诗坛的。个体主体性的觉醒是其最显著的特征。这种诗歌主题的性质和历史原因都是一目了然的，因此，即便是诗中的悲郁甚至某种孤独，也不只是抒情主体狭小的感受，更是一代人的痛切和不安。在民族刚刚从灾难中站起的时候，他不屑于编织一些引人入胜的华美境界或用意识形态化的简单的呼喊去安抚人们饱经忧患的灵魂，而宁愿以深刻的暗示和诗性的独白，在"沙暴"扑面时"继续走"，这体现了一种把握艰辛生存的理性力度。

《这个世界》里，还有好几组诗歌是关于青年、青春的，如《青春浮雕》、《青春三重奏》、《自行车碾过冀鲁大地》等。诗人在困扰中探索青春的奥秘，在进取中思考生命的意义，力图以现代文明的观念在现代艺术的形式中，持续为青春的生命重新造型。因此，他的诗意绪蓬勃，于新美的气韵中流淌着一种新生的痛苦与欢乐交织的生命情调。这集中体现在他稍后写出的代表性诗作——《青春的浮雕》中。

比之《形象》，《青春的浮雕》是一首现代色彩更强的诗，值得我们细读。它的基本主题意向是青春的萌动与觉醒：在暗夜与黎明之交，一种生命从蒙昧中崛起，追求人格尊严和永恒真理，渴望爱情、理解和自由。它的整体形象是广阔的时空中蓬勃的青春与初升的太阳重合叠印。这首诗的主导情致和中心意象凝聚在这两句诗上："每一颗青春跳动的心/都是一颗年轻的太阳。"有如不同意向的同心圆，诗中纷纭的意绪和意象的铺叙，都可指向这两句，形成了一种聚焦式的结构，这样的结构，具有多维而又单纯的特点。

第一节，一开始就并置了诗的两条情景线：一条是写太阳从暗夜中初升的景象，"山，沉重地/擎起一座伟大的浮雕"；另一条是写青春的情态——心理变化（"怦然心跳"）、幻想（"红蜡笔涂抹的"）和爱的萌生（"野鸽子一样大胆的心"）。这两条线索是平行展示而又相互辉映的；以太阳隐喻青春，以青春比附太阳，二者都生气勃勃：

> 明晃晃的錾子
>
> 敲打着夜
>
> 溅出散乱的星星
>
> 黎明时分
>
> 山，沉重地
>
> 擎起一座伟大的浮雕
>
> 怦然心跳的变化

在卵石般的曲线中呈现

红蜡笔涂抹的幻想

被图画本叠压着

绿邮筒里

起飞了

野鸽子一样大胆的心

第二、第三节，顺着第一节的情景进一步展开。第二节写太阳照临世界，从"成熟的葡萄"上的"露珠"到"安全岛"边自行车滚动的轮辐。第三节写姑娘告别少女进入青春期而萌发对异性的渴望。这两组诗意象完全是第一节两组意象的对应发展，也蕴含着强化的意念，太阳化育万物，也滋育了青春，青春的成长也如日之东升：

这座伟大的浮雕

风靡了整个世界

垂挂着成熟的葡萄

以及它们上面

凝重的露珠

长街上白色的安全岛

以及岛边滚动的辐圈

都痴迷着它的形象

光裸的浑圆手臂

起落着告别的弧线

这是少女的黄昏

和姑娘的黎明相切

躲躲闪闪，热热烈烈

追逐异性的目光

在视觉的空间对唱

　　第四、第五节，在前三节的基础上，从青春的外在描写转入到内在精神的开掘。第四节的意象——"向日葵"、"蘑菇似的旱伞"，表面还有客观的影子，但已经完全情感化、心灵化了。第五节直接进入了青春主体的思想境界："大山压不死的执著/是追赶太阳的夸父。"这两节没有正面写太阳，但太阳的升高已暗隐在其描写的烘托之中了。两条线索到这里变成了一明一暗，然而仍包含着相互发挥的意蕴：青春的成熟与太阳的炽烈同步。

> 为了追求这个形象
> 割断枯藤的荒地
> 向日葵塑出圆形的脸
> 筑起的虔诚的祭坛
> 摆满渴望的花环
> 蘑菇似的旱伞
> 细心地把自己的影子
> 印在七月的海滩上
>
> 还有
> 草地里温柔的呼唤
> 和烈火中
> 思想被灼痛的呐喊
> 不要问吧
> 大山压不死的执著
> 是追赶太阳的夸父

　　第六节，诗思出现了顿挫和急转直下，太阳和青春的意象由顺应而转变成巨大的反差：太阳西落而青春不死。这种转折，是力量的积蓄和诗意升华的前奏。正是这种反差，使诗人参悟了人生的"一个伟大的秘密"，从而在最后喊出了青春永恒的真理："每一青春跳动的心/都是一颗年轻的太阳。"

> 太阳煽起的热情
>
> 在西方冷却了
>
> 青春却留下了
>
> 更加沉着而饱满
>
> 不知谁
>
> 喊出一个伟大的秘密
>
> 每一颗青春跳动的心
>
> 都是一颗年轻的太阳

应该说，这首诗所要表达的青春情思和生命意绪是比较复杂的，要把它们多侧面地立体地呈现出来，传统的单线平铺的手法显然不适用了，必须大量运用"情感挪移"、"意象并置、串连、叠加"等时空跨度较大的现代派手法。当然，这些手法的使用如果不当，也会造成纷繁杂乱，头绪不清，像有些不成功的现代诗那样。而这首诗却处理得很好。诗人在整体结构中把握了两条明晰的线索：一是太阳，一是青春，统领着两个意象系列，交互穿插彼此烘托，相对相生，犹如错落有致的两条风景线，最后重叠在一起，构成一个独特新奇而又蕴含丰富的中心意象。这个意象是全诗的关键，结构的枢纽，一切思绪和情景都向这儿奔集，从迷茫的氛围中求意境的焦点，再由此辐射开去，这就组合成了一幅完美的诗的图案。

白德成诗中有关"人的主体性"的内蕴主要表现在两个方面：一是沉睡的青春生命力的勃发，以及骚动不安的情绪中活跃着的对生命价值、自我实现的渴望与追求；二是以整体性的反思意识为基点，对传统价值观念及陋习的揭示与批判。两者交融，互为依托，构成他诗中"立人"意志的统一表达。

到80年代中期，后一条线索日益显豁。诗人将自己的视线投向贫困乡村畜荒的土地，组诗《蛮荒的土地》以本真的叙述，写出了这里农民的苦难和愚昧，如《新婚夜》：

> 母亲 演绎了
> 人生的无数难题
> 偶然 在女儿明亮的眸子中
> 看到了 班驳的自己
> "姑表亲 打断骨头连着筋"
> 老人说年轻人也跟着说
> 直到 真的断了一根肋骨
> 最终
> 成为一个驯顺的好女人
> 再不顾忌任何野男人
> 饥渴的抚摩的目光
> 裸颤着奶子
> 奶大了
> 五岁喊妈 十岁叫爸的哥哥
>
> 如今 命运这双脏手
> 用贫困这条绳索
> （维系着哥哥婚姻的绳索）
> 又把她捆绑在这
> 初夜的土炕上
> ……
> 麻线一样长的春夜呵
> 什么时候纺完呢

诗人揭示出贫穷落后的生存环境，诞生劣质的家族，一代代近亲繁殖，导演出一幕幕悲剧。究其根源，一个"穷"字，一个"愚"字，至今统治着这个遥远的小山村。同时值得我们注意的是，诗人并未因揭示山民的苦难而放弃对他们的心态和言行的反思批判。他写出低等的生存环境和永劫轮回的命运颠踬，千重万袭的身心赤贫和无助，竟使得"性"也成为剧烈的摧毁性力量。这里，苦难中的人群没有被美化，也没有被丑化，诗人是如其所是地写出在这个巨大的魔场中，人心的自然变异和蜕化。当这些人被抛入苦难底层，他们会做些什么呢？因苦难而道德升华？因屈辱而显示纯洁？不，我们看到的是残酷和野蛮、仇恨和施暴、性侵犯和凌辱。而按照当时的主流"叙事模式"的规则，"苦难"本身就具有可"升华"的价值，承受苦难的人天然具有道德上的优势，苦难似乎天然地通向"美德"。从骨子里说，这种模式等于是在为苦难辩护，苦难在此不但不是恶的，反而显得如此美好和纯洁，而诗人绝不认同这种叙述模式。再看《哑羊倌的故事》：

> 从夕阳里抽出的金黄麻线
> 是女人们手上的装饰物
> 他放她们的羊
> 却永远穿不上　纳紧的跑山鞋
> 女人相好的汉子
> 　赶集踢破的鞋子
> 　是他跑山放羊的鞋子
>
> 仅仅因为
> 他哇啦啦的笑比哭难听
> 他的哭声　总撩起别人笑
>
> 于是全村一百二十只的羊群
> 都传染了他的孤独
> 当黛色的群山
> 涌起凝固的海浪时
> 羊群是静止的　雪白贝壳

为了打破这大山的沉寂

带着啸声的羊铲

砸烂了

峭崖上的鹰巢

四只雏鹰跌死了三只

剩下一只

变成他排遣寂寥的大鸟

一片呼来挥去的灰云

鹰也孤独

人也孤独

……

想女人时

摸一把鼓胀的羊奶子

想鹰时

倚着羊铲向远山伫望

在诗人诚实无欺的事象显示中，苦难、骇怖、原始、诡异、愚昧，就是苦难、骇怖、原始、诡异和愚昧，它们并未因有堂皇的"初级阶段"或"进步的必然代价"为借口，而显得可以忍受、可以原谅。诗人不但观照现实，也倾听着贫困山区一代代亡灵在地底发出的声音。这里的人们身体劳瘁、灵魂褴褛，没有希望地活在双重意义的瘟疫和坏天气中。诗人以"本事"（自己在承德山区"下乡扶贫"的经历）和转喻的融汇，真实地写出了特定历史时期特殊处境的人群和生存状态，使我们得以真切了解到山民们的噬心的生存境况。对于诗人来说，这样的诗是介入生存的一种手段，他的目的是要人们看到即使在追求"现代化"的时代，也有偌大的底层群体在苦难、异化的生存中痛苦地抽搐。

以上就是诗人白德成20世纪80年代在河北诗坛显示的意义。可惜

90 年代以来，诗人基本中断了诗歌创作，直到近年才重新拾起。

二、何香久

何香久（1955～　），河北省黄骅市人。高中毕业后，曾任文化馆创作员和文学期刊编辑。1990 年毕业于北京大学中文系文学班。现在沧州地区文联工作，任创作室主任、文协理事长。主要诗集有《海神之树》、《如果把你比作海》、《灰色马·灰色骑手》、《一苇渡江》、《何香久抒情诗选》等。

何香久是一个新时期以来思想活跃、敢于广泛进行探索的诗人。他从事诗歌写作较早，但 1980 年夏对他来说是一个重大转折。当时，他参加了在北戴河召开的一次诗会，期间和一些青年诗人交谈接触，使他敏感到新诗潮"山雨欲来风满楼"的情势，他决心投入诗歌艺术变革的大潮，从此，他的创作迸发了青春的朝气和活力。

他的探索，大致可以分为两个方向：一方面以粗犷的金属之音反映故乡人民强悍而坚韧的生活，挖掘大海底层跳荡的魂魄，如《渔眼》、《喊海》、《海神之树》等为其代表作品；另一方面，他以纤丽的感觉写现代青年内心深处的骚动，揭示他们的人生追求。这一条线索，后来得到进一步延伸：从人生而生命，从生存方式而精神方式，从人生体验而到超验的哲理。

90 年代出版的诗集《灰色马·灰色骑手》，是他的创作进入高峰的一个标志。这部诗集，同他以往的创作都拉开距离，表现出了一种全新的美学境界，使他在河北的诗歌中处于先锋地位。

那么，这部诗集是怎样的呢？——一匹灰色马驮着一名灰色的骑手，由远而近踏踏而来，他追逐那缥缈的城堡，为那窗子后面的少女，唱一支歌。这就是《灰色马·灰色骑手》这首诗叙写的寓言故事，它为我们揭示了本书"死"、"爱"和"命运"的三大主题。

《圣经·新约·启示录》第六章第八节说："……我就观看，见有一匹灰色马，骑在马上的名字叫做死……"可见，灰色马上的灰色骑手，是死的象征。死乃人生之大限，"向死而生"是文学的永恒主题。真正的死，是"一切的结束"，但形而上地叩问死，则是"一切的开始"，以死来观照生，在死神来临之际，反观人生在世，才能清楚地展现生存的状态，才能洞见生存的本质。这是人从异化走向"本真"的警策和桥梁。

人生在世，物质的诱惑，精神的禁锢，使人常处于不自由的状态。人类的祖先偷吃智慧的禁果之后，他们从"伊甸园"逃亡，原罪把他们推向"沉沦"境地，而不甘"沉沦"，则体现了人的真正价值所在。"沉沦"是人的本性所致，"澄明"则是人类返朴归真的追求。正像《酒殇》一诗所说：

> 就这样我走向你 酒神
> 谷物与泥土的芬芳
> 让我远离尘嚣，返朴归真

生的欲望，使人生在世走向沉沦；死的畏惧，又使人生追求趋于澄明。人，就是这样在生与死之间"栖居"。

里尔克在《慕佐书简》中曾说："只有从死这一方面（如果不是把死看做绝灭，而是想象为一个彻底的无与伦比的强度），那么我相信，只有从死这一方面，才有可能透彻地判断爱。"只有体味过死，才能懂得爱。爱与死，同样是生命的组成。有限的生命，只有爱才能给它自由，给予它无限的意义。世界也只有在爱和同情中，才能显得明媚和美好。诗人在《哲学》一诗中写道：

> 你创造的是另一个诺亚
> 古方舟已经搁浅
> 一切引渡和拯救都是徒劳
> 在你的爱出现的地方

人和别的活物一起驻足

谛听泉水滴到石头上的声音

在爱与死之间，命运是个中介。它像一只无形的手，"在背后"：

总是在不知不觉中，

被它推到一个什么地方

来不及领略那种惶惑和新奇

又被它粗暴地拽出

总是在不知不觉中

被它摘掉一些岁月的饰物

又在我的头顶上

插满荆棘

——《背后的手》

　　诗人意识到命运是左右人生的，"心不能违拗它的指令"，但人却又不能完全听任命运的摆布，人有他的主体性。因此，宿命与抗争，就构成了人类生存的过程。海德格尔曾经表达过这样的意思：在我们失望的地方，痛苦给予其治愈之力。摆脱命运的纠缠，就是痛苦的消弭，而治愈痛苦的药方，也正由此而开出。这就形成了不同的精神超越方式。其一是生死同一：

茫然而视

逝者和生者

一样生机蓬勃

——《茫然而视》

其二是物我共存：

它空空如也

好容我隐逸其中

很多日子

我住在这只杯子里

做梦或者作诗

……

—— 《与物共存》

其三是天人合一：

以禅的方式

对一朵花微笑

对一个至上至尊的生命微笑

花即非花

让你在自己的心里

发现灯光

—— 《拈花微笑》

诗人将西方现代哲学与古老的东方哲学在自己的"诗与思"中综合起来，就是诗化人生的态度和生存的精神方式。正是在这种态度和方式中，诗人把自我化为诗的本质，然后才能在思和语言中，把迷误的大地转换成诗意的大地。而大地上的人类所呼唤的正是这种诗：

思想过了 经历过了

忍耐过了 挣扎过了

剩下的

只是等待

等待那一双音乐的手

引 渡

—— 《悲怆》

置身于物质主义的时代语境中，要坚守一种灵魂的沉思和追问精神，已是很困难的事。但是，我们不能不加细辨地一律排斥精神的内省和升华的可能性，不能忘记诗乃是人类灵魂的闪烁。何香久后期诗歌的本体追问是发自内在灵魂的，他期望自己建立起个人内在道德律。他不以自恋的诗句表达"成圣"的僭妄之心，而是追寻大地上的人的精神"修远"。他的诗歌的复现语象，有与中国古代典籍和西方哲学经典"陈陈相因"之处。这种共时的文本间性，使其带有健康、简劲的知识的力量。它们不是匆匆写成的、天启的、梦幻的，而是定居型的、内气远出和经得起原型批评的。如果说，诗是一种令人难忘的语言，何香久诗语的难忘则在于它是人类伟大精神共时体上隆起的一种回声。他是较早注意到现代诗与传统之间有着不可消解的互文性关系的诗人，他通过写作把这种关系具体化。缜密的知性和辉煌的抒情，表现出这位拥有精神目标的知识分子所热衷的精神"修远"一元性态度。

90年代后期，诗人专注于明清小说的学术研究，出版学术著作近十种，可惜的是诗歌写作基本中断。

三、张 洪 波

张洪波（1956～　），吉林省延边市人。1975年中学毕业后下乡做知青，曾任中学教员等职。1983年调华北油田工作。现任某出版社编辑。从1980年起，发表了大量诗作。已出版诗集有《微观抒情诗》、《我们的森林》、《黑珊瑚》、《独旅》、《沉剑》、《沙子的声音》等。

张洪波早期的诗歌创作，是从"森林诗"、"石油诗"开始的，特别是后者在诗坛引起一定注意。在我国当代"十七年"诗坛，写"行业题材"诗歌、歌颂祖国建设，是一个特殊的传统，如李季的石油诗和傅仇的森林诗，都在当时取得了不小反响。但是新时期开始后，人的主体意识日益觉醒，那些采用传统手法写作的"行业题材"诗歌已很难在读者心中扎下根。张洪波意识到这一点后，开始自己诗歌创作的转型，90

年代以降，在不放弃"石油诗"的情况下，主要写作人生哲理诗。诗人在诗歌探索的道路上，一步一步走向成熟。

张洪波的诗歌演化经历了一个不断探索、不断开拓的过程。80年代开始，他从"森林诗"中走来，东北森林大自然的神奇莫测感动了他，但不自觉的艺术迷误，使他只能在场景与观念拼接的模式里蹒跚，而走不进森林的深处。虽然他的写作不乏真诚，但终因缺乏自然与心灵的深层契合，而未能充分导向真正的诗意，倒是那时的某些抒情小诗，在友谊与爱情的咏唱中，实现了抒情方式从客观到主观的"位移"。这种转变，无疑发现了一片心灵的净地，并且这里蒸腾着血的热气，然而又由于外在呼应的单纯，仍没有凝成沉实而深邃的晶体，给人的感觉是情思虽美但分量较轻。

张洪波的"石油诗"比之"森林诗"取得了长足长进，这些诗大多是其在任丘华北油田写作的，收入诗集《黑珊瑚》中。从东北到华北，他走向广袤的油田，太阳照耀高耸的钻塔，地层深处的古潜山，都触发了他地火喷发般的激情，他以现代中国工人的意识和襟怀，拥抱大地上这历史与现实熔铸的壮丽景观。在《这里不是荒原》中，诗人写道：

> 我不是贫荒的，我的肌肉里
> 有现代工业需要的〇型血液
> 我不是沉默的，我已收容了
> 随时都将爆发的醒着的潜山

在这些诗中，诗人采用了"移情"方式，将主体的情思投射到物象内部，既写了石油工人的情怀，又写了祖国大地深处的黑珊瑚——石油。在现代大工业文明的文化背景下，他把个人的责任与民族的命运融汇在一起，从而在诗中贯注了鲜明的时代精神。这些诗是闪着理想之光的"黑珊瑚"，浸润着潮水涌动般的浪漫情调。这里的乐观情绪是十分可贵的，它对人们投身现代化建设起着很大的鼓舞作用。而且，诗人还常常给自己的现实题材加入某种历史的纵深感：

打开《华阳国志》

听一听

两千二百多年前

那些赤臂钻工我的族人们

浸着热汗的劳动号子

认识一下蜀地的名胜吧

不是大悲寺不是青羊宫

是古火井，火井

会喷涌会阔笑的火井呵

点燃过龙的眼睛的火井

耀亮过神州梦境的火井

——《我们是蜀地古钻工们的后裔》

比之过往的"石油诗"而言，这样的作品显然更耐读一些。诗人站在历史和现实的沟通点上，使宏观纵览与微观透视相结合，厘定了现代人的方位，完整地揭示了现代开拓精神和意识到的历史内容。

当然，现实生活是复杂的，不但有光明，也有阴影和苦涩，作为一个赤诚的诗人，随着心智的成熟，他无法回避现实人生和命运提出的种种难题。于是进入90年代后，张洪波在寂寞、苦涩的同时，继续深切地思考人生的价值和意义，开始了另一系列即"人生哲理诗"的写作，这些作品大多收入诗集《独旅》。诗人从现实生活切入人生底层，以自由奔放的生命意志，趋向真善美的理想，从而肯定人生的价值，以推进社会进步。

诗人创作的这些此起彼伏的变化，当然跟题材的转换有关，但最根本的动因，还是诗人主体意识的觉醒和高扬。正像老诗人牛汉在给他的信中所说的："《独旅》之中的诗都较过去有了明显的突破……诗有了属于自己的命脉，不论情境、节奏都贯注着作者在生活中的思考、痛苦、冲动，有了与人生深入契合的自信心。"正是这种自信心，成为张洪波诗歌趋于成熟的标志。

从诗集《黑珊瑚》到诗集《独旅》，划出了诗人的艺术走向，如果说前者表现的是源于工业文明的世界精神，那么，后者则是转入对生命律动和生命向力的把握，呈现的是一种生命理性。诗人在人生的途程中进行"独旅"，以悲剧意识反观自身，使自己的灵魂在忧患中得到净化和升华，从而获得生命的崇高感。如他的一首诗《在野火烧过的草地》：

谁也不会想到
一片温柔多情的草地
已经
无影无踪　无声无息
是谁制造了这样一次火葬
吞去了绿色的青春

风推动浑浊的草灰
在我目前宣读一张张黑色讣告
石头蜷缩在黑色的墓场
哭干了眼泪
鸟儿丢下用羽毛制作的纸钱
依依难舍地不肯飞向远方……

我垂首在这里
站成了一块心事重重的碑

忽然　我发现
脚下竟然还有一棵幸存的
小草

我惊奇——

它如一面飘扬的旗帜

仿佛在呼唤生命的回归

哦　既然死亡无法抗拒

那么　生存也必然会信心百倍

面对草的遗族

我终于相信了

活着的意义

古人有诗云："野火烧不尽，春风吹又生。"草与友情结缘，那烧不尽的"萋萋"春草，隐喻了绵绵"离情"。张洪波也许从这里受到启示，但他的诗命意有很大不同，它表现的不是"友情"，而是死亡与生存的人生哲理：生存的终点是死亡，死亡的极致是新生，有生存就有死亡，没有死亡，生存就毫无意义。

这首诗在构思上颇见功力，为了表达主题的需要，它采取了先抑后扬、意象对立的方式，从而造成了诗意的张力。一场意想不到的熊熊大火，焚烧了一片绿色的草地，其景象十分暗淡与凄凉，风的哀悼、石头的悲伤、鸟儿的思恋，更渲染和烘托了死灭的沉寂。面对此种场景，诗人站在那里沉思。随着画面的层层展现，诗情一步步沉凝，威压的氛围，使人几乎透不过气来。这是蓄势，然后笔锋陡转，在一片死寂中忽然发现了一棵幸存的小草，"它如一面飘扬的旗帜/仿佛在呼唤生命的回归"，不仅使诗人"惊奇"，也使读者为之一振，心情从无望而转为亢奋。这是山重水复之后柳暗花明的豁然境界。前后两种画面，先抑后扬，形成巨大的反差，正是这种矛盾状态，相反相成，仿佛阴电和阳电撞击出智慧的火花，使诗人从事物的感知蓦然顿悟了生命的哲理：

哦　既然死亡无法抗拒

那么　生存也必然会信心百倍

一场野火是"谁也想不到"的，属于偶然，但这偶然之中却蕴含着大自然的必然真谛。然而这首诗的意义并不仅限于此。它写的是野火、烧毁的草地和幸存的小草这些普通事物，但并不能单纯就它们本身来看，因为诗人说："面对草的遗族/我终于相信了/活着的意义"。可见，这里借草木展现了人类生存的图景，草木之中寄寓着人的生命本质。

21世纪以来，诗人依然专注于人生哲理诗的探索，新近出版的诗集《沙子的声音》代表了他后期写作的特点。比之此前作品，这些诗更加"向内转"，多是运用象征、暗示手法，外在的自然物，经过诗人感情的浸染和理性的穿透，而化为传递生命信息的艺术符号，从而以有限的情景为读者开拓无限的思维空间，表现出忧郁中潜含坚韧、惶惑里融汇坚定的复杂韵味。请看《和一匹乡下的马站在一起》：

多少年了
不曾这样精致地看一匹马
看马嚼环上的
那朵铁制的花瓣儿

多少年了
不曾这样近距离地听一匹马
听它胸腔里发出的
嗵嗵跳动的血的声音

它站在城市马路的边上
潮湿的呼吸
和爽朗的响鼻
在这个春天爬上楼梯

所有的人都从窗口张望
英俊的马使大家羡慕不已

它扬起头颅咴咴地叫了一阵
珍贵的音响肯定能流传很久

我站在它的身边
和它肩并着肩
虽然我叫不出它那样的声音
但我在心里已经叫了 20 多遍了

它是从乡下来的朋友
和它在一起
就能梦想出许许多多的路
心　　就不再蜗居

　　我们读过不少咏唱马的诗，但许多诗并不能给我们留下深刻的印象。这些诗人对马虽然进行了细致的观察、细腻的描绘，可使人读后只记住了剽悍的形体、飞奔的姿势、美丽的鬃毛这些极为表面的动物们的共性特征，仿佛是诗人只抓住了马毛、马尾，而并未能抓到马的精神内核。这仍然是一匹死马。而张洪波的这首诗则不同，马在这里不仅是剽悍的牲畜，更是诗人心灵的"客观对应物"。写马是为了写人，写出了诗人对那些"文明"的都市人的原始生命力丧失的遗憾乃至痛苦。我们读后将体味到一种重要的经验，同步体味到一颗活生生的跳动的马与人的心脏。诗人不只是用眼睛去看马的，更是用心去看的。对诗歌来说，这显然是一种更有效、准确，因而也更"真实"的方式。

　　张洪波后期的人生哲理诗作为一种哲思的感性显现，其目的不是将动人的物象抹在纸上，他所追求的是物象内部的灵魂，加深和扩大我们的经验，来澄清生存和生命的"真相"。当这些诗以传达更内在的人生经验、新的感动为指归时，我们便可以认为这是有价值的好诗了。在诗中，重要的永远是洞透物象的灵魂。从诗人后期诗作的基本构成来看，虽然不乏深刻的现实主义精神，但基本采取的是整体象征手法。由于它们是由一系列带有隐喻意味的意象组合而成，所以，各个意象的暗示含义丰富了总体象征的内涵，它们按照特定目的的有机组合，也使总体象征产生了各种可以发散的深层意蕴。这就造成了诗人后期诗作的主题开始具有"高层建筑"的格局，自然、人、社会、历史等都包含在这象征的整体架构之中，诗歌的审美效应是凝聚而又开放的。

第三节　大解　杨松霖　简明

一、大解

大解（1957～　　），原名解文阁，河北青龙县人。1979年毕业于清华大学水利工程系。做过水利技术员、文化馆干部，后调至河北作家协会《诗神》杂志任诗歌编辑、副主编等职。曾获"人民文学优秀诗歌奖"。主要诗集有《诗歌》、长诗《悲歌》、《人类诗篇》（与张学梦、郁葱合著）等。

大解的创作道路可分为三个阶段。80年代末至90年代中期，为早期阶段。这个阶段，他的诗歌题材虽然大多与乡土有关，但是他并不是一个典型的乡土诗人。在他的诗中，"村庄"、"土地"以及农事、农作物这类词语，不仅仅是一个特定的题材概念，甚至也不是一个有关地缘的概念，更主要的是对"乡土中国"的民族精神、民族文化的隐喻和转喻。诗人的目的不在于咏述乡村中表面所活动着的东西，而是试图抵达一种带有超验性的生命体验，它们共时性地通向历史和今天、个人和族群、自然和生命：

这是一条挺长的路
总有人走向不可知处
有人站下来渴饮最末一个时辰
孩子　脚趾死死抠住泥土
你会感到彼方不远

有什么隐隐传来 依稀如梦

——《路上》

在土地上布置风景的人

被自己的呼声推远

成为一层层背景

谁使这里美丽过

谁在我的血液里握紧今天

如此地不可松动

——《烟霞》

第二阶段为90年代中期以来，大解的诗歌更多处理日常生活题材。但是与诗坛上那些"日常生活流"诗歌貌合神离的是，大解的诗在真切的日常生活细节表现下，又潜藏着一种"沧桑与恍惚"彼此渗透的生命感觉。这样，他的诗就在当下和形而上之间游走，拓宽了我们的经验畛域，既使我们置身其中，又使我们超越具体情境之外，感受到生命的欣悦和疼痛、坚韧与宽怀。如《百年之后》：

百年之后 当我们退出生活

躺在匣子里 并排着 依偎着

像新婚一样躺在一起

是多么安宁

百年之后 我们的儿子和女儿

也都死了 我们的朋友和仇人

也平息了恩怨

干净的云彩下面走动着新人

一想到这些 我的心

就像春风一样温暖 轻松

　　一切都有了结果　我们不再担心
　　生活中的变故和伤害

　　聚散都已过去　缘分已定
　　百年之后我们就是灰尘
　　时间宽恕了我们　让我们安息
　　又一再地催促万物　重复我们的命运

　　这是一首"寄内"之作，诗人将这个传统的题材翻出了新意。作品没有依循旧例写些回顾青春的亲昵话语，也没有什么"感谢命运让我们相遇"之类套话。诗人巧妙地将文本语境设置在"预叙"的未来，让过去-现在-未来融为一体，以求更深切地表达复杂的生命感受。这里情感负荷最大的词语是"宽恕"、"安宁"、"恩怨"、"命运"，在诗人明澈甚至乐观的情感之下，却不难看出他对此世生存、命运的深深叹息和对未来的祈愿。这是一个感受到生命流逝和生活擦伤的诗人，但他依然坚信真善美的可能性，依然保持生活的信心和勇气，这使其作品获具了较为宽阔的人文情怀，如《北风》：

　　夜深人静以后　火车的叫声凸显出来
　　从沉闷而不间断的铁轨震动声
　　我知道火车整夜不停

　　一整夜　谁家的孩子在哭闹
　　怎么哄也不行　一直在哭
　　声音从两座楼房的后面传过来
　　若有若无　再远一毫米就听不见了
　　我怀疑是梦里的回音

　　这哭声与火车的轰鸣极不协调
　　却有着相同的穿透力

我知道这些声音是北风刮过来的

北风在冬夜总是朝着一个方向

吹打我的窗子

我一夜没睡　看见十颗星星

贴着我的窗玻璃　向西神秘地移动

　　这首诗，对情感和心灵的深切关注被潜藏在一次"本事"意义上的失眠的经历中，未眠人既倾听着钢铁的呼啸，也感知着孩子的啼哭。在这种宏大和纤细兼具的表述里，诗人让这两种"相同的穿透力"同时作用于对生存的体验，以转喻的措辞表现出复杂的心灵纠葛，表达出把对人的关怀推向生活每个角落的自觉。最后，诗人将灵魂的视线转向星空，在升华中找到了人生的支点，道出生活前进的动力和理由。

　　以下重点介绍大解创作第三阶段的代表作——长诗《悲歌》。熟悉大解的人都知道，他最擅长的是抒情短章，从1985年发表诗作开始，到90年代中期在中国诗坛树立起鲜明的独抒性灵的游吟者形象，25行左右的精美而轻逸的抒情诗，曾令众多读者赞许。在许多人那里，所谓的写作就是顺流而下，依赖于成功的经验不断复制，加深自己的"文坛形象"，而大解却是听命于"艺术即发现"之道，勇于挑战自我、冲击新的标高的优秀诗人。1996～2000年，诗人用三年半的时间完成了16 000余行的长诗《悲歌》，出版后引起诗歌界关注。这首长诗，不仅整体构架坚实，而且各个技艺环节也基本令人满意，不限于河北，这部长诗也可以称得上是新时期以来中国诗坛现代诗长卷写作中的重要收获。

　　在现代诗学语境中，何谓长诗？它不仅是指长度，同时也是指诗歌承载力，话语的扩展和变奏的意思。帕斯说过，在短诗中，为了维护一致性而牺牲了变化；在长诗中，变化获得了充分的发挥，同时又不破坏整体性。在现代长诗中，我们不仅看到长度，其标准也在变化。而我们称之为"扩展"和"变奏"的东西，主要就是惊奇与复归、创新与重复、断裂与持续的结合。在这首长诗里，我们看到了大解对"现代长诗"在本体上的敏识。新诗史上特别是90年代以来，也出现过一些现代汉诗长诗，但是在我们的印象中，它们更像是连续的抒情短诗的"焊接"，诗人的目的是歌唱，诗人的兴奋点是灵感，而不是知解力和叙述性的结合。我们认为，真正的现代长诗应有强烈而连贯的智性和叙述性融合的结构，如果仅凭感情和修辞炫技的驱动，200行之后，再优秀的诗人也会将自己渐渐耗空——除非诗人一定要"赖"在情感和修辞的空洞中循环往复。

但同时还应考虑到，叙述毕竟是诗的下驷，对长诗而言，它更难免黏滞和枯燥。大解的《悲歌》，有效地避免了此两种陷阱，创造出一种可称之为"吟述"（且吟且述，载吟载述）的风格。读这部诗，我们可以听到他的声音像织机上的纬线一样，在双向拉开的时间中穿逐，决不曾颓然断掉；而他的空间，却像奇诡的经线，勾勒出自然和心灵、社会和文化、神话和日常生活的细腻纹理。在此，长诗维护了必要的沉着和徐缓，稳住了读者的视线；而在总体的沉着之中，又容留了局部肌质的迅疾、果敢和新奇……乃至寂静和眩晕。在大解奇妙而宽阔的"吟述"中，叙事与抒情，幻象与智性，形而下与形而上，都基本做到了彼此忻合无间的游走。诗人的结构能力，感情强度，捕捉具体事象的功力，丰盈的想象力，修辞才智亦都得到较为均衡而完整的发挥、变演。在此，我们不仅看到了心灵与事物的隐秘跃动，而且领悟到某种超验的精神图式。

《悲歌》写的是一个超级漫游者的"灵与肉"遭际的"故事"。其主人公公孙，虽以单数第一人称"我"出现，但实际上这是个"多元第一人称"——既是一个"我"，又是一个"他者"，或"我们"。公孙，正如这个古老姓氏所暗示的，是一个去过时间深处、贯穿历史的人。他雕山的壮举，不仅仅通向过去，重新呼唤和命名逝去者，为我们的生存作证；而且通向未来，"从以往的岁月中回到今天"，"我在恢复人类的记忆/让过去的时光重现于世/也为了与先人团聚/与他们一起生活共同走向未来/使时间在同一个点上（像一滴水）/反映全部的文明"。在公孙身上，过去-现在-未来三种时间是彼此穿插乃至叠合的。与其说公孙是自发地沉醉于"往事"之中，毋宁说是起伏的峰峦（作为凝固的时空的隐喻）在召唤他自觉地将历史视为活生生的"今天"的一部分，并通向永不消歇的不断重临的"未来"。

诗人昭示我们，人类用不着卑屈地匍匐于"末世学"的忧心忡忡之中，一切都不会结束，大道周行，一切都在不断地开始着，构成永无止境的"现时"。在这里，诗人完成了对影响现代人思维方式的直线型时间观的质询——基督教的"始祖犯罪-末日审判"直线时间观，以及历史决定论者以"面向未来"为借口所制造的时间神话，都在此遭到消解。诗人通过雕山构成轮回的时空结构，告诉人们历史在对今天讲话，而今天亦无穷漫射着重新解读历史的巨大可能性。因此，《悲歌》并非通常意义上的史诗叙述话语的历时性文本，而是共时性的。正是这种共时性，既概括了人类的精神历史，又突入了生命体验的未知领域。这首诗有着强烈的"现代性"，它是精神型构和话语型式的现代性，而不是物质主义和科技暴力的表面化的现代性。

我们再看一看该诗的结构意识。对现代诗而言，它的完整性和审美快感是靠什么取得的？就我们的意识来说，它不是靠和谐优雅，而是靠逆反、互否、斗争。大解的《悲歌》启示我们，现代诗，特别是"长诗"，其能量不应是各局部意义的单维度的相加，而应是复杂经验在冲突中取得的平衡，即相乘的积。诗歌的张力就处于相互摩擦的力彼此持存又彼此互动之处；经不起经验复杂性或矛盾的考验的长诗，只是一首被"抻"长了的短诗，它（短诗）的基本格局和话语气象，即诗中那一整套相互关系是雄辩的，而非呈现的。而《悲歌》展示了非线性的、可称之为"力场"的结构，它的三大部分是共振的。我们看到，第一部分《人间》，涵纳了人的原始生命冲动、爱情，人精神和肉体双重的被抛和流浪，以及人在战争中倾吐的盲目而僭妄的疯狂和仇恨。这三重意向通向一个总背景，即生存意志和强力意志像强壮的瞎子，它肩负着双目完好的理智的跛子。后者在与前者磋商乃至争辩，但最终起作用的却是前者。第二部分《幻象》，诗人处理了蜃景、帝王之梦和作为种族集体无意识的神话原型。在这里，"强力意志"得到了爱欲和现代理性的洗濯，诗人将历史批判锋芒深入到生存的深处，在古往今来的征战中智勇超群的大人物，其另一个"我"不过是歇斯底里又色厉内荏的矛盾者。以暴力夺取的权力必以暴力来维持，所谓的"帝王之梦"不过是放大了的一场生死赌博，其忧烦虚弱一如卡夫卡《地洞》中患得患失的小动物。

诗中出现的双声争辩，不是后现代时尚写作的"杂语齐鸣"，毋宁说是一种严肃的现代写作伦理所致。正如现代主义诗人帕斯所言："我们每个人同时就是好几个人。我们倾向于消除这种多样性以获得一种所谓的统一。至于文学，当许多种声音中的一种取消了其他声音时，我们可以说，这个作家找到了风格这种东西。我们也可以说，创作僵化的死神落到了他的头上。……充满活力的作家，哪怕只写五行字，也依旧保持自我的多样性，保持我与其他的我之间的对话。取消多样性就是自相摧残。被取消了的我，肉体的我，不体面的我，恬不知耻的我，都应通过作家的喉舌来表达自我。如果在一篇文章中出现了那些被压制的声音，这文章就活了……假如一个作家标榜理性、正义、历史都在他一边，那是不道德的。"①

值得注意的是，在爱欲和现代理性的向度之上，诗人还引入了审美的向度——蜃景，以及远古神话来启示人们内在的超越之路。爱欲使人心变得柔软，现代理性使人达到内省和反思，而审美最终使人成为纯粹澄明、与世俗得失无关的可爱的本真的人。正如托马斯·曼所言，"众多忧郁的野心将从审美身上消失"，追求美和创造美是一种新的纯真的品质。这种有益的品质将构成觉悟者心灵的一部分，使他们在精神上是

---

① 帕斯：《批评的激情》，云南人民出版社，1995年，第165～166页。

健康的、毫不装模作样的，不是焦灼，而是充满信心的、充满创造活力的，这是一种与整个人类极其友好的意向。第三部分《尘世》有力地回应了《人间》，如果说"人间"是从本体性角度体悟并概括了何为"人"，那么"尘世"则是从当下和手边命名了具体、平凡、真实的"此在之境"。在"尘世"中，公孙被还原为与当下共在的卑微的个人，他的生存意志中加入了更多良知和决断。他既反对人的惰性、世俗的沉沦，又不弃绝众人和逃避世界。犹如《战争与和平》中负伤后的安德烈公爵，终得以宁静地仰望天空一样，公孙那颗历尽沧桑的心灵也还原为一片片温煦明澈的阳光，他投入了"追忆逝水年华"式的雕山运动，在光、声、水、风、石等单纯元素的映衬下，生命变得如此匀称平和，铿锵有声，健康而洗练。由个人化的"爱情"始，到将爱与创造推向更广阔的人世的自觉终，诗人的想法或许是天行健，人的生命亦自强不息。在我们所有的经验中，将生存意志引向爱与创造，真实与自我牺牲，这一经验始终是最深刻、最有价值的部分。在这个以阴沉和自我中心为"现代经验"标志的历史语境中，大解这种"老式"的精神诫命，反而焕发出更为深邃更为辽阔的光芒。由以上概括可以见出《悲歌》在结构上的"动态平衡"，"动态"是指经验的繁富包容力，而"平衡"则是指其内在情理逻辑的完整性、连贯性。

《悲歌》是历史悲情的镜子，但更是世间博爱和创造的镜子。虽然诗中不乏深刻的历史和文化批判，但它的基础音调还是肯定性的甚至是欢乐的。在看惯了那么多病历卡式的荒芜心灵表演的"排场"的诗作后，我们渐渐产生了厌倦的心理，让我们着迷的依然会是"光明的神秘"，而非顺从"黑暗和荒芜"的结局。在大解笔下，我们最终看到"所有的人发出了同一的喊声"，这声音浩大、纯正，带着生存和生命的尊严，一直伸延到未来，现在乃至"过去"。正是在这里，我们高度肯定诗人大解的《悲歌》，他不乏对生存的深度认识，但也未曾放弃审美的高傲。

二、杨松霖

杨松霖（1962～　），河北张家口市人。中学毕业后参军，1987 年开始任《诗神》诗歌编辑、《文论报》副主编，现在河北文学馆任职。主要诗集有《宿命》。

杨松霖 80 年代初开始发表诗歌，其创作可分两个阶段。1980～1984 年为早期阶段，其作品主要受朦胧诗的影响，其内容上是写现代人的精神困境，其话语方式上主要采用隐喻和象征。他写人的异化："在我的注视下/苍白的墙渐渐溶化/复为一摊苍白的脑髓//在我的注视下/黑色的两扇门/慢慢开启/那一群苍白的雕像/嘤嘤哭泣……在我的注视下/唯有你/你，沉默不语/顺着来路悻悻而归。"（《同类》）他也赞美在蒙昧盛行的年代里出现的少数觉悟者："很多黑眼睛的人都醉了/黎明如大梦初醒/已听不到昨日的呢喃……生活已使很疲劳的人们/不再多想什么了//然而就在人们午睡的时候/谁也不曾注意/命运/在大街小巷徘徊//你听到了那脚步声/之后/你打开了门/轰然一声/命运闯了进来/你们谈判……在铺满绿色的路上/你走来是/紧锁的眉头舒展/笑吟吟地/挂着一把钥匙。"（《写给 D》）杨松霖属于早慧的诗人，他几乎一开始就从观念和修辞上跟上了当时"新诗潮"的步伐，在比较守旧的河北诗坛显得很突出。

无疑，杨松霖不乏通常被人们看做是优秀诗人之"本质"的那些才能，这有他早期大量出色的诗作为证。本来，他完全可以按照已成为时尚的"先锋诗"的路子走下去，这是很稳妥的积累先锋"象征资本"的捷径。然而，20 世纪 80 年代中期，诗人的创造力型态却发生了极大的转换。在我们看来，这不只是一个简单的"艺术趣味"嬗变的问题，还通向了诗人对现代诗歌功能的独特理解，其根本的原因，还是他成熟和丰富起来的心智、宽大的生存视野和知识视野、对"诗与思"综合性质的独立思考，如此等等，在强烈地驱动他去探勘属于自己的主题和言说方式。

　　写于 1984 年的组诗《关于门的四首诗》是杨松霖创作转型进入新阶段的标志。这四首诗每一首都有一个情节性架构，可以单立成篇不损害意思，也可以连缀成一个整体去把握。这组诗，将与人类存在密切相关的几种生存困境赤裸裸地揭示出来，反映了诗人通过个体经验所体味到的世界的矛盾。《Z 的门》已被森严的墙封死，根本不可能打通，即使有门，还有新的墙，所以门的对立面不只是墙，还有门的假象；《A 的门》四处洞开，而事实上也就没有门了，诗人写出了浅薄的"相对主义"者的虚妄；《T 的门》写带有自闭倾向的智者，本想在孤独中安静度日，但"安静"本身就构成了新型的冥冥中的压迫，看来一厢情愿的蛰居不过是"沉沦"的另一种形式；而《K 的门》不过是被各式各样的权力主义者异化为森严的死结，最终会被人们抛弃：

> K 当上了守门人
> 穿上传统的制服
> 这是他渴慕已久的差事了
> K 上任之后
> 十分认真地拟订了一整套
> 出入门的制度
> K 考虑到了每一个细节
> 他甚至要盘问出门人在每一年中
> 打了几个喷嚏
> 这关系到疾病的传染
> 他要让出门人
> 交代他们最隐秘的私事
>
> 这都是门赋予他的权力
> 也义不容辞的权力

K 也为自己拥有这样的权力

感到满足

K 对门做了一番精心修缮

并做了些改动

使之更显得庄严、肃穆起来

K 端详着门

长长地松了一口气

岁月流逝

K 在门前久久等待着

终不见有人要出这道门

K 为此深深地内疚

同时也感到困惑

难道过去也无人出这道门吗

那么

为什么要盖这门

门究竟是给谁盖的呢

K 倍感烦闷

他的权力得不到实施

他仅仅只是个守门人

古老的风不停地往返

门又在渐渐陈旧了

守门人守着门

百思不解

从这首诗中我们还可以看出，形形色色的权力话语与人们的关系，并非单纯的"控制/反控制"、"压抑/反压抑"关系。被权力主义整体话语所宰制的人们，比如 K，本身也是这种权力话语的合格载体或导体。特别是在一个蒙昧主义时代，权力话语不仅是自上而下的控制，在相当多的情况下还是自下而上的呼应乃至吁求。权力会从数不清的角度发生着内在的相互作用关系，在生活中它甚至是由许多"无权者"、卑屈者、智识者、父母、邻居、同僚体现的。由此我们也可以见出诗人的批判深度和力度。

写于 1986 年的《误会四种》也是饶有意味的组诗，它提供了独特的悖论模式。这组诗既不是怀疑的、绝望的，也不是醒悟的、解脱的，它只是不动声色地以悖论的结构概括出我们无法回避的生存实在。它没有意象的洪流，没有暗示和象征，构架的逻辑几乎严谨到科学话语的地步，逼迫我们直面沉思，成为一种"特殊的知识"。它超越了想象、隐喻的表面炫技，而直抵生存状态的深处。《误会四种》由四首内容相联系的诗组成，这种联系不是在同一观念的指代系统里旋转，也不是平行推出四种现实，它们是在一种相互干扰、冲突、排斥的状态下，结合成的一个稳定的结构。《误会 A》表现了现代人寻找精神家园的虚妄过程——《误会 B》揭示的是逃亡者彼此谋求理解的内心需要，事实上却成为第二次误会的"共谋"——《误会 C》是"有罪的成人"自我迷恋和忏悔意识的背离——《误会 D》则是体现现代人在已经失去可靠精神背景的条件下，被一种原始欲望的驱策带下悬崖的事实。如果可以用时序的变化展示诗人的精神履历，那么"黄昏—黑夜—黎明—早晨"也许是恰当的。这里的"早晨"似乎回到了此在的地面，但灵魂却几乎是空旷的。在冻僵了的悬崖上，诗人最后参悟了人——这种散居在地球表面上别种生命形式所没有的悖谬的命运。这四种状态内部的时空连续性是难以撼动的，在永远追求又注定永无止境的怪圈里，诗人像西西弗一样反思着生命的可能意义。这里，对人的本质、人的悲剧的理解已经超越了社会层次和道德层次，存在被还原为一种极为简单的内心体验：误会。对诗人来说，生存并没有崇高或忧伤的诗意光彩，只有真实，才具备那种有深意的美。"误会"构成了生存与选择的全部含义。在喧嚣的浪头和内在的痉挛过去后，杨松霖要做的是在承认生命的荒诞性的前提下，如何肯定它。换句话说，"误会"是一个事实，问题是如何理解这个事实的意义。

在杨松霖后期创作的这些组诗里，面对悖论，始终有一个沉默的"审视者"。这个审视者就是诗人自己。被审视的也是诗人自己。"我"成了"我"观照的准客体。这是一种自我怀疑带来的深刻的良知力量，它使人深入生存，并对自己重新陌生。我们在此看到了这样一种诗歌写作理念：诗的语言应是准确的语言，诗人的工作是以最精确的语言，来对我们的生存境况作出诚实而深入的探询或讨论。在这些诗中，诗人是将与人类的生存困境密切相关的噬心经验和悖论，经由思辨提炼出来，然后不留余地地展开犀利的分析。杨松霖诗中感兴趣的悖论，往往逼向生存的终端，它们大多甚至是无法解决的。它们是人类某种根本的客观的"宿命"，但认识它们却是清醒的人们的使命。而这样的诗歌写作所具有的不容忽视的意义是，它会使得我们的存在更少遮蔽，更多敞开；更少卑屈和蒙昧，更多尊严和自觉。

杨松霖的诗歌结构和语言均富于个人特点。它们结构完整而语境透明，句群简劲连贯而言说有据，词语的内涵和外延都具有稳定性，能指和所指时常是重合的。特别是诗人 1984 年以降的一些作品，如《尘埃》、《误会四种》、《竹子开花》、《关于路的两种假设》、《与众不同的人》、《关于门的四首诗》、《猎人与猎物》、《反映》、《宿命》、《小说人》、《方针鸟》、《砌在墙里的砖》等等，在这些组诗和长诗中，杨松霖不主故常，为我们提供了真正的"异数"之诗。

杨松霖的后期诗作，语境透明，表意简隽硬健，像炭笔素描。他老老实实为读者打开大门，迫使你去寻找平凡的语言背后的意义。他追求一种新的"平面感"。这种平静清明的气象并非一种可以有意为之的技巧，而是诗人格外重视文体实验的结果。在他早期的诗中，我们可以看到他某种讨巧的繁缛作风；而后来，他就彻底地清算了这团美丽而飘忽的彩条。事实上，有时正是泛滥的意象对诗构成了威胁。只有诗人为了"纯于一"而进入繁复时，他才可能真正说出生存原初的庞杂。对诗人来说，诗歌最终只是结构的组织问题，他所倾向的是平凡的诗句间的关系，以及由这种关系所产生的意义增殖。省略意象不只是一种浓缩的方法，不只是以纯净的艺术形式来谋求快感，而是反映了诗人在生存面前的一种心态，你朦胧地感到的世界是一个样子，你思考的世界则是另一个样子。

在他第二阶段的写作中，"思与诗"是同步发生的，诗歌是对人类生存境况的勘探和命名，有价值的诗歌写作就是揭示生存困境，提出"真问题"，剥离"假问题"的工作。在这些作品里，诗歌的本体与功能是扭结一体，互为因果、互为表里的。面对生存的重要命题，诗人的一门心思就是要以完整而深刻的思辨，与读者进行内在的沟通和对话。既然是谋求深层对话，而非闲适的遣兴，诗歌就需要一个确定而有效的话语场域。诗人就在这个完整的话语场域内展开写作。

在上述作品中，诗人以独特的思考、犀利的语言，有力地将现代人的生存状况、生命经验总结成了可供分析和命名的"图式"。我们面对这些深刻而明晰的图式时，感到它们既陌生却又与我们的经验至切相关，它们击中了我们内心深处纠结、焦虑而无告的部分，我们的智性和心灵在瞬间被诗人唤起了。我们也同步领略了"思与诗"。这个思想较为丰富复杂的诗人，在写作时却从不追求繁缛，他几乎是遵循着类似于科学运思中的"思维经济"原则。对确系"有话要说"的写作者而言，"思维经济"原则是真正获得有效认识的基础，它是指把自己的思想或感知，尽量表述得简洁、准确，系统和完整。杨松霖的诗歌写作，就握有一把现代意义上的"奥卡姆剃刀"，诗人通过连续的假设、证伪，剃掉了那些纷扰人们视线的枝蔓，真正凸显出了生存问题的主干和核心。他的诗提供给我们的不是现成的"哲理"，更不是独断论意义的训诫，他排除了简单的道德判断和意识形态评判，回避着二元对立的思维惯性，甚至在很大程度上还回避着实用理性和工具理性对生存问题的简化。他常常是在人们思考的终点来展开自己的思考，独特地提出了某些值得我们探究和分享的命题。应当说，诗人较好地实现了自己对"诗与思"所作的双重承诺，"当我们的心路历程走到悬崖边缘，面对深渊，我们所应该做的不是臆造一系列自我欺骗的幻想，而是应该正视我们的处境，正视我们致命的弱点"①。

三、简明

简明（1961～　），原名张国明，河北省武强县人，生于乌鲁木齐市。曾当过军人，现供职于河北省作家协会，任河北文学馆馆长。著有诗集《套马索》、《不明飞行物》、《无论最终剩下谁》、《爱我是一个错误——张国明情诗精选》、《左手婚姻——张国明抒情诗选》、《高贵》等，曾获《星星诗刊》首届全国新诗大赛一等奖、《诗神》首届全国新诗大赛一等奖、《昆仑》杂志优秀作品奖、1990～1991年度全国优秀报告文学奖等。

简明自80年代中期开始发表诗歌，首先引起人们注意的是他的军旅诗。他经受过西北风沙的洗礼，见识过自卫反击战的炮火硝烟的战场。这种生活经历，使他的军旅诗独特而深切，厚重而坚实。关于他的诗，他的首长兼诗友朱增泉曾说："张国明在战区的创作，是纯粹反映那个特定的战争环境和投入这场特定战争的新一代军人的。应该说，他写出了20世纪80年代纯粹的中国军旅诗（严格来说是纯粹的现实的战争诗）。"诗人从自身的生命体验中，观察、感受、思考战争的人生，因此，在他的笔下，就展现出一幅现代战争的真切图画。例如，他这样描写《射手》：

---

① 杨松霖：《寻找弱点》，《诗神》，1988年，第1期。

你整整一天都保持这个姿势，

任灌木漫着枪身

缓缓爬满你汗湿的指缝

你紧贴地面

平静如藤

太阳沿着你身体的暴露线缓缓爬行

最终沉没在茂密的灌木深处

这种艰苦的战场潜伏，是对战士生命意志力的考验，没有亲身的战斗体验，是无论如何也写不出这么真切、细腻的情景的。

战士是战争的主要力量，战场是展示战士品格和风采的特殊舞台，是战士生命放光的所在。诗人参加战斗，和战士们同甘苦、共命运，他对战士的爱是亲如血肉的，他对战士生活的思索，也是紧紧围绕着战士的生活展开的。他对战士的感受是十分敏锐与深刻的，如《指导员的胡子》：

胡须就像雨似的落下

雨就像胡须似的

落下

雨像枪弹似的落下

枪弹像雨似的

落下

指导员的这手绝活

是指导员的指导员

传下来的

总是保持着

更多传统的光泽

> 而传统
>
> 任何时候都神圣得
>
> 接近神秘

抓住刮胡子的细节，转喻式地展示我们军队战斗与生活的优良传统，这正是我们战胜敌人赢得战场辉煌的重要法宝之一，即使现代战争也是如此。

简明除军旅诗之外，也写爱情诗和人生哲理诗，尤以爱情诗为多。他的爱情诗的艺术视角，对准军人爱情这一特殊的生活领域，并寄寓一定的哲理。评论家张同吾在为他的诗集《爱我是一个错误》所写的《序言》中，曾这样评价他的爱情诗："张国明的爱情诗是富有鲜明美学个性的——他不同于别人，一任心灵的羽翅在情天爱海中漂游或是一味品尝爱情的悲喜，而是进入自我又走出自我，以近乎冷峻的目光，透视人的心灵、人的生命以及人在特定的文化浸润中所形成的心理结构和价值取向。同时，又在寻觅和发现超越惰性心理和世俗观念的爱的本质。"那么，诗人的"爱情"是什么呢？

> 无论你飞得多么梦幻
>
> 无论你的天空多么蔚蓝
>
> 多么自由
>
> 只要你是一只
>
> 风筝
>
> 就无法逃脱
>
> 最终的归宿
>
> 除非你不是风筝
>
> 并且有双可爱的翅膀
>
> ——《爱情》

风筝飞行的范围是有限的，而且被人牵系着；而鸟儿的飞掠是无限的，它有广阔的空间。真正的爱情不应是不能自主的风筝，而应是自由奋飞的鸟儿翱翔于天宇之上。诗人情诗的语言，其字面上是明白、晓畅的，但通篇来看，却有丰富的蕴意，给人以启发和联想。

男人和女人共同构成世界，爱情缺了任何一方，生命的世界都不会完美。又如《重新开始》：

> 世间最容易的事情
> 是重新开始
>
> 根本办不到的事情
> 是重新开始
>
> 我们坚持不懈
> 永远做下去的事情
> 是重新开始

自然，"容易的事情"，"重新开始"也容易，即使是"根本办不到的事情"，只要"我们坚持不懈"，"永远做下去"，也一定能够"重新开始"。所谓精诚所至，金石为开。诗人启示人们，"知其不可而为之"并不是没有意义的，这既是爱情，也是人生的箴言。

另外，在80年代，简明还有一些作品是表现新疆边地民情民风，以及军垦战士生活的。其中组诗《雪盲》、《军垦》、《伊犁河》、《在阿吾拉勒山系》等引起了关注。这些诗作，不是简单地展览民俗民风，而是写出人与大自然彼此雕造的关系，读后令人产生丰富联想。例如，写于1985年的短诗《狩猎》："猎人喝红了眼/猎鹰饿红了眼//酒囊是双的/木碗是单的//猎人和猎物的脚印/都留在雪地上//猎物像酒一样/男人扛回猎物/女人扛回男人。"诗人意在写人，当我们跟随诗人的吟咏穿过大漠、雪山、荒原、山鹰、骆驼、胡杨、沙枣后，我们看到了人的生存意志的高扬，大自然的浑莽感与边地人民的生命力感融为一体。

90年代中期以降，简明的诗歌从创造力形态上发生了很大变化，诗人进入了其创作的新阶段。其中最显著的标志是，诗歌具有更深刻的内涵，而语言也具有一种"清晰中的幽暗"，具体来说，就是既追求语境的透明，结构的简隽，又保留丰富的形而上暗示性；既保持日常经验的本真和鲜润感，又对之进行有分寸的语义偏离以产生某种寓言效果。

我们知道，时下流行的日常生活口语诗也是清晰的，诗人在写作中使用的是"减法"，减去思辨和情感，减去问题，减去想象力，使世界变得像是"原样"存在。而简明的诗之清晰，使用的却是"除法"，除去可类聚、可通约的部分，一直除下去，除到底，最后是除不尽的那个余数。在此，生存和生命呈现出一种困境状态、悬疑状态，也可以称之为悖论状态。简明不屑于制造话语的迷幛，但也不愿简化生存中的矛盾纠葛，所以他的诗既"清晰"，同时其意义又有足够的复杂性。这种清晰中的幽暗，给我们启发，又搅得我们心智不安。它的清晰性在于，就其根本来说，生存和生命是以"问题"的形式存在的。将"问题"真实地呈现出来，使人看到它的互否（幽暗）之点何在，这才是高水准的清晰。这类作品，它激发和召唤我们，使我们产生某种震悚和思考的喜悦。例如，《对猴子的再认识》中写道：

> 血统论的厉害
> 不是将人与猴子一分为二
> 而是将猴子与猴子
> 一分为二
>
> 猴子是人的祖先
> 这不是虚荣的需要
> 当我们感到无能为力时
> 猴子会让我们
> 充满自信

再如,《自省:三种人的生活哲理》:

> 有三种人善于自省
>
> 第一种人
> 天天自省
> 昨天发生的事情
> 无论对错
> 过去了就让它过去吧
>
> 第二种人
> 死时自省
> 他发现自己一生做过许多错事
> 包括这次的死
>
> 第三种人
> 不需要自省
> 还有什么
> 比不需要自省
> 更彻底的自省呢

在这样的诗中,我们看到的不是一般意义上的道德评判和道德安慰,诗人忠实于生存的真实,直面人性的严酷和晦涩之处。诗人的愿望是逼近生存的本质,他要使人看到那种可称之为"人性的自在之物"的恶的原始动力何在。读这样深度反讽的诗,我们有如面对一个个微型的新斯芬克斯,我们身心俱冷,但又奇异地感到智者之间深层对话与沟通的愉悦。从《工具》、《最后的对手》、《统治的力量》、《小农意识》、《罪人》、《猪类》、《钟表:精确的误差》、《葡萄的两种吃法》、《2004年工作总结》、《一种事物对另一种事物的依赖》、《我们在秋季打过仗》等诗中,我们都看到了诗人思考和体验的深度。他将生存问题纷披的枝叶砍去,留下的是彼此对峙又对称的主干,和更深邃更致命的盘结纠葛的根系。这种诗是准确、干脆、求实的，它们发现了"存在"，而不只是表达了道义"承担"。

简明后期的诗，不是"解决问题"的诗，他揭示的只是问题症结何在，而绝不自诩高明地"解决"它。在这样的诗面前，那些自诩的"真理代言人"应变得谦逊一些了。发现问题已经很难，一个诗人工作的价值就体现于此。他是一个"珍爱怀疑"的诗人，却以透明的语境出之，正是在这两者之间产生的张力中，他提供了独特的诗与思。它们是"除"不尽的。如果使用更严格意义上的"承担"这个词，我们愿意说，简明也是在"承担"——承担力所能及的显现困境的工作。这是诗人的工作。

总之，简明的诗在不同的题材领域均有出色表现。无论是表现生存困境，表现战争中人的灵魂的悸动，表现情爱中心灵的"后台"（或秘而不宣的晦涩纹理），还是早期之作表现西北边地对人精神气质的锻打，如此等等，始终围绕"人性"展开，从未曾将诗歌写作变为一种唯美的"遣兴"，这种咬定青山不放松的精神是非常可贵的。

第四节　李南　殷常青　李寒

一、李南

李南（1964～　），生于陕西省武功县。先后曾在石家庄造纸厂、河北电视台工作。1983 年开始发表诗作，1999 年参加诗刊社第 15 届"青春诗会"。主要诗集有《李南诗选》、《小》。

李南的诗歌创作道路可分为两个阶段：第一阶段是 80 年代至 90 年代中期；第二阶段是 90 年代中期到至 21 世纪。相应的，从内容上大致可分两类：第一阶段主要是对爱情的吟唱；第二阶段是对生存中忧郁、无告的困境的揭示。从语言上看，诗人前期作品有深挚的抒情性，在语境透明中亦不乏情思的幽曲；而后期作品则更注重在抒情中加入生活细节的叙述性成分，诗风更为扎实、内在。以下分阶段予以评介。

诗人相信真正的爱情是平凡生活给人生的一次赐福，它可以穿越岁月，使人沐浴在纯正的光辉之中，但是，在一个实利主义渐渐占取优势的时代，爱情也经历了不能承受之轻。它或者被刻意回避，缄默不语；或者成为一个堂皇的说辞和借口。人们随口说出"爱情"，但并没有观照过其分量。因此，诗人说，她相信真正的爱情是存在的，但它是身心的澄明体验，是精神的芬芳，是灵魂中宁静的灯塔，而不是一个简单的名词，如《爱情是灯塔》：

> 假如风暴能够吹走一切
> 假如世上真的有什么极为相像
> 爱情可以不散　爱情可以不一样
>
> 蔷薇和翠绿的冬青
> 翻遍了词语的经典，万水千山
> 爱情，它使我流了那么多的泪水
>
> 渐渐地，当人们说不出这美妙的名词
> 像大海一样地沉默
> 使那些相爱的时光深深地沉落
>
> 人到中年，需要掌灯，读懂一本书的精髓
> 爱过的人，他不肯轻易说出这一切
> 只有相爱的恋人，才离爱情最远
>
> 吐出你的爱情的芬芳吧
> 当爱情成为一座高耸的灯塔
> 照彻你寂静的、亮闪闪的一生

爱情绝不是表面的卿卿我我、花前月下，它要经历摩擦和沟通，甚至噬心的痛苦，"它使我流了那么多泪水"，直到度过乱云飞渡的青春，

到达中年，才得以"读懂一本书的精髓"。李南笔下的爱情，总是伴随着灵魂的相知，倒未必是生活细节的相惬。因此，这些诗作常常是在溪流般流畅的吟述里，潜藏着幽曲的旋涡，令人低回，启人沉思。"爱过的人，他不肯轻易说出这一切/只有相爱的恋人，才离爱情最远"，一种佯谬的措辞，却达到了直指人心的效果。随着诗人心智的成熟和情感经验的丰富，李南的爱情诗也出现了变化，它们从狭义的爱情入手，但朝向更开阔的整体人生说话，带有一定程度的智性色彩和命名功能，如《统治我们的男人》：

> 我们深知　男人在维系着世界
>
> 他们就活在我们身边
>
> 读书、种地、创造真理
>
> 活在我们身边
>
> 像一些静止的桉树
>
> 健壮而有力。他们
>
> 随时随地地在想统治我们
>
> 生活中，男人在发展我们
>
> 他们多如牛毛
>
> 大袖飘飘闯天下
>
> 整整一个冬天
>
> 我们为他们忙着忧伤
>
> 房间里，我们爱着小屋里弥漫的温暖
>
> 站台上，我们爱那张没有意义的纸片
>
> 男人自有男人的事情
>
> 这令我们既爱又恨
>
> 兼有母亲和情人双重的感情
>
> 总之，从内容到形式
>
> 我们在加深着男人

他们生长在我们中间，对于我们

如同空气和光线

他们依赖我们呼吸

我们等待他们普照

有时，我们与他们相对两岸

充满了距离

有时，又相亲相爱

化做永恒　不分离

我们认识他们

客观，不偏激

像认识最可靠的文字

打马走村庄

我们熟知他们脆弱的内核

漂泊后的第一行泪水

统治我们的男人

就是这样　牢固地

被我们掌握着

诗人看到，当今是"男人在维系着世界"，甚至"他们随时随地在想统治我们"，但是，"男人在发展我们"的同时，女人"也以母亲和情人的双重感情"，"从内容到形式"，"加深着男人"。男人离不开女人，女人也离不开男人，所谓"他们依赖我们呼吸/我们等待他们普照"。男人和女人各有自己的坚强和脆弱，他们携手共度人生。这里，诗人没有从简单的性别对抗角度来书写男女之间的关系。她在坚持男女平等的前提下，注重两性对话、沟通、磋商和互补，让女人自信地成为女人，在女权-女性-女人的完整统一中，与异性一道创造和分享共同的世界。这是一条由求同到寻异、由寻异再到对称和谐的精神路线图——但其最重要的前提不容忘怀，就是已经建立起来的女性主体性，进而是女性个体的主体性。我们认为，这是成熟的性别叙述模式，它不是让女人在精神和行为上成为"准男人"，而是在保持自身魅力的前提下，创造出独特的价值。

90年代中期以降，李南的诗歌走向了将抒情与日常经验细节的叙述融合起来表达的途径，如《小小炊烟》：

我注意到民心河畔
那片小草，它们羞怯卑微的表情
和我是一样的。

在槐岭菜场，我听见了
怀抱断秤的乡下女孩
她轻轻地啜泣。

到了夜晚，我抬头
找到了群星中最亮的那颗
那是患病的昌耀——他是多么孤独啊！

而我什么也做不了。谦卑地
像小草一样难过地
低下头来。

我在大地上活着，轻如羽毛，
思想、话语和爱怨
不过是小小村庄的炊烟。

这里不乏对生存的关切，但诗人采取的不是代言人式的"宏大抒情""宏大叙事"，她从个体经验甚至是本色出发，以谦卑而有尊严的口吻，表达出她的内心。"她对伟大事物的受挫，对平凡事物弱态生存层位的敏锐体察，以及与之对应的难过、自责与茫然，在为所欲为乃至寡廉鲜耻的时代脸谱中，成为极其稀缺而珍贵的心灵表情……当诗人们一直在'无所不能'的骄纵中凌空蹈虚时，李南指证了一切事物的有限性。尤其是人的生存中更多时候的屈辱、渺小与无助。"① 我们看到，在李南后期诗作中，如《小小炊烟》、《下槐镇的一天》、《心迹》、《几条忠告》、《忏悔》、《遗忘》等，诗人的叙述情境是"具体"的，但叙述视野又是足够宽大的，可以称之为"用具体超越具体"。

　　比起诗人前期诗歌单纯的抒情，此时她的写作变得更加具体化，更具生活细节的质感，也更利落、内在了，而且，在质感和利落中，依然有着内在的历史维度。因为对先锋诗歌来说，"没有历史尺度的个人生活的描写，会不可避免地把历史和生活变成了一种奇怪的逸闻，一幅风俗画，一种个人欲望的陈词滥调"② 说到底，先锋诗歌中的"世俗生活描写力"和"历史生存命名力"应是同时到位，合作完成的。它们在优秀的诗人笔下不容偏废，难以割裂，本是个"二而一"的问题。即使是一次乘坐长途汽车的"本事"，诗人也穿透了表象，洞开了更纵深的生存情境：

> 长途汽车上，装满了燕赵大地的
> 普通人。他们昏昏欲睡
> 峰回路转，仿佛又退返家乡
> 喂鸡、种地、守着一车蔫巴的菠菜
> "唉！"不知谁这声梦里的叹息
> 被尖鸣的汽笛洒落在风中
>
> 长途汽车一路风尘，勇往直前
> 瞧着这些平静又悲伤的脸
> 瞧着窗外飞驰的杨树和麦田

---

① 燎原：《李南的诗》，《诗刊》，2006 年，8 月号。
② 耿占春：《谁在诗歌中说话？》，《郑州大学学报》，1998 年，第 1 期。

　　我深信，再颠簸的路

　　也不能使他们躬下腰来

　　向生活屈膝

——《长途汽车上》

　　李南后期的诗歌达到一种平衡而不失深度的境界，它们不仅是关于当下生命和实存，也是关于灵魂和历史想象世界的，需要诗人在现象的、经验的准确性和批判的、超越的历史视野中保持有难度的美妙平衡。所以，这里的"用具体超越具体"，不是到达抽象，而是保留了"具体"经验的鲜润感、直接性，又进入到更有意味的"诗与思"忻合无间的想象力状态。这里的"超越"，不再指向空洞的玄思，而是可触摸的此在生命和历史生存的感悟。出而不离，入而不合是也。李南至今依然保持着较为旺盛的创造力，相信她会取得新的突破。

二、殷常青

　　殷常青（1969～　），出生于陕西眉县常兴镇，1991 年参加工作，现供职于华北油田。1989 年开始诗歌写作并发表作品，先后出版《书写者》、《消息》、《大地书》、《小时光》等诗集多部。曾获河北省第二届十佳青年作家奖、中国石油文化艺术开拓奖，以及《人民文学》、《诗刊》等刊物诗歌一等奖。

　　殷常青从 80 年代末期开始写作，在他 20 年来的创作中，他的诗歌根植于现实生活，又能够深入精神世界。他生活在油田，在他发表的约 3000 首诗歌中，石油题材的诗歌虽然只是很少的一部分，但却是谈论他不可绕过的一部分。

　　他生活的那座油田，作为中国石油陆上最后一个以"会战"形式开发的油田，作为一个中国石油史上一个最大的古潜山碳酸盐岩油田，风光无限，冥冥之中仿佛有一种力量引领着人们，以一种理想主义的色彩涂抹着荒凉的野地。从他的诗中我们真切地看到，现在仍然有很多人的大部分生活区域就在空旷的原野上，一些石油小站、一些列车房，三两个或十多个人生活在一起，日复一日，年复一年。他们的工作往往是简单地重复着一个动作，人也只不过是一个程序上的一颗"螺丝钉"。他们单纯、固执、善良、坚定，他们执著于自己的理想世界，不是他们有多强大，而是因为他们对所处环境判断不清，不具有现实性，相对比较幼稚和不切实际，这也是一种柔弱，但这种柔弱反而更有力量，更有一种可贵和感人的品质，至少在诗人看来如此。

殷常青在处理这类题材的作品时，也许在某种程度上说只是一个诗歌的记录者，他是用诗歌的方式记录下这些悲壮、激情、磨难、艰苦、耐心、细致的石油人的心灵史。"在荒原/在越积越厚的寂寞中/在久久深陷的苍茫里/一只鸟，一群鸟，大片大片的鸟/把歌含在嘴里/穿过坚硬的北风/列队朝我们飞来。"(《荒原上的鸟群》)在荒原上，鸟儿虚拟又真实，是一些长着翅膀的朋友，是人。那些石油人与"它们"的交谈"不是用嘴，仅仅这样相互望着/彼此吐出心声，彼此都是镜子"(《和一只鸟的交谈》)。诗人以《荒原上的鸟群》为总题写下数十首这样的诗歌，也许只是想传递给我们作为石油人那种坚韧和团结的精神，让一种生命和另一种生命相爱，让一些季节在另一些季节里翻越。诗篇中那一只只鸟儿正如辽阔荒凉的天空中飞翔的火焰，也如我们致敬的心情。

其实，在殷常青更多的诗歌中，我们都可以觉察到他的诗歌与"生活"的实在有着很微妙的关系，诗作流畅的情感中不失生活底蕴的作用力，但却不是那种烟火味很足的"实在"景致的呈现，而是把生活的内容调节到"水"化或"雾"化的状态，似实而虚，似有若无，使他的抒情显得空灵飘逸。例如，在他1995年创作的一首题为《根》的结尾部分这样写道："根不知道我是谁/根本身不是作为诗歌存在的/但它惊动了我，它发出的声音——/类似赞美，或者死//仿佛一个突然的闯入者/在这寂静的时刻/我被长久地审视/桌上的诗页，像风一样轻//根，一寸一寸蔓延/在腐朽一切的泥土里/它们努力行进着——/把受伤的花朵护送回家。"这是一种情与境高度融合的表现方式，似在写境，实为抒情，诗中对"根"的陈说无疑已进入了意象化的范畴，但因感情的外化，诗意却没有在隐含上做文章，而表现出很强的内心世界的敞开性。

在诗境创造的过程中，殷常青突出了情感表现的原则，所以他的诗歌有很好的透明度，常为一种爽利的亮色所牵引而走向艺术深层。在殷常青的诗歌中，生活内容的实在性因素不是作为直接描写对象出现的，而是一种被虚化的想象或抒情的出发点。诗人写"根"绝不是事物的现实存在状态，而只是一种"能指"的诗化状态，是由"根"引发的联想，在此，"根"成了情感媒介。这种处理现实与诗意关系的方法，使殷常青的诗歌话语具有一种空灵的本色，不是匍匐在生活表象的层面上，满足于简单地摹写生活的图像，而是把诗意的重点放在对内心世界的表现上，是情感的主观形态突破了生活事物的客观性，充分体现了诗人独特感受的创造精神。

我们阅读殷常青的诗歌，虽然有一种行云流水的快捷之感，但其诗意的深邃却是相当引人注目的，他不是那种实写生活的诗人，他对生活的具象性事物采取突破的方式，超越人们习以为常的生活层面，大步跨入象征的诗歌情境之中，建构起丰富的有个性特征的整体诗意内容。殷常青诗歌中的象征不是那种由此物到达彼物的简单比兴方式，而是在情感流动的过程中自然地建立起意象间的内联络，使诗成为在顺畅的不经意状态中实现了复杂的、更具美感效果的象征目标。

同时，殷常青在音乐性方面所作的努力也应当引起人们的注意，这也是他诗歌成就的重要组成部分。他对诗歌音乐性的重视至少提高了抒情的质量，提高了诗歌的阅读效果，这是诗人的一种自觉行为，正如他自己曾说，"就诗歌的技术而言，我更注重诗歌的节奏"。作为一个有成就的青年诗人，应当注意到音乐性的流失会给诗歌发展带来怎样的影响。

殷常青诗歌的语言简约、精致、厚重，读他的很多诗会使人平和起来，舒缓起来，会有一种在恬静中体味诗意的美好感受。他的诗歌有强烈的幻想品格，但它们却比那些有限的写实更精确，具有骨子里的可信感，也更能激发读者对具体历史语境的思考与批判。这些作品，都在赢得丰盈的想象力、幻想性时，又没有失去可信感。这样的想象力，可以恰当地称为"精确的幻想"。它们在"祛魅"的同时，有着令人愉快的"返魅"性，返回诗歌艺术古老的尊严和不可消解的魔力。这些，均有赖于诗人所具有的丰富的幻想天赋，坚实的智性背景，有组织力的思想和对语言精敏的抛散/控制能力。诗人在享受幻想书写的欢娱的同时，也完成了对生存和生命的深入揭示和命名。这些诗的目的不是让我们来消费简单化的"非现实幻想"，而是拓展我们更深刻、更噬心的"现实感"。

三、李寒

李寒（1970～　），原名李树冬，另一笔名为晴朗李寒，河北省河间市人。1992年毕业于河北师范学院俄语专业，1993～2000年在俄罗斯从事翻译工作。回国后担任媒体编辑、记者，现任河北省作协《诗选刊》编辑。主要诗集是《三色李》（与人合著）及译诗集《俄罗斯当代女诗人诗选》。2008年获诗刊社"第六届华文青年诗人奖"。

李寒在诗歌写作上起步较晚，进入21世纪才真正专注于诗歌写作。李寒初期创作处于多方式模仿阶段，既有口语诗，也有隐喻诗，既有诙谐和嘲讽，也有浪漫的抒情。虽然个别作品还不乏灵气，但是没有形成自己的风格。应该承认，李寒写诗起步晚些，但是他的进步速度却是很快的，短短几年，连续发表诗歌创作及译诗，成为引起诗坛关注的青年诗人。

2005年第12期《诗刊》集中刊发了他的近作15首，辑为组诗《本色平民》。这组诗可以集中代表李寒诗歌从情调到修辞特性走向成熟。这15首诗，虽然在题材上围绕个人的日常情感和经验展开，但没有我们习见的诗歌中对"我"的"那喀索斯"式的自恋。诗人将"我"转换为一个有待观照乃至质询的"准客体"，挖掘出在"我"身上所折射出的更广大的生存境遇，并以此寻求与读者的深层沟通和对话。《走着走着就走散了》、《我不可能对你说出我的痛》、《暖冬》、《幸福之二》就是这样的佳作。

对普通生活中卑微的"沉默的大多数"，诗人寄寓了深沉的关爱，这是诗歌意蕴的一个声部。与此平行，还有另一个声部在固执地鸣响着，那就是深深的怅惘、无奈和悲悯。"多好的一个人/那时他是玻璃的，是水晶的/能够清楚地看到/他跳动的通红的心脏……"然而，生存和生命"反向"地"纠正"了他，"曾经多么好的一个人/走着走着/就散失在了风中"（《走着走着就走散了》）。对生命本体的自然衰朽，诗人是怅惘的；而对精神的衰朽，诗人则表达了更为深刻的悲悯，甚至无奈的反讽。这样的诗，令人深思的一面更多在于后者，将挽歌与反讽化若无痕地扭结一体，把读者引向对事态所隐含的特殊历史境遇的关注。"我"曾经就是"他"，在世风的熏染下，是否"我"的灵魂也开始"散失"了呢？诗人喜欢以特殊的控制力来表达内心的波澜，往往在一个或几个类乎浮雕式的语象中，浓缩复杂难辨的感悟："我更愿意一个人品味/慢慢嚼碎/命运投放到我碗中的沙子。"（《我不可能对你说出我的痛》）"如今，我坐在室内，想着那些/冬天的树木，多么像我可怜的亲人。"（《暖冬》）

李寒的这类诗作给人们留下了较深的印象。在诗坛上他略显"晚点"的起步，对他而言或许是幸事。作为一个中年人，经受了生活的磨砺，沉淀下一些感悟，这有助于增加他的诗的分量，使他不再依赖于青春期来去倏乎的雷鸣电闪，而是沉静地涵泳平凡的日常生活带给他的本真经验。他既不矜持，也不夸张，款款地咏述内心所确切要表达的事物，在平淡中求真味，在细碎而岑寂地闪烁着的生活细节里，捕捉人性的小小辉光，如《柴火夫妻》：

男人骑在前面，迎了风

他的背部向着生活

尽可能地弯曲到

合适的角度

女人在后面，她的花头巾

已经在风尘中

忘记本身的颜色

他们的车后架上

都驮了一捆劈柴

长短不齐地，闪着木乃伊的色调

男的多些

女的少些

他们骑在都市黄昏有风的街头

身体前倾，我肯定

那是向着家的方向

读这样的诗，我们无言而感动。诗人说自己的诗写的是"本色平民"生活，诚哉斯言。诗人以本色的语言，写出了本色的平民生活，没有人为的升华，没有涉入更多悲情的渲染，犹如纪录片式的"跟拍"，在单纯的线条里刻画出平民的韧性、平民的艰辛，呈现出底层生活和生命的纹理。类似的作品还有《不可能深入一个人的悲伤》、《挖胡萝卜的人》、《幸福之一》、《礼拜日》、《我穿过了七月》等，同样质朴而醇厚，在绝不磕磕绊绊的自如叙说里，抵达了诗人心灵幽微而悸动的角隅。在这些诗中，没有对速成技巧的仿制，我们可以感受到某种隐蔽的"先锋性"，但也同样感受到了古老的诗歌之道在当下的回声。正是这种朝向心灵而非朝向"潮流"的写作，使李寒的诗具有某种程度的大方、沉着和动人的美质。

　　李寒诗歌的结构基本属于线条式而非板块式。这种结构与他所要吟述的内容是相宜的。线条式结构使他的诗有一种自然生长的"时间"感，而非板块式的垂直落下。对于倾向于"小型叙述"的诗人来说，线条结构更容易增强读者对作品的可信感，仿佛是从生活中时间的血肉之躯上长出的活体组织，如《午后迷乱》：

　　　　午后多么迷乱，远处的山空了
　　　　城市上面的云朵正在散去

　　　　割草机轰鸣，剪后的青草瞬间长高
　　　　疯狂的仙人掌，
　　　　隐忍的瞎子，
　　　　把自己的芒刺触摸到美洲

　　　　午后多么茫然，时间一丝丝抽尽欲望
　　　　我听见骨头清脆的叹息

　　　　我始终感恩于生活的力量，即使是炎夏
　　　　你的身体也在诞生奇迹，
　　　　就要长出蘑菇，苔藓，青青的藤萝
　　　　我温暖的小儿女

　　　　知道吗，我学会了与命运和解
　　　　做个快乐的人是如此容易

　　诗人选取了一个午后的所思所悟，由对大自然细节的描述渐渐展开，自如地写出自己"茫然"—"叹息"—"感恩"—"和解"的心路历程，以情动人又以理服人，读起来亲切、醇厚，并能引发读者的联想。诗人说过："我的心中充满了对生活的感恩。是诗歌让我通过这些分行的文字表达对人世的热爱和感激。"①当然，这样的对生活充满感恩之情的诗人，不是简单地追求"难得糊涂"的人，而是能够深入生活同时葆有灵魂的超越向度的诗人。正如他在《生命速度》中说的："当我们实在走不动了，面对遥遥的目标/我相信，出于惯性/我们的灵魂/还会向前走上一程。"诗也如此，当对生活情境的表现中止后，灵魂应能再次纵身跃起，带着更致命的"电荷"，击中读者。所以，我们可以将李寒成熟期的诗作视为"朝向明朗与准确的摸索"，他在与形形色色的遮蔽斗争，以求让生存和生命的过程在诗中瞬间展开。这样的写作是有难度的，不但需要对"真相"的忠直，也需要成熟的技艺佑助。

在本章的最后，我们想补充说明的是，限于篇幅，这里不能对河北更年轻一代的诗歌进行评介。总之，以李寒为代表的河北"70后"诗人群体，都不约而同地保持着某种"审慎的理想主义"精神和对本体形式感的自觉。在这样一个"怎么都行"甚至是随浊流而扬波的"口水诗"大行其道的写作环境中，他们固执地展示了燕赵青年诗人审慎、低调、真实的"向真、向善、向美"的意志。这是燕赵诗群的希望所在，我们祝他们一路走好！

---

① 李寒：《我是一个词的信徒》，《诗刊》，2005 年，第 12 期。

第四编

河北当代散文、报告文学

第一章　河北当代散文概述

从历史的纵向角度看，河北散文经历了一个"十七年"、"文化大革命"、"新时期"、"九十年代"及"新世纪"几个阶段，这与中国当代文学发展的大环境和大背景是一致的，这也是通行的对中国当代文学的分期方法。散文是一种比较大众化的、与社会潮流的发展保持着同步节奏的文体，一般不会产生引领思想和形式探索潮流的先锋性的作品，因此，我们就按照当代中国社会发展的脉络来对河北当代散文进行分期。

1949年新中国成立，河北当代文学的发端也从此开始，但是，这不过是河北当代散文的"时间"，而不是"逻辑"起点。有论者认为，当代文学具有两个传统，一个是"五四"传统，一个是解放区传统。[①]这两个传统对河北文学的影响力度并不一样。虽然不可避免要受到"五四"传统的影响，但是，河北散文在1949年后的一段时期内更多地接续了解放区的文学传统，就是面向工农兵的情感生活，讴歌新时代。[②]相对于其他地域，河北大部分地区属于晋察冀、晋冀鲁豫等抗日战争和解放战争时期的根据地，为新中国的建立作出了重要贡献。此点对研究河北当代文学殊为重要，因为不论是从作家的谱系上还是题材上，河北当代文学就是解放区文学的自然延续，而这个特点在其他地域的文学发

---

① 陈思和认为，抗战以来，"中国文学史的发展过程实际上形成了两种传统：'五四'新文学的启蒙文化传统和抗战以来的战争文化传统"。见陈思和主编：《中国当代文学史教程》，复旦大学出版社，1999年，第4页。

② 也有不同的看法。浪波认为："河北当代散文正是继承了'五四'新文化传统，沿着主体和客体两个方面进行了深入开掘，形成了自己切近现实、呼应时代的独特风貌，同时实现了散文文体的自觉和本性的回归。"见浪波主编：《创造美的世界·序》、花山文艺出版社，1994年。

展史中，远不如河北省明显。①河北当代散文发轫时期，知识分子意义上的散文作家并不多，一些部队上的文艺工作者转业到了城市，成为散文创作的主体。打开《河北文学》（1961 年创刊）等刊物可以发现，从新中国成立到"文化大革命"开始，河北散文始终应和着时代，以颂歌类作品为主，礼赞了社会主义建设时期的英雄和好人好事。为党的事业而奉献的精神得到了大力弘扬，这种精神甚至体现在日常生活之中。1961 年《河北文学》第 2 期上发表了周志文的《第一次注射》，写了一个县委领导让没有经验的护士为自己注射的事，批评了那些因为护士没有经验而拒绝让她扎针的人，这篇散文正典型体现了那个"时代"的"精神"。

　　另一大类作品是回忆战争年代峥嵘岁月的。冯志的《山桃》从得到友人赠的深州蜜桃写起，回忆了战争年代病中撤退时吃桃子的一次经历。《山桃》纪实性很强，取材于真实生活，质朴自然，战争年代的艰苦被回忆的乐观氛围冲淡了不少。在这次散文高潮中，河北散文产生了《挥手之间》（方纪）、《力原》（李满夫）、《秋山红叶》（张庆田）等许多重要的作品。这个时期的散文类型也很丰富。峭石接连发表了三组多篇"军营速写"，如《风雨夜行军》、《对刺》、《床》、《路》、《梭镖》等，用诗化的语言，介绍赞美了军营训练和生活的各个侧面。总体来说，比起小说和报告文学等纪实作品，这个时期文艺散文的表现中规中矩，并不突出，对它的描述和研究则几乎是一片空白，迄今没有出现将其作为课题的单篇的研究论文。1964 年，田间在河北省戏剧、文学创作会议上的讲话中，对散文成就的肯定远不如其他文学体裁。②散文是休闲和怡情的，在战斗和激情年代成就不够显豁，也可以理解。

---

　　① 就中国当代文学的发展而言，1949 年后有一个解放区文学传统与国统区文学的交接过程，而在河北则基本没有出现这样的情况。洪子诚关于 50 年代初期中国文学环境的论述，见洪子诚：《中国当代文学史》，北京大学出版社，1999 年，第一章"文学的转折"，第 3～17 页。

　　② 田间：《积极投入社会主义新文学创作运动——在河北省戏剧、文学创作会议上的讲话》，《河北文学》，1964 年，5 月号。

　　进入新时期，河北散文无论是量上还是质上都进入一个新阶段。花山文艺出版社1994年出版了浪波主编的《创造美的世界》，收录了几十位河北散文家的近百篇作品，按照编者的话说，这是"新时期以来河北优秀散文结集"①，不可否认本书也有遗珠之憾，但是它基本能够代表河北散文在新时期的成就。从这本散文集中可以看出，新时期河北散文忠实记录了时代在河北这块土地上留下的烙印，它的发展是与中国社会发展同步调进行的。在理论上，河北散文研究也取得了不少成果。其中，1988年花山出版社出版了由河北省作协理论室编写的《河北散文论》，多位理论家对河北散文作家进行了一对一评论，起到了很好的保存史料、初步遴选作家的作用，为河北散文史搭起了框架，为后来者进行研究工作提供了有力的支持。此后对河北新时期散文的研究，多半以此为起点。重视研究作家和保存研究成果无疑也是河北散文能够不断涌现优秀作家、作品的重要原因。1990年出版的汪帆的论文集《新时期散文论集》，虽然是一部六万字的小书，却是研究新时期河北散文的重要专著。在《对中国散文本体论的思考》一文中，汪帆写道："中国古代散文并非属于纯文学的范畴，而是一种与中国文化相对应的特殊文体。中国文化强调整体结构的各部分在均衡、调和、相反相成中共同渐进。在文学上注重真善美、知情意的共融，以理节情，情理和谐。中国历代散文的集合，阐述和记录了中国文化，同时，中国文化也创造了与之相应的散文表达方式。"②应该说，这个观点还是颇有见地的。此外，在本书中，作者还对河北散文家梅洁、张立勤、韦野、奚学瑶等的作品作了解读研究。

　　20世纪90年代以后，河北散文进入了新的历史阶段，风格也从原来的激越喷发变为广博厚实。这固然同90年代的文化环境有关，同时，这也是河北散文作家进入创作成熟期的结果。一批在80年代

---

① 浪波主编：《创造美的世界·序》，花山文艺出版社，1994年。
② 汪帆：《新时期散文论集》，河北人民出版社，1990年，第7～8页。

登上文坛的散文家经过了数年在艺术上的磨砺之后，纷纷拿出了有分量的作品，将河北散文的水平带到了新的阶段。梅洁、铁凝、张立勤、刘家科的散文在全国范围内获得了知名度，而刘燕燕、张丽钧等"新人"的散文也都在很高的起点亮相。客观地说，河北散文仍然存在不少的缺点。从历史看，河北散文与意识形态关系密切，有些时候甚至成为宣传工具。这不仅是河北散文的弊病，也是中国当代文学需要反思的问题。从河北散文的发展现状来看，也有许多需要注意的地方。其一，散文仍然被视为边缘化文体。专攻散文的除了梅洁、张立勤等为数不多的作家之外，并不太多。最常见的是诗人、小说家偶尔到这个园地里来"客串"，但是他们并没有将散文作为自己的主业经营。其二，河北散文家形成自己独特散文风格的比较少。从新文学以来的散文发展看，周作人、梁实秋、朱自清、杨朔、余秋雨等散文大家的成就都是多方面的，但是他们都形成了独特的散文观，而河北当代散文作家多数处于"有感而发"的状态，没有更深入地思考散文理论问题，因此，不少散文作家的作品很多，但是基本都是在同一层面徘徊，不能取得突破。当然，这些都使散文创作有些美中不足，也是前进中的问题，不过，虽然未来无法测定，但是根据河北散文的发展状况，我们还是能够寄予无限希望的。

　　河北散文的题材覆盖了当代散文的所有题材。向内看、记录自己生活感悟的散文又叫文艺散文或者抒情散文，也是"纯散文"，自现代散文诞生起，一直是"正脉"。在"十七年"和"文化大革命"时期，检点河北散文，由于受到当时文艺政策的影响，基本没有出现反映个人心声的散文作品。与当时散文潮流相应，河北散文中也出现了歌颂领袖和劳动人民的名篇。方纪的《挥手之间》写的是1945年毛泽东离开延安机场，赴重庆与蒋介石进行和平谈判的一个场景。作者以记者的身份，带着鲜明的政治立场，叙述了毛泽东登上飞机的过程。通过对毛泽东登机后挥手告别情景的展示，表现了一代伟人从容镇定的风度，抒发了作者对领袖的热爱。从艺术手法上看，《挥手之间》选取的角度十分独特，抓住毛泽东挥盔式帽的一瞬，反复慢放、回放，达到给读者留下深刻印象的艺术效果。刘真的《阿昌少女》是对阿昌少女的一幅速写，寥寥几笔，却使人物跃然纸上。作者用小伙子吹葫芦笙求爱的风俗写了阿昌姑娘的多情，用阿昌少女会打铁写了她们的能干，用阿昌少女不敢照相写了她们的羞涩。作品清新、爽朗，行文欢快可人，虽然也是歌颂劳动人民，却几乎没有60年代初散文的政治味道。新时期以来，河北的抒情散文得到了极大的发展。徐光耀的《我的第一个未婚妻》、梅洁的《童年记事》、张立勤的《痛苦的飘落》、尧山壁的《理发的悲喜剧》都将目光投向自己的内心世界，从各个层面展示了人生百味。90年代以后，河北文艺散文进入一个新境界，其中，老作家徐光耀的《昨夜西风凋碧树》回忆了一段历史，质朴平实，流露出对历史和自我的深刻反思；梅洁的散文糅合了女性的细腻敏锐和男性的大气慷慨，在艺术上更为成熟；张立勤的哲思散文灵动而平实，把玄思和烟火气结合，直接叩问生存之谜；而刘家科、张丽钧、桑麻、刘燕燕等作家的崛起使散文摆脱单一的个人抒情状态，走向更为广博的文化领域。

　　游记类散文是河北散文中的一个重要一支，记叙的地点既有域外的又有国内的。游记不仅是对一地地理风貌的记录，因为掺杂着作者的主观情感，故常常带有强烈的文学色彩，许多游记作品也是精美的散文。朱东润就认为徐霞客的游记不仅"科学价值是不容置疑的"，而且"文学价值在游记中也是第一流的"①。实际上，到了近代，"科学价值"已经退居其次，许多作家在写游记的时候，往往是依照散文来经营的，朱自清的《绿》、李健吾的《雨中登泰山》、碧野的《天山景物记》、叶圣陶的《游了三个湖》就是现当代散文中的名篇。河北作家的脚步走遍了欧陆北美、长城内外，记叙了海外和国内的风物，显示了放眼世界的文化视野。整体来看，域外游记取得的成绩稍有逊色。最值得注意的是关

---

① 朱东润：《〈徐霞客游记〉的文学价值》，《读书》，1982年，第2期。

于河北各地风光和文化的散文，作家们面对故乡时热爱是由衷而发的，在宣传故乡的文化时也充满了自豪感。河北省是中华民族的发祥地之一，燕赵故地，有许多历史文化名城，形成了各具特色的地缘文化区。如承德是知名旅游城市，有避暑山庄外八庙等古迹，形成了独特的"山庄文化"。1982年，花山文艺出版社出版了散文集《山庄湖色》，收入了多位作家关于承德的作品，全景式描绘了承德大地的瑰丽景色和悠久文化。1985年人民文学出版社又出版了《塞外风情》，更多的作者用生花妙笔聚焦承德。其中，除了河北作家的作品外，还有非河北作家如峻青等关于承德的散文。该书分为"山庄神韵"、"木兰秋声"、"雾灵春色"、"古塞雄风"四个部分。在这些作者的笔下，"既追溯了一二百年前的历史烟尘，也勾画了八十年代的新时期风貌；既点染了湖光山色、鸟语花香，也记叙了民情世态和当代人的豪迈襟怀；而字里行间，却处处悸动着作者们赤诚的心"①。可以说，该书全面深入地反映了承德的历史和现状。另外，许多生长和工作于承德的作家如郭秋良、刘芳、谢大光、何申等也努力研究和宣传承德文化，其中郭秋良对承德文化内涵的研究颇有新意。在河北省范围内，承德是对地域文化发掘最为深入的地区之一，有许多很好的经验可供借鉴。另外，邯郸、邢台、沧州也有悠久的历史。邢台作家也写了许多关于家乡的游记。尧山壁写过不少关于邢台历史文化的作品，如《北方紫金山》等，读之让人增长识见。张志春的散文集《神州风采》中，有一辑就是关于邢台隆尧的，其中，《人杰地灵的宣务山》钩沉了宣务山的历史、名人、民谣和诗词，可以看成是了解宣务山的百科全书。另外，从《石碑山》、《泽畔白莲洁如玉》、《孔夫子与大理石》等对隆尧风物的描述中，也可以看出作者对故乡的眷恋和自豪。总的来说，河北作家从各个方面解读了河北的风土人情，他们的散文是燕赵文化在新时代的具体表现。

如果把当代中国散文比喻成海洋的话，河北当代散文就是汇入这个

---

① 袁鹰：《塞外风情·序》，人民日报出版社，1984年，第7页。

海洋的一条河流。河北这块土地滋养的作家，或多或少具有这方水土赋予的精神特征，反映到散文中，也就形成了比较独特的内容。虽然在文化交流和人员流动都很频繁的当代，地域特色已经越来越不明显，但是，仔细观察和分辨，还是可以发现燕赵文化的流风余韵。有论者在谈到河北散文的特点时说："燕赵大地独特的文化精神和审美价值取向是这些散文的'根'。而所谓独特的文化精神和审美价值取向，早已不是'慷慨悲歌'所可以涵盖。河北作为京畿之地，其文化精神和审美价值取向受到京都文化的强烈辐射和影响。一方面，它不像巴蜀文化、吴越文化、岭南文化那样，具有浓厚的地域特色；另一方面，它又不同于京城之内市民文化、胡同文化。它从容、稳健、切实、尚用，标志主流、容纳百川，因而更贴近时代精神的核心。"[①]关于何为燕赵文化，见仁见智，此处不论。不过，说燕赵文化在当代发生了变化是有道理的。其实，任何"古代文化"都不可避免会沾染上"当代性"。在全球化浪潮冲击下的当代，河北文化越来越倾向于与"中国文化"趋同。传统也在变化，与时俱进才能保持生命力，而上文所说"时代精神的核心"，或可表述为近代以来的中国现代性。河北土地上的历史，也可看做一部微缩版的中国历史。由于处于政治中心北京周围，在20世纪50年代到20世纪90年代，河北散文受政治形势的影响相对来说大一些，而20世纪90年代后，随着文艺多元化格局的形成，河北散文的发展路向也越来越因人而异，各具特色。

---

① 浪波主编：《创造美的世界·序》，花山文艺出版社，1994年，第3页。

第二章　孙犁　徐光耀

第一节　孙　犁

孙犁（生平见第一编）不仅是杰出的小说家，也是优秀的散文家。散文主要收于《津门小集》、《晚华集》、《秀露集》、《澹定集》、《书林秋草》、《耕堂散文》，还有一些收入《尺泽集》、《曲终集》。也有批评家认为孙犁的《芸斋小说》名为小说，实为散文。

孙犁的散文创作可以分成三个时期：新中国成立前；新中国成立后到"文化大革命"前；"文化大革命"后。孙犁的散文创作在40年代初就开始了。在这个时期的散文中，有不少是记叙冀中人民在抗战时期的英雄事迹的。孙犁不是正面描写血与火的战争场面，而是侧面写敌后群众的日常生活，从中可以看出冀中全体人民为抗战作出的巨大的奉献和牺牲。长篇散文《游击区生活一星期》由"平原景色"、"抗日村长"、"洞"、"村外"、"守翻口"、"人民的生活情绪"、"回来的路上"七个片段组成，以河北曲阳一个游击区为例子，写了冀中地区抗战期间的生活状态。作者较少伪饰，没有刻意拔高和渲染"抗日情绪"，为抗战时期的河北保留了一份别样的历史资料。在"平原景色"中，作者写区农会的老李带"我"看"景色"，伪军在炮楼上看我们"扬长"地走，老李介绍说："他们不敢打我们，他也不敢下来，咱们不许他下来走动。"① "抗日村长"写的是能与敌人周旋，但又支持抗日的两面村长。这些细节和人物来自抗日斗争一线，生动记叙了游击区敌我之间的复杂关系。孙犁这个时期的散文，基本上取材亲身

① 孙犁：《游击区生活一星期》，见《孙犁文集》（二），百化文艺出版社，1982年，第15页.

经历，因此充满浓郁生活气息。《识字班》不是写一件事，而写妇女上"识字班"的一些轶事，她们先是不准男"先生"上课，被儿童团长批评为"顽固"后，一边报复几声"王八羔子"，一边终于听课了。这些小事从侧面展示了根据地农村精神生活的巨大变化。这些散文与《荷花淀》、《嘱咐》等一起，被孙犁视为革命事业的一部分："那时的写作，真正是一种尽情纵意，得心应手，既没有干涉，也没有限制，更没有私心杂念的，非常愉快的工作。"①

新中国成立以后，孙犁随大军进入天津，写了不少反映"新社会"的"新人新事"的散文。《学习》中没有主人公，也没有事件，只是选了几个场景，勾勒了一幅工农兵全民学习的场面。其中一个场景是粗纱车间的青年们匆匆吃过午饭，"就围在一堆，演起算术习题来，并没有来得及把脸上的汗擦干，把头发和肩头的棉絮掸落"②。《小刘庄》写了工人集中的住区小刘庄的生活场景，尤其描写了工人们下工后佩带着耀眼的奖牌、纪念章讨论合理化建议事项的细节，颇具时代特征。这个时期，孙犁的散文难免受时代潮流的影响，多选择社会生活重大问题，以颂歌为主。但是，这并不能表明孙犁对这一现状认可。"文化大革命"结束后，孙犁在一篇谈赵树理的文章中说："政治斗争的形势，也有变化。上层建筑领域，进入了多事之秋，不少人跌落下来。作家是脆弱的，也是敏感的。他兢兢业业，唯恐有什么过失，引来大的灾难。"③这是谈赵树理的行为，其中无疑也有自己的影子。不过，在一些散文中，孙犁也疏离了当时亢奋的时代气氛，显示了他冷静客观的一面。《小刘庄》的结尾处写到小刘庄的环境卫生还需要改善，应该有一家通俗书店和一个完备的文化馆等尚不完美之处。能对现实状况有所批评，在当时的情况下，还是比较鲜见的。

---

① 孙犁：《文字生涯》，见《孙犁文集》（三），百花文艺出版社，1982年，第219页。
② 孙犁：《学习》，见《孙犁文集》（三），百花文艺出版社，1982年，第103页。
③ 孙犁：《谈赵树理》，见《孙犁文集》（三），百花文艺出版社，1982年，第319页。

不久，孙犁就停止了写作。他在描述这一段经历的时候说："全国解放以后"，"大家开始执笔踌躇，小心翼翼起来"，"进城之后，我还是写了不少东西。一九五六年大病之后，就几乎没有写。加上一九六六后的十年，我在写作上的空白阶段，竟达二十年之久"。①面对复杂的政治形式，孙犁主动选择了淡出的方式。关于这一段空白，孙犁在"文化大革命"后也作过解释，他说："在这一时期，我不仅没有和那些帮派文人一较短长的想法，甚至耻于和他们共同使用那些铅字，在同一个版面上出现。"②在另一篇文章中说："'四人帮'当道的年代，我的书的遭遇，如同我的本身。有人也曾劝我把《白洋淀纪事》改一改，我几乎没加思考地拒绝了。如果按照'四人帮'的立场、观点、方法，还有他们那一套语言，去篡改抗日战争，那不只有背于历史，也有昧于天良。我宁可沉默。"③我们无意用更高的标准来要求孙犁，但是可以说，在"文化大革命"中，孙犁恪守了一个知识分子的底线。

"文化大革命"结束后，孙犁散文创作进入又一个高峰期。这个时期孙犁的散文分为两类。一类是回忆童年和乡村生活的。这些作品褪去了"革命"色彩，多展现民间生活场景，摹写了各类人物。在《听说书》中，作者写了一个经常到山西做小生意的德胜大伯。德胜大伯经常在农闲的时候给大家讲《七侠五义》等故事，很受欢迎，却并不识字，后来因为得瘟疫死在做小买卖的路上。作者只是把德胜大伯留给自己的印象信笔写来，看不出取舍的痕迹，更没有追求"典型化"。《乡里旧闻》的题记是"梦中每迷还乡路，愈知晚途念桑梓"，写的全是家乡的旧人旧事。有的篇什如《村长》，把村长的命运写得跌宕起伏，扩展开来，就是一个中篇小说。此类散文，带有很多小说处理题材的方法。孙犁的小说带有散文化的特点，这一点为多数研究

① 孙犁：《文字生涯》，见《孙犁文集》（三），百花文艺出版社，1982年，第219页。
② 孙犁：《文字生涯》，见《孙犁文集》（三），百花文艺出版社，1982年，第218页。
③ 孙犁：《在阜平——〈白洋淀纪事〉重印散记》，见《孙犁文集》（三），百花文艺出版社，1982年，第195页。

者认同，而同时，他的散文也有很多小说的特点。另一类是怀人散文。这个时期，孙犁写了很多散文怀念老友，如《回忆何其芳同志》、《回忆沙可夫同志》、《谈赵树理》、《悼念李季同志》、《大星陨落——悼念茅盾同志》等。在这些怀人散文中，孙犁没有一味谀墓，而是有一说一，好处说好，自己的意见并不掩饰。在叙述他同写作对象的关系时，他也并不攀附，只是客观写来，但其中的友情却力透纸背。例如，他写郭小川时说"我对小川了解不深，对他的工作劳绩，知道得很少，对他的作品，也还没有认真去研究，生怕伤害了他的形象"，但是，"我想我不写一点什么纪念他，就很对不起我们的友情。我已经有十几年没有写作的想法了，现在拿起笔来，是写这样的文字"①。查《孙犁文集》可以知道，这是孙犁在"文化大革命"结束后最早写的怀人散文，仅此就可以看出他与郭小川之间的深厚情感。在怀人散文中，孙犁采取了收束情感的方式，并不放任，反而显得朴实直白，颇得写此类散文的精髓。有的散文是回忆亲人的，也可以归入此类。《母亲的记忆》非常短，仅千字左右，简单记录了有关母亲的六件事，平均每件事一二百字。作者全部使用叙述语言，没有议论和抒情。最后一个片段写的是"我"和母亲的永诀。当时"我"准备去外地养病，母亲说："别人病了往家里走，你怎么病了往外走呢？"寥寥几笔，两句对话，一个80多岁的母亲对儿子质朴的感情就表露出来了。这些特点都是怀人作品中极少见到的。这样处理并不代表作者冷酷无情，反而使读者在简约平实的叙述后，体会到作者压抑住的深深的悲痛和无尽的思念。《亡人逸事》则是悼念妻子的，用简洁平实的语言，追忆了妻子生活的点滴片段，笔笔饱含深情。结尾作者写道："过去，青春两地，一别数年，求一梦而不可得。今年老孤处，四壁生寒，却几乎每晚梦见她，想摆脱也做不到。"

有论者认为孙犁此时期风格"有了很大的变化，早年的诗意如今

---

① 孙犁：《伙伴的回忆》，见《孙犁文集》（三），百花文艺出版社，1982年，第303页。

已化作深沉的哲理思索，产生了洞悉人生后的平静与质朴"①。这个论断有一定道理。其实，通观孙犁散文，风格变化并不明显，他并没有刻意进行"哲理思索"，而是一直秉承了简淡、低调的叙事风格。如果说前后期散文有差异的话，就是孙犁后期的散文将此特点体现得更明显了。孙犁较少有创作谈，对自己的创作理想没有太多说明，不过，在写作中却有意识地形成自己稳定的风格。孙犁叙述的时候并不追求详尽，而是略加点染，留下空白给读者思索，追求一种不事雕琢、自然浑朴的境界。这与他生病之后开始研究佛经，受佛教影响有一定关系。《黄鹂》为"病期琐事"之一，写了有关"我"和黄鹂鸟的四件事，探讨了什么才是"美的极致"的哲学命题。《黄鹂》夹叙夹议，若行云流水，体现了作者探讨的主题。孙犁有的小品隽永含蓄，表现了他对生活细节的体察和捕捉功力。《报纸的故事》写了自己失业在家，订了一份报纸的经历，平静叙述中透出幽默和辛酸，不过，更多还是体现了一个文学爱好者对文学的痴迷。另外，孙犁的散文具有小说化特征，注意塑造人物形象，选材也多集中于女性。他的小说和散文中的女性，形成了一个独特的人物系列。这些女性往往勤劳善良、质朴能干，又识大体，同时具有传统美德和新时代气息。孙犁写女性的散文往往寥寥几笔勾勒出人物，对话幽默风趣，烟火气息浓厚，显示出他散文风格轻快诙谐的一面。

第二节　徐　光　耀

徐光耀（生平见第一编）以小说名世，但晚期也写了一些散文，其中不乏《昨夜西风凋碧树》等精品，散文基本收在《徐光耀文集》第3卷中。

徐光耀晚年有不少散文，多是对自己人生经历的回顾。每个人的一

---

① 张钟等：《中国当代文学概观》（修订本），北京大学出版社，2002年，第150页。

生都是一部历史，徐光耀进入晚年，积多年生活阅历与写作经验，已不求闻达，正是"却道天凉好个秋"的境界，下笔为文，自然别有风采。《昨夜西风凋碧树》写的是"文化大革命"期间在批斗"丁陈反党集团"和"反右"之时自己罹难的过程。"文化大革命"作为中国当代历史上的最重要的事件，每个参与者恐怕都刻骨铭心，各有感悟。在"文化大革命"结束23年后，徐光耀终于拿起笔来，用6万字的篇幅详尽回顾了"文化大革命"中的一幕。从文学史的角度看，对"文化大革命"反思的题目似乎已经做完，没有新的材料和视角，只能重复别人的话，很难再出新意。而《昨夜西风凋碧树》以翔实的资料、宏阔的人文视角见长。这部长篇散文有如下几个特点。其一，用讲故事和纪实结合的方法对"文化大革命"中的自我进行了剖析。徐光耀写的是亲身经历，在文章的开头就说："事实保证字字真确"①，在写作的过程中也的确注意用材料说话，有几分材料说几分话。因为他是当事人，又采取了客观的态度，就使《昨夜西风凋碧树》有了很高的史料价值。其中，丁玲致作者的信、作者致中国作协党组的信，都是第一次公开披露，虽属私人信函，但是却有时代留声机的功能，从中可以看出时代给人际关系烙下的印记。同时，作者还注意散文的可读性，一系列的"花絮"展示了艾青、康濯、郭小川等文坛人物的音容笑貌，使读者获得阅读他们作品以外的更多感受。其二，以宽容和幽默心态看待人性中的善与恶。徐光耀将散文定名为"记一段头朝下脚朝上的历史"，批判意味很浓。当然，现在已经不是一味批判"文化大革命"的时代，因此他宁愿把自己的散文叫做故事，并说自己是按故事来写的，为的是对"文化大革命"进行反省。徐光耀在文章结尾处说："物质的损失，较易补回。至于高尚道德沦丧，精神长城不存，人人成了'违心'的行家，最吃香的是溜须拍马，这诸种大弊，则是极难救治的。"徐光耀写这篇文章时，距离"文化大革命"结束已经多年，但是作为过来人，他却看到了"文化大革

---

① 徐光耀：《昨夜西风凋碧树》，《长城》，2000年，第1期。

命"的流弊。这是"文化大革命"刚结束时的"伤痕文学"思潮所无法预见的。在"文化大革命"后，专注于反思和批判的还有巴金，他用5卷《随感录》150篇文章的篇幅记录了自己"无力的叫喊"。巴金《随感录》的最大意义在于他对中国知识分子的劣根性进行了清算，他是这样描述"文化大革命"中的自己的："在那样的日子里我早已把真话丢掉脑后，我想的只是自己要活下去，更要让家里的人活下去，于是下了决心，厚起脸皮大讲假话。有时我狠狠地在心里说：你们吞下去吧，你们要多少假话我就给你们多少。有时我受到了良心的责备，为自己的言行感到羞耻。有时我又因为避免了家破人亡的惨剧而原谅自己。结果萧珊还是受尽迫害忍辱死去。想委曲求全的人不会得到什么报酬，自己种的苦果只好留给自己吃。我不能欺骗我的下一代。"这应该是"文化大革命"结束后作为当事人的知识分子对自我最真实也最严厉的解剖了。同样地，徐光耀也接续了巴金的思路，对自己内心的"阴暗"之处进行了曝光——这本是人性的一部分，而"文化大革命"逻辑之一就是不肯承认并试图抹杀这一部分。但是，徐光耀的《昨夜西风凋碧树》中更多了些幽默豁达的成分，虽然他也批评"文化大革命"，认为"封建主义扫清之日，才是中华民族大放光芒之时！鄙人写此一文的目的，仅仅在此，岂有他哉！"也主张汲取历史教训："'以史为鉴，可以知兴替'，当我们还'有暇自哀'的时候，应该赶快把事情办好，以免'为后人而复哀后人也'。"但从中还是可以看出作者的幽默心态，他更多是以传奇心态叙述往事的，把历史当故事写的笔法就能说明这一问题。在读完《昨夜西风凋碧树》后，同为当事者之一的刘白羽给徐光耀写来了信，表示"谢罪"，而徐光耀则在回信中认为恩怨并非个人造成，而是"一个时代、一种体制所造就的错误"①。徐、刘相逢一笑，与其说是文坛佳话，不如说他们作为当事人，对"文化大革命"灾难的理解已经超越了对个人命运的关注。

---

① 刘白羽：《关于〈昨夜西风凋碧树〉的通信》，《长城》，2001年，第4期。

　　徐光耀的散文表现出执拗的个性，他的《小兵张嘎》改成电影后，影响很大，徐光耀也因此成为著名作家，而他却坚持喜爱自己的小说，他在《〈小兵张嘎〉再版前言》中就说，自己认为小说"更耐咀嚼，人物性格贯穿鲜明，'滋味'或更悠长些"①。他的"嘎味"一如作品中的张嘎，其耿介可见一斑。

①　徐光耀：《〈小兵张嘎〉再版前言》，《长城》，2003年，第5期。

第三章　承上启下的河北散文家

第一节　韦野　郭秋良　尧山壁

一、韦野

韦野（1931～　），河北省曲周县人。长期任《河北日报》文艺部主任。河北省散文学会会长、杂文学会副会长、文艺理论研究会副会长。散文代表作有《长城梦影》、《酒花的喜剧》、《灵脂米》。主要散文集为《春影集》、《酒花集》、《苇野海外散文》、《雪桃集》。另有诗集《故乡的月季》等。

韦野的散文中有两类题材引人注目，一是游记类，一是知识类。在韦野的游记类散文中，《长城梦影》、《柴达木之忆》、《名楼赋》是不错的篇什，而且同为游记，却不雷同。游记散文并不好写，大家眼中事物是一样的，全看作者的见识如何，藏不得拙。因此，通过作家的游记便知其眼光、品位和思想。就游记而言，不论是写景物风貌还是时代历史，都应当注入作者的思想情感和思考乃至血汗，这样，笔下的景物人文才能灵动而富于个性，这一点恐怕是共识。历来景物同游记无法分开，有的景物甚至因诗文而为天下知。例如，王羲之的《兰亭集序》、王维的《山中与裴秀才迪书》、王安石的《游褒禅山记》、苏轼的《前赤壁赋》都为景物增加了知名度。但是，目前游记散文却不断被质疑，主要原因在于某些作者将游记写成了观光记、流水账，缺乏韵味。[①]当前许多游记确实问题很多，但正因如此，才更能看出韦野散文的意义。他

---

① 马斗全：《游记散文的现状与前景》，《深圳特区报》，2004 年 10 月 3 日。

的《长城梦影》的对象是中国标志性建筑万里长城，在此，作者没有按照游记的程式来走，而是先说"很早以前，就想以万里长城为题写篇散文，却迟迟不敢动笔"，等到情思难耐，才"终于提起笔来，忽然在梦幻般的印象中思索，摄取着长城给予我的源源不尽的温馨，深深悠长的爱慕，和注满心头的感激"。长时间的酝酿准备，终于厚积薄发，因此，这篇游记显得有力、劲道。作者时而引用古书，品评嘉靖年间翁万达的功绩；时而用民间故事来讲解"喜逢（峰）口"的来历；时而思绪又转到孟姜女哭倒长城的文化意义；最后以"长城，我的思绪从你身边牵回了，我的梦的影子也离开了你那遥远的过去，可是，不知怎的还抑制不住兴冲冲的感激和仰慕，我仿佛又一次听到你告诉我：你建筑的不是怨，不是恨，你建筑的是崇高的爱，你建筑的是文明的诞生"收尾。整体看来，这篇散文游踪并不明显，作者只是把长城当成一个载体，抒发对祖国文明的热爱。游记体中借题发挥的路子古已有之，陈子昂《登幽州台怀古》干脆对登临一事不置一词，直接说"前不见古人，后不见来着，念天地之悠悠，独怆然而涕下"。《长城梦影》也是如此，作者并不在意"游"，而是打破时空，以"感"为主，写出了自己心中的"长城"。有论者说韦野"不但能从生活中开掘那些未经人道的新鲜题材，而且敢于续写那些屡经人道的熟题旧章，却从中翻出自己的新意，写出自己的个性来，与前人之作相得益彰"[①]，平心而论，做到第一点还不算太难，做到第二点，确实不易。就韦野的散文来说，能与前人之作展开"对话"，就是具有胆略的表现。如果说《长城梦影》则主要是抒发感情的话，《柴达木之忆》则主要是记人。作者到了柴达木后，对大戈壁只是略点染一下，很快就切入游戈壁陵园时所听到的英雄事迹。其中有18岁牺牲的杭州姑娘柳惠芳、留学归来献身大西北石油事业的陈贲副总地质师、6岁时遇难的小女孩龚娟。最令人欷歔不已的当属龚德

---

① 王玉祥：《韦野散文论》，见河北省文联文艺理论研究室编：《河北散文论》，花山文艺出版社，1989年，第31页。

尊，她与被打成"右派"的丈夫苦恋 24 年，46 岁做新娘，可是两个月后就以身殉职了。介绍完这些人物后，作者写道："至此，我对柴达木发生惊人巨变，似乎已获得了清晰的答案。它的重重坟墓的碑碣，不仅仅是铭记着过去，也光耀着未来。"这篇游记乍看起来，似乎是英雄人物的传记，但是，想一想全祖望《梅花岭记》就不难明白，就如同史可法给梅花岭增添了光彩一样，柴达木与长眠在其中的英灵是分不开的——这正是以景写人的路子。《名楼赋》写的是自己游览昆明大观楼和岳阳楼的经历，作者把两个不相干的"名楼"放在一起，找出了它们的共同点："名楼为人增志才是真正的名楼。贫莫贫于无志，贱莫贱于无才。愿徒有空名而无益于人者的楼阁，也可以从岳阳、大观的络绎不断的景仰中悟出些什么，也谱一曲传世的绝唱。"作者在这里显然不是以记叙游览对象为主，而是侧重发挥。因此，通观韦野的游记散文，可以发现他只不过是把游踪作为触媒，重要的是借题发挥。90 年代以后，所谓"文化散文"或曰"学者散文"大行其道，都是注重对文化现场的"历史"和"文化"考察。而毫无疑问，韦野的实践正是文化散文浪潮中的浪花。虽然文化散文也遭到严厉的批评①，但是不能否认它对寻求突破的当代散文的贡献。不过，韦野此类散文也有美中不足的地方。相比而言，余秋雨的文化散文总是能独出机枢，韦野的结论有时比较平淡，常常流露出较为简单的"遥接祖国古老文化"的民族自豪感。

韦野另一类散文是知识类的。80 年代中期，王蒙提出过"作家学者化"的说法，赞成和反对者皆有之。不过，应该承认，写散文不一定非要有专门的知识，但是没有对一个问题的深入了解，也只能人云亦云，写不出来能给人启迪的东西。韦野对这一观点也许是支持的，他在《散文创作断想》中对这一问题进行过这样的表述："把科学知识渗透在散文创作里，就能加重作品的分量。思想、情感、知识、情趣，都是意境中的色彩，是浑然一体的，就像'春鸟秋虫自作声'一样富有诗意。"

---

① 王尧：《文化大散文的发展困境与终结》，《新华文摘》，2004 年，第 4 期。

他的散文写作体现着他的这一艺术主张。韦野是一位学者型的作家，他的许多散文有很多专业知识，看得出，他在写的时候是下过一番案头工夫的。这样的工夫就使他的散文具有"含金量"，比起刺激反应式的散文有了些嚼头。从一定程度上说，《酒花的喜剧》就是一篇严谨又有趣味的考证论文，值得一读。作者从一次喝啤酒没有尽兴说起，开始了对啤酒花的探索之旅。常见的说法是酿造啤酒的原料啤酒花产于法国和德国，在中国种植的时间比较晚，产量低质量差，但这并无史料佐证。经过一番查证，韦野终于了结了一桩悬案：原来酒花又叫做蛇麻，是中国故有的花草，并非舶来品。《酒花的喜剧》从一个问题开始，层层剥笋、环环紧扣，在快接近答案时却又陷入僵局，而最终山重水复柳暗花明，成功解决问题，充满理性探险的快乐，而其中的关于啤酒的历史知识和行业知识，更为益智。同样地，散文《灵脂米》也以知识见长。灵脂米是一种中药材，有多种功效，在《本草纲目》和《辞海》中都有记载。但是这种药材究竟是怎么来的？伴随着作者的考察，读者渐渐知道了灵脂米原来是寒号鸟的粪便，并且了解了寒号鸟的习性和养殖的历史。这篇散文可以作为关于灵脂米的百科全书，再夹杂上寒号鸟的传说，读来轻松有趣。许多论者都注意到了韦野散文的这个特征，有人还将其称为韦野的艺术风格："他常常旁征博引有关的知识、故事、传说、轶闻，而这些知识性的材料，无不浸透着作者的思想感情"，"知识融合着主体事物，交织在生活画面里，紧紧扣合着思想核心，形成了思想性、艺术性、知识性相统一的艺术风格"①。周作人的散文就非常注重旁征博引，给人知识熏陶，同时，也渗透着自己的人生感悟。他的《喝茶》谈了中外许多喝茶和吃点心的知识，最终告诉人们"喝茶当于瓦屋纸窗之下，清泉绿茶，用素雅的陶瓷茶具，同二三人共饮，得半日之闲，可抵十年的尘梦"。散文讲究知识，但是也不能一味堆砌知识，还需要以个人性情化之。相比而言，韦野的散文蓬勃乐观，少了些传统的士大夫气，而

---

① 田振庄、朱元庆：《韦野文学创作研究》，内蒙古人民出版社，1999年，第17页。

多了些学究味。

二、郭秋良

郭秋良（1936～　）又名燕迅，河北衡水人，50年代在北京文化单位工作，60年代初到承德工作，曾任承德市文联主席，中国散文学会理事，河北散文学会副会长。主要从事散文和小说创作，散文结集为《热河冷艳》，另有长篇历史小说《康熙皇帝》等作品。

郭秋良散文具有浓郁的承德（热河）印记，也就是说，他的散文选材大多以承德的历史和现实为背景。承德是历史文化名城。建于1703～1792年的避暑山庄就坐落在承德，其占地564万平方米，曾是清代的政治中心之一。1994年联合国教科文组织将避暑山庄收入世界文化遗产名录。承德的自然风光和人文精神给郭秋良留下了深刻印象，他也把承德看成自己的"第二故乡"，并且为自己的故乡而自豪："每当我漫步在被称为'塞上明珠'的古典皇家苑林——避暑山庄，金碧辉煌的外八庙，或信马由缰在塞罕坝上的木兰围场，或登上雄伟壮观的金山岭长城时，我都看到络绎不绝的中外旅游者敬佩的目光，听到他们惊赞的话语。我从来没有这样自豪过——应该大书特书的东西太多了。"[1]正是缘于这份自豪，郭秋良"大书特书"，创作了许多以承德为背景的作品，其中有中篇小说《燕山群星》（河北人民出版社，1975年）、《避暑山庄史话》（中华书局，1982年）、长篇历史小说《康熙皇帝》（花山文艺出版社，1986年）等。他的关于承德的散文篇什，是这些工作中的一部分。在全球化潮流下，文化多样性的问题得到了前所未有的关注。郭秋良对承德风物、文化的描写，就成了河北当代散文史上风格独异的一面旗帜。关于承德避暑山庄文化的内涵，郭秋良认为，以避暑山庄文化为主，包括木兰围场、雾灵山、金山岭长城、白云古洞、辽河源头等外围文化在内，组成了大避暑山庄文化，这个大避暑山庄文化的主导精神不

---

① 燕迅：《热河冷艳·后记》，百花文艺出版社，1985年，第167页。

是燕赵平民文化的慷慨悲歌，而是明显带有清代前期康乾盛世时期影响的顺应历史潮流的推动历史前进的开拓进取和吸纳开放精神。[①]在这一点上，将他与本省孙犁笔下的保定白洋淀文化、山西赵树理笔下的三晋文化、陕西贾平凹笔下的商州文化相比，也不遑多让。关于郭秋良对弘扬承德文化的贡献，有论者给予过高度评价："郭秋良是第一个把皇帝作为主人公写进长篇小说的作家，第一个用文学形式揭示避暑山庄及外围的风景中所蕴藏着的中国历史文化的人，第一个提出大避暑山庄文化这个全新概念的人，第一个举起山庄文学旗帜的人。"[②]应该说，郭秋良在散文及其他领域（小说、电视剧）对承德文化的标举不论目的如何，确实起到了弘扬的作用。

关注地域文化，难免会被认为没有宏观视野，但是，郭秋良的散文有效避免了这一问题。对自己的故乡，赞美并不困难，难的是能够有所批评——并不是怒其不争，而是超越地域意识的限制，具有相当的客观性，也就是说，有一种外乡人的审视的眼光。即使已经有鲁迅的《故乡》在前，但能做到这一点并不容易。在《金山岭长城》中，郭秋良写了金山岭长城的雄伟的外观，追溯了其建筑的历史，接着引用康熙对长城的评论说明城墙不能阻挡外敌，人心才是真正的长城的道理。长城无疑是传统文化的重要象征，而郭秋良对长城作用的剖析，正是他对待传统文化的态度。关于这个问题，会牵扯到更多的内容。这里只能说，对传统文化的探讨已经不是一个概念层面的问题，而是一个历史层面的问题。已经有论者指出，郭秋良的散文中表现出"文化弘扬意识和忧患意识"，并认为他的散文中存在一个民族文化心理的"二律背反"，"一方面力图通过对民族文化心理的弘扬，来强化建立在传统文化基础上的民族自尊感；另一方面，又抑制不住因过来不久的一段严酷现实和外来文

① 郭秋良、王玉祥：《风雨非常三百年——关于大避暑山庄文化的对话》，《承德民族师专学报》，2003年，第3期。

② 周亚新：《郭秋良和他的"文化山庄"》，《中国文化报》，2001年2月22日。

化冲击而形成的危机感"①。这段论述揭示了郭秋良对于地域文化的复杂态度，需要补充说明的是，郭秋良并没有在"二律背反"的状态下焦虑和犹豫，而是以"乐观积极"的态度来展望民族文化的未来。在文章结尾处作者写道："我们没有忘记中国的昨天。我们珍惜和热爱中国的今天。我们满怀信心地创造着中国的明天。"朴素直白，几乎没有文学味道，但正可以看出作者急于表达的激情。余秋雨的散文《一个王朝的背影》也是写避暑山庄的，相比起来，除了有一种批判的态度之外，还掺杂了更多的悲剧意识，这或许是因为余秋雨并没有把承德作为故乡来描写的缘故吧。

郭秋良的散文注意提炼语言，他善于把古诗意境和前人的语言方式巧妙糅合到自己的语言里，在典故的碰撞中，产生一种"对话"的效果。荷花出淤泥而不染，为花中君子，历来是文人墨客吟咏的对象，想要翻出新意，是很困难的。郭秋良并不畏难，在写荷花时，集各家所长于一身，巧妙化用，写出了一幅优美的赏荷图：

> 随着时间和气候的转换，她给人的美感也是变化无穷的。当朝霞万朵染红了东方的天际，塞湖的红荷就把红霞的艳丽摄取来了。你看吧，这时塞湖满湖流丹，竟如一片红云迷恋湖上；当阴云飞聚，山雨骤至，那雨点密密层层落在一湖红荷上的时候，湖上顿时烟雾迷蒙，荷花则躲进了薄薄的白纱中，这时她仿佛羞涩了，想避开游人那贪馋的目光。傍晚，雨过天晴了，山庄秋风徐度，塞湖水波潋滟，水中的红荷呢，大概是因为岸上的游人稀疏，她开始在秋风中尽情地欢舞，那丰姿是千娇百媚的。而在此时，她体上的幽香就最浓郁的飘散开来。你不用去特意捕捉，就会感到清香扑鼻。然后，她就会在你的身边萦回。这时，你会觉得空气里弥漫着荷香，就连衣服的皱褶

---

① 晓明：《回归与超越——郭秋良散文创作论》，见河北省文联文艺理论研究室编：《河北散文论》，花山文艺出版社，1989年，第265页。

里，弯曲的袖筒里也贮满了香气。①

在这一段里，承接了苏轼诗中"若把西湖比西子，浓妆淡抹总相宜"的哲理，学习了朱自清《荷塘月色》的语言，化用了范仲淹《岳阳楼记》的神采，经过自家点染，成为一段可以反复吟咏的美文。

在郭秋良的散文中，还有为数不少的游记。总体来说，只要是关于避暑山庄的，他就能把历史掌故、现实状况同故乡情思结合在一起，而其他题材的散文，则常常干涩空洞。避暑山庄对郭秋良如此重要，离开了避暑山庄，他的其他散文就像失去了魂魄一样，缺乏了大气和灵气。

三、尧山壁

尧山壁（生平见第三编）是燕赵诗群的代表性诗人之一，后期创作专攻散文。代表作有《母亲的河》、《理发的悲喜剧》等名篇。主要散文集有《母亲的河》、《逍遥游》、《域外游记》、《天地父母心》等。

考察一个散文家的成就，不能不注意其理论建树。一个优秀的散文家一定会对散文有其独特的理解。尧山壁先写诗，转而写散文，对诗歌和散文的区别，进行过理论探索。他在《散文应有独立的旗帜》中辨析过两种文体的区别："散文毕竟有自己独立的旗帜，它所呈现的应该是其他艺术门类无从呈现的果实。相对诗歌来说，它更切近生活，更洒脱，更富人间味儿。生活的沉实感正是散文之所长。"又说："诗推重的是'意外之象'的真实，而散文推重的却是人格和文格的真诚，彼此难以取代。"这段话可称是尧山壁的散文变体论。为文以变体为先，是传统文章学和写作学的一向主张。宋人倪思甚至说："文章以体制为先，精工次之，失其体制，虽浮声响切，抽黄对白，极其精工，不可谓之文矣。"虽然钱钟书在《管锥篇》中对此说提出异议，认为"盖文章之体可辨别而不堪执著"，"名家名篇，往往破体，而文体亦因以恢弘焉"，

① 燕迅：《热河冷艳》，百花文艺出版社，1985年，第24～25页。

但是，应该承认，即使在强调跨文体的当代，也应该首先了解各文体间的差异。尧山壁观察散文时，拈出"生活的沉实感"和"人格和文格的真诚"，实在是窥破门径之论。其实，尧山壁提出的散文观并不新鲜，只是对"生活是艺术的源泉"和"文贵情真"换了个人化的表述而已，不用征引，就知道是散文理论中的常见说法。

当然，理论是灰色的，也是简单的，而把真情贯注在散文中，不是每个作者在每篇散文中都能做到的。从个人经历看，尧山壁是一位烈士遗孤，父亲在他刚出生的时候就牺牲了，由寡母将他拉扯成人，因此，他对母亲有着强烈的感恩之情，为此数次放弃去大城市工作的机会，只为离母亲近一点，能够随时照顾她。《母亲的河》写的就是作者眼中的一位伟大母亲，读之令人不断想到朱自清的《背影》。尧山壁写母亲如何将自己抚养大，又如何抚养了孙子孙女，如何到城里来因为不适应又回去，一件件如话家常，此时不需要讲究技巧，也不需要掩饰和回避，只是信笔写来就行，需要的仅仅是真实的情感，而儿子面对这样的母亲，怎么会有虚假的情感呢？文学家伪饰的本领，此时最难施展。因此，《母亲的河》获得成功也在预料之中。真诚是做好抒情散文（假如把散文再分为偏重抒情和偏重说理两类的话）极为重要的条件，散文史上，很多怀人散文——尤其是怀念父母的——都非常出色，恐怕就是这个原因。尧山壁对母爱的感激体现在他的许多并不是以写母亲为主题的篇什中，因此是互文性的。在《害怕回乡》中，作者写了自己吃百家饭长大，工作后面对家乡父老的要求，有时候力不从心，怕老乡去母亲面前告状，因此很少回家了。道是无情却有情，没有对母亲和乡亲的真情，是很难体会到这种滋味的。尧山壁对故乡也有一颗拳拳之心，写了不少散文来彰显故乡的人文风物。他的《北方紫金山》写了故乡的紫金山的风景及历史，感叹无人朝拜，最后呼吁："时至今日，难道还不应该为紫金山'落实政策'，还其本来面目吗？"从他的文章中可以看出，尧山壁对母亲、对乡亲、对故乡有着割舍不断的情思，这正是他散文源头的活水。

尧山壁推崇的是有真情和生活感强的散文，他重要的散文作品都是自己散文观的直接注解。《理发的悲喜剧》以自己一生关于理发的事件为线索，从一个侧面写了人生的酸甜苦辣。作者开篇说："理发，虽然对于一般人像吃饭穿衣一样习以为常，可是对于我，却有极不平常的经历，是一出多幕的悲喜剧。每次理发，它总在我头脑中重演一次，过一次电影。"开头先写小时候母亲为了"我"不受罪学会了理发，又写到在大城市唯一一次不快的理发经历，最后写到妻子也学会了给"我"理发。《理发的悲喜剧》传达出复杂的人生况味，有母亲对儿子的爱、有少年青春期的心理萌动、有乡下青年到城里的自卑、有妻子对丈夫的体贴，这些内容又都集中在理发这件日常行为中。同时，孩提时代头上胎毛理成的"小桃"和歇顶后头上"桃"形形成的视觉对比，又构成了人一生的历史轨迹。在这里，"理发"与其说是一条线索，不如说是触媒，从此引申出作者许多人生感慨，因此，这篇散文很难称得上是一篇精心结构之作，而是一触之下、百感交集的结果。有论者指出，这篇散文"用笔幽默，时时令人忍俊不禁"，同时又有"一丝忧虑和抑郁之情"①，这个分析是不错的，但是，细读之下，作者传达出的绝不止这两种情感，还有对母亲的感恩、对青涩岁月的怀念、自尊心受伤害时的屈辱、对老伴的柔情、对历史沧桑的喟叹……这些情感扑面而来，作者似乎也来不及细细整理，干脆就和盘托出。从这篇散文中，确实可以见到尧山壁所说的"生活沉实感"，即就是真情实感。关于散文的韵味，贾平凹在一篇文章中将其称之为"有意思"："我们经常说某篇文章'有意思'，这'意思'无法说出，它是一种感觉，混杂了多种感觉，比如嗅觉、触觉、听觉、视觉。由觉而悟、使我们或者得到一种启示或者得到愉悦。这一类散文，它多是多义性的，主题的模糊，读者可以从多个角度能进

---

① 孙昌：《情思绵绵创新篇——谈尧山壁的散文》，见河北省文联文艺理论研究室编：《河北散文论》，花山文艺出版社，1989年，第108页。

入的。这类散文，最讲究的是真情和趣味。没有真情，它就彻底失败了，而真情才能产生真正的诗意。"①贾平凹与尧山壁是在谈同一问题，可谓所见略同。相比其他文体，散文确实不需要太多技巧，技巧多了反而像杨朔一样，容易露出破绽，把想说的话说完，有时候就是一篇上佳的散文。当然，这种状态也是可遇不可求，只能妙手偶得。尧山壁的《理发的悲喜剧》的功力和魅力，很大程度上就在于此。

尧山壁的散文中，有不少小品文。这些小品文都可以叫做问题小品文，因为作者写的时候，都是针对一定的问题，读来总是有所收益。范仲淹的《岳阳楼记》是古典散文名篇，其中的"先天下之忧而忧，后天下之乐而乐"更为国人熟悉，而他却没有到过岳阳楼，这同通常的文学理论所说的感同身受、深入生活等无疑是相悖的。尧山壁《范仲淹没到过岳阳，〈岳阳楼记〉属闭门造车?》抓住了这个事件的有趣之处，层层剥笋，得出"写作之妙，在于扬长避短"的道理。且不管结论如何，此文短小、精悍、充满理趣。

第二节　刘章　韩羽　李文珊

一、刘章

刘章（生平见第三编）是著名诗人，但也有不少散文行世。代表作有《归家忆》、《风筝魂——怀念舞蹈家周树堂》、《杏子》等，结集有《刘章散文选》、《锄光笔影》等。

刘章的散文中多关注人与人之间的情感，亲情、友情、爱情都在他笔下焕发了别样的光彩。他自己在《话说散文》中谈到感情与散文的关系时说："散文的灵魂是感情，是真情实感。所谓真情就是坦吐自己的心曲，展示自己的灵魂色彩"，"不掺半点虚假"。能否写出好的散文，

---

① 贾平凹：《贾平凹：我对当今散文的一些看法》，《中华读书报》，2003 年 7 月 23 日。

很大程度上在于能否真正面对自己的感情，当然，还需要一些文学技巧。刘章的散文有情感但不情感泛滥、有技巧但不玩弄技巧，平淡中和，是情感和技巧结合得比较好的例子。

《归家忆》写的是自己的妻子。夫妻之间本来十分熟悉，尤其是多年夫妻，往日的激情已经变成相互偎依的亲情，而且家长里短、鸡毛蒜皮、锅边碰马勺，各家都相似，以此为题材，很难写出日常生活中的夫妻感情。散文史上，如果丈夫写妻子，可能就是两人间发生了什么重大变故。还有一种小品文，专写怎样怕老婆，为的是笑料。刘章的《归家忆》写的是夫妻之间的相互体贴，一无催人泪下的事件，二无掷地有声的语言，却将夫妻情演绎得缠绵悱恻。作者选取了和妻子两地分居时回家的一个场景，写了妻子对丈夫的惦念。作者并没有平铺直叙，而是转换了一个视角，将夫妻感情放在孩子的眼中："几个孩子看着我俩笑得像蜜篓儿，跟看戏似的。"这样，夫妻间的互相体贴成为"被看"，别开生面。《风筝魂——怀念舞蹈家周树堂》是一篇悼亡散文，写的是朋友间的友情。在这篇散文中，弥漫着淡淡的悲哀。从文中的介绍来看，周树堂献身艺术，但是个人生活却很不幸。作者虽与他并无深交，却满怀着对他的同情。在写法上，作者运用了第二人称，如同与老朋友当面谈心，颇能动人，最后作者写道："老周，在两三年后的今天我才呶呶絮语，你不会嫌晚吧？我想，人去之后的真诚忆念，是胜过人在之时的假意奉承的，你说呢？"一个疑问，将全文的情感推向高潮，戛然而止，留下袅袅的余味。相比起来，《杏子》中的意韵更为复杂。散文以一个故事为经，写李义的妻子被人骗奸，发了疯，看了许多医生都没有治好，结果因为吃了半筐杏，呕吐完之后恢复了神智，从此李义承包了村里的荒山，全种上了杏子。初看起来，这个故事只是乡野传闻，但是细细分析，却包含了相当多的民间故事成分，配合上作者对杏子的赞美，整篇散文显出浓郁的民间味道。

可能因为专攻诗歌的缘故，刘章的散文中时时插入诗歌，有时是引用古诗，有时是自己的作品。这是他散文独具特色的地方。他在《归家忆》结尾化用李商隐《夜雨寄北》中的诗句曰："君问归期未有期，/今宵深夜忆昔时……/荆钗蓬鬓多辛苦，/一片深情我自知。"深化了情感。在《杏子》中开篇就是自己的咏杏诗："二月开花在野岗，/霜天万里一枝芳。/春风呼唤风千树，/疑是云霞却有香。"则为全文定下了基调。在散文中夹诗，一不小心，就会破坏气氛，成为赘疣，好的诗则能为散文锦上添花。刘章散文中的诗作显然是后一类，在这些诗作中，作者并不是逞才任气，而是紧紧与散文内容相应，烘托了文章氛围，因而，为刘章的散文平添了一种诗人的浪漫气息。

二、韩羽

韩羽（1931～　），山东聊城人，1948 年开始从事美术创作、教学工作，现为中国美术家协会理事、河北省美协名誉主席，出版有《韩羽画集》、《中国漫画书系·散文卷》、《闲话闲画集》、《陈茶新酒集》、《杂绘集》、《韩羽小品》、《韩羽杂文自选集》等。韩羽为美术家，但也有不少散文和杂文，代表作有《豆棚絮语》、《韩羽杂文自选集》等。曾获第一届鲁迅文学奖。

韩羽的散文，喜欢从自然现象中挖掘哲理。可能与画家的思维方式有关，韩羽散文中的哲理有明确的指向，那就是美学原理，而贯穿韩羽的美学原理的主题，就是"间距"理论。他的《豆棚絮语》，写自己第一次去五台山时，在门缝里看到一座殿堂里的神像，觉得美不胜收，日夜思念五年，待第二次再去的时候，从正门而入，却觉得神像呆板平庸了。作者思之，终于悟出是由于"朦胧暗弱的光"捉弄了自己，接着说："这些现象和道理，还是留给心理学家和美学家去探讨，我还是在朦胧光色的捉弄中追寻那些即使是虚幻的美感吧。"关于这个问题，显然可以用布洛著名的"距离说"来解释。不过，韩羽并不过多追究哲理的深浅，而是从美学感悟的角度，去领略自然现象。

　　韩羽的散文对哲学思考保持了一种"点到为止"的态度，颇得传统文化意在言外之精髓。《草色遥看近却无》从韩愈的名句说起，接着援引齐白石"似与不似"和朱光潜"不即不离"的说法，探讨了美学上"间距"的问题，最后说："无论诗人，或是哲人，无论艺事，或者人事，甚至物事，都与'间距'二字不可或分，而如何去认识并恰到好处地把握这'间距'，则大有说道，大有学问，绝不像'遥看''草色'那么容易。"将"间距"美学应用到人事、物事中的学问，的确是不可言传的，作者行文到此戛然而止，留下空间——也是"间距"哲学的表现之一吧。韩羽的"间距"美学并非只是纸上谈兵的理论，而是有着实用价值，这是难能可贵的。他在《就"两溜青篱"谈园林之趣》中谈及美学问题，也用了"间距"美学，并说："'不即不离'诱使欣赏者处于两者'夹缝'之间，受着两类事物的交错感染"，"既是相辅相成，又是相斥相背。'不即'，则为以免混淆而失去一方；'不离'，则易突出各自特色。'不即不离'即不远不近恰到好处之谓。"这可以看做是韩羽对"间距"说的理论阐释。

　　韩羽散文中的议论之所以能够独出机枢，是因为他注重与前人对话，将自己的思考放在一个思想脉络中考察。读他的散文可以感到他深厚的古典文学功底。他很少空洞论述，每有所论，必有文献资料支撑，读来可以增长见识，扩大视野。例如，他谈"间距"在人际关系上的表现，先引述弘一法师的"君子之交，其淡如水"，然后引顾炎武"弥亲弥泛"来反证，最后引王士禛《池北偶谈》来说"水"和"君子"的相似处。相对而言，很多散文家过于相信自己才华，对他人成果视而不见，结果自以为发天下之未发，却不知前人早已有结论在先，落入窠臼。而韩羽的散文，则旁征博引，层层深入，得出自己的结论，而没有深厚学养是无法为之的。

三、李文珊

　　李文珊（1929～　），出生于河北，1959 年从山西到西藏工作，先后担任《西藏日报》总编辑，中共西藏自治区党委常委、宣传部长、自治区党委副书记，在西藏工作了27年。1986年到河北任省委副书记，后任政协主席。在公务之余，李文珊不断进行文学创作，结集出版有散文集《李文珊散文集》、《海外漫游》、《难忘西藏》，小说集《第八极人》和小说、散文特写集《西天佛地》及报告文学集《金梁和玉柱》、《高原春秋》。整体而言，他的创作成就主要集中在散文创作上。

　　因为长期生活在西藏的缘故，西藏成为李文珊文学叙事的主要题材来源。李文珊的作品反映了西藏在新中国成立后的巨大变化。他早期的作品《血海怒》是一篇报告文学，以真人真事为蓝本写成，通过列麦乡近百年的故事，真实记录了西藏近代以来社会面貌的变迁。《血海怒》记录了西藏独特的政治经济形态，如农奴对主人的人身依附关系、寺庙对民众的剥削等，虽然带有当时时代的某些阶级斗争思维方式的印记，但具有相当高的史料价值。尤其是通过细节渲染，如老爷因为娶了两个妻子而狂欢和女奴为喝一口水而哀号的场面的对比，显示了当时西藏极其突出的社会矛盾，预示了革命风暴的来临。李文珊写这些作品固然一方面出于宣传工作的需要，另一方面也客观展现了西藏和平解放前后社会生活的巨变。应该说，如同50年代闻捷在新疆创作的《天山牧歌》一样，李文珊创作的初衷源于工作需要，但是由于其文学才能高于一般记者，才使他的创作超越通讯，成为文学作品。

　　李文珊对西藏的生活习俗、民风民情有很深的了解，他的西藏题材作品体现出了浓烈的民族特色。其小说《第八级人》中写了藏族的很多风情，如新年前夕制作供品、大年初一颂唱吉祥以乞讨施舍、家家户户在屋顶燃放松烟、跳神抗旱等，都很有民族特色。"折嘎"是藏族一种唱舞结合的艺术形式，在《第八级人》中，他把大年初一唱的"折嘎"颂词做了改动，借艺人巧格桑的口，表达了对新生活的赞美："哈哈，不弹无弦的琴，不唱无头的歌。要问折嘎我从哪里来？折嘎我从天上来。今天是个大喜日子，我给你们道喜来了。祝你们吉祥如意，福禄俱全，妈妈长得胖，身体健康，永远平安，时来运转，明年这个时候必定更加圆满。"正是由于李文珊小说中包含着浓郁的藏族地域特色，所以有评论者把他的创作风格与山西"山药蛋"派作对比，并认为："李文珊在西藏的文学创作既保持了与'山药蛋'文学一脉相承的乡土文学特色，又散发出藏民族酥油糌粑特有的芳香，是二者杂交所孕育出来的具有旺盛生命力的变种。"①这一论断是有见地的，李文珊的西藏题材作品不是对藏文化浮光掠影的展示，而是将其作为一个背景，其生命力显然更为强劲。说李文珊身上具有西藏情结也不为过，进入21世纪，在内地生活了多年以后，在西藏和平解放50周年之际，他又出版了《难忘西藏》，继续书写自己的西藏记忆。

李文珊还有一类作品是域外见闻。由于工作原因，李文珊多次率团出访，在世界许多地方留下了足迹。域外见闻类的文章不易，尤其是在资讯发达的今天，只是一般性介绍名胜古迹肯定难以吸引读者。李文珊大概意识到了这一点，他写一地，从来不就事论事，而是生发开去，融历史和现实为一炉，纵横捭阖。从这一点说，其完全符合游记散文的体例。正如有人所论述，构成游记文体的核心要素包含所至、所见、所感三方面，所至即作者游程；所见包括耳闻目睹的山水景物、名胜古迹、风土人情、历史掌故、现实生活等；所感即由所见所闻引起的所思所想。②《敲钟人今何在》可谓李文珊游记散文的代表作，写了游览巴黎圣母院的经历。他先从建筑物的外观写起，接着写到卡西莫多对艾丝美拉达的爱情，最后以"花都"巴黎的乞讨者结尾。这篇散文可以体现出李文珊游记散文的特色：一是由眼前景物拓展思路。但是，李文珊毕竟不是学者，他的议论和联想，稍嫌平淡。如果将他这类散文与余秋雨《文化苦旅》中的散文相比，这一点更明显，当然，即使是余秋雨也被

---

① 李佳俊：《探索高原民族的奥秘——论李文珊在西藏的文学创作》，见王畅、龚殿舒：《李文珊创作研究》，花山文艺出版社，1997年，第24页。

② 梅新林、俞樟华主编：《中国游记文学史》，学林出版社，2004年，第2～3页。

批评存在类似问题——所谓学养也是相对的。二是经常将西方现实与中国作对比，从中不断发现中国的优越性，这也是他作为一个官员进行写作的时候不能不带有的一个题中应有之意。但是，这些抒情有时有些生硬。在《历史的车轮仍然转动着》一文中，作者写了参观保加利亚共产党员季米特洛夫陵墓后的观感，在追述完季米特洛夫的历史功绩之后，作者抒发感慨道："走下白色的大理石台阶，抬头忘去，天很蓝。我不禁想到此时祖国的天空也这样明净。祖国的人民也会像我一样被季米特洛夫所感动。因为我们和他有着共同的信仰，共同的目标，我们也要像他那样为了信仰义无反顾地去奋斗。"这样的抒情显然有些做作。在李文珊的游记散文中，《在东瀛讲故事》可以一读。这篇散文写作者访问日本时在宴会上讲了一个中国故事，而日本朋友注意到日本民间也有类似故事，中日之间文化的相通之处从中可见一斑。这篇散文打破了游记散文的套路，从比较故事学角度探讨了两国间文化的关联，带有一定的学术研究意味。

李文珊的散文注意对语言的锤炼，在描写景物时，尤其注意长短句结合，错落有致，如"蝉鸣。蜂拥。蝶飞。汽车朝着东南方直转急下，一边是翻银滚玉的桑昂曲河，一边是遮天蔽日的大森林……"（《西藏的东南角》）不过，这样的段落在李文珊的散文中是比较少见的，总的来说，他的语言质朴，较少做作，但是准确干净。

李文珊的散文创作也有一个前后期的变化。有论者指出，李文珊的散文在五六十年代的时候，多属于纪实体，带有较强的通讯、特写色彩，特点是以人物为中心，敷陈故事，而到了80年代，开始注重意境的营造、情思的抒发，增加了散文的审美价值。[①]论者的发现确实具有独到眼光。这种现象其实并不难理解，李文珊的写作是以完成革命任务而开始的，然后逐步过渡到对文学本体的审美表现。这一审美嬗变是解

---

① 余树森：《为时代留影——读〈李文珊散文集〉》，见王畅、龚殿舒编：《李文珊创作研究》，花山文艺出版社，1997年，第165页。

读李文珊作品的关键，也是理解横跨革命年代与建设年代的很多作家的关键。如果要对二者作一个比较的话，李文珊前期的散文尤其是藏族题材的散文虽然较为粗粝，但是散发着浓郁的异域和生活气息，后期的散文艺术手段上已经比较纯熟，但是由于多为修身养性之作，反而在艺术质量上低于前期。

第四章　河北女性散文家

第一节　铁　　凝

铁凝（生平见第二编）在写小说的同时，也创作了为数不少的散文。在1996年的《铁凝文集》中，散文占据了五分之一的篇幅，足见它在铁凝创作中的地位。

铁凝虽然是一位小说家，但是对散文理论也进行过探索。她在散文集《女人的白夜》的"写在卷首"中，从发生学的角度谈了散文出现的原因，她说："在我看来，世上所有的散文本是因了人类尚存的相互惦念而生，因为惦念是人类最美好的一种情怀。人类的生存需要相互的惦念，最高尚的文学也离不开最凡俗的人类情感的滋润。"①铁凝在这里拈出一个"惦念"的概念，并把它作为散文发生原因，虽不无偏颇，但却有独到之处。在一篇散文《散文河里没规矩》中，铁凝谈了她对散文文体及特征的看法。稍做归纳，有如下两点。其一，散文不讲章法而有章法。铁凝用姑娘、媳妇在拒马河（河北太行山区）里可以随意裸身洗澡来做喻，认为"散文是一条没有规矩的河"，"在这条河里游着的男女，你和衣而卧或许并无人说你文明；你赤裸着而立，顶多也只会招来几声笑骂，你还会把笑骂愉快地奉给对方"。这是说，散文门槛不高。而同时，不是什么文字都可以叫做散文的，因为"那些裸着自己下河的女人连脱衣服都脱得有章有法"②。这又是说，散文文体有着自己内部的约束力。这个看法与闻一多认为诗歌应该"带着镣铐跳舞"有共同之处，都

---

① 铁凝：《写在卷首》，见《铁凝文集》（五），江苏文艺出版社，1996年，第3页。
② 铁凝：《散文河里没规矩》，见《铁凝文集》（五），江苏文艺出版社，1996年，第219页。

谈到了文艺作品的特性。铁凝用洗浴风俗为例，颇为生动形象，与闻一多的比喻相映成趣。其二，散文应该追求整体的独特风格。铁凝认为，"章法之于文学，如果可做形式感解释，那么形式感就标榜着一篇散文独具的韵致和异常的气质"。铁凝把这个形式感称为"联合体"，并认为朱自清和丘吉尔都懂得"联合体"的重要，于是"在散文这条没有规矩的河里找到了各自的规矩"[①]。铁凝并非散文理论家，她的"联合体"理论也没有在其他场合被提及，或者，她也无意建立一个散文理论体系。但是，从中我们还是可以了解到铁凝对散文的独特理解。也就是说，她认为一个散文家应该有一个自身独具与众不同的东西。把铁凝的上述看法放到20世纪散文理论建设的背景中，不难看出其独特价值所在。中国现代散文理论并不发达。刘锡庆认为，现代散文是在对古典散文的革命发展和对英美散文的批判继承基础上发展起来的，因此在它的理论建设中，"范畴论"和"特征论"都没有"文体净化"，并无一定之规。[②]因此，在这样的背景下，提出任何散文理论都是可以的，同时，也提醒着散文作家需要创新意识。铁凝以独特的散文理论和创作丰富了20世纪的中国散文。

　　铁凝散文一个很重要的特点就是善于抓住并描摹出自己和他人情感交流的瞬间，在此之际，反省自己的生存态度。《风筝仙女》写自己有一个仙女形状的风筝，非常普通，在放风筝时线断了，于是跑了很远，在一个猪圈顶上找到了它。作为一位小说家，她特别注意观察生活中异于常态的情景，里面带有铁凝强烈的个人风格。铁凝的"风筝仙女"是实实在在地存在于自己生命之中的，她因为这个风筝上写着"河北邯郸沙口村高玉修的风筝"，"直来直去"，商业味道遮不住拙朴，买下了它；而掉线后，又"历尽艰苦"找到它。按照常理，风筝掉线了，又是一个普通风筝，并不需要花费太多精力了。而铁凝偏不这样，她一定要找回

---

① 铁凝：《散文河里没规矩》，见《铁凝文集》（五），江苏文艺出版社，1996年，第219页。
② 刘锡庆：《现代散文"理论建设"的回顾和反思》，《海南师范学院学报》，2000年，第4期。

来。这篇散文写的是一种情绪，如同铁凝在文中所说："这纯粹是仙女和我之间的事，与别人无关。"为了自己喜欢的东西，情愿不顾常理，付出更多的代价，在《香雪》、《秀色》这些小说中，类似的主题也同样存在。在这里，已经并不是要不要把风筝找回来的问题，而是"我"一定要找回自己面对生活的方式，一个简单的找风筝事件就变得复杂而有韵味。《三月的一个晚上在福州》也抓住了这一情绪。"我"在福州开会后，因为行李多，一位赞助了会议的农民企业家陪"我"去买编织袋，并坚持为"我"付了款。因为对方的热情和坦诚，"我"不便发火，但他的越俎代庖又伤害了"我"的自尊和虚荣，于是"我"虽然感激着对方，却不想跟他说话，一直尴尬沉默到回到宾馆。这篇散文同样讲了一种情绪，其夹杂缠绕的程度，还要胜过《风筝仙女》。除却一些复杂的情感体验，铁凝在散文中还着意挖掘情感中美好的一些东西。《罗丹之约》写自己去北京看罗丹雕塑展，与其他朋友不期而遇的经历，显示了人心灵中共通的一面，即对生活和艺术的热爱。《惦念》写一位善良本分的乡政府食堂的做饭师傅，从生活小事中看出，他是以自己的淳朴和憨厚对待他人和社会。这些篇什充满了温情，显示了铁凝思想的另一翼。作为一位小说家，铁凝以对人性中"丑"的一面的深入挖掘而知名，但是她也不是不能体会到人性中美好的一面。其实，人性本来就是有两面性的，而一位思想健全的作家，就是要同时看到这两面。但是，相比较而言，作家们或着重真善美，或着重假恶丑，能够具有如此平衡眼光的并不多见。

铁凝散文中有一些作品是记人的，从她看人的眼光中，可以看出铁凝对待他人的态度。一般而言，所记人物都是自己较为熟悉的，为尊者讳，为友则免不了客气，这是人之常情。但是铁凝并没有打着公允的旗号去记录别人的优点，而是抱着欣赏的眼光看待对方。对此，铁凝说："我对给他人写传记一直持谨慎态度，我以为真正理解一个人是困难的，通过一篇短文便对一个人下结论则显得更加滑稽。但我毕竟写了一些对他人的印象，我最大的收获是在这样的写作中，能有机会欣赏并汲取他们精神上那不同美丽的地方。"①虽然铁凝知道，每一个人都有缺点和不足，但是，看取一个人的时候，她还是专门注意到对方身上美好的部分，这是铁凝记人散文的特色。在这些散文中，铁凝常常能够通过一个实物、一个场景勾勒出人物的一角。在《孙犁与纸》中，铁凝记叙了与老作家孙犁的交往，而切入点竟是再平常不过的纸，她写了孙犁是如何的珍惜纸张，显示出一位文坛巨擘生活中的另一种风采，读来使人对孙犁又有了另外层面的了解。《醒来的独唱》记叙的是河北女作家何玉茹，铁凝抓住与何玉茹第一次见面时的印象，表现了何玉茹善于在热闹中模糊自己的特点。铁凝的记人散文中规中矩，与她一贯视角刁钻的小说风格迥异，艺术中对人性的拷打逼视与生活中的宽容温婉在铁凝身上得到了奇妙的结合。

铁凝以小说为主业，并不主攻散文，正是这种偶尔为之的边缘心态，使她并没有更多在意散文的"规矩"，写出了出人意料的好作品。铁凝的几篇较为优秀的散文，就是这种心态的结果。《你在大雾里得意忘形》写"我"在大雾里忘掉了平日的温文尔雅，去除了"伪装"，自由自在地行走。"我"一会儿模仿老太太赶集，一会儿模仿老头走路，一会儿扭秧歌、时装表演，一会儿装作小疯子、醉鬼，待大雾散去，又以"正确"的步伐奔向目的地。这篇散文写一位淑女的小小放纵，欢快活泼，尤其是在雾中迎面到了一位姑娘，二人相视一笑，更添情趣。对生活场景捕捉和描摹得如此细致，对现代人心态把握得如此精微，确实读来让人过目难忘，当属铁凝散文和当代散文中的精品。另外，《面包祭》也可圈可点。《面包祭》写父亲在"文化大革命"时期的饥饿岁月中执著学习烘烤面包技术的事，父亲对面包技术的迷恋与当时时代形成了强烈反差，震撼人心。还有一篇散文《告别伊米》，写自己一家人与一只叫做伊米的小猫的故事，流露出浓厚的亲情。这篇散文在铁凝的散

---

① 铁凝：《写在卷首》，见《铁凝文集》（五），江苏文艺出版社，1996年，第2页。

文中几乎是篇幅最长的，可见作家内心中对伊米的情感，而一个对动物都能有如此爱心的人，对生活和他人的态度自不待言。

第二节　梅洁　张立勤

一、梅洁

梅洁（1945～　），湖北郧阳人，大学毕业后到河北张家口工作，1981年开始发表诗歌、散文、报告文学等文学作品。主要作品集有《爱的履历》、《女儿的情结》、《一种诞生》、《苍茫时节》、《并非永生的渴望》、《大血脉之忧思》、《古河》、《大江北去》等。曾获第二届鲁迅文学奖，徐迟报告文学奖。

按照林语堂的说法，"宇宙之大、苍蝇之微"都可以作为散文的写作题材。具体说来，从作者选择何种题材，还是能够看出其关注范围和禀性气质的。梅洁的散文有很多取材于自己的日常生活，或者说，是自己历史和现状的真实记录。在可作为她代表作的散文选集《并非永生的渴望》中，大多数内容都是有关故土、父亲、母亲、丈夫、儿子、同事、童年的。从选材角度看，梅洁散文同"小女人散文"别无二致。"小女人散文"具有温婉细腻、休闲时尚的特点，表达的是小资女性的小感悟，但是，梅洁散文并不那么精致，而是带有很多野性，与"小女人散文"不同。

梅洁前期书写个人生活的作品多是自己生活经历的实录，没有经过刻意加工，也没有灌注"深刻"思考，一切都是按照原先的样子平铺直叙，甚至连抒情都是那么直接、朴素。有论者在评价梅洁这个时期的散文时，认为"她的许多作品都袒露着真诚和朴实的爱恋，包含着心声与天籁的交响"[①]。《我寻找属于我心灵的歌》从自己出生写起，回忆了走

---

① 韦野：《美在情中蕴》，见《河北散文论》，花山文艺出版社，1989年，第279页。

上文学创作道路的过程，使我们看到一个出生在鄂西北，受"出身不好"的父亲牵连，15岁就离开家外出读书，大学毕业后在塞外坝上做了14年关于外贸的经济工作，36岁的时候开始了文学创作的女性的心灵史。梅洁认为，这是命运给她开的一个"玩笑"，"这个玩笑，很漫长，也很辛酸，但却很美啊！"《爱的履历》以诗化的语言，叙述了"我"和"他"之间建立在理解和信任之上的爱。《在这块土地上》以给母亲的信件的方式，写了自己初到坝上及婚后的生活。这里没有对贫乏的物质生活的描述，却写了南方女子初到塞外的新鲜感觉。《童年的阿三》写的是自己儿时与一位男生朦胧的感情。这些作品饱蘸激情，显示着作者是一位热爱生活、不甘平庸的女性。苦难的现实并没有使她消沉和抱怨，反而被视为生活的一部分，进而产生超越的勇气，这是许多女性不具备的气质。因此，虽然涉足常人凡事，梅洁的散文中已经有了有别于其他女性作家的激越和雄朗。梅洁这种风格的形成，源自于她对散文的理解。她在谈到自己的散文观时说："无病呻吟，人云亦云，故弄玄虚，那不是散文的感情；假装崇高，伪装内心，粉饰情感，那不是散文的真诚。"①出于一份真诚，她才能不顾各种窠臼，率性而为，闯出了自己的风格。

或许是从小离开双亲和家乡，后来又在异地生活的关系，故乡和家族对梅洁来说，始终是朦胧和神秘的。她在《一种诞生·引言》中说："我总企图诠释我和我的家族的生命状态和命运密码。"②在她的想象中，自己的祖先从茹毛饮血开始，走过漫长而艰辛的历史，终于把部落图腾的信息传递到她的生命中。梅洁就是在对生命的延续充满敬畏、对自然的力量充满敬畏的状态中打量自身和周围的人们、人类的。由此路径深入，梅洁将自己的散文带进了新的阶段。她不再单纯介绍自己的身世和故乡，而是以此为材料，结合人生体验，来思考和表达自己的"哲学"。

---

① 转引自韦野：《美在情中蕴》，见《河北散文论》，花山文艺出版社，1988年，第283页。

② 梅洁：《一种诞生·引言》，见《并非永生的渴望》，百花文艺出版社，1997年，第3页。

《关于父亲》回顾了父亲如何从一个放牛娃成为体育健将，又如何因为学体育而蒙冤20年的故事，这不仅是父亲个人的悲剧，也是一代人的悲剧。作者并没有把这个材料处理成反思文学式的控诉，而是从自身感受出发，揭示出这个悲剧的其他后果：父亲的创伤如同烙印，永远影响并留在下一代的精神和血脉中。《关于母亲》是《关于父亲》的姊妹篇，写13岁作为童养媳出嫁的母亲历尽生活艰辛，拉扯儿女们长大的故事。虽然写了一个母亲，但赞美了全天下的母亲那坚忍的生存信念和博大的母爱。《寻找家园》中，梅洁自觉把自己的生命感悟与家乡的风物、童年的记忆、父母亲的影响糅合在一起，实现了从激情躁动到灵魂安宁的皈依。正如她引用的浪漫派诗人诺瓦利斯的话："哲学原就是怀着一种乡愁的冲动到处去寻找家园。"此后，梅洁在散文和报告文学中把鄂西北作为精神源泉，反复书写了它的贫瘠和隐忍、广袤和大气的文化精神及其对自己的影响。《山苍苍，水芒芒》是一部报告文学，写鄂西北的郧阳人民在50年代由于一项大规模水利建设而离开家园，在荒山野岗度过了20多年，到了21世纪初，由于南水北调工程，又一次背井离乡的故事。有论者对《山苍苍，水茫茫》的写法感到"惊讶"，竟有"报告文学也可以这样写吗"的疑问，因为该文"满溢悲壮，一往情深，滔滔乎若大江巨澜，一发而不可收，竟如一首无休止符的长歌"①。把这部作品放在梅洁的整体创作中考察，不难发现，它是作者对故乡文化精神的一次深入开掘，也是她创作道路的必然延伸。从这个角度上说，《古河》更适合作为散文来读。如上所述，不论是否自觉，梅洁前期散文中对亲人和故乡的描述在后期上升为更具历史穿透力的文化寻根和文化批判。在散文创作不太景气，寻求"突破"的当下，为散文题材的开拓做了新的尝试。

梅洁的许多作品都接触到了"女性"，加上她本身也是一位女性，她对"女性"的表述和认识也有自己的特色。谈到女性文学，人们不禁

---

① 雷达：《古河·序》，长江文艺出版社，1994年。

会想到弗吉尼亚·伍尔夫在《一间自己的屋子》和西蒙·波伏娃在《第二性——女人》中倡导的女性独立和克里斯蒂娃所说的女性写作本身就是带有"革命性"的"特殊的写作实践"。还有论者说："严格意义上的妇女文学的作者认识到妇女生活道路与男子的不同，她们想调查这些不同之处，至少她们下意识地知道需要用一种不同度数的镜子才能清楚地看到它们，需要有一套不同的语义系统去表现它们。"①西方女性主义理论对当代女性写作影响很大，也是女性作家寻求突破的得心应手的通路。梅洁也对女性命运就自身价值进行了思考，但是她并非站在女性主义的立场上。作为报告文学家，梅洁采访过许多优秀的职业女性，也深知她们的内心，她不赞成纯粹的女性主义，对一味追求事业，忽略了情感的女性充满同情。梅洁并不是鼓励女性回归家庭，而是积极鼓吹女人"回归为人"，"成为自己"。接受她采访的一位女性的话可以作为梅洁的女性观："我以为，在性别结构上，我们应和男子进行互补，我们女性敏感，善于用直觉观察事物，做事更认真细致。但我们也更虚荣、更狭隘、更软弱。相对来说，男性更逻辑、更力量、更坚强、更果断、更富决策力，但他们也更粗暴、更自信、更自负、更潦草。这个世界的完美，需要男人和女人的和谐互尊，需要男性理想和女性理想的真正契合。"②难得的是，在与男性为"敌"成为女性写作的出发点的时候，梅洁却对异性投出了欣赏的目光。纵观梅洁的散文，别具一种"女人味"，这与上述女性意识贯穿其中有很大关系。梅洁对家庭有着再传统不过的理解："今生今世，不求大富大贵，大红大紫，只求一个温馨的家；有一个令我永远不厌不倦、有事业心、有责任感的丈夫，福佑我做挚爱的文学。我们女人就其本性是软弱的，是需要依傍和保护的，再坚强再杰出的女人内心也是易感的。"③实际上，梅洁提倡的女性主义就是在两性

---

① 丹尼·霍夫曼：《美国当代文学》，中国文联出版公司，1984 年，第 154 页。

② 梅洁：《我们女人——"女性与社会"采访札记》，见《大血脉之忧思》，百花文艺出版社，1989 年，第 30 页。

③ 梅洁：《因为说起三毛》，见《并非永生的渴望》，百花文艺出版社，1997 年，第 167 页。

和谐的基础上，女性既尽到自身义务，也享受自身权利的一种状态。这样的观念，与传统"相夫教子"不同，同时，也是对女性主义理论的一种补充和深化，是一种解决"性别大战"的新思路。在梅洁的许多散文中，一股浓浓的亲情始终在荡漾。梅洁以感恩的心态和母性的柔情，写了爱人、孩子和家庭生活。《痴痴地想》、《儿子和妈妈的被窝》、《九颗乳牙》记录了儿子的成长中的点滴，洋溢着母爱的温馨。《九颗乳牙》，写作者以近乎珍藏的形式，保存了儿子的乳牙，原因是"儿子是从我身上掉下去的一个生命，而这些乳牙又是从儿子身上掉下去的一样东西，这样东西，曾经有着我和儿子的生命信息，我看到这样东西，心里就特甜、特爱、特美、特女人、特母亲！""我视这样东西为一个母亲的爱情"。可以看出，梅洁是一位理解爱也懂得爱的女性。她对家人的情感淳朴自然，读来并不生硬，与小女人散文为文造情的写作方法大异其趣。

梅洁的《女人河》写的是女性命运的变迁。故乡的女人们在河畔生老病死，演绎着"简单而又复杂，美丽而又痛苦"的感情故事，曾家妈妈、母亲、秀子、英子、两位李家姐姐这些平凡的女性的经历，在作者寥寥几笔的勾勒下，散发着悲剧气息。在作家的描述中，家乡的大河是女人河，飘逝走了"故乡女儿们美丽的忧伤"。《女人河》文笔细腻、抒情旖旎，把梅洁的散文风格体现得淋漓尽致。

二、张立勤

张立勤（1954～ ），主要从事散文、随笔写作，曾在张家口下花园和张家口市文联工作，现为中国作协会员，廊坊市作协主席。1993年获第6届中国"庄重文学奖"。1994年被评为"河北省十佳青年作家"。1995年获河北省委宣传部"五个一工程奖"。发表作品约200万字，作品入选100多部选本。主要散文集有《走不出的爱河》、《痛苦的飘落》、《难忘又难言的二十岁》、《雪又落在草上》、《阳光是我的岁月》等。

把平常的生活情境写出波澜，需要精微的体验和细腻的笔触，这恰是张立勤的优势。张立勤的散文题材不是"向外"的，而是"向内"的。张立勤不像有的作家需要外界的"刺激"，没有"事"就不会写了，她善于面对内心，能够把握住纤细的情感体验，她会"没事找事"。思想不依赖事物，能够自由飞翔，这就是她丰富和不枯竭的写作资源。她散文的特点是能够发现生活中的诗意——不是哲理，也不是玄思——而是意味。《山鹰》是一篇不容易被复述的散文，写的是"我"坐火车经过大山见到山鹰的瞬间情感体验。孤傲的山鹰、抽烟的铁路工人、狼的传说、个人的悲哀，被作者糅合在一起，于是，淡淡的烟草味道、不时的心悸、难以言说的疼痛形成一种川端康成式的凄美氛围。这种心境是无法转述的，正如作者在结尾对寻找山鹰失望的朋友所说的："我看到的那只鹰，是为我而出现，而飞翔的，我是用尽了整个青春仰望它的。那仰望，是一个不可复写的极致！"张立勤的散文，不是面对社会和历史，而是对心灵的叩问，因此，她常常能够书写出极其个人化的生命体验。

《痛苦的飘落》取材于自己的生活，写的是自己病后头发脱落的事情。这类散文很容易写成主人公顾影自怜或者不畏困难战胜自我。出人意料的是，作者并没有极力描写痛苦，引人同情，也没有故作高亢，而是将自己看成一个失去活力和青春的少女：

让你心慌让你难忘让你不知所措的初次来潮，终究懂得自己为什么是女孩子了，更多的为什么便开始它的若隐若现的缠绕，她羞羞答答了，不声不响了。她开始专心致志地洗脸，擦雪花膏，刷牙，把长长地头发梳呀梳，编两条辫子辫梢过了衣衫，垂到臀部，然后悠悠荡荡了。每个时刻为这悠荡而充实和自美。

我的长发，是我女孩子的生涯。

　　　我的长发，是我女孩子的格调。

　　　我的长发，是我女孩子的魅力。

　　少女情怀和长发就这样连在一起，而这一切伴随着病情一并逝去。从读者的角度说，也许无法理解张立勤的痛苦，但她的描述可以使人触摸到一种伤心，一种不是绝望而超越绝望的痛苦，并且还勾起我们类似的情感体验。《雪又落在草上》中，张立勤用与"你"对话的方式，书写了病前病后内心的体验，特别写了与"你"之间若即若离的关系，能够体验却无从把握，结实而又缥缈，显示了作者高超的驾驭情绪和文字的能力。张立勤得过癌症，想必对死亡体验的思考要超过许多正常人。但是，在《痛苦的飘落》和《雪又落在草上》中，细腻入微的心理刻画代替了对人的哲理思考。张立勤在《走西口》中曾经说过："艺术需要受难。"有许多评论者也是从这个角度去谈论张立勤的创作的，有论者这样说："说句近乎残酷但却是至理的话，'病痛'不仅完成了立勤的人生感悟，也成就了她的散文创作：那一曲曲的生命之歌。"①从这个角度去理解张立勤的散文并无不可，但是，张立勤创作的可贵之处在于，她能够把个人生命的体验通过文学手段扩大，达到人性共通的深度。因此，从张立勤个人疾病的角度去理解她的散文，并不恰当，就像史铁生不同意从类似角度理解《我与地坛》一样。

　　有论者认为，张立勤的散文创作经历过三个阶段，即"诗意浪漫阶段、悲壮意识阶段和哲学思索阶段"，并认为"这三个阶段也是她对人生的三次超越"。②把张立勤的人生经历与文学创作相联系，有些生硬。如果说张立勤散文中有一种生命意识的话，她在一直沿着这条线索前行。张立勤近期的散文渐入佳境，当然，这是与她前期作品相对而言

　　① 苗雨时：《眷恋青春的生命之歌》，见河北省文联文艺理论研究室编：《河北散文论》，花山文艺出版社，1989年，第185页。

　　② 范川凤：《张立勤的散文探索》，见范川凤：《女性主义文学批评》，中国文史出版社，2001年，第211页。

的。首先，她的题材有了新的拓展。她不是不注意自己的情感，而是更加深入自己的情感，摆脱了就事论事和刺激反应的取材方式，以一种感悟生存状态的视角进行写作。可以说，她从一种"小题大做"改成了"大题小做"。许多散文写作者止步于此境界而无法超越，对张立勤来说，这是她已经突破了瓶颈，成为一个优秀散文家的标志。她在《私人城市》中，写了自己与城市之间的关系，其实，可以看出这是她自己的生存状态：

　　截止到目前为止，离我最近的灯光，来自一盏落地工作灯。那灯有一个圆形底座，一根直径约2cm，高约180cm的铁支架，上面是黑色亚光烤漆。从下往上三分之二处，有弹簧，由此，铁支架可以折成任意的角，再往上一截，又有弹簧，可以继续折成任意的角，然后，才是碗状灯罩和一个40瓦的磨砂灯泡。我的工作灯整天亮着，我已习惯了有灯光的白天。灯光略带一点颜色，里面有尘埃舞蹈，还有往外释放什么的青春萌动。灯光扫过我，接着扫过靠墙的那排书柜。书柜上有一个花瓶，被我塞满了干花瓣，紫色的，散发着香气。工作灯照射不到花瓶，我走过去，按亮书柜顶部的凹形灯，灯光骤然使那瘦长的花瓶，有了女人般的婀娜与闪烁。窗帘是一块墨水蓝的单色棉布，布纹很粗，我以为记忆可以从中穿透，而光线却不可以。这是我专门跑到北京买回来的，产地印度。正是止步在窗帘上的灯光，让窗帘不同于一块棉布，它如雨倾泻下来，冒着湿气，它让我离开白天，也离开黑夜，而置身于书页里。我的窗帘一般情况下是不拉开的，其本身就像是一个秘密，不想被外人发现，其实它无非是一块棉布而已，替我遮挡住室外的喧哗，连同我这边的隐私。

　　我是一个爱灯光的女人，它们能给我一种似是而非的感觉，将我虚弱的夜晚，照得强悍而幽闭。这感觉是我离不了的，其精华已附着在我的皮肤与文字上了。这就是由我自己制造的一个适宜季节，不管外面发生了什么，在这一片心如止水的光线里，我的肌肤颤抖，灵魂起舞，完全是一种化蝶的感觉。

这样的场景，正好与曾经盛极一时的"私人化写作"同声相应。许多人对"私人化写作"执批评态度，比较公允的看法是认为"私人化写作"前期作品有一定的"思想"和"文化"符号，而后期作品就是赤裸裸的消费，是女性以自身审美体验赚取眼球的市场经济行为。①而张立勤的作品也打着"私人"的旗号，也是以审美经验切入的，却向内转，克服了"私人化写作"的流弊，使它焕发了原初的光彩。张立勤的"私人生活"来源于个体独立性，无法复制，却丰富了一个时代的生存体验。

　　其次，张立勤散文的风格由激越变得丰绮。张立勤以前的散文主要以抒发情感为主，经过酝酿、提炼的情感激越凌厉，内心的不平静、焦虑溢于言表。而后期的散文情感表述更为丰富，使散文呈现出多声部对话的特征，绮丽婉约。她的《私人城市》、《私人浴室》、《私人天堂》等散文全是由片段组成，各个片段全是碎片，同时组合起来又是一个完整的叙事。而此时，她的写作态度已经由一个生活的观察者变成一个生活中的人，叙述去除了青春期的散文腔，也变得平和镇静。由于处理的内容相对复杂，张立勤的语言由青春"抒情"变成了理性"描述"，她不再以"气势"取胜，而是依靠准确的语言将读者带入她用文字创造的世界，让读者体会到艺术品散发出的魅力。

---

　　① 徐坤：《现代性与女性审美意识的转变》，见陈晓明编：《现代性与中国当代文学转型》，云南人民出版社，2003年，第95页。

第五章　河北新潮散文家

第一节　刘家科　桑麻

一、刘家科

刘家科（1954～　），河北省衡水故城县人。1982 年毕业于河北师范学院中文系，现任衡水市政协副主席。主要散文作品有《一个村庄与另一个村庄》、《骂街》，结集为《沙漠那边是绿洲》、《乡村记忆》等，另有文学评论集《朝夕拾穗》、《窄堂碎语》。2007 年获第四届鲁迅文学奖。

刘家科的散文有一个很大的特点，就是题材很集中，主要写农村生活场景。他展示了自己故乡衡水故城一带农村生活的全部场景，自然地理、家长里短、婚丧嫁娶等风土人情都是他的材料。乡土题材是文学的重要母题之一，有论者认为，"风土人情"由"风俗画"、"风景画"、"风情画"构成，是"乡土文学"的核心①，实际上是说，乡土文学的魅力在于挖掘某一地域独特的人文韵味，而刘家科的散文正是对这"三画"的描绘。读刘家科的散文可以知道，他对农村生活不是一知半解，而是极其熟悉，这从他的《乡村记忆》中可以看出来。《收麦》、《看青》、《场院》、《磨道里的驴》、《老井》、《老碾子》、《砍草》、《地邻》，单看这些篇名，就能感受到扑面而来的乡土气息，而《骂街》、《吹牛》、《闹洞房》、《出殡》、《拜年》、《下湾》、《打赌》则写了农村精神生活的侧面。当然，在散文中描写农村生活并不是刘家科的首创，作为农业国

---

① 丁帆：《中国大陆与台湾乡土小说比较论纲》，《福建论坛》，2000 年，第 5 期。

度，对农民生活熟悉并付之笔端的作家不可胜数。不过，一个时代有一个时代的农村，刘家科继承了中国散文中关注农村生活的传统，并加以发扬，以自己个人化的视角，对当代农村进行了全景式的描绘。需要注意的是，刘家科写农村生活并不是出于一时兴起，而是"有计划"、"大规模"地进行，进行了堪称"百科全书"式的描写。近代以来，许多中国作家都是从农村走到城市里来的，在城里生活了若干年后，不免都会回忆起儿时和家乡，鲁迅正是在此层面定义"乡土文学"的。他在《中国新文学大系·小说二集序》中说："凡在北京用笔写出他的胸臆的人们，无论用主观或客观，其实往往是乡土文学，从北京这方面说，则是侨寓文学的作者。"周作人对"乡土艺术"的价值有相当高的评价，他在《地方与文艺》、《旧梦》中，提出要"把土气息泥滋味透过了他的脉搏，表现在文字上"，并高调宣称"地方趣味也正是'世界的'文学的一个重大成分"。鲁迅和周作人对"乡土"和"文学"之间关系的看法对现代的乡土文学有很大影响，而当代的乡土文学又是另一番面貌，不过，"写胸臆"和"地方趣味"一直没有变化。需要明确指出，考察刘家科的散文，有必要将之纳入 20 世纪中国乡土文学发展的框架内，否则无法廓清其意义。

美国新文化地理学派认为，文学家都是天然的文化地理学家，他们提出的"解读景观"就是从历史和地理两个角度来解释文学的。对刘家科来说，情景也大抵如此。刘家科的农村生活是自己记忆中的，在描写的时候，他既没有"理想化"，也没有"妖魔化"，而这是普通作者最容易掉入的陷阱。刘家科的散文不是把自己的意识形态强加给农村，而是通过回忆性描述，展示自己的农村经验。当然，不能说刘家科是对当代农村最熟悉的作家，但是说他是对衡水故城农村最熟悉的作家，应该没有错。他的散文体现了这种文体最朴素的魂魄：以微见著。正如"十七年"时期赵树理的农村小说一样，在刘家科的散文中，也许他自己都没有意识到，隐藏着中国近年来农村变化的全部"密码"——并不奇怪，这是一个坚持"现实主义"风格的作家必然的收获。他在《湾里的村庄》的开头，为读者描绘了这样一幅"风情画"：

> 忆旧最惬是怀乡。故乡的往事时常像勾魂似地将我拽回那个偏远的小村庄——二十几户人家，坐落在运河拐弯处的一个高台上，孤零零的，平凡得几乎无人提起。然而她又是那么亲切、美丽、非同一般。高台上的街巷弯曲幽静，房舍参差错落，又有绿树披拂，炊烟缭绕，静雅中藏几分神秘。村前是个大湾，水面比村子大，绿水如镜，清澈见底，村庄倒映在水里，恍惚迷离，又增添几分妩媚。清晨，随着曦微的晨光，沉睡的村庄开始苏醒了，吱呀吱呀的开门声，吱呦吱呦的挑水声，呱呱呱呱的鸭鸣，咩咩咩咩的羊叫，在水面上滑行着弹跳着，逗得岸上的鸭儿羊儿瞅着水里的鸭儿羊儿直愣神儿。谁家刚过门的媳妇赶着一群鸭子扭出巷口，碰上下地的叔叔大爷便尊敬地问好，那羞怯的声音一出口就被鸭子的叫声淹没了。这时，正赶上两个小伙子肩扛锄头走到村边，互相递个眼色，一同举起锄杆，作出哄赶的架势，那群鸭子便一齐嘶鸣着连飞带爬地涌到湾里去，一湾静水喧腾起来，"湾里的村庄"顷刻消失了。

从文中可以看出，刘家科笔下的农村颇像陶渊明在《桃花源记》中的描写，又像老子"小国寡民"的注脚，呈现出一派田园风光。其中，静谧的环境、淳朴的民风构成了人与自然相依共存的图景。这正是历代文人笔下的理想生存状态。尤其是羞怯的媳妇被使眼色的小伙子们戏弄，充满野趣，在现代社会几乎绝迹。但是，他也知道，这只不过是自己的想象而已，正如在这篇文章后面所说的：

> 五月的那个清晨，我终于站在湾旁的大柳树下，但是看到的却是另一种景象。湾里的水油汪汪的，有几处冒着气泡，一

阵微风过来，带着一股子难闻的气味。再看岸边的柳树，有几棵已经枯死，活着的几棵，枝条和叶子也都病恹恹的，没有一点鲜活劲儿。当时天已大亮，太阳露出半个脸，可是听不见有人开门，更不见家禽家畜的影子和声音。偶尔村后传来几声汽车或拖拉机的响声，像是有人出门拉货、送货。仔细看村里的房舍街道，新房气派非常，旧房破旧不堪，极不协调。

　　污染、凋敝、贫富分化，这就是刘家科眼中现在的农村——也恐怕是现在大多数人的农村印象。当代中国农村状况，这里暂且不论。从常识看，想象与现实之间产生无法弥合的裂隙，这是非常正常的情况，对此情形没有必要大惊小怪，新旧更替是宇宙亘古不变的规律。中国当代农村，发生了有目共睹的变化，在阐释这些变化的时候，也需要某种视角。有论者在评价研究中国当代农村的《新乡土中国》的时候说："本书作者确实非常熟悉中国的农村生活。但是，我敢说，仅仅熟悉农民或农村的人，甚至有文化的人，都不一定能写出这本书。因为作者是有学术关切的。"①刘家科在观察农村时，并不出于"学术关切"，而是"情感关切"，他不是远远地张望农村，也不是学术化地去分析农村，而是带着自己的情感体验。很多人都有农村经验，如何将这些经验付诸笔端，是作者需要考虑的问题。刘家科的散文写了农村的许多生活场景。有人认为现代工业文明的入侵，击碎了农村生活的平静和自然，是一种社会倒退；也有人认为农村有许多落后野蛮的习俗，正随着文明的脚步而渐渐改变。这两种看法都有道理，但都不全面，问题就是二者都是从"启蒙"的角度，没有从民间视角来看待这一变化。谈到民间视角，钟敬文认为要"反映人民大众的生活和思想感情，表现他们的审美观念和艺术情趣"，而陈思和近来更强调民间是"现实性文化空间"，是"在国家权力中心控制范围的边缘区域形成的文化空间"。不管如何表述，意

---

①　苏力：《新乡土中国·序》，见贺雪峰：《新乡土中国》，广西师范大学出版社，2002年。

思只有一个，就是摒弃政治、经济等视角，按照老百姓自己的眼光（或哲学）来看待世界的变化。在《一个村庄与另一个村庄》中，刘家科写了一个新村庄和一个变成墓地的旧村庄，经历了水灾、"文化大革命"、平坟等各种历史沧桑后，两个村庄的距离越来越近，只有一条小河横亘中间。于是，"村里的老人开玩笑说，一怕老，二怕死，现在没有什么怕的了，两个世界就隔着这么一条小河，离大同的日子还有多远呢"。村里老人信奉的，显然就是一种民间哲学，他们的眼光超越了琐碎的政治和经济视角，在"玩笑"中消解了现实生活中的紧张关系，颇有"古今多少事，都付笑谈中"的古风。而这种将大事看小、化深刻为平淡的古风，就是刘家科散文的独具特色之处。

显然，坚持所谓的民间视角容易丧失批判意识。有一种观点认为，乡土文学是用过去的现实欺骗现在的记忆，就像海子对麦地的感觉一样，最终只能陷入对乌托邦世界的空想。具体到刘家科的散文中，实际上是一个如何对待农村生活中的"诗意"的问题。实际上，真正的农民也许是没有审美能力的，刘家科作为他们的"形象代言人"，对农民越同情越了解，就越无法批判。柳青、赵树理曾经面对的问题，刘家科同样需要面对。

二、桑麻

桑麻（1963～　），河北省邯郸县人，现供职邯郸县政府机关，业余从事散文创作。出版有散文集《在沉默中守望》、《归路茫茫》等。曾获第三届冰心散文奖。

桑麻散文的题材很丰富，有对小时候农村生活的回忆、对社会现实现象的针砭、读书经历和读书笔记、对父母妻儿的亲情，还有以动物为主题和以"计生"为主题的系列散文。或许有人会因此认为桑麻的写作题材过于分散，没有全力挖一口"深井"。这种观点可以用来考察别的作家，但并非放之四海皆准，用在桑麻身上，却并不适合。仔细阅读桑麻可以知道，他之所以这样做，正是因为他并不是把散文当成"事业"来经营，而是将其作为一种生活中必不可少的"消费"。换句话说，他不是刻意去营造散文，而是生活在一种散文的氛围中，不经意间，业余写作的他克服了许多"职业"写作者无法逃离的悖论。周国平注意到了桑麻的这种写作状态，认为他是一个"有灵魂的写作者"，并且认为"一个人不是出于灵魂的需要而写作，就很难写出真正的好作品。相反，如果是出于灵魂的需要而写作，那么，当不当专业作家真是无所谓的，一个有灵魂的业余写作者远比那些没有灵魂的专业作家更属于文学"①。用有没有"灵魂"来衡量作家创作，当然是一家之言，但是周国平用这样的概念来解释桑麻，至少说明他对桑麻写作状态的认同。桑麻见到什么就写什么，想写什么就写什么，在别人看来有点"乱"，但是在周国平看来，恰是碰触到了散文创作的高层境界。周国平对桑麻的评论，基于朋友间的关系，多少有点拔高，但并未说错。桑麻这样写，缘于他对周围的人事保留着一份体贴和关照，他的温情和善良甚至超过了许多女性，他喜欢文学，却并未被文学所累，是"生活"在生活中的普通人。桑麻的散文俗中带雅，通脱超然，与他的这种写作心态不无关系。

　　桑麻的一部分散文的题材是关于农村生活的。近代以来，许多学者都把研究农村作为解读中国社会的关键，费孝通就认为，"从基层上看去，中国社会是乡村性的"②。桑麻是从农村来到城市的，即使在城市中如鱼得水，但是始终忘却不掉童年和故土。在所谓"全球化"时代，农村的变化快速而激烈，有人对其赞美有加，更多是为农耕文明的消逝而凭栏叹息大唱挽歌。类似的情感表达在当代散文中比比皆是。相比起来，桑麻的态度就比较独特了。他能够把当代农村变化的过程剥离价值判断，放在历史环链中，以一种平和的心态去面对，显示出一种悲天悯人的风度。《一条路的终结》中，写了随着古宅被废弃，通往古宅的路也逐渐消失了，桑麻

　　① 周国平：《序：有灵魂的写作者》，见桑麻：《归路茫茫》，北岳文艺出版社，2004 年。
　　② 费孝通：《乡土中国》，生活·读书·新知三联书店，1985 年，第 1 页。

感慨道："才短短几年时间啊，竟发生了如此大的变化，让我觉得仿佛过了一个世纪。我望着可怜的老屋，知道自己永远不可能走进去了。我们抛弃了它，它也抛弃了我们，最终我们又都会被时间所抛弃……站在这条路上，我一时竟不知道怎样回到现在的家里……"①这是面对时空而产生的一种生存茫然，不过他并没有陷入"天问"式的层层逼问，而是保持了"青山依旧在，几度夕阳红"的超然。站在农村的立场面对城市，桑麻既没有表现出艳羡，也没有表现出通常的敌意，依然是一幅平和心态。在《外面的世界》中，桑麻写道："当我们决定背起行囊，到外面去的时候，未来未必会与精彩和无奈相伴。只要从容和谨慎，只要坚定和坚强，我们将会更多地感受外面的精彩，当下曾经的无奈多年之后将变得无足轻重。"②桑麻面对农村的激烈变化，舍弃了情感激烈的表述方式，他的散文略带沧桑，却透出乐观和暖意。在当代，刘亮程也是一位经常取材于农村生活的散文家，不妨将他们二位作一个对比。刘亮程散文的一个特点是赋予草木虫鱼以生命，以一种开放的自然观来看待农村，但是，他的农村是静态和自足的，很少与外界发生联系，而桑麻的农村则是动态和变化的，不过，在一点上二人殊途同归，那就是他们都把严肃的课题寄于卑微的生活琐事之中。桑麻曾经读过刘亮程的作品，《亦远亦近的村庄》就是关于刘亮程散文的阅读札记，他认为刘亮程在"从被沙漠包围的村庄寻求突围的过程中，展示了人生的丰富多姿和诸多无奈"，因此，"他的村庄首先是他自己的，同时也是我的，也是那些曾经在乡村生活过的人们的"③。从桑麻对刘亮程的认可里，也可以看到他自己的美学追求。桑麻更关注的是农业社会的生活方式在现代的命运，但是并未掉进以田园牧歌反对现代文明的陷阱。与刘亮程幽默冲淡的风格不同，桑麻娓娓道来，或调侃、或感慨、或嗔怒，烟火气很浓。因此，他对周围的事物始终抱以善意和关怀的

---

① 桑麻：《归路茫茫》，北岳文艺出版社，2004年，第33页。
② 桑麻：《归路茫茫》，北岳文艺出版社，2004年，第37页。
③ 桑麻：《归路茫茫》，北岳文艺出版社，2004年，第260页。

态度。桑麻写过不少关于动物的散文。《让猪更温暖一些》回忆了自己家养猪和养猪场的不同，表达了对动物的善意关心和对现代工业生产的批评。《屋里的蟋蟀》写自己一次在高档饭店吃饭，却似乎听到了小时候熟悉的冬天里蟋蟀的叫声。米兰·昆德拉在《生命中不能承受之轻》中曾经说过，人类真正的道德测试，其基本的测试（它隐藏得深深的不易看见），包括了如何对待那些受人支配的东西的态度，如动物。这个"测试"不一定准确，但是按昆德拉的标准，桑麻显然是可以获得高分的。

桑麻的散文亲近生活、亲近村庄、亲近城市、亲近现实，有浓烈的世俗气息，但是这并不与他散文中经常出现的形而上思考冲突。他的一些散文往往从生活琐事出发，揭示生活中的不合理现象，讽刺现实的荒谬。这些散文带有杂文性质，或可称为杂文性散文，显示了他金刚怒目的一面。他的《饭局》讽刺了当今社会中公款吃喝带来的一系列不正之风，不是一味去批判，而是耐心描摹，可谓绵里藏针。《明星书法》则善意地劝告明星们不要标新立异，最好做好自己的事情。《谁在利用我们的信任》写在自己最信赖的商场接连买到了同一种假货，感觉到了一个"消费者的艰难和悲哀"。在一些散文家看来，这些小事毫无诗意，没有什么值得挖掘咀嚼的东西，虽然每天都会碰到，但久而久之，麻木不仁，没有什么感觉了。桑麻却郑重其事，一一写来，绝不苟且。谈到杂文，鲁迅先生的"匕首"、"投枪"论大家耳熟能详，但那是特殊年代的产物。而当前有些杂文动辄大谈"人性"、"启蒙"、"公平"，引经据典。桑麻的杂文性散文并不追求鲁迅先生的一剑封喉，也不一味在文化的脂肪上搔痒，而是就事论事，简洁明快。将这些杂感同桑麻的那些"脱离现实"的农村散文对照来读，就会发现他是如何在"肉身"和"灵魂"之间寻找自己的平衡的，而这正是每一个知识分子在当下需要面对的课题。从桑麻散文来看，他还没有有意识地将这一探讨引向深入。

桑麻散文中很多篇什是怀念自己的父亲的。写父亲的散文很多，但是桑麻这样用多篇散文从各个角度追忆父亲的，并不很多。在弗洛伊德看来，"父亲"和"儿子"是天然的仇敌，而现代主义作品中，"弑父"主题也随处可见。现代主义思潮对"父亲"的批判有许多可取之处，但是，父子间的紧张关系绝不是他们情感的主流。受传统文化影响颇深的桑麻，还是把眼光放在了父子之间的精神传承和情感沟通方面。虽然桑麻也提到了父亲的严厉，但是在《关于父亲的些许琐事》、《他陪母亲去了……》、《最后的温暖》、《天堂里有没有中秋节》、《听风听雨过清明》、《没有果实的春天》等篇什中，都以感伤的笔触，怀念了父亲的一生。桑麻的父亲是一位普通的父亲，但他又是不平凡的，同所有的父亲一样，把自己的一切都奉献给了儿子。这样一份普通的情感，化在日常琐事之中，被桑麻用普通的语言写出来，却产生了动人的力量。在大江大浪中固然可以见识英雄本色，但是，在柴米油烟盐中更能感受到亲情的浸润。在《最后的温暖》中，作者写了父亲临终前的音容，抓住了抱着骨灰的儿子的心理："现在，这些往事已离我远去。他的骨灰被我抱在怀里。四十年了，我又像孩提时代那样与他亲密无间。只是那时候我在他的臂弯里，现在则是他在我的臂弯里。我半抱着他时，是在医院的床上。全抱着他时，竟然是这样一种方式！"①这种思绪平实却出人意料，并不煽情却催人泪下。桑麻的这组怀人散文，就是因为有真情、不做作，成为其散文中的精品。

第二节　张丽钧　刘燕燕

一、张丽钧

张丽钧（1962～　　），河北晋州人。河北师范学院中文系毕业。现任教于河北唐山开滦一中，河北省语文特级教师、国家级骨干教师，业

---

① 桑麻：《归路茫茫》，北岳文艺出版社，2004年，第128页。

余时间从事写作。散文结集为《畏惧美丽》（中国青年出版社，1991年）、《依偎那座山峰》（漓江出版社，2002年）、《看见阳光就微笑》（海天出版社，2004年）、《孩子施舍的天堂》（中国青年出版社，2005年）、《花海铭香》（湖南文艺出版社，2005年）等。

张丽钧的散文大致可以分成两类。一类是心灵感悟，通过故事来讲述哲理。她的散文集《心灵鸡汤》的封底印着这样的句子："我们过着尘埃喧嚣的生活，心灵有太多负累。渴望夜晚的明灯照在这温暖的书页上，让我们沉溺于每个故事中一点一滴的感动。"现代社会中的个体承受着来自各方面的沉重精神压力，渴望解脱与释放，文字是缓解这一困境的方式之一，相当于营养心灵的鸡汤——这大概就是出版商为张丽钧散文所做的定位。实际上，这恰是对张丽钧散文的误解。张丽钧的散文并不追求从故事中获得"感动"，而是着力于揭示生命的力量，给人以面对现实的勇气和战胜困难的信心。换句话说，她的散文不是疲惫心灵的安慰剂，而是激励意志的磨刀石。她的散文中洋溢着青春、爱、向上等积极的信息。以名人事迹来激励青少年的文字并不少，但是许多作品缺乏更多必要的更为复杂的背景介绍，似乎只要用功努力，就能获得成功。张丽钧没有停留于这种容易误导青少年的简单、廉价的"励志"，反而对此抱有警惕。她在《魔法有边》中提倡对孩子要灌输一点"悲剧意识"，并且认为："魔法有边。这个边，其实就是良知筑起的藩篱，是最渴望改写苦难的人用颤抖的手呈给孩子的一份不曾粉饰的苦难。"张丽钧的作品，正是因为有"悲剧意识"为底，才摆脱了所谓"小女人"散文的无病呻吟，具有独特的人文关怀。她的《爱到极致》通过古道尔和黑猩猩之间的默契和圈养的野马死亡的故事，思考了人类与自然的关系："人与自然的和谐相处，是世间最让人心动的风景。"张丽钧还把更多的目光投向人的灵魂深处，她的《佛心》、《温柔的征服》、《尊贵的名字》、《新年的太阳更好看》等篇什通过剖析一个个心灵闪光的瞬间，礼赞了美好的人性。张丽钧的另一类散文则是书写个人生命体验。在"审丑"成为美学主流的当代，依然能够执著赞美人性中的光明，与她的个人生命体验不能不说有很大关系。张丽钧在中学执教，面对的是中学生，这种职业显然影响了她散文的选题和命意。她的散文中，有相当多的篇什取材于自己和学生，在《因为你不是老师》中，她认为"老师所给予人的，是一种至高的理性之爱，这种爱的光芒有时甚至要穿越几十年的光阴才能让你体察得到"。应该说，这并不是张丽钧的自我标榜，而是从事教师行业多年后的体悟。

在张丽钧的散文中，贯穿着她的教育思想，隐现着堪称教育家的风采，在某种程度上也可称之为"教育散文"。这个特征，在河北当代散文中是独一无二的。她的《孩子施舍的天堂》就是一部"教育散文"集锦，《眼里有世界》、《蹲下来所看到的》、《天花板上的脚印》、《教育的伤口》、《我为什么不给你做家教》等与其说是散文，不如说是体现她教育思想的"个案"。形式配合内容，《孩子施舍的天堂》的装帧也很别致，里面夹杂的卡通画也暗示了作者选择的读者群更倾向于未成年人。在散文中，艺术散文多是写给成人，而张丽钧的散文则把她的读者下调为高中学生，这使张丽钧的散文带有"青春写作"的性质。与高中生写自己不同，张丽钧以一个教师的视角，观察和研究当代高中生的心灵，与韩寒、郁秀、郭敬明等"青春写作"进行了对话，反映了中国高中教育的一角，这也使她的散文具有其他的意义。

二、刘燕燕

刘燕燕（生平见第二编）的散文有哲理散文、抒情散文、艺术随笔。代表作有长篇散文《谁是我们的敌人》，此文获得第一届老舍散文奖。

《谁是我们的敌人》对自己的历史进行了一个回顾，可称为刘燕燕的一部个人精神自传。按照年龄来说，刘燕燕比文学史所叙述的"晚生代"要稍小几岁，不过据刘燕燕的自述，她比同龄人早熟一些，这样，她的精神背景与"晚生代"就有很多相似之处，而且她也自称是"六十年代末出生的标本"。在这里考量刘燕燕的"思想谱系"，绝非小题大做，因为只有如此，才能更深入认识刘燕燕散文的当代意义。当代中国社会变化非常迅急，代与代之间的转换频率很快。"晚生代"、"70年代以后"、"80后"等称谓与其说是批评家来不及命名的权宜之计，不如说是代际差别使他们的精神气质一目了然，不必再刻意命名了。刘燕燕的《谁是我们的敌人》展示了当代青年知识分子对时代和个人境遇的思考。60年代出生的"晚生代"像一株植物，根扎在"革命浪漫主义"的土壤里，却生长在"经济现实主义"的空气中，二者必然会产生矛盾和冲突，与刘燕燕同为60年代人的倪文尖将其称为"断裂"经验。出生于1967年的倪文尖认为："我们自小以来，特别是在青春期阶段，受到了几乎刚好相反的思潮的深刻影响和冲击，我们遭遇和经验了不同的时代，而我们这一代最大的共同经验就是'断裂'的经验。"①而这，恐怕是很多60年代的人的共同感受。②面对"断裂"，60年代人的文化选择耐人寻味。韩东、朱文等60年代上半叶出生的作家选择了文化抵抗，他们接续的是王朔开辟的传统，但显然更为激烈，对"现存秩序"的攻击是文坛罕见的，至少从文化立场上说，他们代表了非暴力"不合作"。同为60年代人，出生于下半叶的大多选择了放弃理想，认同现实。正如刘燕燕在《谁是我们的敌人》中所说："我的生活在90年代末有个很大的改变，现在我觉得：生活是不能忽视的，生活应该是我的全部人生，我们只有把一生的生活给自己，除此，什么也不是我们的。为什么不生活得更幸福一点呢？"③从这段表述中，可以看出刘燕燕决定去"幸福"地生活，但是，这不过是一种自欺欺人罢了，"幸福"是无法用强迫的方式去体验的，不管是来自自己还是他人。怀揣着"宏大叙事"的

---

① 倪文尖：《欲望的辩证法》，上海远东出版社，1998年，第6页。
② 巧合的是，1998年主要由晚生代作家发起的轰动文坛的一次运动也被命名为"断裂"。见朱文：《断裂：一份问卷和五十六份答卷》，《北京文学》，1998年，第2期。
③ 刘燕燕，《谁是我们的敌人》，《青年文学》，2001年，第2期。

梦想，不可能在世俗生活中找到位置，犹如海子，他试图过"劈柴"、"喂马"的幸福日子，但终究无法放弃"面朝大海，春暖花开"的召唤。刘燕燕的散文《谁是我们的敌人》恰好反映了一代人在"断裂"中的灵魂疼痛，不是一刹那，而是无休无止。最可怕的不是敌人的强大，而是内心因为找不到敌人而产生的恐惧，这或许就是刘燕燕将散文命名为"谁是我们的敌人"的原因。刘燕燕的散文中充满了悖论，这一点她自己也清楚，不过，这种"无序"和"混乱"可能正是当代青年知识分子不得不面对的自我和现实。文字由此成为刘燕燕的避难所，她在《心灯手记》中说："对这个大好的世界，我常常熟视无睹，置若罔闻，而对文字的存在，很有嗅觉。我在物的脸上，在人的眼中，在风尘内外，找寻他们的印记。"作家总是喜欢表达对文字的亲近，刘燕燕也不例外。不过，她在这里也明确表示了对"现实"的疏离。可能随着人生阅历的增加，刘燕燕对自我的反思还会更加深入，如果想要活得更清醒些，就不得不对这份人生试卷苦苦思索。

第六章　河北当代其他散文作家

第一节　武华　杨林勃　张志春

一、武华

武华（1946～　），河北承德人。1978 年从承德地区文化局调至承德地区文联《燕山》文学丛刊做编辑工作，1982 年到《国风》月刊编辑部工作。主要作品有散文集《佛梦》、《华山道翁》等。

武华是一个具有哲学家气质的散文家，她的散文中常常流露出对人类终极问题的关怀。她的散文《宇宙之子》表现了作者对宇宙之谜的好奇和思索。武华不是哲学家，当然不会依照严密的学术思维去探究问题，但是她却发挥了一个文学家的优势，将自己的生命体验与哲学思考紧密结合。她说："不知道神秘的宇宙借父母之躯赋予了我怎样的密码，自有生命以来我的身体我的意识我的精神总是无时无刻地和宇宙有着一种敏锐的感应，做着一种亲切的交流。"[1]能够体会到，武华相信人生中是有神秘力量存在的。因此，在她的散文中，可以看到她对自然的敬畏。武华的作品中，有不少是山水游记题材的。仁者乐山、智者乐水，不同的眼睛，能够从自然中看到不同的风景。在武华的游记散文中，山和水不是欣赏的对象，而是传递哲思的中介。在《超山》中，作者杜撰了一个词汇"超山"。在河北丰宁有一座"白云古洞"，在山的上面，只有从陡峭的羊肠小道爬上山，才能见到白云和古洞同时出现的奇观。在登山的过程中，武华将自己的爱情经历与眼前景物结合，写了人生就是

----

[1] 武华：《宇宙之子》，见《华山道翁》，内蒙古人民出版社，1998 年，第 8 页。

超越，历史永远沉默的道理。散文结尾处作者写道："白云古洞寂寞，却甘于寂寞地站立着，在黑夜与白昼之中站立；在春夏与秋冬之中站立。"这不仅是在赞美白云古洞，而且是在抒发对一种人生境界的向往。

在自然面前，面对造物主的鬼斧神工，每一个人都会感到心灵的震撼，张若虚的《春江花月夜》、范仲淹的《岳阳楼记》、苏东坡的《念奴娇·赤壁怀古》都是从景物生发出了作者对人生终极问题的感喟。武华面对文学史上数不清的名篇，毫不胆怯，抓住与自己生命息息相关的体验，点染生发，写出了自己的人生感悟。也有不少作者，为了显示深度，往往附庸风雅，刻意在文章中显露哲思，但是这类作品生拉硬拽，给人牵强之感。而武华却不是这样，她从来不引用浩如烟海的古籍和闻之让人肃然的外国大师，随想随叙，真诚淳朴。有时候，她的见解也平常，但是，读者却不会轻慢她，因为这是她自己有感而发的结果。

或许是对宇宙和人生之谜充满了兴趣和敬畏的原因，武华特别青睐宗教题材，如《佛梦》、《观音梦》、《华山道翁》、《华山道姑》、《普陀之光》、《溥仁寺情结》等。从作品来看，武华并不是一个宗教徒，她对宗教教义也没有太多的研究。她既钟情佛教，也喜欢道教，对二者怀有同样的兴趣。武华宗教题材作品主要是以宗教内容为背景，写与宗教有关的人物，展现自己对人生的哲学思考。《佛梦》记叙的是自己与赵朴初先生的一次交往。作者求佛门的赵朴老为自己的作品《华山道翁》提字，赵朴老丝毫不在意佛道之别，欣然命笔。作者因此感慨道："我的顾虑是狭隘的。赵朴老心中装着佛、容着道，纳着天地！"[①]在武华看来，像赵朴老这样的泰斗级人物一定是不可接近的，没想到与他的交往如此沁人心脾。赵朴初带给她的感觉，被置换为佛教对人心灵的拯救。《观音梦》写作者在河北正定隆兴寺见到的一尊与众不同的佛像："她的肩上只披一个披肩，她的腿上只裹着一方轻纱。她敢半裸着身体。她敢

---

① 武华：《佛梦》，见《佛梦》，花山文艺出版社，1989 年，第 5 页。

赤足。她敢扭起鸭子腿。大概是她的上司看她的形象有伤风化，不得意她，便叫她坐南朝北，永不被阳光照射。永在这暗黑、阴森、凄清之中。"①倒座观音虽身在佛门，但其性格叛逆，内心中充满矛盾。作者与之产生了共鸣，梦见自己成了她的侍女。武华能够理解、赞美佛教中的另类，并引为知己，显示了她气度不凡的胸襟。《华山道翁》写了华山上一位为保存文化遗产，不顾年高，整理道教资料的道长。他不为名利，虽然九十岁了，仍努力执著，葆有一颗平常心，既看破红尘又积极入世。《华山道姑》写了一位做了几十年道姑的女大学生，对人生有别一样的看法和理解。武华自己并不信仰宗教，但是却写了许多信教的人，并对他们的人生态度进行了赞美和肯定。在这里面，不能不说有"过度阐释"的成分，也就是说，为了刻画人物，武华对材料进行了适当加工和剪裁。上述宗教界人物与武华都是一面之缘，所显露出来的，只不过是人生的一个侧面，而经过武华的生发演绎，将其提升为一种文化人格，其中多有美学角度上的考虑。在写法上，武华可能受到杨朔《荔枝蜜》、《香山红叶》等散文的影响，稍有雕凿痕迹，也有为文造情的成分。以散文笔法写人物，不太容易，尤其写陌生人，在一瞬间把握其性格需要眼光和智慧。

相比而言，武华关于宗教题材的作品在河北散文家中是比较多的，还没有其他作者如此集中地接触过此类题材。德国当代思想家蒂利希认为，宗教是人类精神生活的本体、基础和根基，"宗教，就该词最广泛、最基本的意义而论，就是终极关切"②。武华的散文以宗教为背景，对人类终极问题进行了追问。她不是去探究教义，也没有皈依任何一种宗教。在作品中，武华的议论都是随感式的，没有确切地提供给读者答案，展现出的是一个思考者的形象，正像她在《佛梦》中所说："说不清我在寻找什么，却总在期待。"武华的散文中，充满了对人生之谜语

---

① 武华：《观音梦》，见《佛梦》，花山文艺出版社，1989年，第9页。
② 转引自张志刚：《宗教学是什么》，北京大学出版社，2002年，第246页。

的追问，这样的写作风格在女作家中，是比较少见的。

如果仔细分辨，还是可以找到武华所向往的人生境界。在《观音梦》中倒座观音始终坚持普度众生，不顾及自身的苦难，在牺牲自我中展现了博大和超越的力量。这正是武华推崇和神往的精神境界。在赵朴老为世界和平的奔波、华山道翁对理想的坚持、华山道姑的悲悯情怀中，这一境界得到了具体展示。有论者认为："武华以禅入文，空灵而不浮泛，因为她憎恶势利和褊狭，由衷地向往博大和高善。"①宽泛地说，武华是寻找一种人格，以实现对世俗生活的批判。武华的朋友说她比较"怪"，指的就是她时常沉浸在冥想中，忽略了日常生活。事实上，有很多对艺术痴迷的人在处理日常问题的时候都显得比较"怪"，这是他们与世俗世界保持距离的方式。

武华的作品中，还有一类是写家庭、亲友之间的感情的，可以用一个"痴"字来概括。女作家大多是比较善于驾驭这种题材的，武华也不例外。但是，从书写亲情的不同的方式中，还是可以看到不同作家的不同性情。武华应该是一个是非常注重情感的人，她的悼亡散文《三妹！三妹》真挚动人，可以看到作者奔涌于内心的难以遏止的悲痛。《三妹！三妹》采取了谈话的方式，"你"的运用使去世的三妹如在眼前。一般的悼亡散文都写在心情平复之后，而《三妹！三妹》则是在心情最痛苦的时候写的，如同在亡灵前呼告，可谓声声情、字字泪。《那一个多雪的冬天》写父亲病重，但因为不是"贫下中农"而在公社得不到及时治疗，在送往城里的路上去世的事情，抒发了一个女儿对父亲深沉的爱。因为父亲是在下雪时候去世的，所以作者起笔就写到："我恨雪。我恨那个多雪的冬天。"浓烈的情感呼之欲出。武华对三妹、父亲、还有母亲和小山村中其他人的情感，总是在爱与恨的对比中展现出来。她写到三妹被误诊了两次；父亲被拒绝医治；母亲给我做饭时，家里仅有的小

---

① 陈慧：《清水出芙蓉——序武华的散文集〈佛梦〉》，见《佛梦》，花山文艺出版社，1989年，第2页。

米被抄走了。对亲人的爱愈深，对不公正现象的恨就愈强烈，从两种对比鲜明的情感纠葛中，可以看出武华确实是一个具有真性情的而且毫不掩饰真性情的女人。

二、杨林勃

杨林勃（1950～　），河北省承德县人。任职于承德市文联。散文代表作有《没有走远的故事》、《心灵的笔记》等，结集为《采花归来》。

《没有走远的故事》写的是一位大学毕业后到山区教学的女教师，为了救护学生，牺牲在坍塌的泥墙下的事迹。这个故事本身就很感人，如何再现这位老师的优秀的品格，对一个散文家来说是一种考验。有许多作者面对这种素材，往往用力过猛，把笔下人物当做英雄来塑造，结果反而不那么真实可信。而杨林勃却避开这一陷阱，将一位英雄的事迹写得朴素动人。作者采取了如下的几种方法：一是采用第二人称"你"的叙事手法，仿佛在与朋友谈心，避免了第三者视角带来的距离感。二是抓住了女教师和未婚男友的情感线索。女教师为了到山区教书，说服了等了她多年的男友，多次推迟婚期。她这种牺牲个人幸福，一心为工作的精神就在平实的叙述中打动了读者。三是用生活细节来表现主人公的品质。散文中说，女教师长了一双漂亮的手，他的男友曾一个劲地夸"你的手长得真好看"，而到了山沟后，这双手完全变了样，女教师想"再见到他时可不能先握手"。虽然这也许是作者的发挥，但是由于非常切合实际状况，依然能使人过目不忘。多种手法的使用，为读者刻画出了一位献身山村教育事业的女教师。

杨林勃还有一些哲理散文，她的《心灵的笔记》主要是对日常生活中哲理的探讨，从中可以看出作者对许多人生命题的看法。这类散文从传统上说，是男作家的领域，其中《培根论人生》、《蒙田随笔》和《帕思卡尔思想录》影响很大，号称三大经典哲理散文。而杨林勃作为女性，她的散文虽表达哲思，但少有议论，多是自己的感悟。有论者在谈及杨林勃的散文观察事物的角度时，认为她有一种女性视角①，而她的哲理散文，则是基于女性视角的一种"人类视角"。在这一组感悟中，最引人注目的莫过于她对人与人之间关系的考量了。她在《学会宽容》中提出："别为一点点的小事儿伤神了，总转着自己时，你的世界就小了。"而在《记得的与忘记的》中认为不应该总记得别人对自己的伤害，而应该"闷下头来做自己应该做的事"，而在《没有时间嫉妒》中，对这一观点进行了论述："没有时间去议论他人，也没有时间烦恼他人的议论；没有时间谋算他人，也没有时间苦于他人的谋算。"虽然很难说这样的思考深刻在何处，但是这显然出自作者对日常经验的观察。而读者也可以看到作者生活中的为人风格，得到精神上的启迪与教益。

三、张志春

张志春（1941～　　），出生于河北省隆尧县，1965 年毕业于北京大学中文系，花山文艺出版社编审，河北省散文协会副会长，河北省周易研究会会长。张志春兴趣广泛，写作涉及的范围也很宽。主要作品有中短篇小说集《相逢在海滨》，长篇小说《她刚十九岁》、《武状元与女强盗》（合著），散文集《神州风采》，编著《王韬年谱》，选注译评《后聊斋志异》（合作），翻译小说《现代地狱游记》（合作），易学研究专著《神奇之门》，《未知之门》等。

张志春的散文集名为《神州风采》，显示了他宏阔的看取事物的视角。他按照内容把自己的散文创作分成四辑。第一辑是"神州风采"，收入的文章不全是游记，如《寄生蟹》谈的就是螃蟹，当属小品文，不过，这辑散文以游记为主，而作者将这一辑名作为散文集的名字，足见他的重视。在张志春看来，散文包括的范围很广，"游记、笔记、随笔、日记、书信、杂文、序、跋、知识小品，乃至一些短小的报告文学、人

---

① 吴晓东：《一个女性的心灵世界——读杨林勃的散文集〈采花归来〉》，见河北省文联文艺理论教研室编：《河北散文论》，花山文艺出版社，1989 年，第 210 页。

物传记，等等，都不妨称其为散文"①。《神州风采》中的散文，就是这种散文视野中的散文。《顿悟悬空寺》是张志春游记的代表作。这篇散文最大的特点是将描写、议论、抒情糅合在一起，不仅赞美了恒山悬空寺的雄奇，还借悬空寺对中国传统文化进行了思考："我辈登临天下奇观悬空寺，自然也有顿悟。顿悟传统文化之内涵，顿悟民族文化之妙谛。"②在悬空寺的三教殿中，释迦牟尼居中，孔丘在左，老聃列右，三教始祖同塑一室，天下寺庙中绝无仅有。作者因此认为这体现了中华文明的特色："儒、道、佛三家，开始尚相互排斥、对立，到后来就相辅相成，互相补充融汇，统一在中华民族的传统文化和民族心理之中了。至今，这些传统的文化思想还深深地积淀在我们民族特别是知识分子的集体无意识之中。在悬空寺上修建三教殿的构思者，虽然没有留下姓名，但无疑也是最早领悟传统文化内涵的慧眼者之一了。"③虽然作者并没有深入论述三教合流在思想史发展中的复杂情况，但此结论还是颇有意味。有论者曾经敏锐地指出，"探索、考察、体味中国文化的总体特征"，是张志春散文的一大特色。④的确，张志春的哲思气质一直贯穿在他的散文中，成为他散文的一个明显特征。张志春后来转向易经研究，与他一直坚持对中国传统文化的思考是分不开的。

张志春《神州风采》中第二辑是"故土情思"，主要写自己家乡的风物。在这一辑里，张志春满怀热爱之情，写了家乡的特产泽畔藕（《泽畔白莲洁如玉》）、唐侯故土尧帝封地宣务山（《人杰地灵的宣务山》）、有着传奇色彩的尧山大理石（《孔夫子与大理石》）等。其中《石碑山》最值得一读。《石碑山》写故乡的山与自己之间斩不断的情思，尤其是对孩提生活的描述，亲切质朴："平时，我的小伙伴都是在院后

---

① 张志春：《神州风采·后记》，中国广播电视出版社，1990年。
② 张志春：《顿悟悬空寺》，见《神州风采》，中国广播电视出版社，1990年，第8页。
③ 张志春：《顿悟悬空寺》，见《神州风采》，中国广播电视出版社，1990年，第9页。
④ 封秋昌：《论张志春的散文创作》，见河北省文联文艺理论研究室编：《河北散文论》，花山文艺出版社，1989年，第200页。

的土山上割草、采花、挖野菜、捉蝈蝈，不敢到高大的石碑山上，因为中间有很深的几道红土沟，大人们说，那里边藏着凶猛的白眼狼，专吃小孩。我从小懦弱胆小，因此只有跟着父亲上山拾柴火，才敢登上天天抬头望见的石碑山。山顶上有两座相隔不远的石碑，高高地耸立着，像两根擎天柱一样，每天太阳刚从东边地平线上露脸儿，就把她抛出的彩霞套到两个石碑上，等黄昏日落，她就更跟石碑耳鬓厮磨，难舍难分了。"①在回忆童年时光的时候，作者使用的是儿童视角和儿童逻辑，与鲁迅《从百草园到三味书屋》的笔法类似。散文家峻青在同张志春的一次通信中，特意提到了这篇文章，说："我最喜欢的是那篇《石碑山》，感情深沉，发人深省。这样的作品，看过之后，是不会忘记的。"②

张志春《神州风采》的第三辑是"华夏英杰"，与题目相反，里面写的都是小人物，有普通老师、出租车司机、农民企业家、石家庄铁路局书记，但谁又能说这些在平凡岗位上的小人物不是英杰呢。《京华人物》写了一位北京的出租车司机王大鹏，喜欢拉外国人，热爱生活，但被一个怀疑其妻子有外遇的人误杀。作者以钩沉轶事的方法来记人，有许多小说笔法，为人物增添了许多传奇色彩。

《神州风采》的第四辑是"文苑漫步"，写了他与文艺界人士的交往及文坛旧人。《记赵树理的一次谈话》写自己在北大做学生时与赵树理的一次谈话，保留了赵树理的音容笑貌。《大翻译家彦琮》写葬于隆尧的隋朝翻译佛经的大师彦琮的事迹。《中国文学史上最年轻的评论家》写只活了29岁，但是在26岁就评点过《金瓶梅》的张竹坡的生平。

张志春谈到自己小说的美学追求的时候，总结了八字，即"不拘一格，自鸣天籁"。关于散文本体论，张志春提出了"情"、"感"、"意"、"言"四个字，并指出："写散文一定要有真挚深切的感情"，"一定要有自己独特的感受、独特的发现、独特的悟性"；"作家主体的气质、神

① 张志春：《石碑山》，见《神州风采》，中国广播电视出版社，1990年，第56页。
② 峻青：《关于散文的通信》，见《神州风采》，中国广播电视出版社，1990年，第1页。

韵、独特的悟性境界，都可以而且应当在散文中表现出来"；散文"应该特别讲究修辞造句，把作品酿成一杯色香味俱佳的美酒，使人饮之，香透鼻冠，沁入肺腑，回味无穷"。①

对张志春的散文，有论者评论说："这三十六篇散文尽管从写作时间看有十年之久的'跨度'，内容又颇为庞杂，但他的思考似乎万变不离其宗，那就是对祖国的前途和命运的关注，以及由此而产生的责任感和使命感（也包括忧患意识），还有那对祖国和对人民'虽九死而不悔'的赤诚、挚爱与深情。"②这段评论多少有些美化作家，以至"用力过猛"。相反，具体而言，张志春的散文是对一种宏大叙事的解构。读张志春散文可以发现，他无意先立意，再去建构一个什么风格，而是信笔而写，虽然看起来不成系统（他把散文划成四辑，实际是一个大致归纳），但每篇都是有感而发。

第二节　朱增泉　傅剑仁　长正

一、朱增泉

朱增泉（1939～），出生于江苏无锡，1959 年入伍，曾任解放军总装备部副政委，中将军衔，从军期间长期生活在河北。入伍前只有小学文化的朱增泉热爱文学创作，有《奇想》、《国风》、《黑色的辉煌》、《世纪的玫瑰》、《世纪风暴》、《地球是一只泪眼》等多部诗集问世。他在散文创作方面用力甚勤，出版了《秦皇驰道》、《边地散记》、《西部随笔》、《边墙·雪峰·飞天》、《血色苍茫》等散文集。

朱增泉的诗歌多以"猫耳洞"等军营的艰苦生活与战士的奉献精神为题材，抒发当代军人的爱国豪情和朴素情感。与诗歌不同，他的散文

---

① 张志春：《神州风采·后记》，中国广播电视出版社，1990 年。
② 封秋昌：《论张志春的散文创作》，见河北省文联文艺理论研究室编：《河北散文论》，花山文艺出版社，1989 年，第 197 页。

题材广泛，不拘一格，更多关注军旅生活以外的内容。朱增泉的散文善于从日常生活中提取哲理。他的《小院杂记》取材自己的小院，从生活经验出发，不断体悟生活。作者先写自己住的地方本来没有围墙，结果因为一个意外事件，各家纷纷砌墙围成了小院。作者因此议论道："围墙对于居住者起到的心理作用，远大于它的防盗功能。由此恍然明白，围墙，在我们中国人的精神生活中，有着怎样的地位和分量。"作者从生活琐事入手，娓娓而谈，得出议论却并不令人感觉突兀，非常自然。反观其他作家写生活哲理的散文，往往生硬嫁接，从生活到哲理的转换不够自然，仿佛"设套"引读者去钻。之所以说朱增泉的散文的哲理议论比较自然，是因为他不是刻意为之，而是随手拈来。同样是在《小院杂记》中，他对"人为什么难以摆脱宁静的诱惑"、"为什么弃养盆景"、"古代士大夫的自嘲"等问题进行了思考，可谓以小见大，身居小院，心怀天下。朱增泉的哲理性议论虽然是水到渠成，但是并不流俗，往往可以说出自家意见，与众不同。例如，他在谈到刘禹锡的《陋室铭》时，认为刘是"在困顿潦倒之中，故意标榜一番自己的孤傲清高罢了，连一点悲愤之气也没有"，并且认为刘拿自己同诸葛亮相提并论是不对的，因为诸葛在茅屋中静观天下，深虑远谋。这样的说法，不落前人窠臼。即使绕不过前人，他也有办法。在《小院杂记》中，作者还写到朋友看"我"院子大，送了"我"一些盆景，但是自己并不喜欢，认为这是"驯服生命的艺术，反自然的艺术，残忍之极的艺术"，接着对中国文化进行了批评："先造长城，再造园林，又发明盆景。景致一步步缩小，精神一步步萎缩，文明一步步精微，我们的先人啊。"对盆景艺术的批评，已有龚自珍的名篇《病梅馆记》在前，朱增泉的看法显然受龚自珍观点的影响。但是他并不停留在议论，而是一转，"我已预感到，小院内的这几盆盆景，将会渐渐被我冷落，荒芜，一盆盆枯死。我终于决定，在小院内的一从竹子旁，种了一块取自山野、永远旱不死的石头，聊寄我难忘大自然坦荡起伏之情怀耳"。这样，通过弃盆景取石头的行动，显示了自己的性情。因此，可以看出，朱增泉围绕小院的议论，全建立在自己性情之上，而通过议论，他也显示了自己崇尚自然、反对雕饰、傲岸通脱的个性和不同寻常的视角。他的《剪削人生》围绕着理发这件生活中的常见小事，抒发了自己独特的看法。他认为理发的开局之推发、中局之修面都是低下境界，浅尝辄止者消受完就满意而去，而真正的绝活是"通窍"、"摩顶"、"捏骨"，经过绝活的人，才感觉"刀下留人，劫后余生，旧貌已经换新颜"。把理发同人生境界相结合，作者的确是在品味生活。

朱增泉的视野比较开阔。在《驴的歌》中，他把目光投向北方常见的毛驴，赞美了"任劳任怨"的小毛驴。朱增泉散文从生活中细微事物入手，最后揭示人生哲理，充满了人生智慧。除了从自己身边寻找素材，朱增泉还有一些散文取材历史重大事件。3.7万字的《遥远的牧歌》写的是土尔扈特人在渥巴锡的率领下东归的历史，作者站在祝愿民族团结、和平的高度，用饱满激越的诗性语言重述了这段历史，把诗人气质和军人胸襟结合在一起："古代蒙古族的远征史诗，由成吉思汗在肯特山挥鞭扬蹄奏响第一个音符开始，驰骋纵横，所向披靡；之后，它时而激越，时而低回，越过了五个多世纪的苍茫时空；最终，由渥巴锡将一个悲壮句号画在了天山深处……"《遥远的牧歌》显示了他散文气势宏阔的特点，不过由于抒情基调过高，对史实的把握和处理略失精当。

二、傅剑仁

傅剑仁（1953～　　），笔名易卯。湖南省攸县人。1978年毕业于天津师范学院政史系，1999年毕业于中国社会科学院研究生院。1970年应征入伍，历任51002部队战士、政治部宣传处干事、副处长、处长、51011部队政治部主任，河北省政法委员会副秘书长、秘书长、副书记、常务副书记。出版有长篇报告文学《可以公开的丛林密战》，长篇报告文学《千日养兵》（合著），散文集《追求卓越》（合著），散文集

《圆梦》、《史记趣谈》、《汉宫漩涡》、《第三只眼睛看历史》，长篇小说《一师之长》、《黎明启程》。

傅剑仁在军队中工作过，写了不少关于军旅生活的散文。他的散文不是写战火和硝烟中的军营，而是将目光集中在和平时期军人的风采。《喊歌》带有"说明文"的性质，写的是军营生活的一个侧面。作者娓娓而谈，将军队中唱歌的目的、特点、与平时唱歌的不同交代得清楚明白。在突出部队唱歌压倒对手的特点时，列举了各种事例来说明这个特点，生动有趣。例如："有个连队一次连续唱了六十二首歌，唱了近两个小时。主持会议的拿着麦克风制止了三次都没制止住。虽然这个连当场挨了批，但一出会场这个连当官的当兵的全部嘶哑着嗓子透着跟人家炫耀的神气，你没看出一种蕴藏在军人心底的文化素养吗！你没看出那种已经变成素质的一往无前的精神吗！"

许多散文家都比较感性，敏于情感表达而不擅长说理。傅剑仁则相反，他的散文长于说理，常常能将重大问题用逻辑思考的形式来解决。《自古平凡写春秋》是作家对人生哲学的思考。作者开篇就说："有人问我人生的最高境界是什么，我没敢冒失出口，只是笑了笑。"很多散文家也许不愿面对这样的问题，因为一篇散文是难以有这样的包容力的，而傅剑仁并不回避。他接着从孔丘、柳宗元的人生入手，探讨了"平凡"和"伟大"的关系，最后得出结论说："自古平凡写春秋。没有对不平凡的超越，没有对平凡的追求，反而变得平庸，这似乎成了历史的滑稽评判。其实平凡就是平凡，似乎不值得写这么多文字来解释。日出日落，平凡与我们每个人相依相伴。"这篇说理文从问题开始，到寻找到答案结束，环环相扣，体现了作者缜密的思考能力。

三、长正

长正（1930～　），河北省唐山市人，原名张延毅。1949年开始写作，曾任河北省唐山市文联副主席、中国作家协会河北分会理事、河北散文创作委员会副主任。曾出版有小说集《爸爸回来了》、诗集《扫战场》、中篇小说《夜奔盘山》、传记文学《汛河红莲》、长篇小说《中流砥柱》、报告文学集《严峻时刻》等。散文多收入《往事》集，代表作有《往事悠悠》、《在他倒下的地方》等。

长正的散文中，有一类是讴歌革命和建设时期的英雄人物的。《在他倒下的地方……》写毕业于武汉地质学院的一位女性，怀着一腔热忱来到豫西，她收获了爱情，却又永远失去了他——一个为救伙伴而牺牲的恋人。她继承恋人遗志，终于找到了矿脉。这样的英雄人物理应赞扬，而赞扬他们也是当时时代对文学的要求。长正这篇散文的特点在于，他没有过分地投入情感，在文章中大发宏论，而是通篇用"她"和"他"来指代两位英雄，用他们的事迹来打动读者。有论者在谈及长正散文的结构方式时说，作者善于"从平凡的生活中抓取一个个断片，再经过其感情凸镜的调节，凝聚成夺目的光点，并以此映现出令人难忘的人物形象或昭示出作品的思想内蕴"①。这个特点在《在他倒下的地方……》中得到了很好的展示，文章写"他"时，就是通过为新来的同志用树枝茅草结铺位、每天早晨磨好同志们的柴刀、下山后连夜做勘探记录等细节来刻画的。同样，《鸟儿啾啾》、《经霜焦竹声更高》中地震后截瘫的青年不向命运低头，《明月楼头万木花》中为恢复矿山立功的矿工，都是时代英雄，作者也都是用细节展示了英雄人物美好的心灵。《往事悠悠》写的是由女儿申请入党引发的思考。作者回忆了当年自己入党经历的风波，批判了"文化大革命"时期的"左"倾政策，赞扬了下一代青年人的"可爱"。散文中流露中老一代共产党员对党九死未悔的真诚和对共产主义信念的坚持。在文章的结尾，长正写道："共产主义早已不是昔日游荡于欧洲的怪影了。反动逆流总有一天会被克服下去。历史将会再一次证明，无产者在这场革命中只会失去自己颈上的一

---

① 赵朕：《絮语长正的散文创作》，见河北省文联文艺理论研究室编：《河北散文论》，花山文艺出版社，1989年，第15页。

条锁链，International一定要实现。"长正不是在矫情地空喊口号，不管时代风云如何变换，他的文学作品始终坚持着这一信仰。长正在后期的作品中也对自己的创作道路进行了反思，认为自己最缺乏的是"独立的思维"和"敢于冒死的精神"①，对自己能有如此严厉甚至苛刻的自我批判，在老一辈的河北作家中，也是不多的。

第三节　刘芳　郭淑敏　颖川　奚学瑶

一、刘芳

刘芳（1938～　），河北省兴隆县人，曾在承德地委宣传部、承德地区文联工作，并担任过河北散文学会秘书长。代表作品有《边城夜话》，散文结集为《黎雀声声》、《绿的呼唤》等。

刘芳《绿的拼搏》明显借鉴了杨朔的散文写法。他吸取了杨朔散文的优点，同时，也注意避开杨朔的缺点。②刘芳注意了解平凡人的英雄事迹，很多散文都是歌颂他们的。在《绿的拼搏》中，散文开头先写吐鲁番是大沙漠中的一片绿色，赞扬"这些微弱的绿色没有被埋没，仍簇生着葳蕤，似在向着死亡世界庄严宣告：世上只要有生命在，地球绝不会变成沙的汪洋！"不过，作者的本意并不是赞美绿色。接着，作者写了一位"戴着太阳帽、捂着大风镜"，正"趴在沙丘上用钢尺量着一株小树的高度"的吐鲁番治沙站站长潘伯荣。老潘介绍了胡杨以及沙拐枣、梭梭、红柳、老鼠爪等植物抵御沙漠侵袭的过程，最后笔锋一转，赞美了治沙几十年的老潘。从立意和结构来看，《绿的拼搏》与《荔枝蜜》有很多相似之处，但是，《绿的拼搏》克服了后者生硬"升华"的瑕疵，故意没有直接歌颂老潘，而从"被西风吹裂的老潘脸上，我似乎已看到了绿色的未来……"这样的结尾中，隐晦地表达了自己的感情，

---

① 长正：《假如时光能倒流》，《散文百家》，1993年，第3期。
② 马俊山：《论杨朔散文的神话和时文性质》，《文艺理论研究》，1998年，第1期。

这样，使读者不知不觉中，产生了对英雄的敬意。同样题材的还有《雪峰顶上有人家》，写的是作者冒着零下43度的严寒，攀上了木兰围场的"夫妻望火楼"，这对夫妻几乎在与世隔绝的状况下看守着林场，默默奉献。一是作者有善于发现的眼睛，一是有生活中感人的现实，二者结合，才能有刻画人类美好境界的文章。刘芳的一系列散文，赞美人的精神之美，在普遍"审丑"的文学界，也许能够使人寻找到不放弃生活的理由。《边城夜话》同样挖掘了生活中美好的东西，写了自己与一位大学生的谈话。这位大学生丢下"铁饭碗"，到丝绸厂做了推销员，并且利用专业所长，运用外语，做成了多笔生意。最后，作者借那位大学生之口说："假如生活中的每个人都能找到自己最佳的位置，我想这个世界一定是很和谐很安宁的。"小故事大道理，类似的"心灵鸡汤"在近年散文中越来越多。有的作者往往依靠一知半解道听途说就大谈人性、宽恕、启蒙、幸福等话题，越来越生拉硬扯，流于浅薄。应该指出的是，刘芳观察事物的时候，没有停留在肤浅的人生小感悟上，而是着力深挖，力求深刻。

二、郭淑敏

郭淑敏（1954～　），出生于天津，河北新乐人。《青春岁月》杂志社记者、编辑，散文代表作有《梨花雨》、《亲近长江》等。

郭淑敏的散文走的是传统古典的抒情路子，她的散文，并不善于叙事和议论，就其散文中抒发的情感来看，也谈不上多么独到和深刻。所不同的是，郭淑敏选择了诗化的语言来叙述，与其说她的作品是散文，不如说是散文诗。因此，考察郭淑敏的散文创作，应将作品放在散文诗的脉络中。以前的论者没有以此为切入点给予评述，即使注意到了她语言上的与众不同的特点。[①]作为独立的文体，散文诗的流行是在19世纪

---

① 马嘶：《在生活中采撷芳香》，见河北省文联文艺理论研究室编：《河北散文论》，花山文艺出版社，1989年，第107页。

中叶以后。波德莱尔在1861年最早使用了"散文诗"概念，屠格涅夫、王尔德有过著名的散文诗。在中国，刘半农1915年率先译介过散文诗，鲁迅、郭沫若、冰心、许地山也进行过散文诗的创作。在当代，散文诗的发展也很迅速，其中一类散文诗接近诗歌，一类散文诗接近散文。郭淑敏的散文诗注重语言的锤炼雕琢，从布局等角度看，更接近散文。她的《梨花雨》是一篇散文诗佳作，体现了散文诗的许多特点。该文这样结尾：

> 一枚梨子在手，不禁轻问：可是当日带雨的一朵？一别半载，又几多劫难？几多凝聚？
>
> 梨子无语，惟有香气袭人。
>
> 把玩再三，不忍品尝，惟恐触动深藏腹中的一点酸心。
>
> 是酸心又何须示人？剖开便是如漆的种子。虽苦涩，却孕育着一片浩瀚的雪海，花落果成，香飘万里。
>
> 便如此反反复复，嘻嘻喜喜，一夜辗转。
>
> 开镜四顾，虽满面风尘，却自觉沉甸甸亦如梨。
>
> 梨子置于枕畔，香馥伴我入梦。
>
> 梦中，一枝梨花犹带雨。

作者在此大量使用了疑问句，造成了如梦似幻的氛围；而大量叠音词的使用，也使文章读来音韵流畅；诗词典故的化用，更使文章接近古典意境。在她的《亲近长江》中，更是将这一长处发挥得淋漓尽致："一条细流汇入长江，是香溪。绝代佳人王昭君，生与斯，长于斯，却远嫁匈奴，而今安在哉？十数座青冢，不知何处掩埋香骨？/佳人已去，长江依旧，留得一世艳名。"她的散文诗清澈绵密，读来如饮春茶，淡而有味。

散文诗并不易写，因为文学家多半情感丰富，当沉浸在自己的情感世界中的时候，也许会被视为矫情。而为文造情的毛病，也是散文家的通病之一。郭淑敏散文的特点就在于她通篇抒情，却不给人生硬的感觉。她的《祭外祖母》情深意长却不是号啕落泪，这样的情感落在纸上，淡淡的悲哀中透出一种优雅："又是一年清明，外祖母，我来祭您。/依旧是黄土一捧，乍暖还寒，树草返青。携来白酒一杯，为您暖身，果品数样，供您尝新，纸钱若干，求您不再勤俭。"其中，求外祖母不要节俭纸钱一笔，出人意料，内涵丰富，也可以看出郭淑敏并不只是注意咬文嚼字。

三、颖川

颖川（1936～　），本名刘维燕，河北蠡县人。曾为中学和电大教师、涿州市文联主席。散文代表作有《花竹赞》、《荷花赋》等，结集为《荷花赋》。

颖川的散文大都是咏物的，尤以花木为主，在散文集《荷花赋》中，有《荷花赋》、《汗珠赋》、《花竹赞》、《大楼赋》、《小泉花》、《君子兰》、《沁心茶》等咏物篇什，占了全书的大部分篇幅。这堪称颖川散文的一大特点。咏物散文历来是散文创作的一大类别，但是在当今散文中呈衰微之势。主要原因应该是在现代社会，读者在了解关于"物"的知识时更愿意"读图"，而图片无疑更具有直观性，这种倾向挤占了咏物散文的空间。要胜过图片，就要在细致观察和深入阐释方面下工夫。颖川在这两方面都进行了实践。颖川在颇有理论色彩的《笔耕偶拾》中说："从事文学创作，也应把握人和事物的个性，也应在实践之火中炼就一双慧眼或准慧眼。也只有炼就一双慧眼，才能从事物的共性中看出个性。"[①]从颖川的散文看，他确实注意观察事物共性中的个性。他的《汗珠赋》开篇就说："别人赞美珍珠，我却赞美汗珠。"将汗珠作为"劳动人民"的象征，也并无多少新意，作者进一步写道："我尤其赞美千百万园丁们的汗珠。"在抒发完对园丁的赞美后，作者笔锋进而一转，将园丁转向教师，"他们更用一颗颗汗珠，去滋润学生的思想境界，去

① 颖川：《笔耕偶拾》，见《荷花赋》，花山文艺出版社，1990年，第121页。

抚摸学生的感情脉搏，去陶冶学生的高尚灵魂"。从汗珠到园丁到教师，由物及人，作者巧妙赞美了辛劳的教师。而没有履历中的教师生涯，作者也许不会由汗珠发出切合自己身份的联想——这正是作者散文的个性。《花竹赞》同样自出机枢，与众不同。竹与梅、兰、菊并称"四君子"，历来为文人墨客吟咏，然而作者却另辟蹊径，认为："人们所盛赞的竹子，大都是枝叶扶疏的翠竹，或破土而出的春笋。至于那些开花的'花竹'，却不曾见有人赞誉过。这种认识上的偏颇，不能说不是一件憾事吧。"作者抓住花竹为了留下种子而宁愿生命终结的事实，发挥开去，赞美了有的老同志到了晚年，"像花竹一样，把自己的能量全部释放出来，贡献给我们民族的伟大事业"。颖川确实能够注意到常人忽视的一面，但是其联想和发挥过于狭窄和生硬，过多迎合时代气氛，最后的结论反而落入窠臼。另外，颖川散文的题材也过于狭窄，有论者指出他的散文对"心底情感的宝藏"[①]开掘还不够，是有道理的。颖川散文另一特点是精短，都是短制，在散文越写越长的今天，同样起到了反拨的作用。

四、奚学瑶

奚学瑶（1946～　），生于浙江天台，1970年赴河北抚宁县插队，1976年调秦皇岛，供职《浪淘沙》杂志。散文代表作有《绿水》、《鹰鸽夜话》等。

《绿水》的副标题是"燕塞湖随想"，是一篇写景的散文。这篇散文沿袭了一般写景散文的套路，即借景抒情。不过，作者并不是掉书袋讲历史，而是结合自己的感悟，得出自己的结论。谈到绿水，当然已经有朱自清的《绿》在前，他对梅雨潭的铺排淋漓尽致，很难被超越。而奚学瑶则另辟蹊径，他的《绿水》是一篇怀乡之作。作者开头就说："山重水复，绿水漾漾。在江南温柔乡中长大的我，见到这几十里弯弯的绿

---

① 尧山壁：《荷花赋·序》，见颖川：《荷花赋》，花山文艺出版社，1990年。

水，不觉心随流水，流向忆念中的故乡了。"作为游子，此情此景，常常容易美化故乡，这也是可以理解的。但是，作者并不如此，他说："南方妩媚多姿，温柔婉约；北方阳光灿烂，慷慨刚强。我思念南方，又真心爱着北方，我多么希望，两者能融合在一起，既有阴柔之美，又有阳刚之态。终于，在这里，江南之绵柔，北国之刚强，和谐地统一在一起了。"如果仅仅如此，《绿水》还不能说这是一篇出色的散文。奚学瑶进而写自己消融在"山水的襟怀里"，"大自然在我的胸中融合为一，我亦与自然融化为一体"，颇有《醉翁亭记》中"醉翁之意不在酒，在乎山水之间也"的风骨。登山则情满于山，观海则意溢于海，如此豁达潇洒的境界，在当代河北游记散文中并不多见。

《鹰鸽夜话》采用了鹰和鸽对话的方式，探讨了宇宙、人生的许多重大问题。对话体是一种古老的文体，《论语》中有许多篇目就是孔子和学生的对话，而《孟子》中则充满论战。这篇散文也许是奚学瑶多年思考的结晶，内容丰富而芜杂，显示了他的思辨功力，同时也有很强的诗化色彩。其中，作者借鹰和鸽之口，宣扬了和平的人生态度："人世间最和平的对立面，大概只有我和你——两只心境平和的鸽和鹰。"同时也主张积极奋斗："在立体的时空中，人都有自己闪光的位置，都有自己存在的价值。人非蝼蚁，岂能匍匐在地上，为偏见所驱使和摆布？相信自己的力量吧，尊重自己的人格；昂起头颅做人，挺起胸膛前进！"奚学瑶选择对话体的结构方式，使两种思想能够相互辩难，相互补充，同时又可以自由转合，避免了一般论文的呆板。当代许多散文单纯明快，但是忽视了社会生活和人生经验的复杂性，奚学瑶的散文却能够暴露自己的"论辩"着的思想，在某种程度上契合了巴赫金关于文学的"复调"的论述。

第七章　河北当代报告文学概述

　　报告文学是近代新闻报刊业发展到一定阶段的产物，它是"以真实的人物事件为中心内容，以文学的表现技巧为主要手段，迅速及时地反映现实生活的一种独立的文学体裁"[①]。虽然它的"真实性"和"文学性"之间的关系比较模糊，但还是曾经被作为了解时代的重要参照。对此，茅盾在1937年论述说："每一时代产生了它的特性的文学。'报告'是我们这匆忙而多变化的时代所产生的文学式样。读者大众急不可耐地要求知道生活在昨天所起的变化，作家迫切地要将社会上最新发生的现象（而这差不多天天都有的）解剖给读者大众看，刊物要有敏锐的时代感——这就是'报告'所产生而且风靡的根因。"[②]随着信息交流便捷化程度的增加，报告文学文体的作用也在不断变化，逐步走出了初期"报告"的樊篱，对社会热点问题和人物的追踪成了它的主要任务。在当代文学史中，报告文学已经不再是身份不明的"亚文学"和"边缘文学"，而是成为与诗歌、小说、散文、戏剧并列的文学形式了。

　　河北报告文学是中国报告文学潮流中的一脉，它的发展变化与中国报告文学有一致性。当代河北报告文学经历了三个发展阶段：其一是起步阶段，产生了许多与时代同声相应的作品，虽然有各种局限，但恰是当时政治和社会状况的反映；其二是80～90年代，这是中国报告文学发展的高峰，也是河北报告文学的丰收期，出现了李春雷、王立新、一合、梅洁等多位走出河北、在全国具有一定影响力的报告文学家；其三是90年代以来，新一代的报告文学家李春雷等在报告文学体裁衰落的

---

　　① 裴显生主编：《写作学新稿》，江苏教育出版社，1994年，第587页。
　　② 茅盾：《关于"报告文学"》，《中流》，1937年2月20日，第11期。

时期，创作出了《宝山》、《木棉花开》等有影响的作品，延续了当代河北报告文学的辉煌。

第一阶段，从当代中国报告文学发展的角度看，一直到"文化大革命"结束前，报告文学的内容和形式都比较单一，基本上都是图解意识形态的作品。虽然1956年出现过刘宾雁的《在桥梁工地上》和《本报内部消息》等"干预生活"的作品，但是很快就被严厉批判，随着1959年"反右"斗争销声匿迹了。在论及"十七年"和"文化大革命"时期的报告文学的时候，李炳银的一段话颇有代表性："1949年10月～1976年10月间，报告文学创作尽管经历过不少的艰难和曲折，但其创作还是有发展、有成绩的。特别是出现了像魏巍、徐迟、魏钢焰、穆青、黄宗英、李若冰等作家创作的一些脍炙人口的优秀作品，从而为报告文学创作的历史积蓄了较为丰富的内容。这些作品的出现，扩大了报告文学在读者中的影响，巩固和加强了自身的文学地位，为后来的大发展和彻底独立打下了基础。但是，由于十分复杂的原因，这个时期内的报告文学创作，有不少时候作家作品的独立性未能真正建立起来，创作中或多或少地总会受到来自社会不同方面的外力的干扰，影响了作品本可能达到的思想深度和艺术水平。"[①]概括来说，就是具体肯定一些作家作品，但对报告文学整体成绩评价不高。也可以说，这是共识。报告文学由于自身的特点，一直受到重视，产量一直很高。1963年，河北报告文学的创作出现了井喷现象，"是报告文学在我省创作发展上特别繁荣的一年"，被称为河北省的"报告文学年"[②]。1964年，田间在河北省戏剧、文学创作会议上说："报告文学的写作，比较及时，易于及时反映当前的现实斗争，所以有大力提倡的必要。《花开第一枝》（五公公

---

① 李炳银：《当代报告文学流变论》，人民文学出版社，1997年，第306页。

② 敏泽：《报告文学的丰收》，《河北文学》，1964年7月号。作者列举说，属于"四史"的作品有于雁军的《耿长锁的"老战友"》（《河北日报》，1963年6月，《河北文学》，1963年7月号）等；反映抗洪斗争的有王昌定的《抗洪篇》（《天津日报》，1963年9月20日）等；歌颂三大革命斗争中新的英雄人物的有记者的《白维鹏》（《河北日报》，1964年4月2日）等。

社史）中，业余作者李惠英、师桂英写的《两个农村姑娘的日记》、于雁军写的《耿长锁的老战友》，以及《建明公社纪事》的几篇家史，都是可读的文章。"①五六十年代，在建设社会主义新中国的政策感召下，在各行各业出现了一批"新人"，对这些"新人"的讴歌是当时河北报告文学的主要目的。河北人民出版社1979年出版的《河北报告文学选》中，共收入21家21篇报告文学，几乎全部都是讴歌"新人"和"新事"的。②

　　同柳青的《王家斌》和沙汀的《卢家秀》一样，秦兆阳的《王永淮》也是一篇塑造农村"新人"形象的报告文学。这篇报告文学有一个很大的特色，就是采用了侧面描写的方法。王永淮本人并没有在作品中正面出现，他的事迹，是通过一位跟"我"顺道的老乡告诉"我"的。这样，避免了直接描写英雄人物时候产生的隔阂——这一点是当时许多作品共同的缺点。这种侧面烘托人物的手法被广泛借鉴，马烽的《三年早知道》等作品都采用了类似表现方法。同时，此手法还有另一个好处，就是从另一个方面写了王永淮在群众中的威望和口碑，使人物更加真实可信。而其中的某些夸张因素，如王永淮在鸡一叫就起来亮着灯读课本，也因为无法考证而增加了人物的传奇色彩。《王永淮》的语言有很强的口语化特色，开头是："你打听王永淮吗？你算打听对了，我跟他忒熟。你到七区去，咱俩正好同道儿，我就跟你说说他的事吧。"③如话家常，生活气息浓厚。秦兆阳还写过类似题材的《姚良成》和《老羊工》，细腻表现了当时农村的新变化。

　　田间的《建明湖——这座明湖是怎样诞生的？》写了白马峪村民兴建水库的过程，是写大跃进的作品中独特的一篇。总路线、"大跃进"

---

　　① 田间：《积极投入社会主义新文艺创作运动——在河北省戏剧、文学创作会议上的讲话》，《河北文学》，1964年，5月号。

　　②《河北报告文学选》，河北人民出版社，1979年。这本书没有前言和后记，封面注明"向国庆三十周年献礼"，21篇报告文学基本是按发表时间排列的，最早的发表于1953年，最晚的发表于1979年。

　　③ 秦兆阳：《王永淮》，《人民日报》，1953年12月27日。

和人民公社号称"三面红旗",涉及这一时期的作品都有夸张情感和粉饰现实的毛病。目前对"大跃进"和反映"大跃进"的文学的研究已经比较深入,也有人提出当时兴修农村基础设施的功绩。客观说,"大跃进"时期兴修了不少水利项目,泽被后世,也是事实。田间在《建明湖》中说:"这座湖是一九五八年三月到七月开始建的。第一期工程,粗具规模。一九六〇年又加工,最后完成。这个工程是几个公社的一项大合作。中国历史上,村与村之间,上游与下游之间,水利纠纷,历年都有。如果不是人民公社打破了地界的死规道,为发展集体经济开辟了大道,不用说兴建水库,就是上下水的纠纷,也是不易解决的。"①这篇报告文学本意在赞美劳动者,但是也可以换个角度去读,它虽然带有不少意识形态意味,但是对认识大跃进意义的复杂性也不无益处。

阎涛的《太行不老松——记"子弟兵母亲"戎冠秀》写了荣冠秀在革命年代支援前线的事迹,她不仅对战士们比孩子还亲,还把自己儿子也送上战场(后来光荣牺牲),参加了开国大典。作者不仅写了她光彩照人的事迹,还写了她的日常生活,如每天还是吃战争年代充饥的野菜,说不吃点野菜吃不下饭,她78岁的时候还坚持下地劳动,一年出了200多天工。作者就是用这样的生活细节刻画出了有血有肉的女性戎冠秀。

孟敏是在"十七年"时期专攻报告文学的作家。在1958年和1959年两年中,河北人民出版社出版了他的《坚强的女英雄》、《土高炉旁的钢铁姑娘》、《荣军旗帜张树义》、《农业多面手傅文英》、《全新的社会全新的人》、《光荣的事业光荣的人》6部报告文学,热情歌颂了当时涌现出的人物。这些作品虽然对大炼钢铁等"极左"的路线和政策进行了歌颂,但是,这也是时代悲剧的结果。新时期,孟敏还有不少散文,反思了"文化大革命",提倡"平易自然"的美学风格。

除上述之外,20世纪50~70年代,河北还有不少有影响的报告文

---

① 田间:《建明湖——这座明湖是怎样诞生的?》,《河北文学》,1964年,4月号。

学作品。张峻的《气壮山河回天图》写的是唐山大地震后开滦煤矿恢复生产的过程，展现了唐山受灾后重建家园的现实，气势宏伟，激动人心。刘真的《西天取宝记》写了徐水县商务局的王夫友去新疆买细毛羊的事，表现了新中国成立初期人与人之间淳朴的关系。周宣文的《海兰江畔亲人多》写了唐山地震后，吉林延边朝鲜族自治州伸出热情的手，以人道主义和共产主义精神对灾区大力援助的事情，展现了人性中美好的一面。这些报告文学跳动着时代的脉搏，反映着时代的精神。这个时期的报告文学生动记录了河北第一线劳动者的奉献精神和淳朴性格，虽然不时出现政治口号等时代印记，但是还是记录了一代河北人的生活面貌。值得一提的是，1976年的唐山地震是人类史上的重大灾难之一，在对唐山援助和重建设过程中，出现了许多优秀作品，充满了人道主义激情。

这个时期的报告文学创作有一个突出的特点，就是紧跟形势，组织多篇报告文学反映同一个主题。1963年河北遭遇到了特大洪水，《河北文学》在9月号上发表了《空降救灾》（马国昌）、《军生》（韦野）、《战洪峰》（张知行）、《西河闸下》（阿凤）等报告文学，全方位报道了这次救灾过程。而在1964年3月号上又发表了《我们是光荣的人民公社社员》（刘振声）、《四十二个白洋淀人》（叶蓬）、《水上通讯兵》（毛兆会），赞美了抗洪中的英雄人物。接着在4月号发表了敏泽的评论文章《伟大精神的赞歌》，认为"在党的领导下，站起来的人民，在曾经简直是神异的，不可抗拒的洪水的威虐面前，出现了多少激动人心的奇迹"，抗洪"成了一次全面显示社会主义优越性，显示我省和我国人民的伟大英雄气概和品质的无比生动的教材"。①这样，通过有意识地"引导"和"确定"，就把抗洪叙述为具有高度政治意义的事件。从《河北文学》来看，仅1965年就组织了"公社自有回天力"和"全民皆兵铜墙铁壁"两个报告文学专辑，配合了政治宣传。同样是为政治服务，1963年百

---

① 敏泽：《伟大精神的赞歌》，《河北文学》，1964年，4月号。

花文艺出版社和作家出版社分别出版了《花开第一枝》、《建明公社纪事》两部"公社史"。

第二阶段，80年代是报告文学文体飞速发展的时期，产生了大量优秀作品，反映了改革开放初期中国蓬勃的活力，形成了"知识分子题材报告文学"、"反思题材报告文学"、"宏观报告文学"、"史志性报告文学"、"社会问题报告文学"等不同报告文学类型，并不断引起文坛内外的轰动。其中徐迟的报告文学《哥德巴赫猜想》引发了社会关注知识分子的热潮；张书绅的《正气歌》写了张志新烈士的事迹，控诉了"文化大革命"；程树榛的《励精图治》勾勒了改革初期创业者的形象……在80年代，报告文学成为引领文化领域潮流的重要文体，也是中国当代文学史上的重要文学景观。1981年一个不完全统计显示，1977～1980年，公开发表的报告文学有1409篇，平均每天一篇。①1987年11月，《人民文学》、《解放军文艺》、《报告文学》等百家刊物联合发起"中国潮"报告文学征文活动，更是将80年代的"报告文学热"推向了顶峰。

与此同时，河北报告文学也得到了极大发展。写改革开放时期新"英雄人物"的报告文学有很多。改革开放中的创业者是报告文学的重要主题之一。花山文艺出版社出版了《当代企业家》，对当时的创业者进行了集中展示。这些报告文学突出了创业者的"闯劲"和克服困难的勇气，赞扬了这些新时期"第一个敢吃螃蟹"的开拓者。有关改革人物的报告文学是新时期河北报告文学的主要收获。王乃飞的《当代企业管理家》、《站在悬崖起飞》及刘芳的《闯荒山的姑娘》都是其中有代表性的作品。还有很多作品赞美了为理想而奋斗的坚韧的精神。吕振侠的《跛子之路》写的是跛子陈玉里经过刻苦努力，终于成为著名的农村漫画家，并创建了全国第一个农民漫画剧组"青蛙"

---

① 复旦大学中文系文学写作教研室编：《中国优秀报告文学选评》，复旦大学出版社，1986年，第2页。

的事迹。①祁淑英的《雄才在磨难中穿行》写了1954年考入北大物理系的研究生陈成钧在"劳动改造"中依然进行科学研究，与命运搏斗，1978年获得全国科技大会发明奖，1979年考取美国哥伦比亚大学研究生的过程。此类作品洋溢着乐观向上、积极进取的气息。余炳年的报告文学为80年代河北一代开拓者塑造了一组群雕。《银河咏叹调》、《被捆缚的能人》、《三次敬酒》、《问渠哪得清如许》、《第三个杜十娘》、《赤子之心》、《你看见了什么》等报告文学写了改革开放过程中许多作出了贡献的人物，呼应了历史大潮。他的报告文学总是抓住生活中的矛盾冲突，深入人物内心世界，从广阔视野和深入层面展示社会现实和人性，避免成为好人好事的表扬稿。除此之外，余炳年还有一些国际题材的报告文学，如《风雨马尼拉》、《巴黎空中劫狱案》、《旧金山的枪声》等作品，以揭露和批评为主，但是毕竟展现了西方社会文化景观的一面，开拓了相对比较封闭的读者的眼界。祁淑英的《妈妈，五丫对您说》的主人公是中国女排队员曹慧英。作者并没有过多渲染曹慧英在排球事业上的成绩，而是采取女儿向妈妈倾诉的方式，集中笔墨，展示人物心路历程：这个农村姑娘刚到队里受到城里姑娘的歧视，但是肯吃苦、敢拼命，有团队意识，终于凭实力当上了队长，率领女排姑娘书写了中国体育史上的辉煌一页。②她的《微笑的歌王——蒋大为传》（春风文艺出版社，1988年）虽然是传记作品，但作者也用了报告文学的笔法，通过蒋大为坎坷的艺术之路，赞美了他执著追求的精神。值得一提的是，祁淑英还出版了研究专著《报告文学的采访与写作》（南开大学出版社，1987年），从理论上论述了报告文学文体的发展与写作技巧，是新时期河北报告文学研究史上的重要收获之一。同样有影响的是长正的报告文学集《严峻时刻》（河北人民出版社，1979年），题材丰富，汇集了新中国成立后作者重要

---

① 吕振侠：《跛子之路》，《河北文学》，1987年，第9期。
② 祁淑英：《妈妈，五丫对您说》，花山文艺出版社，1985年。

的报告文学作品；戈红（高峰）是一位记者，她的报告文学集《生活的抉择》（花山文艺出版社，1985 年）和报告文学《马胜利被告记》、《他从乡间小路上起飞》都关注了改革中改革家的开拓精神和遇到的困难，在《继母》中，她用女性的视角关注了女性在社会生活中的地位。

80 年代是中国报告文学创作的黄金岁月，在这个时期的河北报告文学中，具有全国影响的并不多。一味为时代唱颂歌，是 80 年代许多河北报告文学的共同特色。报告文学的启蒙、批判特性在新时期之初就被河北报告文学理论界意识到了："当新生事物还处于萌芽状态，还不被多数人理解的时候；当腐败事物还猖獗迷漫，许多人还在观望、沉默的时候，更需要我们的报告文学的作者发扬大无畏的革命精神，扬善弃恶，为新生事物大喊大叫，对麻醉事物进行鞭笞。"①河北报告文学家有的也带有批判色彩，但能将其作为立场并坚持下来的并不很多。

第三，90 年代以来，中国报告文学创作也发生了一个"转型"，风格从激情澎湃指点江山变为冷静客观。同时，报告文学自身学术积累也进入了一个新阶段。其主要表征是，对报告文学的文体特征有了深入细致的探讨，使报告文学在文学格局中的地位得到加强；另外，各种报告文学史和报告文学集不断推出，保存了大量一手资料，全景式反映了当代报告文学的发展历程。②此论从报告文学创作角度看，普遍认为相比新时期，90 年代的报告文学的"热度"明显减退。有论者分析原因说，80 年代报告文学的繁荣是因为在"逼仄的历史语境"中，报告文学扮

① 河北师大中文系写作教研室：《报告文学三十年》，《河北师大学报》，1979 年，第 4 期。

② 比较有代表性的是，1998 年长江文艺出版社出版了李炳银编的十卷本《中国新时期报告文学大系》，对新时期报告文学优秀作品进行了整理；1999 年华夏出版社出版了傅溪鹏、周明选编的《中国新时期报告文学百家》，以作者为线索整理了新时期报告文学；2002 年吉林人民出版社出版了王吉鹏、何蕊编著的《新时期报告文学史稿》，对新时期各阶段报告文学作家、作品、创作特点进行了细致梳理。2002 年湖南人民出版社出版了章罗生的《中国报告文学发展史》，对 20 世纪中国报告文学发展历程作了细致勾勒。

演了"社会正义、道德良心的救世主形象"，反映了"时代的真实表达机制的匮乏"①。此论从报告文学和新闻作用的角度分析，抓住了报告文学式微的主要原因。90年代以来，意识形态环境使80年代报告文学的社会政治激情消失殆尽，报告文学也不需要负载更多社会批判功能，回归历史成为主要趋向。虽然也有《希望工程纪实》（黄传会）、《中国农村大写意》（李超贵）、《共和国告急》（何建明）等反映现实的作品，但作家显然无法驾驭此类宏观"问题"，而《中国知青梦》（邓刚）、《大清王朝的最后的变革》（张建伟）及解放军出版社的"中国革命斗争报告文学丛书"等回溯历史的作品逐步增多，这也是报告文学寻求自身发展的新走向。

90年代以来河北报告文学得到了长足的发展，出现了一合、王立新、李春雷、梅洁等走向全国的报告文学家。一合的《黑脸》，李春雷的《宝山》、《木棉花开》，王立新的《要吃米，找万里——安徽农村改革实录》等作品都在全国范围内产生了很大影响（有关这三位作家作品的详细评介见下章）。

梅洁的《创世纪情愫——来自中国西部女童教育的报告》是一部优秀报告文学，由于作者在其中加入了自己的情感，使这部报告文学呈现出不同寻常的质素。报告文学作者对采访对象有情感投入是正常的现象，不然也不会产生写作的激情——虽然有的理论家要求作者保持理性和客观。但是，梅洁在书中显然不想压抑情感，而是以一个女性天性中的柔情，为读者展现了女童、女教师、女干部在中国最贫穷的西部的生存状况。这也是梅洁关注女性命运的思考的自然延续。她的同情、愤激、喜悦、哭泣都贯注在这部著作中，所以她才会把自己创作时的状态比喻成"掉进地狱"，而这又是一个"欲哭不能、欲喊无用、无处呼告、非自救无人可救"②的状态。在这部报告文学中，作者的情感不断被宣

---

① 金汉主编：《中国当代文学发展史》，上海文艺出版社，2002年，第371页。

② 梅洁：《创世纪情愫——来自中国西部女童教育的报告》，河北教育出版社，1999年，第377页。

泄出来，她不但夹叙夹议，表达自己的情感，还加入不少"启示"，进行思考，显示了强烈的使命意识。值得一提的是，关注西部女童教育问题是"政治正确"的，作者找点例子来说明问题并不困难，但是从书中可以看出，梅洁的采访是细致的、材料是丰富的，是以一个"专家"的标准来要求自己的。这也使得她的这部书有别于堆砌材料时洋洋洒洒，议论时却偏颇外行的报告文学。梅洁的报告文学《大江北去》关注的是"南水北调"工程，以史诗性的结构讲述了北方水资源日渐枯竭的现状和调水工程的艰辛，在人类与自然的关系层面抒发了现代性给中国，尤其是中国普通民众带来的"灾难"，从而使《大江北去》"忧愤深广"，带有强烈的悲壮色彩。梅洁的报告文学接续了80年代报告文学"大"的传统，关注重大社会焦点问题，同时又不是就事论事，而是以强烈的人文关怀统摄材料，使作品带有了较强的感染力。

　　张国明、鲁守平合著的30万字的《感恩中华》是河北90年代报告文学的重要收获。《感恩中华》写的是保定第一棉纺织厂厂长马恩华的事迹。马恩华是一位具有开拓和奉献精神的企业负责人，《感恩中华》以磅礴的气势、激越的感情概括了他的功绩。该书分成三部分：上篇是"命运交响诗"，写马恩华改革的历史背景；中篇是"市场风云录"，写改革的艰难过程；下篇是"生命辩证法"，写马恩华去世及对民族工业的贡献。《感恩中华》并没有把自己定位为英雄人物歌功颂德的纪念碑，而是从时代的角度切入，追求一种史诗性的品格，把马恩华作为顺应时代潮流出现的英雄来塑造，同时，也用马恩华的事迹来反映时代。正如作者在后记中所说："在时代面前，任何伟大的人物都是渺小的。文学家的使命是：在人物命运的崇山峻岭与大川大江中，发现与人物命运同宗一脉的时代真正价值。"[1]因此，《感恩中华》不仅仅是一部人物传记，还是80年代中国企业改革的备忘录，它以翔实的数字、采访等案头工作为依托，将企业改革风起云涌的一幕通过一位国有企业厂长的事迹完

---

①　张国明、鲁守平：《感恩中华》，花山文艺山版社，1999年，第374页。

整保存了下来。

傅剑仁的军旅题材报告文学也颇有特色，他的《可以公开的丛林密战》（解放军文艺出版社，1991年）、《千日养兵》（合著，军事译文出版社，1992年）等报告文学将目光聚焦军营，在某种程度上填补了河北当代报告文学的空白。

第八章　王立新　一合　李春雷

第一节　王　立　新

　　王立新（1949～　　），河北遵化人。1969年入伍，曾任甘肃酒泉卫星发射中心战士、西昌卫星发射中心政治部干事。主要报告文学作品有《王国藩沉浮记》、《毛泽东以后的岁月》、《运河孤茔》、《北方大港之梦》、《地震与人》，另有《马胜利的是是非非》（中国文联出版社，1999年）、《要吃米，找万里——安徽农村改革实录》（北京图书馆出版社，1999年）等。

　　王立新的报告文学贴近现实，关注重大题材，记录了当代许多风云人物。在当代报告文学史上，以人物为中心的作品大多是歌颂类的，这些作品着重挖掘英雄人物的优秀品质，但是有时候也"为英雄讳"，有意遮蔽一些对他们不利的信息。王立新却把目光转向了那些"有争议"的人物，这些人往往背负着正反两方面截然不同的评价，也因此有着深刻的认识价值。他早期的报告文学《王国藩沉浮记》就塑造了一个性格复杂的劳模形象。王国藩早年带大家办"穷棒子社"，功勋卓著，但是随着地位变化，人性中的弱点也逐渐显露。《马胜利的是是非非》取材于更有争议的人物马胜利。马胜利是80年代改革风潮中的弄潮儿，是中国企业改革中第一个敢于站出来吃螃蟹的人，1984年承包了石家庄造纸厂，一举成名，90年代因种种原因下岗，只好在街头卖牛肉包子。从现实生活看，马胜利的命运跌宕起伏，颇具戏剧色彩，是一个不断被"新闻"追逐的人。在王立新的报告文学于1999年出版后，2004年，65岁的马胜利再次成为媒体注目的焦点，他受聘出任青岛双星集团副总经理，并宣称将在70岁前成为亿万富翁。马胜利的故事无疑具有很强的"卖点"，如果是其他报告文学家，肯定会将笔墨放在他的传奇经历上。但是王立新却把目光投向了他的"背后"，为什么我们的时代会造就马胜利这样的人？这才是王立新思考的问题。80年代的改革风潮造就了一批时代明星，年广久、步鑫生、禹作敏都曾红极一时，却转眼就被雨打风吹去，以令人扼腕的结局退出了历史舞台。他们的命运悲剧并非个人悲剧，而是时代悲剧。在《马胜利的是是非非》中，王立新批评了马胜利个性上的某些缺陷，如刚愎自用、好大喜功等，同时也批评了周围中国式"环境"对马胜利事业的掣肘，从而触碰到了改革中必须面对的关键问题：经济政治体制改革与国人素质的改革是无法分离的，越到改革的关节点，后者的作用也就越大。无疑，王立新思考的这个问题超越了人物命运层面，也不停留在浅尝辄止的道德批判，而是探入文化深层，让人读后不仅欷歔马胜利的命运，更多是掩卷思考，甚至自我反思。

王立新的报告文学充满着丰沛的激情，同时也不乏理性的关照，这使他的报告文学既有诗人的偏执激越，又有哲学家的严密思辨，显示出"外热内冷"的特色。王立新多次提出报告文学要客观，他也是一位注重材料说话的学者型的报告文学家，思维缜密，但是，性格和经历又使他的报告文学带有强烈的激情，在他的作品中，往往二者相互融合。有时候，他的报告文学的材料已经很丰富，而他还是忍不住要站出来进行评论。而这，不是学理的问题，而是作家对生活和社会的态度问题。没有历史使命感和责任感，是无法驾驭重大题材报告文学的。《要吃米，找万里——安徽农村改革实录》写的是安徽凤阳18户农民冒死写血书，在全国率先展开土地承包责任制度的事实。作者一面为他们的行动叫好，因为他们迈出了中国改革开放的第一步，一面又对百年来，甚至新中国成立以来农民的深重灾难抱以同情。作为作家，他只能压抑自己情感，但是，一幅幅令人震撼的画面又使人的心灵无法平静。王立新后来多次谈到他采访的艰难过程和写作中的"泪水汗水一起洒"，这并非作秀，而是源于他强烈的底层意识。关注底层现实、将自己的情感与描写对象紧密相连，这正是王立新报告文学独特风格形成的原因。

第二节　一　　合

一合（1943～　），原名赵义和。河北玉田人。1967年毕业于北京师范学院中文系。1961年参加工作，历任唐山《劳动日报》编辑，中共丰南县委报道组长、宣传部副部长，新华社河北分社记者，河北省纪委办公室干事、纪委研究室副主任、副厅级纪检监察员等职。主要报告文学作品有《黑脸》（作家出版社，1995年）、《飞流》（警官教育出版社，1999年）、《安全区》（群众出版社，1999年），另有长篇小说《断道》（群众出版社，1999年）等作品。

由于工作的缘故，一合报告文学的题材都跟"反腐败"有关。有论者将宏甲、正言、一合的报告文学放在一起考量，认为他们的报告文学"把党内腐败与反腐败的斗争作为背景，将歌颂与批判相结合，在鞭挞黑暗时突出光明面，于是暴露假恶丑时揭示真善美，真实、可信地再现了代表党心、民心与社会良心的'百姓官'形象"[①]。或许一合的报告文学在客观上达到了上述效果，但这并不是一合从事报告文学创作的本意的主要方面。一合的报告文学主要写人，尤其是写人面对金钱时的选择。俗语云，"人为财死，鸟为食亡"，揭示出了人性中贪财好货的一面；同时，"君子爱财，取之有道"的思想也一直是被推崇的看待金钱的态度。面对金钱如何选择，几乎可以作为一块测试人性的试金石。一合的报告文学，不去追求大案要案的轰动效应，而更多地将关注点放在面对金钱时人的心理上。对此问题，一合在一次接受访问时说："我只是想表现人，以腐败和反腐败为载体，表现处在这种场景和环境下的人的生存状态。"因此，他的报告文学总是把人放在一种两难环境中，从

---

① 章罗生：《中国报告文学发展史》，湖南人民出版社，2002年，第466页。

人物的灵魂搏斗中来展现人性中善与恶的较量。他的《灵与肉——李真的堕落与忏悔》深入"河北第一秘"的内心深处，着重写了李真在犯罪时的内心挣扎，避免了公式化、脸谱化的套路。他的《红与黑——一位两面市长的悲剧与自白》也走的是剖析犯罪分子内心世界的路子，他这次采取了意识流的手法，以原沈阳市长慕绥新被"双规"前后的心理活动为线索，运用了放射性的结构，从个人性格、干部制度、社会风气等不同角度写了一个犯罪分子的"犯罪心理"。慕是一个想"办事"的人，但是又无法遏止内心的贪欲，内心充满矛盾，他在临死前说："如果我再做市长的话，我会把钱退回去，并且希望以后不要再送了。从此把这个事情了断掉"，"祝愿亲爱的党永远朝气蓬勃，人民的伟大事业如日中天！"[1]这些忏悔不仅有警世作用，也让读者看到了犯罪分子的另一面。因此，一合的反腐报告文学不单是揭示了犯罪分子灵魂的丑恶，也常常能够发人深省，促使人深入思索"腐败者"腐败的原因，进而批判产生腐败因素的体制漏洞乃至文化心理的温床。

　　一合的报告文学也塑造了不少优秀共产党员的形象。他的《黑脸》写的是河北永年县纪检干部姜瑞锋的事迹。他之所以用"黑脸"做题目，是因为姜瑞锋有着包公一样为民请命、为民做主的精神。一合写人物，善于抓住他们具有个性色彩的语言。姜瑞锋在"柴清娥冤案"中所说的"如果你申不了冤，我跟你一道上西天"可谓掷地有声，颇有悲壮意味。在《下访——〈黑脸〉书记姜瑞锋反腐败最新报告》中，一合对姜瑞锋进行了跟踪报导。他抓住姜瑞锋变群众上访为自己下访的事实，补充、完善了这个干部的形象。姜瑞锋为张大娘宅基地的事操碎了心，当别人问张大娘是他什么人的时候，他说："那是我娘！"闻之令人动容。一合写正面人物的时候，还善于采用侧面烘托的方式，不去过多浓墨重彩渲染，而是从细节、小事中显出他们不平凡的地方。他写姜瑞锋调到石家庄后，装修住房时很寒酸，借此反衬姜是一位廉洁的干部。纪

---

① 一合：《红与黑——一位两面市长的悲剧与自白》，《中国作家》，2002年，第8期。

检工作中的正面人物并不好写，而一合写来却得心应手，原因是他坚持不带"有色眼镜"，不搞模式化，追求客观的真实。这使他成为90年代以来中国报告文学史上少有的能将正面人物写得深入人心的报告文学作家。

第三节　李　春　雷

李春雷（1968～　），河北省成安县人。主要从事报告文学、散文创作。代表作品有散文集《那一年，我十八岁》，长篇报告文学《钢铁是这样炼成的》、《宝山》、《赤岸》、《铁壁铜墙》、《摇着轮椅上北大》，以及报告文学集《崛起的群山》等。2005年获第三届鲁迅文学奖。

李春雷的《宝山》视野宏阔，气势磅礴，记叙了共和国有史以来投资最大的工业企业宝钢建设的全过程。在《宝山》的研讨会上，评论家普遍认为，"它把宝钢的成长置于民族振兴的大背景下，大视野、多角度、全景式地从经济、文化、历史等视角反思了中国工业化进程中的经验和教训，透视出国人从传统工业心理到现代化意识艰难的嬗变过程"①。李春雷将《宝山》定位为中国工业的"史诗"，首先在立意上就超越了同题材的其他作品。他写宝钢，更是写共和国钢铁业的艰难发展。在报告文学开端，他引用一位日本经济学家的话说："钢铁就是国家。"这个论断无疑是片面的，却极为深刻，成为全书的题眼，同时，这句话的另一重要功能是将宝钢与国运紧密联系在了一起。或许有人反对将一个企业与国家利益的关系无限放大，但是，对于宝钢来说，这种定位并不过分。接下来，李春雷用一系列的数字展示了中国钢铁业的落后，这样，宝钢的作用一步步被凸显出来。因此，宝钢对于中国来说，并不是一个普通的企业，而是中国工业走向世界的见证，是中国近代以来钢铁大国梦的寄托。宝钢无论成功还是失败在《宝山》中其实已经并

---

① 《李春雷长篇纪实文学〈宝山〉引起反响》，《文艺报》，2004年3月15日。

不重要，这也不是文艺家的责任，现实和历史自然会给出答案，文艺家所能做的，就是展现这一过程。不仅如此，《宝山》还将钢铁的发展与整个人类社会生活的进步联系起来，获得了一个更阔大的视角。作者说，因为钢铁的出现，"人类的文明不经意间向前滑翔了一大步"，因此，《宝山》也是对人类克服困难、不断前行的精神的礼赞。《宝山》中，作者位卑未敢忘忧国，情深意切，使作品弥散着民族自强的气息，具有强烈的感染力。这在"客观"立场成为报告文学家主要追求的当代，也有一定的反拨意义。

《宝山》虽然号称"纪实"作品，但抒情时诗意盎然，议论处荡气回肠，作者的赞美、惊异、愤怒、哀痛等情绪通过文学化语言，得到了尽情抒发。《宝山》的语言独具特色，使用词汇时将典雅华丽与现代流行相结合，既有诗意又不落俗套：

> 中国共产党执政之后，最主导的思维就是工业化。
>
> 毛泽东在上世纪五十年代说，你那么好的制度，如果三五十年还赶不上美国，那就要开除球籍；周恩来也在1974的四届人大一次会议上庄严地提出了"到世纪末实现四个现代化"的世纪诺言。
>
> 但，二十世纪过去了，伟人的宏愿空空如也。
>
> 真诚的热望，真诚的失误！
>
> 可惜我们长期一贯地用计划方式指导工业。更大的可惜在于，20世纪五六十年代是二战后以电子技术为代表的新一轮科技革命高度发展的黄金时期，日、韩等国抓住机会迅速实现了工业化，我们却在紧闭国门搞阶级斗争，从而错过了一个千载难逢的好机遇！
>
> 再次打开国门时，国人惊愕了：外面的世界很精彩，我们的工业太无奈！
>
> 邓小平曾说，我们的差距是50年！

　　哦，一个深深的需要几代人的青春和生命去填补的时间鸿
沟啊！

　　难道我们不能像我们的图腾——龙一样飞翔于天吗？难道
我们只能像我们的版图——鸡一样匍伏于地吗？

　　哦，中华民族的工业化之路。

因此，虽然《宝山》篇幅较长，内容也偏"硬"，但是正是语言富于变
化、感染力强，才令人读来并不觉得晦涩。《宝山》语言上的这种特点，
也与作者早年有过诗歌写作经历有关。

　　李春雷的《摇着轮椅上北大》以一位身残志坚的女青年郭晖刻苦学
习、考入北大为线索，用细腻的笔法写了她克服各种生活不便，顽强奋
进，最终实现理想的过程。郭晖的命运是不幸的，但是，同与自己有着
相似命运的海伦·凯勒、张海迪、史铁生一样，郭晖的努力使不幸成为
逆境中开放的娇艳花朵。《摇着轮椅上北大》不单是对某个年轻人的赞
美，也是对生命中不屈服的意志的赞美。

　　《木棉花开》同样写一种顽强的精神，不过主人公换成了改革开放
初期在广东省勇破坚冰的省委书记任仲夷。他以敢为天下先的精神锐意
改革，鞠躬尽瘁，并未过多考虑个人得失，为广东后来成为改革开放的
尖兵奠定了基础。改革开放是新时期发生的重大的历史事件，放在整个
中国历史上看也堪称伟大。记述这个伟大的事件是报告文学作家的光荣
使命。李春雷选中的是改革开放最前沿的广东省的重要领导人物——任
仲夷，写他坚定的意志、伟大的心灵。这种伟大，不一定要与位高权重
相关，更重要的是与其在伟大的变革中发挥的作用相关。任仲夷就是这
伟大的人物和伟大的心灵之一。作者写出人物的这种伟大，是精神的坚
定，是品格的高尚，是把对祖国的历史责任和对人民的爱完全融合在一
起的高贵。任仲夷在广东任书记的 5 年，可视为中国改革开放的缩影，
发生了许多牵动人心的大事，"可以写一本书，可以写一套书"。但李春
雷的《木棉花开》，用不足 2 万字的篇幅，以精审的选材，截取了几个

历史的横断面，就把任仲夷写得活灵活现，写得神采飞扬，令人过目不忘。这种散点透视而又能神完气足的结构艺术，展现了他的创新之力，展现了作者驾驭题材的高超能力和娴熟的写作技巧。

李春雷的报告文学善于写沉郁的逆境，而就是在逆境中，才孕育和生长着活力和反抗，因此，他的作品又洋溢着昂扬蓬勃的进取精神。这两种完全不同的审美风格碰撞、冲突在一起，使他的报告文学总是大开大阖，让读者同时获得惊心动魄和快意淋漓的阅读体验。

第五编

河北当代电影、戏剧

第一章 河北当代电影概述

第一节 "河北电影"的界定及分期

与本书前述的文学艺术样式不同，电影是一种绝对的综合艺术。因此，在叙述河北电影史之前，有必要对河北电影的概念指称作出合理的界定，因为大多数人在看到"河北电影"这个词组时，习惯上把其中的"河北"理解为一个省级行政区划，那么沿着这一思路，"河北电影"在概念上显然就可以置换成"河北省电影"，进一步，"河北省电影"就理应是河北省组织摄制的电影。我们认为，这样的看法至少是一个误解。这是因为：其一，在各艺术门类中，电影的综合指数最高，它不仅是各种艺术样式的综合，而且是各种技术部门的综合；不仅是诸多地方性知识、经验的综合，而且是摄制组成员集体智慧的综合。在以上列举的综合性要素中，技术力量和电影从业者因素是最为硬性的指标。我们知道，电影生产既是艺术创作，也是成规模的文化工业生产，即使在计划经济时代不计投入产出，只算"政治账"的情况下，一部影片从剧本到摄制完成也需审慎的论证，需要调动各技术力量、各专业人员做集团化协作；在电影制作更为商业化的今天尤需各要素的协同运作。因此，试图以"省籍"来框定各制作要素，把各电影要素参与者的籍贯作为衡量尺度，以确定电影的省际归属，这种做法是无意义的，也是不现实的。其二，电影是以摄影技术为基础发展起来的，最初的电影只是满足于纪录人类生活的影像，电影成熟之后则是用来创造有关人类生活的影像。创造并非生活中"实有"的影像，目的是让人更好地生活或者更好地理解生活。因此，电影要以影像的具体性传达一种对生活的普遍理解，影像的具体性必然要求它描绘的是某一人群的生活经验，进一步来讲，某一人群的生活经验往往是地方性知识、经验的传达，从而带有某地地域文化的特点。所以，我们认为，"河北电影"首先应该是传达了"河北经验"的电影；反之，传达了"河北经验"的电影也就是"河北电影"。其三，虽然"河北电影"不能定义为就是"河北省电影"，但是，我们认为，"河北省电影"一定是"河北电影"。因为"河北省电影"的制作厂家在河北，主创人的籍贯是河北或其长期在河北生活、工作，它们所传达的又多半是河北经验，所以，河北省组织摄制的影片就是"河北电影"，这一点正合于习惯思维的理解，也是对"河北电影"的最为狭义的理解。另外，由于近年来电影拍摄商业化运作程度的提高，有些电影采取合作制片的方式，河北省对各电影要素的参与程度深浅不一，加之有些影片传达的经验没有明显的河北特征，而且这种状况日趋显著，但是，从文化生产的角度着眼，我们在论述时也将其视为"河北电影"，以见出河北电影生产发展之一斑。这里还需要说明的是，进入我们视野的"河北电影"必须已经摄制成影片，那些虽已发表但未及制片、只停留在剧本阶段的创作不在论述之列。

从以上我们对河北电影的界定可以看出，河北电影并非是中国电影家庭中一个可以自我独立的单元，它是和整个中国电影紧密交融在一起的，河北电影史伴随着中国电影的发展历程。

1905年秋，北京丰泰照相馆老板任景丰斥资拍摄京剧片段《定军山》，由谭鑫培扮演黄忠，刘仲伦摄影。这是中国人拍摄电影的开始，也是中国电影史的开端。到2005年，中国电影已经走过了它的百年历程。河北省内的电影活动始于1896年，是年，法国百代（天津）公司在天津权仙茶园放映外洋灯影。①直到1926年，天津渤海影片公司摄制了滑稽片《大皮包》，该片由沈哀娟（沈浮）编剧、主演，黄山客导演、解说。这是河北省内制片活动的开始，也是河北电影史的正式开端。

要描述电影发展史，首先要考虑的就是电影发展的历史分期问题，

---

① 任大星：《中国天津电影史话》，中国文史出版社，2005年，第30页。当时天津隶属直隶（河北）。

而历史分期从历史哲学的角度看总是与一定的历史观念联系在一起的。从总体来看，自晚清以降，中国知识界的历史观逐渐趋近于以进化论为基础的线性历史观，即认为历史是沿着线性时间不断进步发展的。新中国成立后，这种历史进化论更是和不断激进的意识形态相结合，以分析工具的姿态渗透到人文社会科学各个领域，作为清理过去知识、经验的标尺。文学艺术当然也不会例外，它的分期方式受制于国家政治进程，具体来讲，就是以社会政治史的分期直接作为文艺史的分期。因此，我们在描述新中国成立前中国电影历程的史著中经常看到"左翼电影运动"、"国防电影运动"、"抗战电影运动"、"人民电影"等名目，加在电影前面的也是"进步"、"革命"，"落后"、"反动"，"（小）资产阶级"、"无产阶级"、"倾向进步的"，"摇摆的"、"旗帜鲜明的"、"软性"、"硬性"等修饰语。用政治运动给电影史时段命名，用政治术语给电影事实以限定，我们从中可以见出政治史对电影史分期的强烈渗透。新中国成立之后，国家政治走上一元化的建构之路，党的意识形态对电影的干预日益强烈、直接，到"文化大革命"结束前后达到极致；新时期以来，国家政治由一元逐渐地有限度地趋向多元，电影发展也因之获得解放，获得日益宽松的创作环境。对新中国电影的分期同样附丽于政治形态的起伏，1949～1966 年的电影被称为"十七年电影"，1966～1976 年的电影被之为"文化大革命（十年）电影"，1976 年到 90 年代的电影被称为"新时期电影"，20 世纪 90 年代之后的电影有人称之为"后新时期电影"。2005 年，学术界、媒体以狂欢的姿态庆祝中国电影百年华诞，"百年中国电影"的概念被提出并广泛使用，遗憾的是，没有任何使用者对这一概念做深入细致的界定，他们只满足于从"100 年"这一时间划定上使用它。1985 年，长期从事中国现当代文学研究的北大学者黄子平、陈平原、钱理群提出了"20 世纪中国文学"的概念①，这一概念后来受到学界广泛重视，得到了深入研讨，并成为重新整合百年中

---

① 黄子平、陈平原、钱理群：《论"二十世纪中国文学"》，《文学评论》，1985 年，第 5 期。

国文学的核心概念。那么，"百年中国电影"概念的提出能否为我们提供一个新的更为宏观的视角来返顾中国电影历程呢？能否在中国电影分期，更重要的是，能否在中国电影阐释方面提供有效的研究资源呢？这或许仍需电影研究者的不断努力。

　　虽然河北电影与整个中国电影密不可分，但是河北电影的具体分期却不能硬性搬用中国电影的分期方式。这是因为河北电影起步时间晚，而且最初的制片活动甫一起步即告消歇，没有形成较大规模。就整个新中国成立前的情况看，河北电影因为数量少，所以难以勾勒出如"左翼电影—抗战电影—国防电影—人民电影"这样的清晰线索。新中国成立后，虽然国家意识形态建设、计划经济下的电影生产体制对电影形成了强大冲击，但是整个电影生产趋于好转也是事实，这尤其表现在经济支持、技术力量的增强上。基于此，河北电影创作数量大幅提高，形成了与整个新中国电影发展同步起伏的态势。结合河北电影发展的具体情况，并参照中国电影发展史的分期方式，我们把河北电影发展历程分为五个阶段：第一，1926～1949 年为"新中国成立前的河北电影"；第二，1949～1966 年为"十七年河北电影"；第三，1966～1976 年为"文化大革命十年的河北电影"；第四，1976～1991 年为"新时期河北电影"；第五，1991～2005 年为"后新时期河北电影"。和其他分界年份不同，1991 年作为第四、五阶段的分界可能会引发人们的疑问，选取它作为一个界标的原因首先在于这一年是 20 世纪 90 年代开局第一年。电影业自 20 世纪 80 年代中期起出现了很多新情况、新问题，各方面要求改革的呼声日益强烈，经过多年蓄势，到 20 世纪 90 年代初达到了改革的临界点，终止影片统购统销的发行放映体制等多项电影新政的相继出台也反证了这一点。其次，20 世纪 90 年代初，电影市场化商业化程度大幅提高，并趋于成熟。1991 年，由珠江电影制片厂拍摄的红色经典《烈火金钢》引起了很大轰动，革命英雄传奇的娱乐化表明电影对河北经验的描述自新时期以来发生了第二次转折。因此，我们认为，把"新时期"和"后新时期"两个电影史阶段的分界具体为1991年是合理的，也是可行的。

何谓河北电影的问题既已解决，河北电影的分期也已明确，接下来的篇幅将对当代河北电影创作作一概述。

第二节　"十七年"及"文化大革命"时期的河北电影

在叙述当代河北电影之前，让我们给民国时期的河北电影描画一个简明的轮廓，为河北电影做一项疏浚源流的工作。

河北电影是从著名电影人沈浮开始的。1926年，21岁的沈浮为天津渤海影片公司编导了一部无声滑稽片《大皮包》。这一年是河北省内制片的丰收年，天津北方影片公司出品了两部故事片：《血书》（徐光华导演）、《丰收》（马玉陶编剧，马季湘导演）。天津新星影片公司出品了故事片《险姻缘》（小凌波、李丽主演）。但是这三家公司在摄制了上述影片后即告歇业。河北省内制片在《大皮包》的笑声中开局，一年中有了小小的丰收，但又迅速陷入了停顿。1932年的故事片《人道》（无声片）的摄制才使河北电影现出转机，该片原著钟石根，由（上海）联华影业公司一厂摄制，金擎宇编剧，卜万苍导演。这是带有明显特征的河北经验第一次进入电影。

1931年"九·一八"事变后，东北沦陷。1933年1月，日军占领山海关，3月，日军侵占热河全省，接着向长城各口及察哈尔东部地区大举进犯，华北形势非常危急。在这种情况下，国民党军队内部抗日之声日起，1933年5月26日原西北军将领、共产党员吉鸿昌联合冯玉祥等人在张家口成立"察哈尔民众抗日同盟军"，此举受到社会各界欢迎。为了及时反映这一重大历史事件，配合抗日宣传，1934年4月下旬，由夏衍编剧、程步高导演的故事片《同仇》由明星影片公司摄制完成。从整体来看，《同仇》所述不是抗战题材，而是一部家庭伦理片，但是创作者却巧妙地在并不新鲜的家庭纠葛故事中加入了团结抗日的内容。影片借平津附近一个贫苦少女殷小芬与青年军官李志超的悲欢离合，叙述了一个由爱而恨，又在对日"同仇"氛围感染下终于和解的家庭故事。这是河北战争经验第一次进入电影，随着抗日形势的日益紧迫，以及全面抗战的爆发，抗战题材越来越成为电影关注的焦点。为了纪录当时热河军民的抗日事迹，以及当时冀热边界的长城抗战实况，1934年，暨南影片公司摄制了新闻纪录片《热河血战史》，慧冲影片公司摄制了新闻纪录片《热河血泪史》，张汉忱摄制了新闻片《长城血战史》。1935年3月艺华影业公司摄制的《逃亡》（阳翰笙编剧，岳枫导演）也是以1933年日寇入侵华北为背景的影片，公映后轰动影坛，被认为是"1935年中国电影创作的重大收获之一"①。

　　1936年，欧阳予倩为著名评剧演员白玉霜量身创作电影剧本《海棠红》，该剧本由明星影片公司搬上银幕，张石川任导演。9月份，该影片在上海金城大戏院首映，连映12天，非常轰动。影片描写了一个叫海棠红的评剧女艺人的悲苦命运，第一次将诞生在河北的地方剧种搬上银幕。女主角白玉霜生于河北滦县，是早期评剧的著名表演艺术家。评剧与电影联姻，使电影借评剧以生辉，评剧假电影以闻名。

　　1933年之后，日本侵略华北，觊觎中国的狼子野心昭然若揭，中共顺势发出建立抗日民族统一战线的号召。1935年，在文学界，首先由周扬提出了"国防文学"的口号，接着，电影界也发起了"国防电影"的讨论。此后，伴随民族战争的火热进程，抗日题材成为河北电影乃至中国影坛的重头戏。期间，河北电影出现了《狼山喋血记》、《青年进行曲》、《风雪太行山》、《还我故乡》等优秀作品。抗战结束以后，河北抗战经验不断被电影出于各种需要叙述、想象、改写，从而造就了独特的河北电影景观。1946年11月，沈浮编导的故事片《圣城记》以一个来华40年的美国传教士金神父为中心，展开了宗教与战争的冲突。

---

① 程季华主编：《中国电影史》(1)，中国电影出版社，1981年，第360页。

影片立足河北经验，为抗战电影开辟了一个新的题材领域，有其独到的电影史地位。

电影史家习惯上把中共领导下的解放区（抗战时称抗日民主根据地）电影称为"人民电影"。始于1938年的人民电影事业与河北大地结下了不解之缘，河北战争经验也凭借人民电影得以纪录保存。1938年10月1日，延安电影团开机拍摄大型纪录片《延安与八路军》，片中记录了河北地区对日作战的多次重要战役。1946年春，为了开展华北的电影工作，中共决定由东北调拨摄影器材和技术人员给晋察冀解放区，计划成立张家口电影制片厂，后因战争影响未果。同年10月15日在河北涞源成立了晋察冀军区政治部电影队。1947年5月，晋察冀军区政治部电影队改名为"华北军区政治部电影队"，简称"华北电影队"，华北电影队一直活跃在冀中平原的安国、平山、定兴等地。6月，华北电影队在河北安国完成了它的第一部影片《华北新闻》第一号，包括《钢铁第一营授奖式》、《解放定县》、《正定大捷》、《向胜利挺进》四个片段。9月，华北电影队拍摄了在平山召开的全国土地会议的新闻素材。11月，石家庄解放，华北电影队在石家庄建厂，成立了石家庄电影制片厂。之后，制作完成《华北新闻》第三号，纪录了保定清风店战役和解放石家庄的情况。1949年1月，石家庄电影制片厂会同东北电影制片厂接收民国政府的北平"中电"三厂，并在此基础上于同年4月成立北平电影制片厂，石家庄电影制片厂遂告结束。新中国成立前的河北电影虽然数量不多，但是却不乏思想上有深度、艺术上有建树的佳作，这些作品赢得了观众的认可。燕赵自古为兵戈扰攘之地，多出慷慨悲歌之士，抗战烽火更是燃遍燕赵的每一个角落。因此，新中国成立前的河北电影多取抗战题材，或为宣传或做反思，为新中国成立后河北电影的发展打下了深厚的基础。

从某种意义上讲，1949～1966年这十七年间的新中国电影是解放区人民电影的延续，它坚持以毛泽东《在延安文艺座谈会上的讲话》为指导思想，服从、服务于党的政治，表现出浓郁强烈的政治意识。"文化大革命"十年的电影创作则是"十七年"电影的极端发展，由从属党的政治到图解党的政策，由为政治服务到为某一集团的政治服务，电影走上了它的歧路。"十七年"及"文化大革命"时期的河北电影作为新中国电影的重要一支，它几乎体现着新中国电影所有的优点、缺点，时代局限性、历史必然性，思想气质和美学风格。

既然电影要肩负起为政治服务的使命，给政治合法性以审美解释，那么，它就必然首先关注革命历史题材的创作。事实上，叙述、想象、建构自党成立以来的革命历史成了"十七年"河北电影创作的主要方面。在革命历史题材的电影中，我们可以归纳出如下主题类型。

第一，在电影叙事模式上，采用新旧社会对比的结构，以旧社会的恶来反衬新社会的善，教育、引导观众思考新旧转换的政治缘由。此类影片有《白毛女》（1950 年）、《再生记》（1960 年）等。《白毛女》由东北电影制片厂摄制，水华、王滨、杨润身改编自延安鲁艺工作团集体创作，贺敬之、丁毅执笔的同名民族新歌剧，由王滨、水华导演。毫无疑问，该片是这一主题类型的开山作，也是佼佼者。影片基本保留了原歌剧的故事框架，由于电影语言不受舞台表演的局限，原歌剧中很多未及展开的线索在电影中得到了丰富和补充，如喜儿和大春的爱情得到了充分表现，最后二人喜结连理。大团圆的结局给观众带来欣赏上的完满感，不仅符合民族欣赏习惯，更重要的是突出了"旧社会把人逼成鬼，新社会把鬼变成人"的主题。影片还加强了对阶级反抗内容的表现，如删除了喜儿受骗后对黄世仁存有的幻想，增加了喜儿坚信大春归来、在黄家磨房受苦、在山洞苦斗的场景，这些改动使喜儿的反抗性格更加完整，更具有阶级纯粹性。老五叔被逼跳井、佃户丰年难过等情节的增补，使影片描写的阶级对立超出了原剧杨、王两家和地主阶级黄世仁、穆仁智的矛盾，从而更具普遍性。歌剧《白毛女》是集体智慧的成果，又在演出中不断修改完善，已经成为解放区文学中为工农兵为政治服务的典范，在已有基础上又作了增删的电影

《白毛女》就更自不待言了，所以，周巍峙当年毫无保留地说："这部电影无论在思想上与艺术上都有高度的成就，真正是在原剧的基础上提高了一步。"①《再生记》描写了河北梆子艺人陈少华和黄梅英在解放前后的不同遭遇。新中国成立前，他们受到国民党特务马登龙的欺压，梅英逃到解放区，参加文工团，用河北梆子演出《白毛女》；少华沦落底层，受到中共地下党组织负责人周道生的帮助，立志拯救濒临失传的梆子戏。少华的第一次演出就受到马登龙的破坏，黄母金香翠被逼死，少华气瞎双眼。新中国成立后，少华和梅英团聚，在周道生帮助下恢复和发展河北梆子，在全省戏曲会演中，二人重登舞台，少华兴奋异常，双目复明。梆子艺人解放前后的不同遭遇，特别是少华由失明到复明的转变，说明只有新社会才能使旧艺人获得"再生"，而周道生这一形象的设置意在表明党和人民政权在艺人再生中的作用。

第二，描写人如何在革命斗争中锻炼成长为革命者，这是以革命战士的养成为目标模式的人的成长主题。此类电影有《董存瑞》（1955年）、《小伙伴》（1956年）、《回民支队》（1959年）、《红旗谱》（1960年）、《小兵张嘎》（1963年）等。以电影叙述一个"真正的战士"的长成，实际上就是要描写由人到革命者的转化过程。在这一过程中，主人公作为人的复杂性通过外力的作用不断置换为单纯的革命性，作品的情节冲突主要来自这二者的矛盾。当然，主人公的复杂性首先必须包涵革命性因素，即成为革命战士的主观愿望；此外，复杂性还包括由身份、认识、能力等导致的诸多弱点、缺点，但这些方面对革命不会造成根本性危害。从人到革命者的转化过程中，对主人公施加影响或者说引导他剥离人的非革命性的外力往往来自一个"朱赫来式"的引路人角色②，如上述影片中的王平、赵连长、郭政委、贾湘农、区队长等。革命战士的诞生在艺术处理上往往有一个标志，或参加党组织，或出色地完成了

---

① 周巍峙：《评〈白毛女〉影片》，《人民日报》，1951年4月2日。

② 朱赫来为前苏联小说《钢铁是怎样炼成的》主人公之一，在保尔的成长道路上起了关键作用。

一次战斗任务，或为革命献出自己的生命等，总之，革命者身份的最后认定要依靠某种形式的外在权威，这一权威在多数情况下是党的化身。《董存瑞》由长春电影制片厂摄制，丁洪、赵寰、董晓华编剧，郭维导演。该片改编自小说《真正的战士》，描写农村少年四虎子如何成长为一名真正的革命战士董存瑞的故事。电影通过与郅振标"蘑菇"参军、与牛玉合摔跤、因抱怨子弹发得少而闹误会、临阵轻率射击受批评、火中救人等情节，描写了一个战士的成长过程。期间王平的牺牲、赵连长的批评指导、战友们的帮助对董存瑞的成长起了很大作用。就影片而言，董存瑞最后入党，这块铁坯就已经在革命的旋转炉里炼成了纯钢，董存瑞最后参加爆破队，炸暗堡牺牲只不过是对革命战士忠诚度、革命性的又一次考验，是纯钢出炉后的淬火，升华了整个影片的主题。①

《回民支队》描写了冀中回民马本斋自发组织的抗日义勇军如何转变为八路军的回民支队，又由回民支队成长为真正的革命军队的过程。与其他影片单纯描写个人的成长不同，该片不但写到了马本斋在党的指引下的转化，而且还更多写到了一个群体的进步、成长。影片把河北回民的抗日壮举搬上银幕，是新中国成立后电影首次触及少数民族抗日题材。影片不仅弘扬了回民的爱国精神、特有的民族凝聚力和独特的心理素质，而且唱响了中华民族团结御敌的赞歌，极具思想和艺术价值。影片《红旗谱》改编自梁斌的同名长篇小说，由胡苏、凌子风、海默、吴坚改编，天津电影制片厂、北京电影制片厂联合摄制，凌子风任导演。这是新中国成立后河北省内制作的第一部故事片。②由于原著内容丰富、人物众多、头绪繁杂，所以电影只选取了小说中朱老巩大闹柳树林、朱老忠还乡、脯红鸟之争、结交贾湘农、抢秋、济南探监、反割头税等主

---

① 钟惦棐：《一个真正的战士——初谈影片'董存瑞'》，《文艺报》，1956年，第4期。也有些人认为董存瑞的牺牲才是他成长为一个真正的战士的标志。我们倾向于钟惦棐先生的观点。

② 1958年2月，天津市划归河北省，为省辖市，省会由保定迁往天津。同年，河北省委、省政府决定创办河北省自己的电影制片厂，称天津电影制片厂，也称河北新闻电影制片厂，1960年与北影合作拍摄《红旗谱》，为河北省新中国成立后首度涉足故事片拍摄。

要情节，有条不紊，简洁有序地再现小说的灵魂。影片一方面描写了朱老忠由一个冀中农民到一个中共党员、无产阶级战士的成长，另一方面展示了朱严两家与冯家三代人的阶级恩仇，以及冀中平原的革命图景。1959年，河北省话剧院曾把《红旗谱》改编为话剧进京演出，田汉欣然题诗一首："清流碧血忍凝眸，廿载归来恨未休，苛税不除人不散，红旗飞满古城头。"此处移做对电影的概括也是再恰当不过的。总的来看，电影在思想深度上未能超越小说，但是它恰当运用电影语言以影像的直观准确传递了小说的内涵，是一次将红色经典搬上银幕的成功尝试。另外，影片在保定城乡风貌的刻画上，在河北梆子曲调的运用上，都是值得称道的。《小兵张嘎》成功表现了革命历史题材中的成长主题，在下文将有详细论述。

第三，以革命历史叙述和革命英雄传奇再现党领导下的革命斗争。在此类影片中，革命英雄传奇占有较大比重，如《新儿女英雄传》（1951年）、《鸡毛信》（1954年）、《平原游击队》（1955年）、《冲破黎明前的黑暗》（1956年）、《狼牙山五壮士》（1958年）、《粮食》（1959年）、《野火春风斗古城》（1963年）、《地道战》（1965年）等。侧重革命历史叙述的影片相对较少，有《母亲》（1956年）、《心连心》（1958年）、《矿灯》（1959年）、《白求恩大夫》（1964年）等。这些影片创作于"十七年"的历史语境，以党领导的革命斗争为题材，担负着思想教育的职能，因此，形成了以下共同的美学特点：第一，浓厚的政治教化色彩，这是此类电影的核心特征，具有决定性；它在作品中表现的隐显、强弱一定程度上取决于当时政治氛围的紧张或宽松。第二，乐观向上的精神气质，这里指的是"正面"人物的整体精神风貌，它包含英雄主义和无往不胜的乐观主义。第三，明快通俗的叙事风格，电影要教育工农兵大众，就必须去迎合工农兵观众的审美习惯和欣赏水平，所以，明快通俗的叙事风格取决于电影的大众化需要。第四，在政治内容中挖掘娱乐性。"十七年"的新中国电影（包括河北电影）被"泛政治化"了，它的一切特点几乎都围绕在政治企图周围，但有意思的是，电影工作者却能够在不逾政治规矩的前提下赋予政治某种"娱乐性"，用轻松诙谐的风格表现严肃的政治命题，形成独具中国特色的政治娱乐。①这一点在革命英雄传奇中表现最为显著，敌我双方的浴血搏杀被游戏化了，战争不具有任何残酷性，在道义、精神，甚至智力上，我方总是有着压倒的优势，党的正确方针指引下的抗日军民是无往不胜的；敌人则愚蠢、顽劣、虚弱得可笑，影片往往以夸张滑稽的方式给以调侃。对于我抗日军民而言，敌我对垒宛如猫捉老鼠，决战成了围捕猎物的盛大节日。在观众的哄笑中，影片的娱乐性伴随政治性产生，寓教于乐和寓乐于教成了一而二、二而一的东西，较强的娱乐性正是革命英雄传奇电影广受观众欢迎的原因。

《平原游击队》是这类影片中的佼佼者，有电影史家将其冠以"军事惊险片"的名目，正是着眼于它作为类型片的娱乐性。②该片由长春电影制片厂摄制，邢野、羽山编剧，苏里、武兆堤导演。这是一部极富传奇色彩的电影，情节安排紧凑连贯、紧张惊险、生动感人。为了牵制敌人，保住公粮，游击队长李向阳与日寇中队长松井在李庄周旋，影片把敌我博弈的五个回合组织在一起，环环相连，险象丛生，扣人心弦。李向阳被塑造成为一个富于传奇色彩的英雄人物，体现了中国传统的审美理想，深得观众喜爱。《新儿女英雄传》以一种小说式的叙事手法渐次展开情节，不但展示出抗日初期冀中社会的全貌，而且塑造了杨小梅、牛大水、黑老蔡等革命英雄形象，以及张金龙这样的复杂性格，取得较高的艺术成就。《鸡毛信》成功塑造了少年英雄海娃的形象，影片在题材处理上坚持儿童视角，力求做到主人公的一切想法、行为都从小孩的特点出发③；叙事单纯集中，不枝蔓，主要描写海娃送鸡毛信给八路军的过程；风格轻松又加上一点幽默、惊险，因此，上映后受到广大

---

① 黄会林、王宣文：《新中国"十七年电影"美学探论》，《当代电影》，1999年，第5期，第67~68页。

② 孟犁野：《新中国电影艺术史稿：1949~1959》，中国电影出版社，2002年，第136~138页。

③ 导演石挥在《"鸡毛信"导演散记》（《大众电影》，1954年，第10期）中阐述了这一想法，但从整部影片看，这一想法没有得到始终贯彻，为了强调海娃的英雄品质，有些地方对他的言行作了拔高处理，给人以"小大人"的感觉。

观众特别是少儿观众的欢迎。《狼牙山五壮士》艺术地再现了1941年晋察冀根据地狼牙山反扫荡战斗中五位跳崖勇士的英雄事迹，他们是马宝玉、胡福才、胡德林、葛振林、宋学义。《冲破黎明前的黑暗》、《粮食》、《野火春风斗古城》、《地道战》等影片虽然也塑造了阎志刚、康洛太、银环姐妹、杨晓冬、高传宝等英雄形象（或者是英雄群像），但总体上还都是以紧张曲折的情节见长，政治性之外强调欣赏性，走的是《平原游击队》的路数。

《地道战》拍摄于1965年，与上述其他影片比较有很大不同。1964年，很多曾经光耀银幕的电影被打成毒草，政治对艺术的整肃较此前更加苛刻、琐细。到了1965年，已经无人敢写剧本，影坛出现了作品贫乏、题材单一的凋敝景象。徐光耀后来曾回忆当时的创作氛围说："其时已临近'文化大革命'，文艺配合中心工作已是金科玉律……学《毛选》成了革命不革命的首要问题，不但要放在'大于一切先于一切'的地位，还要把戏中矛盾统一到学《毛选》上来解决。"[①] 影片就是在这样的政治环境中、在"不学毛著不成戏"的创作氛围中完成的。一方面，它讲述了冀中平原高家庄利用地道抗日的革命传奇故事，在民兵队长高传宝和支书林霞的带领下，高家庄把地窖改造为多口地道，又把多口地道改造为战斗地道，在战斗地道的进一步改进中，把防御地道升级为进攻地道。伴随地道改进的是曲折有致、惊险生动的抗战故事，地道不但使高传宝领导的民兵们更加神勇，而且使抗日变得充满乐趣，从而带给观众足够的审美愉悦。另一方面，影片的政治教化功用已不再满足于以"寓教于乐"的形式出现，而是直接走向前台，成为露骨的政治说教。我们谁也不能否认《地道战》是故事影片，但是当时制作者加给它的名目是"军教片"，准确地说，《地道战》是带有故事性的革命传统教育影片。有评论说："影片把准确的军事教育内容，加丰富多彩的革命战争史实，和形象鲜明的英雄人物成功地糅和在一起，既翔实地阐明了

---

① 徐光耀：《昨夜西风凋碧树》（百年人生丛书），北京十月文艺出版社，2001年，第224页。

地道战的发展过程及其技术战术，又生动地展现了抗日军民一不怕苦二不怕死的革命精神，起到鼓舞教育的作用。"① 争论影片的类型也许毫无意义，但从作品实际考察，它体现了这两方面的特征。影片的政治教化内容主要表现为两点：一是军事技术教育，即在民众中传播地道战术。影片中甚至穿插图例来讲解这一战术，从这一角度看，高家庄的故事成了战术教育的战例。二是军事思想教育，即宣传毛泽东的持久战思想和人民战争思想。《论持久战》封面的特写多次出现在银幕上，这本被老村长鲜血染红的书生硬地穿插在故事中，成为高家庄革命军民的"圣经"。人们学习、领会，用它解决思想问题，甚至比战术来得更为重要。看来，徐光耀的记忆是可以和《地道战》的创作情形互相印证的，在那样一个历史语境中，这是艺术家不得不然的选择，但影片的成功不也反证了艺术家戴着镣铐跳舞的本领吗？

在侧重革命历史叙述的影片中，《母亲》是较为出色的一部。该片叙事始于1922年的冀东水灾，终于1949年新中国成立，时间跨度近30年。母亲的经历伴随着革命历史的整个过程，影片通过母亲及其家庭的遭遇来透视革命，这一视角在当时电影创作中极具新鲜感。叙事中，影片侧重于家庭变迁方面的描写，以伦理带出革命，在政治色彩中让人更多感到人性的温情，这一点亦属不可多得。为适应长跨度的叙事要求，影片采用了情节剧的结构手法，以情节为核心，设置上讲逻辑、重层次，保证了叙事连贯，但也由此产生出情节淹没人物的不足，使母亲形象不够丰满。《心连心》和《矿灯》两部影片描写工农大众由忍受阶级苦难到自发反抗，再到参加革命的过程。在这一过程中，党的作用受到创作者的着意强调，以适应当时的政治要求。《白求恩大夫》以毛泽东《纪念白求恩》一文为指针，塑造了一个"毫无利己的动机，把中国人民的解放事业当作他自己的事业"的国际主义战士的形象。影片在

---

① 中国电影家协会电影史研究部编：《中国电影家列传（五）》，中国电影出版社，1985年，第168～169页。

细节处理上值得称道。

如果说革命历史题材的电影是为新生政权的存在寻找理由和根据，那么关注现实题材的电影则要歌颂党领导下的新社会，为社会主义生活模式的建立鼓吹宣传。"十七年"的河北电影产生了《儿女亲事》（1950年）、《两家春》（1951年）、《六号门》（1952年）、《一件提案》（1954年）、《妈妈要我出嫁》（1956年）、《山村会计》（1965年）、《青松岭》（1965年）等描写现实生活的作品，其中，《儿女亲事》、《两家春》和《妈妈要我出嫁》是在男婚女嫁问题上批判旧思想旧习俗，歌颂新社会新风尚的作品。《儿女亲事》配合了新婚姻法的颁布，反对父母包办子女婚姻，提倡自由恋爱。《妈妈要我出嫁》把提倡自由恋爱和当时农村的农业合作化运动联系起来，含蓄批判了父母的嫌贫爱富思想。影片结尾饶有趣味，最后玉春娘承认了女儿与合作社小伙子明华的婚事，放弃了与做买卖的九喜的婚约，这里的婚姻选择表明的是一种政治态度，是政治选择，从一个侧面反映出新中国成立后政治对社会生活的强力渗透。《两家春》由公私合营的长江电影制片厂拍摄，李洪辛改编自河北作家谷峪的小说《强扭的瓜不甜》，瞿白音、许秉铎导演。新中国成立前，为了报答小勇爹的救命之恩，坠儿爹将她许配小勇。土改后，坠儿与大康恋爱，其父不愿毁弃已经订立的婚约，把20岁的坠儿嫁给了9岁的小勇。"大媳妇小女婿"的传统故事在新社会的结局可想而知，当然是自由恋爱取得了胜利，但影片的成就不在胜利的结局，而在于对走向自由婚姻的坠儿那种复杂感情的刻画，一面是有情人成眷属的诱惑，一面是无法面对曾有恩于自己、善良的一家人，坠儿的形象被影片处理得很有深度，这在"十七年"电影，尤其是描写现实生活的电影中是极为少见的。小说作者谷峪也充满敬佩地说："像这样有感情，有理智……有斗争又有团结的一个坠儿，被描写的有骨头有血肉。"[①]《两家春》的另一贡献是它确立了描写社会主义新生活的轻喜剧模式。在泛政

---

① 谷峪：《读了〈两家春〉的剧本》，《大众电影》，1951年，第16期。

治化的社会，喜剧最容易触碰政治雷区，从而给作品及作者带来灾难性后果。《两家春》创造的正是一种乐而适度的喜剧风格，这对此后的电影创作影响是深远的。

《山村会计》和《青松岭》均拍摄于1965年，两片描写的都是那个特定年代据说仍然非常尖锐的农村阶级斗争。前者写的是前八路军炊事员姜喜喜和前富农赵有才之间关于盗窃公粮一事的斗争。后者叙事较前者曲折生动。青松岭生产大队就由谁掌握赶车鞭子的问题展开了尖锐的斗争：一方是投机倒把，屡生事端的钱广；一方是经验丰富的贫农饲养员张万有，以及姑娘秀梅、支书方纪云。经过一系列冲突，终于查清，钱广原来是逃亡富农，此事教育了阶级斗争观念薄弱的大队长周成。出于政治需要，《青松岭》像《地道战》一样穿插了学"毛选"的内容，只不过处理为话外音和过场细节，因此不显生硬牵强。《山村会计》和《青松岭》是典型的阶级斗争电影，矛盾冲突被直接处理为阶级敌人和革命群众的斗争，斗争中敌我双方阵线分明，引发敌我之间阶级斗争的事情往往是生产生活中的小事，但关乎小事的斗争也被处理成你死我活的性质，在敌我之间往往设置警惕性差、阶级斗争意识弱的落后群众或干部，作为需要教育提高的第三方力量。《青松岭》虽然也采用了这样的叙事成规，但由于情节设置的巧妙、取材的生活化，影片还是受到了观众的喜爱，如钱广的"三鞭子"这样的细节深深留在了观众的记忆里。《六号门》是新中国成立后较早反映工人生活的影片。天津解放前后，住在六号门，以胡二、丁占元为首的一群搬运工人在中共地下党的领导下，与封建把头马八辈、马金龙父子展开了勇敢斗争。影片带有浓郁的天津特色，这在电影创作中是较为少见的，马氏父子形象的塑造极为成功。《一件提案》描写了新的经济体制下整体利益和局部利益的冲突及其解决的过程，歌颂了新社会以整体利益为重、舍小家顾大家、友爱互助的新风气。

戏曲片是"十七年"河北电影的又一个主打类型。河北自古戏曲发达，正（真）定在元代曾经是北方戏曲的一个中心，元代的剧作家关汉卿、白朴、尚仲贤、李好古等都是河北人，钟嗣成所著《录鬼簿》录河北剧作家（燕赵才人）计11人。近代以来，河北又出了田际云、成兆才、盖叫天、尚小云、荀慧生、丁果仙、李万春等戏剧家。河北地方戏剧种计26个，其中河北梆子、评剧、唐剧、老调、丝弦等流传较广。新中国成立后，以河北地方剧种演出的很多传统剧目被搬上银幕，如《小姑贤》（评剧，1953年）、《秦香莲》（评剧，1955年）、《蝴蝶杯》（河北梆子，1957年）、《三勘蝴蝶梦》（评剧，1959年）、《潘杨讼》（老调、1960年）、《空印盒》（丝弦、1960年）、《花为媒》（评剧、1963年）等，其中有些影片由河北剧团出演。另外，河北著名京剧表演艺术家盖叫天（高阳）、尚小云（南宫）的精彩表演还被拍成了舞台纪录片《盖叫天的舞台艺术》（1954年）[1]、《尚小云舞台艺术》（1962年）[2]和观众见面。戏曲现代戏影片的拍摄也取得了很大成就，如反映革命历史题材的《刘巧儿》（评剧，1956年）、《节振国》（京剧，1965年），反映当代生活的《东风第一枝》（评剧、1960年）等。京剧戏曲片《节振国》由长春电影制片厂摄制，唐山市京剧团集体创作并演出，于彦夫、曾未之导演。影片描写了抗战时期，开滦煤矿工人节振国带领工人和日本鬼子进行的不屈不挠的斗争。节振国也由一个普通矿工成长为共产党员，最后成为冀东第一支工人游击队的创建者和领导者。影片情节紧张曲折，富于悬念，在以传统戏曲表现节奏快、头绪多的革命英雄传奇方面，做了富于建设性的探索，并且取得了令人赞叹的成就。

新中国成立后，河北省内的独立制片是从拍摄戏曲片开始的。1960年，当时的天津电影制片厂尝试独立制片，拍摄了舞台戏曲片《蓓蕾初开》，包括《挡马》（北方昆曲）、《柜中缘》（河北梆子），向国内公开

---

① 影片中盖叫天演出的剧目有《白水滩》（饰穆玉玑）、《七雄聚义》（饰晁盖）、《茂州庙》（饰谢虎）、《劈山救母》（饰沉香）、《英雄义》（饰史文恭）、《武松》（饰武松），包括《武松虎》、《狮子楼》、《十字坡打店》。

② 影片中尚小云演出的剧目有《昭君出塞》（饰王昭君）、《失子惊疯》（饰胡氏）。

发行。

"文化大革命"十年电影成为政治祭品。在电影创作中，艺术家们不仅要永远恪守政治正确的信条，防备"一百个小心中的一个不检点"被人"注视"，而且要谨遵所谓"三突出"的创作原则：在所有人物中突出正面人物、在正面人物中突出英雄人物、在英雄人物中突出主要英雄人物，以及由"三突出"进一步引申出的"三陪衬"、"多侧面"、"高起点"、"多层次"等教条。这样的创作环境使电影生产陷入低谷，不仅数量少，而且艺术质量差，摄制的影片多数概念化、公式化。数量有限的"文化大革命"电影大致可以归入以下五种类型：革命样板戏、改编重拍片、戏曲片、革命历史题材影片和阶级斗争影片。

在"文化大革命"时期的河北电影中，为了增加政治保险系数，很多电影人热衷改编、重拍有定评的旧作。早在1964年，《白毛女》就被改编为舞剧，成为八个样板戏之一，于1970年和1972年被两次搬上银幕，为了做到"三突出"，后来参加了八路军的大春在影片中增加了戏的分量，以致一出戏设置了两个"一号人物"。《青松岭》于1973年重拍，老贫农张万有因为名字略带封建意味而改名张万山，他的政治觉悟比1965年版电影大有提高，而且阶级斗争警惕性明显增强，能够从蛛丝马迹中辨别逃亡富农钱广的破坏。《平原游击队》于1974年重拍，故事情节未作改动，只是在景别、光效、人物造型比例、色彩冷暖、镜头角度等形式要素上下工夫，结果是形式大于内容，彩色片反不及黑白片受欢迎。但是，在电影人不敢摄制新片的情形下，重拍旧片多少可以缓解一下人们贫乏枯燥的文化生活。[①]"文化大革命"期间，革命历史题材仍是河北电影关注的主要方面，除了重拍片外，还拍摄出《小八路》（木偶，1973年）、《平原作战》（京剧，1974年）等影片。《小八路》和《平原作战》讲的是革命英雄传奇。前者塑造了抗日小英雄虎子的形

---

① 据1972年2月4日《河北日报》报道：1971年河北全省反复放映《地道战》、《地雷战》、《南征北战》三部影片达12.6万场。老电影的反复放映可以见出当时人们娱乐生活中聊胜于无的尴尬。

象，虎子是华北游击根据地枣林村的儿童团长，他从小抗日，一心想当八路，经过一系列斗争的考验，虎子终于如愿以偿，奔赴新的战场。就剧情而言，虎子的作为显然脱离了儿童的年龄特点，他的成长道路不像张嘎，而更近于董存瑞；但作为动画片而言，语言、动作、行为的夸张却是不可或缺的艺术手段，动画因变形而可爱。综合看来，《小八路》不失为一部优秀的动画电影。《平原作战》描写太行山八路军排长赵勇刚率领的小分队与日寇龟田大队的周旋斗争，情节曲折，富于传奇色彩。

有人曾经不无讽刺地把"文化大革命"十年的艺术成就概括为"一个作家和八个样板戏"，以显示艺术创作的贫乏。其中的"一个作家"指的是来自河北宝坻的浩然。[①]浩然之所以能够在"文化大革命"期间迅速走红，其中一个重要原因是当时的畸形政治与他的政治激情的遇合。他说："新生活鼓舞我，刚刚从半封建、半殖民地牢笼里被解放出来的农民，是多么的兴高采烈、意气风发！对共产党是多么的感恩戴德！对革命运动是多么的虔诚拥护！对未来的日子是多么的充满信心！……为此，我有一股子自豪感，忍不住地想用艺术手法表现出来，向别人炫耀，留念给后人。……我把搞文学当成一种干革命工作的本领，成为对革命事业，对改革社会、推动时代有所作为的人。"[②] 从这段话可以看出，浩然对新中国成立后的激进政治，甚至"文化大革命"政治是完全认同的，而且内心充满了投身政治的激情；在他眼中，文学只是革命的工具，文学工作就是革命工作本身，不具备革命之外的独立性，用"搞文学"的方式参加革命工作，进而参与时代进程才是写作的唯一目的。因此，他用一种真诚的心态去配合当时"虔诚拥护"的极"左"政治，描绘他所熟悉的北方农村，创作了《艳阳天》（三部，1964～1966

---

① 浩然原籍是河北宝坻，1932年生于唐山开滦赵各庄矿，1973年7月，宝坻与蓟县、武清、静海、宁河等五县划归天津市。

② 浩然：《答初学写小说的青年》，春风文艺出版社，1984年，第81页。

年)、《金光大道》(四部，1972～1994 年)①这样影响一时的作品。

　　浩然的小说被当时的中共当权者树为实践无产阶级文艺圣经——"三突出"原则的典范，从而受到文艺界的广泛关注，很多艺术家争相改编浩然的作品。当然，电影界也不甘居人后，早在 1971 年 9 月，长春电影制片厂就组织创作人员改编浩然的长篇小说《艳阳天》，1973 年由林农导演的电影《艳阳天》与观众见面。影片是在近百万字的小说基础上压缩改编而成的，保留了原作的主干情节：1956 年、1957 年，东山坞农业生产合作社民兵排长肖长春带领群众与历史反革命分子马之悦、地主分子马小辫，以及路线觉悟低的生产队长马连福、富裕中农弯弯绕、李乡长等人展开了激烈斗争。斗争围绕农村发展中"两条路线"的选择展开，肖长春与人民群众坚持走"互助合作"的社会主义道路，马之悦等人则坚持个人发家致富的资本主义路线，对"互助合作"不理解，甚至敌视、破坏。影片以艺术的方式肯定并宣传了"互助合作"的农村发展道路，紧密配合了当时党的农村政策。影片还贯穿了"文化大革命"时期"以阶级斗争为纲"的总路线，在农村发展路线斗争中，融入阶级斗争的内容，在情节设置上，路线斗争的双方也是互相敌对的阶级，路线斗争反映的正是阶级斗争。当然，《艳阳天》的阶级斗争模式并非首创，在此前电影(如《青松岭》)中早已存在，所不同的是，它把两条路线、两个阶级的斗争结合起来写，比单独描写生产生活中个别事件所体现的阶级斗争更具政治上的普遍意义，因而更有价值。在从小说到电影的改编过程中，为了突出肖长春的形象，创作者将小说中很多原本不属于他的光辉业绩归到他的名下；为了强调无产阶级革命事业能够代代相传，小说中被害致死的肖长春的独生子小石头，虽被逼落悬崖，但仅受轻伤；为了遵守"不学毛选不成戏"的成规，影片还生硬地

---

①《金光大道》是浩然从 1970 年 12 月动笔，历经七年陆续完成的，小说共分四部，200 余万字。第一、第二部分别在 1972 年和 1974 年由人民文学出版社出版发行。第三部曾在 1976 年 6 月《人民文学》选载。1994 年 8 月，《金光大道》全四部由京华出版社出版发行。

加入了很多有关情节。总之，无论在思想上还是艺术上，《艳阳天》都被深深打上了"文化大革命"的时代印记。

1974年，计划写作四部的长篇小说《金光大道》第二部出版；1975年，长春电影制片厂根据小说前两部改编摄制了《金光大道》（上）；1976年，又根据尚未完全刊行的小说第三部完成了《金光大道》（中）的摄制。影片延续了两条路线、两个阶级斗争的主题，描写冀东平原土改后，芳草地的翻身农民在高大泉的领导下，在与区委书记王友清、村长张金发推行的"发家致富"路线和漏划富农冯少怀、暗藏的反革命分子范克明的斗争中，积极推行农业合作化运动，成立了天门区第一个互助组与第一个农业生产合作社，取得了斗争的初步胜利。农业社发展过程中，张金发一伙仍频频发难，妄图搞垮农业社。高大泉在群众支持下，彻底揭露了张金发、冯少怀的罪行，揪出了反革命分子范克明，农业社继续发展壮大。1976年"文化大革命"结束，党的农村政策进行了大调整，变"以阶级斗争为纲"为"以经济建设为中心"，农村的"互助合作运动"则代之以"家庭联产承包责任制"，政策的终结必然带来配合政策的文学及电影的终结，小说成了"未完成"的文本。① 进入90年代，在怀旧思潮中，红色经典再度受到读书界关注，小说《金光大道》于1994年借此契机出齐了全四部。而电影却成了永远无法完成的缺憾。但是，从已经拍就的两集看，这部电影足可以成为"文化大革命"电影的代表，思想上图解政治理念，带有浓厚的意识形态性，高大泉这一形象集中体现了"文化大革命"艺术创作的"三突出"特征，这些都是当时其他电影无法比拟的。历史塑造着电影的思想艺术特征，电影也纪录下了历史的方方面面，可以毫不夸张地说，《艳阳天》和《金光大道》已然成为"文化大革命"时代的艺术标志。总之，这两部电影借"文化大革命"以彰显、纪录了"文化大革命"历史的同时又成为"文化大革命"电影的样板。但是，从"文化大革命"到

---

① 李云雷：《未完成的"金光大道"》，《文艺理论与批评》，2004年，第4期。

现在，时空流转，世事变迁，面对曾经的辉煌和现在的落寞，不知创作者作何感想。

"文化大革命"期间，以阶级斗争为题材的河北电影，除了《青松岭》、《艳阳天》和《金光大道》之外，还有《战洪图》（1973年）、《红雨》（1975年）、《渡口》（河北梆子，1975年）、《渡口》（动画，根据戏曲片《渡口》改编、重拍，1975年）等作品。《战洪图》由长春电影制片厂摄制，河北省话剧院集体创作，鲁速执笔，苏里、袁乃晨导演。1963年，华北海河地区爆发了百年未遇的洪水，河北人民奋力抗洪，抢险救灾。影片以此为背景，描写冀家庄人民在党的领导下，两次战胜洪峰，抢修大堤。为了保证天津及津浦路的安全，县委指示冀家庄炸堤分洪，支书丁震洪识大体顾大局，不惜舍小家保大家，并且帮助大队长克服了本位主义思想，完成了炸堤任务。洪水过后，他组织社员积极生产自救，取得了农业丰收。影片的基本情节是冀家庄人的抗洪救灾过程，为了强化事件的思想性和政治意义，影片首先在情节链中突出了党在抗洪救灾中的作用。作为党的化身，甚至丁震洪的名字都被赋予了象征意味，让人联想到"定能震慑洪灾"的意思。其次，歌颂人民的伟大力量和不屈精神，冀家庄人正是河北人民的代表（村名的寓意也表明了这一点）。再次，影片还穿插了阶级敌人破坏抗洪的情节，增加阶级斗争的内容目的是配合"文化大革命"中"以阶级斗争为纲"的总路线。最后，影片以毛泽东"一定要根治海河"的号召收束，既遵守了当时的创作成规，也在客观上表明毛泽东的著作、语录（实际表现的是毛泽东的只言片语）对社会生活无孔不入的渗透。

《红雨》和《渡口》两部影片试图塑造阶级斗争中少年英雄的形象。《红雨》描写某大队少年红雨与旧社会药店掌柜孙天福在争夺全村医疗大权上的斗争，红雨在斗争中成长为一名全心全意为人民服务的赤脚医生。曾经执导过《小兵张嘎》的崔嵬是《红雨》的编剧之一，也是该片的导演，但是《红雨》没能复制《小兵张嘎》的成功。《渡口》描写的是红小兵水莲智斗国民党特务的故事。与《红雨》相比，小姑娘水莲机智勇敢斗特务的所作所为虽然也不具备现实基础，但在特定的戏剧情境中却具备艺术上的真实性，加以"智斗"故事在民族审美习惯中带有故事原型的意味，因此，从整体上看，影片具有审美接受基础。影片把智斗场景放在渡船上展开，集中、惊险、极富戏剧性；以重写意的传统戏剧形式（河北梆子）演绎故事更能收到好的艺术效果。因此，如果去除人物的政治化身份和戏中某些特定的时代内容，这部影片足可以产生穿越时空的艺术魅力。戏曲片《渡口》当年即被改编摄制为同名动画片，这也可以看出故事本身具备的较强可塑性和影片较高的艺术水准。

第三节　新时期的河北电影

1976 年 10 月，长达十年的"文化大革命"结束，历史现出转折的曙光；1978 年 12 月，中共十一届三中全会召开，历史翻开了新的一页，"文化大革命"被"新时期"取代。用"新时期"指称一个历史时段并不合适，因为在历史进程中，任何一个后来的时间段对于此前的历史都可以"新时期"命名，只不过每一个"新时期"的新质有所不同。20世纪 70 年代后期开始的"新时期"告别了"以阶级斗争为纲"的时代，代之以"以经济建设为中心"，国家的全面现代化继"五四"之后又一次成为政治、经济、社会生活和思想文化领域的主要议题。思想文化的现代化带来的是又一轮思想解放运动，其核心是人的解放与文化反思。包括电影在内的文学艺术成为这场思想解放运动的主要推动力量。

1977 年，故事片《十月的风云》由峨嵋电影制片厂摄制，河北馆陶人雁翼编剧，张一导演，该片是中国电影中第一部表现和"四人帮"作斗争的作品，标志着新时期电影的开始。新时期初期，以《十月的风云》为代表的一批作品担负的是揭批"四人帮"罪行、控诉"文化大革命"极"左"政治的政治任务，情节模式、美学特征与"文化大革命"

电影如出一辙，唯一不同就是政治主题的正反逆转。经过短暂徘徊之后，新时期电影终于张开"沉重的翅膀"，开始了它思想和艺术的不倦探索，分享着文学引领的"伤痕"、"反思"、"改革"、"知青"、"寻根"、"先锋"等创作思潮，产生出大量优秀电影作品，表现了中国电影人的智慧和艺术创造力。

极富戏剧性的是，新时期河北电影是从改编浩然的作品开始的。1980年，浩然的长篇小说《山水情》（又名《男婚女嫁》）被肖伊宪、孙羽改编为电影剧本《花开花落》，长春电影制片厂将其摄制成影片，孙羽导演。《花开花落》描写了一群农村青年"文化大革命"期间坎坷曲折的爱情故事。土改后，中国农村的每一个家庭都被强制性赋予一种政治身份，如地主、富农、中农、贫农等。这种带有强烈等级意味的政治印记具体到家庭成员身上就是所谓"家庭出身"，"家庭出身"按血统世袭传承。在社会生活中，它决定着一个人的方方面面，从升学到就业，从参军到干部选用，甚至恋爱结婚都不得不考虑对方的家庭出身，看一看成分的高低。青年农民罗小山虽出身贫农，但生父是地主，这种"不够干净"的出身让他备尝恋爱的辛酸；富农的女儿刘惠玲为了改变家庭出身，找对象时费尽心机，最后不惜嫁给自己并不喜欢但政治清白的人；康文炳未来的老丈人被打成反革命，担任大队书记的父亲便强迫他与对象一刀两断；曾被罗小山救过一命的县革委会委员郑永红，甚至也出来阻挠他与支书女儿秀云的恋爱。政治身份的人为甄别不仅制造出政治等级，以便于政治统治，而且政治等级会自然衍生出社会生活中无处不在的伦理等级，以约束人们在日常生活中的行为方式，从而进一步强化政治等级划分的有效性。我们有理由相信，影片中没有道德意义上的坏人，有的只是为了自身及家庭趋利避害而作出的不得不然的选择。他们的行为方式被畸形政治扭曲了，爱情选择成了变相的政治身份选择，这就是中国人曾经有过的一段荒诞生活。影片最后，小山愤而出走，秀云随他而去，文炳也离开了家，惠玲则抱着孩子回了娘家，他们争取美好爱情的举动正是对政治等级秩序的无言抗争。《花开花落》诞生在"伤痕电影"的创作潮流中，但它与伤痕电影保持了一定距离。该片关注的是"文化大革命"成分论给农村社会生活，尤其是青年的男婚女嫁，带来的深深隐痛，选材与一般伤痕片相比显出新颖性。20世纪80年代初期，已形成近40年的成分论仍影响着中国人的生活，影片的完成反映出一定的控诉力量，但更具有反思的性质和现实意义。影片叙事平实、生活化，风格含蓄、不张扬，一改伤痕电影的哭诉、呼唤风格，在淡淡的生活流中，在几个家长里短的故事中，发出对现实命运的质问，虽没有振聋发聩的力度，但却不失引人思考的深度。总之，《花开花落》是一部不可多得的电影佳作。

除了《花开花落》这部"准伤痕"作品外，新时期河北电影实际上并没有像整个中国电影一样沿着什么"伤痕"、"反思"、"改革"、"知青"、"寻根"、"先锋"等创作思潮按部就班地向前发展，它选择的是一条相对稳健的发展之路：一方面，坚守已有的题材类型，在观众熟悉的革命历史、革命战争、抗日战争、农村生活等题材领域继续开拓，力求从老题材开掘出新意义，与时代思潮中某些思想话题相呼应；另一方面，积极拓展新的影片类型，探索武侠片、警匪片、侦探片等娱乐类型片的创作道路，以适应电影日益市场化、商品化的要求。为了更接近电影创作的真相，也为了论述的方便，我们把新时期河北电影分为五类：革命历史题材电影、历史题材电影、现实题材电影、戏曲片和娱乐片。需要说明的是，这五类电影的分类标准并不一致，前三类侧重题材类型，戏曲片的概念重在表演形式，而娱乐片主要从影片的审美功能考虑，所以，在论述中，我们主要根据影片最突出的审美特征决定其类别归属，以使作品在整个创作格局中各得其宜。

革命历史题材的电影创作在新时期河北电影中仍占有较大比重，产生了《新兵马强》（1981年）、《解放石家庄》（1981年）、《柯棣华大夫》（1982年）、《风云初记》（1983年）、《瓜棚女杰》（1985年）、《直奉大战》（上、下，1986 年）、《望日莲》（1986 年）、《剑吼长城东》（1990 年）、《白求恩——一个英雄的成长》（1990 年）等电影作品。与"十七年"相比，新时期的革命历史题材电影表现出许多新特点。首先，题材范围有所扩大。"十七年"的革命历史题材电影主要集中表现抗战题材，到了新时期，出现了表现国内革命战争（军阀混战）的《直奉大战》、表现解放战争的《解放石家庄》，甚至还有近距离表现对越自卫还击战争的《新兵马强》，不同性质的战争给表现不同的主题提供了广阔的空间。其次，在主题开掘上有了前所未有的深化。"十七年"的革命历史片遵循政治主题优先的原则，在革命英雄传奇的讲述中，强调党的绝对领导、人民群众的抗日热情，歌颂军民团结，宣扬革命英雄主义和革命乐观主义。新时期的革命历史片开始注重写战争中的"个人"，人的主题逐渐取得了与政治主题同等重要的地位。再次，人物性格由单一而趋于复杂多元。"十七年"的革命历史片总是钟情于单纯的英雄人格，世俗人格的人性、人情成分只是作为点缀偶有浮现而已。到了新时期，创作者已不再仅仅满足于通过战争写出性格单一的英雄，而是通过立体的、具有组合性格的人来写战争，写战争对人的影响，因此，曾经神化的英雄人物形象也就被理想的世俗人物形象所取代。最后，革命历史题材电影的总体风格也发生了转换，由"十七年"带有传奇色彩的浪漫主义格调向注重写实的现实主义转变。

中共领导的抗日活动主要发生在燕赵大地，因此，新时期河北电影的革命历史片仍更多关注了抗战题材。《柯棣华大夫》和《白求恩——一个英雄的成长》可以说是抗战电影的姐妹篇，描写的都是抗战中援华的国外医疗人员，只是白求恩在革命者形象的纯粹性上比柯棣华更高大。前者与其说是刻画了一个对中国抗日充满同情的印度籍英雄，还不如说写活了一个尽职尽责的大夫和他眼中的中国抗日军民，影片虽然也是无一处不在表现政治性主题，但生活化的叙述还是让人倍感亲切，英雄终于有了近于世俗的人性。后者在艺术水准上未能超越 1964 年由海燕电影制片厂和八一电影制片厂联合摄制的《白求恩大夫》，因为二者都以塑造英雄形象为目的，情节差别不大，只是叙述者略有不同而已。《瓜棚女杰》刻画了抗战爆发前后北运河畔的两个女性，一个是豪侠仗义又不失女子柔情的眉子，一个是泼辣妖媚但心地善良的花三春，影片把重点放在人物性格刻画及命运叙述上，抗日只居于穿插和背景的地位。《望日莲》则刻画了冀中抗战中一个既有英雄气又具人性美的女交通员望日莲的形象。《剑吼长城东》以抗战时期八路军冀东军分区副司令员包森为原型，描写了抗日英雄鲍真创建冀东抗日根据地，并屡建战功，打击日寇的故事。影片在塑造抗日英雄形象上并无新意，但是对于战争中人与人关系的思考较此前作品有所突破。《风云初记》以平实的现实主义手法，描写了以冀中小镇子午镇为中心的抗日风云，国共日伪，群众土匪，地主汉奸，各种社会力量在这个小舞台上展示他们的正与邪、强与弱。影片把政治正确的主题与全景式叙事巧妙结合，颇具艺术匠心。《直奉大战》与《解放石家庄》表现出较强的纪实风格。前者重点描写的不是直奉大战，而是战争背后的政治博弈过程。后者则详细叙述了解放石家庄的全过程。石门乃交通要冲①，具有重要战略意义，1947 年 4 月，晋察冀军区开始解放石门的军事行动，1947 年 11 月 12 日石门解放。朱德总司令欣然命笔，写下了《攻克石门》一诗："石门封锁太行山，勇士掀开指顾间。尽灭全师收重镇，不教胡马返秦关。攻坚战术开新面，久困人民动笑颜。我党英雄真辈出，从此不虑鬓毛斑。"②这场战争充满了敌我之间的智力对决、力量比拼和意志较量，因此也就充满了曲折和变数。影片以战争过程为中心，情节曲折，富于悬念，但是缺乏能给人留下鲜明印象的人物。《新兵马强》描写了一个农村新兵在对越自卫反击战中的成长，该片与《望日莲》作为徐光耀的作品下文将有较详细的论述。

---

① 石家庄当时称石门，1947 年 12 月刚刚解放的石门市改名为石家庄市。

② 转引自解峰等主编：《当代中国的河北》（下），中国社会科学出版社，1990 年，第 347 页。

在新时期河北电影中，共有四部历史题材的作品，它们是《乌纱梦》(1984年)、《高粱地里大麦熟》(1984年)、《神医扁鹊》(1985年)、《泪洒姑苏》(1985年)。《乌纱梦》和《泪洒姑苏》均改编自传统戏曲剧目。前者描写万泉孝廉潘子才痴迷功名，不惜以女儿为筹码换取官位，经过一系列曲折，最后善恶有报，潘子才乌纱梦破，有情人终成眷属。后者更像一首凄婉的歌谣，县令女儿王怜娟为情所困，命运多舛，一路寻觅，受尽磨难，最后虽恶有恶报，但王怜娟病重身死，托孤他人，仍给人留下无限悲凉，这团圆中并不团圆的结局虽然打破了传统的民族审美习惯，但自有令人思之潸然的艺术魅力。《神医扁鹊》描写了春秋战国时期名医秦越人的传奇一生。秦越人，河北任丘人，因医术精湛，人称"神医扁鹊"。影片刻画了一个不但医术过人，而且医德高尚、不畏权势、坚持在民间行医的平民英雄的形象。《高粱地里大麦熟》讲的是民国初年的故事，生活在底层的一对河北青年夫妻逃荒到东北，饱尝生活折磨使他们逐渐丧失了生活的信心，磨掉了做人的勇气和志气，甚至性爱的权利也被剥夺。对辛酸的流寓者生活的关注正是影片的价值所在。

"文化大革命"结束后，摆在中国人面前的难题是如何适应不断加剧的社会转型。从政治型社会到经济型社会，从单一意识形态到多元化思潮，从对人的政治禁锢到人的思想解放，旧伤痛尚未完全平复，新问题已接踵而来，更多的自由似乎只带来更多困惑更多烦恼，这一切不容回避，需要每一个人在他的生活中去面对、去学会适应。以现实生活为题材的新时期河北电影对人们的社会转型百态给予了全面而又深入的表现，此类影片有《张灯结彩》(1982年)、《人·鬼·情》(1987年)、《男妇女主任》(1987年)、《现世活宝》(1990年)，以及根据河北作家铁凝小说改编的三部影片：《红衣少女》(1984年)、《村路带我回家》(1988年)、《哦，香雪》(1989年)，另外，戏曲片中有两部评剧现代戏《嫁不出去的姑娘》(1983年)和《啼笑皆非》(1987年)反映的也是现实题材。

《张灯结彩》、《嫁不出去的姑娘》和《啼笑皆非》描写的是新时期的农村生活，而且都出自河北编剧之手，第一部由河北安国人宋英杰参与编剧，其他两部由河北大厂回族自治县评剧歌舞团赵德平编剧。三部作品中，前两者批评了新时期以来，农村大要彩礼、买卖婚姻盛行的现象。从1950年的《儿女亲事》到1983年的《嫁不出去的姑娘》，我们可以看出新中国成立后30年间中国农村婚姻选择标准的变化轨迹。《儿女亲事》以父母的标准（包办）和彩礼为标准；《妈妈要我出嫁》（1956年）中贫富标准和政治身份选择并行，但最终后者占了主导地位；《花开花落》（1980年）中的婚姻选择变成了政治身份的选择；到了20世纪80年代的《嫁不出去的姑娘》则单纯以彩礼为标准决定婚姻选择。《啼笑皆非》批评了中共干部家属在农村欺压百姓、横行乡里、丑态百出的荒诞现象，这是一种带有农村特色的以权谋私。其中，局长夫人白翠香这样一个刁蛮泼辣、洋相百出的女地痞形象，具有电影史价值。《现世活宝》以喜剧的夸张形式，通过"山木多功能有限公司"集锦式地折射出新时期开始后的世间万象，表现出人们在新的利益格局中的浮躁情绪，以及价值取向的混乱。铁凝的三部电影和她的其他作品我们将设专节论述。

在现实题材的电影创作中，《人·鬼·情》无论就思想深度而言还是就艺术水准而言，都是最为突出的一部作品。影片由上海电影制片厂摄制，黄蜀芹、李子羽、宋国勋编剧，黄蜀芹导演。这是一部关于女性寻找自我的电影。影片一开始，主演钟馗的女武生秋芸达到了她事业成功的巅峰，但是她的内心充满了孤独和悲凉，她内心渴望的是男性的温情与关怀。而她所扮演的角色，一个虽然面貌丑陋，但却敢爱敢恨、有情有义的男鬼钟馗成了她的情感寄托对象。影片主体是秋芸不断受伤的成长经历，每当她受到伤害需要依靠的时候，就会有钟馗以幻觉的方式穿插入她的生活，秋芸的世界、钟馗的世界、现实的世界、虚幻的世界交融在一起。小秋芸因母亲私奔，父亲落魄而感受不到父爱；稍长的秋芸进省剧团学戏，父亲回家种田，被离弃的感觉缠绕着她；长大的秋芸在流言中被扼杀了与张老师的爱情，张老师的调离留下的只是伤痛与悲凉；舞台上遭人暗算，吞咽着人世间的无情；成功后的秋芸仍要面对冰冷的家庭和形同虚设的丈夫。当秋芸回乡演出，父亲倾其所有为她庆功时，她的内心却隐藏着深深的孤独。秋芸的成长是真实的，但是钟馗的每次出现却是虚幻的，秋芸没有得到她渴望的现实中的抚慰。在影片结尾，秋芸于村口的土台与幻觉中的钟馗实现了对话，这其实是秋芸两个自我的对话，一个是秋芸代表的柔弱的表层自我，一个是钟馗代表的坚强的深层自我，秋芸渴望的钟馗实际就在自己心中。决心一辈子献身舞台的秋芸找回了女性独立的自我，因此，《人·鬼·情》是一部真正意义上的女性电影。不仅如此，影片还是一部新时期非常成功的"探索电影"，它突破了过去单一写实的叙事手法，将过去与现在、现实与虚幻、再现与表现穿插结合在一起。片中男与女、人与鬼、柔与刚、阴与阳等因素的互补交融，创造了影片整体格调上的和谐美。《人·鬼·情》在新时期思想解放运动中较早关注女性自立的主题，并且在艺术上作出了可贵探索，这在新时期电影创作中是不多见的。

作为传播传统戏曲的手段，戏曲片的拍摄在新中国成立后一直受到重视。戏曲片在新时期河北电影中可以说是重头戏，产生了如下作品：《宝莲灯》（河北梆子，1976年）、《杨三姐告状》（评剧，1981年）、《哪吒》（河北梆子，1983年）、《嫁不出去的姑娘》（评剧，1983年）、《啼笑皆非》（评剧，1987年）、《抢状元》（评剧，1988年）、《钟馗》（河北梆子，1993年）。其中，《宝莲灯》、《哪吒》和《钟馗》均改编自传统戏曲剧目，由河北省河北梆子剧院出演，裴艳玲饰演沉香、哪吒和钟馗。《宝莲灯》讲述了沉香救母的故事。《哪吒》塑造了一个为民除害、勇斗恶龙的神话小英雄形象。在戏曲片中最为人称道的是《杨三姐告状》，该片由中央新闻纪录电影制片厂摄制，高琛改编自成兆才的同名评剧现代戏，石岚导演。故事发生在1918年河北滦县，杨家二姐被丈夫高小六阴谋陷害，杨三姐从县公署告到天津，历经一波三折，终使姐姐的冤屈得以昭雪。影片中杨三姐的形象生动感人。一个年仅17岁的农村姑娘，从识破姐姐去世的疑点起就决心闯衙告状，她一无钱，二无势，仅凭一身胆略，三闯公堂，在认定县官不能秉公断案后又只身告到天津，凭借自己的伶牙俐齿打动了杨厅长，以自己舍命告状的悲情感动了检验官，最终使案犯伏法。杨三姐的经历虽有一定传奇性，但也有其性格上的必然性，是胆识、智慧、主见使她排除告状过程中的重重障碍，是为姐申冤的决心让她坚持到底，刚烈智勇的冀东女子杨三姐是新时期河北电影中又一个平民英雄的形象。20世纪90年代以来，电视作为家庭的主要娱乐工具已基本普及，电影观众数量大幅萎缩，于是，传统戏曲剧目开始转移传播阵地，由影院的银幕过渡到家庭的电视荧屏，因此，无论是全国范围，还是河北省内，电影戏曲片的摄制少之又少，已陷于停顿状况。

　　当然，人们不愿走进影院看电影是多方面原因造成的，电视节目的竞争只是其中之一，另外，如盗版盛行、网络娱乐、电影的网际下载等因素都不可低估，但更为根本的原因还在电影业本身。电影业的改革较其他行业慢了半拍，迟至20世纪80年代末期，电影业的市场化改革才正式启动。在此前的计划经济体制下，任何一部电影，不管质量优劣，不管有无观众，中国电影发行放映公司都会以每部70万元的价格通吃，直到1993年1月，这种影片的统购统销体制才彻底结束。也就是说，1993年之前，电影业至少在理论上可以不管影片的发行，也可以不考虑观众的多寡有无。实际上，由于整个改革环境的影响，也由于影片摄制成本的增加，20世纪80年代中期以后，各电影厂已逐渐不再满足于70万元的收购价，它们要考虑电影的商业价值以赚取票房收入。于是，新中国成立后的首批娱乐片陆续登场。

　　中国电影从诞生那天起，除了社会片和人生片这些主流影片外，就是那些在数量上占绝对优势的商业娱乐片。新中国成立前的"火烧系列"、"大闹系列"、"鸳鸯蝴蝶派"的"言情片"等都曾红极一时。这些影片虽然质量上参差不齐，格调也多趋于低俗，但在满足人们的娱乐需求方面仍是不可或缺的。在新中国成立后的政治氛围中，娱乐片黯然出局，留给国人的只有上文所谓的"政治娱乐"。就电影性质而言，娱乐片不担负意识形态教化功能，也不做有深度的思想探索，它的主要目的是娱乐观众，创造商业价值。当然，这只是就它的主导价值而言，一部电影的价值总是多方面的，包括经济价值、精神价值和审美价值等。对于某一类型的影片来说，在诸多价值关系中要突显某个方面的价值，其他方面的价值自然相对弱化淡化。电影既是艺术又是商品，娱乐片创作在兼顾影片艺术性的同时，更重视其商业生产的特征。因此，娱乐片的主体是类型片，它强调影片的类型特点，在创作中遵循公式化、概念化模式。有意味的是，这一点类似于"十七年"和"文化大革命"时期的电影生产模式，这也正好说明政治和商业（生意）、政治和娱乐的关系并非形同水火，相反，它们之间只隔了一层纸或者根本就没有这层纸。

20 世纪 80 年代中期，河北电影开始涉足娱乐片制作，并且取得了不俗的成绩。1985～1991 年生产的娱乐影片有《被跟踪的少女》（1985年）、《慈禧墓珍宝传奇（第一、第二集）——东陵大盗、平津夺宝》（1986 年）、《东陵大盗》（第三、第四集，1987 年）、《东陵大盗》（第五集，1988 年）[①]、《复仇女郎》（1988 年）、《后会有期》（1990 年）、《五虎闯天桥》（1990 年）、《沧州绝招》（1991 年）、《烈火金钢》（1991年）等。《被跟踪的少女》讲述了一个历险故事。少女阿婷带着一只装满走私外币和财宝的皮箱，受到走私犯黄祥、老贵和骗子"董事长"的跟踪，青年阿海给予了热心帮助，最后警方打掉了走私团伙。影片核心是平铺直叙阿婷的不断遇险和获救，但是叙述中每一次悬念的产生及其解决之间缺乏紧张有机的联系，如阿海办厂筹款的情节穿插显得过于冗

---

① 《慈禧墓珍宝传奇》第一到五集后来统称《东陵大盗》（1～5集）。

赘、笨拙。作为探索中的娱乐片，影片显得幼稚。相比之下，《复仇女郎》与《后会有期》则表现出成熟的娱乐片特征。《复仇女郎》是一部悬念（疑）电影，当年发行拷贝219个，名列发行榜及票房收入前茅。猎色成性的年轻经理王少军被黑衣女郎刺伤，与之有染的少女石琴、刘瑛、黄芳、杜小丽都自认是凶手。"谁是凶手"的悬念贯穿整部影片，抓住了观众的好奇心。此外，影片在悬念片中成功加入了社会伦理片元素，探讨了性道德问题。刑侦队长许树槐的性克制与王少军的性放纵形成了鲜明对比，影片最后有意安排了王少军的悔悟，这些都表明创作者尽力回答某种伦理问题的企图。但是，应该看到，生硬的说教对于娱乐片而言往往是致命的伤害，但性道德问题本身在当时就是卖点，影片取得骄人的票房成绩是必然的。影片以细节制造悬念的手法也非常成功，如反复出现的"枯萎的玫瑰"等，一直刺激着观众急于揭开谜底的期待心理。《后会有期》属警匪类型片。该片在1991年度电影发行中卖出250个拷贝，取得了骄人的票房成绩。影片成功的原因有三：一是跨国追凶，故事新奇；二是较早塑造了中国银幕上的硬汉形象，而且既有中国警界的正面英雄王健，又有被追捕的反派硬汉侯俊，尤其是反派人物侯俊身上的英雄气质令观众大开眼界；三是影片叙事节奏快捷，曲折有致。侯俊因携带存有巨款的信用卡而成为黑帮、国际刑警、王健、美国侦探、曼娜小姐等各种力量追踪的目标，追踪过程中，由于各种力量的博弈，情节变得跌宕起伏、峰回路转。创作者在其中设置了各种警匪片的招牌场面，有火拼、有格斗、有艳遇、有枪战、有追逐、有对决、有自尽，等等。这三个方面综合成就了一个惊险的传奇故事，从而征服了观众。《东陵大盗》五集以孙殿英东陵盗墓为起点，以对珍宝的争夺为中心线索，贯穿起众多人物和纷繁事件。影片的重心是清楚讲述一个糅合了历史和传说的传奇故事，而且故事的规模空前庞大，所以创作者在叙事手法上以逻辑结构事件，循事件发展设置人物，人物的出场总是以推动情节进展为目的，而人物性格多处理为扁平单一的特征。《东陵大盗》成功地向我们展示了一段隐秘的历史，同时对以系列电影的形式叙述复杂事件作了有益探索。《五虎闯天桥》和《沧州绝招》走的是武打电影的路子。前者以义和团和红灯照兵败河北王家口村为引子，描写了义和团红灯照后人20年后在北京天桥比武夺铜的故事。后者是由闻名天下的沧州武术演绎出的当代传奇。沧州武术大家吴冷天身怀无招、无形、出神入化的绝世功夫，同时珍藏有武功秘籍《绝招秘本》，但是吴冷天不想让武功、秘本外传。经过一番波折，吴冷天最后改变了想法，交出秘本，使沧州武术光耀天下。1981年张鑫炎导演的《少林寺》成为新中国武打电影的开山之作，一时间"天下功夫出少林"妇孺皆知，之后出现了很多以展示武学为尚但情节单薄的技击类电影。与侧重打斗的技击类电影相比，《五虎闯天桥》和《沧州绝招》在情节设置上颇具匠心，以龙凤铜和绝招秘本为内核，牵扯出几多恩怨纠葛；与情节发展相配合，技击打斗场面安排合理适度。总之，在当时武打片盛行的情况下，这两部影片因其位列上乘的艺术品质而受到观众的认可。

1991年，根据河北作家刘流同名小说改编的影片《烈火金钢》由珠江电影制片厂摄制，江浩编剧，何群、江浩导演。很多电影史家把《烈火金钢》的拍摄归入20世纪90年代的怀旧思潮，似乎因为整个社会（包括电影创作者和观众）的怀旧情绪引发了对红色经典的改编或重拍，而且这种改编和重拍被渲染为一种热潮。我们认为，这是一种误解：首先，怀旧情绪是人的一种普遍心理状态，人人难免，不为某时代人所独享。其次，怀旧是一种非关利害的审美心态。一般人把20世纪90年代的怀旧视为一种群体性思潮，而且所怀之旧特指新中国成立后到"文化大革命"结束这一区间的"红色"年代。这股怀旧风确实带有部分群体性色彩，改革开放后的中国出现了价值混乱、信仰失衡，经济为中心也释放了人性中曾经隐蔽的恶，因此"红色"年代成为人们怀旧情绪的寄托物。但是，人们怀念"红色"年代，不是在价值判断上认可它，而是在摆脱了政治利害关系之后的审美回顾。再次，怀旧情绪的个人性特征远大于群体性。时间过滤掉政治利害，留下个人记忆，而个人记忆不会单纯指向我们所强调的"红色"年代。最后，电影界重释"红色"经典和20世纪90年代怀旧同样是意识形态环境宽松的结果，二者之间不存在直接的因果关系，而是互相推动促进的关系。

新中国成立后电影对中共领导的革命历史的叙述经历了三个发展阶段。第一，"十七年"及"文化大革命"电影将革命历史传奇化，塑造纤尘不染的无产阶级革命英雄，打上鲜明的意识形态印记，目的是制造有关中国共产党的政治神话。第二，新时期电影将革命历史人情化、人性化，在酷烈的战场思考人，在战争间隙寻找人。革命历史只是作为人生存的极端情境而出现，因为极端情境中的人性最真实，电影表面上是在叙述革命历史，实际上是借革命历史来反思"人"，目的是把革命的神还原为世俗的人，去除意识形态强加给人的各种遮蔽。第三，进入20世纪90年代，大众文化蓬勃兴起，在世俗的文化生活中，有关革命历史的艺术作品已经不再居于主流地位。在电影创作中，主旋律类型的革命历史片受到政府的资助，以政府工程的面目出现。同时，革命历史题材也受到娱乐片创作者的重视。一方面，革命历史题材除了具备意识形态化潜质外，它的传奇性特征还可以提供纯粹娱乐化的可能；另一方面，很多革命历史故事或"红色"经典在受众中本来有很好的审美接受基础，经过重写的革命历史仍以塑造英雄为立足点，但是尽量去除他们身上的意识形态色彩和党派特征，使英雄形象成为民族血性和民族智慧的代表，从而创造新的民族英雄神话。在价值混乱、民气备受压抑的20世纪90年代，这样的革命历史片确实有它的接受市场。

《烈火金钢》在这样的社会文化环境中出炉，以230万元的制作成本，卖出600个拷贝，赚取票房600余万元。影片成功的背后有明星效应，有商业推广，有枪战类型片的视觉冲击等诸多决定因素，当然，这也充分证明了民族英雄神话本身所具有的可消费性。影片描写了抗日战争时期，冀中平原"五一反扫荡"过程中一支敌后武工队的对敌斗争，塑造了史更新、丁尚武、林丽、金月波、孙定邦等民族英雄群像。该片实现了传统的革命英雄传奇向枪战类型片的转型，枪战片对娱乐性的强调使影片在叙述中淡化了抗战的党派色彩，从而客观上变中国共产党革命英雄传奇为民族英雄传奇。这两个方面决定了《烈火金钢》足以标志着电影对革命历史的叙述发生了又一次转折。熟悉电影史的人可能都会同意我们的这一判断，那就是："抗日英雄出冀中"，电影对冀中英雄的想象、叙述经历了"意识形态化英雄—人性化英雄—民族英雄"的发展过程，这其中既有电影对河北经验叙述的转变，也更可看出新中国成立后中国历史的曲折变幻。《烈火金钢》在观众中产生了巨大反响，它以娱乐片打造民族英雄神话的路子也引来了电影业的后继者，从而成为革命历史片创作中与主旋律电影相对应的一股创作思潮。

第四节　后新时期的河北电影

20 世纪 90 年代后的中国文化生态处于一种很难用文字描述的复杂状况。"文化大革命"结束之初的高昂、亢奋，新时期以来的浮躁、迷茫，都化作精神上的深深的疲乏与厌倦。"五四"以来近一个世纪的历史进程中，惯于高歌猛进的民族精神似乎在一夜之间就变得苍老不堪了，新时期至此结束。1992 年，邓小平南行，之后中共十四大召开，这是中国社会的一剂强心针，中国确立了从计划经济到社会主义市场经济全面转型的方针，商业化浪潮扑面而来，经济转型陡然提速。90 年代初期，经济的活跃与文化的沉闷恰成鲜明对比。1992 年作家张贤亮下海经商，着手建设华夏西部影视城，开始出卖"荒凉"，他因此成为文化人下海的代表人物。文化人向经济利益的集体臣服令人触目惊心，这其中包含着他们的诸多无奈，因为中国似乎已不再需要文化的创造与传承，不再需要知识者忧虑它的现在和将来。伴随着文化产业化的日渐成熟，文化人从直接经商转而回到他们所熟悉的文化领域，在文化产业化中施展身手，通过文化的创造与传承参与市场竞争，出卖自己的思想成果和精神产品。文化生产机制要求一切文化产品必须具备可消费性，无法被消费的思想成果、精神产品既不具有商业价值，从而也不会产生思想、精神的影响，因此也不具备社会价值。文化产业化反映在电影界就是电影娱乐时代的到来。

如上文所述，早在80年代中期，电影人就开始了娱乐片的探索，进入90年代，娱乐片的摄制和对电影娱乐性的追求成为电影创作者的自觉意识。但是就中国的娱乐片生产状况看，每年投拍的数量并不少，但是真正高质量的作品确实不多。看来，纯商业性娱乐电影的道路并非是中国民族电影的坦途，所以，有电影史家说："好莱坞娱乐性商业电影主要以掩饰过的性和暴力为主题，它那种个人主义、享乐主义的价值观显然与中国国情相抵牾，因而不可避免地要受到意识形态性的排斥。中国电影不能产生个人的无意识的'梦幻'，而只能创造民族和政治的光荣和梦想。"①这段话确实道出了中国娱乐片的处境。因此，制造视听奇观、惊险悬念的好莱坞道路不是中国电影创作的首选，武打、警匪、言情等类型片的摄制数量进入90年代后有所下降。但在艺术电影中追求娱乐性，或者摄制中国式的娱乐电影——贺岁片，却成为多数电影人较为认可的创作路子。与中国电影创作的情况相仿佛，后新时期的河北电影只产生了一部纯商业娱乐片《生死赌门》，而在艺术片中力求娱乐性的电影数量则要大得多。

后新时期河北电影首先在它的传统题材——革命历史题材创作中取得了令人瞩目的成绩。这一题材类型的电影创作又可分成如下几个亚类型。

第一，延续《烈火金钢》的创作路数，在革命历史的叙述中加入枪战类型片或其他娱乐片元素，以中共抗日英雄传奇再造民族英雄神话。这类影片有《乡亲们》（1993年）、《敌后武工队》（1995年）、《烽火雁翎》

---

① 尹鸿、陈航：《进入90年代的中国电影》，《当代电影》，1993年，第1期。

（1999年，电视电影）、《平原枪声》（2001年）等四部。这四部影片都侧重塑造抗日民族英雄群像。《乡亲们》描写了冀中"五一大扫荡"中善良的乡亲们和三个智勇的小八路。《敌后武工队》和《平原枪声》在风格上近于《烈火金钢》，但又有所不同。前者描写了1942年活跃在冀中平原的一支敌后武工队的抗日斗争，战士们在队长魏强的率领下，与日伪汉奸小本次郎、松田少佐、哈巴狗、刘魁胜巧妙周旋，斗智斗勇，为东王庄的乡亲们报了仇，打击了敌人。影片塑造了以魏强为中心的民族英雄群像，体现出英勇又不失智慧的民族精神品格。为了强化作品的欣赏性和娱乐性，创作者运用现代电影技术，吸收枪战片手法，使影片到处充满惨烈的战争场面，让人仿佛置身枪林弹雨之中。抗日题材电影往往把英雄放置在尖锐激烈的战争冲突中刻画。战争冲突既有敌我战前的智力交锋，又有战场的火力对抗，在影片中，二者交互穿插，敌我斗智斗勇，于传奇化中完成对战争英雄的塑造。新中国成立后直到新时期的抗战作品大多采用写意的手法处理战争场面，但是对于战斗打响前的敌我智力游戏却不吝以大篇幅做铺垫，面孔模糊、行动蠢笨的日军不堪一击，在我方震耳欲聋的喊杀声中迅速被击溃。但是，随着观众对战争片心理期待的提高，写意的战争画面很难满足他们的口味，于是对战争场面的写实处理成为必然。《敌后武工队》在这方面做了有益的尝试。

2001年，曾经执导《烈火金钢》的何群再次涉足"红色"经典，导演了电影《平原枪声》。影片似乎吸取了《敌后武工队》等作品的"教训"，对战争场面处理上趋于含蓄，影片战争场面虽然很多，但创作者并没有一味描绘火爆的战场厮杀，而是根据当时八路军的作战实力和游击战的特点，质朴地展现影片的战争场面，整个作品着重体现故事的历史性和真实性。影片描写了冀中平原上的一支抗日小分队，塑造了马英、苏建梅、王二虎等抗日英雄形象，他们刀劈恶棍、智取枪支、攻占炮楼、巧杀汉奸叛徒，多次挫败日伪阴谋，表现出坚定勇毅的民族精神。影片在思想表达和娱乐性追求上达到了较高水平，受到业界和观众的肯定。《烽火雁翎》是一部电视电影作品①。影片是以抗战时期活跃在冀中白洋淀地区，由猎户组建的一支水上游击队"雁翎队"为原型创作的。雁翎队从无到有，从弱到强，从打雁、打野鸭的"大抬杆"到缴获敌人的步枪、机枪，这充分表明了中国人抗日的决心和志气。影片没有叙述雁翎队的成长过程，而是从它遭日军伏击受重创开始，描写了许长生、程二水、杨老根等队员为了给队友报仇，利用白洋淀有利的地理环境，与敌人展开智斗，最后把敌人引入茫茫淀水，全部歼灭。影片叙事手法平实，虽然采用了传统抗战片的情节结构模式，以增加传奇性和娱乐性；但是它要表现的却是存在于民间的生生不息的反抗意志和无处不在的斗争智慧。这一点表明，电影对抗战的叙述正在悄然摆脱革命历史的束缚，而转向民间挖掘民族抗战精神，这与进入20世纪90年代以来政治格局变化引发的对抗战的新认识密切相关。

第二，描写民间抗战的"准革命历史片"。这类影片有《二小放牛郎》（1992年）、《战争童谣》（1994年）、《太行星》（1996年）、《哑巴女人哑巴弹》（2000年）、《战争角落》（2002年，电视电影）、《少年英雄》（2002年）等。《二小放牛郎》和《少年英雄》两部作品都是以河北涞源上庄村少年抗日英雄王二小为原型创作的影片。1942年10月25日（农历9月16日），年仅13岁的王二小在山坡放牛，遭遇来扫荡的日本鬼子，为了保护转移的乡亲们，他机智地把敌人引入八路军的埋伏圈，被日本侵略者残酷地杀害，牺牲在涞源县的狼牙口村。当地军民把小英雄埋葬在刘家庄的山坡上。时任涞源县青救会干部的张士奎把消息报道给边区青救会，《晋察冀日报》在第一版编发了王二小的事迹。词作家方冰、曲作家劫夫根据这篇报道创作了传唱至今的歌曲《歌唱二小放牛郎》。两部影片处理的虽是同一题材，但却存在着不同的侧重点。前者以描写二小机智勇敢的抗日行为为中心，他救护伤员，传递情报，

---

① 电视电影，是指专门为电视播放而制作的影片。就其制作特点而言，它是一种由电视行业创意，委托电影制片人（商）制作，主要在电视中播出的低成本电影。

与日寇周旋，直到最后牺牲。这一切行为的根本动因是父母和乡亲的惨死，仇恨让他稚嫩的肩担起了成人的担子。后者以二小在父母惨死后在革命队伍中的成长为重心，最后为抗日牺牲的壮举成为他成长的顶点。但是这一壮举的完成除了仇恨动因之外，还有柳老师的感召、吴连长的示范作用以及对革命道理的领悟等。仇恨使二小自发地反抗日寇，而从革命队伍学得的知识让他知道自觉地打击敌人，也就是说，《少年英雄》中的王二小首先由一个农村少年成长为一个无产阶级小战士，然后才壮烈牺牲而成为抗日小英雄，这是影片要宣扬的主题。显然，《少年英雄》强调了政治因素对二小行为的影响，显示出较明确的政治教化目的。

　　《战争童谣》、《太行星》、《哑巴女人哑巴弹》和《战争角落》四部影片的故事同样发生在抗战时期的河北太行山区。《战争童谣》讲述的也是儿童与战争的故事，二货、山草、长寿和成人一样经历着亲人被杀、家园被毁的战争惨剧，战争由远方的炮声逐渐变成眼前的现实，孩子们因为仇恨而以各自的方式参与了战争，甚至献出生命（山草）。山草的故事与王二小相似，但影片营造的是一个儿童世界，以儿童的视角来写抗战，写他们心中朦胧幼稚的反抗情绪或行为，这是《二小放牛郎》和《少年英雄》无法相比的。《太行星》、《哑巴女人哑巴弹》和《战争角落》表现的是一种质朴的、原始的、生发于乡间的民族反抗情绪。《太行星》以抗战到 20 世纪 90 年代的长时间跨度，讲述了一个感人至深的故事。李老汉是太行山中一介草民，他位卑未敢忘忧国，他的大星、二星、三星、喜星先后牺牲在了抗战或解放战争中，他以朴素的山里人的想法拒绝了政府的抚恤，孤独的老人只想和地下的老伴和女儿们说句话，她们是他心中的"太行星"。影片中战争与和平的对比、现代文明与太行山区贫困的对比，也给人以强烈的心灵震撼。也许山民们所能见到的最现代的文明就是侵入他们生活的"战争"，当他们拼尽力气赶走战争，迎来和平，"文明"也就离他们远去了，他们要继续忍受与现代文明几近隔绝的贫困！《哑巴女人哑巴弹》写的是一个与世隔绝的河北小山村千童庄，青年铁汉和他的族人与附近炮楼驻防的日军之间的冲突。最初甚至不知道日本鬼子已经侵入中国的村民在一系列事情中认识了日寇的本质，在与日寇争夺哑巴女人（实则是日本反战者）的过程中，他们以一种看似原始笨拙但又不失农民式的坦荡、质朴、智慧的方式，与日寇理论、对峙、交锋，最后炸毁了炮楼。千童庄遵守的是千百年来的老规矩，当日寇的到来破坏了他们的规矩和循规蹈矩的生活后，他们本能地要捍卫它，要反抗侵入者。影片虽然也展示了村民的愚昧，提出了启蒙的问题，但那洋溢在村民中的民族生命力着实令人震撼。在《战争角落》中，猎户山娃一家三口平静地生活在太行深山中，山口炮楼里的日本兵平白无故向打猎的山娃射击，伤了耳朵，差点丢了命。倔犟的山娃认定"小日本不拿咱当人"，他要出这口恶气，到炮楼对面鸣枪叫骂。日本兵找到山里，杀了山娃的妻儿，愤怒的他扛上猎枪开始了一个人的抗战，后被日寇杀害。也许山娃不知"爱国"为何物，但他知道人的尊严不能侵犯，得拿人当人，他知道爱家，毁了我的家当然要复仇。来自底层的信念，生于草根的力量正是抗战的保证，是民族生命的源头。

第三，主旋律革命历史片。主旋律电影是80年代中期以后，伴随国际国内政治经济形势的发展而逐渐形成的一个电影类型，它所体现的是中共"文艺为政治服务"的传统政策在某种程度上的回归。到90年代中期，"主旋律"电影已经成为一个有鲜明时代特征且有一定观赏价值的电影类型。那么，什么样的电影才算是主旋律影片呢？有人认为："一切有利于贯彻党的以经济建设为中心，坚持四项基本原则，坚持改革开放的基本路线，有利于激发人们奋发图强、开拓创新、克服困难、积极进取的优秀作品，应视为中国电影的主旋律作品。"①显然，这是一个相当宽泛的定义。它从"两个有利于"出发要求影片一要政治正确，二要以积极向上的精神影响人，这两点都是从电影功能角度着眼，可以

---

① 滕进贤：《关于中国电影的主旋律》，《人民日报》，1991年2月7日。

说只强调了概念的外延而没有触及内涵。所以，这两个方面只能看成是主旋律电影的"底线"特征。我们认为，衡量一部电影是否是主旋律作品主要看它的题材类型和主题意义，主题是否表现出国家意识形态建设的政治意义尤其具有决定性。在后新时期河北电影中，主旋律作品有《新中国第一大案》（1992年）、《浴血太行》（1996年）、《走出西柏坡》（2001年）、《少奇同志过渭水》（2001年，电视电影）、《戎冠秀》（2003年，电视电影）等。

《新中国第一大案》是新时期以来反腐题材影视作品的开山作。影片以新中国成立初期河北省天津地委书记刘青山、专区专员张子善为原型创作。刘、张二人早年参加革命，新中国成立后居功自傲，私欲膨胀，贪污腐化，二人于1952年2月10日被枪决于保定东关大校场。刘、张二人的结局首先是他们个人行为的后果；其次是新生的中共政权把二人作为立志反腐的祭旗者，表明政府反腐的决心，树立廉洁奉公的好政府形象，以赢得民众拥护；再次，刘、张二人在中共干部系统中位列中上，开国之初即严惩有功于革命且地位较高者，无异于中共高层向各级干部发出了严正警告。影片采用"珠串式"结构将刘、张二人新中国成立后的几宗腐败事件串联起来，同时设置了天津地委副书记林克俭这一人物，作为与腐败分子坚决斗争的正义力量。但从总体看，影片没有形成较为尖锐的矛盾冲突，对于刘、张二人革命年代的生活追溯不够，因此对造成腐败的历史根源的挖掘缺乏深度，腐败行为的平面展览也弱化了对现实原因的深刻揭示。《浴血太行》和《少奇同志过渭水》是以中共革命领袖为主人公，艺术地再现革命历史主旋律的电影。《走出西柏坡》实际上描写的是中共接收天津过程中，与煤业资本势力的斗争。但是，影片的开头和结尾安排了毛泽东等中共领袖在西柏坡指挥解放战争和离开西柏坡赴北平的情节，似乎是在暗示中共将接受执政考验的寓意，但毕竟牵强。《戎冠秀》是纪实性电影传记片，传主戎冠秀（1896～1989年）是河北平山人，1944年2月参加晋察冀边区第一届群英会，晋察冀军区以司令员聂荣臻和子弟兵全体指战员的名义授予她"子弟兵的母亲"的光荣称号。影片表现了戎冠秀50余年的人生历程，为了避免流水账式的平铺直叙，作品紧紧围绕主人公的情感主线展开，以情带戏，重点突出"子弟兵的母亲"拥军的政治进步性和作为母亲的母性光辉。影片在纪实性和诗意表达的结合上进行了可贵探索，取得了虚中出实的艺术效果。

除了革命历史片之外，后新时期河北电影主要把目光投注在纷繁复杂的现实生活上，并取得了可喜的收获。进入90年代，"以经济建设为中心"得到更为彻底的贯彻，商品经济的初步成型使包括文化人在内的各个阶层汇入逐利大军。经济的发展一方面提高了人们的生活水平，另一方面，对经济发展的过分强调、对经济利益的过度追求也引发了各种社会问题，如贫富分化问题、三农问题、教育滞后问题、社会治安问题、社会的诚信危机问题等。90年代以来的中国社会就像一个万花筒，伴随生活的快节奏旋转，各种新的社会现象层出不穷，令人眼花缭乱。生活水平在提高，但幸福的感觉却离人们越来越远，个体自我失落了，群体人文精神失落了，价值观念变得五花八门、混沌一片，喧闹的假象掩盖的是精神上的孤独与自闭，为生活奔忙带来的只有浮躁和疲惫。后新时期河北电影一方面艺术再现了复杂的社会万象和人生百态；另一方面积极呼唤着一个正常社会必需的真、善、美，表现出强烈的价值追求和人文关怀。这些表现现实生活的影片可以分为如下四种类型：第一，农村教育题材影片；第二，表现人对自我和精神家园的追寻的影片；第三，主旋律电影；第四，再现当代人的生存状态、情感生活，呼唤爱心、理解、公平、正义的影片。下文依类别分而述之。

第一，中国教育滞后于经济发展是个不争的事实，而农村教育尤其落后。后新时期河北电影对此给予了格外关注，产生了《远山姐弟》（1992年）、《半碗村传奇》（2001年，电视电影）、《新年钟声》（又名《心之年》，2001年）、《补天》（2002年）等电影作品。《半碗村传奇》

取材于山村教育。这个藏在深山里的小村庄叫半碗村，所谓半碗一言其穷，二言其小。聪慧、倔犟、寡言少语的岳书立虽然家境贫寒，但他却追求着人格的独立和人生价值的实现。他要走出大山。母亲、继父、同学，特别是徐老师，都给予他无私的支持，帮他圆梦，让人为山里人的善良、真诚和质朴而感动。山村教师徐瞎子的敬业和执著同样给人留下了深刻印象。徐老师考清华的理想没有实现，但他要让孩子们都能实现自己的理想，对于有数学天分的岳书立，他拿出自己微薄的工资给予资助，拿出心血培养。岳书立考上了省重点，得了国际数奥金牌，徐老师的理想在岳书立身上实现了。徐老师并不伟大，他有私心，他想让自己的理想实现在孩子们身上，得到某种心理补偿。但徐老师执著坚持，他不管别人怎样看，为的是不让自己的悲剧在孩子们身上重演，这远胜于那空头的伟大，因为在世间本没有什么伟大的人，只有人造的伟大的神。徐老师是平民，但他是平民中的英雄。影片中人物形象的塑造、情感氛围的渲染、细节的巧妙运用都显出创作者的匠心。《新年钟声》关注的也是山村教育问题。看着半山腰里作为教室的破草棚和寒风中瑟瑟发抖的学生，民办教师李老汉感到心酸、心疼。新年之际，为了翻修教室，他进城找两个儿子开始了筹款之旅。他忍受着困窘、无奈、冷漠、白眼，最后，他以自己对山村孩子的爱心和刚毅、正直、纯朴的人格力量感动了欧阳董事长，新教室终于修起来。电影《补天》揭示的是经济建设和发展教育之间的矛盾。曾因挪用教育专款修路被揭发的赵凤瑞重回石县任县长，他的目的是挽回自己曾经的过失，改变当地落后的教育状况，为自己也为社会"补天"。港商陈庆元回到原籍，欲投资建女娲庙以纪念"补天"的女神，庙址选在石村小学。是拆校建庙、笼络港商以吸引投资，还是停建庙宇，修校兴学？最后，港商被山村教师韩敏舍己救学生的做法感动，同意不建庙而建新校舍。教育严重滞后于经济发展，对于国家民族而言势若天倾，但教育"补天"仅靠偶然事件的促成，或个人行为的努力显然不行。我们不禁感叹，谁才是真正的"补天"神女呢？

第二，在喧哗与骚动着的当下，敢于去追寻自我是需要勇气的；能够找到一个可以诗意地栖居的精神家园更是万幸。电影《早春一吻》（1993 年）、《欢舞》（1999 年）、《家园》（2001 年，电视电影）、《安德烈的晚上》（2001 年，电视电影）表现了这一主题。《欢舞》和《安德烈的晚上》表现的是自我追寻的主题。《早春一吻》讲述了 5 岁小男孩阿迪和画家姨妈兰帆的故事。阿迪父母离异，孤身一人，被送到姨妈家。姨妈兰帆爱情受挫，至今单身，自命清高，脾气古怪。面对闯入自己生活的小男孩，兰帆难以适应。而阿迪却以自己的纯真和爱慢慢地改变着兰帆的生活：壁画被宾馆接受了，爱情开始了，阿迪也能入托了。兰帆紧锁的心打开了，她似乎找到了某种久违的东西，从来不笑的她纵情地笑了！爱使冰冻的心溶化，而爱就在寻常的生活中，兰帆在阿迪身上找到了爱，也找到了心的家。《家园》是一曲关于理想和追求的赞歌。"海归"何晓苏从大洋彼岸回国创业，十载阔别，周围的一切让她感到非常陌生。她所信守的价值理念和当下中国的商业环境显得格格不入，在他人看来，甚至有点不可思议。但是她没有退缩，入主恒点公司后，她毅然终止了不当得利的项目；为了奖励科技人才，她力排众议，克服资金困难，在大学设立"恒点基金"；她鼓励情人叶天航赴美访学，让他不要为了爱情而放弃心中的理想和追求；她甚至为骗贷案嫌犯林杰去完成生前的愿望，在他的家乡建一所学校。何晓苏在这片热土上奋斗打拼，一路上充满坎坷曲折，与环境难免矛盾冲突，内心里更多悲苦辛酸，但她却总是能够葆有一份理想和执著、善良和美好，因为她找到了属于自己的精神家园。

第三，主旋律电影在取材上一方面侧重革命历史题材，寻求执政的历史合法性；另一方面从现实生活中挖掘题材，宣传中共现行政策的现实合理性。此类作品有《非常战线》（1999 年）、《春打六九头》（2000年）、《洋山药》（2004 年、数字电影）、《中国桥》（2003 年）等。《非常战线》是以1996年全国开展的"扫黄打非"专项整治斗争为背景创作的，描写了北方某市扫黄办在主任纪风领导下与不法商人余跃海的斗争。《春打六九头》描写了农民老被头靠改革发家致富，但总是不舍得花钱，在消费观念上与大学毕业的女儿门铃产生了冲突，门铃希望用钱做投资寻求更大发展。最终，富而思进成为农村思想主流，父女间的矛盾冲突得到解决。《洋山药》是一部数字电影①，描写了改革开放后农村的新人、新事、新气象。影片讲述的是河北农村的几位妇女，在富裕起来之后，盖了新房，买了电器，为了追求精神文化生活，她们克服重重困难，也闹了很多笑话，终于创办起了妇女乐队。影片中的妇女群像尚显鲜活，但故事缺乏现实基础，不过，它提出了农村在物质文明得到一定程度发展之后精神文明建设的问题，具有较为明显的现实意义。《中国桥》以国有大型企业改革为题材，表现了国有企业从计划经济到市场经济转轨过程中引发的震荡。影片采用了从"危机"开场，以摆脱"危机"收束的叙事结构。主人公辛铁安临危受命，来到濒临绝境的北方桥梁厂。此时的北方厂在"长江九号桥"招标中败给了西南厂，项目负责人谢云强负疚服药自杀（后获救），并且厂里贷款已经到期，六个月没发工资的工人包围了厂办大楼。既然被置之死地，也只有背水一战以求后生。于是，辛铁安、谢云强以现代企业家的大气魄、大手笔，对北方厂所依托的旧体制进行彻底改革，三千工人分流下岗，造铁路桥的同时参与公路桥建设竞标。影片在亚洲最大的单塔斜拉公路桥竞标决战时刻，将北方厂推向生死抉择的关口，也将剧情推向了激动人心的高潮。影片总体风格扎实、大气，富于阳刚美，这和两个改革者形象的成功塑造休戚相关。辛铁安属于改革强者的形象类型，是一个有胆识、有魄力的热血男儿。谢云强则在阳刚之中多了几分韧劲，属于知识型改革者，他几乎是痴迷于造桥，但在旧体制中深感无能为力，负疚自杀是其迷茫心态、责任感、男儿血性的综合表征，北方厂改革启动后，他的智

①　高清数字电影是以数字摄影机代替传统胶片摄影机拍摄的电影。

慧和无私奉献精神又得到了很好表现。总之，该片在上述同类电影中是较为出色的一部。

第四，愈是在人文精神低迷的时代，愈是在道德失范、根本理念缺位的时代，就愈需要文艺承担起它们的责任。电影以其特有的影响优势在生活的每个领域每个角落喊出爱、理解、公平、正义的真声音，抵抗唯利神话。在后新时期河北电影中，表现了这一主题的影片有《亲亲一家亲》（1999年，电视电影）、《九月还乡》（2001年，电视电影）、《生死速递》（2002年）、《血证》（2002年，电视电影）、《心急吃不了热豆腐》（2004年）、《燕赵秋歌》（2004年，电视电影）、《一撇一捺》（2004年）等。《亲亲一家亲》巧妙地将家庭成员间的伦理亲情主题和一个缉毒故事嫁接在一起。小蒙由美返国，由于观念和生活方式差异和后母慕华不睦；父亲陈虎是缉毒组长，得不到慕华的理解；慕华所在公司其实是个贩毒集团，她被蒙蔽。一家三口阴差阳错地卷进一场缉毒战。最后，全家前嫌尽释，亲情复归。影片把对伦理亲情的呼唤和娱乐故事结合在一起，显得别出心裁。与《亲亲一家亲》走同一创作路子的是《生死速递》。患白血病的陆非需要移植骨髓，配对骨髓来自一个台湾囚犯。供髓、送髓、输髓必须在24小时完成。捐髓当天因暴雨飞机延误3小时，医生高致远和孙欣欣又路遇车祸。一方面是命悬一线的小陆非，一方面是为挽救生命而奔忙的所有的热心人。骨髓能否成功移植？小生命能否保住？影片以此为叙事内核，营造紧张惊险的戏剧情境，在情节延宕中将戏剧张力不断加大。显然，"速递"曲折艰难程度的增加有力地表现了影片呼唤爱心的主题。《心急吃不了热豆腐》改编自河北作家胡学文的小说《婚姻穴位》，是由冯巩主创的一部轻喜剧电影，到处是冯氏噱头和轻松幽默。淀城（实指保定）三轮车夫刘好是个下岗工人，不折不扣的小人物，但刘好却是个实实在在的大男人。他渴望成家，但又难以舍弃和养子小好的深情。贺文兰抛弃了他，杨倩嫌弃他，最后陈红接纳了他。一路走来，不乏尴尬辛酸，但刘好都用善良包容、面对，以幽默、乐观打发。刘好普通得像隔壁的二哥，但他的故事却是真善美最好的注脚。

《燕赵秋歌》直指三农问题，探索了农村互助合作的新形式。冀东青年农民王立勤因殴打了镇干部，最后被判刑两年。两年中，虽然粮食丰收，但难于售出，立勤的大哥因贫困病死家中。立勤出狱后帮王福成办起了农民协会，做乡亲们销售粮食和购买生产资料的经纪；但王福成的真实目的是回收乡亲们借他的高利贷，立勤一怒之下和王福成吵翻，和王的女儿小麦也断绝了关系。立勤得到镇领导的帮助办起了新农协，向农民发放小额贷款，与小麦冰释前嫌。影片除了提出农村干群关系紧张、农民贫困、负担过重、农村政府职能缺位等问题之外，重点提出了农村互助合作的问题。具有讽刺意味的是，《燕赵秋歌》提出的问题，浩然在他的《艳阳天》和《金光大道》中同样提出过。但是，新时期以来，浩然的作品受到激烈批评，被我们弃之若敝屣。如果去除极"左"政治色彩，王立勤不就是新时期的肖长春、高大全吗？王福成不就是新时期的马之悦、马小辫、张金发、范克明吗？《一撇一捺》属农村情感剧。它展示了张树声和郑大麦两个农村家庭间的浓浓的情谊。特别是被检查出晚期胃癌后，郑大麦面对死亡的豁达和坦荡让人感动。村里为了安慰他，给他儿子结婚批了宅基地，他拒绝了："情我领了。房越盖越多，地越来越少，能省点省点，给后人留碗饭吧。"他为了圆梦，只身去北京看那没见识过的天安门和飞机场。这憨厚的、老实巴交的庄稼汉让我们看到了生命的胸怀和韧劲。

《九月还乡》和《血证》触及了较为敏感但不乏现实意义的题材。《九月还乡》改编自河北作家关仁山曾引起广泛争议的同名小说，是一个"小姐"回家的故事。农村姑娘九月进城打工，她做了妓女，挣了钱，最后由村长兆田从公安局偷偷带回了家，村民们不知道她的致富历史，只知道她做了不好的营生。回来后的九月还是一个农村少女，踏实种地，仍爱着小伙杨双根，甚至肯拿出 20 万帮双根办厂。她有良心，甚至可以用仗义形容，为了争回村里的 800 亩地，在兆田要求下和好色的冯经理睡了一夜，看着为村子要回的广阔的黄土地，她心里很坦荡。九月的形象是复杂的、多义的，由她可以引发出诸多社会伦理话题，诸如农民工问题、性交易的定性问题、伦理观价值观问题，其中很多话题我们不曾认真面对。九月是妓女又是圣母，她身体不洁但感情却忠贞，她出得去又回得来，她可以卖淫赚钱，但也可以安心务农。九月似乎是说不尽的，她是个难题。但有一点可以肯定，九月考验了我们这个时代的价值取向。《血证》取材于近年社会上闹得沸沸扬扬的输血感染艾滋病事件。影片描写青年摄影记者刘光辉采访过程中受伤，在医疗输血中不幸感染艾滋病毒。刘光辉在医护人员和家属的关爱下重新鼓起生的勇气，重新审视生命的意义。他意识到：比艾滋病毒更可怕的是那些正在毒害着人们的犯罪行为，于是他毅然暂停治疗，终于查获建立地下血站的犯罪团伙。影片是对艾滋病所做的社会学反思，涉及三个方面：我们应该如何对待艾滋病患者；患者应树立怎样的生命观；社会应如何遏制艾滋病的蔓延。影片以艺术的方式给予了很好的回答。因此，影片的现实意义是明显的。

从 1926 年开始至今，河北电影走过了 80 年的风雨历程，经过几代电影人的努力，取得了很大成绩。但是，河北电影毕竟只是整个中国电影的一枝，它像羞答答的玫瑰开放在电影园地的一角，默默为观众献上带有河北印记的地域性经验。河北电影感应着中国电影创作思潮的发展，给予了有力回应，同时，因为是河北地方经验的表达，它也形成了自身的特点。题材上，河北电影表现出对战争和现实生活的强烈兴趣，形成两大题材系列，对战争的叙述让人铭记历史，对现实的切入让人正视生活；河北电影在审美功能上侧重政治教化、人文关怀，它总能紧扣时代脉搏，为民族和国家的独立复兴真诚地贡献自己；美学风格上，河北电影表现出明朗、厚重、大气的特点，偏于阳刚崇高之美，而少阴柔优美之相，成为传统"慷慨悲歌"地域风尚的电影表达。当然，河北电影也有它的不足，例如，政治教化容易沦为政治说教，使电影成为党喇叭；明朗过了就是单薄，厚重和拘谨也并非天壤之别。进入新世纪以来，随着改革开放不断深入，文化体制不断完善，我们坚信，河北电影必将创造新的辉煌，奉献出更多更好的电影艺术精品。

第二章　徐光耀和他的《小兵张嘎》

第一节　徐光耀电影创作概述

正如上文所言，新中国电影要担负起社会主义国家意识形态建设的重任，为新生政权的合法性做辩护，所以中共领导的革命历史就成为电影叙事的主要取材来源。徐光耀正是在这样的历史语境中出场，把自己的战争记忆融入革命历史题材电影的潮流中。

徐光耀 13 岁参加八路军一二○师三五九旅特务营并入党，走上漫漫的革命路途。他参加过抗日战争、解放战争，到过朝鲜战场，他在战争中成长，战争在他内心深处留下了难以磨灭的印记。徐光耀的战争记忆成为他日后创作的重要资源。2000 年 12 月，徐光耀在为他的回忆录《昨夜西风凋碧树》写的后记中说："回顾我的一生，有两件大事，打在心灵上的烙印最深，给我生活、思想、行为的影响也至巨，成了我永难磨灭的两大'情结'。这便是抗日战争和反'右'派运动。"[1] 在《昨夜西风凋碧树》中，作者回顾了自己的一生：新中国成立前是魂牵梦绕的战争记忆，新中国成立后是对"反右"运动、"文化大革命"遭际所做的痛切反思。很显然，这两大情结有足够的理由成为作者创作的两大主题，但是，《昨夜西风凋碧树》却是作者唯一一本写到"反右"运动的书。[2]作为一个"生活型"作家，作者的生活历程是最重要的创作资源，可是，徐光耀对自己新中国成立后的心路历程却很少涉笔，哪怕是到了"文化大革命"之后，或许这一段混乱、荒诞的生活无法引起他写作上的兴趣。与此相反，他对自

---

① 徐光耀：《昨夜西风凋碧树》，北京十月文艺出版社，2001 年，第 234 页。
② 此外，作者写到"反右"运动的作品还有虽已发表但未曾结集的《我的喜剧》系列散文。

己的战争记忆却情有独钟，不断从中择取创作素材，哪怕是到了90年代以后，仍时有此类文章散见于报刊。总之，抗战生活成为作者取之不尽、用之不竭的创作源泉。在抗日题材中，他又最钟情于1942年日军"五一大扫荡"前后冀中白洋淀地区军民的抗日斗争，无论是长篇小说《平原烈火》、中篇小说《小兵张嘎》、《四百生灵》、《少小灾星》还是短篇集《望日莲》中的作品，都是如此。作者说："我是个幸存者。我幸存而且分享了先烈们创立的荣光，靠的就是他们用破碎的头颅和躯干搭桥铺路，奖掖提携，使我熬过来了！以此之故，我的绝大多数作品，我的主要小说，都是写他们的，特别是冀中抗日根据地的'五一大扫荡'"，"除去它们，我几乎就没有作品"。① 显然，作者对他的这段生活充满了感恩之心，一是作者自己13岁参军，是在战火的磨砺中长大成人的，战争教会他生活、思考、写作，由一个少年共产党、一个小八路成长为一个知名作家；二是战争留给作者的是挥之不去的鲜活记忆，这为他日后写作提供了丰富的素材，而以此为素材的写作不仅可以纪念牺牲的抗战先烈，而且还可为新兴国家的意识形态建设服务。不唯小说，徐光耀的电影剧本也多与革命战争和部队生活有关。

徐光耀虽然以小说成名，但是，他对电影剧本的创作一直有着较为浓厚的兴趣，已有四部作品拍成影片，它们是《小兵张嘎》、《新兵马强》、《望日莲》、《乡亲们》。

1958年5月他完成了电影文学剧本《小兵张嘎》，该剧1963年由北京电影制片厂摄制完成，崔嵬、欧阳红樱导演，安吉斯饰张嘎。电影上映后，少年英雄张嘎以他聪明、活泼、机智、勇敢的"嘎劲"一下子抓住了观众的心。于是，小兵张嘎陪伴着几代"嘎迷"的成长道路。2005年《徐光耀文集》由河北教育出版社出版，河北省作协组织召开了"《徐光耀文集》出版暨徐光耀文学创作60年座谈会"，《燕赵都市报》对此作了报道。报道以媒体一贯的不无夸张的口吻说："有了小兵

---

① 徐光耀：《昨夜西风凋碧树》（百年人生丛书），北京十月文艺出版社，2001年，第235页。

张嘎的陪伴，在几代人的成长经历中，童年不再孤单。"①《小兵张嘎》确实获得了穿越时空的艺术魅力。2003 年，22 集电视连续剧《小兵张嘎》由北京润亚影视传播有限公司录制，徐兵根据原电影剧本改编，徐耿导演，谢孟伟饰演张嘎，该剧在央视播出后受到好评。2005 年，动画片《小兵张嘎》由北京电影学院动画学院摄制完成，孙立军导演，该片历时 6 年，精雕细刻，于同年获第 11 届华表奖优秀动画片奖。《小兵张嘎》的"红色"经典地位是无可置疑的。在"红色"经典中不断受到艺术家们的关注，禁得起这样不断改编的并不多，它所包含的经典性元素除了"红色"政治内容外，还有更为丰富的文化信息，它实际上已成为一部以"红色"内容为基点的电影艺术经典。

从某种意义上讲，《小兵张嘎》写的是人的"成长"主题，张嘎由一个农村少年最后成长为八路军的小侦察员。1981 年，由北京电影制片厂拍摄的《新兵马强》（于清导演）延续了这一主题，是又一部有关人在战火中成长的作品。

《新兵马强》以 1979 年 2 月 17 日到 3 月 16 日中国对越自卫反击战为背景，影片拍摄时，大规模的对越自卫反击虽已结束，但中越边境冲突仍在继续。回望过去，当年的历史烟尘早已荡尽。自 1979 年始，绵延 10 余年的中越边境战争的烽火已被中越边境贸易的扰攘所取替，自卫反击、法卡山、老山、者阴山也早已沉入人们的记忆。战争留下的或许只有遗憾，但是，在遗憾之外还产生出像《高山下的花环》、《铁甲008》、《新兵马强》等这样的优秀影片，还有像《血染的风采》这样荡气回肠的歌曲。《新兵马强》虽然及时地反应了中国的对越自卫反击战，高歌了中国解放军战士的革命英雄主义精神，配合了当时的战争宣传，但是，我们看到，整个影片的基调和这场战争保持了一定的距离，而沿用了《小兵张嘎》的幽默风趣的格调和成长主题。农村新兵马强来到部队，遇到一系列问题：练习射击，瞄准时偏偏不会闭上左眼，他向班长

①侯艳宁：《徐光耀：要透过这张皮看思想》，《燕赵都市报》，2005 年 9 月 7 日。

说："你等我回去拿块胶布把左眼粘上好不好？"到炊事班烧火做饭，让火星溅了眼睛，还烧煳了锅；……刚上了自卫反击的战场，马强又出尽了"洋相"。但是残酷的战争环境磨炼了他，让他学会了很多东西，傻气不见了，他变得机敏、勇敢、坚毅，为抢救越南儿童光荣负伤；想早日重返战场，杀敌立功，逃出医院却被女兵当成越南特工抓回指挥部。这些情节中仍然不乏笑料，但我们却看到了一个新时代的战士正在形成。接着，马强参加了尖刀班，攻打山头，化装侦察，他和战友们一道前仆后继，冲锋在前，消灭越军，活跃在硝烟弥漫、战火纷飞的前线。影片中除了明显配合宣传的成分外，很多方面达到了较高的艺术水准。新兵马强的成长符合生活逻辑，令人信服，片中的谐谑内容也饶有趣味，战士们表现出的大无畏献身精神令人感动。但遗憾的是，影片没能复制《小兵张嘎》的轰动效应，更没能产生长久的艺术魅力。究其原因主要由于作者对这场战争、战争中的人还没有来得及作深入的思考，1979 年战争爆发，1981 年电影拍成，如此短的时间没有给人留下思考的余裕。通观整个影片，甚至可以认为作者是在用自己的抗战经验来写新时代的战争和战争中的军人，只不过是把小兵张嘎换成了新兵马强，把日寇、日本鬼子换成了越寇、越南鬼子，因而对战争缺乏深刻的思想发现。显然，对革命英雄主义精神的表现和永不出轨的革命笑料已经无法满足观众的要求，影片在表现战争的惨烈上不及《铁甲008》，在挖掘战争中人的困境上不及《高山下的花环》、《雷场相思树》等影片，由此导致艺术震撼力的缺位，最终其艺术魅力也就大打折扣了。

《新兵马强》之后，徐光耀的电影文学创作又回到了他熟悉的抗战生活当中。1986 年，作者根据自己的同名短篇小说改编的电影剧本《望日莲》由八一电影制片厂搬上银幕①，由韦林玉导演。影片女主人公望日莲是冀中某村八路军交通站站长，她的职责是护送上级机关同志

---

① 根据小说末尾标注的日期，《望日莲》写于 1963 年，1965 年改定。20 年后作者重又拾起这个短篇，将其改编成电影，从一个侧面说明作者向他熟悉的抗战题材的回归。

通过敌人的封锁线。由于她干练沉稳、办事果断、胆大心细，多次护送上级机关同志过路，从未有过闪失。交通站设在大三家，虽然大三的父亲生病在床，但母亲仍尽心尽力地为过路同志做饭烧水，给予无微不至的关怀。这次要护送的是一位八路军药剂专家，可正当望日莲和大三来到过路人藏身的地方和过路人互通情况时，鬼子进村了。杂沓纷乱的脚步和声嘶力竭的吼叫使过路人乱了方寸，慌忙拔出手枪，相比之下，望日莲却非常镇静。一会儿鬼子走了，一场虚惊在望日莲的果断沉稳中化险为夷。夜里，出发的时刻到了，望日莲和大三一起护送过路人。行进、侦察、调虎离山、遇雨、与敌人遭遇，故事一波三折，终于到达指定地点，但大三却在与敌人作战中付出了年轻的生命。过路人充满感激，他摘下怀表交给望日莲，说这是大三喜欢的东西，此时的望日莲不禁在人前放声哭泣，她知道她心爱的大三回不来了。望日莲目送过路人远去的背影，返身消失在青纱帐中。从小说到电影，作者虽然保留了望日莲护送八路军过封锁线的基本故事框架，但是也作了三处大的改动。第一，"过路人"由作战经验丰富的八路军首长换成了明显带有知识分子特征的药剂专家，过路人身份的转换显然是为了以其慌乱无措反衬望日莲的干练沉着。第二，添加了大三这一形象，这样既可增加情节的生动性，同时，也是更重要的是，他的牺牲给望日莲带来了强烈的情感刺激。她的当众哭泣，她那渐渐消失在青纱帐中的背影，都远不是我们早已烂熟的革命英雄主义可以解释得了的。它让我们深入反思战争与人的关系，反思战争对个体生命和美好情感的无情毁灭。"为情哭泣"的革命者形象无疑是影片的一大贡献，它所揭示的内涵顺应了80年代中后期受到文艺界广泛关注的人道主义思潮，对人性、人情问题的发言使影片主题得到了升华，也可由此看出作者对战争思考的深化。尽管如此，与同期抗战题材影片相比仍可见出它不小的局限，《望日莲》的核心仍是表现战争中人的英雄气，只不过把我们习惯直面敌人的男性英雄换成了女性，结尾对"英雄也有人情"的巧妙而含蓄的处理从整体看仅是英雄赞歌的附属内容；而《黄土地》、《红高粱》等影片虽也描写抗战，但战争已经退到背景的地位，对人的生存境遇的思考走上了前台，这两部影片获得巨大成功的原因也正在这里。第三，删除了小说中护送八路军首长到达目的地后一场战斗的描写，这一情节对小说而言是非常重要的，"我"一路上被护送，对眼前的女交通员充满了好奇，这段描写实际上抖了此前叙述的包袱，通过望日莲之口讲述了护送的前因后果、遭遇经历，是先抑之后的"扬"，同时也是小说的点题之笔。电影中将这一情节删除主要是出于结构上"立主脑，去枝蔓"的考虑，集中在护送过程中写好望日莲的性格和对革命的忠诚，过程完成后以她的哭泣和渐渐消失的背影来深化主题，这些对于一部电影而言就已经足够了。所以，护送之后已经无须再加一场战斗的戏来表现望日莲的英勇了。三处改动足见作者之匠心，也表明其思想上和艺术上的成熟老练。另外，影片对望日莲意象的反复描画，对其多侧面意蕴的揭示也是影片可资圈点之处。

1993 年，徐光耀的第四部电影文学剧本《乡亲们》由峨嵋电影制片厂、天津电影制片厂联合拍摄成影片，王冀邢导演。这部电影同样以抗战时期冀中"五一大扫荡"为背景，描写了三个与大部队失去联系的八路军小战士：轴子、巴大坎和苗秀，他们受到善良的乡亲们的保护，在艰苦的战争环境中锻炼成长。三个小家伙活泼可爱、机智勇敢，性格上丝毫不让张嘎子；故事情节千回百转，险象环生，极富传奇色彩。影片创作之时距冀中白洋淀"五一大扫荡"已经整整 50 年了，时间冲淡了战争的血色，惨烈的厮杀在记忆中沉淀为英雄行为的注脚，英雄行为则在传奇化去血腥的想象中被叙述为能够长久流传的民族神话。在电影艺术中，这样的神话可以说不胜枚举，《乡亲们》虽然有表现普通民众是抗战胜利的根本、军民鱼水情深的用意，但我们认为无论是影片中的乡亲们，还是三个孩子，都属于这样的民族神话。影片为我们创造了抗战中的"小鬼智多星"群像，毫无疑问，这些更具光彩的小鬼形象是我们民族的骄傲，也理应成为滋养民族精神的民族神话之一部分。此外，影片的惊险传奇风格使之具有较强的娱乐性，这无疑迎合了90年代初娱乐片的拍摄潮流。当时，很多传统红色经典影片被重拍，这些影片中的意识形态因素被淡化，现代化的电影手段使其娱乐性大为增强。但是，过度强调娱乐功能使很多影片失去了民族精神的内核，从而与潜在的民族怀旧情绪相龃龉。因此，许多出于商业目的的影片重拍并没有获得预期的收益。应该看到，追求娱乐性和坚守民族精神两个方面的结合，同样使红色题材的《乡亲们》取得了很大成功。

第二节　《小兵张嘎》

徐光耀之所以广为人知，主要缘于电影《小兵张嘎》给他带来的巨大声誉。该片在娱乐功能、政治教化、成长主题的结合中紧紧抓住了观众。

在创作《小兵张嘎》的年代，中国还没有娱乐片的概念，但是，这部影片却处处充满了徐光耀式的娱乐风格，这种风格的形成当然与作者的创作心境有关。

1957年，在"反右"运动中，作者被错划为"丁玲、陈企霞反党集团"的"走卒"、反党分子，受到批判，之后，长时间闲置家中。为了排遣焦虑，调整情绪，保持心理平衡，他开始了电影剧本《小兵张嘎》的写作。作者后来回忆说："决心既下，第一步是先找题材。给自己定个规矩：不管写啥，一定要轻松愉快，能逗自己乐的，至少能使眼下的沉重暂时放松。"于是，作者想到了《平原烈火》中曾经短暂出场的八路军小鬼"瞪眼虎"，这一形象成了嘎子的雏形。作者说："于是我大敞心扉，把平生所见所闻、所知所得的'嘎人嘎事'，广撒大网，尽力搜寻，桌上放张纸，想起一点记一点，忆起一条记一条，大嘎子、小嘎子，新嘎子、老嘎子，尽都蹦蹦跳跳，奔涌而至。……尤其是抗日时那些嘎不留丢的小八路们，竟伴着硝烟战火，笑眯眯地争先赶来。"①令人诧异的是，在当年极端政治化的环境中，仍然存在着像作者这样不求发表，"为解闷而艺术"的写作，这是否可算作陈思和教授所谓的"潜在写作"呢？②当剧本进行到张嘎子关了禁闭时，作者遇到了技术性问题——不知如何把嘎子从禁闭状态解放出来，于是作者放下剧本，开始写中篇小说《小兵张嘎》，小说完成后又回过头去按照小说的情节发展把剧本补写完毕。1961 年，在政治氛围稍微放松的情况下，小说得以于年底发表在《河北文学》，次年发行了单行本。1963 年，电影拍成后，很多人误以为电影剧本是根据小说改编的，其实二者同时套写完成，在情节上完全一致，改编无从谈起，只是人们的猜想而已。

电影上映后，受到了热烈欢迎。当时《文汇报》刊载的一片文章说，影片"不仅为儿童所喜爱，而且为成人所欢迎"，"整个影片洋溢着强烈的时代精神，相当成功地塑造了主人公张嘎的鲜明形象"，"有力地揭示出深邃的主题思想，给我们以强烈的感染"。③进入 21 世纪后，有电影史家在论及该片时，仍毫无保留地说："《小兵张嘎》是以《鸡毛信》为发端的革命历史题材中儿童电影的经典性作品，也创造了迄今都难以超越的高峰。④"《文汇报》的影评是影片上映之初所作的及时评价，在当时高度意识形态化的社会语境中，批评界的惯例是不批判不发言，而《小兵张嘎》却获得了意外的肯定，这正反应了该片在艺术上的成功。当然，当时批评界对影片的一致褒奖背后也有部分政治目的，作者曾在一篇回忆文章中写道："于 1963 年把电影也拍成了，当拿它（《小兵张嘎》）给文艺界新闻界权威人士做招待映出时，有几位评论家对之大加赞赏，说它正好与苏修得大奖影片《伊凡的童年》'对着干'，

---

① 徐光耀：《昨夜西风凋碧树》，北京十月文艺出版社，2001 年，第 156～160 页。

② 陈思和：《试论当代文学史（1949～1976）的"潜在写作"》，《文学评论》，1999 年，第 6 期。

③ 沈基宇：《谈谈影片〈小兵张嘎〉的特色》，《文汇报》，1964 年 3 月 13 日。

④ 韩炜、陈晓云：《新中国电影史话》，浙江大学出版社，2003 年，第 112 页。

是革命文艺在意识形态上反修的又一胜利云。"①现在看来，这虽是足可解颐的笑谈，但是也正好从侧面证明影片具备了和《伊凡的童年》相抗衡的艺术水准。电影史家的叙述也许更具专业眼光和历史的意识，他们对于影片电影史地位的论定可以说是每一部影片渴望的荣耀。《小兵张嘎》在观众中人气极旺，前文所引新闻媒体的说法虽然稍嫌夸张，但它道出的正是处于不同时代亿万观众的观影感受，想起小嘎子，谁能忍住从心底喷出的会心一笑呢？

《小兵张嘎》虽然可以归入"为解闷而艺术"的"（准）潜在写作"之列，但是，作者在创作中还是有意地回应了当时主流意识形态的要求，时代的烙印是谁也难以避免的。故事发生在冀中平原的白洋淀一带，时间是"五一大扫荡"后的1943年，也是抗日战争最艰苦的岁月。张嘎的奶奶被日本鬼子杀害，八路军侦察员老钟叔被抓，小嘎子离开村子去寻找八路军。他立志做一名像罗金保叔叔一样的侦察员，缴下敌人一支手枪，替奶奶报仇，救回老钟叔。影片以嘎子想得到一支真枪为中心线索，将情节贯穿连缀起来，经过误撞罗金保、智擒胖翻译、摔跤赖账、生气堵烟筒、被关禁闭、伏击受伤、白洋淀养伤、摩云渡被抓、端据点立功、得到真枪等一系列情节，最后，嘎子成长为一名真正的八路军小侦察员。影片像很多同类题材电影一样，揭露了敌人的残暴愚顽，高歌了共产党领导下八路军游击队的英勇顽强，抗战军民情同鱼水，紧密团结，共同抗日，对胜利充满了信心。从这一方面看，影片明显地汇入了确立新的国家意识形态的潮流，歌颂了党、人民、人民军队以及他们的伟大。《小兵张嘎》从剧本到拍成电影，曾参照《平原烈火》等作品作过大的改动，但是，以电影服务于国家政治建设这一基本点却始终没变。奶奶临去世前曾嘱托嘎子为自己报仇，并且将日本鬼子的相貌描画给嘎子听，让嘎子记住。在剧本中，奶奶的嘱托多次被嘎子提（忆）起，这种对个人仇恨（尽管也是对日寇的）的强调显然容易被理解为对

---

① 徐光耀：《〈小兵张嘎〉是如何写成的？》，《文史精华》，1994年，第1期，第20页。

民族（集体）仇恨的漠视，个人先于国家、集体是当时意识形态所不允许的，因此，导演拍摄时把这一条情节线完全删除。在剧本中，作者为了突出党在抗战中的作用，安排了嘎子想参加战前党员会被拒的情节，罗金保向嘎子解释入党需要条件；端掉据点，嘎子立了大功，在剧本结尾，他神秘地向玉英说："我想参加共产党，你瞧够条件吗？"作者在最后一场战斗前后安排这样的情节，并且以入党问题收束全剧，显然他是想用这一情节表明嘎子在政治上的进步甚至成熟，作者明显很重视这样的情节安排，并且寄寓其政治用意。但是，这样的情节穿插毕竟显得生硬，在非常年代，作者本人可以 13 岁入党，可在人们的习惯思维中 13 岁的孩子居然提出入党的要求是难以接受的。在电影中，这一情节被删除了，增加了快板刘这一角色，用唱快板的形式完成原本由嘎子担负的政治宣传的任务，虽然快板刘的说唱也有过于突兀频繁的不足，但这样的处理至少保证了嘎子形象的完整可信。

顺应主流意识形态只是《小兵张嘎》较为浅表的创作取向，通观整部影片，我们发现它更多的是向我们展示了一个少年在战争环境中的成长，可以说，成长主题压倒了对意识形态的审美表达。之所以如此，原因主要有以下几个方面：其一，作者就是在战火和队伍中长大的，他对战争及人在战争中的成长有着丰富的生活体验；其二，当作者的生活积累转化为艺术形象时，原生态的生活积累总是顽强地表现自己，从而使任何政治理念都相形见绌，作者回忆说，"由于我不喜欢自己性情的老实刻板，从幼年便把嘎子当作楷模，注意多，观察多，交往多，'嘎相'储藏也相对较多"①，因此，在这种情况下，意识形态虽可以在作品中刻下自己的痕迹，但却不能左右作品的主题走向；其三，作者的创作目的首先是为"我"解忧，是为自救，不为应时，所以写起来心态放松，情节设置也以诙谐轻松为尚，作品在不经意间就疏离开了主流意识形态的轨迹；其四，作者有一套自己的创作美学，他把写"人"的性格看成

① 徐光耀：《昨夜西风凋碧树》，北京十月文艺出版社，2001 年，第 160 页。

写作的最终目的，把抓人物性格中的"个性"当作写作的头等大事，对偶尔因强调个性而溢出政治规范的地方甚至采取"在所不惜"的态度。①这种对个性的超常偏好显然有别于一般的美学原理所着重强调的"共性和个性的统一"，但是，在共性等于党性、政治性的年代，强调个性无疑是摆脱意识形态束缚的有效手段。

"成长"主题自古以来备受艺术家青睐，因为人的生命习惯上被我们描绘为从幼稚到成熟的线性发展过程，"成长"这一概念指称的也正是人生不断向上的特征。描写成长的作品可谓汗牛充栋，但同是成长主题，不同艺术家的处理方式却大不相同，这反映在成长起点、成长动力和目标模式等诸多方面。徐光耀主要关注的是战争环境中人的成长，主人公往往处于成长的零起点，甚至是负起点，但是在战争的推动下，性格中的消极因素，如"嘎"、"倔"、"傻（气）"，逐渐转化为革命的积极因素，成长的目标模式则是"真正的战士"的诞生。在张嘎的成长过程中，实际上存在着两条成长路径。一是他自己心中理想化了的路径，他以为凭借自己会凫水、会上树，然后再得到一支枪，就可以成为像老罗叔那样的英雄，为奶奶报仇，救回老钟叔。嘎子心中的成长过程主要通过模仿来实现，如想模仿罗金保用木头手枪缴汉奸的王八盒子，最后却把执行任务的罗金保当成了汉奸；模仿大人的口气、手势向孩子们讲解抗日形势；为了不连累掩护自己的老满父子，模仿老钟叔挺身而出，并且重复老钟叔的话怒斥伪军："我就是你们要找的八路，跟他们没有关系！"模仿罗金保的口吻开导伪军，等等。二是以成人视角为其设定的路径，这条路径是希望他成为一个合格的八路军战士，这对于嘎子来讲等于是从零做起，样样都得学，凫水、上树、掏老鸹窝全不顶用。对于旁人而言是帮助他"去嘎"的过程，用革命的规矩去掉他身上的孩子气、嘎气、野性。这一过程主要通过训诫使之受挫来实现，如想缴罗金保的枪反而被捉，摔跤咬人被老满叔数落："哪有你这样的八路？"区队

---

① 徐光耀：《昨夜西风凋碧树》，北京十月文艺出版社，2001年，第163～164页。

长以遵守纪律为出发点的几次开导，堵了老满叔的烟筒被关禁闭。嘎子成长的自我预设和外来规训存在较大冲突，焦点在"嘎"和"去嘎"上；但二者又是相通的，与革命利益相悖的"嘎"必去无疑，符合革命利益的"嘎"则不妨保留，其本质就是遵守队伍的规矩，把"嘎"劲用到革命上。坐禁闭可以说是对嘎子外来规训的转折，此后，两条成长路径在他身上合二为一，影片也没有再出现对嘎子的规训与惩罚，相反却出现了嘎子主动向革命规矩的靠拢。在端据点战斗之后，他主动交出了私藏的手枪。嘎子在战斗中立了功，奶奶的仇报了，老钟叔也救了回来，区队长把嘎子私藏的枪作为奖励发还了他。嘎子拿着枪问钟连长："老钟叔，现在可以收我做侦察员了吧？"钟连长回答："你已经是个侦察员了。"区队长发还手枪无疑是向嘎子颁发了进入成人世界的通行证，是他的成人礼，钟连长的回答宣告了嘎子这一成长阶段的最后完成，他已成为一名真正的战士。战争带来苦难、牺牲，也招致复仇、反抗，战火可以毁灭一切，但是也能使嘎子们在磨砺中成长，造就出生气勃勃的新人。《小兵张嘎》拍摄的前一年，即1962年，由塔尔柯夫斯基导演的前苏联电影《伊凡的童年》揭露了战争带来的苦难，它毁灭了伊凡代表的一代人的童年，使他们心灵遭受摧残、扭曲，影片充满了一种灰色的诗意。当时，国内拍摄的很多战争片则侧重在党领导下的人民和军队的抗争，战争趋于游戏化，电影成了政治修辞学的分支，诙谐轻松的风格溢满银幕。《小兵张嘎》保持了"十七年"电影的叙事格调，回应了意识形态诉求，重要的是他还写出了在战火中成长的童年，写出了富于生命活力的人格的诞生，这正是影片的深刻之处。

嘎子的成长实际上就是其性格的逐渐成熟，性格成长中"嘎"与"去嘎"的矛盾构成了影片的情节主干，这也是形成影片诙谐轻松风格的原因。儿童性格中"嘎"的成分本来就招人喜爱，当它与革命利益发生矛盾时又会平添一层喜剧效果。生活中儿童的"嘎"本来无害，如嘎子捉鱼回家、模仿大人向小伙伴"演讲"，和玉英荡舟白洋淀等戏，都饶有趣味；但当儿童的"嘎"与革命利益冲突时，就难免有弊，而这种冲突往往是带有孩子气的革命热情所显现出的幼稚，不带有根本性，不危及革命前途。因此，与革命利益相悖的幼稚也会产生喜剧效果，如摔跤咬人、堵烟筒、私自藏枪等戏，也让人忍俊不禁。在后一方面的处理中，作者恰当把握了分寸，他在嘎子以孩子的方式对待革命中寻找笑声，而没有把嘎子写成一个像海娃（《鸡毛信》）那样的"小大人"。作者在"嘎"和"去嘎"的矛盾中写活了嘎子这一形象，使之成为永放艺术光彩和令观众喜爱的小八路。

影片诙谐轻松风格的形成除了矛盾冲突的原因外，还在于作者对笑料的组织。全剧充满了徐光耀式的俗不伤雅、干脆利落的噱头和语言，如嘎子来到游击队的藏身处，面对大个李的小视、快板刘的玩笑、区队长的考试，应付自如，应对全是来自生活的口语，机智、巧妙、风趣、服人，不仅"嘎"劲尽显，而且逗得满屋是笑。这样的戏在影片中甚多，但是在同类电影中却较为少见。把这样一种从生活中来、高度生活化的，看似随心所欲却又不逾革命规矩的电影风格称为"徐式幽默"一点也不过分。此外，影片对冀中白洋淀风貌的展示也极富情韵，淀里密实的苇墙、茂盛的荷花、忙碌的渔人鱼鹰，绵延的长堤，堤上的杨树以及堤上行进的游击队列，得胜归来的小船鱼贯而成的弧线，画面是那么美，那么迷人！

《小兵张嘎》以抗日题材不仅完成了意识形态叙事，而且更好地完成了儿童成长叙事，它以明朗欢快、诙谐轻松的民族叙事风格征服了亿万观众。特别在儿童题材影片中，它更是独树一帜，令其他创作无法望其项背。有电影史家对比了《小兵张嘎》和《伊凡的童年》后认为，它不仅"是一部相当优秀的国产儿童影片"，而且"二者都称得上是世界电影史的精品"。[1]笔者认为，这一评价不但切合作品的实际，也符合世界电影发展史的实情。

---

① 黄会林、王宣文：《新中国"十七年电影"美学探论》，《当代电影》，1999年，第5期，第70页。

第三章　铁凝的电影作品

第一节　《红衣少女》《安德烈的晚上》

铁凝是小说家，也写很好的散文，小说家的铁凝没有直接写过电影剧本，但她的小说却不断被改编成电影。因此，"铁凝的电影作品"实际上是指根据她的小说改编的电影作品。这些电影剧本有的由她执笔，但更多时候是他人捉刀，铁凝在谈到个中原委时说："一是如果你作为编剧，与小说创作是不一样的，小说创作单纯自己做主，编剧最终不一定能实现自己意图，跟导演剧组磨合沟通，我不太喜欢做这样的事。对一个作品的理解多一个人就不一样了，而你又要允许他在他的立场上的想法，与其这样，一个人会更单纯精神也更集中。还有就是时间，与其再改编你的一个老作品，不如花点时间写新的小说。我这么计算得失，这也跟个人习惯有关，所以我基本不改编自己的东西。"①看来，铁凝对把自己的作品搬上银幕并不积极，尽管如此，她还是有着"无法逃避的好运"②，幸运地成为当代作家中"触电"最多的几人之一。

在中国电影史上，把文学作品搬上银幕最早可以追溯到 1920 年，新中国成立后，河北作家谷峪、刘真、杨润身、梁斌、浩然、杨啸等人的小说也不断被搬上银幕。新时期以来，特别是 80 年代中期以来，随着第五代导演的崛起，文学作为创作母本受到电影前所未有的重视，有电影史家称之为"文学与电影的新同居时代"。优秀的文学永远是电影

---

① 这是 2004 年《铁凝日记——汉城的事》出版后，为配合该书的宣传，作者接受中央人民广播电台主持人（张）月明采访时所说的一番话。

② 1999 年 5 月，铁凝在北京召开的挪威中国文学研讨会上所作的发言即题为《无法逃避的好运》。

艺术品质的保证，文学可以借助电影的直观性优势实现二次传播以扩大影响，电影也可以借重文学已经产生的影响力推广自身，并增加自身的人文厚度和思想价值。文学与电影联姻，互相借重，结果只能是"双赢"。伴随新时期以来电影对文学的频繁眷顾，河北作家浩然、孙犁、刘绍棠、关仁山、刘流、冯志等的小说相继被改编摄制成影片。铁凝的小说创作以其独有的魅力不但征服了读书界，屡获大奖，而且受到电影人的由衷喜爱，多次被改编。

铁凝计有7部小说被改编为影视作品：1984年，短篇小说《六月的话题》被改编为单本电视剧；同年，根据中篇小说《没有纽扣的红衬衫》改编的电影《红衣少女》由峨嵋电影制片厂摄制，陆小雅编剧并导演，该片获1985年度中国电影"金鸡奖"、"百花奖"最佳故事片奖；1988年，据中篇小说《村路带我回家》改编的同名电影由北京电影制片厂摄制，铁凝担任编剧，王好为导演，本片于1989年获第九届中国电影"金鸡奖"最佳美术奖；1989年，短篇小说《哦，香雪》改编为同名电影，儿童电影制片厂摄制，铁凝、王流、谢小晶编剧，王好为导演，获1991年第41届柏林国际电影节青春片最高奖——国际儿童和青少年电影中心艺术大奖，并获1991年第10届"金鸡奖"最佳摄影奖；1995年，根据同名小说改编的电视剧《遭遇礼拜八》（上·下集）上映，铁凝编剧，杜民导演；2000年，中篇小说《永远有多远》被改编为15集同名电视连续剧，北京中博时代影视有限责任公司出品，东西编剧，陈伟明导演，2002年该剧在国内40余家电视台播出；2001年，短篇小说《安德烈的晚上》改编为同名电视电影，北京电影学院青年电影制片厂摄制，夏蔚编剧，陈国星、夏蔚导演。另外，根据长篇小说《大浴女》改编的同名电视连续剧已于2005年投入拍摄。

《六月的话题》和《没有纽扣的红衬衫》是铁凝最早被改编的作品。前者作于1984年，当年即被拍成电视短剧与观众见面；后者作于1983年，次年也被搬上了银幕。二者都取材于当时的现实生活，因触及当时的社会敏感话题而受到关注。电影《没有纽扣的红衬衫》出现在80年代中期不是偶然的，那是新时期以来一个社会思潮相当活跃的阶段，西方人文社会学说大量涌入，中国人的精神结构、生活形态正经历着又一次大的变革。从世界观到牛仔裤、从信仰到"靡靡之音"、从爱情到个体户，人们都在热烈地争论着。个性解放、实现自我成为青年人的价值趋向和生活追求，"我"不再为"我们"而存在，"我就是我"，个性、自我成为他们生活的新宗教。小说写的是中学生的生活，而且是围绕学校评"三好"这样一个单纯的事件展开，但是它以评"三好"为中心，辐射到家庭、老师、同学、社会等方方面面，为我们传递了丰富的社会信息，表现出巨大的思想容量。实际上，小说写的是社会题材，它通过中学生安然对自我的追求，一方面表现一个少女的成长，另一方面对青年人追求自我的举动做了多侧面的反思。从这一角度看，《没有纽扣的红衬衫》实际上参加了80年代中期社会思潮的涌动，并以其取材的新颖和意蕴的深厚赢得了读书界的关注。

《红衣少女》的创作者正是看重了小说这一点，在改编中努力突出安然自我追求的社会思潮意义。编剧兼导演陆小雅曾经说："我想到了我们国家在改革中所处的重重困难，想到了十年浩劫中我们失去的不仅仅是金钱与物质，还失去了中华民族许多最宝贵的传统的美德；失去了人与人之间的理解和信任，失去了可贵的真诚。想到了未来的一代人将要从我们这几代人身上吸取什么样的经验教训呢？难道还让成人社会中有害的气体再去污染他们吗？难道我们所期望的理想的人际关系不能在他们这代人身上得以实现吗？我的创作就是开始于这种思考，来自于多年生活给予我的这种深深的感受。我以为这种思考是对'左'的思潮、对某些旧的传统偏见与腐朽的观念的背叛，也是对真诚——美的渴望。"①这段话既是一个艺术家社会责任感和启蒙热情的宣示，也是她对小说改编立足点的表白。

---

① 陆小雅：《〈红衣少女〉创作后所思所想》，《当代电影》，1985年，第4期。

在原作中，姐姐安静既是小说中的人物，又作为第一人称叙述人对故事发展加以评判。她犹豫徘徊在追求自我和迁就社会之间，她的价值世界和日常生活世界是分离的、矛盾的，她为此感到痛苦，这些引发她不断地自问和思索。安静的自问和思索正是小说思想魅力的源泉，但是改编者为了追求电影自我寻找主题的明朗性，放弃了第一人称视角（即安静的视角），而改用全知视角，原作中带有安静色彩的限知叙述转化为客观叙述。电影剧本按照时间顺序，再现了主人公安然 11 天中的生活，以及由她辐射出的周围人的生活；主干情节是安然评"三好"的过程。电影中的安然是一名 16 岁的女中学生，姐姐给她买了一件没有纽扣的红衬衫，她非常高兴。但她也有烦恼，最怕每学期末的评"三好"。安然并不是坏学生，她聪明、刻苦，成绩优秀；她心地善良，对人真诚热情，愿意帮助同学；她正直爽快，敢于发表自己的看法，甚至有一次指出了老师的错误。在老师韦婉和祝文娟等部分同学眼里她是个"问题女孩"，甚至她的红衬衫也受到非议。而同学米晓玲、刘冬虎理解她，信任她，欣赏她"用自己的眼睛看世界"，坚持自我追求的性格。但安然要评"三好"确实是个不大不小的问题。爸爸和姐姐虽然能够理解她的做法，但还是为她忧心忡忡。姐姐最后为了她能评上"三好"，违心地给老同学韦婉送去了内部观摩电影票，并在自己编辑的文艺刊物上发表了韦婉一首极其蹩脚的"诗"。妈妈则从自己的经验出发，强制安然向环境低头，学会适应它。安然评上了"三好"，但当她得知这是姐姐和韦婉交易的结果，她毅然退掉了"三好"，她感到迷惘、孤独、困惑，她似乎变得成熟了。这是一个少女的成长，但成长的方向在哪呢？是坚持走自己的路，努力地寻找真正的自我，结果或许会像爸爸那样一辈子苦苦追求，画出那么多不被人赏识的画？还是向环境臣服，把自我掩藏，做一个俗气市侩的韦婉，或者做一个被环境熏染而过于早熟、虚伪的祝文娟？是像妈妈那样经过挫折再去领教命运的厉害，总结出自己的处世哲学？还是像姐姐那样生活在价值世界和日常生活世界的分裂中？

这是安然的问题，很显然也是我们的问题。

《红衣少女》保留了小说的基本故事框架，但是也作了很多的改动、丰富和补充。例如，小说中，姐姐虽然作了努力，但安然还是没有评上"三好"，在电影中，改动为安然评上了"三好"但最终放弃了，而且电影增加了评"三好"过程的详细描绘。这一改动有力地说明了安然不向异己的环境臣服的姿态。电影还增加了较多由小说逻辑延伸出的情节，例如，童年安然在农村大道上奔跑，安然和因家庭贫困辍学的米晓玲在学校告别，安然在白杨树路上看"眼睛"，姐妹间因评"三好"事件导致的隔阂等。为了适应电影以影像蕴涵思想的需要，改编者增补最多的是有意味的细节，例如，爸爸妈妈看照片，白洋淀上孩子们关于芦苇的对话，卖冰棍的大爷，教室里的午休，等等。丰富的细节起到了增加真实性、强化思想表达的作用。总之，小说和电影都充分利用了各自的艺术优势，积极回应了呼唤理解、信任、真诚的时代命题，作家和电影人分别以他们出色的工作推动了社会思潮的进步。

2001年，短篇小说《安德烈的晚上》被改编摄制成同名电视电影，与电视观众见面。与《红衣少女》关注社会问题不同，影片《安德烈的晚上》表现的是对人生困境的关怀。《安德烈的晚上》虽然是一篇短篇小说，但是它却包含着丰富的信息量，为电影改编提供了厚实的基础。小说叙事始于50年代，终于90年代中期，时间跨度近半个世纪。小说内容以安德烈从幼年到中年的经历相贯穿，以安德烈的婚姻和他与姚秀芬的交往为主干情节，在娓娓道来的平实叙述中描绘出他的生存状态。小说情节在安德烈这一核心周围，还旁及了很多人，很多事，如这座城市的兴起、城市里大量的棉纺厂及其建筑的苏式风格，在棉纺厂上班的他的朋友李金刚、为援建而从上海来到这座城市的他的父母，他和李金刚的童年，罐头厂从前的繁荣、现在的衰落。小说通篇以交代口吻对此做不疾不徐的叙述，甚至对安德烈这背时的苏式名字都细述缘由，并补叙了一段轶事。小说叙述的虽然还是常态生活，缺乏戏剧性，但是这些对追求写实风格的电影改编不构成障碍；相反，小说的情节密度却是改编的优势。电影把重心放在了安德烈的婚姻和没有开始就宣告结束的婚外情上，并以此剪裁小说中的多余情节，同时增加细节、对白，把交代性叙述扩充调整为连贯的场景，用画面的直观代替文字的表述。安德烈是罐头厂的押盖工人，他是个平凡的小人物，甚至在小人物中他也是个弱者、不幸者。安德烈从小到大一直处于"被选择"、"被筹划"（海德格尔）的境遇，从名字、兴趣到工作、婚姻，都由父母安排，或受朋友影响。他处在由苏联移植的红色文化氛围和计划经济体制中，不断的熏陶、整合、规训，使他丧失了自主选择的能力，"被筹划"甚至成为他的类本能。他被围在秩序的栅栏里，他的生命力被阉割了，里尔克笔下的"豹"会偶尔表现出它那"无能的力量"，产生冲出围栏的冲动，安德烈连这种冲动都没有。他与朝夕面对 20 年的姚秀芬有了心的交流，但他从来没有想过"他们"的事，尽管他的婚姻不幸，家庭也一团糟。改革开放了，文化转型了，安德烈下岗了。考中广播台的播音员虽然也是李金刚为他做选择的结果，但这毕竟增加了他的自信。当他鼓起勇气想以约会的方式与姚秀芬告别时，还是李金刚帮他"筹划"，把自己的家作为他们的约会地点。可是，可怜的安德烈带着他的情人迷失在一片相仿的苏式建筑中，那可怕的"被筹划"的潜意识浮上来，他冲不出秩序的栅栏，那来过千百次的李金刚的家好像消失了，一次内心渴望并做了精心安排的突围到头来成了颇具黑色幽默意味的表演。安德烈短暂的心灵悸动也许是美好的，但这中途流产的"出轨"让人无限感伤，他已经"不会"出轨了。如果说畸形的文化可以消灭一个人，那么安德烈就是其中的一个。可是，我们还要问：这是安德烈个人的悲剧吗？还是时代的悲剧？甚或是人不得不然的悲剧呢？小说敏锐发现了日常生活的悲剧性，一种被习以为常的表象掩盖的悲剧内涵。电影改编者很好地抓住了这一点，在看似平庸的婚外恋故事中发掘出人的生存真相。影片用细节和画面的力量抗拒人们对一段婚外情感的窥视欲，创造出平实低沉的审美风格，引导观众向更深处思考。其中对安德烈和姚秀芬约会一场戏的处理尤为出色，给人带来的隐隐痛楚确有"此恨绵绵无绝期"的审美感受。

第二节 《村路带我回家》《哦，香雪》

其实，把铁凝的小说改编成电影是有难度的，存在一定的艺术风险。大凡读过她作品（尤其是短篇小说）的人都会产生这样的感觉：她的小说情节单纯，意蕴丰富，境界淡远、空灵，透出一种自然、朴素的美，很多作品与其说是小说，还不如说是带有浓浓诗意的散文。当然，这也正合于她本人对小说的理解，她说："当我们被问及小说是什么？可以有很多种回答。比方……再写意一点讲：当我看到短篇小说时，首先想到的一个词是景象；当我看到中篇小说时，首先想到的一个词是故事；当我看到长篇小说时，首先想到的一个词是命运。"①铁凝的创作深得"荷花淀派"的神韵，她的小说表现出散文化诗化的特点。即使就她本人所谓重讲故事的中篇小说而言，她也不屑于经营一个紧张曲折、冲突尖锐的故事。她在创作中，坚持有耐心地写出"思想的表情"，发掘出人的精神深度，而结构故事仅仅被看成是达到这一写作目的的不甚重要的手段之一。因此，故事在小说中往往被处理成淡淡的一条线索，简约、含蓄、琐细。在飘忽的故事主线周围，作者却不惜笔墨通过一个个场景的描绘写出人的生存状态，写出人与外界的关系。如果说在中篇小说创作中，作者还抑制着自己的诗情，努力讲出一个故事，那么在短篇小说中，她确实仅仅描绘了一个景象、一种状态，故事只是停留在似有似无之间。因为不具备一般电影所要求的矛盾冲突和鲜明突出的人物性格，所以改编铁凝的中短篇小说对创作者而言无疑是一种严峻的考验。《红衣少女》导演陆小雅在事后总结时说："我忽然吃惊地发现，这是一篇多么不容易改编的作品啊！我怎么会那么执著地把它搬上银幕呢？我

---

① 铁凝：《"关系"一词在小说中》，《当代作家评论》，2003年，第6期。

有些后怕了，这是件冒险的事情啊，当时我的自信是从哪来的呢?"[1]《哦，香雪》的导演王好为在"导演随笔"中也表达了创作前的担心："我向往了很久的人物和生活，一下子又觉得平凡、朴素得说不清、抓不住了。""可是作为导演，如何把它显现在银幕上，而具有（与小说）同样的文化品格，却十分吃力。"[2]可见，这是改编者的同感，但是，小说的艺术魅力还是诱惑她们去勇敢尝试，在克服困难中获得艺术创造的愉悦。导演王好为以铁凝小说为原本创作了两部电影作品，1988年她改编拍摄了《村路带我回家》，1989年又把《哦，香雪》搬上了银幕。

　　小说《村路带我回家》描写的是知青生活，作者在这个中篇里所讲述的故事一如生活般平淡，但在平淡中却有着对普通人命运的深切关怀。《村路带我回家》由铁凝亲自改编，剧本对原作的故事构架没有作大的改动。影片中，女主人公乔叶叶如小草般柔弱，在那样一个时代，对于个人的前途、爱情，甚至命运，她既没有选择的自由和权利，也没有选择的能力。因此，她只能被生活的漩涡裹胁，实际上，她好像也愿意被裹胁。在东高庄，她要面对三个青年：金召、宋侃和盼雨，他们都喜欢她，但小说并没有写错综复杂的爱情纠葛，而是写到了乔叶叶在不同情况下对他们的选择。憨厚可爱的盼雨成为叶叶的首选，这次选择多半是形势胁迫，少半也出于自愿，叶叶还因此阴差阳错地成了"扎根农村"的典型。盼雨悄然辞世，留下可怜的叶叶母女，早先心仪于她的宋侃答应大学毕业后来娶她，宋侃的承诺与其说是爱情还不如说是怜悯和责任，这次乔叶叶仍处于被选择或者说被施与的地位，所不同的是她现在有了选择的自由和权利。最后，放弃宋侃，选择金召，乔叶叶真正具有自由选择的能力，她感到"会种棉花，心里塌实"，她感到自己的根真的扎在了农村。这种平和的出自内心的选择与一般作品中热闹的知青返城形成了鲜明对比。乔叶叶的生活平淡似水，能称得上戏剧冲突的也

---

① 陆小雅：《〈红衣少女〉创作后所思所想》，《当代电影》，1985年，第4期。

② 王好为：《在大山的皱褶里采撷——〈哦，香雪〉导演随笔》，《当代电影》，1990年，第4期。

许只有她的爱情生活了，但这仅仅是一种舒缓的摒弃了紧张氛围的人与人的遭遇，而不是冲突。盼雨拿着斧子找到金召，影片的画面是充满生机的农家小院，屋里传来的吵闹声音显得那么滑稽多余，人物再次出现时，战争结束，但金召的锅漏了，一个轻松幽默的收场。工于心计的尤端阳也被处理为非对抗性存在，她似乎只曾经与乔叶叶擦肩而过，电影淡化了她对叶叶命运的影响。"合谋"叶叶扎根农村的大队支书、公社书记、县委书记等反面形象也都是以写意的形式表现在银幕上，从而保证了影像的连贯与和谐。这诸多因素合成了影片平实素雅的格调，充分展示出生活的实质。影片在平实之外又融合了很多优美抒情的因素，这是原作所不具备的，从而使改编后的作品具有中国山水画的写意味道，给人一种隽永的审美享受。

废名曾经说过："就表现的手法说，我分明地受了中国诗词的影响，我写小说同唐人写绝句一样。"[1]把小说当成诗来写，一则营造其意境，二则锻炼其词句。废名的作品多受陶潜、李商隐的影响，与之相比，铁凝的小说同样是一首首唐人绝句，但没有其清峻、晦涩，只有清新、淡雅、小巧、空灵。《哦，香雪》就是一首绝句、一首清新的小诗，要把它改编成电影必须面对三个问题：第一，如何充实小说内容，使原本单薄的情节丰富起来，但又不破坏作品的整体格调；第二，如何用电影语言准确传递原作的精神内涵，把经文字含蓄表达的思想转化为可以直观的影像；第三，如何在电影散文美的追求中避免生活细节的碎片化，做到"散而有骨"。可以说，改编者成功解决了这三个问题。

小说《哦，香雪》写的是生活在大山褶皱里的山村少女们的故事。这个小山村叫台儿沟，千百年来掩藏在大山深处。有一天铁路修到了台儿沟脚下，再有一天在台儿沟设立了小站，火车停靠一分钟。这短暂的一分钟给台儿沟的姑娘们带来了新奇、憧憬和无尽的遐思。她们去看火车，车上妇女的发卡、人造革的学生书包都引起她们的兴趣、议论和回

---

① 废名：《废名小说选·序》，《废名小说选》，人民文学出版社，1957 年。

味；那个白白净净"说一口漂亮北京话"的男乘务员更是被她们围在中间问这问那。后来，她们开始拿山货和车上的人做买卖，各人怀着各人的憧憬。凤娇愿意和"北京话"交往，不为什么，"可她愿意对他好"；香雪看中了一个吸铁石的铅笔盒，因为她知道，同学们对她一天吃几顿饭和木铅笔盒的盘问是因为她的贫穷，贫穷让她感到羞涩，因此，她也想有一个和同桌一样的可以自动合上的磁铁铅笔盒。当香雪再次看见这样的铅笔盒的时候，她毫不犹豫地上车，向女大学生提出了交换的请求，她因此错过了下车的时间。女大学生答应把铅笔盒给她但不要她的鸡蛋，她在下一站下车前还是把40个鸡蛋迅速塞在女大学生的座位底下，因为台儿沟人没白拿过人家的东西。香雪只能在深秋的夜里沿铁轨走30里路回家，姐妹们喊着她的名字来接她。显然，小说的主干情节缺少电影要求的戏剧性，它描绘的是常态的生活和情感，希望通过戏剧性的瞬间表现生存的厚度和丰富底蕴是不可能的。因此，改编者的任务不是增加原作的情节冲突，而是在情节主干周围增加细节的密度，回到以平常生活表现人的生存样态的路。

小说表现的是善良、纯洁的香雪们对现代文明的向往。尽管火车带给台儿沟的只是现代文明一鳞半爪的表象，但对姑娘们而言却是异样的、新鲜的。作者通过姑娘们的眼睛含蓄地表现出现代工业文明对农耕文明的撞击以及二者的融合，同时也表现出自然的美和少女们素朴的美。为了适应这样的主题，改编者对原作的扩充主要集中在两方面：第一，展示姑娘们的日常生活，其实也就是山民们的生存状态，以此发掘民族性格中蕴蓄的"积极的美德"；第二，描写她们通过车站（火车）形成的与外界的关系，以此揭示两种文明的冲撞与融合。劳动构成了山民主要的生命活动，很多小说未曾涉及的内容在电影中得到了极具真实感的展示。香雪看榜回家，给羊捎回青草，给羊喂盐，这些细节不但充满山区生活的情趣，而且表现出少女与小羊两个小生命的和谐。凤娇和父亲晒花椒、擀毡更是典型的山村劳动景象。姑娘们打柿子一场，火红的柿子和姑娘们青春的笑脸相辉映，她们说："别看这几棵树老，咱可没对不起老树们。""老树也对得起咱呀，也没少挂。"干净利落的对白让我们看出人与自然相互依存的和谐关系。钉盖帘这一微小的细节也极富生活情趣，由此可见改编者的匠心。在劳动场景中，尤以香雪父女河滩开地和香雪娘推碾子熬油最具艺术震撼力，两个场景交互穿插，静默中透出凝重，山民们如此这般的世代艰苦劳作，既值得我们献上敬意，又让我们感到心酸。除了劳动场景外，影片还增加了一些能够表现山民朴素深挚情感的细节。香雪考上了中学，父亲叮嘱母亲用油提子给她要带的辣椒白菜上多滴两滴油；香雪吃的白薯面黑窝头受到同学的故意盘问，母亲心疼她而给她烙白面饼，父亲又提醒说再多搁点油，这微不足道的两滴油把亲情表现得那么真切感人，而又令人酸楚欲哭。香雪开学前，爹给她做木铅笔盒，娘给她绣花书包一场戏是根据小说中的一句话生发出来的，由此可见，寡言少语的爹娘心中埋藏着农民式的爱、智慧、对美好生活的向往。

香雪上学在小说中没有展开，作者只是把它处理成香雪急切想得到一个铅笔盒的原因，概述了同学们对她不无嘲弄的反复盘问，借此表现出她的善良、纯洁，以及因贫穷感到的羞耻。但是，在电影中，香雪上学成了重要的章节，不仅小说中提及的内容给以正面展示，而且增加了吃白薯面黑窝头的情节。一是娘拿出家底为香雪烙白面饼，想到带上它就可以平等地和同学吃个饭，她为之高兴；但是想到父母的艰辛，她还是把白面饼放了回去，拿起了黑窝头。二是她拿出黑窝头在同学面前毫无顾忌地吃，当同桌拿过饭盒让她就点菜时，她举起咸萝卜说："我有！"显然，香雪的性格特点在电影中更为丰富、立体，除了善良、纯洁、羞耻心之外，又增加了自尊、从容、坦荡等性格元素。如果说同学们的盘问表现了物质优越导致的某种市侩心里，那么香雪的言行则体现了来自草根阶层、代表了民族品性的真、善、美。

台儿沟小站是姑娘们和外界发生关系的唯一通道，小站设立后，她们几乎天天来到这里，等待火车停靠，享受这属于她们的美妙的一分钟。对于姑娘们到车站看火车，小说仅选取了一个有代表性的场景给以详细描绘，另外就是一段概述性文字交代姑娘们和车上的旅客和和气气地做买卖。电影则描写了姑娘们前后四次到车站看火车。第一次看到火车停靠，姑娘们怀着一颗好奇的心，互相牵扯着向火车靠近，小心翼翼地在站台上移来移去，男乘务员"北京话"的出现让她们乱了方寸，凤娇还跑掉了鞋子。第二次看火车，情节基本复制了小说的描写部分，但主要突出了凤娇和"北京话"的关系。第三次到车站，姑娘们已经换上新装，开始和乘客做起了买卖，没有了腼腆、羞怯，变得大大方方，凤娇送柿子给"北京话"，香雪也不再胆小地躲在别人身后。第四次到车站，姑娘们着实打扮了一番，新买的布鞋、尼龙袜，漂亮的围巾、发卡和新棉袄，香雪穿上了家做的新鞋，垫上了花鞋垫；凤娇则用珍藏的香皂洗了脸，然后又把它珍藏起来。她们变得老练了，拉着家常等火车停稳，在行地和旅客做着交易。四次到车站看火车，做买卖，姑娘们由紧张新奇变得老练成熟，火车的一分钟停靠给山村带来了现代文明的信息，丰富着她们的生活，也改变着她们的生活。某种意义上，凤娇的"北京话"、香雪的铅笔盒，都成了现代文明的象征符号。火车给山民带来的也还有经济生活的改观，电影中姑娘们衣着的变化隐约说明了这一点。电影还增加了姑娘们雨天到候车室的一场戏，她们巧遇一位下乡写生的画家，画家给聪慧文静的香雪画了一幅速写，香雪冒雨回家，珍藏起速写，并在雨中送一篮青玉米回赠。画家带给她们的是艺术和美，她们回赠的是山村的质朴和诚意，这正是现代文明和传统农耕文明精神交流的象征。

电影以展示农耕文明下人的生存状态和两种文明的碰撞为中心，把一系列富于生活实感的细节贯穿起来，表现了山民们既质朴、温馨、诗意，又艰难、闭锁、贫困的生活，精神的美好伴随着物质的贫困，正是物质上的贫困使香雪们努力追求火车带来的并不真实的现代文明。当然，传统与现代、物质与精神、他者与本土、农耕文明与工业文明的矛盾不是一篇小说、一部电影所能解决的，因为艺术的使命仅仅是以自己的方式提出问题而已。

王好为在《哦，香雪》的导演阐述时说："这部影片没有巨大的社会矛盾，没有一般意义上的戏剧冲突，没有因果式的情节链条，只是姑娘的生活片断的铺陈，像一幅幅素描。"①确实，电影通过造型、声音、蒙太奇等手法创造出了一种散文诗式的生活氛围，在诗化的日常生活中让人感受时代的变迁，领悟生活中的美。1982年摄制的《城南旧事》被电影史家誉为中国散文电影的巅峰之作，《哦，香雪》则在散文电影这一门类中另辟蹊径，将散文美与诗意美冶于一炉，创造了散文电影的新范型。可以肯定地说，《哦，香雪》是一部足可与《城南旧事》比肩的力作，也是中国影坛不可多得的散文电影精品。

①　王好为：《在大山的皱褶里采撷——〈哦，香雪〉导演随笔》，《当代电影》，1990年，第4期。

第四章　河北省内电影创作

第一节　河北省内电影创作概述

新中国成立以后，中央人民政府成立了文化部电影局。当时全国只有三家电影制片厂：东北电影制片厂（即后来的长春电影制片厂，1946年10月1日）、北京电影制片厂（1949年4月21日）和上海电影制片厂（1949年11月16日）。1952年8月1日，解放军电影制片厂（即后来的八一电影制片厂）建立，直到50年代中期，包括河北在内的其他各省市均未再设立制片厂。1958年，疯狂的"大跃进"也波及了电影界。在全国各行业争相放卫星的刺激下，电影界提出"在十年左右的时间内，可以把中国电影事业发展成为世界上的先进国家……在事业规模、影片数量上赶上或超过美国"，迎来"省有制片厂，县有电影院，乡有放映队"的"全面跃进"局面。[①]在这样的大气候下，河北省委、省政府决定创办河北省自己的电影制片厂。1958年2月11日，天津市划归河北省，为省辖市，河北省会由保定迁往天津。因此，建成后的河北电影制片厂称天津电影制片厂，也称河北新闻电影制片厂，以拍摄新闻纪录片为主，每月摄制两期《河北新闻》，介绍河北各行业的"跃进"情况，随中影公司排定的各轮故事片放映。

1960年，天津电影制片厂和北京电影制片厂联合摄制故事片《红旗谱》，该片由胡苏、凌子风、海默、吴坚改编自梁斌的同名长篇小说，凌子风导演。同年，天津电影制片厂摄制戏曲纪录片《蓓蕾初开》，包括：《挡马》（北方昆曲），河北省青年跃进剧团演出、伴奏，阿妍导演；

---

① 转引自韩炜、陈晓云：《新中国电影史话》，浙江大学出版社，2003年，第64页。

《柜中缘》（河北梆子），天津市河北梆子剧院小百花剧团演出、伴奏，欧阳道云、丛为导演。这是河北省内独立摄制艺术片的开始。此片摄制完成后，"大跃进"带来的经济困难使很多行业陷入停顿，1960年下半年，天津电影制片厂停办。

1968年2月，河北省会迁至石家庄。1974年，河北科学教育电影制片厂在石家庄成立，隶属河北省科学技术委员会（1982年起改为隶属河北省科学技术协会），除拍摄科教片外，也摄制故事片，以"河北电影制片厂"为厂标发行。

"文化大革命"结束之后，随着国家改革开放政策的启动，政治经济形势逐渐好转。同时，思想解放运动导致意识形态控制的削弱，因此，各文化部门也由解冻到复苏，由生机初现到百花盛开。得益于大环境的改观，电影业也迎来了自己的春天。1982年，为改变河北省没有故事片生产厂家的状况，省文化厅遵照省委、省政府的决定，开始筹建河北电影制片厂。同年4月，河北电影制片厂在河北剧场招待所租房10间作为办公场地，挂牌成立。至此，河北省电影事业正式起步。

自1982年到2005年，河北省内制片已经走过了20多个年头，期间摄制的艺术电影大致可以分成四类。

第一，革命历史题材电影，计3部。它们是：《柯棣华大夫》（1982年，河北科学教育电影制片厂摄制，黄宗江编剧，维佳、苏凡、姜湘忱导演）、《少奇同志过渭水》（2001年，电视电影，河北电影制片厂、央视电影频道节目中心联合摄制，傅靖生、郭法曾导演）、《戎冠秀》（2003年，电视电影，河北电影制片厂、央视台电影频道节目中心联合摄制，王力扶、饶辉编剧，范建会导演）。

第二，神话历史题材电影，计4部。它们是：《哪吒》（1983年，河北梆子，河北电影制片厂、北京电影制片厂联合摄制，方辰、王昌言编剧，陈方千导演）、《乌纱梦》（1984年，河北电影制片厂摄制，韩维新、刘志清、褚书智、陈方千改编自河南偃师县曲剧团《攀龙附凤》，陈方千导演）、《泪洒姑苏》（1985年，河北电影制片厂、北京电影制片厂联合摄制，张书良、陈方千编剧，陈方千导演）、《钟馗》（1993年，河北梆子，河北电影制片厂、河北电视台联合摄制，方辰编剧，王文宝、刘三牛导演）。

第三，现实生活题材电影，计15部。它们是：《嫁不出去的姑娘》（1983年，评剧，河北电影制片厂摄制，赵德平编剧，陈方千导演）；《远山姐弟》（1992年，河北电影制片厂、长春电影制片厂联合摄制，申远、马沉编剧，陈力、马树超导演）；《欢舞》（1999年，河北电影制片厂、上海谢晋中路影视有限公司联合摄制，查岭编剧，陈力导演）；《非常战线》（1999年，河北电影制片厂、河北省文化发展公司、冀融典当行联合摄制，沈阅、袁大举编剧，沈悦导演）；《亲亲一家亲》（1999年，电视电影，河北电影制片厂、央视电影频道节目中心联合摄制，王莉枝编剧，王冠辉导演）；《春打六九头》（2000年，河北电影制片厂、中国华艺影视事业有限公司、上海天马电影制片有限公司联合摄制，李平分、赵玉衡、王承友、吴立民编剧，得天导演）；《家园》（2001年，电视电影，河北艺术影视中心、保定电视台联合摄制，章君编剧，杨亚洲、唐双文导演）；《半碗村传奇》（2001年，电视电影，河北电视艺术中心摄制，王力扶编剧，范建会导演）；《新年钟声》（2001年，电视电影，河北电影制片厂、央视电影频道节目中心联合摄制，李三林导演）；《生死速递》（2002年，河北电影制片厂、北京今古文化传播有限公司联合摄制，柴红兵编剧，杨世光、柯受良导演）；《血证》（2002年，电视电影，河北电影制片厂、央视电影频道节目中心联合摄制，秦牧编剧，李三林导演）；《中国桥》（2003年，电视电影，河北电影制片厂、央视电影频道节目中心联合摄制，郎云、高洁编剧，李三林导演）；《洋山药》（2004年，数字电影，河北电影制片厂、河北音像资料馆联合摄制，刘巍、戴克强编剧，范建会导演）；《燕赵秋歌》（原名《天凉好个秋》，2004年，电视电影，央视电影频道节目制作中心、河北迁安市委、市政府联合摄制，金舸改编自关仁山小说《伤心粮食》，蒲剑导演）、《一撇一捺》（2004 年，电视电影，河北电影制片厂、央视电影频道节目中心联合摄制，李崇兼、孟宪琦改编自张宇小说《乡村感情》，范建会导演）。

第四，娱乐片，计 4 部。它们是：《被跟踪的少女》（1985 年，河北电影制片厂、青年电影制片厂联合摄制，李宝林编剧，马精武导演）；《白龙剑》（1986 年，河北科学教育电影制片厂摄制，黎海心编剧，田金夫导演）；《复仇女郎》（1988 年，河北电影制片厂、北京电影制片厂联合摄制，王静编剧，许雷导演）；《后会有期》（1990 年，河北电影制片厂、青年电影制片厂联合摄制，江澄、陈丁编剧，宋崇导演）。

河北电影事业在 20 余年的发展中，一方面量米为炊，精心创作，尽其所能为观众捧出艺术佳作；另一方面又不断调整自己，充实提高自己。1987 年 4 月 27 日，为了适应影视生产商业化的要求，也为了使河北省影视创作尽早冲出"洼地"[1]，在河北省委、省政府的直接干预下，原河北科学教育电影制片厂、河北电影制片厂与河北省广播电视厅所属河北电视台电视剧制作中心合并组建河北电影电视剧制作中心（对外称河北电影制片厂），集影视制作于一体，两块牌子、一套人马，隶属河北省广播电视局管理。这是河北省电影电视发展中的一项重大机构变革，其目的是集中省内的影视人才、场地设备，形成集体优势，以便使原来处于分散状况的三家单位优势互补，资源共享。新合并组建的河北电影制片厂具备了一定生产规模，制片能力较此前大为增强，制片厂拥有生产办公大楼一座，建筑面积 5900 平方米，内设 300 平方米、180

---

① 河北省影视界有一个较为普遍的共识是：河北省电影生产在全国处于"第三世界水平"；河北省电视剧生产在全国则处于"中游偏上"的位置。但是，20 世纪 70 年代末 80 年代初，河北的电视剧生产曾被戏称处在"洼地"。这一说法可参见吕振侠：《〈欢舞〉的意义》，《与青春共舞》，河北少年儿童出版社，2002 年，第 280～283 页；戴白夜：《徘徊在高山与平原之间——对河北电视剧的回顾与反思》，《河北文艺界》，2003 年 7 月 20 日；吕振侠：《地域特色、精品意识与市场竞争——河北省电视剧创作谈》，《当代电视》，2003 年，第 10 期。

座标准放映厅一个，600 平方米录音棚一个；机构设置有行政办公室、导演室、文学部、制作部、摄影室、美工室、照明室、剪辑室等，技术部门齐全，生产资源配置合理。①整合后的河北电影制片厂为适应市场需求，实现社会效益与经济效益"双赢"，将制片方针定位在以生产电视剧为重点，同时摄制艺术影片和科教影片。

80 年代中期开始，河北电影制片厂敏锐地抓住了国产电影向商业化转轨的契机，生产了颇受市场欢迎的商业片《被跟踪的少女》、《复仇女郎》和《后会有期》，同时摄制了《远山姐弟》、《钟馗》、《欢舞》等获奖艺术片，受到专家及业界好评。在电视剧生产方面，河北电视剧也很快实现了冲出"洼地"的梦想②，相继推出《野店》、《无声世界》、《光明世界》、《少年毛泽东》、《大唐名相》、《在部落的废墟这边》、《誓言》、《李小娥分家》、《是哭是笑都是爱》、《苦土》、《黑脸》、《嫂子》、《关汉卿传奇》、《神医喜来乐》、《金手指》等收视率较高，融思想性、艺术性、欣赏性于一炉的电视剧佳作。

河北电影人在艰苦创业，努力拍片，不断以作品回报社会的同时，还不失时机地成立了自己的行业协会。1987 年 7 月 2 日，中国电影家协会河北分会在石家庄成立，为河北省文联下属的团体会员单位，在省文联党组织领导下开展工作，出版会刊《河北影视》（内刊）。同时成立的有中国电视艺术家协会河北分会，两个协会实际是两块牌子、一套人马，对省内称"河北省影视家协会"。1991 年 6 月，根据国务院有关条例规定，中国电影家协会河北分会、中国电视艺术家协会河北分会在河北省民政厅登记为"河北省电影家协会"和"河北省电视艺术家协会"，在省内仍沿用"河北省影视家协会"的名称。当时，协会主席肖驰，秘书长李世均，会员 519 名，石家庄、保定、唐山、张家口、邢台、邯

---

① 此处数据采自《中国电影年鉴》"电影机构"栏目收录的"河北电影制片厂"简介，由戴白夜撰写。
② 1988 年摄制的《野店》被认为是河北电视剧冲出"洼地"的标志。吕振侠说："《野店》是河北电视剧创作'冲出洼地'的'首开纪录'之作，给河北的电视剧创作带来了生机和活力。"见《一道亮丽的风景——漫谈河北的电视电影》，《声屏经纬》，2005 年，第 2 期。

郸、沧州、廊坊、秦皇岛、承德 10 个市级协会作为团体会员。1997 年 4 月 19 日，河北省影视家协会第二次代表大会在石家庄河北省电影公司举行，选举新一届领导班子：协会主席吕振侠，副主席肖庆顺、高巨平、张冠君、郭法曾、范艳华、陈力；秘书长汪帆，副秘书长查岭、段振起、申晓义；肖弛、王根旺、村里、单希成为顾问；会员 567 名，增补河北省内电视台、有线台、影视中心等近 20 家单位为团体会员。

从总体来看，河北省内电影生产状况并不乐观，这是多方面原因造成的，诸如国内电影市场不景气、电影生产缺乏有效的商业运作、拍片经费不足、生产上重电视剧轻电影等都是不可忽视的影响因素。但是，无论如何，河北电影人还是用他们的智慧和辛勤的汗水创作出了可以载入电影史册的优秀作品。

第二节　《远山姐弟》《钟馗》《欢舞》

在河北省内制片中，《远山姐弟》、《钟馗》、《欢舞》分别代表了社会问题片、戏曲片、歌舞片的最高艺术水准，下面我们予以重点评述。

一、《远山姐弟》

与经济的高速发展相比，中国的教育是滞后的；和城市教育状况相比，农村教育的脚步不知要迟缓多少倍；但农村教育中最落后的应该是山村教育状况。1989 年 10 月 17 日，由共青团中央和中国青少年发展基金会发起的"希望工程"在河北涞源县桃木疙瘩村正式启动，资助农村贫困失学儿童。这是一个位于涞源东北深山山梁上的小山村，只有十几户人家。村中的张胜利是"希望工程"资助的第一个学生，他师范毕业后回到桃木疙瘩小学任教。1996 年，中央新闻纪录电影制片厂摄制了纪录片《山梁》（刘仁宽编导，赵运纯摄影），记述河北涞源县桃木疙瘩村教师丁武的工作生活情况，表现山村教师的贫困生活和无私奉献精神，引起社会强烈反响。1998年，中华慈善总会启动"烛光工程"，资助农村贫困教师。于是，河北与中国农村教育发展问题形成了某种偶然的戏剧性关联，似乎是有了这层关系的缘故，或者更多是出于一个艺术家的社会责任，河北电影人以他们的作品表达了对山村教育的关注，拍出了《远山姐弟》、《半碗村传奇》、《新年钟声》、《补天》（中国电影集团公司第一制片分公司摄制，柏蓉蓉、桂雨清编剧，河北电影制片厂马树超导演）等影片。其中以1992年摄制的《远山姐弟》影响最大。该片荣获1992年中国电影"政府奖"最佳儿童故事片奖、1992年全国"五个一工程"入选作品、1993年第五届全国儿童影片"童牛奖"优秀故事片奖、1993年第五届河北省文艺振兴奖优秀电影奖、1994年第三十一届亚广联电视剧"京都奖"。

《远山姐弟》的故事发生在一个偏远的小山村，这里贫穷、闭塞、落后，这是一个被文明遗忘的角落。人们世世代代，繁衍轮回，遵循着亘古不变的生活信条。十年前村里有一个有知识的青年，曾给这里带来了一缕文明的曙光，但是，他在接生羊羔的时候被细菌感染去世了。故事是从他留下的妻子和一双儿女讲起的。青年像一颗流星从山村上空滑过，没能照亮山民们的心，这绝望的死水甚至不能荡起半点涟漪，山民们依然只是为活着而活着。青年甚至没能在文化上、观念上影响到他的妻子，他唯一让妻子感受到的是文化给人带来的荣耀，一种满足虚荣的热闹。于是，在青年死后，这可怜的山村妇女挑起了家庭的担子，她的顽强、勤劳、含辛茹苦都是为着一个目的：把儿子旦旦培养成一个像他爹一样有文化的人，让他享受文化带来的体面和热闹，也让她获得在邻里们面前炫耀的资本。她觉得这是她一个未亡人的责任，是对死去丈夫的交代；这也成了她解不开的心结。走十几里山路，上学堂，学文化，这是她给旦旦安排的人生道路。姐姐秀秀没这么幸运，她失学在家，整日帮母亲放羊、砍柴、喂猪、做饭、送弟弟上学。在母亲的眼里，山里女人都是这样过来的，"咱山里女子能做活持家就是真本事，到哪不受气就行"。把闺女从小调教出做活持家的本领也是做母亲的责任，是为了闺女以后好。她希望女儿像自己一样，也是像山里所有女人一样，按照相沿成习、天经地义的方式生活。但是，可怜的秀秀娘想错了，事情没有按照她的逻辑发展。旦旦喜欢的是放羊、洗澡、逮蝈蝈、撩轱辘，他讨厌学习，迟到、旷课、不及格、课上捣乱成了家常饭。而没有机会进学堂的秀秀却有着强烈的求知欲，在她幼小的心灵中，已经隐隐感到只有学好文化才是改变山里女娃命运的一条出路。秀秀娘对一双儿女的期望发生了错位，望子成龙，可旦旦似乎只有成虫的希望；愿女循规蹈矩，将来做个不受气的女人，可秀秀偏想读书。旦旦一次考了 58 分，使期望值过高的母亲备受打击，感到压力的旦旦撺掇秀秀顶替他上学。弟弟不想读书，姐姐急于求知；姐弟互换，各得其所。弟弟成了自由自在的孩子王，姐姐认真好学，考了 100 分，受到老师喜爱。狗群娘的告状使顶替上学的事情穿帮，可怜的秀秀娘感到维系她生活的唯一希望破灭了，如此沉重的打击让她心力交瘁。最后，影片以一个圆满的结尾收场，秀秀的作文在省里获得一等奖给这个家庭带来了转机，解放爷在村里建起学校解决了孩子们的上学问题。

《远山姐弟》通过一对山村姐弟求学的悲喜剧，提出了农村教育中存在的男女教育机会不平等的问题。秀秀之所以失学在家，要"大的紧着小的"让弟弟上学，固然有家庭贫困方面的原因，但更主要的还是因为农村中重男轻女观念的影响。当然，影片中旦旦的小伙伴们都失学在家，唯有旦旦被母亲逼着上学，这一方面折射出村民的贫困和山区教育资源的缺乏，另一方面也反映出农村至今存在的知识无用观念的巨大影响力。山村是贫穷的，透过那昏黄的油灯、风雨剥蚀的矮小土坯房、稀疏破败的篱笆墙，我们分明感受到了这一点。但更为致命的还不是物质的贫穷，而是精神的贫瘠。村民是愚昧的，是一种拒绝知识甚至蔑视知识的愚昧。他们奚落秀秀娘送了读书的做法。追打媳妇的汉子理直气壮地说："里外一个笨鸭子，仗着识俩大字，想在家里摆邪，能有好?"村民又是聪明的，他们不让孩子上学，让他们在家里放羊、干活，不但多个帮手，不用交学费，还可以增加收入，缓解眼前的困难；但是，他们没有想到，如果没有文明的照拂，贫穷就会生根，摆脱贫穷的纠缠只能是梦想，所以，眼前的聪明只是更深层愚昧的表象而已。秀秀娘和村民们不一样，母子三人相依为命，家境并不好，但她还是勉强撑持着送子上学。可是，这不表明她比村民们对知识文化有更深刻的认识，她依然是愚昧的，虽然和知识文化扯上了关系，但实质是把知识当工具、手段、梯子的愚昧。她丈夫早逝，命运不济，最怕别人"看哈哈"，所以，她要把孩子培养出来，为这个家、为自己的命运争口气，以满足她那争强好胜的心，因为弱者更需要用特殊的方式证明自己的强大。在对待女娃的问题上，她和村民们又是一致的，女孩上学不如放羊做活，识字不如能干持家。如果说山里人苦，那么，山里的女人就更苦。女孩生来没有受教育的机会，从小帮父母，长大后在父母的安排下，走上"嫁汉嫁汉，穿衣吃饭"的老路，生儿育女、辛苦劳作；地位地下，被各种旧观念旧道德束缚着，没有争得过男女的平等，甚至没有争得过做人的资格。更为可悲的是，她们自己也认为这是山里女人的命，是不可更易的轮回。影片中，秀秀娘多次向她苦口婆心地讲述做女人的道理，如小羊羔丢失后，秀秀娘打了秀秀，然后负疚地痛哭失声："我的儿哟，娘是一片苦心呵，怕你成不了材料到了人家受人欺负……娘打小也是这样过来的……"秀秀娘的哭诉越是痛心、真诚、发自肺腑，就越让人感到可悲，母亲最大的希望就是把女儿培养成为和自己一样的"材料"，但母亲没有意识到做这"材料"是否就该是女人命中注定的呢？要知道，有平等的机会才可能有同样的成就。这种母女相传的意识熏染构成了荒诞的也是可怕的循环怪圈。荷兰著名画家埃舍尔1961年完成了一幅叫《瀑布》的石板画，从各局部看去，画里的水流不断下泻，但在透视情况下水柱又回到了起点，构成一个循环怪圈。画家对世界本质的发现是带启发性的，也让人备感世界、历史、生活的悲凉和无奈。山里孩子因物质贫困、观念落后而失去就学的机会，但没有起码的知识教育就无法摆脱精神的愚昧状态，也无法改变物质的贫困状态，这也还是一个没有起点和终点的循环怪圈。

影片中秀秀的形象非常感人，表现出人物性格的丰富复杂。她对知识有一种发自内心的渴望，虽然她没有明确意识到知识会给她带来什么，但她懵懵懂懂地感到要实现自己"不当人家媳妇"的梦想，知识是有用的。当然，解放爷在秀秀"求学"的路上给予的启蒙引导也激发了她的求知欲。幼年丧父使秀秀的心理年龄远大于她的生理年龄，她体贴懂事。虽然她自己也想上学，但还是认可母亲的做法，先紧着弟弟，默默地帮母亲烧火做饭、喂猪砍柴。她每天送弟弟上学，叮嘱他珍惜学习机会，给他准备好午饭，尽一个姐姐的责任。丢了羊羔，她主动担起责任，甘愿领受母亲的斥骂；母亲用带着针的鞋底劈头盖脸打来，她默默地忍受。当母亲发现她身上的瘢痕痛哭失声时，她反劝母亲："娘打的对，俺再不惹娘伤心了。……你再打俺，结记着把针拔下来。"当日记得奖后，她很兴奋，她偷跑出来参加颁奖，她想的最多的还是母亲和弟弟，给母亲争气，给弟弟买笔，让弟弟读书。秀秀的懂事体贴是令人震惊的，她幼小的心灵承受了过多的不平和艰难。秀秀又有着坚韧执著的个性。她不能走进学堂，但是她并没有放弃。她在放羊的过程中背拼音字母，在石板上练写字。她在艰苦的环境中坚持学习，向解放爷请教，用压岁钱买书，当弟弟提出和她交换让她顶替上学时，她虽然有过犹豫，但还是认真利用每一次走进教室的机会。她的勤奋好学为她赢得了好成绩。秀秀的表现和旦旦形成了鲜明的对比，但这样一个优秀的女孩却得不到和旦旦一样的、她本该得到的上学机会，影片引人深思之处也正在这里。

影片中旦旦、解放爷、村民群像也塑造得较有特色。与秀秀、秀秀娘相比，上述形象少了些许复杂丰富，而多了单纯、明快的特征，是类型化甚至符号化的扁平人物，而不是典型化的圆形形象。影片采用突显一点，不及其余的手法，抓住人物的主要性格特点给以浓墨重彩的描绘。旦旦自始至终是一个天真、顽皮、好动的山村男孩，影片主要描写了他贪玩和厌学这两个相互关联的特点。解放爷像影子一样在影片中不时闪现，背石头、背檩条，教秀秀学文化，帮旦旦看羊，给旦旦看病，为村里建学校，等等。如果说秀秀爹是这个山村曾经闪现过的文化象征符号，那么，解放爷就是山村即将降临的文化曙光的象征。影片多次安排村民出场，在他们与秀秀娘的交流中展现他们对"求学"、对知识和文化的态度，以揭示出他们深入骨髓的愚昧。旦旦进学堂，他们不屑、蔑视、嘲讽；旦旦考了58分，他们幸灾乐祸，冷眼旁观；秀秀顶替旦旦拿回了100分的成绩，他们又嫉妒又怀疑，或表现出深深的冷漠。虽然态度时或不同，但表现出的心理状态却是一致的，那就是他们对文化的隔膜、拒绝，甚至排斥。

影片在叙事上采用了平实单纯的结构模式，以时序贯穿情节，以立主脑、去枝蔓的手法突出主线，形成简洁明快的叙事风格。在刻画人物上，多用漫画式的夸张手法，以此突出人物的主导性格。结构的单纯和手法的夸张虽然可以收到直观的艺术效果，但是，它的弊端也非常明显，那就是使人物和事件过分依赖影片假定的叙事情境，部分地牺牲了艺术的现实生活基础，即真实性。当然，这也是一个艺术悖论，艺术源于生活但毕竟不是生活，一部作品是应该更像"戏"还是更接近生活的"原生态"对创作而言永远是个难题。此外，影片在使用细节辅助叙事方面有很多可资圈点之处，如秀秀从怀里前后两次小心掏出压岁钱和教科书，旦旦给母亲背"小羊乖乖"，村口汉子追打她的"笨蛋"媳妇，火车上秀秀捡去崩在笔堆上的核桃皮，等等。这些都是极有意味的"闲笔"，足见创作者的匠心。

二、《钟馗》

1993年，河北电影制片厂与河北电视台联手，将久负盛名的新编传统剧目《钟馗》搬上银幕，该剧由方辰编剧，河北省河北梆子剧院出演，裴艳玲主演，王文宝、刘三牛导演。1985 年 10 月，著名河北梆子表演艺术家裴艳玲率河北省河北梆子剧院一团进京演出《钟馗》，在北京掀起了"梆子热"。1986 年赴沪演出，《解放日报》以"裴艳玲，你一夜之间征服了上海"为题做了热情洋溢的报道。同年，赴香港上演《钟馗》，在港刮起"裴艳玲旋风"。《钟馗》一剧震动了梨园，同时征服了观众。1987 年，裴艳玲参演影片《人·鬼·情》，再扮钟馗，她的精湛表演借电影为更多人所熟知。清人张大复做《天下乐》传奇，剧本早已失传，百余年来，仅有其中一折《钟馗嫁妹》常被搬演。《钟馗嫁妹》是一出极为有名的歌舞戏，舞台上钟馗和五鬼的装扮、歌唱、舞蹈极为精彩热闹，使观众赏心悦目、目不暇接；同时，因钟馗在民间风俗中捉鬼大神的形象，"嫁妹"又成为一出颇受欢迎的吉祥戏。因此，很多剧团剧种把它视为娱乐观众的重头戏，经常上演。自裴艳玲以河北梆子唱响《钟馗》之后，在观众的心目中，《钟馗》与河北梆子、钟馗形象与裴艳玲已经紧密联系在一起，创造了当下"戏曲危机"时代的一个奇迹。《钟馗》一剧在拍摄过程中采用了电影、电视剧套拍的方式，戏曲艺术片和电视剧分别上演后受到观众好评，并多次获奖。1993 年，该剧获第十四届"飞天奖"戏曲电视连续剧一等奖；1994 年，获第八届全国优秀戏曲电视剧戏曲艺术片一等奖，同年获原广电部颁发"最佳观赏效果奖"，1999 年获"五个一工程"奖。

　　钟馗是古代传说中的人物，起于何时、源于何地均不可确考。就目前所知，关于钟馗的记载最早见于唐卢肇的《唐逸史》。此书云：唐开元年间，玄宗病中梦见一小鬼盗取杨贵妃之玉笛香囊。玄宗怒斥之，正欲派武士驱鬼，忽见一大鬼奔进殿来。此鬼蓬发虬髯，面目可怖，捉小鬼而啖之。玄宗大骇，忙问是谁？大鬼自称乃终南山钟馗，谓高祖武德年间，赴长安应武举不中，羞忿交加，触阶而死。高祖念其刚烈赐葬之，因此感恩于心，誓为大唐斩妖除祟。玄宗梦醒病愈，于是召画家吴道子按其梦中所见画《钟馗捉鬼图》，雕版印制，颁行天下，以祛邪魅、除妖魔。此后，供奉钟馗以驱邪禳灾的习俗在民间流传开来。钟馗故事在宋沈括《梦溪笔谈》、清乾隆刊本《唐钟馗平鬼传》等书中均有著录。

河北梆子版《钟馗》是在旧本《钟馗嫁妹》的基础上重新编写的。旧本写终南举子钟馗进京赴考，误陷鬼窟，不幸感染寒热病症，容貌变得异常丑陋。科场上文武全才的钟馗诗文冠于天下，怎奈殿试时因貌丑惊吓了君王，致使他未能及第。钟馗怨愤至极，触皇宫后宰门而死。天帝念其正直，封为驱邪斩祟将军，往来人世为民除魔。钟馗感念杜平将其殡葬，将孤苦伶仃的小妹媚儿许配杜平为妻。"嫁妹"一折即以钟馗及众小鬼备齐笙箫鼓乐，送妹成亲贯穿，故事均在念白、唱词中交代。很显然，旧本"嫁妹"是传统的抒情戏，有悲情、有怨怼，但整体基调是喜庆。经方辰新编的《钟馗》是以叙事为骨架，序幕之外安排了兄妹惜别、鬼窟毁容、殿试斥奸、金钗定亲、行路抒怀、重逢说嫁、寅夜完婚等七场戏。从题目看，七场戏均以事件贯穿，打破了旧本框架，同时也适应了目前观众以事入戏的欣赏习惯。新编本在叙事中抒情，唱词、对白多情深意切，情感分量远胜于旧本，抒情格调也变旧本的喜庆为悲壮苍凉。方辰的改编、裴艳玲的表演、河北梆子的韵律共同演绎了一个新的钟馗，充分体现了燕赵文化"慷慨悲歌"的气度，使千古传诵的钟馗成为河北梆子的钟馗，燕赵大地的钟馗。

新编《钟馗》打破了旧本"嫁妹"的整体框架，给了改编者更大的合理发挥的余地。首先，旧本中钟馗一直以"鬼"的面目出现，新本则叙述了钟馗从"俊雅奇男子"到相貌丑陋的"鬼"的转化，但是，新本很好地把握了钟馗"英雄气概、儒雅风度"的性格基调（这一性格基调在旧本开场中由小鬼念白道出），和对小妹的体贴怜惜之情，此可谓不变中求变，变是为了更好地表现不变。其次，新本对旧本中隐约道出的情节以时间为序作了重新安排，并且作了大量修改、增补。例如，误入鬼窟得疾毁容一节，改为为搭救被小鬼纠缠的乡贤、病弱的杜平而被小鬼恶意毁容，钟馗一身正气、救危扶困的性格得到很好表现。殿试中因貌丑惊君一节，改为朝中太师杨国松协同殿头官徇私舞弊，将其亲眷常风点为状元，钟馗因此落第。这一改动一方面直斥当政者之昏聩，另一方面为钟馗触柱身亡打下了基础，他怒斥权奸，悲愤而亡，充分展示了他性情之正直刚烈、疾恶如仇。金钗定亲一节中，杜平收尸的展开、杨国松刨坟的增补，则把杜平的忠厚仁义及钟馗斩除人间妖孽的英雄气魄、慷慨决心表现得淋漓尽致。"金钗定亲"、"行路抒怀"、"重逢说嫁"三场的铺叙，改变了旧本突兀嫁妹的弊端，使情节发展显得和缓而又入情入理。此三场与第一场"兄妹惜别"配合，展示了钟馗性格中柔美的一面。钟馗与小妹梅英相依为命，临别前二人相互叮咛，哥哥以才高自负，胸怀凌云之志，有着强烈的高中预期，嘱咐妹妹在家谨慎小心；妹妹知道哥哥性情刚烈，在她看来，中与不中并不重要，只盼哥哥能够平安归来，兄妹情谊可谓深厚。钟馗由人变"鬼"，与小妹阴阳相隔，那满腹牵挂让他急于把小妹托于忠厚仁义的杜平；钟馗深夜回家嫁妹，物是人非，不禁清然泪下，想到自己貌丑又恐惊吓到小妹，"来到家门前，门庭多清冷。有心把门叫，又恐妹受惊。未语泪先淌啊，暗呀暗吞声！"最后送妹出嫁，也就意味着从此永诀，悲欢交集，那一连三声笑包含着几多辛酸无奈。一个多情、体贴、有情有义的钟馗着实令人感动。在旧本"嫁妹"中，兄妹情谊的展开本来就比较充分，方辰的新编本实际上是在此之外又展开突出了钟馗的故事，把一个捉鬼英雄的性格描画给我们看。方辰对兄妹情谊这条线所作的增补修饰，既补了原作的不足，同时又使情感分量大为增强，补苴疏漏，锦上添花，确实显出了作者的功力。

中国传统艺术（小说、戏曲）在人物塑造上大多遵循单纯明朗的美学原则，人物性格特点集中、单一。但是，钟馗的性格显然溢出了这一传统美学规范，而呈现出显著的复合形态。他亦人亦鬼，亦丑亦美，既有阳刚之气又有款款深情。他做人，以才学自负但命运多舛，热衷功名最后又因权奸舞弊而落第，心地善良救人危难但又疾恶如仇敢做不平之鸣，落第之辱使他羞愤交加，刚烈秉性令他触柱身亡。这是一个活脱脱有着强悍生命力的人。他做鬼，对妖祟邪恶欲剪除净尽，以存正声于民间，而对阳世的妹妹则怜惜体贴，有情有义，用浩大场面送妹出嫁以了却心愿。这又是一个可亲可敬有着真性情的鬼。钟馗达到了做人与做鬼的一致，做人光明磊落，做鬼亦无愧于心，比人世间那些空有人的躯壳但却行如鬼魅者不知要高出多少倍！钟馗内心的美与外表的丑，其外表先前的美与毁容后的丑都形成了巨大的审美落差。美丑同体的人物形象在中外艺术史上并不多见，成功者更是寥寥，以《巴黎圣母院》中的卡西莫多声名最著。中国传统戏曲中，包拯、徐九经都是此类形象，钟馗也是其中之一，他们身上体现出的民族精神、反映出的民族审美趣味，使这类形象深得观众喜爱。钟馗美时有美好的心灵，钟馗丑时仍有美好的心灵，内心之美成了跨越外表美丑的桥梁。钟馗做人做鬼都有他阳刚的一面也有柔美的一面，《钟馗》一剧其实有两个高潮：人的钟馗触柱而亡，把他的刚烈性格通过与人间鬼魅的斗争发挥到了极致；鬼的钟馗率众鬼卒嫁妹，把他的柔美情性通过与人间亲人的永诀表现到无以复加。总之，钟馗身上刚与柔的结合融洽、完美，令人叹服。

当然，《钟馗》一剧的成功很大程度上依赖裴艳玲的精彩演绎。唱念做打舞，手眼身法步这些技艺，对她而言自不在话下；而她对人物的悟性、她的艺术素养、她的情感投入，更是其他演员无法比拟的。最后嫁妹一场，令无数观众为之倾倒、动容。身穿大红官袍，头戴桃翅纱帽，阔脸剑眉，环眼圆睁，虬髯荡起的钟馗，于冥界呼风唤雨、斩妖除魔，英雄盖世的钟馗，深陷在复杂的情感和处境中。裴艳玲将此时钟馗的情感状态演绎得如泣如诉、丝丝入扣，夺人魂魄。难怪有观众作文说："本来是一副狰狞面目，一个斩鬼无情的冥界鬼王，在这个设身处地的情景里，一举手一抬足都被裴艳玲演绎得透着细腻的柔情与哀婉的情殇。……正是这样，一个令你喜爱和同情的钟馗出现了，他不像是来自地狱，而像是从天而降，不，他从裴艳玲的生命深处飘然而至——换言之，裴艳玲的精湛表演，创造了一个绝代的钟馗。"①

三、《欢舞》

1999年，沉寂了三年之久的河北电影制片厂斥资300万元，重新开机制片，这次他们拍摄了新颖好看的《欢舞》。鉴于当时国产电影市场低迷徘徊的情况，《欢舞》投拍前经过了审慎的论证。编剧查岭后来回忆说："在今天严峻的形势下，要搞一部成功的亦即吸引人的、有人看的电影，就必须出新创新，别出心裁，独具特色。"②查岭所谓的创新，首先在题材，影片描写的是舞校学生生活，使影片充满青春的气息，富于艺术感、现代感；其次在形式，创作者将《欢舞》定位在"歌舞片"，这既符合舞校学生生活的实情，也显现出创作者敏锐的市场眼光和艺术创新的魄力。在国产片中，自20世纪80年代《摇滚青年》热映之后，就再没有真正意义的歌舞片出现，因此，对观众而言，以载歌载舞的形式讲述一个追寻自我的青春故事极富新鲜感。经过多层次、多渠道、大范围的商业推广，影片《欢舞》上映后，观众反响热烈，受到影评人及业界专家的肯定。在1999年度中国电影政府奖——"华表奖"的评选中，影片一举获得优秀少年儿童片奖、评委会导演奖（陈力）、表演新人奖（黄格选）、优秀女配角奖（陈瑾）四个奖项，成为当年华表奖评选中非常突出的一部作品。

《欢舞》讲述的故事并不复杂。男主人公胡小言生长在偏僻的江南农村，一次偶然的机会，一个歌舞团来此地演出，他被演出中那优美的舞姿、欢快的节奏所深深吸引。临别，他对领舞的戴芸芸说："长大了，我要跟你一起跳舞！"戴芸芸成了他心中的偶像，"与她共舞"成了他不懈的追求和梦想。但是，当胡小言经过七年的舞校磨炼，即将代表学校

---

① 张立勤：《河北梆子名家裴艳玲》，《光明日报》，2004年12月13日。
② 查岭：《与青春共舞——我写电影'欢舞'》，《大众电影》，2000年，第2期。

参加国际大赛的时候，他却发现当年的舞后戴芸芸已经放弃了舞蹈生涯，改去歌厅唱歌了。他感到痛苦、失落、迷茫，以至于在参赛舞蹈"花"的排练中屡次失误。他的舞伴、单纯的肖逍真诚地帮助他，希望把戴芸芸拉回舞池。两个孩子的努力无法改变残酷的现实，当胡小言找到戴芸芸想要问个明白时，她说："舞蹈对任何人来说只有短短的那么几年，我跳不了了，我就可以去唱歌，去做任何想做的事情。"她又说："你真是个傻孩子。……即便我还在跳舞，也未必能和你跳，我是舞后，你是什么？到那时候你怎么办？"戴芸芸揭开了一个舞者生存境遇的尴尬，胡小言的偶像倒掉了。但是，受到刺激的胡小言高喊着做一个舞王，陷入痛苦复杂情绪中的他把生命的力发泄到舞蹈中。同时，他到街上教舞赚钱，因为他觉得七年来他上学的钱肯定是戴芸芸资助的，他要还给她。但是，他最终发现一直默默支持他的是当年的舞王现在的张汀老师。当年，张汀因为意外受伤而退出国际大赛，成为终生遗憾；但是他没有放弃，把自己的热情转移到舞蹈教育上来，培养朝气蓬勃的年轻舞者。张汀"花落自有花开日，蓄芳待来年"的一席话让胡小言真正领悟了生命和舞蹈的本质。影片在叙事过程中穿插了大量歌、舞场景，占整个影片三分之一以上的篇幅，这些场景或为人物的活动背景，或辅助叙事，或集中表现人物情绪，在气氛营造、情绪传达、画面结构上与叙事相互配合，成为既是形式又具表意功能的电影元素。

创作者把《欢舞》定位为"青春歌舞片"，这主要是基于市场营销的考虑。看完影片的观众也自有他们的把握，关注了简洁流畅的叙事者说它是故事片，欣赏了热情洋溢的歌舞者说它是歌舞片，共鸣于青春的失落与寻找者说它是青春片，勾起了同年、少年往事的观众说它是儿童片，狂热天真的追星族则说它是偶像片。这种言人人殊的情况，一方面说明观众趣味的多元，另一方面也强有力地证明影片内涵的多义性，不同的视角总会有不同的发现，这是影片的成功之处。对影片的总体定位众口不一，对影片主题的解读同样各有卓见。导演陈力说："《欢舞》讲的又正是一个圆梦的故事。"①批评家王万举说："《欢舞》是一部关于青少年成长和讴歌青春的作品。"② 影视评论家戴白夜说："这是一个偶像的失落与回归、教育者与受教育者双向发现和寻找的故事，显示了我国在社会转型期的大背景下价值观、道德、艺术观的缤纷万状和妍媸美丑，隐隐传达出一个社会性的多元思考，它的思想、道德指向是健康积极的；同时，它还涵盖着艺术与生活、艺术与金钱、规范与教条、创新与守旧……的交错与抵牾。"③诗人向东说《欢舞》是"童年的馈赠，这一切全来自童年的馈赠"④。专家们从各自的视角出发，对影片主旨作了极富洞见的阐释，但是，对一件艺术品的解读是没有止境的，它是阐释者与文本不断对话的过程，每一次对话总会有新的发现，因此，每一种说法也就不会是最终真理。我们认为，《欢舞》是一部关于自我追寻的电影，影片主题歌《相信自我》正好从侧面印证了这一点。

"自我"是"五四"以来人文领域使用频率较高的一个词汇。我们对"追求自我"、"实现自我"这些说法都不陌生，这里的"自我"似乎成了一个实体性目标，能到达、能实现。实际上，人的内心并不存在一个本质"自我"，"自我"一词在使用上仅仅限于勾勒出一种人生的发展框架，或者说它是人生过程中的一种规划方式。按照"自己认定"的方式或道路去规划人生，然后努力地去追求或实现所规划的目标，就是"追求自我"或"实现自我"；因此，自我追寻的目标可以看成自我的本质内容。那么，童年的胡小言要追寻的自我就是成为一个能够和戴芸芸跳舞的人，这是一种偶像型自我，在人没有获得对社会更全面更本质的认识前，偶像自我会成为人成长的单纯而强大的动力。当胡小言经过追寻与磨炼逐渐接近偶像的时候，偶像的神圣性其实已经在消解；影片中戴芸芸弃舞从歌，最后向胡小言真诚道出舞者生存的尴尬，一方面帮助

① 陈力：《请让我邀你们共舞》，《河北日报》，2000年7月7日。
② 王万举：《生长的律动——评歌舞影片〈欢舞〉》，《燕赵都市报》，2000年7月6日。
③ 戴白夜：《复合的审美愉悦——我看〈欢舞〉》，《燕赵都市报》，2000年7月6日。
④ 刘向东：《童年的馈赠——我看电影〈欢舞〉》，《燕赵都市报》，2000年7月6日。

他破除了心中的偶像，另一方面也向他揭开了他全力追求的人生目标的真相：即使是一个成功的舞者，他的艺术青春也没有几年，这好像是当你正在奋力爬坡时，有人告诉你即使爬到了坡顶，但再走几步前面就没路了，你必须再选择其他的路走。这是残酷的事实。还可以有另外一种假设，如果戴芸芸没有放弃跳舞，胡小言最终实现了和偶像跳舞的梦想，那么，他的偶像型自我也会因为过于接近、了解心中的偶像而倒掉。影片通过戴芸芸自己破除了胡小言对她的偶像性想象，但对胡小言来讲，打击是沉重的，事实上，在人的成长过程中，偶像的倒掉是长大的标志，因为偶像不可能永远作为自我追寻的实质内容。胡小言此时的痛苦、失落、极度的不适对于一个孩子的成长具有普适性，这是青春期"断乳"带来的必然症候。我们可以佩服张汀坚持舞蹈的勇气，但我们却绝不可谴责戴芸芸选择的自由，因为她没有义务，自己也没有主动要求承担引路人或教育者的责任，同时，她像胡小言一样有自我选择的天经地义的权利。戴芸芸向胡小言说明"自己'只'和舞王跳舞"，我们不认为是对他的讽刺、贬低；相反，这是戴芸芸善意的反向激励。此时张汀对胡小言的引导显得极为重要，张汀知道现在的自己和戴芸芸就是明天的胡小言和肖道，但是，他还是以自己对生命的理解主动做了胡小言的引路人。影片以快速的画面剪接展示了花开花落的过程，人的生命如"花"，哪怕追求怒放的一瞬也是美的，即使花落了，但"花落自有花开日，蓄芳待来年"，这就是张汀对生命的理解，也是他创作舞蹈"花"的灵感，当然也是他为胡小言找到新的自我。最后，胡小言以他热烈奔放的舞姿诠释着自己对生命的理解，他的青春在怒放，他的生命在开花，这不是对戴芸芸弃他而去、话语相激的怨怒的释放，这是生命的升华。胡小言找到了生命自我，他真正长大了。从这一点看，《欢舞》也可以说是关于成长的电影，上述王万举先生的论断显然切中肯綮，卓尔不群。

《欢舞》的成功在于其思想性和娱乐性的兼容并蓄。思想性来自于故事，娱乐性则来自于歌舞。戴白夜先生论及二者时以"复合的审美愉悦"来概括，他说："《欢舞》的思想内涵正是通过舞蹈的语汇来诠释生活和人生呈现出特定形式的思考，使观众在轻松而沉重、沉重而轻松的两种情绪的辨证交融中思索升华、净化灵魂。《欢舞》娱目、悦耳、骋怀，绝非浅薄、玩闹之作。"[1]以"娱目、悦耳、骋怀"三词概括影片，慧心慧眼，精到体贴。影片的"欢歌劲舞""娱目、悦耳"之至，产生了强大的视听冲击力和情绪感染力。在学校排练场、在喷泉广场、在黄浦江边、在街头、在工地、在剧场，都有舞者的身影；独舞、双人舞、群舞、芭蕾、爵士、街舞、民族舞，形式各异，魅力纷呈，充满了高扬生命的激情。戴娆、黄格选的倾情演唱，主题歌《相信自我》的旋律与故事、歌舞浑然一体，共同营构出影片明快、亮丽的风格。

《欢舞》受到观众的欢迎，这首先得力于影片的思想、艺术品质。另外，影片成功的市场营销也是不可忽视的因素，制作前、中、后期均有全方位的媒体跟进，放映中的海报张贴、主创人员与观众的见面会、赠票活动、放映到一定阶段的影评有奖征文活动等都收到了很好的宣传效果，这是河北电影生产中以前不曾有过，而以后应当着力发扬的经验。

总之，好看的《欢舞》是河北电影史上第一部歌舞片，同时也是中国电影史上不可多得的歌舞片佳作。

---

① 戴白夜：《复合的审美愉悦——我看〈欢舞〉》，《燕赵都市报》，2000 年 7 月 6 日。

第五章　河北当代戏剧概述

河北戏剧新文学自"五四"运动前后发展至今，走过了近百年历程。新中国成立之前，河北戏剧大致可分为两个阶段：从1919年的"五四"运动到1937年的抗日战争爆发，戏剧界追求科学与民主的反帝反封建主题，可称启蒙新潮阶段；从1937年抗日战争爆发到1949年新中国成立，戏剧界经历了抗日战争与解放战争，可称战争洗礼阶段。启蒙新潮阶段，河北重要的戏剧现象有天津"南开新剧团"的兴起、"定县农民戏剧实验"、评剧的诞生、河北梆子的时装戏高潮等。南开剧社的兴起和定州农民戏剧试验标志中国话剧的产生与发展，评剧的诞生和河北梆子的时装化显示着古老的戏曲艺术的现代化，它们都在述说着戏剧艺术的现代性质。战争洗礼阶段，河北戏剧在连天的抗日烽火中获得大发展。抗战时期，晋察冀、晋冀鲁豫、冀察热辽的部队、人民政府与群众团体建立众多的剧社和文工团，大型演出团体便有40余个。其中属部队系统的便有30个，戏剧工作者不少来自外地；地方社团中，有来自延安的西北战地服务团、抗大总校文工团、抗大二分校文工团、华北联大文工团、战线剧社，还有来自西安的东北战地服务团等。从某种意义上说，战争年代的河北集结了全国范围的戏剧工作者，如丁玲、李伯钊、陈明、崔嵬、丁里、胡苏、邵子南、康濯、秦兆阳、方冰、韩塞、牧虹、玛金、王林、王炎、梁斌、刘萧芜、申伸、刘佳、胡可、杜烽、傅铎、贾克、洛丁、田野、鲁易、陈乔、凌子风、沈定华、莫邪、李树楷、王血波、胡丹沸、邢野、羽山、古立高、王久晨、王黎、朱星南、胡朋、胡海珠、管桦、张学新、巩廓如、胡奇、洪荒、郭维、张庆田、毛茂椿、李一晟、吕班、苗培时、史若虚……群贤毕至，少长咸集，是河北戏剧史上作家队伍最壮观的时期。从作品看，由于战争的匆忙，虽然数量巨大的作品中称得上精品的还不多，但也有些名垂青史，如话剧《子弟兵和老百姓》、《把眼光放远一点》、《李国瑞》、《红旗歌》，歌剧《白毛女》、《王秀鸾》等。启蒙新潮和战争洗礼阶段的戏剧创作，成为当代河北戏剧发展的强大基础。正是在这个基础上，当代河北戏剧蓬勃发展起来。

第一节　"十七年"河北戏剧的繁荣局面

新中国成立后，云集在河北的各演出社团，除少数留守外（如冀中群众剧社与冀南文工团合并为河北省文工团等），大都离开河北，剧作家们也纷纷赴京、津、解放军部队，河北剧作家队伍锐减。但是，战争时期的戏剧传统却完好地保留下来，更何况，离开河北的剧作家们，不少人仍以河北的战争生活为题材进行创作，与曾经战斗过的土地保持着密切的联系。新中国成立后，戏剧专业团体又雨后春笋般成长起来，话剧和歌剧团体向正规化、专业化发展，戏曲团体在全省遍地开花，不仅繁荣了演出，而且促进了创作，一批批年轻的剧作家成长起来，"十七年"间成长起来的剧作家有魏连珍、郭汉城、王昌言、鲁速、李刚、王焕亭、周孝武、于雁军、毛达志、刘谷、于英、尚羡志、张仲朋、东娃、高华民等。"十七年"河北戏剧，虽然多有曲折，但仍成绩斐然。

一、1949～1956 年河北戏剧蓬勃发展

在话剧和歌剧方面，新中国成立初期，文工团走上专业化、正规化，先后组建河北省话剧院、河北省承德话剧团、河北省歌舞剧院等专业剧团，群众业余戏剧活动也非常活跃。这些，都为话剧与歌剧创作提供了保证。

新中国河北话剧的开山之作是魏连珍的《不是蝉》（1949 年 11

月），通过一位落后工人的转变，揭示了劳动人民"不是蝉"，也不应该做蝉的道理，这是新中国第一部反映工人生活的话剧。稍后，天津码头工人又集体创作了《六号门》。新中国成立初期，反映革命历史斗争的剧作仍占较大分量，如话剧《冲破黎明前的黑暗》（傅铎）、《游击队长》（邢野）、《为和平幸福而战》（杜烽）、《英雄的阵地》（胡可）等。《冲破黎明前的黑暗》反映冀中抗日军民进行的反扫荡斗争。它是傅铎的代表作之一，又是新中国成立初期话剧创作的重要收获。反映抗美援朝的作品有话剧《保卫和平》（宋之的）、《战线南移》（胡可）、《英雄万岁》（杜烽），歌剧《打击侵略者》（宋之的等编剧，沈亚威等作曲）、《地雷大搬家》（胡可、王敏等编剧，王莘作曲）等。《保卫和平》写志愿军某部副团长崔恺带领战士奇袭白虎团的故事，后来出现的电影《奇袭》、京剧《奇袭白虎团》都受其影响。《英雄万岁》是杜烽新中国成立后的代表作，此剧酝酿时间较长（1958年才问世），由北京人艺演出，获得极大成功。反映农村新貌的作品有话剧《春暖花开》（胡丹沸）、《渠水长流花盛开》（王乃和）、《处处是春天》（王飞）等，后两剧参加第一届全国话剧观摩会演，均获剧本奖与演出奖。

在戏曲方面，新中国成立之初，主要演出稍加整理的传统剧目。后经三改（改制、改戏、改人），戏曲走上健康发展之路。据有关部门统计，1957年河北省有国营剧团16个，约1000人，民营剧团210个，12 617人，合计13 600余名从业者。除河北梆子、评剧、京剧、晋剧、豫剧外，具有专业剧团的剧种还有老调、丝弦、武安平调、武安落子、乱弹、哈哈腔、四股弦、秧歌、泽州调、二夹弦、越调等，在农村还有半专业或业余的小剧种笛子调、横歧调、怀调、唢呐腔、落子腔、北调、二八调、诗赋弦、罗罗腔、太平调等。唐山皮影戏后来（1959年）也发展成为"改影人为真人"的唐剧。

1954年8月举行河北省第一届戏曲会演，获奖的优秀剧目有京剧《火焰山》（沙立改编）、晋剧《仙锅记》（郭汉城、翟翼改编）、武安落子《借髢髢》(孙富琴、王昌言、李庆番、沙立整理)、丝弦《金铃记》(石家庄市丝弦剧团集体整理，章林谷执笔)、武安平调《两狼山》(王昌言、李庆番整理)以及豫剧现代戏《桃李同春》(李刚、王焕亭、周孝武编剧)、武安落子《锁不住的人》(于雁军编剧)等。1955 年 8 月，全省开展"排演好戏"运动，出现不少"好戏"，除上述获奖剧目外，还有评剧《唐小烟》(贾华含、任桂林编剧)、《山村女儿》(王昌言编剧)、《姜彩莲》(康宁、祁铭鉴编剧)，晋剧《蝶双飞》(郭汉城编剧)、《清风亭》(杨丹卿整理)、《百花亭》(杨丹卿、蒋伯骥整理)，豫剧《唐知县审诰命》(刘正平改编)、《卷席筒》(周孝武、王焕亭改编)、《天波楼》(王焕亭编剧)，京剧《花木兰》(林岩编剧)，老调《调寇》(周福才整理)，武安落子《高山流水》(于雁军编剧)，平调《碧血丹心》(李逸生、姚云玲编剧)，丝弦《小二姐做梦》(河北戏曲审定委员会整理)等。其中，《山村女儿》、《唐知县审诰命》、《金铃记》、《仙锅记》(又名《张羽煮海》)、《调寇》、《两狼山》、《借髢髢》等成为当时流行剧目。这些作品或歌颂坚强的民族气节和报国精神，或赞扬不畏强暴的反抗精神，或表现对自由爱情的追求，内蕴一种燕赵风骨。

此期作品的缺陷是：整理改编多于创作，传统戏多于现代戏。为数不多的现代戏如《山村儿女》、《唐小烟》、《姜彩莲》、《高山流水》、《桃李同春》等，影响远不及传统剧目。

二、1957~1966 年河北戏剧在曲折发展中 走上繁荣

"大跃进"时期及 60 年代中期的"左"倾文艺思潮，严重影响了河北戏剧的发展。但是，从全国看，50 年代末的 10 年大庆与 60 年代初的文艺调整，激励了剧作家的积极性。从河北看，1957 年成立河北省戏曲研究室、河北省歌舞剧团(1960 年扩建成剧院)，1958 年成立河北文化学院(设戏剧文学班与话剧表演班)，1959 年成立河北省青年跃

进梆子剧院，1960年建河北京昆剧团、河北话剧团扩为剧院，1964年成立河北省文化局剧本创作室……这一切都促进了河北戏剧事业的发展，尽管其经历曲折，却也走向繁荣。各剧种都创作出声蜚全国的精品。

首先是戏曲。为振兴河北梆子，1959年河北省文化局在全省选调优秀人才，组建了河北梆子剧院，并聘任荀慧生、李桂春为正、副院长。《宝莲灯》系该院成立后献上的力作。编剧王昌言（1925～ ），河北省邢台市人，长期在河北省梆子剧院从事编剧工作。其作品有《打柴得宝》、《山村儿女》、《宝莲灯》、《哪吒闹海》、《反杞城》、《八仙过海》等。《宝莲灯》是其代表作，系在河北梆子传统剧目《劈山救母》基础上参照舞剧《宝莲灯》改编创作而成。它描写华山圣母以宝莲灯驱邪恶、救生灵，同刘彦昌结为夫妻，生子沉香。圣母兄二郎神设计盗走宝莲灯，并将圣母压在华山下。15年后，沉香劈山救母，合家团聚。剧本歌颂了圣母和沉香追求自由、不畏强暴的反抗精神，艺术上结构严谨，充满诗意与浪漫精神。不仅是河北，而且是中国当代戏曲史上的重要收获。影响所及，河北省河北梆子剧团由1957年的21个，增加到1961年的30个，再到1966年的37个。优秀剧目还有林岩、王昌言、王正西、王大川改编的《窦娥冤》，张特、王昌言整理改编的《蝴蝶杯》等。石家庄市丝弦剧团创作演出了声蜚全国的《空印盒》。此剧系毛达志根据《何文秀私访》改编，写明代巡抚何文秀赴杭私访，设计铲除赃官陈坚，失印得印的故事，故事曲折，构思巧妙。此剧曾在中南海演出，受到朱德、周恩来、陈云、邓小平等接见，周总理还题词鼓励。毛达志（1920～ ），贵州省余庆县人，1948年来河北，长期从事戏曲创作和研究工作，其作品除《空印盒》外，还有丝弦《赶女婿》、《白罗衫》、《扯伞》和《水库颂》（现代戏），京剧现代戏《桥头镇》、《严峻的考验》、《战洪图》等。《白罗衫》、《赶女婿》亦是在河北有影响的名剧。尧山壁的小型现代戏《轰鸡》也是优秀之作。老调的名作是刘谷、方峥创作的《潘杨讼》，此剧以老调《下边庭》、《调寇》、《审潘》为基础，吸收河北梆子《掰箭会》及京剧、川剧有关剧目情节改编而成。此剧以潘、杨两家矛盾为主线，又有潘氏父子勾结辽兵、寇准暗设巧计等穿插其中，情节起伏跌宕、矛盾激烈尖锐，演出一幕忠君与叛君、爱国与卖国的悲喜剧。此剧在北京公演并进中南海演出，反响甚是强烈。刘谷（1928～　），四川省自贡市人，1947年入晋察冀边区华北联大学习，之后长期在河北工作。他创作的剧本除《潘杨讼》外，影响较大的还有老调《宋江嫁妹》、京剧《水乡游击队》和话剧《八九雁来》等。评剧优秀剧目有《红龙仙子》（唐山专区评剧团集体创作，陈效影、岳海峰执笔）、《母子两代英雄》（李冰、金宝山、马洪林编剧）、《当家人》（刘泽明编剧）等，仍以现代题材见长。各地方剧种都产生了影响一时的作品，如武安落子《端花》（章羽整理）、哈哈腔《小王打鸟》（曹子祥整理）、西调《海瑞告状》（王文德整理）、乱弹《王怀女》（威县乱弹剧团集体改编，王西平、王文德执笔），刚刚产生不久的唐剧，也创作了现代戏《红云崖》（尚梦侨改编）等。

京剧出现的优秀剧目有《节振国》（唐山京剧团集体创作，于英执笔）、《八一风暴》（张家口京剧团集体改编）、《战洪图》（李庆番改编）、《桥头镇》（毛达志、尚羡志等改编）、《火焰千里》（张家口京剧团集体创作，范凡执笔）、《六号门》（天津市京剧团集体改编）等。《节振国》编剧于英，1925年生，四川新都县人，1947年来冀东，历任唐山京剧团副团长、文化局副局长、文联副主席等职，主要作品有京剧《节振国》、《飞夺泸定桥》，唐剧《迎风飞燕》等。《节振国》取材于抗日英雄节振国的史实与传说，写节振国领导开滦煤矿赵各庄矿工人罢工，在地下党组织的领导下进行机智勇敢的斗争，走上武装革命的道路。此剧参加1964年全国京剧现代戏会演，获得好评，成为京剧演现代戏的重要收获。上述剧作表明，在表现现代生活上，京剧已跃居领先地位。豫剧作为外来剧种，也在河北生根开花，优秀剧作如《抬花轿》（赵路改编）、《虎符》（翟冀、周孝武、刘志轩改编）、《花打朝》（周孝武、赵鑫亭改编）等。

其次是话剧和歌剧。此期话剧与歌剧的创作，数量不算丰盛，却不乏精品。话剧《红旗谱》（河北话剧院集体改编，鲁速、尢克、村里执笔）、《战洪图》（鲁速编剧）、《青松岭》（张仲朋编剧）、《槐树庄》（胡可编剧）、《当家人》（刘泽明编剧），歌剧《园林好》（东娃、肖杰编剧）等，不仅是河北名剧，而且跻身全国优秀剧作之列。此间，著名编剧、演员鲁速作出了重大贡献。鲁速（1926～1977年），河北藁城人，1946年2月入冀南艺术学校学习，1949年入河北省文工团，后改话剧团、话剧院，历任副团长、副院长。他改编、创作（与人合作）的话剧有《红旗谱》、《红岩》、《东方红》、《战洪图》等。《红旗谱》根据梁斌同名小说改编，全剧以朱、严两家与冯兰池的矛盾为主线，以"反割头税斗争"为主要事件，反映了冀中平原农民反抗地主阶级的革命斗争，塑造了农民英雄朱老忠的形象。《战洪图》则以1963年秋河北人民的抗洪斗争为素材，塑造了丁震洪等英雄形象，展示了燕赵儿女同洪水斗争的英雄气概和勇于牺牲的高尚气节。作品不仅表现河北人民现实的斗争精神，而且开掘出燕赵慷慨悲歌的地域文化性格，二者的结合使作品具有厚重感。《青松岭》的编剧张仲朋（1931～　　），河北乐亭县人，自1949年从事文艺工作以来，长期从事编剧工作，代表作有话剧《火花社的竞赛》、《青松岭》，电影剧本《青松岭》，广播剧《橛柄成亲》、《李小娥分家》等。话剧《青松岭》通过发生在冀北山区青松岭大队一场争夺赶车权的斗争，反映了60年代中期的农村生活现实。剧作的成功在于以扣人心弦的故事情节、个性化的人物语言塑造了张万有、钱广等农民形象，至今仍为人们记忆犹新。胡可虽离开河北，却以建设时期的戎冠秀为原型，创作了为国庆十周年献礼的大型话剧《槐树庄》。剧本反映了华北农村从土改到公社化的生活历程，表现出各种人物的思想情感和心理活动。尤其是主人公郭大娘的形象，血肉丰满，栩栩如生，作为中国农村新型妇女的典型，在话剧创作中尚不多见。

上述作品标志着河北戏剧的繁荣和成熟。戏曲《宝莲灯》、《空印盒》、《潘杨讼》、《节振国》、《八一风暴》、《六号门》，话剧《红旗谱》、《槐树庄》、《战洪图》、《青松岭》等，是河北戏剧精品，并名垂中国当代戏剧史。然而，也不得不指出"左"倾文艺思潮对河北戏剧创作的影响，尤其是现代题材的作品。例如，《槐树庄》明显带有意念化痕迹，在对"反右"、公社化的认识上，显然有当时流行的"左"的偏颇。创作于1964年的《青松岭》，"左"的倾向更为明显，其构思框架便是"以阶级斗争为纲"。自然，这都是时代的局限。

第二节　新时期河北戏剧的全面振兴

在新时期，在"文化大革命"期间凋落的河北戏剧之花，得以重新开放。河北省委提出要振兴戏剧，戏剧创作走向全面繁荣。作家队伍不断扩大，除了"十七年"间健在的老作家，新时期又出现了孙德民、赵德平、白良、曹涌波、杜忠、赵恩舫、陈家和、方辰、姬君超等一批新人。话剧、戏曲、歌剧竞相争艳，正如严阵一首诗所写的："凡是能开的花全在开放，凡是能唱的鸟全在歌唱。"

一、振兴戏曲

首先是振兴河北梆子。河北省委提出把河北梆子作为"振兴家乡戏"的重点，省文化厅成立振兴河北梆子领导小组，京、津、冀戏剧界联合召开河北梆子研讨会，河北亦召开座谈会，并设奖励，搞会演，种种措施促进着该剧种的繁荣。河北梆子的辉煌是同裴艳玲的名字连在一起的。裴艳玲才华卓异，唱做俱佳，不仅红遍全省、全国，而且声蜚海外，被称为"超国际水平"的"国宝"级艺术家。她的表演自然需有剧本支撑，演出的名剧《钟馗》、《哪吒》便是优秀的文学剧本。《哪吒》

系方辰、王昌言、李冰根据《封神演义》有关章节和动画片《哪吒闹海》改编，表现了哪吒为民除害、斗龙王、献肉身的反抗意志和牺牲精神。《钟馗》剧系方辰根据《天下乐》传奇和京剧、昆曲的《钟馗嫁妹》改编，写钟馗考场受辱，愤而自杀，天帝封其为提鬼大神，他完成嫁妹夙愿，然后走马上任。全剧生净轮换、文武兼具，很适应裴艳玲多才多艺的特点。此外，较优秀的剧目还有《反杞城》（王昌言改编）、《南北和》（高华民改编）、《朱元璋斩婿》（许凤锦编剧）、《易水寨》（孙鸿鹄编剧）、《落花情》（崔砚君编剧）、《双错遗恨》（尚羡志改编）、《兰陵王》（戴晓彤编剧）、《尧天舜日》（冯思德编剧）、《包公卖铡》（高华印、冯子章、李双旭、孙华编剧）、《大都名伶》（王仲德编剧）、《布衣歌》（陈幼军编剧）等。姬君超的《美获亚》还进行了用河北梆子演西方戏剧的尝试，此剧根据古希腊欧里庇德斯的同名话剧改编，写美获亚的爱情悲剧。1993年该剧赴意大利、法国、圣马利诺演出，获得极大成功。这种尝试，显示了河北梆子剧种的丰富表现力。河北梆子还编演了不少现代戏，如《江姐》（河北省河北梆子剧院小百灵艺术团）、《春草秋花》（河北省河北梆子剧院）、《小镇风流》（河北省艺校）、《淘气儿》（平山县河北梆子剧团）、《定婚花环》（保定市河北梆子剧团）、《他俩和她俩》（黄骅县河北梆子剧团）、《贩瓜种》和《瘸腿舞星》（以上二剧均为泊头市河北梆子剧团创作）等，但影响较小。

其次是振兴评剧。河北评剧的振兴首先要提到赵德平和他的大厂回族县评剧团。赵德平（1945～　 ），河北大厂回族自治县人，曾任大厂县评剧团团长兼编剧，现为中国剧协理事，河北省剧协副主席。1983年，他创作的《嫁不出去的姑娘》在省戏剧调演中一炮打响。该剧塑造了一个自恃貌美、在择偶中大要彩礼、朝秦暮楚的"高价姑娘"李彩凤的形象。剧本现实针对性强，艺术上也有新的追求。1987年3月，他率团自创剧目《啼笑皆非》、《罪人》、《男妇女主任》三戏赴京演出，获好评。他还创作有《私生活》、《野种》、《大门里的媳妇》等。《男妇女主任》和《大门里的媳妇》获全国汇演剧本一等奖。《水墙》是他的又一力作，剧本写春阳县县长周国良的错误决策，酿成特大水患，激起干群间的矛盾冲突，周县长坦诚地承认错误，赴现场抢险，付出儿子牺牲的代价，终获群众的理解。"水墙"成为干群关系对立与融洽的象征。艺术上采用全暴露的开放式舞台，在舞台前端，一级级台阶把观众与演员联系在一起，观众席紧靠着舞蹈表演区，使观众与演员融为一体。表演中还增加具有象征意味的大型舞蹈，创造新的意境。此剧本获曹禺文学奖。在省戏剧调演和历届戏剧艺术节中，出现的优秀剧目有《春兰》（王敬学、刘秀荣编剧）、《戏圣传奇》（陈家和、赵恩舫编剧）、《纪晓岚》（石润生、韩金国编剧）、《老子·儿子·票子》（杨志林编剧）、《纸月亮》（李德颂编剧）、《淀上人家》（石家庄市评剧团）、《胡风汉月》（姜朝皋、张秀元编剧）、《西柏坡》（石润生、李兰平编剧）、《曹雪芹》（李汉云、卫中编剧）、《成兆才》（陈家和编剧）等。评剧发扬着它的一贯传统，表现现实题材，贴近生活，贴近民间心理，形式通俗平易，显示着旺盛的生命力。成就突出的是《胡风汉月》，写的是文姬归汉的故事，不过同过去的文姬戏不同，着意写蔡文姬同左贤王的爱情故事，写他们相疑、相爱、相知和生离死别的过程，艺术风格恢宏大气、朴厚苍凉，唱出一曲颂扬民族团结的慷慨悲歌。

　　丝弦也出现了优秀作品。白良、马玉科的《瘸腿书记上山》抒写了一场侵占耕地与反侵占的斗争，赞扬了青年农民任大勇坚持真理的反抗精神，塑造了瘸腿书记杨辰全不徇私情的干部形象。剧本矛盾冲突集中，结构严谨，获第三届全国优秀剧本奖。曹涌波的《闹书院》则是一部有新意的新编历史剧，写乾隆年间太子老师王尔立同宠臣和珅围绕教育太子展开的斗争，有借古讽今的意义，他的另一部作品《皇粮出京》对和珅贪污腐败行径的揭露亦产生强烈的现实共鸣。优秀剧作还有《花烛恨》（白良、马玉科编剧）、《宗泽与岳飞》（李逸生编剧）、《糟糠情》（李存志编剧）、《啄木鸟》（戴晓彤编剧）等。老调的优秀剧目首推《忠烈千秋》（蔡晨、谢美生、叶中瑜编剧）。该剧根据《砸宫门》改编，写佘太君、王延龄、寇准、包拯等为救忠良之后（呼延庆），不惧生死、奋身力保的故事，可谓《潘杨讼》的姊妹篇，带有浓烈的燕赵文化精神。刘谷的《宋江嫁妹》、王继民的《痒痒挠》、张晓阳的《秦廷之乱》等都是较为优秀的作品。平调《相亲记》（张广岳、梅岩编剧），唐剧《血涤鸳鸯剑》（刘锐华、尚梦侨编剧）、《乡里乡亲》（陈家和、赵恩舫、姚其巩编剧），武安平调《冯家沟》（王喜贵编剧）、《丢官记》（李恒昶编剧），哈哈腔《花园误》（李忠奇编剧）等，都是地方戏的佳作。其中，《乡里乡亲》通过刘家峪小酒厂厂长石花的形象揭示出现代生产与传统的"乡情"的矛盾，视角新颖，思考深刻，将唐剧这一历史最短的剧种推上一个新阶段。

晋剧振兴集中在张家口地区，出现了《梳妆楼》（杜忠编剧）、《代国情》（王仲德编剧）、《天女与战神》（杜忠编剧）、《龙城二娇》（杜忠、王鉴良、张秀元编剧）、《太阿剑》（姜朝皋、张秀元编剧）等佳作，其中，《梳妆楼》为其代表作。这些作品或写古老的黄帝、蚩尤之战，或写边塞蒙汉间的恩怨故事，或写秦王政的罚子诛姬……带有古朴的塞上雄风。豫剧振兴集中在邯郸地区，优秀剧目如《夜叉女》（王宣龙编剧）、《天国梦》（魏淙江、刘志轩编剧）、《丫环传奇》（毛达志、吴桐祺编剧）、《画眉京兆》（申虞编剧）、《芙蓉女》（刘志轩改编）、《女帝行》（刘志轩编剧）等。《天国梦》写太平天国东王、北王、天王的矛盾导致傅善祥的爱情悲剧，傅善祥的"天国梦"破灭，这又是太平天国的大悲剧；《画眉京兆》则将西汉张敞治理京兆长安大事与为妻画眉末节联系起来，细事中见时代风云，显示着剧作家们思维的开阔和深化。振兴京剧的剧目首推王昌言、周保平的《八仙过海》，该剧写八仙过海时同玉龙公主的矛盾冲突与爱情纠葛。剧本多彩的形象、奇幻的情节为舞台表演提供了广阔的天地，加之导演的精心设计、演员的精彩表演，《八仙过海》成为影响甚大的神话剧。此外，尚有《唐太宗》（李纶编剧）、

《焚香怨》（丁振远编剧）、《关羽》（王昌言、杨利编剧）、《嫦娥奔月》（杨利、李章编剧）、《八仙戏白猿》（董广田编剧）等。这些剧作或写唐太宗平息内忧外患的雄才大略，或写关羽悲壮的一生，或写嫦娥与后弈的反抗精神与牺牲精神，或在广阔的背景下写桂英的家庭悲剧，或在复杂的斗争中写白猿兄妹的救母诚心，作品显示出恢宏的大气，也带有慷慨悲凉的燕赵古风。

二、振兴话剧和歌剧

话剧的重镇是在河北省话剧院与河北省承德话剧团。承德话剧团提出的"山庄戏剧"已经声蜚全国。"山庄戏剧"代表作家是蒙族的孙德民。他的作品分两类：现实题材的如《苍生》、《女人》、《秋天的牵挂》（亦名《这里一片绿色》）、《愿望》、《野百合》等；清史题材的如《帘卷西风》（亦名《懿贵妃》）、《班禅东行》、《十三世达赖喇嘛》等。这些作品，不仅是河北名剧，而且在全国产生影响，多次获文化部"文华奖"和"五个一"工程奖，还获得曹禺文学奖。《女人》通过市长换届选举前一场作假和反作假的斗争，塑造了统计局长秦颖的丰满形象；《这里一片绿色》则通过高树春的爱情纠葛颂扬了林区干部为发展塞外林区的献身精神。《懿贵妃》展示了主人公费尽心机地寻遗诏、毁遗诏，一步步登上皇后宝座、独揽大权的过程；《班禅东行》则通过十世班禅历尽艰辛到承德朝拜清帝，塑造了一个爱国宗教领袖形象。孙德民的剧作总是弹奏着时代的主旋律，以现实主义精神揭示生活，其作品带有悲壮的崇高品格。这些也是山庄戏剧的特征。对于山庄戏剧，人们总是从题材上进行界定，认为像孙德民那样，写了清史题材、现实农村题材，便可称为山庄戏剧。其实，山庄戏剧强调的是地域文化特征。从地域文化视角看，山庄戏剧应是古老的燕赵文化与京都文化的融合。在清代，承德是第二政治中心，具有京都文化或曰宗庙文化的典型特征。这种文化在古老的燕北与燕赵文化融合，成为承德的独有形态。这正是山庄戏剧的地域文化土壤。

河北话剧院的优秀剧作有《张灯结彩》（宋凤仪、孟瑾编剧）、《老八路与小青年》（邓印合、马志刚、方瑞编剧）、《八九雁来》（刘谷、孙树林、马志刚等编剧）、《郭隆真》（刘庚、韦野编剧）、《巧哥儿》（杨恩华编剧）等，其中，《张灯结彩》与《八九雁来》较有影响。

话剧中的优秀剧目还有吴双的《春秋魂》，崔砚君、侯洪义的话剧小品《乡长与八路》等。

歌剧一直是河北的薄弱环节，新时期出现了一些优秀剧目，如河北歌舞剧院创作演出的《樱桃好吃树难栽》（冯锋、刘来、张德福编剧，胡让士、王玉林、李乐威作曲）、《柳林三姐妹》（东娃、冯锋编剧，赵义民、郑新兰、李凤银、吴顺作曲）、《她们的心》（任彦芳编剧，肖文海、朱连杰作曲）、《王府怪影》（张铸、李福生编剧）等，唐山歌舞剧团的《时髦青年与怪味鸡》（赵恩舫、单良全编剧，杜滨作曲）、《红腰带》（李术、亦尘、杜滨编剧）等。其中，《她们的心》取材于孙犁的《白洋淀纪事》，是一部试图在艺术上进行创新的歌诗剧。全剧皆韵文，有唱有诵。该剧除序曲和尾歌，分四乐章：送别曲、寻夫曲、思念曲、叮嘱曲。以菱姑、水生一家为中轴线，织出四对妇女的感情瀑流。在河北戏剧艺术形式较少创新的情况下，此剧的探索尤为可贵。

在全国性戏剧危机的影响下，河北的戏剧创作也不无缺憾。虽然以裴艳玲为主演的河北梆子剧团、河北承德话剧团、大厂县评剧团摆脱困境，获得了经济效益和社会效益双丰收，但就全局看，河北戏剧界的困境依然存在，不少县剧团解散，现有的剧团中也有相当一部分疲于应付生计。这影响着戏剧事业的发展，也影响着创作的发展。

第三节　河北戏剧文化传统

现代时期的河北同全国一样，战乱频仍，社会动荡，人民罹难，迫切需要文学艺术的现实精神和激励作用。现代河北戏剧，不论在启蒙新潮阶段还是战争洗礼阶段，都充满着现实主义精神，尤其是战争洗礼阶段，紧密联系时代，紧密联系人民，体现着河北地区独特的生活方式、斗争方式和思维方式。这就形成了河北戏剧的现代传统：时代主旋律情结、民族化大众化意识、崇高的美学品格。

"十七年"的河北戏剧，同战争洗礼阶段更有密切的亲缘关系。文联及戏剧界的领导如胡苏、申伸、洪涛、远干里、郭维、任桂林、路一、李纶等均为战争年代各剧社的领导者和骨干人物，剧作家大多是各剧社的成员，或者由他们手把手培养出来的青年作者。更重要的是，创作的指导思想同战争洗礼阶段实出一辙，因此，现代戏剧传统得以发展、丰富和深化。各剧种都出现跻身全国戏剧之林的精品，如话剧《红旗谱》、《槐树庄》、《战洪图》、《青松岭》，河北梆子《宝莲灯》，丝弦《空印盒》、老调《潘杨讼》，京剧《节振国》等。第一，这些作品大部分是现代题材，它们以高亢的基调，弹奏着时代的主旋律：《红旗谱》、《节振国》分别写旧中国农民、工人的反抗斗争，《槐树庄》描写了1947~1958年十余年农村的革命和建设生活，《战洪图》、《青松岭》描写了60年代的农村生活现实；这些作品排到一起，可成为30~60年代河北革命和建设的编年史。《宝莲灯》等虽是神话剧或历史剧，但都是以时代精神对传统剧目的观照。《宝莲灯》追求爱情和自由的精神，《空印盒》中除暴安良的胆识与智慧，《潘松讼》的爱国情怀，都与时代的主旋律意识息息相通。第二，这些精品的大众读者意识也异常强烈。现代题材的戏，不仅以普通的人民群众为主角，而且戏剧语言以群众口语为基调，深入发掘其地方色彩与民族特色。例如，《红旗谱》，小说便是民族化大众化的精品，话剧进其再次深化，"有意识地吸取了一些民族戏曲、民间说唱以及民间武术的表现技法"（鲁速语），成为"话剧民族化的探索"的样品。《宝莲灯》等本身便是民族戏曲，拥有广大的观众，时代精神的渗入使之既有现代性，又有民族性。这些精品都具有悲壮的崇高品格。那些成功的英雄形象，如朱老忠、丁震洪、张万有、节振国、郭大娘等，慷慨悲壮，令人起敬。同战争洗礼阶段的人物形象比，他们更加"典型化"，作家把多种矛盾集中在他们身上，他们的斗争更复杂、更尖锐、更惊心动魄，他们也就更具英雄气，更具概括性。

现代河北戏剧传统促进了"十七年"河北戏剧的发展和成熟，同时，如同用战争年代的经验搞建设一样，"十七年"河北戏剧创作过分拘泥于战争洗礼时期文学的经验，也出现种种缺点和失误。战争洗礼阶段，文艺密切关注政治和阶级斗争，成为整个"革命机器的一个组成部分"，成为"团结人民、教育人民、打击敌人、消灭敌人的有力武器"，这并没错；新中国成立后，社会走向安定祥和，阶级性、政治性相对弱化，文艺的审美性、娱乐性、文本技巧性受到关注，文艺必须以多彩的面貌满足社会的多方面需求。"世易时易，变法宜矣"，"十七年"的河北戏剧创作则未抓住这个"易"字，而过分倚重战争年代的创作经验，这自然与国家的形势有关。国家正以战争年代的经验搞经济建设，强调"为政治服务"，强调"阶级斗争"，文学误以为这就是时代精神，这就是主旋律，失误就势在必行。其一，过多地强调主旋律，写重大题材，创作不够多样化；其二，写重大题材的作品，往往为"左"倾思潮所误导。即使是优秀作品也在所难免，如《槐树庄》对"反右"斗争和人民公社运动的描写，《青松岭》对当时阶级斗争的表现，都不无"左"倾思潮的痕迹。《战洪图》不乏恢宏的气势，却总感觉少了丰富感。再者，强烈的民族大众意识，往往忽视艺术的开放性和多样化探索。最为突出的是封闭了对外借鉴这条创新之路。早在1935年，定县农民剧团便在东不落岗演出熊佛西的话剧《过渡》，采用台上台下打成一片、演员观众不分的演出方式，农民不仅能接受，而且兴趣盎然。"十七年"的戏剧绝少有这样的尝试。当然，这种情况不仅河北如此，全国皆然。

新时期，河北戏剧走向全面繁荣。各剧种都出现了精品，如话剧《帘卷西风》、《班禅东行》、《女人》、《春秋魂》、《张灯结彩》，歌剧

《她们的心》，评剧《嫁不出去的姑娘》、《水墙》、《男妇女主任》、《胡风汉月》、《淀上人家》、《西柏坡》，河北梆子《钟馗》、《哪吒》，京剧《八仙过海》、《关羽》，丝弦《瘸腿书记上山》，老调《忠烈千秋》，唐剧《乡里乡亲》、《人影》，晋剧《梳妆楼》、《代国情》等。这些剧作仍然隐现着现代戏剧传统遗风。这里有一些发人深省的问题：新时期是一个全面开放、思想解放、新潮迭出的时代，为什么许多作家都在创作中去历史、去社会、去政治，而河北戏剧仍在保持主旋律意识？为什么许多作品都在大量借鉴西方文学，花样迭出，形式翻新，而河北戏剧仍保持一脸朴实风貌？为什么文坛正在非崇高、非理性，逐渐走向世俗化、平庸化，而河北戏剧仍在进行对崇高美的追求？如果说"十七年"间河北戏剧发扬解放区戏剧传统在全国来说体现了一种共性，那么，新时期对这一传统的固守便表现出一种个性。这种个性体现应有进一步解释，笔者以为这来自河北这块土地上的深层文化精神。

　　河北深层文化精神称燕赵文化性格，形成于战国末期。它首先与地理环境有关。燕赵地貌虽复杂，从西北到东南，却形成高原—群山—平原的有序排列，加之北温带的气候条件，使之成为农耕文化与游牧文化的交叉地带。一个有力的例证是，用于"拒胡"的长城（现只能看到明长城），几乎同地理的 400 毫米等降水线重合（按：400 毫米等降水线系农耕区与游牧区的边界线），长城斜穿河北。游牧人孔武彪悍，农耕人温顺平和，二者交融成刚柔相济、以刚为主的文化性格。燕赵文化性格还与社会结构有关。燕赵多争战，远古的"涿鹿之战"与"阪泉之战"系游牧人对农耕人的征服，开战争先河，之后民族战争与争霸战争连绵不断。征战强化着燕赵人的勇武。到战国末，荆轲、高渐离辈出，不畏强秦，慷慨赴死，燕赵文化性格基本形成，后被韩愈誉为"燕赵多慷慨悲歌之士"。勇武任侠成为燕赵之风。战国之后，燕赵之地民族割据，战乱频仍，民族之间的战争、反抗统治者的农民起义，屡屡发生，出现一批批农民英雄和民族英雄；帝王将相、各级官吏中出现一批批正直耿介的有识之士，这一切不仅使慷慨悲歌作为一种地域文化心理沉积下来，而且一次次得到加强。《宋史·地理志》称燕赵"其人质厚少文，多专经术，大率尚义，为强技，土平而近边，习于战斗"。清孙承泽《天府广记》称燕人"文雅沉势而不狃于俗，感时触事则悲歌慷慨之念生焉"。慷慨悲歌，是悲壮美，自然属崇高一格。河北戏剧的崇高品格正与燕赵地缘文化性格相合。

至元代建都北京，古燕赵重镇"蓟"一跃而为君临天下的大都，之后，北京一直是历代京都，逐渐蜕去燕赵文化基底，形成具有丰富包容的京都文化，并反过来辐射沦为中央"腹里"的河北地区。京都文化异于燕赵文化的特征，一是强烈的政治性，与之相连的是思想的正统性；二是丰富性和典雅性，它容纳全国各种文化，并撷其精华，典而雅之。京都文化的强辐射，必使燕赵文化受其浸润，河北地区已是京都文化与古燕赵文化的融合体，只是愈近北京，京都文化韵味愈浓；远离京都，古燕赵文化韵味愈烈。河北戏剧的时代主旋律情结，系京都文化的强烈政治性所致，京都文化思想的正统性，也使河北戏剧保持着民族化、大众化意识。如此看，河北现代戏剧传统不仅仅与时代有关，还有着深厚的历史文化根基，是几千年的文化潜意识在现代河北土壤上的发展和新变。

河北地域文化潜意识，令人信服地揭示了河北戏剧固守传统的深层原因。基于此，我们要坚持传统，发展传统，让古老的文化传统之花结出新时代的丰硕之果：在强调主旋律的同时，还须实现题材的多样化；在强调民族化大众化的同时，还须多方借鉴，讲求手法与形式的多样性；在追求崇高美的同时，也可表现艺术的多种美学形态。

第六章　王　昌　言

王昌言（1925～1999年），河北邢台人，1940年参加抗日工作，曾任小学教师、县政府科员。1950年调邢台专区文工团，开始从事戏剧创作，后又调河北省戏曲研究室，1959年调河北梆子剧院任编剧至退休。自1950年创作《螳臂当车》到1993年的《艺侠响九霄》，他的戏剧创作生涯先后达40余年，他整理、改编、创作近百个剧本。河北戏曲尤其是河北梆子广为流传的经典剧目如《窦娥冤》、《蝴蝶杯》、《宝莲灯》、《哪吒》等都浸透着他的心血和汗水。1994年，花山文艺出版社出版《王昌言剧作选》，收入河北梆子、京剧、武安落子、武安平调、隆尧秧歌、评剧等戏曲剧本19种。

王昌言的戏曲具有浓郁的原型意识，让我们从这个角度深入他的戏剧世界。

我们知道，地方戏曲是民间文化的重要内容，体现着民间的价值观念、思维方式和审美情趣。文化分浅层结构和深层结构。文化浅层结构指多有历史沿革的精神价值体系，是经过文化专家理论加工、升华的社会心理，是显性的、易变的、兼容的；文化深层结构指某一文化群体在长期的历史发展中形成的固定心态，是隐性的、稳定的、独有的。民间文化系尚未加工的社会心理，更多体现着文化深层结构。文化深层结构实际是人类的"集体无意识"，因而又称为"文化潜意识"或文化性格。地方戏曲之所以在民间广为流传，一个重要的原因则是其浸透着民族的集体无意识，接受者在强烈的心理共鸣中形成接受愉悦和狂欢。集体无意识又称为原型意识，广为流传的地方戏曲便包含着丰富的原型。王昌言的戏曲自然可以进行原型分析。

第一节　王昌言戏曲中的原型结构

　　王昌言的戏剧创作大致分为三类：一是神话剧，包括《天仙配》（武安平调）、《宝莲灯》（河北梆子）、《哪吒》（河北梆子）、《八仙过海》（京剧）等；二是历史剧，包括《两狼山》（武安平调）、《窦娥冤》（河北梆子）、《蝴蝶杯》（河北梆子）、《反杞城》（河北梆子）、《娘子关》（京剧）、《苍岩山传奇》（河北梆子）、《关羽》（京剧）等；三是现代戏，包括《山村女儿》（评剧）、《奇取奶头山》（河北梆子）、《子牙河战歌》（河北梆子）、《双岭缘》（河北梆子）等。

　　在神话剧中，王昌言展示出一个如同弗莱所说的神启世界。这种天堂景象实际是人的想象世界。在这个世界里，七仙女、三圣母、哪吒、八仙等神启意象演绎着神奇的天堂故事，他们同对手、中间者、助手等的复杂关系形成戏曲文本的"语义方阵"：

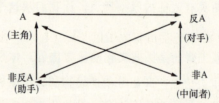

　　依据格雷马斯的"语义方阵"理论，如果把主角视为 A，那么，它与对手、中间者、助手便构成"反"、"非"、"非反"的关系，这种多重关系构成尖锐复杂的戏剧冲突。《天仙配》写七仙女与董永的人神恋，他们的对手是以"天鼓声"为隐喻的玉皇大帝，中间者是傅员外、众仙姬，助手则是做媒的老槐树和送子的麒麟。该剧演出的是七仙女在老槐树和麒麟的帮助下，争取傅员外和众仙姬、反抗玉皇大帝、追求自由爱情的悲欢故事。惜乎"对手"玉皇大帝并未出场而以雷声隐现，方阵结构显得不匀称。《宝莲灯》是一个几近完美的"语义方阵"：作为神启意象的主角除三圣母之外尚有沉香；对手除二郎神之外还有偷盗宝莲灯的哮天犬，两大阵营的丰富与强化使得戏剧冲突惊心动魄；中间者既有人物樵哥、牧童、老者、村妇等，又有孔雀、梅鹿、白兔等动物；助手霹雳大仙不仅是三圣母人神恋的支持者，为沉香取名，还是沉香的抚养者和教育者，他指引、点化沉香，成为沉香救母、阖家团聚的神助力量。尖锐曲折的戏剧冲突强化了人物性格，丰富和丰满的人物又使文本结构变得严谨而完整。《哪吒》应是《宝莲灯》的派生作品，派生的原因是国宝级艺术家裴艳玲。1960年，13岁的裴艳玲在《宝莲灯》中以文武兼备的出众才华轰动菊坛，80年代初，进入而立之年的裴艳玲已炉火纯青，不仅是河北省河北梆子剧团的顶梁柱，而且成为享誉全国的剧坛奇才，哪吒无疑是发挥裴艳玲艺术专长的最佳角色，因而曾经学过《陈唐关》的裴艳玲看到《哪吒闹海》的动画片，当即提出改编河北梆子的要求，于是就有了轰动国内外的《哪吒》。哪吒形象可以说是沉香形象的发展和延伸，高难度的唱念做打将裴艳玲的艺术天才发挥到极致。哪吒成了主角，剧作成了没有爱情的抗恶故事，但是，剧情中人物关系仍构成格雷马斯的"语义方阵"：哪吒是主角，是一个不屈不挠的反抗者；龙王则是对手，自然也包括由龙太子以及虾兵蟹将组成的龙宫阵营；中间者有李靖及夫人；助手则是太乙真人，他对哪吒的救助与培养使人想到霹雳大仙和沉香。本剧的发展是对中间者李靖写得丰满而充分，主角哪吒、对手龙王、中间者李靖和助手太乙真人以各自鲜明的性格构成完整而严谨的"语义方阵"。《八仙过海》也隐含着"方阵"结构，主角八仙、对手龙太子与龙公主、中间者龙王，只是不见了助手，虽然结构稍欠完整，但作品提供的龙宫奇境及八大仙人的神奇本领为艺术表演乃至影视拍摄提供了广阔天地。

　　弗莱认为，文学源自神话，文学的表现模式和规则可从那里找到祖型。从这个意义上讲，文学则是"移位"的神话。基于这种思考，从王昌言的历史剧和现代剧中自然也可寻到神话剧的"语义方阵"。王昌言的历史剧塑造了一系列的英雄豪杰与神奇女子的形象，如杨继业、杨七郎（《两狼山》）、窦娥（《窦娥冤》）、田玉川（《蝴蝶杯》）、李信、红娘子（《反杞城》）、平阳公主（《娘子关》）、南阳公主（《苍岩山传奇》）、关羽（《关羽》）等。他们在"程度上高于他人和环境"，其行动卓绝非凡，但其本人是人而不是神。他们是神的"移位"，他们生活的世界是与神的世界类比的世界，是对神的世界的"天真类比"。在这些豪男儿、奇女子构成的类比世界里，影响最大的是《窦娥冤》和《蝴蝶杯》，这种影响不仅是由于改编者的努力，作为传统戏，也有原作的坚实基础。《窦娥冤》的情节算不上复杂，主角窦娥，对手张驴、桃杌、赛卢医，中间者蔡婆、张母，助手窦天章。由于对手的强大而造成窦娥的必然性悲剧，这种大悲剧为窦娥的惨烈反抗性提供广阔空间，窦娥提出的富有神话色彩的"三桩愿"以及放声地指天骂地便产生出惊心动魄的戏剧效果。《蝴蝶杯》是王昌言历史剧中最优秀者，"语义方阵"完整、严谨而富有变化。主角是田玉川、胡凤莲，对手是卢林、卢世宽，中间者郝子良、姚文简、徐锡恭、卢凤英，助手董文、田云山。这个分前、后部的大戏，场面宏大、人物众多，"方阵"中的人物关系也复杂多变。例如，前部中，田玉川、胡凤莲与卢氏父子因胡父、卢子之死形成对立关系；后部中，田玉川在战场上救卢林，又娶卢女凤英，构成恩怨情仇相互交织的矛盾关系，两家的怨仇也就不了了之。其他历史剧中都不难发现人物关系的"语义方阵"，较为特殊的是《关羽》，它更着眼于人物的复杂情感与心理。从集团意识看，关羽是主角，曹操是对手，貂蝉是中间者，未出场的刘皇叔是助手或指使者，曹操、关羽是对立关系。从友情看，曹操迫使关羽归降后，给予优厚待遇，并应下三条件，分别时又破解毒酒计，挺身相救；关羽也为曹操诛文丑、斩颜良，立下战功，华容道又违犯军令，放掉曹操，虽不无策略意识，更有着英雄间的敬重和义气，已由对立关系变为矛盾融合关系。从爱情看，貂蝉虽属曹营人物，却与关羽相爱至深，关羽两次不杀貂蝉，关羽死后貂蝉又为其殉情，成为一对生死鸳鸯。"方阵"关系的复杂化锻造了人物性格的复杂性，关羽等便成为比较丰满的圆形人物。

王昌言的现代戏亦可看做是与神话的"类比",不过是"理性的对比"。现代戏的主人公"在程度上高于他人,但并不高于他的自然环境","他的所作所为仍然处在社会批评和自然秩序范围以内"。弗莱称之为"高模仿"。《山村的女儿》为配合"肃反运动"而作,这是一个写阶级斗争的戏:主角王爱莲,对手富德贵、红辣椒、冯四,中间者冯老多,助手李天明、刘金萍。新中国成立之初,阶级斗争是一种客观存在,写这种现实并无不可。但是,阶级斗争埋藏在生活之中,埋藏在各种各样的人情伦理之中。本剧显示出作家深厚的生活功底,只因为"配合肃反",便将阶级斗争"扩大化"了,具体表现是"阶级斗争框架"的裸露。例如,冯四与爱莲夫妻本无感情危机,他被富德贵拉拢心情也很矛盾,最后却亲手掐死爱莲,作者未能写出深刻的心灵搏斗,生活依据便显不足。作家后来也认为思想上"受概念化倾向的影响","没有能抓住写人物,写有血有肉的人物,深入挖掘人物的内心冲突这些剧本创作要领"。①《子牙河战歌》的"语义方阵"是:主角刘元兴,对手朱恒有、主混子,中间者朱勇坤、朱发梓、石宝珠、三赃,助手傅书记、朱大娘。本剧是作家多次深入生活所得,真实地反映了1963年燕赵儿女面对大洪水的精神面貌。但是,朱恒有等乘洪水进行破坏,有意识地裸露"阶级斗争框架",显得生涩勉强,这种情形自然与当时"千万不要忘记阶级斗争"的社会语境有关。创作于1977年的《双岭缘》写了一个先进帮后进的故事,主角爽婶,对手康老万,中间者崔清场,助手李明水、二月、翠枝。这里已经没有了阶级斗争框架,主角和对手是一对老夫妻,二月与翠枝是恋人,李明水与康老万是未过门的亲家。"语义方阵"终究穿插着多个饶有情趣的爱情、亲情故事,作品更显得生活化、文学化。然而,刚刚走出"文化大革命"的作家难免受"'文化大革命'思维"的影响,剧中颇多政治思维与政治话语,许多地方使人想

① 王昌言:《多一点艺术性》,见《王昌言剧作选》,花山文艺出版社,1994年,第102页。

起《龙江颂》。从总体来看，现代剧的成就难与历史剧、神话剧相比，但是，"语义方阵"与前两者都暗相沟通。

王昌言剧作中的语义方阵作为原型结构显示着作家对民族乃至人类的原型意识的深入把握，这种原型意识同观众的集体无意识发生共鸣，便产生强烈的剧场效果。这是王昌言戏曲产生艺术魅力的原因之一。

第二节 王昌言戏曲人物的道德品性

王昌言剧作追求人物性格的生动鲜活和丰富多样，但在道德精神追求上却存在着共同的东西。若将主要人物梳理分类，可以理出三条较长的人物系列：一是哪吒系列，包括沉香、杨七郎、田玉川、红娘子、窦娥、胡凤莲等，这是一群富有反抗精神的侠男子和奇女子；二是三圣母系列，包括七仙女、南阳公主、王美容、貂蝉、九红等，这是一群追求爱情自由的仙凡女子；三是杨继业系列，包括平阳公主、关羽、曹操、爽婶、刘元兴等，这是一群作为古代将相或现代基层干部的国家栋梁之材。

在哪吒系列中，沉香战败二郎神，劈山救母，无所畏惧地反抗天庭；哪吒的反叛性更甚，他将为非作歹的龙太子抽筋剥皮，被迫自杀，复生后又大闹龙宫，将龙王打得落花流水；杨七郎反抗潘仁美，被乱箭射杀，却叫骂不止；田玉川打抱不平，打死总督卢林之子，胡凤莲不畏强暴，公堂申冤；红娘子聚义绿林，反抗朝廷；窦娥在刑场指天骂地……细审之，哪吒们无畏反抗的背后，还有深层的道德追求。沉香救母牢记师父教诲："欲败二郎神，先取宝莲灯。"宝莲灯是退华山恶瘴、造福百姓之宝，劈山救母后，宝莲灯大放光明，人仙一片欢腾。可见，沉香反抗天庭的背后，隐藏着一种深层精神：为百姓除害。哪吒逞凶、壮殉、闹海，也是为解救陈塘关百姓。杨七郎反抗潘仁美为抗辽保国，田玉川打死卢世宽为救胡彦，胡凤莲大堂鸣冤为救田云山，窦娥为解脱蔡婆而独自承担冤枉，红娘子聚义为杀富济贫……可见，哪吒们的反抗有一种共同的道德精神：为百姓，为他人，可称为"侠义"。

在三圣母系列中，三圣母下嫁刘彦昌，七仙女下嫁董永，南阳公主苦等夫君，貂蝉为关羽殉情，九红（祝英台）为梁山伯殉情，王美容冲破父亲阻挠与情人花墙相会等，以不同的爱情方式表现出女子的痴情。然而，痴情的背后也有共同的道德精神。三圣母与刘彦昌相爱，剧中反复出现刘彦昌的两句诗："君退瘴雾吾采药，利人济物两心同。""利人济物"是他们爱情道德基础。南阳公主苦等宇文士及，是因他在宇文家族出淤泥而不染，有着"文韬武略将相种，广闻博识谋士风"，一旦发现他贪图荣华富贵丧失气节，即使他找上门来，也剪发断情。貂蝉钟情关羽，是慕其"朗朗正气浑身胆，忠义美名天下传"；七仙女嫁董永因见其"孤独凄凉"，忠厚善良；……可见，痴情中有一种道德精神：气节，可称为"情义"。在杨继业系列中，杨继业孤军陷辽，宁死不降，撞李陵碑身亡；平阳公主镇守娘子关，别夫失女，奋勇抗击突厥；关羽虽蒙曹操厚爱，终是走向蜀汉；曹操厚待关羽，根本目的还在霸业；刘元兴积极分洪，舍小家为大家；爽婶援助西杨岭，全局一盘棋。他们忠于国家，忠于自己的政治集团，可称为"忠义"。

对国家讲忠义，对爱情将情义，对他人讲侠义，这便是王昌言笔下主人公共通的道德品格。这种品格与燕赵地域文化性格有关。古燕赵独特的自然文化景观和社会人文历史，积淀成勇武任侠、慷慨悲歌的原型意识，具体阐释为不畏强暴的反抗精神、不欺其志的侠义品格、不存芥蒂的豪爽情怀。忠义、侠义、情义正是这种原型意识的体现。王昌言笔下人物的道德品性反映着地域的文化潜意识，不可避免地同燕赵地区的观众深层心理发生强烈的心理共鸣，这也是王昌言戏曲创作获得成功的原因。

第三节　王昌言戏曲的现代品格

王昌言戏曲的原型意识，显示出深厚的传统性。而作为当代优秀的剧作家，其创作的现代性品格同样值得我们重视。

现代性是一个意义复杂而含混的概念，它与现代化密切相关。现代化指人类社会从工业革命以来，在科学技术和工业革命的推动下，社会的各个方面发生巨大、深刻变革的过程。现代性则是指在现代化过程中，社会的各个领域出现的与现代化相适应的属性。它是一种价值取向和思想意识。由于现代性起源于资本主义，与资本主义的起源密切相关，资产阶级启蒙主义时期提出的有关人类进步的理念成为现代性的重要内容。启蒙主义思想家拒绝天意观念，刻意回到人性本身去寻找人类理性的依据，强调天赋人权、平等自由。尊重人、关注人，使每个人的个性得到健全发展，被视为现代性的普遍性准则。见诸文学作品，塑造艺术形象的典型理论获得重大发展。自亚里士多德以来，西方的典型概念长期被视为类型，因为"典型"一词在西方的原意便是"铸造的模子"，引申义也是类型。西方文学的艺术形象也都是类型化形象，强调共性，忽视个性。直到启蒙主义时期，艺术形象的个性才受到高度重视，典型理论获得飞跃性发展，19世纪现实主义文学出现众多不朽的典型。因此，典型理论和典型创造，是文学现代化的重要步骤，也是现代性的重要特点；尽管现在看起来，它已是有些"过时"的传统。

我国戏曲产生于古代社会，戏曲行当生旦净丑就有类型化之弊。典型理论于20世纪初传到中国，有见地的戏曲艺术家提出"演人物不演行当"，剧作家更是关注人物个性化的发掘和典型的塑造。作为新中国的剧作家，王昌言创作伊始，就比较关注典型人物的塑造。《山村的姑娘》（1955年）是他创作的第一个大型现代戏，主要人物刘金萍在演出时获得很多掌声。但作家清醒地意识到，那是给演员的演技鼓掌，刘金萍不过是一个概念化形象，于是，他断然删削刘金萍的戏，强化王爱莲，将金萍"遇奸"变成爱莲"遇奸"。"由于爱莲和冯四是夫妻，便比金萍遇奸更有戏。对爱莲的内心世界触动很大，较早地展开了夫妻之间的矛盾，也写了夫妻之间的人情。"① 如此，爱莲成了贯穿全剧的主要人物，一些重要场次如《送伞》、《遇奸》、《见鬼》、《盗信》、《擒熊》对爱莲进行了精心刻画，使之成为富有个性而又比较丰满的艺术形象。戏名也改为《山村女儿》。在王昌言的神话剧、历史剧和现代剧，相比较而言，历史剧的人物塑造更为成功，尤其是新时期的剧作，作家刻意在人物形象上下工夫。常用的方法是将人物置于剧烈的社会变化漩涡中拷问其灵魂，使其在命运的挣扎中展现个性。《反杞城》的李信系世家子弟、当朝举人，他的妻子又是信国公之女，持有洪武皇帝玺书，一心报效朝廷，最终却成为反抗朝廷的义军领袖。人物心理变化如此剧烈，作品写得却层层递转，张弛有序：李信倡导"放赈"遭知县与豪绅仇恨—救红娘子初识其胆识和本领—上砀山更见红娘子雄心大志和义军英姿—陷囹圄看清县令的阴险与残忍本性—见巡抚"批语"打破对朝廷的迷梦—知宋献策、牛金星等名士投闯深受震撼—夫人自刎留遗诗为李、红做媒使其终下决心—撕毁玺书，与红娘子突围投闯。如此，李信被"逼上梁山"就步步推进，水到渠成，一个心理变化丰富、个性鲜明的艺术形象便活脱脱站立起来。该剧不仅整体情节递转有序，而且局部细节也丰满而精彩，如李信上砀山，口口声声"山林草寇，祸国殃民"，于是有了他和红娘子的一段对话：

红：公子，你看这是何人的庙宇？

李：（看对联）"一代雄图开赤帝，千秋遗庙傍黄河。"原来是汉高皇帝的庙宇。臣民李信，祝愿高皇英灵不泯。（跪拜）

---

① 王昌言：《多一点艺术性》，见《王昌言剧作选》，花山文艺出版社，1994年，第102页。

红：公子，为何对这一庙宇如此崇敬呢？

李：你说庙宇中供奉的是哪位神圣？

红：他是哪个？

李：他就是在这个芒砀山上斩蛇起义的汉高祖。

红：他就是那个斩蛇起义的汉高祖啊？

李：正是。

红：他为什么要斩蛇起义呀？

李：只因为秦朝末年，横征暴敛，灾荒遍地，民不聊生，
汉高祖才拔剑斩蛇，率众起义，终于推翻了暴秦。

红：他拔剑起义，是不是也要先当山林草寇呢？

李：这……

正是这精彩的递转细节，在李信心灵深处荡起涟漪，众多的涟漪形成大波、巨浪，一个在巨大的社会动荡中急剧转变的人物便跃然纸上。总之，作者运用情节递转和细节描绘，塑造出在独特的社会语境中锻造的李信的独特性格。再如，《苍岩山传奇》将南阳公主置于隋王朝、夏王朝和唐王朝三大集团的斗争漩涡中，写出她由隋公主一步步走上苍岩山尼姑的心理过程，从而使其成为一个独具特色的艺术形象。

王昌言的历史剧还用现代主义手法表现人物的潜意识心理，为传统戏曲刻画人物打开新生面。例如，在《娘子关》中，战事紧急，丈夫援救太原，女儿失踪，在极端的孤独痛苦中，平阳公主出现幻觉：柴绍、小凤的幻影相继在舞台出现，借以展示公主痛苦复杂的内心世界。自然，这并非西方独用手法，传统戏《全本上天台山》中，刘秀的眼前便有鬼魂的幻影出现。《关羽》描写关羽的心理更独出心裁。关羽陷曹营，一面是曹操的金钱美女，一面是对桃园结义兄弟的思念，夜读《春秋》的关羽展开激烈心理冲突。剧作运用影视手法，天幕上的"左身影"告诫关羽勿忘桃源之盟，莫被貂蝉迷惑；"右身影"感到金钱美女，应有尽有，其乐无穷。之后，"左身影"战胜"右身影"，两身影合在一起，

"合影"告诫关羽："斩除妖孽，君当速断！"最终，现实中的关羽作出"立斩貂蝉"的决断。如此，隐秘的心理折射成直观的天幕形象，细微的心理波动放大为电闪雷鸣。然而，故事并没到此为止，当貂蝉得知关羽要杀自己，绝望地唱出："今日幸饮将军剑，垂喜泪，跪君前，我纵死含笑在九泉！"这反而使关羽为难："青峰剑专杀无义汉，怎斩这旷世弱女遗笑谈！"然而貂蝉死心已定，抽出关羽宝剑欲自刎，关羽急救貂蝉，将其扶拥入怀。这是一场政治与爱的搏击、理智与情感的激战，最终是爱战胜了政治，理智皈依情感。关羽便不再是传统戏中那个面无表情、从不睁眼（据说睁了眼杀人）的红生，而是一个充满血性和情感的活生生的人物。

总之，王昌言戏曲对人物形象典型化的追求，使他笔下的人物逐渐摆脱类型化的拘囿，成为有血有肉、有比较鲜明的个性的艺术形象。

关注人的生存与人性健全发展的现代性作为普遍性律令常常对现代化进程进行"行动的反思性检测"（吉登斯语）。这种"反思性检测"又常常表现出强烈的批判性，不仅批判文化传统的弊端，而且批判现代化变革自身的负面性。如同吉登斯所说："现代性的特征并不是为新事物而接受新事物，而是对整个反思性的认定，这当然也包括对反思性自身的反思。"[①] 现代性批判理论在其激进的顶点当然是诉诸社会革命，"批判的武器"最终发展为"武器的批判"，整个现代性的历史也可以说是变革、革命的历史，变革、革命是历史的断裂，"断裂"是现代化历史的存在方式。吉登斯谈到断裂时说："现代性以前所未有的方式，把我们抛离了所有类型的社会秩序的轨道，从而形成了其社会形态。"[②]陈晓明认为，应以"断裂"为关键，理解文学的现代性："一方面，文学艺术作为一种激进的思想形式，直接表达现代性的意义，它表达现代性急迫的历史愿望，它为那些历史变革开道呐喊，当然也强化了历史断裂的

---

① 安东尼·吉登斯：《现代性的后果》，译林出版社，2000年，第34页。
② 安东尼·吉登斯：《现代性的后果》，译林出版社，2000年，第4页。

鸿沟；另一方面，文学艺术又是一种保守性的情感力量，他不断地对现代性的历史变革进行质疑和反思，在反抗历史断裂的同时，也遮蔽和抚平历史断裂的鸿沟。"①从中外文学史看，"抚平断裂"在欧洲文学史中可看到清晰脉络，而"强化断裂"在中国现当代文学史中有更鲜明的表现。王昌言戏曲的现代性，更多的是"强化断裂"。

20世纪，中国大的历史变革可数出"五四"运动、共产党领导的工农革命、新时期的思想解放与现代化建设等。王昌言经历的是后两个时代，因此，他的创作意识与工农革命、新时期思想解放有关。在工农革命时期，王昌言的"强化断裂"首先表现为强烈的工农意识。新中国成立，多年受压迫的工农成为新时代的主人，翻身的幸福、劳动的热情、建设新生活的理想，成为时代思潮；见诸文学，常颂扬新生活的美、劳动的美、劳动者的心灵美。《宝莲灯》虽是神话剧，却也洋溢着这种新时代精神。《宝莲灯》根据传统戏《劈山救母》改编而成。《劈山救母》写刘彦昌赶考进京，路过华山圣墓庙，见圣母神像魅力，题诗戏弄，圣母欲杀之，太白金星告以她与刘彦昌有姻缘之份，于是两人结为夫妻，带有浓重的士大夫情趣。《宝莲灯》将刘彦昌的身份改为"李时珍式的草泽医生"，一个采药济世的劳动者。并通过三圣母的唱词，歌颂他的勤劳和道德美："采灵药济世人勤劳良善，五年间如一日从不偷闲。终日里入深山无人相伴，医药书岂能够陪伴君眠？"这是在劳动和劳动者道德美的基础上建立的爱情，已由士大夫情趣转变为劳动者情趣。这种情趣普遍存在于50年代的文学艺术中，谷峪的《新事新办》将一头牛作为姑娘的陪嫁，闻捷的《苹果树下》将爱情与果树的生长和成熟结合在一起，《刘巧儿》的著名唱词是"我爱他身强力壮能劳动，我爱他下地生产有本领"，等等。《宝莲灯》浸透着对新生活的热爱之情。圣母出场的台词便是：

① 陈晓明主编：《现代性与中国当代文学转型》，云南人民出版社，2003年，第11页。

云消雾散，春满人间，好一派丽景也！

（唱）你听那林中柝柝樵声远，

再看那几处茅舍起炊烟。

阡陌间耕桑人男女相伴，

惹得我洁净心顿起波澜。

做神仙不过是寂寥清淡，

怎比得在人间幸福万千？

我欲乘风去，置身在人间。

…………

好春光照时人不照神仙。

这"春满人间"美好景象，连神仙都艳羡，充满着劳动者的幸福感，岂不是新中国的新生活的隐喻？沐浴着新时代阳光的青年剧作家，对新时代的生活有着深刻体验，将这种体验写进《宝莲灯》剧，创造出激动人心的戏剧情境。这也是一种"移位"——由"类比世界"向"神启世界"的移位。

崇尚劳动和劳动者的时代情绪，形成王昌言剧作的劳动者视角。1954年改编的《九红出嫁》便充满民间情趣和乡土气息。汪曾祺认为："《九红出嫁》所以能感动人，在于它创造了生动真实的、合乎劳动人民心里愿望的祝九红性格。"[①] 这是一种农民视角，它自然与原作有关，改编者对此也尤为重视，而且强调新中国农民的健康情绪。剧中增写的窦秀英唱词"育儿难"写道："在白天，七八遍把儿奶喂，哭一声如钢针刺娘的心。到夜晚，那里湿娘我去睡，腾出了干地方让儿存身。尿湿了好衣服娘也不限，拉一泡'巴巴'娘也愿意闻。"这完全是乡村贫苦母亲的生活体验和语言风格。窦秀英是祝员外夫人，门第颇高，孩子很可能由佣人抚养，不大可能有这样的体验和语言风格，但是这段唱词不

---

① 汪曾祺：《学习〈九红出嫁〉札记》，转引自王昌言：《王昌言剧作选》，花山文艺出版社，1994年，第23页。

仅为本地的农民观众认可，还深受欢迎。作为地方戏，似不应受到指责。

需要指出的是，民间视角和农民理想，描绘出的是一幅幅小农经济的理想图景，展示的是农业社会的古典美，现代气息就显不足。这让人感到，现代化进程中的历史变革不会一蹴而就，还带有脱胎出的传统的局限。可惜的是，王昌言剧作并未发现这一点。

在工农革命时期，王昌言戏曲的"强化断裂"还表现为强烈的英雄情结和政治文化意识。英雄情结是几十年阶级战争和民族战争的悲壮成果。政治文化意识也是战争文化意识：战争的两军对垒、你死我活发展为阶级斗争意识；战争的全局观念发展成为政治服务思想。阶级斗争是最大的政治，英雄情结在阶级斗争（民族斗争说到底是阶级斗争）中产生。如此，英雄情结、阶级斗争、为政治服务就融为一体，可统称为政治文化意识。王昌言戏曲大多在强化这种"断裂"。需要说明的是，政治并非文学之累，描写实际存在的阶级斗争也无可指责。问题是，一则文学不能直奔政治，阶级斗争深隐在生活的人性人情之中；二则新中国成立之后的和平年代，阶级斗争逐渐为和平建设取代，一味强调阶级斗争便会走上谬误。王昌言剧作中为数不多的现代戏都写了阶级斗争。《山村女儿》写新中国成立初期一场复辟和反复辟的故事，当时地主和农民的斗争确实是一种客观存在。作品的失误不在于写了阶级斗争，而在于忽视社会关系和人性人情的复杂性，阶级斗争框架过于裸露。《子牙河战歌》写1963年的抗洪斗争，作品仍有意识强调阶级斗争主线，就有了拼贴之感。《奇取奶头山》写解放战争时期东北的深山剿匪战争。充实的生活依据和恰当的武戏表现显示出对阶级斗争比较成功的把握。相对来说，在历史剧与神话剧中，英雄情结与阶级斗争意识得到较为恰切的表现。《两狼山》写民族战争，自然要体现两军对垒的战争文化意识，杨继业、杨七郎等便在刀光剑影之中显出民族英雄品格。即使如此，作家还在斗争中设计了父子抗辽、家族仇恨等人伦关系强化矛盾的复杂性。《宝莲灯》中沉香反抗天庭可视为阶级斗争的隐喻，这种斗争又深埋在仙女下凡、人神相恋、兄妹反目、被压华山、劈山救母等爱情和亲情的人伦关系中，一切都顺理成章。其间圣母、沉香的反抗性和英雄气是格外突出的。

　　新时期的思想解放与现代化建设否定了"文化大革命"和阶级斗争扩大化理论，改革开放以后，中西交流，"团结一致向前看"，共建现代化。王昌言戏曲强化着新的"断裂"。《八仙过海》作为传统戏的保留剧目为川剧、汉剧、桂剧、邕剧、秦腔、河北梆子等多个剧种演出，戏的主旨是"八仙过海，各显其能"，有的戏还写各仙的矛盾和斗嘴。王昌言根据自己的思考，将主旨定为"相互关照，团结过海"。作品不再讲"斗"，而是讲"和"。1990年纪念徽班进京200周年赴京演出，好评如潮，《天津日报》、《今晚报》、《北京晚报》、《戏剧电视报》、《人民日报》、《文艺报》、《河北日报》等纷纷发表评论，称赞其"试以新时代的审美观，焕发神话戏的魅力"，"剧情构思颇具匠心"。"'八仙过海，各显神通'这句为人们所熟悉的言语，虽具有鼓励发挥个人主动性、激发进取的精神的意义，但同时不应忽视的是，在一个集体之中，个人的能力再大，相互之间缺乏必要的配合与协作，事业也难以成功。"不仅讲求精神主旨的"和"，而且追求艺术表现的"和"。"不少观众反映，《八仙过海》这出戏，对于爱'听'京剧的中老年观众来说，有唱可听；对于青少年观众来说，可以欣赏到优美的舞蹈和精彩的武打。因而可以满足不同年龄的观众的不同需求，堪称老少咸宜，雅俗共赏，这就拓宽了京剧艺术的观众层面。"[①]作家创作与观众欣赏发生的强烈共鸣，不仅仅是艺术感染力，在很大程度上是时代情绪的共鸣。无疑，《八仙过海》剧起到强化"断裂"艺术的效果。此外，《反杞城》、《娘子关》、《苍岩山传奇》、《关羽》等历史剧写到历史上的重大斗争，大都真有其人。作家涉及复杂的人物关系，政治斗争深埋在爱情、亲情、友情、家庭、伦

---

① 王昌言：《钗于奁内待时飞》，见《王昌言剧作选》，花山文艺出版社，1994年，第401～402页。

理等纠葛中，较"十七年"创作变化很大，这也是时代影响所致。

王昌言的一些剧作也表现出"抚平断裂"的特征。1961年改编的《蝴蝶杯》写穷苦的打鱼人胡彦被元帅卢林之子无辜打死，田玉川打抱不平又打死卢子，于是展开胡凤莲、田玉川同卢家的曲折斗争。按着当时的政治观念，这是一场不可调和的阶级斗争。但《蝴蝶杯》的下部却写外寇入侵，田玉川从军，战场救卢林，又娶卢女，真相大白后卢无可奈何，官司了不了了之。下部的改编由王昌言执笔，虽然作了较大改动，强化了对卢林的讽刺，但情节结构基本未变。一场杀父夺子的"阶级斗争"以翁婿关系的建立中草草结束，大有"阶级调和"之嫌。此剧抚平了阶级和伦理的"断裂"，揭示了生活的复杂性，至今仍为河北梆子的经典。

如前所述，王昌言初登剧坛，就表现出劳动者视角，语言也追求民间口语化。随着创作的深入，其戏剧语言逐渐变化：遵循戏曲演唱的规律，吸收古代诗词的营养，根据剧情需要追求语言的精美与典雅。例如，《宝莲灯》的开篇唱词："仙山层叠耸九天，暮钟朝磬漾云端。翠峰尽染三春艳，莺歌燕舞晓风传。""漾"字写出声之动，"染"字写出色之动。仙山琼阁的幽远境界映现眼前，很像是意境优美的七绝。有的颇似元人小令，如沉香唱词："壮志凌云，寒光起精神振奋。冷飕飕，白练滚滚，追魄夺魂。"有的干脆用了曲牌子，如霹雳大仙唱"点绛唇"："地暗天昏，人神同愤，凭谁问！扭转乾坤，自有轰雷震。"这与口语化的劳动语言已拉开很大距离，明显具有"抚平断裂"的特征。新时期，历史发生变化，王昌言语言的多样化成为时代的需求，由"抚平断裂"变为"强化断裂"。他的语言才能得到充分发挥，也经炉火纯青。依据剧情，他的戏曲语言有的古朴典雅，例如，"看夜空星斗齐月光明媚，菊弄影桂飘香醉人心扉。月已圆烛成双灯花报瑞，为什么公子他不见转回？莫非是逢知己赋诗联对？莫非是与朋友饮酒贪杯？处处饥荒人变匪，夜夜惊恐防盗贼。兵荒马乱多灾祟，盼公子早踏明月归"（《反杞城》汤夫人唱）；有的采用口语化的民歌语言，明快质朴：

　　翠枝：（唱）杨岭湖里一只船，

　　　　　　　　为何去了又回还？

　　二月：（唱）小船来往把人渡，

　　　　　　　　怎能只去不回还？

　　翠枝：（唱）朋友来往像只船，

　　　　　　　　礼路有去应有还。

　　　　　　　　偏偏有人太懒惰，

　　　　　　　　还没有过河就挽住船！

　　　　　　　　　　　（《双岭缘》）

　　王昌言对唐诗、宋词、元曲小令、民歌，乃至现代诗歌等，广收博取，融会冶铸成自己的"文气"，他的戏曲语言达到颇高的水平。尤其是比较晚近的剧作，发挥综合性语言才能，将对唱、背躬唱、幕内伴唱等结合一起，形成交响乐式的优美唱段，如《关羽》中关羽和貂蝉的"灞桥送别"：

　　貂：（唱）心凄凄，意怆怆，

　　　　　　　欲从难从泪两行；

　　关：（唱）心沉沉，意惶惶，

　　　　　　　欲离难离情意长！

　　貂：（唱）多少次月下并肩把梅赏，

　　　　　　　多少次夜读双影照纱窗。

　　关：（唱）怎能忘清歌驱我心惆怅，

　　　　　　　怎能忘软语为我解忧伤。

　　貂：（唱）君一去旧恩得报——

　　关：（接唱）又将新情想，

貂：（唱）冰雪尽，翠竹绿——

关：（接唱）又添一层霜。

［幕内伴唱］

风凄凄，雁北翔，

浮云聚散期渺茫。

从此年年灞桥水，

声声悲鸣断柔肠！

诗词、散曲、民歌多种艺术语言铸冶融会，创造出柔美凄婉的意境，大有《西厢记》"长亭送别"之风。精美的语言与动人的剧情相合相融，产生了强烈的艺术感染力。

第七章 孙 德 民

第一节 孙德民与"山庄戏剧"

孙德民（1941~ ），祖籍浙江绍兴，1962年毕业于河北大学中文系，长期任承德话剧团编剧，曾任河北省文化厅副厅长，承德话剧团团长，河北作协副主席、剧协副主席等。他的作品分两类：现实题材的如《苍生》、《女人》、《秋天的牵挂》（亦名《这里一片绿色》）、《愿望》、《野百合》等；清史题材的如《帘卷西风》（亦名《懿贵妃》）、《班禅东行》、《十三世达赖喇嘛》等。这些作品，不仅是河北名剧，而且在全国产生影响，多次获文化部"文华奖"和"五个一"工程奖及曹禺文学奖。

谈及孙德民的戏剧，河北戏剧理论界总是将之与"山庄戏剧"的文化意蕴联系在一起。的确，1982年提出"山庄戏剧"的口号后，作为"山庄戏剧"重镇的孙德民话剧，便成为中国剧坛的一道亮丽风景，也成为剧坛圈内圈外的热门话题。1991年4月河北剧协召开"孙德民剧作研讨会"，11月中国艺术研究院话剧研究所与河北剧协、艺术研究所在北京联合召开"承德话剧团创作道路理论研讨会"；之后中国戏剧出版社出版了洋洋110万言的四卷《孙德民剧作选》，还出版了《红火的山庄戏剧——承德话剧团的艺术道路》，花山文艺出版社出版了《孙德民话剧评论集》。大量理论研讨文章认为"山庄戏剧"的成功在于其鲜明的地域特色。一些文章还从地域文化角度对"山庄文学"作了概念界定，如：

> 一个是地域的历史，一个是地域的农村，构成"山庄戏

剧"的题材领地，这是一种戏剧追求的外在界定。如果我们从宏观思维来考查，在地域文化大题目下，我们会意识到一个更广阔的领地，那就是中国前近代时期的文化遗产对今天中国的现代化的影响。

（余林：《山庄戏剧之我见》①）

"山庄戏剧"作为一种戏剧文化，以避暑山庄、外八庙为轴心，逐步向外辐射、扩散，成为某一地域文化现象的标志。它的题材范围可以超越清宫及寺庙，在更广泛的领域内施展身手。

（吴乾若：《"山庄戏剧"的可贵探索》②）

所谓"山庄戏剧"包括着两个内容：一是反映现实生活的农村戏，一是反映承德避暑山庄生活的清代历史戏。……这二者是既有区别又有深刻的联系，都着意于对本乡本土的地域生活和地域历史的突入和深化。

（田本相：《贵在坚持中发展》③）

这些界定都是"题材"界定，在他们看来，因为孙德民与承德话剧团创作和演出了反映避暑山庄生活的清史戏与反映现实生活的农村戏，故称"山庄戏剧"。这种界定看似正确，然而，给一个概念作界定必须把握其深层的本质特征，这种特征和内涵往往是独到的、唯一的，与其他概念不相交叉的。如果我们探问一句：凡是写了与避暑山庄有关的清宫戏与现代农村戏，便都是"山庄戏剧"吗？论者不免尴尬。

上述界定之所以存在颇多缺憾，主要在于其尚停留在就事论事的浅

---

① 中国艺术研究院话剧研究所编：《红火的山庄戏剧——承德话剧团的艺术道路》，中国戏剧出版社，1993年，第87页。

② 中国艺术研究院话剧研究所编：《红火的山庄戏剧——承德话剧团的艺术道路》，中国戏剧出版社，1993年，第93页。

③ 中国艺术研究院话剧研究所编：《红火的山庄戏剧——承德话剧团的艺术道路》，中国戏剧出版社，1993年，第13页。

层面，田本相倒是指出，"山庄戏剧"的两类题材"都着意于对本乡本土的地域生活和地域历史的突入和深化"，但是，"突入和深化"的所得是什么？如何从"所得"的深层认识界定"山庄戏剧"？惜乎田本相并没做这方面的工作。

思考较为深刻的还是孙德民先生。他在谈及"山庄戏剧"道路时说："承德有避暑山庄和外八庙，它是天然的民族文化宫，难得的露天博物馆，这里的每一座寺庙都有一部戏，都是民族团结的史诗，这里难得的宗庙文化体系，为我们走'山庄戏剧'的道路提供了得天独厚的条件。另外，燕山深处、燕北大地又是'燕赵文化'深厚的生活根基，那深山崖峪里粗犷、彪悍、慈厚的汉子和女人，亦不失冀中大地、滹沱河畔悲壮之士的雄浑色彩，再加上我们团又是一个老八路文工团，多年来一直坚持创作和演出农村戏，保留着自己独有的朴实、清新和浓郁的泥土气息风格，这两个因素的结合，就形成了承话'山庄戏剧'的道路。"① 可见，宗庙文化与燕赵文化当是深入思考的着眼点。

燕赵文化形成于战国末期。它首先与地理环境有关，高原与平原的毗邻形成游牧文化与农耕文化的共存；同时与社会结构有关，游牧人与农耕人的对峙和交融带来不断的争战。战国末终于形成"勇武任侠、慷慨悲歌"的文化潜意识。战国后河北战乱不断，移民频频，使燕赵风骨得以强化。自元代于北京建大都以来，古老的燕都"蓟"成为君临天下的京都。京都文化的庙堂性、包容性、典雅性与古老的燕赵文化碰撞、交融，对燕赵文化具有提升和削蚀的双重效应。

古燕赵文化与京都文化的碰撞与交融，影响最深的当是京畿之地。有趣的是，远离京城五百余里的承德却鲜明显示出这种影响。承德地区古为"塞外之地"，北部（围场、丰宁等县北部）为坝上高原，余地大多属冀北山地。这里多民族杂居，是蒙古族、满族、朝鲜族等少数民族的主要聚居地。古燕赵时，骑马民族势力尤盛，在胡汉交融中，有更烈

---

① 转引自冯健男、王维国主编《河北当代文学史》，河北教育出版社，1997年，第355页。

的胡风。这正是孙德民说的"燕山深处，燕北大地又是'燕赵文化'深厚的生活根基"，然而，孙德民又说其"不失滹沱河畔悲壮之士的雄浑色彩"，似有不确，因塞外之地是古燕地，较滹沱河畔胡风更盛，人们个性也更加刚烈。承德市到清朝初年还是个"名号不掌于职方，形胜不闻于方志"，不足30户人家的游牧村落。倘若历史发展至此，该区不过是远离京城的边僻之地，积淀的是浓郁的燕北古风。到了清代，承德的命运发生了划时代的变化。发祥于东北的满族统治者看到承德"左通辽沈，右引回回，北控蒙古，南制天下"的战略地位，便在此建设其第二政治中心——热河行宫。

热河行宫的建立根源于康熙的"木兰秋狝"。"秋狝"指皇帝在秋天的打猎活动，"木兰"系满语，可译为哨鹿，意为模拟公鹿的哞叫声音，引出母鹿、小鹿及其他动物，然后进行围猎。"木兰秋狝"的举行与北方威胁有关。沙俄屡屡南犯，清帝"秋狝"，一则借游猎娱身心，二则察看北部边境动静。康熙北巡，第一次为1677年，第二次在1681年，此次便建立了木兰围场（即现在的围场县，当时的范围比现在更大些）。清皇帝的"秋狝"，见于历史记载的有130余次。康熙每次"秋狝"总要带上内蒙四十九旗的扎萨克王公、台吉等官员和文武大臣、清室王子王孙及满族八旗官兵，声势浩大，实际上就是一场军事大演习。康熙《古北塞外望月》写道："桂树清光挂碧天，云开万里塞无烟。远人向背由敷政，惟在筹边与任贤。"由此可看出一代帝王的抱负。清帝因北巡之需，从古北口到围场，建行宫21处：巴克什营、两间房、长山峪、鞍子岭、王家营、桦树沟、喀喇河屯、热河、狮子园、钓鱼台、黄土坎、中关、二沟、汤泉、什巴尔台、波洛河屯、蓝旗营、唐三营、张三营、济尔哈朗图、阿穆尔呼朗图。初始，以喀喇河屯行宫规模最大。1702年康熙北巡，见山水"至热河而形势融结，蔚然深秀，古称西北山川多雄奇，东南幽曲，兹地实兼属焉"，遂决定修建离宫。1703年动工，时称热河行宫；1708年，完成第一期工程；1711年，康熙亲题

"避暑山庄"匾额，热河便在 21 座行宫中跃居首位。雍正元年（1723年）设热河厅，任命总督兼管军政，雍正十一年（1733 年）改设承德府（意继承父康熙皇帝恩德）。热河上营这个小小的游牧村落逐渐发展为城市。"外八庙"始建于 1713 年（康熙二十五年），至 1780 年（乾隆四十五年）全部完工，历时 67 年之久。实为十二庙，属清中央理藩院管辖并划拨经费。十二庙为溥仁寺（俗称喇嘛寺前寺）、溥善寺（俗称喇嘛寺后寺）、普宁寺（俗称大佛寺）、普佑寺、安远庙（俗称伊犁庙）、普乐寺（俗称园亭子）、普陀宗乘之庙（俗称小布达拉宫）、广安寺（俗称戒台寺）、殊像寺、罗汉堂、须弥福寿之庙（俗称班禅行宫）、广缘寺。因普佑寺系普宁寺的附属庙宇，罗汉堂、广安寺、普乐寺不设喇嘛，仅剩八处由理藩院管理，故称外八庙。"外"示与京师庙宇之别。

康熙、乾隆皇帝都曾在避暑山庄处理朝政，决议国事，审阅奏章，召见官员，接待各民族领袖、王公贵族、宗教领袖，会见外国使节，进行许多重大的活动。康熙每年农历四月至九月，半年的时间在此避暑和秋狩，那时的北京至承德，每四十里设一驿站，京承间传送公文，朝发夕至。乾隆在《避暑山庄百韵诗》碑中写道："我皇祖建此山庄于塞外，非为一己之豫游，盖贻万世之缔构也。"承德，一度成为全国政治中心。外八庙洋溢着民族团结的色彩。清帝由邀请少数民族王公贵族秋狩到建造具有各民族特色的庙宇，由尊重宗教到将蒙、藏崇尚的黄教定为国教，并接待班禅六世和章嘉活佛等宗教领袖，把信仰喇嘛教的信徒吸引到比西藏交通方便的承德来。到乾隆一代，承德不仅是政治中心之一，也成为全国重要的宗教活动中心。承德不仅记录着康乾盛世的辉煌，也记录着清朝后期的衰落与耻辱。1860 年 9 月，八国联军进攻京津，咸丰皇帝仓皇逃往承德，并在此签署屈辱的《中俄瑷珲条约》；之后，慈禧在这里策划了辛酉政变，开始了长达 48 年的垂帘听政。然而，兴也罢，衰也罢，承德始终占据着重要的政治地位。

承德的帝王精神不可避免地投射到其人文景观上，使其显示出某种帝王气象。承德市区西北多山而东南多水，北部是一片开阔的平原。聪明的园艺师和建筑家们精心设计，于此建山庄，荟萃着祖国的四方景观：从宫殿区走进湖区水域，如置身江南水乡；过如意洲入草地，如踏进内蒙古草原；漫步松林翠谷，望南山积雪，似赏北国风光；登山庄北城墙俯视外八庙，又像来到西北边陲……"山庄咫尺间，直作万里观"，山庄，似是整个祖国风光的缩影。各种景观，都拱向皇帝的居住地——宫殿区。外八庙亦颇有意趣。外八庙体现着各民族的文化特征，如溥善寺与溥仁寺为汉族式庙宇，普宁寺为藏族佛教寺庙风格，安远庙系新疆风格，普乐寺是汉式为主的汉藏结合式，须弥福寿之庙是以藏式为主的藏汉结合式，普陀宗乘之庙仿布达拉宫……然而，这些庙宇无一不是皇帝"敕造"，庙址选择、规模大小、形式布局都由皇家裁决，题额、匾联、碑文都由皇帝亲书。寺庙大都在东面和北面，整齐排列，其形势面向避暑山庄，呈向心态势。帝王中心意识可见一斑。这便是孙德民所言之"宗庙文化体系"。

在承德地区，既存在典型的燕赵文化精神，又存在典型的宗庙文化精神（即京都文化）；同时，也存在着二者的典型结合，这种结合甚至较京畿之地更加紧密而自然。例如，避暑山庄的中心是宫殿区，而正宫是宫殿区的主体建筑。正宫的设计摒弃了帝居的豪华，汲取了民居的朴素。全宫共九层院落，五座门，四层院，与周围的山意水趣相和相谐，并不使人感到金碧辉煌。"丽正门"系宫殿正门，取《易经》"明丽于天"之意。门前长30米的红色照壁高大浑穆，显示着皇家园林的气派，却有一段充满野趣的故事：传说鸡冠山下有位老人，每晚都听到山中鸡叫声，原来是一只金黄的母鸡领着几只小鸡觅食，于是他每天给金鸡送小米，成了鸡群的好朋友。一天，老人家里来了一位客商，恰值老人被派往热河行宫，便托客商以喂鸡之事。谁知客商发现这群鸡是金鸡，竟想据为己有。他狠命捕鸡，小鸡在母鸡救助下逃回山洞里，母鸡来不及回洞，急急钻入即将竣工的照壁中，每天"唧唧"地叫着，伴随着老人辛勤地劳动……至今，拍拍照壁，便会听到金鸡的"唧唧"声。森严的宫墙与富有野趣的民间传说的巧妙融合，显示着宫廷文化与民间文化的沟通与联系。这使人想到山庄戏剧的题材，一面是反映山庄帝王生活的历史戏，一面是反映现实农民生活的农村戏，不仅共处共存，而且相互促进、相得益彰。田本相说："如果说农村戏是对承德山区庄严生活的现实开掘，那么历史剧则是对承德特有的地域历史文化底蕴的戏剧提炼。这二者既有区别又有着深刻的内在联系，都着意于以本乡本土的地域生活和地域历史的突入和深化。没有农村戏的编导表演的艺术积累，就不可能顺利转入对历史剧的把握；而历史剧的艺术创造则又升华拓展了历史的传统。两者是互助互补的，又使其剧目构成成为有机的、立体的、纵深的，从而形成承德话剧团'山庄戏剧'的内涵和特色。"① 两类题材的联系，并非仅是戏剧艺术自身的联合，其深层原因，是承德地区独特的地域文化性格所致，是古老的燕赵文化与近古宗庙文化的融合与沟通。

地域文化性格，是地域文化的深层结构，它不同于文化的浅层结构。浅层结构指的是文化诸层次中多有历史沿革的精神价值体系，是经过理论加工的社会意识形态；深层结构则是某文化群体在漫长的历史中积淀而成的固定心态，是流布在民间的社会心理，属于既不易律动又不易突变的心理层次。某一文化可兼容多种表层结构，而深层结构却是唯一的。承德地区文化的深层结构便是其区域文化性格，是燕赵文化与京都文化独特的结合形式。据此，可对"山庄戏剧"的概念界定如下：

> 山庄戏剧的题材内容，一是反映避暑山庄、外八庙的清朝历史剧，二是反映现实生活的农村戏，还有超越上述题材却不失其风格底蕴的戏；其深层精神是揭示承德的地缘文化性格，即京都文化与燕赵文化结合的独特形式，这是山庄戏剧的内在

---

① 中国艺术研究院话剧研究所编：《红火的山庄戏剧》，中国戏剧出版社，1993年，第13页。

特质。

孙德民"山庄戏剧"具有很高的艺术品格和地域文化性格。承德区域文化系京都文化（宗庙文化）与古燕赵文化的融合，古燕赵文化又是农耕文化与游牧文化的融合。承德地区地处燕北，至今坝上高原仍生活着游牧的（或半农半牧的）蒙古族，在胡汉交融中，胡风尤盛。承德市在清代又是全国的第二政治中心，清帝不仅于此避暑，而且差不多每年有一半的时间在此办公，故称"塞外京都"，京都文化色彩亦很浓。在承德地区这个不算太大的燕赵亚文化区中，以避暑山庄为营垒的京都文化同周围积淀日久的古燕赵文化进行激烈的碰撞和交融，承德文化便是这种交融的独特形式。

孙德民祖籍浙江绍兴，60多年前，父亲跟随祖父千里迢迢来到热河泉边，住在水草丰茂的塞罕坝下，父亲娶了喀拉沁左旗的蒙族姑娘杜春华，孙德民便是胡、汉结合的产儿。这使他具有敏锐地感受家乡文化的基因。于是，他贪婪地吸纳着古燕赵文化与山庄的京都文化，将其化作乡土文化情结，并深深地积淀在心底。一旦进行艺术创作，这种情结便作为迷人的乡情汩汩而出，弥漫在作品中，变成了作品的生命。因此，孙德民戏剧创作的地域性成了他最鲜明的特色。

要论作品的地域性，自然可以考察其描绘的自然风物和人文景观，考察其描绘的风俗画，然而，"我们决不可误会'地方色彩'即是某地的风景之谓。风景只可算造成地方色彩的表面而不重要的部分。地方色彩是一地方的自然背景和社会背景之'错综相'，不但有特殊的色，并且有特殊的味"①。茅盾在这里强调的是"特殊的味"。他和陈望道、刘大白、李达共同编写的《文学小辞典》专设"地方色"辞条，释道："地方色就是地方底特色。一处的习惯风俗不相同，就一处有一处底特色，一处有一处底性格，即个性。""特殊的味"也好，"性格"、"个性"

---

① 茅盾：《小说研究 ABC》，见《20 世纪中国小说理论资料》，第三卷，北京大学出版社，1997 年，第 56～57 页。

也好，我们以为，都是指地域文化的深层结构，即地域文化性格。因此，研究孙德民的戏剧作品的地方色彩，则必须研究其对承德区域文化性格的揭示和体现。

第二节　孙德民"山庄戏剧"的地域文化性格

一、主旋律情结

孙德民话剧题材主要是两类：与避暑山庄相关的清史题材及与现实农村题材（亦有个别现实城市题材）。在现实题材的剧作中，可以排出这样的形象系列：赵青川（《飞水滩》）、田清泉（《愿望》）、老支书（《泉水河》）、周山（《进城》）、韩贵山（《野百合》）、秦颖（《女人》）、高树春（《这里一片绿色》）……在《孙德民剧作选》反映现实生活的10余部话剧中，此形象系列占了绝大部分。这些形象，其身份为村支书、生产队长、罐头厂顾问、县委书记、市统计局长、林区公安局长等，都是身居要位的城乡干部；其行为举足轻重，关系一方的兴衰和安危；其命运坎坷多舛，往往带悲剧性。"文化大革命"中，复出的县委书记赵青川冒"唯生产力论"罪名，带领干部社员在飞水桥工地大搞兴修水利发展生产，险被"陷害审查"；生产队长田清泉明学大寨、暗搞包产到户，浮屠岭虽富，终因事败被捕；曾因搞极"左"伤害过乡亲们的老支书，决心带领大家致富，虽屡遭误解，终以自己的无私赢得信任；农民企业家周山进城，遇到各种热遇和冷遇的喜剧；支部书记韩贵山曾因走致富"邪路"被撤职，而今又被乡亲们"逼上梁山"，他搞旅游、上项目，虽成绩显著，却磨难重重；统计局长秦颖坚持实事求是，却陷于社会、家庭、爱情的复杂纠葛之中；林区公安局长高树春虽妻离家破，仍不改初衷，兢兢业业致力于林区发展……这些干部形象，颇似何申的干部系列，不同的是，何申笔下的干部，奔波于矛盾复杂的社会关系网中，化解各种矛盾，力求和谐与团结；这些干部则为理想向"关系"冲刺，以"我不下地狱谁下地狱"的姿态推动自己的事业，他们显得格外刚正，命运也更带悲剧性。这些叱咤风云的人物，负载的是社会进程中的重大矛盾和斗争，在这条人物链上，浓缩着新时期农村的发展史。这条发展史，以赵青川、田清泉为铺垫，以老支书、周山为发展，以韩贵山、秦颖、高树春为深化，由自然而社会，由历史而今天，由习俗而心理，对改革中的种种社会矛盾进行了多方揭示，诸如"文化大革命"的极"左"思潮、社会的因袭负担、农民的自私心理、干部的腐败现象等。

这一切，显示着作家直面现实的勇气与关注社会进程的责任感。他并非撷取生活的浪花，由此而窥视时代洪流，而是用如剑之笔伸向波涛汹涌的时代洪流，斩下滚滚滔滔的段落，直接观察时代跳荡的脉搏。我们感到，作家有"到中流击水"的时代勇气，有"浪遏飞舟"的主旋律情结。这种时代勇气和主旋律情结的形成自然可作多种诠释，然而，承德亚文化区的京都文化影响，不能不是原因之一。京都文化导源于古老的庙堂文化，讲究皇帝的尊严与权威，国家的政治大统一，讲究忠君爱国，"居庙堂之高，则忧其民；处江湖之远，则忧其君"。新社会，"帝王之国"变为"人民"之"国"。京都文化的社会意识形态层面发生很大变化，如强调党的领导、社会主义道路、马克思主义指导等。在社会心理层面，民族的独立意识、统一意识和发展意识却有潜在的沟通。正是这种意识，形成强大的民族凝聚力，也是孙德民主旋律情结之根。

清史题材的戏涉及的主要人物形象有慈禧太后、十世班禅、十三世达赖喇嘛。他们或是一代帝后，或是有名的宗教领袖，都是叱咤风云的历史人物；虽是历史的题材，却也有现实的敏感性。作家通过他们思考近古中国的前进和倒退、民族的团结与分裂等重大历史问题，从而实现"古为今用"，亦可见出其时代勇气和主旋律意识，见出宗庙文化影响。

上述阐释，不过是说孙德民剧作选取与时代和历史发展相关的所谓"重大题材"，倘若就此予以肯定与赞扬，势必陷入"题材决定论"。成就的高下，还应看对此题材的艺术处理。

孙德民说："对生活的独到观照，选择一个独有的角度，让观众有一个独到的领悟，在美学上有一个独到的意蕴，这是戏剧的生命。"[①]"独有的角度"当是孙德民剧作的过人之处。笔者将其析为独到的切入角度和独到的表现角度两方面。

第一，独到的切入角度。对于从现实中截下的生活激流段落，孙德民并不急于搬上舞台，而是精心研究和思考，寻找社会主要矛盾的爆发点、多种矛盾的丛生点及人物性格的生长点，并将多种信息进行聚焦。一旦找到聚焦点，便单刀切入。因此，作品一开场，便隐伏着复杂矛盾，传达着多种信息，立刻抓住观众的心。其成名作《懿贵妃》开场便是顺治驾崩前留遗诏：懿贵妃"若持子为蛮，按祖宗家法治之，毋得宽贷"。于是，遗诏成了悬在懿贵妃头上的达摩克利斯剑，也成了肃顺制服懿贵妃的紧箍咒。肃顺与懿贵妃两个集团一个要留遗诏，一个要毁遗诏，展开鹿死谁手的斗争。围绕这条主要冲突线，各种矛盾层层展开，各种人物纷纷登场，一段历史活剧展现在观众面前。这种切入快捷而不突兀，因为它有一个前因：懿贵妃是小皇帝的生母。这成为她滋生觊觎皇权野心的酵母。这种酵母使此后的各种冲突都顺理成章。获得多个大奖的《圣旅》在结构上有两个前因：远前因是阿睦尔撒纳叛乱时清帝曾处死蒙古亲王额林沁，导致边疆少数民族对中原的畏惧与戒备；近前因是西藏隶属中原却远离中原，当时正受到外国东方公司拉拢。剧作开场便是班禅登上东行之途，一路上必然展开东行和西返之争，仁宁寺被烧、皇赐御药有毒、谋杀班禅、御赐朝珠赝品等事件便是东行与西返矛盾层层推进而构成的情节链条。《女人》结构的前因是市长的换届选举，而最有希望的人选是李保生和秦颖。剧作开始便提出统计局的统计数字。李保生要修改数字、虚报产量，秦颖坚持原则、反对修改，于是展开修改不修改数字、掩盖不掩盖虚报的斗争，这种斗争还纠结着爱情、

---

① 孙德民：《孙德民剧作选（四）》，中国戏剧出版社，1999年，第17页。

亲情、友情、婚姻等关系，各种人物的性格、行为、心理得到生动、具体、复杂的揭示。

孙剧结构的前因设置得尖锐、犀利，戏剧冲突便来得迅疾、激烈，激烈的矛盾冲突成为全剧的推动力，如强大的筋脉贯串全剧的始终。剧情冲突和前因的交汇点常常形成强劲的"钮结"，这钮结包含巨大的势能，各种矛盾冲突、人物关系都由此引发开去。作家常将此作为切入点，形成作品精彩的开端。这种开端又引出剧作的两个举措：一是常运用含蕴巨大能量和丰富信息的"道具"，它是钮结的外化，如《懿贵妃》中的遗诏、《班禅东行》中的金佛、《女人》中的统计数字、《愿望》中的桃红腈纶衫、《野百合》中的度假方案、《苍生》中的手表、《这里一片绿色》中的投资意向书……遗诏在《懿贵妃》剧中有举足轻重的作用，一出现便成为联系各种矛盾关系的钮结，之后出现诱遗诏、烧遗诏、讨遗诏、查遗诏、复得遗诏、复失遗诏等一系列事件及闹奏折、诈景寿、恭亲王夜访、施饵、调兵等一系列情节，悬念推衍，险情丛生。《圣旅》中的金佛，引发着携金佛、问金佛、盗金佛、卫金佛、献金佛等事件，推动着剧情发展……二是设计突出、集中而单纯的戏剧矛盾主线。孙剧由简洁、锐利的前因和快捷的钮结切入，导出的矛盾主线必然单纯、集中，具有一往无前的贯穿性。如余秋雨所言："对外来说强调排除乱藤杂蔓的纠缠，对内来说则需要保证足以贯穿到底的力度。换言之，这条鲜明的主线是连成一气的，绝无断继痕迹，既不脆裂，也不松脱。"[①]如《圣旅》中班禅的"进"与"退"、《懿贵妃》中遗诏的"毁"与"留"、《女人》中粮食产量数字的"求实"与"作伪"、《野百合》中度假村方案的"肯定"与"否定"、《这里一片绿色》对投资意向合同的"签"与"不签"等，都是主线单纯鲜明，一贯到底，具有极强的力度。这不仅使作品具有"豹头"（开头直入中心，直接引发戏剧冲突，紧迫夺人）、"熊腰"（中部悬念丛生、波澜迭起，引人入胜），而且有"凤

---

① 余秋雨：《戏剧理论史稿》，上海文艺出版社，1983年，第317页。

尾"之妙，如《懿贵妃》结尾异峰突起，令人拍案。本来肃顺已持遗诏，且部署兵力，胜券在握，不料诏书掉包，操胜券者反惨败。这种事态陡转不仅强化剧场效果，且深化了人物性格。《圣旅》中班禅到达避暑山庄，全剧本应在欢乐气氛中结束，却节外生枝，设置假朝珠事件，进一步刻画康熙与班禅的性格，并为东行与西返的矛盾提供现实依据。《女人》中，随着剧情发展，秦颖陷于各种矛盾不能自拔，一场大悲剧即将形成，结尾却情势急转，斗争的双方一个调往省城，一个担任有职无权的市政协副主席，都得升迁。看似平淡，对官场内幕却进行了深刻揭示，给人无限回味的余地。这正是李渔所说的"到底不懈之笔"。

第二，独到的表现角度。如前所述，孙德民善于选取重大题材，创作时又单刀直入，直插中心，突出主线。如果仅仅是这样的话，便容易陷入政治化、概念化的泥淖，从而沦为"时代的传声筒"。孙德民懂得艺术辩证法，深谙艺术的虚实之道。在创作中，他着眼于生活的重大问题却不直接着手，他单刀直入主要矛盾却又不直接面对。正面展现在舞台上的，是各种各样的"人"的关系，是人性、人情的复杂纠葛。一方面，作家对社会生活的切入点是尖锐的社会问题，带有浓重的政治色彩；另一方面，作家对社会问题的表现又着意于社会矛盾中的人，写他们的恋情、亲情、友情、手足情，带有浓重的伦理色彩。在《女人》中，李保生的弄虚作假、市委扩大会的激烈争论、秦颖"经济问题"的立案审查等，都退到了幕后，正面展现的是各种各样的伦理关系，是"数字"问题激起的人们的情感变化。李保生与秦颖是政治上的对立者，李保生又是秦颖的表姐夫，激烈的矛盾纠结在亲戚关系中；这一冲突又牵连着秦大成的"农转非"问题，大成是秦颖的亲哥，大成背后又站着他和秦颖的母亲。秦颖和袁市长不仅是上下级关系，还有割舍不断的恋情，这恰成为她遭中伤的口实。秦颖的戏剧行动，除第六场在纪检会调查室，大都发生在家庭中：秦颖家、李保生家、袁市长家、杨福忠家、还有杨福忠的墓地。整出戏的高潮，并非秦颖、李保生的数字之争，而是发生在秦家的"农转非"表格之争，是秦颖撕表。虽是亲情冲突，却传达着数字之争的强大信息，更重要的是，秦颖丰富的情感、复杂的心理、倔犟的个性生动地表现出来。佛家讲究弃绝尘念、超凡脱俗，活佛戏似多"人情"障碍。在《圣旅》中，一方面，发掘活佛之情，如对佛徒的仁爱之情、对世人的宽恕之情、对不幸者的深切同情，还设置其胞弟仲巴，见手足之情；另一方面，活佛周围设多种人情关系，如格桑姆与阿萨的恋情，与舍楞的父女情，康熙、董妃、和孝公主间的夫妻情、父女情、母女情等。这一切，不仅使剧作具有思想高度，也具有人性深度。再如，《这里一片绿色》将艰苦奋斗、发展林区的社会课题凝聚在高树春、徐萍与苏越的爱情纠葛上，《苍生》将农村的发展改革展现在田留根坎坷的爱情婚姻历程中……

人性、人情、人的关系、人的行动的着意描写使孙德民剧作显得丰富多彩。孙德民剧作结构主线虽然单纯集中，但在主线的每一个发展点上都集结着各种各样的人物，他们以各自的心理进行着各自的行动，并表现出各自的性格；他们之间的关系又错综复杂、盘根错节，更增一层丰富感。这种主干单纯、局部繁茂的戏剧结构，如同一株高高的白杨，笔直的主干高指蓝天，绝无旁逸斜出；茂密的枝叶自由地吸收空气和阳光，又都附在主干上。整棵大树显得挺拔英俊、生气勃勃。

主流截取、焦点切入和伦理表现，构成孙德民剧作主旋律情结的全部内涵，它既体现着区域文化性格，又体现着作家艺术个性，是山庄文化性格的孙德民化。

二、现实主义精神

孙德民剧作的现实主义精神不仅为人们公认，而且为人们称道。现实主义这个"艺术之魔"，在中国现当代文学史上，其命运发生着戏剧性变化：它曾拥有至高无上的地位，常常与"革命"联系在一起，然而，革命又常常遮蔽它的真面；它也曾丧魂落魄，被新潮的文艺家与理论家们弃之如弊履；90 年代，却又展露出它那饱经风霜的脸，并搅起一场"现实主义冲击波"。它以自己的坎坷命运顽强地表明：中国文学须臾离不开现实主义。现实主义是个谈得既多且滥的话题，对它的阐释也可用车载斗量，仅现实主义的名字便有批判现实主义、持续的现实主义、动态现实主义、外在现实主义、幻想现实主义、形式现实主义、理想现实主义、反讽现实主义、战斗的现实主义、朴素的现实主义、民族现实主义、自然主义的现实主义、客观现实主义、乐观现实主义、悲观现实主义、造型现实主义、诗化现实主义、心理现实主义、日常现实主义、浪漫现实主义、主观现实主义、超主观现实主义、虚幻现实主义、良知现实主义、魔幻现实主义、自觉现实主义[1]，以及改良的现实主义、新现实主义[2]，等等。此处无暇作理论辨析，只就最一般的结论施以己见。

现实主义是"按生活的本来面目描写生活"（契诃夫语），即强调"艺术描写的真实性"。生活是纷繁复杂的，大致可分为社会、生命、心理三层面，因此，现实主义必须强调社会、生命和心理三者的真实。社会层面强调的是社会关系，基础是由社会生产力决定的社会生产关系；生命层面的基础则是人自身的生产，往往体现于与人的生产和繁衍相关的爱情、婚姻、家庭以及由此产生的伦理关系；心理层面则是社会与生命的意识沉淀，既包括有序的理性意识，又包括无序的潜意识。孙德民剧作的现实主义品格，体现了对社会、生命、心理三层面的深入开掘。

第一，社会关系的真实。孙德民不仅有直面社会现实的勇气，而且有洞悉生活深层特质的锐利目光。他以强烈的主旋律意识对祖国的前途和命运进行着苦苦的思考。《飞水滩》、《心底里的呐喊》、《愿望》、《泉水河》等剧作思考着中国农村在历史转变期的前进和曲折，以真实感人

---

① D. Grant, Realisme, London: Methuen, 1970: 1.

② R. Ellmann & C. Fleidesoneds, The Modern Tradition, New York: Oxford University Press, 1965: 232.

的故事印证着党的十一届三中全会以来乡村变革的历史价值和意义；《野百合》、《女人》则表现改革深化后的深层矛盾。这一切都让读者和观众产生了心灵上的共鸣。《懿贵妃》与《班禅东行》虽是历史剧，却也有强烈的现实意义。《懿贵妃》写到了卖国与爱国的矛盾、窃权与反窃权的冲突，但"它们都不是主题"，作家将主题定为"防患于未然，消灭祸患于无形"，这使人想到江青集团的教训，这不是有关祖国前途的重大现实主题吗？民族团结问题，不仅是我国党和人民倾心关注的问题，而且是世界性问题。80年代许多国家民族矛盾加剧，乃至后来的苏联解体、南斯拉夫分治、两伊战争……《班禅东行》展示的我国民族团结历史的现实意义不言自明。对于这些有价值的创作，作家的现实主义品格的主要表现，还是对社会生活本质的深入揭示。

《女人》中的秦颖坚持原则，维护统计数字的尊严，却被送上审判台，原因是她曾有请客送礼的"腐败行为"。秦颖痛陈苦衷：为解决本部门职工的住房问题，自己不得已按已成习惯的办法给有关部门送了礼。这种感慨万千的内心倾诉，让观众感觉到，秦颖面对的腐败现象已向全社会传染和蔓延，人们只要想做点事情，哪怕是为大家谋利益的好事，都要成为受袭击的对象，即使像秦颖这样坚持原则的人也不能例外，也要成为"带菌者"：她要做好事，就必须做不光彩的事；在一种场合反腐败，另一种场合却要助长腐败。这种揭示是惊心动魄的，显示出作品的现实主义深度。这种深度还表现在故事的结局上：为统计数字争斗得你死我活的双方，都获得升迁，一个调省城，一个任市政协副主席。这是一种可怕的"官场平衡"，争权斗争愈激烈，便愈要搞平衡、搞调和；原则可以不管，平衡与调和却不能不要。以人情牺牲原则，以调和、平衡掩盖是非，这又是解决不正之风问题中的不正之风。这一切多么令人深思！

历史剧没有具体的现实问题，作者能较为准确地把握历史发展的走向与人物性格逻辑，使故事与人物性格的发展丝丝入扣，真实可信。

《懿贵妃》中的懿贵妃由耍权术的兰儿到施淫威的太后，主要是她洞悉宫内外环境，并以自己的"心计"和"胆识"不失时机地进攻与发难。第一场，皇上下旨"不许懿贵妃再来见我"，并立下除治懿贵妃的遗诏。懿贵妃显然处于被动的劣势，但她很快清醒。第二场中，利用太后的善良和轻信，演出了割臂肉作药引的苦肉计，太后感激之余，烧"遗诏"，交付"同道堂"御印。懿贵妃自以为后顾之忧已除，于是引出第三场的"垂帘听政"。或同奕䜣策划于密室，或与肃顺交锋于宫庭，她踌躇满志，飞扬跋扈，岂料"遗诏"未毁，又落入肃顺之手，又引出第四场肃顺策划"逼宫"，懿贵妃追查遗诏，同奕䜣策变，终因曾禄倒戈而获胜，于是懿贵妃杀肃顺，施淫威，成为不可一世的西太后。

第二，生命的真实。如前所述，孙德民的许多作品着眼点是重大的社会矛盾，着手处却是人的恋情、亲情、友情、手足情，带有浓重的伦理色彩。他在自己的作品中精心编织着一张张情的网。《这里一片绿色》简直是情的世界：高树春同奶奶的母子情、同丽梅的父女情、同徐萍藕断丝连的夫妻情、同刘志远一家的友情、同苏越的恋情、同张萱的同学情，徐萍同奶奶的婆媳情、同丽梅的母女情，刘志远同桂香的夫妻情、同秋来的父子情……缠缠绵绵的情丝将各种人物编织在一起，并牢牢地系在雾蒙山这块绿色的土地上，透视着雾蒙山建设者们的精神风貌。生命性的情感常常冲破理性的藩篱带有突如其来与莫名其妙的特点，从而使生活陷于复杂化。高树春与徐萍本已离婚，却情丝不断，对生活道路的各执己见又难以破镜重圆。当他们进行了最后一次心理交锋，达成了互相理解、互不勉强的协议，已确认"不能走到一起了"时，徐萍却问了一句"也许不该说的话"："树春，你真的要跟她（即苏越）……"多么复杂而微妙的情感！显示出作家把握人物情感的功力。

实际上，孙德民剧作中的生命层面与社会层面常常相互交叉融合。社会层面见其指向性，生命层面见其丰富性，二者纠结，形成复杂的人生悖论，生活更显得深刻、真实。《女人》中的几个主要人物，都陷于生活悖论中。秦颖面临家庭利益与工作原则的矛盾：为秦颖读书而作出巨大牺牲的哥哥面临"农转非"的问题。对哥哥来说，这是终身大事；对秦颖来说，这似乎并不难办，只要睁一眼、闭一眼，对李保生的统计数字不过于认真即可。这样，既照顾了哥哥，又开恩于李县长，但恰恰丧失了工作原则，损害了"统计数字"的严肃性。秦颖处在两难选择之中，每种选择都会使她受到伤害。袁市长面临爱情与政治、公正与妥协的矛盾。他面临离退，接班人的人选有二：一是能力很强而政风不正的李保生，他借用市长前妻、秦大成"农转非"及统计局建房等向秦颖发起强大攻势；一是作风纯正又与袁市长有恋情的秦颖，她坚持维护统计数字的准确性，堵李保生晋升之路。袁市长选李保生，便牺牲原则，也牺牲真挚的爱情；选秦颖，便会陷于人事纠纷与谣言之中。李保生面对的是个人升迁与党的原则的矛盾选择：他能干、肯干，工作成绩显著，唯一的障碍是本县粮产数字不高。实事求是，便障碍晋身之阶；要竞选市长，就必须弄虚作假，修改统计数字，牺牲党的原则。这些复杂的悖论，正是深刻的生活现实，人物正是在艰难而痛苦的选择中，展现出鲜明的性格而成为较为丰满的形象。《愿望》中的田清泉、《这里一片绿色》中的高树春和徐萍，乃至《班禅东行》中的班禅等，都是在生活悖论中展示典型性格，展现生活真实。

社会层面与生命层面的交叉，即使不形成生活悖论，也有一种复杂的人生况味。且看《懿贵妃》中的一段对话：

> 西太后：说实在的，将来这宫里宫外，虽然满朝亲营，除
> 了六爷，我能指望谁？皇帝还小，我又是个妇道
> 人家，朝政大事，还不都得靠你……六爷，你还
> 不明白吗？
>
> 奕　䜣：（多情地）兰儿！
>
> 西太后：（故作严肃）嗯?!
>
> 奕　䜣：（行礼）请圣母皇太后宽恕。

西太后：（笑）也不知你是胆大还是胆小？

奕　䜣：（不解地）这……

西太后：事成之后，你可就如愿以偿了！

或者是西太后以旧情牵制奕䜣，形成懿奕联盟，或者是昔日的恋情促成他们的政治结盟，此小小细节为"辛酉政变"奠定坚实的基础。在这里，我们看到了真实的女人政治和政治女人。

第三，心理真实。心理真实并非指的是作品中的人物的心理，而是指作家心理。哲学思潮对文学有举足轻重的影响，古代哲学是朴素的实在论，其核心是强调事物独立于主体心灵之外的客观实在性，人的一切知识都不过是通过知觉对外物的认识。文艺上便有古希腊流行的"模仿说"、恩培多克勒的"流射说"、德谟克利特的"影像说"、西方文艺复兴后又流行"镜子说"等。19世纪流行实证主义哲学，文艺愈加强调艺术描写的客观性、科学性，乃至有自然主义流派出现。20世纪随着哲学与心理学的发展，人们愈来愈重视从客观世界到文艺作品的"中介因素"：文艺家的心理。知觉心理学提出"知觉指向状态理论"，现象学哲学提出意向性观念。现象学家胡塞尔曾经说过，任何思维现象都"具有其意向对象，这对象根据其本质形成的不同被意指是这样或那样被构造的对象"[1]，这就是说，任何思维活动都是在意向性中对认识对象的建构。他还指出："对象的意义随体验的变化、随自我情绪和行动的变化而变化。"[2]艺术心理学家贡布里希有如下名言："艺术家的倾向是看他要画的东西，而不是画他所看到的东西。"[3]

作家创作中的意向，并非仅指理性的意识活动，更重要的是潜藏在作家意识深层的心理，属于连作家本人也不易察觉的潜意识层面。这种情感意向同作家的经历有关，是作家在复杂的经历中获得的刻骨铭心的

①② 胡塞尔：《现象学的观念》，倪梁康译，上海译文出版社，1986年，第63、72页。

③ 贡布里希：《艺术与错觉》，林夕等译，浙江摄影出版社，1987年，第101页。

生活体验和人生精义。它以巨大的潜能牵制着作家的创作。

遍览孙德民剧作，无论是现代戏中的主要人物，如赵青川、田清泉、老支书、周山、韩贵山、秦颖、高树春、田留根，还是清史剧中的十世班禅、十三世达赖、肃顺等，虽然语境不同、性格各异，却有一个共同的人生模式：面对层层阻力而不屈不挠，经历重重磨难却不懈抗争，简言为"磨难-抗争"模式。这种模式正是孙德民情感意向的异质同构。孙德民的情感意向导源于生活经历，其经历亦可称为"磨难-抗争"模式。其磨砺有：第一，政治的磨砺。他虽有幸福的少年时代，"父亲的历史问题"却在他的心灵上投下浓重的阴影；大学毕业，本来可分到理想工作单位，但因父亲历史问题未能如愿。这位才华横溢、好学上进的青年经历三天三夜的痛苦思考后，做好走最艰苦的道路的精神准备。第二，人生的磨砺。他放弃留校任教的机会，申请回家乡承德，在地区文化局的最底层——承德话剧团开始了漫长的人生历程，下乡搞"四清"，深入生活搞创作、演戏、写戏，30年的风风雨雨，艰难困苦，玉汝于成。第三，工作的磨砺。在全国话剧危机、演出萧条、承德话剧团花1角钱车票都要掂量的情况下，孙德民担任团长。他带领全团演职员，"以不甘沉沦的精神，背水一战的勇气，带着几分悲壮，在话剧舞台上进行艰苦的拼搏、探索，伴着泪水和酸楚，挣扎着，苦斗着，用辛劳和付出，呼唤和寻觅话剧艺术的转机"（孙德民语），终于寻到走出困境的路子：每年推出新的高质量话剧—话剧推到影视屏幕—再由影视收入推动话剧，实现良性循环。第四，艺术的磨砺。写剧本难，写好剧本更难，对孙德民来说便更难一等。他担任团长兼党支部书记，白天管团务，晚上抓思想，深夜才是他个人的创作时间。他凭着"拼命三郎"精神，硬是新作不断，十几年来，创作话剧17部，影视剧14部，而且部部"成话"，连连搬上舞台和银幕，还屡屡获奖。全国性的奖励便有文化部的文华奖、中宣部的"五个一"工程奖、少数民族题材剧作的"孔雀奖"与曹禺戏剧文学奖等。这些人生磨砺以及在磨砺中形成的奋进精神，必然沉入孙德民心理深层，形成潜在的"磨难-抗争"情结，创作时作为情感意向流泻而出。在对象中寻找共鸣点，从而使对象成为带意向性的建构，对象自然也带有了"磨难-抗争"模式。这种模式，不仅赋予倾心赞扬的理想人物，即使批判的对象，也有所体现。例如懿贵妃，作家对她的篡权野心、权术阴谋、毒辣手段等进行着理性否定，然而在潜意识中，懿贵妃的经磨历劫而不屈不挠、我行我素且反败为胜的人生态度，也与孙德民的"磨难—抗争"情结发生共鸣，因而比较充分地展示了懿贵妃的心理和行为变化的全过程。而这种展示给人多方面的感受。日本著名艺术家市川猿之助说："孙德民先生的《懿贵妃》写出了一个生在男尊女卑的社会里，能勇敢地与命运抗争、独立自主争取生存的西太后，它的结构如同新歌舞伎作家真山青果的历史剧，娇艳而有力量。"① 懿贵妃成为有立体感的圆形人物。这种人物还有《女人》中的李保生等。

三、崇高品格

孙德民剧作具有鲜明的崇高品格。

人们常将优美与崇高进行比较性阐释，认为优美是主客体之间的相对统一状态，而崇高是主客体关系的矛盾激化状态。其实，在人类历史上，崇高展示的主客体关系远非如此简单。约略说来，它具有古典、近代和现代三种历史形态，称为古典型崇高、近代型崇高与现代型崇高。古典型崇高是农业社会的产物，与封建生产关系相适应，并相伴始终，是量大质巨的壮美，与美的方向一致，以和谐为基调。从本体论看，其是主体与客体的和谐统一；从认识论看，其是主观与客观的和谐统一。其本体论的性质与认识论的性质间并没有明确界限，即是说，其总体和谐既是本体论的，又是认识论的。近代型崇高是工业社会的产物，与资本主义上升的时代相适应。近代型崇高属于认识论范畴，在认识论的基

---

① 孙德民：《孙德民剧作选（四）》，中国戏剧出版社，1999年，第12页。

础上揭示主客体的对立，主客体的分裂是在认识目的上造成的分裂，即认识有误。近代型崇高真正面对客观世界，将其放在极其重要的位置上，同时，也对主体能力给予格外关注，对认识客体的可能性充满信心。它并不忌讳由于主体认识有误而造成的悲剧（这正是近代悲剧的主要内涵），而是在更高层次上肯定了这种悲剧的积极意义，从而反映了资本主义上升时期蓬勃的朝气。现代型崇高是西方后工业社会的产物。随着西方资本主义经济开创时代的结束，以认识客体为基础而形成的主客体对立转向以主体生存为基础而形成的主客体对立。崇高从认识论性质转到了本体论性质。这便是存在维艰、主客体对立的现代型崇高。现代型崇高的目的不是为了认识外在的客体对象，而是为了使主体获得一个自由存在的空间。因此，它不似古典型崇高那样以客体为中心，而以主体为中心；不似近代型崇高那样探索主体认识客体的能力，而是探索主体在客体的严峻压迫下的生存能力。

我国是一个发展中国家，从经济发展看，属于发展中的工业社会，整个社会文化也处于开拓发展的上升阶段。其崇高形态主要是探寻发展中的认识论性质的，它不属于现代型崇高性质，而更接近于近代型崇高性质，我国的社会主义制度，使崇高形态又有自己的特质。社会主义初级阶段的崇高的内核并非如古典型崇高那样高扬"群体"，也非近代型崇高那样高扬"个体"，它高扬的是"集体化的个体"。社会主义初级阶段的崇高在本质上是以"认识"为中心，揭示主体（集体化的个体）的认识能力与客体可认识之间的矛盾以及善对恶的最终压倒。具体来讲，主体出于善和真的目的试图去认识外在世界，由于主体认识能力与客体可认识性间的矛盾而导致认识的暂时失败。这种失败，一方面显示出主体认识能力的不足，使主体方面得以弥补；另一方面逐渐展示出通往客体可认识性的途径。这个"认识—受挫—认识能力得以升华"的过程，就是社会主义初级阶段崇高的学理性质。它是一种"大美"又不全是和谐，体现着认识过程中主客体的矛盾，却又不全是对立。它有着以往各种崇高的痕迹，又是一种有着新内涵的美学形态，既是现阶段生产关系的曲折反映，又蕴含对社会主义高级阶段的精神与文化追求，表现出开放、发展的生动态势。孙德民话剧正表现着这种态势。

根据浩然小说《男婚女嫁》改编的《嫁不出去的女儿》塑造了一个善良、聪慧的农村姑娘刘惠玲的形象，她因出身富农，在那个血统论盛行的年代里成为嫁不出去的姑娘。三次恋爱失败后，她留下一封令人痛彻肺腑的遗书而自杀。这种"恶"对"善"的压倒显示着主客体的激烈矛盾。刘惠玲令人心颤的悲剧命运及以死抗争的精神显示出崇高品格。这种崇高体现着主客观的强烈对立，近于近代型崇高。《野百合》中，百合岭的支部书记韩贵山曾因搞改革致富被撤职，而今，他自己开了个小饭馆，日子过得挺红火，却又被乡亲们恳求、"威逼"重返工作岗位。他上任后雄心勃勃，捐款开猎场、建度假村，局面刚刚打开，却受到来自各方面的阻力，他再次陷于尴尬和苦闷中。它告诉人们，社会主义初级阶段前进中阻力重重，"恶"压倒"善"的情况屡屡发生，改革者的命运常常是悲剧性的。这种"历史的必然要求和这个要求暂时不能实现的矛盾冲突"属于近代型悲剧性质，其崇高自然近于近代型崇高。然而，剧中的主人公并非单个的个体，而是"集体化"的个体，韩贵山的悲剧崇高已渗入"社会主义特质"。《愿望》创造了田清泉的人生悲剧。"文化大革命"期间，老队长因亏欠过多自杀，田清泉被推举为队长，他冒天大风险，明学大寨，暗搞承包，并发展养貂。浮屠岭由穷变富，田清泉却因事情败露被抓进监狱，新婚的妻子也自杀身亡。这是惊心动魄的大悲剧，给人惊心动魄的崇高感。这种尖锐的矛盾当属近代型悲剧，但是，剧作的序曲和尾声告诉人们，上级领导已给田清泉平反，田清泉将重整旗鼓，带领乡亲走上新的征程。尖锐的对立趋于缓和与统一。"认识－受挫—认识能力的升华"，这又符合社会主义初级阶段崇高的学理性质，进入社会主义初级阶段的崇高范畴。《女人》的情况略有不同。坚持原则的秦颖被送上审判台，"历史的必然要求"却不能实现，不屈的秦颖显示出几分悲壮、几分崇高。结局是秦颖异地升迁，李保生任有职无权的政协副主席。正义者无过，腐败者亦无过，均不予重用。认识受挫后，并未获得认识能力的升华。这也可算是社会主义初级阶段的崇高，因为从总体看，对立的双方终得某种程度的缓和，尽管不是正义者的彻底获胜。这种情况展现出社会主义初级阶段崇高形态的复杂性。《这里一片绿色》对崇高的揭示显示出另一种复杂。高树春扎根雾蒙山数十年，不仅生活艰苦，而且失去妻子，其精神和行为可谓崇高。徐萍抛夫别女，到城市里闯世界，当是谴责的对象，然而，徐萍的想法是："说真的，我也向往绿色，可人生仅仅有绿色就够了吗？生活本来是五彩斑斓的，为什么不能有红色、黄色、白色……"她爱丈夫、爱女儿，生活道路不同又使他们难以相聚，她的道路甚至获得了高树春、苏越的理解。更何况，她有了钱后又向雾蒙山投资，帮助其经济发展。徐萍似也应得到理解和同情。徐萍与高树春的矛盾似不应是根本性的。这种情况说明：社会主义制度本质上是为广大劳动群众服务的，为他们伸展自由本质而服务，为他们把握外在世界而服务。其间发生的矛盾一般不是根本对立的。

社会主义初级阶段的艺术作品表现的崇高不都是社会主义初级阶段特有的崇高。孙德民创作的历史剧在此之列。在《班禅东行》中有两条矛盾线索，主线是围绕班禅展开的"进"与"退"的冲突，重要人物有主进派的格桑姆、主退派的布尔珠，还有跟踪而来的东方公司代表普利蒂亚、乌里亚苏头人阿萨等；副线是围绕乾隆展开的"迎"与"拒"的冲突，重要人物如刘墉、和珅、董妃、章嘉等。两组冲突跳跃性组合，构成错综复杂的矛盾。最后，两组矛盾相交融，班禅到达承德，与乾隆帝握手言欢，成大团圆欢乐结局。班禅伟大的行动，庄严的圣旅，洋溢着崇高美，进退、迎拒等矛盾冲突融合而成的大团圆结局，显示出古典型崇高的美学特征。《懿贵妃》则属于近代型崇高。它是西太后的正剧，却是肃顺的悲剧。对于肃顺，作家有如下看法，他"是一个忠于朝廷的封建正统人物，他杀赃官、限制富户、镇压农民革命，都是为了维护摇摇欲坠的清王朝的统治。他反对那拉氏篡权，也是为了维护'祖制'，维护世代相袭的封建正统。但其中有抵制外国侵略的一面"①。我们以为，尽管肃顺对西太后的悲剧性反抗包含不少合理的成分，甚至使人同情，然而，他仍是"作为垂死阶级的代表来反对现存的制度，或者说得更确切些，反对现存制度的新形式"②。这就构成"历史的必然要求和这个要求实际上不可能实现的悲剧性冲突"，肃顺的失败也是必然的。当肃顺在刑场上人头落地时，懿贵妃、肃顺的争斗以肃顺的被处斩而告终。二人你死我活的斗争展示的是近代型崇高。

孙德民剧作展示的崇高虽是多种形态，但较多展示的是尖锐的矛盾和对立，在形式上与近代型崇高相近，剧中的人物在激烈的矛盾冲突中庄严地站立起来。崇高的形象常常是悲剧性的，其以自己悲壮的行为书写着一曲曲慷慨悲歌。

---

① 焦然、唐小可：《〈懿贵妃〉中的肃顺》，见马少波等：《孙德民话剧评论集》，花山文艺出版社，1994年，第86页。

② 恩格斯：《致拉萨尔的信》，见《戏剧理论史稿》，上海文艺出版社，1983年，第517页。

第六编

河北当代儿童文学

第一章 河北儿童文学概述

中国古代没有儿童文学，严格地说，中国的儿童文学其实是现代儿童文学。正如茅盾所说："'儿童文学'这名称，始于'五四'时代。"①当然，传统文学中也有部分适合儿童阅读的作品，如《千字文》、《三字经》、《百家姓》、《幼学琼林》等，但这些作品事实上大多归诸于儿童启蒙学教材，是作为启蒙教化的组成部分存在的，并未形成独立的文学品格，因而，不能被看做真正的儿童文学。到近代，在西方文化的冲撞下，一些有识之士开始译介外国儿童文学著作，这其中如林纾翻译的《海外轩渠录》（即《格列佛游记》）、《鲁滨孙漂流记》，孙毓修编译的《无猫国》、《大拇指》等。随之，与儿童教育相关的儿童读物和儿童文学开始出现，并产生了一批热心儿童文学编译、创作的文化人，以及专门发表儿童作品的报刊、丛书等。新文化运动的先驱鲁迅，首先发出了"救救孩子"的呼声，认为儿童解放"这是一件极伟大要紧的事，也是一种极困苦艰难的事"②，提倡给少年儿童提供新鲜的"浅显而有趣"的读物（《华盖集》）。陈独秀也明确提出"'儿童文学'应该是儿童问题之一"③，倡导儿童文学创作。胡适和周作人也发表了《儿童文学的价值》、《儿童的文学》等文章，从理论的高度呼吁发展儿童文学。这个时期，为儿童文学进入现代作了比较充分的准备。叶圣陶的童话《稻草人》（1923年）、冰心的散文集《寄小读者》（1926年），在小读者群中产生了巨大的影响，成为中国现代儿童文学开始成长的标志。

---

① 茅盾：《关于"儿童文学"》，《文学》，1935年2月，第4卷第2号。
② 鲁迅：《我们现在怎样做父亲》（1919年10月），见《鲁迅全集1》，人民文学出版社，1981年，第92页。
③ 转引自茅盾：《关于"儿童文学"》，《文学》，1935年2月，第4卷第2号。

　　自觉的河北儿童文学的产生要晚于中国儿童文学。"五四"时期，北京大学搜集民歌、童谣，也记录了一些直隶儿歌。但这些作品也同样没有形成独立、纯粹的儿童文学品质，所以，算不上是儿童文学。真正的、自觉的河北儿童文学是 30 年代后期伴随着救亡主题在抗日根据地发展起来的。孙犁、郭小川、华山、管桦等成为这一时期最具代表性的作家。

　　到五六十年代，河北的儿童文学创作得到很大发展，河北本土成就突出的是刘真带有自传色彩的"小八路"系列和徐光耀的中篇小说及电影剧本《小兵张嘎》。金波、葛翠琳等一些有志于儿童文学创作的青年作家也逐渐崛起，创作了一些很有艺术成就的作品。在 50 年代新中国儿童文学创作的第一个繁荣期里，河北的儿童文学创作虽然人数不多，但成就相当显著。

　　经过"文化大革命"后的拨乱反正，在 1978 年秋第一次全国少年儿童读物出版座谈会和 1980 年全国少年儿童文艺创作评奖活动的推动鼓舞下，河北的儿童文学创作重新焕发了生机。铁凝以城乡少女为主人公的成长小说《哦，香雪》、《没有纽扣的红衬衫》和徐光耀的中篇小说《少小灾星》以鲜活的人物形象、精湛的艺术手法和丰富的思想内涵，给全省儿童文学作家以极大的启迪。作家们以新的观念重新审视现实生活中孩子们成长的外部生活和内心世界，创作呈现出前所未有的新气象。

　　由于此前文学研究界对河北现代儿童文学发展史缺少梳理，因此，这篇河北儿童文学概述的时间范围不限于当代。河北儿童文学可以划分为三个阶段。

一、自觉期：1937～1949 年

　　1937 年抗日战争爆发。战争使整个社会生活发生了翻天覆地的变化，也使中国文学以及儿童文学发生了根本性的变化，民族独立、抗日

救亡遂成为压倒一切的时代主题。毛泽东在 1938 年 6 月 16 日为陕甘宁边区的第一份儿童刊物《边区儿童》题词："儿童们团结起来，学习做一个自由解放的中国国民，学习从日本帝国主义压迫下争取自由解放的方法，把自己变成新时代的主人翁。"1942 年，毛泽东又在《解放日报》的"儿童节纪念专号"上发出号召："儿童们团结起来，学习做新中国的新主人。"在这种特殊的时代里，儿童的生活和战争紧密结合在一起，儿童文学也出现了一些新的品质，战争题材、爱国主义主题、现实主义精神等元素被充分发掘出来，得到空前的重视。儿童文学遂成为大时代的小战鼓，震颤出时代的最强音。作为晋察冀抗日根据地文学的重要组成部分，河北的儿童文学创作将上述品质发挥得淋漓尽致，不仅成为当时儿童文学的特色，而且成为日后整个河北儿童文学的最重要的美学传统之一。

儿童诗是这个时期较早出现的文学品种之一，孙犁和郭小川等是这一时期最重要的儿童诗人。1938 年 8 月，孙犁创作了《冀中抗战学院校歌》，提醒同学们"莫忘记那火热的战场就在前方"，号召大家"在烈火里成长，要掀起复仇的巨浪！"全诗凝聚着强烈的民族情感，成为战斗的号角。他的长篇叙事诗《儿童团长》写于 1939 年，叙述了 13 岁的儿童团长小金子布置站岗、查岗的过程。诗歌采取自由形式，感情真挚热烈，形象地展示了小儿童团长既稳重成熟又不乏天真稚嫩的性格特征。诗歌注重情、景、事的交融，在展示时代风云的同时注重营造意境，可谓既具时代特色，又不乏艺术之美。《春耕曲》（1941 年）则可以看做是一首富有情趣的童话歌剧，借助二娃子、秀花和小黄牛三个人物表达了儿童们齐心协力支持抗战的情感。孙犁在从事儿童文学创作的同时，也从理论上倡导和指导儿童文艺工作。1940 年 10 月，孙犁写了《谈儿童文艺的创作》一文，认为："边区的孩子们已经参加了战斗，需要对他们进行政治的、战斗的科学教育。今天用艺术来帮助他们，使他们思想感情加速健康的成长，是我们艺术工作者的迫切任务之一。"①这种理论上的自觉无疑促使根据地儿童文学迅速地发展与成熟起来。

郭小川（1919～1976 年），河北省丰宁人。诗作中不乏优秀的儿童作品。他于1938 年创作的长诗《滹沱河上的儿童团员》影响颇为深远。全诗在"滹沱河水在歌唱，滹沱河水放金光"的美好自然景象中，以深情的笔触赞颂了滹沱河边上"手持红缨枪、眼睛放金光"的儿童团员的小英雄形象，全诗情景交融、感情热烈，具有很强的艺术感染力。

这个时期，一直在太行山区从事革命文艺工作的诗人阮章竞（1914～2000 年）根据流传中的放牛郎王二小的故事创作的儿童诗《牧羊儿》（1940 年），也在根据地产生了广泛的影响。这首诗以民歌体的回环复迭形式，写出了牧羊儿艰难的生存环境，抒发了他对自由生活的渴望。全诗韵味悠长，意境深远，被谱上曲子后广为传唱。与此几乎同时，河北籍女作家安娥（1905～1976 年）在上海创作的《卖报歌》（1939 年）被聂耳谱上曲子，也成为中国现代最有影响的儿童歌曲。

另外，诗人田间、邵子南也在晋察冀地区留下了一些儿童诗歌。尤其是在西北战地服务团从事抗日工作的邵子南（1916～1955 年）的《中国儿童团》，以洗练的笔触，勾勒了儿童团员深入敌营的战斗画面："这里/我们农村的小鬼/当夜深如海的时候/把标语贴到/临近的/敌人的据点去——城是我们的！/下面署着：/——中国儿童团！"作品充满着战斗的激情和必胜的豪情，将抗日小英雄英姿勃发的形象凸显得异常生动、鲜明。

上述这些儿童诗作，一方面紧紧围绕时代需求取材，真实地再现着当时儿童们的现实生活，具有突出的时代色彩；另一方面，从艺术品质上说，这些作品采用自由奔放的形式，语言生动凝练，感情真挚热烈，注重情景的交融，追求意境的营造，可以说是思想性和艺术性都相当高的艺术品。从这些诗作里，我们既可以看到时代对文学作品的呼唤，也

---

① 孙犁：《孙犁文论集》，人民文学出版社，1983 年，第 173 页。

可以看到"五四"以来新诗的美学传统。这些开创性作品中体现出来的艺术地表现儿童的真实生活的现实主义精神，这些现实性和艺术性兼具的作品所蕴涵的艺术审美质素，也成为后来河北儿童文学作家们追求的艺术目标，成为河北儿童文学的发酵剂，是70年以来河北儿童文学最基本的导向，一直影响着整个河北儿童文学的发展路径。

在自觉的理论倡导和大量的实践下，河北儿童文学作家具有强烈的使命意识，他们的文学实践与时代的呼求紧密联系在一起，河北儿童文学日渐成熟起来。而从抗日战争爆发到新中国成立前夕，河北儿童文学在全国影响最大也最活跃的当数儿童小说。此时，作为晋察冀根据地重要组成部分，河北地区出现了一批影响深远的小英雄、小战士的形象，他们后来成为儿童文学的典范之作。其中尤以华山的《鸡毛信》、管桦的《雨来没有死》最为著名。

华山（1920~1985年），广西南宁人，1935年他15岁就在上海参加学生救亡运动，1938年赴延安鲁艺学习，后任华北抗日根据地《新华日报》（华北版）、《冀察热辽日报》、《东北日报》记者。1949年中华人民共和国成立后，任《新华通讯总社》记者，《人民日报》社编辑。华山以八路军战地记者身份，几乎参加了抗日战争全过程。他的《鸡毛信》发表于1945年。这篇小说结构严密，情节曲折，悬念迭起，极富传奇色彩。小说以14岁的放羊娃、儿童团长海娃为八路军送鸡毛信为线索，讲述了送信过程中突遇鬼子—藏鸡毛信—丢失鸡毛信—寻找鸡毛信—逃离敌人魔爪—再次被敌人抓住等一系列起伏跌宕的故事，刻画了小海娃机智大胆、沉着勇敢但又顽皮冒失的性格特征。而正因为海娃身上凝聚着小英雄与小孩子的双重性格，海娃的形象愈发显得真实可信、真切感人。

管桦（1922~2002年），原名鲍化普，河北省丰润县人。1940年入华北联大文学系学习。历任《冀东报》记者、冀东军区政治部尖兵剧社副团长、东北鲁艺文学研究室研究员，1949年后为专业作家，曾任北京市作协主席。代表作短篇小说《雨来没有死》写于 1948 年。小说塑造了一个机智勇敢的抗日小英雄形象，但这篇小说并不像《鸡毛信》那样注重情节的完整性，而是选取了生活的几个画面：雨来夜校上课、淘气跳水游泳、智救侦察员、潜入还乡河等，通过这些片断，小说把一个机智勇敢、活泼可爱的小英雄雨来的形象刻画得栩栩如生，给人留下了深刻的印象。这篇小说后由作者扩充为中篇《小英雄雨来》，于 1950 年由少年儿童出版社出版。

直接从抗战现实中取材，直接服务于现实的抗日战争，儿童形象生动鲜明，作品格调积极高昂，体现蓬勃的生命活力与奋发向上的精神面貌，是此时期河北儿童文学作品的基本特色，也是此时的河北儿童文学在全国 40 年代的儿童文学领域占据突出地位的根本原因。河北儿童文学起步于民族解放战争时期，发生在具有慷慨古朴民风的燕赵大地上，这决定了河北儿童文学鲜明的时代特色和地域风情的审美特征，也成为后来河北儿童文学最重要的审美传统。但是，如果因此把河北儿童文学看作单纯的时代产物，也并不完整。事实上，河北儿童文学因为最初有孙犁、郭小川等人的参与和理论指导，他们文学作品中那种将思想性、战斗性和艺术性融合为一体的美学理想已经成为河北儿童文学最重要的因子。或者还可以说，河北儿童文学在高标时代旗帜的同时，因为有孙犁们的参与和指导，所以仍然有以意境为标的中国古典美学传统和富有自由、人文气息的"五四"精神的风采。这种风采固然在很多时候并未占据儿童文学的主流，但它却一直以暗河、潜流的形式在不同的时代发挥着或隐或显的作用，影响、调剂着河北儿童文学的发展方向，也因此构成河北儿童文学的复调特色。

二、发展期：1949～1966 年

1949 年中华人民共和国成立之后，河北儿童文学与中国文学主潮一起合着时代的步伐，在追求民族解放、向往自由生活的时代潮流中迈

向了新的台阶。此时，一方面因为河北儿童文学作家继续高举现实主义
大旗，唱响革命文学的主旋律，另一方面，在儿童文学这块园地耕种的
作家也多起来，河北儿童文学因此得到了进一步发展，也产生了一些很
有生命力的作品。

在新中国成立初期的五六十年代，"想象民族共同体"、"创造历史"
成为包括儿童文学在内的所有文艺的最大的政治任务，因此，以此为主
题的一脉作品得到很大发展。在这个中心主题下，河北成就最为突出的
是徐光耀的中篇小说《小兵张嘎》和刘真带有自传色彩的"小八路"系
列以及蔡维才的《小铁头夺马记》等。这些作品，重新把人带回到硝烟
滚滚的战争年代，把战争年代的小八路、小红军形象塑造得活灵活现。

多年的战争生活经历，成为徐光耀文学创作的源泉。《小兵张嘎》
写于1958年6月，正是徐光耀因"丁陈右派集团案"被批斗后"挂"
了起来的时候。为了使自己摆脱过于苦闷的心境，他重新拿起了笔，回
忆起自己曾经参加过的火热的战争。1961年末，中篇小说《小兵张嘎》
在《河北文学》连载，立即受到文艺界的关注和好评。1963年，小说
被拍成电影，次年在全国公映，引起了强烈的反响，"嘎子"遂成为深
受青少年喜爱的抗日小英雄形象。《小兵张嘎》讲述在抗日战争最艰苦
的1943年，白洋淀边一个13岁的顽皮少年张嘎子，如何成长为一个英
勇的八路军小战士的故事。作品以张嘎子想当八路军为情节起点，以
"枪"为线索结构故事，紧紧围绕他既机智勇敢，又调皮淘气的性格特
征，展示了这个少年在成长为八路军的过程中的饶有趣味的系列故事。
小说将革命战士的英雄气概与农村少年的顽皮融为一体，成功地塑造了
小英雄张嘎子的"嘎小子"形象。

刘真也是以描写革命根据地少年儿童斗争生活著称的短篇小说作
家。刘真1939年参加八路军，她的生活"全部浸透了革命"[①]，所以，

---

① 艾芜：《读刘真的短篇小说》，见冯健男、王维国主编：《河北当代文学史》，河北教育出版社，
1997年，第122页。

她的写作也以革命为基本母题。刘真的处女作《好大娘》以 1942 年 4 月日本侵略者的一次大扫荡为背景，以一个 13 岁的小八路小刘为叙述人，塑造了一个舍生忘死掩护八路军的英雄母亲形象。其后，刘真创作了小说《我和小荣》（1953 年），塑造了 15 岁的小战士小王和 12 岁的农村姑娘小荣的动人形象。小说既将他们放置在艰苦战争的风口浪尖上，又不断插入生动有趣的日常生活片断；既展示了他们在战争年代里锻炼出来的勇敢、坚强、机智的崇高品格，也展示了他们天真、纯洁、活泼、可爱的儿童天性。这种崇高与平凡、超常与日常的有机融合使作品真切感人，给人留下了难以忘怀的印象。无论在艺术技法上，还是在反映生活的深度、广度上，这篇小说都可以算作刘真的代表作之一。短篇小说《长长的流水》，主要写女战士李云凤帮助年轻战士小刘学习文化的故事。小说反映并赞扬了战争年代人与人之间结成的真挚崇高的革命情谊。刘真的作品多来自她的女性生活体验和心灵感悟，又擅长以第一人称叙述，情节细腻、婉转，语言自然、流畅，因此，具有很强的抒情色彩和艺术感染力。以此小说题目为名结集出版的短篇小说集，也是刘真比较重要的作品。

蔡维才（1933～　），河北省枣强县蔡家屯人。蔡维才 1947 年到晋冀鲁豫边区冀南军干校学习，同年秋参加刘邓大军挺进大别山。后转业地方，曾在湖北孝感地委、河北省气象局、河北医学院、河北师范学院等单位任职。1958 年，蔡维才开始文艺创作。他在儿童文学方面的代表作品是中篇小说《小铁头夺马记》。这篇小说以抗战时期活跃在冀南平原的八路军骑兵连的战斗生活为背景，塑造了一个日渐成熟的抗日小英雄小铁头的动人形象。小说以小铁头勇夺日本鬼子中队长佐藤的大洋马为主要情节，围绕小铁头与战马的关系，把小铁头机智、勇敢的性格及高尚的革命品质与少年儿童特有的心理、行动融为一体，给人以鲜明、深刻的印象和强烈的艺术感染。

在"十七年"期间，除战争题材之外，日常生活和校园生活题材也进入作家的视野。这个时期，在儿童诗歌创作方面，管桦的作品主题明确、单一，侧重对儿童的导引功能，着重表现"问题儿童"或"落后儿童"的进步。例如，他的《在果园里》，老爷爷的教诲最终使孩子懂得了"有了友谊才有团结"的道理。这类作品成为当时主流文学的部分。另外，也有一些注重儿童情趣、意境优美的儿童文学作品，如金波的儿童诗和葛翠琳的童话。

金波的诗产生了较大影响。以清新悠扬的韵律、轻柔婉丽的风格走进儿童诗苑的金波，以 60 年代初出版的《回声》（1963 年）引起人们的瞩目。金波有一颗特别敏锐的童心，善于从平凡的景物中发现"美"，无论是天上的飞鸟，还是山野的小花，无论是枝上的绿叶，还是夜空的星星，一到他的笔下，就能焕发出独特的光彩，意蕴非凡，耐人玩味。有人说金波的心"仿佛一张神奇的滤纸，纷繁的大千世界经他一过滤，杂质和渣滓被扬弃了，留在他笔下的只是美好和纯净"。翻开他的诗页，你就会感到惊异："世界竟是这样美丽！"

葛翠琳（1930～ ）的童话《野葡萄》，是 50 年代重要的儿童文学作品。作品写了美丽、善良、勇敢的小姑娘白鹅女的故事。白鹅女的父母死后，跟着婶娘生活。后来，婶娘生了一个漂亮但瞎眼的女儿。恶毒的婶娘出于嫉妒，弄瞎了小白鹅女美丽的双眼。小白鹅女战胜种种困难，终于走到了深山中，寻找到了传说中能使人重见光明的野葡萄。此时，她拒绝山神让她留在山中过舒服生活的邀请，带着一篮子又大又甜的野葡萄踏上了回家的路。一路上，她把野葡萄送给瞎眼的老爷爷、老妈妈、小牧童，让他们重新见到了光明，又回到家乡，治好了婶娘的女儿的眼睛……和 50 年代侧重思想教育的主流儿童文学作品相比，葛翠琳的作品较少说教的气息，而是注重在富有艺术张力的想象空间中，以优美灵动的语言描画感人的场景，寄寓作品张扬美善的主题，从而既富有很强的审美意味，又能够给小读者以健康、向上的精神导向。

"十七年"时期的河北儿童文学，呈现出两种审美倾向。多数作品更多地和社会需求、时代召唤结合起来，唱响民族解放、热爱集体等主旋律，追求壮美、崇高的宏大主题，呈现出鲜明的时代风尚。但由于作家各方面的修养不同，并非人人都能驾驭这种主题，所以，这类作品既有成功之作，也不乏抽象、简陋之作。另一种作品，主要以丰富的想象力、细腻的笔调赞颂人生的真善美，赞颂神奇美丽的家乡景色、自然风光，追求意境的恬静、悠远，作品呈现出优美、纯净之色。这类作品固然数量不多，但到今天看起来，仍然散发着清新、醇厚的艺术气息。

"文化大革命"时期，河北儿童文学几乎成为一片荒芜之地。

三、繁荣期：1979 年至今

新时期（1979 年）开始后，河北儿童文学逐渐出现了全新的面貌，呈现出繁荣景象，主要表现在以下几个方面：第一，过去的老作家重新拿起笔，不断奉献出新作品，如徐光耀、刘真，前一个时期开始创作的作家逐渐扩大了作品的影响，逐渐成长为具有全国影响的著名儿童文学作家；第二，出现了一批既继承传统河北文学的现实主义品质，又富有强烈的河北地方风味，以表现农村孩子的成长为主题的新作家、作品，他们的作品的影响力日渐扩大；第三，儿童文学类型越来越丰富，甚至出现了一些新的儿童文学品种。这个时期以来，作家们以新的观念重新审视现实生活中孩子们成长的外部生活和内心世界，创作呈现出前所未有的新气象。北董、玉清的校园小说，朱新望的动物故事，郭明志和武玉桂的童话，吴珹的儿童散文诗，于家臻的散文，郑世芳的儿童诗等各呈异彩，使河北儿童文学创作园地品类齐全、花团锦簇；第四，改变了多年来"农村题材、民歌韵味"，除了"小英雄"就是"小苦人"的呆板面貌，使一群真切鲜活的"小朋友、小伙伴"站到了孩子们面前；第五，在儿童文学功能方面，也突破了囿于思想道德教育的樊篱，注重了童趣的发掘和想象力的培养。尤其是作为"重头戏"的儿童长篇小说在90 年代连获丰收，1999 年河北少年儿童出版社的"黑头发"丛书一次就推出新老作家的 9 部长篇小说，显示了河北儿童文学创作的繁荣兴旺。总之，与现代文学 30 年和新中国成立后"十七年"相比，在新时期的 20 年里，河北已经形成了一支充满活力、老中青均有骨干的儿童文学创作梯队，作品的体裁和样式更加齐全，摆脱了多年来只有小说和诗歌两大块的困窘，甚至连科幻小说和低幼童话也有了"河北版"。作品的题材更加广泛，艺术上也更富有探索创新精神。

这个时期，儿童小说仍然是最活跃的文学类型之一。新时期以后，老作家徐光耀又写过一部以 1942 年发生在冀中平原的"五一大扫荡"为背景的儿童小说《少小灾星》。小说写了三个小八路军战士——南方蛮子巴大坎、轴子和苗秀如何在特殊时期被众多的普通村民冒着生命危险保护以躲避敌人搜索的故事。这部小说与其说突出了三个小八路的形象，毋宁说塑造了一批普通农民群像，从而突破了以往此类小说中只突出英雄人物的写法，使得军与民的关系在一个新层面上展示出来，表现了作家在新时期对战争的重新思考。

新时期以来，河北儿童小说领域涌现出了具有不同艺术特色和追求、创作成果丰硕的儿童文学作家。在新时期开始儿童小说创作并取得了较大成绩的作家有北董、玉清、李树松、朱新望、邹尚庸、赵金山、尹玉如等人。这些作家中，有的进一步发扬河北传统地方文化特色，注重发挥儿童文学的认识与教化作用，在新的时代中发掘少年儿童尤其是农村儿童的情感天地，展示他们的成长过程；有的则颇具有现代意识，重视开掘少年儿童在特定的生理时期所呈现出的独特的心理构成，将笔触深入到少年最隐秘的内心深处，捕捉他们律动的青春脉搏，以表现他们内在、隐秘、不可名状的青春情绪。前一类作家以北董为代表，后一类作家以玉清、李树松为代表。因我们将在后面对北董、玉清、李树松的创作作专节介绍，这里仅对新时期以来河北儿童文学家作一简单展示。

邹尚庸（1933~　），笔名黑石。原籍黑龙江克山。1954 年毕业于军委机要干部学校译电专业。历任解放军某部译电员、排长、连长、指导员、干事、秘书、场站副政委，河北省文联编辑、创作室副主任。专业作家，文学创作一级作家。主要作品有中篇小说《金疙瘩》、《春风慈母心》、《立头等功的孩子》、《古钱之谜》，长篇小说《无声世界》、《光明世界》、《未来世界》。《无声世界》被拍摄成电视剧并产生了更大反响。这部小说通过聋哑儿童李石山失掉妈妈，寻求母爱的坎坷经历和辛酸命运，把读者带进那个寂静无声的世界，让我们了解了聋哑儿童的追求、向往，歌颂了女教师汪瑞琴的仁爱情怀。

　　赵金山（1938～　　），河北省香河县人，1960 年毕业于天津塘沽师专中文系。曾任中学语文老师、香河县文化馆馆长、县文联副主席，1978 年开始发表小说，1980 年加入河北省作家协会。短篇小说有《对手》、《求师记》、《神虫》、《我们家的两大门派》、《人人都有一首歌》等，作品曾获《儿童文学》优秀作品奖。赵金山的小说以农村孩子为主要表现对象，注重从他们种菜、养兔、斗蛐蛐等日常生活中，选取富有情趣和意义的场景，以充满乡土气息的语言表现农村儿童的情趣、志向，表达他们成长过程中的喜怒哀乐。短篇小说《神虫》生动地描述了一个其貌不扬的小蛐蛐"死不了"勇斗众多大蛐蛐的过程，刻画出了一个鲜明的勇敢顽强、宁死不屈的小蛐蛐形象，读来荡气回肠，令人备受感动。《青桃子，绿李子》则通过一系列的故事情节展示了一群聪明、顽皮的孩子由贪玩、逃学到逐渐求学、上进的成长过程。这篇小说的突出特点是在刻画这群孩子的形象的同时，也清晰、生动地刻画出了年轻教师陈刚善良、富有爱心、责任心的形象，展示了一个教师的成长过程。小说同时并不避讳社会中存在的一些丑恶的现象和灵魂，而是将这些和美善一同呈现出来，让读者从中体会生活的复杂与矛盾，领悟成长的真谛。赵金山小说语言的乡土气息十分浓郁，一些简练、丰富的村言俗语被他运用得妥帖恰当，成为表现人物形象的重要手段，并成为他的小说的重要特色。

　　尹玉如（1945～　），河北省香河县人，笔名玉茹、斯人。曾任中小学教师多年，后到县文化馆、县文联工作。河北省作家协会会员，中国散文学会会员。尹玉如同时从事成人文学和儿童文学创作，有包括小说、散文、故事、诗词、报告文学、童话、论文等在内的各类体裁，累计发表作品300余万字。儿童小说方面有短篇小说集《女儿国的秘密》，代表作品有《姥家门前唱大戏》、《先进的与原始的》、《柳笛嘀嘀地吹》、《女儿国的秘密》等。《姥家门前唱大戏》曾获《儿童文学》优秀奖、第二届河北省文艺振兴奖，2006年又获国际优秀作品奖。尹玉如的小说以农村那些善良、朴实、顽皮的小闺女或小小子为主角，叙写他们日常生活中充满着乡村气息、洋溢着浓厚风俗韵味，也混合着少男少女朦胧心事的故事或片段。他的小说不以情节为主，而重在情趣描摹、心灵传递，语言朴实活泼而不乏诗情画意，叙述如行云流水，颇具古典风韵。

　　在河北乃至全国儿童文学界，动物小说算得上一个新类型。朱新望就是创作这种小说的一位代表性作家。

　　朱新望（1950～　），河北博野人。1982年毕业于河北师范大学地理系。1968年高中毕业后赴农村插队务农，1972年回城后历任邯郸国棉二厂子弟学校教师、高级教师，教育中心副主任，厂报编辑部副总编，邯郸市第六、七、八届政协常委，邯郸市作家协会副主席。1974年开始发表作品。1992年加入中国作家协会。80年代开始创作动物小说。主要作品有《小狐狸花背》、《灰毛山大王》、《乖老虎啊呜》、《牧羊狗将军》、《鸟王》、《秃尾狮王》，长篇小说《攀天》、《小猞猁》，小说集《小狗汪汪》、《狮王退位以后》、《奔向狼群的骆驼》。其中《小狐狸花背》获第五届园丁奖、全国优秀科普图书奖。

　　朱新望的《小狐狸花背》被称为"解释型"动物故事，即通过对动物的描写，或主观或客观地解释动物的习性。《小狐狸花背》写一只叫"花背"的小狐狸在成长过程中的一系列经历。作者将对狐狸的生活习性、捕食方法、所喜食物种类、天敌等的介绍融入故事情节中，同时还写了金龟子与红蜘蛛的生死搏斗、山猫偷鸡等行为，整个故事均从客观的角度介绍动物。动物小说《鸟王》在具有悲剧美的氛围里塑造了一只勇敢、坚强、富有责任心的名叫翎翎的雕的形象。翎翎在愈趋艰苦的生存环境中，在和人、兔、狼等异类以及其他雕的不断斗争中艰难地成长着，终于成为一只伤痕累累但异常强壮的雄雕，赢得了异性的爱，养育了后代。但最终，由于人的不断破坏，恶劣的生存环境终于夺走了它们的幸福生活，它的妻子和儿子先后失踪、出走、死亡。绝望的翎翎在受伤后拒绝昔日主人的救援，一头钻入灶火中，自焚而死。小说在塑造翎翎刚毅、悲壮的形象的同时，也给我们展示了一幅人破坏自然、不能与自然和谐相处后的凄凉景象。

在儿歌方面，河北作家也取得了不凡的成绩，其中最有代表性的是金波（后面作专节介绍）。王清秀、杨畅、吴城、聪聪、郑世芳、姚勇、马玉芝、范永昭等人也都有优秀作品问世。河北著名诗人刘章也发表了一些儿童诗歌。

王清秀（1946～　），河北省定州市人。中国作家协会河北分会会员。西北工业大学飞机系毕业后入伍，从事新闻、宣传工作。转业后业余进行创作。发表过短篇小说、曲艺、小说、诗歌、剧本等多种体裁的作品。1983年开始写儿歌，出版了《快乐儿歌60首》、《幽默儿歌40首》、《滑稽动物儿歌》、《哈哈笑的儿歌》、《亮晶晶的儿歌》、《笑歪嘴的儿歌》等集子。1984年全省儿歌比赛中获"儿歌大王"称号。《快乐儿歌60首》在两年间5次印刷，并在1987年全国第一届幼儿图书评奖活动中获奖。1990年获全国第二届幼儿图书优秀奖和"1982～1988"全国优秀少儿读物奖。在儿歌创作中，王清秀坚持"幽默见新、哲理见意"的创作观，注重提炼富有童趣的意象，在浅显、幽默的语言中，蕴涵启迪性的哲理。例如，他的《坐飞机》写一个要去乘飞机的小猴，一看钟表早过了起飞的时间。小猴先是"着了急"，随后又"笑嘻嘻"，因为他想出了一个"好主意"："我把钟表拨回去，/再上飞机没问题。"一个粗心大意又自作聪明的小猴子形象在寥寥数语中跃然纸上，既会让小读者忍俊不禁，又会让小读者追问、回味小猴子的做法的荒唐性。

杨畅（1931～　），生于河北张家口市郊区王家寨，笔名示丰、春阳等。中国作家协会河北分会会员，曾任张家口地区文联干部、副编审。靠自学走上文学创作道路。主要作品有儿歌集《趣味儿歌三百首》、《小魔术》、《杨畅儿歌》、《我爱祖国大草原》、《配图新儿歌》。多首诗歌被选入《中国儿歌大系》等选集中。《长城像条长扁担》等16首儿歌获省级一、二、三等奖。1984年荣获河北省"儿歌大王"的称号。杨畅在儿歌领域耕耘多年，成绩不凡。他的《长城像条长扁担》把长城想象成一条长又弯的扁担，大山公公用这条扁担"一头挑着山海关，/一头挑着嘉峪关"，然后又赞扬"大山公公真有劲，/一挑挑了几千年"。全诗将深厚的历史感和文化感借助简洁、明快的语言，生动、活泼的想象隐隐传递出来，既符合儿童的天性，又孕育着民族文化的自豪感。

吴珹（1936～　），原籍上海崇明县。1960年毕业于复旦大学新闻系。历任北京新华社工作人员，中共安国县委办公室副主任，《河北歌声》副主编，河北省文化厅研究室副主任、副厅长，河北省歌词研究会首届会长，河北省老年文艺协会第二届主席，中国散文诗研究会副会长。1982年加入中国作家协会。出版过儿歌、歌词、童话、散文诗专集。主要有儿歌集《小鲁班》、《蒲公英》，散文诗集《美丽的童话》获"中国新时期（1979～1988）优秀少儿文艺读物奖"一等奖。吴珹在儿童诗领域成果丰硕。他从50年代开始，创作不断，一直耕耘在儿童诗园地。他既坚持儿童诗歌的思想、精神对儿童的导向作用，常常在诗作中寄予引导的意义，又不忘坚持儿歌的童趣与情味，可谓文质兼美。例如，他的《夏天》："柳婆婆，打大伞，/荷姑姑，打小伞。/大伞打得高，/知了吱吱叫；/小伞打得低，/鱼儿做游戏。/小青蛙，洗个澡，/鼓起腮帮把鼓敲；/咽咽咽，咽咽咽，/夏天到了多快活！"诗歌运用符合儿童认知特征的拟人、比喻、象声等手法，描画了一幅声情并茂、热闹快乐、和谐美好的自然景象。他的《小帆船》则通过丰富的想象，蕴涵着渴望两岸和平、友好的主题，被选入河北省小学语文课本。

郑世芳（1954～　），笔名史芳。河北平山人。1986年毕业于河北师范学院中文系。1973年参加工作并开始发表作品，历任小学教师，公社电影队放映员，西柏坡纪念馆宣传干事，《长城》杂志编辑，河北省文联文艺服务部主任、图书编辑部主任、组联部主任，河北省文联秘书长、副主席。主要作品有诗歌集《远去的白帆》、儿童诗集《蓝星星》、童话寓言诗集《三个色盲》、诗集《郑世芳校园朗诵诗》、诗作鉴赏集《诗美品鉴》。他的童话寓言诗歌用浅显通俗的语言，借富于童趣的想象塑造出来各种动物形象，既表达着诗人明确自觉地教育与引导儿童养成善良、正义、勤劳等各种优秀品质的理念，同时也彰显着诗人借这些富有寓意的儿童诗讽喻不正常社会现象的创作观念。正如作家自己在《三个色盲》后记中所说："……这是一本不仅仅是给儿童少年们看的书，但毕竟是少年儿童们可以接受的作品集"，要"让读者透过诗中的花香鸟语、狼嗥鸡鸣，透过诗中一幅幅场景和画面，自己去慢慢地思索回味，慢慢地去读懂诗人和诗，并从中寻找诗中各个角色在社会生活中的影子，感悟人生的哲理"[1]。因此，郑世芳的儿童诗既寄托着诗人对现实生活和现实世界的看法，也隐喻着诗人寓教于乐的儿童文学创作观念。

姚勇（1962～　），祖籍河北省平山县。曾就读于河北师范大学中文系作家班。为中国散文学会会员、中国当代文学学会理事、河北省作家协会会员、（香港）世界华人文学艺术研究会会员。现任邢台市作家协会副秘书长、河北省内丘县文联副主席。1983年开始发表文学作品。出版诗歌集《片断和意象史》、《少年儿童朗诵诗选》、《姚勇童话小说选》等。作品曾获第七届冰心儿童图书新作奖、全国第三届蒲公英奖少儿读物类优秀奖等多种奖项。姚勇的儿童诗比较注重在富有童趣的意象

---

① 郑世芳：《三个色盲》，百花文艺出版社，1994年，第157页。

中提纯思想、发掘意境。

马玉芝（1945～　），生于唐山市，1966年毕业于河北省戏剧学校，曾做过演员，1983年至今在河北省文化厅研究室工作。1980年开始儿童文学创作，河北省文联曾授予其"儿歌大王"称号，所创作的儿童电视小品、歌曲、儿歌等，在省内及全国多次获奖。作品想象力丰富，富有童趣，如她的《小猴吃冰棍儿》："吃冰棍儿，/滴答水儿，/湿了小猴儿花裙子儿。/举冰棍儿，/晒一会儿，/晒干再吃不滴水儿。/咦？真怪事儿，/怎么剩了一根棍儿？"作者从儿童非常熟悉的日常生活中获得灵感，借小猴子聪敏但又被聪敏所害的滑稽形象将孩子吃冰棍儿的情态模拟出来。全诗简练、生动，趣味盎然，既能激发幼儿的想象，也能启迪幼儿的思索。一字到底的韵脚易于上口，便于记忆，是一首明快、有趣的好诗。

童话、寓言创作也呈现出繁荣景象。代表作家有葛翠琳、武玉桂、郭明志、张保国、唐占全、俞江等。

第二章　北董　金波

一、北董

北董（1943~　），本名董天柚。生于河北省滦县农村，1964年毕业于滦县第二中学，后务农。1979年后历任中学教师、县文教局创作员、县政协副主席、县文联主席。河北省作家协会主席团委员。1980年开始发表作品。1988年加入中国作家协会。文学创作一级作家。已出版长篇小说《纸风车》、《北斗峰》、《凤凰城》、《鬼蟹岛》、《溜出天堂的孩子》、《辣娃和银豹》、《青蛙爬进了教室》、《飞碟狗》、《空心城》、《隐形城》、《海底城》、《小神龟》、《我的神秘聊客》、《狐狸小学的插班生》、《大魔法师的怪故事》、《女孩半夜变精灵》、《神秘蜥蜴人》、《神秘红树妖》、《我给海妖当家教》等，小说集有《蹈海》、《七色马》、《虎皮伞》、《火桥》，科幻小说有《蓝皮人》、《太空兽之谜》、《埃尔玛星的湖妖》、《恐龙星球》、《冬眠谷》、《蚁人谷》、《红妖谷》，长篇童话有《男孩有只萤火鸟》、《萤火鸟》、《琥珀城奇游记》、《外星人与沉船城》、《拇指牛》、《博十鸟》、《带枪的猴孩》、《红宝石咒语》，童话集有《魔布手套》、《泥狼进城》、《魔方医院》等。迄今发表儿童文学作品67部，主编作家的小说集、童话集20部，累计发表作品1000多万字。长篇小说《拇指牛》获文化部蒲公英奖，根据小说改编的电视剧《驴吉普》、《甜与涩》分别获1987年中央电视台全国青少年节目展播一等奖和短剧小品优秀奖。小说集《青蛙爬进了教室》、长篇小说《辣娃和银豹》、《溜出天堂的孩子》分别获河北省第二、四、七届文艺振兴奖，长篇小说《北斗峰》、《凤凰城》分别获河北省第三、四届"五个一"工程奖，短篇作品多次获冰心儿童图书新作奖、陈伯吹儿童文学园丁奖、张天翼童话寓言奖等。

北董 1985 年所发表的短篇小说《五颗青黑枣儿》可以看做他的成名作。小说讲述了农村孩子卖鸡蛋的故事，塑造了以水秀儿为主的几个乡村孩子在物质利益与高尚精神之间所作出的选择。小说将鲜明的主题与浓郁的乡土气息融合在一起，将富有审美意味的境界营造与明确的精神导向融为一体，文笔淳朴、简练，意味纯净、隽永，称得上是北董早期的代表作。

与一般儿童/少年作品将少年儿童世界与成人世界区分开来，专为少年儿童营造纯净、透明、干净的生活世界相比，北董的作品从不避讳把未成年少年儿童放到成人的生活区域，从不拒绝把成长中的少年儿童直接放到真实社会的大熔炉中接受真正的锤炼。他往往通过情节完整的故事，在真实的、复杂的、美丑并存的社会环境中去塑造各种各样的少年儿童形象。让少年儿童直面生活中的种种真善美与假恶丑，让他们自己学习辨识其中的种种现象，似乎就是作家赋予小说的根本任务，似乎正是作家所认可的成长的含义。《溜出天堂的孩子》中那个在自己有权有势的家庭中游手好闲、颐指气使的少年钟小牧，只有在负气离家出走，只身闯入到艰苦、复杂的社会上漂泊流浪，尝到了很多苦头也体味到人世间的真情与友爱以后，才慢慢学会了做人、做事，他也因此慢慢成熟起来，最终成长为一个对社会有用的人。所以，在北董那里，少年儿童从来不是一个单独的、孤立的世界，而是整个社会的组成部分，是一个同样需要重视，同样善与恶、美与丑并存的复杂世界。

《北斗峰》将关于少年成长的主题置放在一个穿插着历史影像的现实境域中：曾经英雄的爷爷、卑劣势利的爸爸、粗鄙世俗的妈妈，各种各样因家庭出身不同而互相争斗不断的同学，以及并不只有纯净的校园、并不个个高尚的老师……共同组成小说的主人公少年索亚林的浊重的生活世界。在这样的现实之中，索亚林向往着、憧憬着，也挣扎着、忍受着，又努力着、改变着，一个小小的少年和任何一个成年人一样，不，甚至要更多地担负着生活给予他的一切沉重和磨难，一切喜悦和苦闷。但是，尽管现实是这样的困窘，索亚林仍然艰难但苦壮地成长起来了。当索亚林理解了爷爷以老迈之躯仍然致力于改变家乡面貌的良苦用心的时候，当他和那个勤劳善良、勇敢泼辣的少女肖玉蔓在险恶的狼牙滩相遇而尽弃前嫌、化干戈为玉帛之后，我们终于看到了新的一代人的成长和成熟，看到了生活的曙光和希望。小说给索亚林所设置的是一个丰富、芜杂的现实生活世界，小说所展示的也不仅仅是少年甚至还有社会的成长内涵。

《纸风车》同样如此。小说讲述了出生在贫穷山沟里的一对孪生兄妹的不同经历，展现了农村儿童在社会转型时期、在成长过程中所获得的心灵感悟，并且还在提醒着人们重新重视、审视长久以来一直存在着的诸如自私、虚荣等人性中的诸多弱点。小说写原来吃苦耐劳的哥哥星星在走进爸爸的新家一年多后，很快从原来的拔尖学生变成了5门功课不及格的差生，虽然他最终重又走上了正道，但这个少年的人生却真正地启人思索、促人思考。而妹妹月亮，与陷入极度困苦的母亲相依为命却不甘落后，竟以最优异的成绩进入县重点中学。阅读这样的故事，不得不让我们思索社会与人性、物质与精神等重大命题。儿童文学理论家王泉根曾评价这篇小说，认为它"实在是一部描写少年精神生命成长的厚重力作。小说所展示的八九十年代社会经济转型时期复杂多变的城乡生活环境，所描写的北方小县城中学生梁星星、梁月亮以及靳步、罗尔卓、朱梅、郜贺宁等少男少女群体形象，所揭示的当前学校教育以分数线指挥一切压抑学生个性的弊端（梁星星冒着生命危险在洪水中救人的高尚行为却因成绩差不能成为表扬对象）以及社会转型时期的某些不良之风对少儿心理的冲击，都给人留下深刻印象"，认为"小说用其独特的富有个性化的表达方式展示出作家对人生和社会的独特感悟与对少年儿童精神生命成长的深切关注，并由此表达出在喧嚣与混乱之中的生存智慧以及如何保持人性的本质与光辉"①。

---

① 王泉根：《走向人生，走向成长》，《文艺报》，1999年12月28日。

北董后来写了大量的童话和科幻作品，如《我给海妖当家教》、《隐形城》等。他的这些童话和科幻小说，想象力丰富，又非常富于童趣。《我给海妖当家教》里的调皮女孩千家飞，是个只会捣蛋不爱学习的学生。可是在魔法世界里，她居然是一个数学大师，不但做了小海妖的家教，教他们数学，还运用她所学到的知识与智慧帮助海妖家族打败了侵犯他们家园的恶魔，使海妖家族重新获得了幸福生活。这篇小说借童话的形式，告诉给读者一个道理：有的孩子可能学习成绩不好，可能不是一个乖孩子，但是，他们身上同样充满着聪明和智慧，同样值得我们去欣赏。而相反，如小说中的秦风儿一样只会学习，只有好成绩而不懂得辨别是非，倒不见得是灵魂、人格健全的人。显然，后者的成长路途比前者可能更为遥远。所以，如同他的写实性的作品一样，在童话、科幻作品中，北董同样重视在作品的趣味中寄予明确的引导主题。

从艺术角度看，北董的小说注重故事性，情节曲折、完整，往往借助全知视角讲述一个有头有尾的故事寄寓某种关于"成为一个有用的人"的主题意义。另外，北董的小说很善于设置既有诗意又承担着某种主题意义、富有象征意味的意象。曾有评论者说《纸风车》中那个双彩轮、带响鼓的农家自做的小小纸风车，不仅在全书中起到了启、承、转、合的作用，而且带给读者美的感受、美的遐想。读着作品，看着在山风中旋转得如一朵花的纸风车，听着小纸鼓紧一阵慢一阵地嗒嗒响，会立即产生一种亲身投入山村生活潮流的临场感，仿佛能嗅到北方僻远小山村里虎皮伞花儿的气息，你会觉得作家似乎不是在写小说，而是在倾尽心力向你诉说一段刚刚发生的故事。[①] 其他如《五颗青黑枣儿》中的青黑枣儿、《云渡》中的独轮车、《滦河水》中的胡琴、《银杏树下的女孩》中的毛驴小车等都是如此。作品紧盯着这些道具、意象做出文章来，既使作品始终被一个富有象征意味的意象所统摄，从而呈现出很强的整体性，又使其成为作品中散发诗情画意的内核，为作品罩上了美的

---

① 张锦贻：《〈纸风车〉：描写农村儿童的成长教育小说》，《内蒙古教育》，2000 年，第 3 期。

面纱。

二、金波

金波（1935～　　），生于北京，祖籍河北冀县，1957年考入北京师范学院中文系。读书期间开始发表作品。毕业后留校任教，先后在中文系，音乐系授课。现在为首都师范大学教授、中国作家协会儿童文学委员会委员、北京作家协会儿童文学创作委员会主任。近40年来，结集出版有诗歌、童话、散文、幼儿文学、文学评论以及诗词歌曲集40余种，主要包括诗集《回声》、《会飞的花朵》、《林中的鸟声》、《我的雪人》、《绿色的太阳》、《红苹果》、《雨铃铛》，散文诗集《妈妈的爱》，选集有《金波儿童诗选》、《金波儿童诗集》、《金波童话》、《金波儿歌》《金波作品精选》等。作品获中国作家协会第一、二、三届全国优秀儿童文学奖，全国第一、二届幼儿图书奖，第二届冰心儿童图书新作大奖，第四届宋庆龄儿童文学奖等。1992年被推荐为国际安徒生奖候选人。

金波有自己独特的诗歌风格，他带着童年的感觉写诗，带着写诗的感觉写童话，带着写童话的感觉生活，从中感受到生活的绚丽多彩。

金波的诗歌气韵自然、生动，就像山谷间和树荫下缓缓流淌的小溪流，带着草叶、花瓣和树根的气息，更带着儿童纯真朴拙的审美理想与活泼越冬的情趣。它们传达着作家未泯的童心，洋溢着浓厚的生活热情。金波的诗深受中国文化的浸润，体现出这种艺术精神：重视整体艺术效果，追求优美、和谐的艺术境界，力争在中和、自然的诗歌格局中蕴含生命的节奏、透射勃勃的生机，体现了金波诗作的美学追求。

金波的《小鹿》是这样写的：

> 花的影、叶的影，/给你披一件/斑斓的彩衣。/你站在那儿，/和无边的森林/融合在一起。/然而你还像一株飞跑的树/高昂着你枝枝丫丫的角，/闪进秘密的大森林里。/一会儿和这

棵树，/一会儿和那棵树，/交谈着春天的消息。

这首诗直接取材于大自然，将美丽、飞动的小鹿置放在春天生机盎然、色彩斑斓的大森林中，和花影、叶影一同构成为森林的、春天的部分，展示了一幅和谐、融洽、动静有致的景象。诗歌视角远近互动，使诗的艺术空间不断延伸、拓展，充满了弹性和张力；"无边的森林"与"飞奔的幼鹿"动静相映、张弛有度，"飞跑的树"与"密密的大森林"疏密相间、色彩变幻，全诗如画、如乐，传递出和谐、灵动的艺术精神。这头小鹿是那么顽皮、淘气，它不断地奔跑着，一刻也不肯安静，"一会儿和这棵树，/一会儿和那棵树"，说着悄悄话，"交谈着春天的消息"。在大森林的家中无拘无束、充满活力的小鹿的形象便直如一幅曼妙、灵动的影像，声色俱佳地扑入读者的耳目。然而，这首诗又不仅仅是写小鹿，那个无拘无束、欢快敏捷的小鹿不正是天真无邪、对世界充满着好奇的儿童的象征吗？纯真、聪敏的儿童不正像那个在大森林中快乐成长的小鹿一样在充满生机的生活中快乐地成长着吗？我们从这首诗里，读到的恐怕不仅仅是作者对小鹿和儿童天真、灵动的生命力的赞叹，还有作者对充满生机和情韵的大自然以及和谐、宁静、自由、繁荣的生活的期待和颂赞。作者对敏捷、纯真、活泼、善于感知的童心的把握和传达，可谓准确、精到，令人深感其写意之精、传神之妙。这首诗营造出了一种诗画交融的天然意趣，作者以间接明朗的语汇为画笔，为读者描绘出一幅声光交映、色彩斑斓的自然图景。诗作中的幼鹿象征着无拘无束、好奇心强的童心，这颗童心在大自然中徜徉，以变幻不拘的姿态展示出青春的律动。森林是小鹿的家园，世界是儿童的舞台，小鹿激活了儿童的想象力，令他们的思想在辽远、自由、有着无限可能、无限力量的现实天地和想象空间中，像小鹿那样欢欣地奔跑、勇敢地成长。单纯秀丽的语言、充满生机和情韵相组合，能带给小读者涵洞心灵的遐思与不平凡的启迪。

他的《蝴蝶飞》这样写蝴蝶："追、追，/蝴蝶飞，/飞远啦，/不见啦，/飞过竹篱笆，/变成一朵花!"全诗简短凝练，气韵生动，描绘出一幅色彩斑斓、宁静谐和、万物一体的自然图景，体现了金波诗作的美学追求以及他和谐一体的自然观念。他的《雨铃铛》这样写雨："沙沙响，沙沙响，/春雨洒在房檐上，/房檐上，挂水珠，/好像一串小铃铛!/丁零当啷……/丁零当啷……/它在招呼小燕子，/快快回来盖新房!"他笔下的小羊羔是这样的（《羊羔儿》)："羊羔儿，/羊羔儿，/反穿大皮袄；/羊羔儿，/羊羔儿，/长着小犄角。/昂着头，/到处跑，/撞倒了小妹妹，/踩了老奶奶的脚，/也不说声对不起，/羊羔儿，/羊羔儿，/没礼貌!"总之，金波的诗深受中国文化的浸润，他的作品始终体现重视出整体艺术效果和追求优美、和谐的艺术境界的艺术精神，他总是力争在中和、自然的诗歌格局中蕴含生命的节奏、透射勃勃的生机。金波的诗歌自然、生动，就像山谷间和树荫下缓缓流淌的小溪流，带着草叶、花瓣和树根的气息，更带着儿童纯真朴拙的审美理想与活泼跃动的情趣，传达着作家未泯的童心，洋溢着浓厚的生活热情。在河北儿童诗的交响乐中，金波是第一小提琴手。

金波有明确的儿童诗歌观念和审美追求。对于儿童诗歌，很多人因为其浅易并不重视，而金波不这样认为，他明确提出"儿歌不是'自由诗'，而是十分讲究艺术技巧和格律的另一种诗体"，"说教味太浓，顺口溜式的儿歌""难以达到诗的标准"，因而并非儿童诗歌。他认为诗人"既要把儿歌当诗写，又不能失去儿歌味儿，这样，才能显示儿歌独特的艺术美①。所以，金波是将儿歌看做一种艺术形式进行追求的，他在试图将中国古典诗歌的审美境界熔铸到现代儿歌之中，从而给现代儿童以传统的审美熏陶。

---

① 金波：《关于儿歌创作的几个问题》，《儿童文学研究》，1991年，第5期。

第三章　玉清　李树松

　　新时期以来，河北儿童小说领域涌现出了具有不同艺术特色和追求、创作成果丰硕的儿童文学作家。这些作家中，有的进一步发扬河北传统地方文化特色，注重发挥儿童文学的认识与教化作用，在新的时代中发掘少年儿童尤其是农村儿童的情感天地，展示他们的成长过程；有的则颇具有现代意识，重视开掘少年儿童在特定的生理时期所呈现出的独特的心理构成，将笔触深入到少年最隐秘的内心深处，捕捉他们律动的青春脉搏，以表现他们内在、隐秘、不可名状的青春情绪。前一类作家以北董为代表，后一类作家以玉清为代表。在当代河北儿童文学领域内，如果说是铁凝以其《没有纽扣的红衬衫》首先将笔触伸向探索少年在心理断乳期的情绪、心态、性格的复杂性上，那么，随后，在这个曾经的禁区取得了更大成绩的则是青年作家玉清。

一、玉清

　　玉清（1966～　　），原名张玉清，生于河北省香河县，1984年毕业于廊坊师范学校，后在廊坊教育学院进修取得汉语言文学专业大专学历。1986年起发表儿童小说。为中国作家协会会员、河北省作家协会理事，被河北省作家协会文学院聘任为第一、三、四、五、六、七届专业作家。2000年当选为廊坊市十大杰出青年。2005年被评为河北省第二届"十佳青年作家"。创作完成150万字文学作品，出版9部作品。主要有校园小说集《青春风景》、《红泳衣》、《画眉》、《你不知我在想什么》，长篇小说《少年成吉思汗》、《少年行》、《我要做一匹斑马》、《危险的夏天》、《长不大的男孩和长大的女孩》，短篇代表作有《小百合》、

《哦，傻样儿》、《姐姐比我大两岁》、《有一个女孩叫星竹》、《画眉》等。已有十几篇作品在日本翻译发表，日本作家笠原肇在日本出版了对玉清作品的研究专集《玉清研究》。也有作品被选入北京市中学语文课外读本。1995 年，小说集《青春风景》获第六届河北省文艺振兴奖。1999年，长篇小说《少年行》获第八届河北文艺振兴奖和河北省"五个一"工程奖。2000 年，长篇小说《我要做一匹斑马》获河北省作家协会年度优秀作品奖。2001 年，长篇小说《长不大的男孩》获河北省作家协会"十佳优秀作品奖"。2001 年，长篇小说《危险的夏天》获第十二届全国冰心儿童图书奖。2002 年，长篇小说《危险的夏天》获河北省"五个一"工程奖。2003 年小说《你是我的杰茜》获《东方少年》系列文学大奖赛一等奖。2004 年童话《少女安琪》获《儿童文学》童话擂台赛金奖。

和北董侧重表达少年的社会成长主题不同，玉清常常把笔触探向人物心灵隐秘的一角，意在揭示自我意识深层的少年情怀，透视少年生命的激情与本相，从而表达作家对少年生命成长的探索与思考。笼统地说，玉清的小说可以称为"青春体小说"。

和北董主要发挥儿童文学的教育功能，侧重表达少年的社会成长主题不同，从香河县走出来的玉清一开始就把探索的笔触伸向少年心灵中最隐秘、朦胧的部分，更注重探索少年的自我、内心等个体精神领域的神秘或隐秘状态，侧重表现他们萌动的青春意识、尚不明确的主体意识和自我情怀，借以透视处于成人与儿童之间的少年生命的激情与本相，从而表达作家对这个特殊生理年龄中的生命成长过程的探索与思考。因此，玉清的多数作品可以称为"青春萌动体小说"。

玉清对前青春期少年萌动心态的准确把握令人称道。大概因为作家亲历的师范生活体验，玉清早期小说的故事往往发生在师范学校，故事的主人公多是师范生。这样的一群少年，其心灵的触角格外敏锐，其情感的体验也分外真实。这样的故事发生地和主人公，使得玉清的小说格外具有现代意识。那些往往是自生自灭的"精神之恋"被他娓娓道来，竟是那样真实、那样美。对异性美的觉醒，是人成长的一个标志。玉清就是通过展示这个觉醒中的状态，展示着人的自然生命成长过程。

后来，玉清小说所探索的心理范畴越来越广泛，所表现的情怀已不单局限在少男、少女之间，而进一步拓展到少年对成年人上，如少男对年轻美丽的女老师（《梦里依稀小星湖》）、少女对成熟的男性（《有一个女孩叫星竹》）的那种纯洁又难以言说的情感投射，甚至也不仅仅只写有着爱恋意味的情怀萌动、"精神之恋"，而且更深入到探索处于前青春期阶段的人的一切心理变动的轨迹层面。例如，《红泳衣》中那个穿着红色泳衣在小城闹市走过的少女瑾的勇敢和甚至是殉道式的悲壮，《画眉》中那个和年轻的男老师心灵沟通纯洁无瑕却被所有的人误解但却隐忍着的少女田青的倔强，《弱者刘常》中那个因为美丽女孩的眼神而不断从羸弱到坚韧再到勇敢、刚强的刘常的体格、人格的成长……这一切已经远远超出了狭义的异性之间的精神之恋范畴，而扩及广阔得多的精神纬度。玉清所涉略的心灵范畴越来越广阔，他笔下的艺术世界也越来越丰富，开始越过校园的围墙，扩大到了与社会、时代的交融之中。

小说《少年行》通过描写中学生的学习生活和家庭际遇，热烈地弘扬真善美的人，揄扬正义、正直、仁爱、友谊、倔强、勇气、自信和竞争等青春期成长的情怀，同时也不回避情窦初开、狭隘、庸俗、妒忌、顽劣等情感的表现，对生活中的灰暗、丑恶的现象，亦给予毫不留情的揭露。小说所流露的悲悯情怀和平民意味，胜过理性的宣达。而且，他笔下的人物形象饱满、立体，有时候真实得几乎触手可及。

玉清的小说之所以能够如此真实地传达青春期的心灵动态，一方面，与他肯自觉地也是诚实地钩沉自我内心视像并勇于表现这种视像有关，另一方面，还与他找到了一种与所要表达的对象契合的文体有关。

玉清有明确的讲述意识。从早期作品中那个常常出现的既是青春思绪的体验者，又往往是故事的参与者、中心人物的旁观者、见证人的

"我"，到后来叙述视野逐步放大到全知全能的第三人称叙述，再到作家有意识地尝试叙述视角互换（如《长不大的男孩和长大的女孩》，小说两部分分别由男、女主人公讲述同样一个故事），玉清一直在有意识地进行多种叙述方式的试验，其目的就是更加真实地展示不同人物（性别不同、年龄不同、性格不同）在同样的青春期时期的不同状态，显示生命和自我的丰富。可以说，玉清一直在努力寻找着一种和每个对象相契合的最合适的艺术形式，尽管，我们以为他已经一定程度上找到了，但事实上，他自己的这种艺术探索还并未停止。和他不断拓宽、拓深所要表现的对象同步，他在不断拓深、拓宽着自己表现这些对象的方式。所以说，玉清是有文体意识的作家。而如果一个作家具有自觉的文体意识，那么，他的艺术之路就不会原地重复，而还会继续开拓出新的艺术领域。

他的小说中经常用第一人称"我"进行叙述，读者和作者、人物之间的界限无形之中被消弭，小说具有了强烈的青春展示性。读他的小说，我们感觉不到是成年人写给少年看的，而似乎自己就是这群少年中的一个，也在经历着同样的情感的萌动、惶惑。所以，他的小说，不是他者、非我的表达，而是自我的倾诉、自由的表达。但是，这种平等的阅读感觉并没有影响作品对于少年读者的导引意义，并不缺少对少年心灵世界提升的成分。我们看到，玉清是那么高明地找到了将真实与导引结合得天衣无缝的方法，以至这种导引是那么水到渠成、自然天成。这或许应该是儿童文学的一种理想境界吧。而"真诚地面对自己的心灵"，应该是达到这种境界的最好的方式。玉清这种真实、细腻地展示青春期少男少女心理悸动的小说，即使放在全国范围来看，都堪称精品。

玉清小说侧重表现少年们的青春意识的萌动、情性的初步觉醒，其早期小说的故事往往发生在师范学校。在中国的教育体制中，师范是一个介于高中和大学之间的教育机构，从年龄上说，师范生和高中生一样大，同样处于自我正隐隐勃发、心灵世界无限丰富的时期。但他们和高中学生相比，可以在毕业后直接就业，不用再去为高考拼搏，无须为了高考而压制内心的一切无可言说的青春情绪，相对而言，他们可以直视或正视心灵的蠕动和芜杂。《小百合》中的"我"和男同学们面对"像一枝柔弱洁美的小百合"一样的美丽少女的莫名的好感，以及对这种好感地压抑不住的表达，甚或不同少年的不同表现方式，既将处于这个年龄阶段的少年共性描摹了出来，又将每一个少年的个性彰显得异常明确：有的男生对此毫不掩饰，"我"的好友刘超自作多情无法掩饰，而"我"则因为心怀隐秘而既有愧疚又不愿意将这种隐秘的幸福与人共享……不同性格、修养的少男情怀就在这样一些既不跌宕又不曲折的日常生活片段中显示得淋漓尽致、含蓄生动。玉清在一篇获奖感言中追述自己的创作道路时说："我最初走上文学道路，还是在我上师范一年级的时候，那时候我十七岁，正是少年时代。那是1982年春天里的一天，忘记了是什么触动了我的情怀，我忽然之间就有了想写作的欲望，就像春天草地上自发的一株萌芽，我的心里冒出了一篇小说的构思，没有题目，主要内容是一个少年与一个少女在小河边告别的场面，少年即将远行，两个人在分别的忧伤里有一种痛楚的幸福。这个构思在我心里盛了不少天，但后来只写出了一小段便没有写下去，因为那时我还不会写。但我内心里一直认为这是我文学创作的开端，尽管这篇根本没有写成的'作品'在形式上只是一个零，但在酝酿它的过程中自己内心所始终充盈的欣快与自我感动的那种特殊情怀让我永远记忆犹新。而这种'欣快和自我感动的情怀'是我长期以来写作的最本源的动力，这是一种来自心灵深处的精神需求。"正是这种曾经有过的真实的心灵悸动成为作者最初的创作源泉，也成为他的小说最显著的特色。

后来，玉清的小说逐渐从师范生活走到了高中校园，甚至延伸到家庭、社会等一切现实生活层面，笔触也逐渐从最初的情感天地向着社会的广度推进，和前期作品相比，小说的阳刚美和悲剧美都有所加强。小说《少年行》通过描写杨志全、蒋丽媛、林洁、易娜、赵胜强等中学生的学习生活和家庭际遇，热烈地弘扬真善美的人，揄扬正义、正直、仁爱、友谊、倔强、勇气、自信和竞争等青春期成长的情怀，同时也不回避情窦初开、狭隘、庸俗、妒忌、顽劣等情感的表现，对生活中的灰暗、丑恶的现象，亦给予毫不留情的揭露。小说所流露的悲悯情怀和平民意味，胜过理性的宣达，但其"导引"有精神质素，并没有因此而削弱。长篇小说《少年行》在艺术上仍然保持了作者对少年青春期心理的细腻、真切描绘和刻画的惯常特点，同时突破了以往儿童小说囿于学校家庭的题材范围，使少男少女们的活动有了更深的社会背景，并且皴染上了鲜明的时代特征。小说写了官场的腐败，写了打工者的艰辛，也写了下岗女工、陪酒女郎、社会恶少……宏阔的人物活动空间、曲折的故事情节、杂色的人生世相，使少男少女们的成长有了不同的根基和迥异的趋向。

玉清的小说多采用青春视角，小说中所涌动的少年情怀，应该是作家内在的少年激情的自觉释放与升华的结晶，是少年清澄的目光与成人审视的目光交互作用的产物。它表现为一种成长中的本色美，明朗率真漫无拘束，却又蕴有"导引"的意趣。作者先以少年的视角去观察周围的世界，用孩子般的心去体验生活，以孩子的想象烛照万物，经由人物和故事显示少年特有的心理断乳期的生命现象和自我意识发展的轨迹，心情领略生命成长的新鲜与快乐；然后再以成人期待的目光，来审视少男少女们成长时所经历的生理震荡和心灵震荡的波晕，从而发现对人生有价值的提示与启迪。

玉清在他的小说里，总是浓墨重彩地雕镂少女的形象。这些女孩子总是那样美丽和出色，不仅成绩优异、乐于助人，而且知情达理、善解人意，是一群人见人爱的角色。例如，《少年行》中，班长蒋丽媛的开朗大度、气蕴不俗，林洁的内向、沉稳、质朴清丽，易娜的灵透、爽快、热情如火等，都给人留下了深刻的印象，还有《四大坏人》中泼辣能干但又柔弱、细腻的班长许丽芳，《长不大的男生和长大的女生》中的美丽、懂事的许莹等，少女形象同样纯洁可爱。看得出来，在这些少女形象身上，寄植了作者的青春理想，从中也可窥见他一贯心仪的人格范型。相形之下，他笔下的少男形象，则更接近生活的原色。《少年行》除了贺鑫和他的跟屁虫李友文之外，大都够得上是体现力量和勇气的"准男子汉"：他们朝气蓬勃、洋溢激情，他们混沌初开、我行我素，他们有了思想但不成熟，他们缺乏自控力、举止易于出格，他们让人喜，也令人忧。《少年行》中杨志全的形象是其中塑造得最为出色的一个，他在屈辱和挫折面前所表现的精神状态，并不似成人那样理性和明晰，他身旁的少女们隐性地左右着他的价值选择和情感走向，他的行动目的的单纯性和不确定性，倒是强化了人物性格的可信性和真诚性。正如欧文·萨尔诺夫所指出的，少年们的"社会状态是模糊不清的，因而他们既非成人，亦非儿童"。少年们这种"边缘"的社会状态，就决定了他们性格的过渡性和可塑性。在刻画杨志全的性格时，作者准确地把握了半儿童半成人的特点，运笔恰切得当，极有分寸，极有节制，显示出驾驭儿童小说文体的艺术功力。而《老A》中的老A则刻画得令人感动。老A从上师范始即不断被人误解，但他始终宽厚待人，以口头语"无它"将一切隐忍下去。他青春骚动喜欢上了一个女生，而女生却将他写来的信上交到了教育处。教育处以老A的大款父亲对学校的态度来决定处理老A的标准，于是，老A一会儿成为学校的红人，一会儿又成为罪人……而老A却又在那个女生被狗袭击的时候，勇敢施救，在自己和女生都需要注射狂犬疫苗的时候，将最后一支疫苗送给了那个伤害他的女生。而这一切，老A均回之以"无它"。这样一个老A，善良、勇敢，而且还顽强，在他身上，貌似玩世不恭其实隐藏着一颗高尚的心灵。

玉清小说的语言简洁、流畅，还带有一点诙谐、幽默，很符合中学生的口味。

二、李树松

李树松（1968～　），河北省香河县人，河北省第五届合同制专业作家。1991年毕业于河北医科大学，毕业后一直做医生。1994年开始文学创作，是一个很有发展潜力的青年作家。主要作品有短篇小说《冬渔》、《二子》、《草房子》、《开满花儿的海子》等，作品曾获第十七届陈伯吹儿童文学奖优秀作品奖、《儿童文学》优秀作品奖、"俊以儿童文学基金奖"、冰心儿童文学新作奖等奖项。

李树松的儿童小说数量并不很多，但却呈现出多种不同美质，有的作品不追求故事情节的跌宕起伏，而注重对人物情绪、心理的描写，这类小说往往语言流畅、意境悠远，呈现出静穆之美，如《草房子》、《开满花儿的海子》等；有些作品则非常注重故事的营造，其情节发展往往出人意料，并且在出人意料的情节起伏中往往凸显生命的力量，作品也因而显得非常富有生命的力度，语言也呈现出奇崛之象，如《冬渔》、《二子》等。

《草房子》写的是小姐弟俩打草遇雨，便在自己盖的小草房中避雨的故事。小姐弟的母亲不幸病故，父亲也因故残疾，"我"——弟弟只有8岁，13岁的姐姐便承担起了家庭的重担。"两年过去，姐由一个扶着爸爸的残腿嘤嘤哭泣的小女孩迅速地长成了一个大姑娘，说话的声音也大了，还会骂人。"但是，在"我"受到委屈的时候，姐姐会"用手轻轻地揉我的耳朵，姐的手真软，和妈妈的一样"。两个相依为命的姐弟一同在午后去地里打草。在这里，他们一个割草，一个拢草，他们看到了蛇吃青蛙，又遭遇了龙卷风，最后，在大雨来临之前，他们躲到了早已盖好的小草房中，欣赏着雨景，并在雨后"唱着歌往家赶"。这篇小说没有什么大起大落的故事情节，也没有魔幻传奇，作者只是从弟弟的视角，以"我"的口吻自然、轻松甚至略带一丝顽皮地讲述着"我"家、姐姐和我的故事。在一个只有10岁的儿童眼里，灾难没有那么沉重，生活里充满了乐趣，于是，原本凄凉甚至有些悲惨的故事因为由"我"担任叙述人的缘故反而显得生动风趣，消解了沉重，增添了乐趣，小说因而也呈现出和谐、静穆的审美风格。

《开满花儿的海子》与《草房子》在叙述方式上略有不同，采用的是第三人称叙述方式，主人公是小夏。小说以小夏对地震的印象开始，"在小夏看来，地震就是把一些房子弄出了一些口子，那些口子细细的像蛇一样曲折地爬开，墙上就开出了好多好多的花"。带着对地震这样美丽的认识，小夏并不害怕地震，尤其当他听小伙伴儿说起地震时"海子里的那些花才美呢"后，更是对地震、对海子里的花儿充满了想象和期待。但是，又一次地震到来时，小夏还是没有能够看到花儿盛开的海子，小夏"便一个人爬到了海子边那棵大槐树上，他望着海子，想象着那些花的样子。……他只有这样想着，要是海子里真的开满了花，我坐在树上一伸手便可以够到的"。夏天就在小夏的想象和期待中即将过去了，小夏又一次爬到了海子边的大槐树上，就在他认为今年肯定看不到海子开花的时候，却突然地震了。小夏终于看到了比白荷花还要美得多的开在海子里的花，"小夏很是满足，他就伸出一只手想去摘这朵花。他也就像一颗流星从大槐树上飞了出去，落进了那朵只有他才看到过的花上面了"。小说讲述的是儿童小夏死亡的故事，讲述的是灾难，是悲剧，但是，在作者匠心独运的叙述引导下，这个灾难却充满了诗意，充满了另一种美。在将一个悲剧事件升华为富有悲剧之美的艺术作品方面，李树松的这篇小说可谓是一个成功之作。

童话《魔纸鞋》写一个被亲生父母遗弃的残疾女孩儿——小花的梦。在这个美丽的梦里，小花是一个被女巫施了魔法的小仙女——小妖，小妖穿上了一双滴水莲的露珠变成的神奇的魔纸鞋，实现了她自由飞翔的愿望。在这一次的自由行走中，她和那个顽皮的小男孩儿小猴子还发生了朦胧的恋情。但是，因为她所穿的是一双纸鞋，所以小妖只能在大雨来临之前回到家中。这个能够自由飞翔的小妖，就是下肢不能动弹的小花儿所做的一个甜蜜又酸涩的梦。当我们和小女孩儿一同从梦中醒来的时候，分明感受到了一种强烈的悲怆、深深的忧伤和残疾的小花对正常人的生活的向往的力量。这种力量让我们回味和向往自由，这种忧伤让我们体悟和思索人生。

李树松的悲剧小说有的还充满了阳刚之美，如《冬渔》。《冬渔》写爷爷万盛老汉和他的孙子天宝冬天在运河上凿冰捕鱼的故事，生动地刻画出了一个倔强、坚强、勇敢、智慧的老人形象，同时也刻画出了老人的老对手——自信、凶狠、雄劲的大黑鱼的形象。小说写了人鱼之间的较量，写了人鱼之间的互相钦佩，写了人鱼之间关系的转化——在爷爷被一条大鲇鱼挡住出口的时候，大度的、富有大英雄气概的大黑鱼赶跑了大鲇鱼，于是，两个对手瞬间成为生死朋友。一般来说，小说写到这里打住，作为一个表现人与大自然和谐相处的作品也未尝不可。但是，李树松却继续发掘这个故事内在的生命力度。爷爷后来去找大鲇鱼复仇，但却把向他靠近以示友好的大黑鱼当做大鲇鱼误杀了。沉浸在胜利的喜悦中的爷爷突然感觉被他杀死的是黑鱼的时候，"他的心里一惊"，接着，他把黑鱼拖上岸后却没有勇气去看它。在高兴异常的天宝五次确认这是大黑鱼以后，爷爷才终于"低下头去看那条鱼，黑鱼的眼睛睁得圆圆的，那里面很平静，虽然有痛苦，但没有怨恨"。死在自己所钦佩的老英雄手里，大概是黑鱼平静的原因吧。但是，这并不能抹平爷爷心中的愧疚，"爷爷和黑鱼哪个胜了？"他是在问孙子，也是在问自己，更是在问读者。小说余韵悠长，引人遐思。这篇小说不但题材新颖、奇特，而且在生命深度开掘方面也十分成功。生命力顽强的"瘦骨嶙峋的老头儿"和富有英雄气概的黑鱼在作者笔下生动、形象、逼真，焕发出强烈的生命色彩和动人力量。

李树松的小说风格多样，他的《二子》则刻画了一个没有骨气、没有志气、缺乏主见的少年二子的形象。二子家穷志短，在家庭富有、趾高气扬的同学豆子面前唯唯诺诺、奴颜婢膝，借以获得一些好处以向他人炫耀，甚至即使是在被豆子的猎枪误伤眼睛之后，二子及其一家还因为得到了豆子父母给予的种种好处而感恩戴德，心安理得地享受豆子父母所安排好的一切，并且引以为荣。在豆子因车祸去世之后，二子更是接替豆子成为豆子父母名副其实的干儿子。二子在活动能力极强的干爹的资助下上了中专，找到了工作，找了个不错的对象，"有时二子想自己还真是好福气，本来这些都应是豆子的，现在却让他'窃为己有'了，便很为豆子惋惜，心里也生出感念之意，就常常去豆子的坟上走走。二子知道假如不发生这一系列的事，他二子就不是今天的二子了，虽说缺一只眼睛别扭一些，但凡事能要求它完美吗？有时二子不免有些自嘲，那只眼失去的也真是值呢"。尤其可贵的是，作家对于这样一个没有尊严、没有骨气的少年，并不是简单地予以贬斥和批评，而是既给予了同情，又赋予了悲悯，还流露出无奈。作家丰富的无法明言的情感使得二子的形象非常丰满，富有现实生活的真实意味。

诗意的悲剧，淡淡的忧伤，心灵的梦想，这也许是儿童文学悲剧美的一种理想形态。李树松的儿童小说在一定程度上达到了这样的理想境界。从李树松的儿童小说里，我们看到了悲剧作为一个重要的美学范畴所特有的审美价值，它不仅在于引发人的悲伤情绪，还在于净化人的心灵，丰富其精神维度。儿童文学的悲剧美其实更有益于涵养少年儿童健全的心智，陶冶高尚的情操，提升其对生活、生命的感悟能力。而对于儿童文学作家来说，领悟悲剧对于建构少儿主体意识的意义、把握悲剧事件的度、找到表现悲剧的艺术技巧极为重要，往往是对作家才、胆、识、力的考验，李树松在某种程度上可以说通过了这种考验，从而使得河北儿童文学的审美格局也趋于完善。

编 写 说 明

《河北当代文学史》先由本卷主编初步提出全书设计和章目，集体研讨确定后，分头撰写，最后由主编统稿及润色。